D0262772

COLLECTION FOLIO

Truman Capote

De sang-froid

Récit véridique
d'un meurtre multiple
et de ses conséquences

TRADUIT DE L'ANGLAIS
PAR RAYMOND GIRARD

Gallimard

Titre original

IN COLD BLOOD

Pour Jack Dunphy et Harper Lee
Avec toute mon affection et ma reconnaissance

REMERCIEMENTS

Tous les éléments de ce livre qui ne sont pas le fruit de ma propre observation ont été tirés de documents officiels ou bien résultent d'entretiens avec les personnes directement concernées — entretiens qui, pour la plupart, s'étendirent sur une période considérable. Ces « collaborateurs » étant identifiés dans le texte, il serait superflu de les nommer ici ; néanmoins je désire exprimer ma gratitude en bonne et due forme, car, sans leur patiente coopération, ma tâche eût été impossible. Je n'essaierai donc pas de dresser la liste de tous ces citoyens du comté de Finney qui, bien que leurs noms n'apparaissent pas dans ces pages, offrirent à l'auteur une hospitalité et une amitié dont il peut leur assurer la réciprocité sans jamais pouvoir s'acquitter de sa dette. Cependant je tiens à remercier particulièrement certaines personnes qui m'ont aidé dans ma tâche sur des points très précis : le Dr. James McCain, recteur de l'Université du Kansas ; Mr. Logan Sanford et les membres du Kansas Bureau of Investigation ; Mr. Charles McAtee, directeur des Institutions pénitentiaires du Kansas ; Mr. Clifford R. Hope, Jr., dont le concours pour les questions légales fut inestimable ; et finalement, mais vraiment en tout premier lieu, Mr. William Shawn du New Yorker *qui m'encouragea à entreprendre ce projet et dont le jugement m'a été d'un grand secours du début à la fin.*

T. C.

Frères humains qui après nous vivez,
N'ayez les cuers contre nous endurcis,
Car, se pitié de nous povres avez,
Dieu en aura plus tost de vous mercis.

François Villon,
Ballade des pendus.

I

Les derniers
à les avoir vus en vie

Le village de Holcomb est situé sur les hautes plaines à blé de l'ouest du Kansas, une région solitaire que les autres habitants du Kansas appellent « là-bas ». A quelque soixante-dix miles à l'est de la frontière du Colorado, la région a une atmosphère qui est plutôt Far West que Middle West avec son dur ciel bleu et son air d'une pureté de désert. Le parler local est hérissé d'un accent de la plaine, un nasillement de cow-boy, et nombreux sont les hommes qui portent d'étroits pantalons de pionniers, de grands chapeaux de feutre et des bottes à bouts pointus et à talons hauts. Le pays est plat et la vue étonnamment vaste : des chevaux, des troupeaux de bétail, une masse blanche d'élévateurs à grain, qui se dressent aussi gracieusement que des temples grecs, sont visibles bien avant que le voyageur ne les atteigne.

On peut également voir Holcomb de très loin. Non pas qu'il y ait tellement à voir — rien qu'une agglomération de bâtiments sans objet séparée au centre par les rails de la grande ligne du Santa Fe Railroad, un hameau construit au petit bonheur et limité au sud par une partie boueuse de la rivière Arkansas (se prononce « Ar-kan-sas »), au nord par une grand-route, la Route 50, et à l'est ainsi qu'à l'ouest par des terres de pâturage et des champs de blé. Après la pluie, ou à la fonte des neiges, les rues sans nom, sans ombre et sans pavés, passent de la poussière la plus épaisse à la boue la plus affreuse. A un bout de la ville s'élève une vieille structure rigide en stuc dont le toit supporte une enseigne lumineuse — DANCING — mais on a cessé d'y danser et le panneau est éteint depuis de nombreuses années. A côté, un autre édifice avec une enseigne qui manque d'à-propos, en lettres d'or craquelées sur une vitre sale — Banque de Holcomb. La banque ferma ses portes en 1933, et ses anciens bureaux de comptabilité furent transformés en appartements. C'est l'un des deux « immeubles de rapport » de la ville, le deuxième étant une vieille demeure délabrée connue sous le nom de « Maison des enseignants » parce qu'une bonne partie du professorat de l'école locale y vit. Mais la plupart des habitations de Holcomb sont des maisons en bois sans étage avec des vérandas sur le devant.

Près de la gare, la receveuse des postes, une femme décharnée qui porte une veste en cuir brut, des treillis et des bottes de cow-boy, préside à un bureau de poste qui tombe en ruine. La gare elle-même, avec sa peinture écaillée couleur de soufre, est également mélancolique ; le Chief, le Superchief, le El Capitan passent tous les jours, mais ces fameux express ne s'arrêtent jamais là. Les trains de voyageurs ne s'arrêtent jamais — sauf de temps à autre un train de marchandises. Sur la route, il y a deux postes d'essence dont l'un est aussi une épicerie pauvrement approvisionnée tandis que l'autre fait fonction de café — *Chez Hartman* — où Mrs. Hartman, la propriétaire, sert des sandwiches, du café, des sodas et de la bière à 3,2 degrés. (Holcomb, comme tout le reste du Kansas, est « sec ».)

Et c'est vraiment tout. A moins d'inclure, comme il se doit, l'Ecole de Holcomb, un édifice de bonne apparence qui révèle une circonstance que l'aspect de la communauté camoufle par ailleurs : que les parents qui envoient leurs enfants à cette école « unifiée » moderne et pourvue d'un personnel enseignant qualifié — les classes vont du jardin d'enfants à la première, et une flotte d'autobus transporte les étudiants dont le nombre habituel se chiffre aux environs de trois cent soixante, d'aussi loin que seize miles — sont en général des gens prospères. Gros fermiers pour la plupart, ce sont des gens de plein air de souches très variées : Allemands, Irlandais, Norvégiens, Mexicains, Japonais. Ils élèvent du bétail et des moutons, cultivent le blé, le millet, la graine fourragère et la betterave à sucre. L'exploitation agricole a toujours été une affaire hasardeuse, mais dans l'ouest du Kansas ceux qui la pratiquent se considèrent des « joueurs-nés », car ils doivent lutter contre une précipitation de pluie extrêmement faible (la moyenne annuelle est de dix-huit pouces) et d'angoissants problèmes d'irrigation. Cependant, les sept dernières années ont été des années de bénéfique absence de sécheresse. Les fermiers du comté de Finney, dont Holcomb fait partie, ont fait de bonnes affaires ; ils ont fait de l'argent non seulement grâce à l'agriculture mais aussi grâce à l'exploitation d'abondantes ressources en gaz naturel, et cette richesse se reflète dans la nouvelle école, les intérieurs confortables des fermes, les élévateurs à grain verticaux et pleins à craquer.

Jusqu'à un matin de la mi-novembre 1959, peu d'Américains — en fait peu d'habitants du Kansas — avaient jamais entendu parler de Holcomb. Comme les eaux de la rivière, comme les automobilistes sur la grand-route, et comme les trains jaunes qui filent à la vitesse de l'éclair sur les rails du Santa Fe, la tragédie, sous forme d'événements exceptionnels, ne s'était jamais arrêtée là. Les habitants du village, au nombre de deux cent soixante-dix, étaient satisfaits qu'il en fût ainsi, tout à fait heureux d'exister à l'intérieur d'une vie ordinaire : travailler, chasser, regarder la télé, assister aux fêtes scolaires, aux répétitions du chœur, aux réunions du club des « 4-H [1] ». Mais aux petites heures de ce matin de novembre, un dimanche, certains bruits étrangers empiétèrent sur les rumeurs nocturnes habituelles de Holcomb, sur l'hystérie perçante des coyotes, le frottement sec des graines d'ecballium dans leur course précipitée, la plainte affolée et décroissante des sifflets de locomotive. A ce moment-là, dans Holcomb qui sommeillait, pas une âme n'entendit les quatre coups de fusil qui, tout compte fait, mirent un terme à six vies humaines. Mais par la suite les habitants de la ville, jusqu'alors suffisamment confiants les uns dans les autres pour ne se donner que rarement la peine de verrouiller leurs portes, se surprirent à les recréer maintes et maintes fois, ces sombres explosions qui allumèrent des feux de méfiance dans les regards que plusieurs vieux voisins échangeaient entre eux, étrangement et comme des étrangers.

*

Le maître de River Valley Farm, Herbert William Clutter, avait quarante-huit ans, et, par suite d'une récente visite médicale pour une police

1. Organisation ayant pour but le développement moral et physique des jeunes. Les 4-H : *Head* (tête), *Heart* (cœur), *Hands* (mains), *Health* (santé).

d'assurance, se savait en parfait état de santé. Bien qu'il portât des lunettes sans monture et fût de taille moyenne, pas tout à fait un mètre soixante-quinze, Mr. Clutter avait un aspect d'extrême virilité. Il était large d'épaules, ses cheveux avaient gardé leur couleur sombre, son visage plein d'assurance à la mâchoire volontaire avait encore une jeunesse éclatante de santé, et ses dents, immaculées et capables de broyer des noix, étaient intactes. Il pesait soixante-dix kilos, le même poids que le jour où il était sorti de l'Université du Kansas après avoir obtenu un diplôme en agriculture. Il n'était pas aussi riche que l'homme le plus riche de Holcomb — Mr. Taylor Jones, un fermier du voisinage. Cependant, il était le citoyen le plus connu de la communauté, en vue ici et à Garden City, le chef-lieu peu éloigné du comté, où il avait dirigé le comité de construction de la Première Eglise méthodiste récemment achevée, un édifice de huit cent mille dollars. Il était président en exercice du Congrès des Organisations agricoles du Kansas, et son nom était connu avec respect partout chez les agriculteurs du Midwest comme dans certains bureaux de Washington où il avait été membre de l'Office fédéral du Crédit agricole sous l'administration Eisenhower.

Toujours certain de ce qu'il attendait du monde, Mr. Clutter l'avait obtenu en grande partie. A la main gauche, autour de ce qui restait d'un doigt qui avait un jour été mutilé par une machine agricole, il portait un simple anneau d'or, symbole, vieux d'un quart de siècle, de son mariage à la personne qu'il avait désiré épouser — la sœur d'un camarade d'Université, jeune fille timide, pieuse et délicate, du nom de Bonnie Fox, qui avait trois ans de moins que lui. Elle lui avait donné quatre enfants : un trio de filles, puis un fils. La fille aînée, Eveanna, mariée et mère d'un garçon de dix mois, vivait dans le nord de l'Illinois mais venait fréquemment en visite à Holcomb. En fait, elle était attendue avec sa famille dans moins de quinze jours car ses parents projetaient une grande réunion du clan Clutter pour Thanksgiving Day (les Clutter étaient d'origine allemande ; le premier immigrant Clutter — ou Klotter, comme le nom s'écrivait alors — était arrivé ici en 1880) ; une cinquantaine de parents avaient été invités, dont plusieurs devaient venir d'endroits aussi éloignés que Palatka, Floride. Beverly, sœur puînée d'Eveanna, ne vivait plus à River Valley Farm ; elle était à Kansas City, Kansas, où elle étuduiait pour devenir infirmière. Beverly était fiancée à un jeune étudiant en biologie qui plaisait beaucoup à Mr. Clutter ; les invitations pour le mariage qui devait avoir lieu dans la semaine de Noël étaient déjà imprimées. Ce qui laissait à la maison le fils, Kenyon, qui, à quinze ans, était plus grand que Mr. Clutter, et une sœur, son aînée d'un an, l'enfant chéri de la ville, Nancy.

En ce qui concernait sa famille, Mr. Clutter n'avait qu'une cause sérieuse d'inquiétude : la santé de sa femme. Elle était « nerveuse », elle avait « de petites crises » : telles étaient les expressions protectrices qu'employaient ses proches. Non que la vérité concernant les « afflictions de la pauvre Bonnie » eût été secrète le moins du monde ; on savait qu'elle avait fait dans les six dernières années plusieurs séjours dans un hôpital psychiatrique. Et pourtant, même sur ce sombre terrain, le soleil avait étincelé très récemment. Le mercredi précédent, de retour d'un traitement de deux semaines au Centre médical Wesley de Wichita, son lieu habituel de retraite, Mrs. Clutter avait rapporté à son mari des nouvelles à peine croyables ; elle lui fit savoir avec joie que l'origine de son mal, c'est ce que la science médicale avait finalement décrété, n'était pas dans sa tête mais dans sa colonne vertébrale ; c'était *physique*, un problème de vertèbre déplacée. Bien sûr, il lui faudrait subir une opération, et après ? Eh bien, elle redeviendrait elle-même comme autrefois. Etait-ce possible ? La tension, les refus, les sanglots étouffés par l'oreiller derrière des portes fer-.ées à clé, tout ça à cause d'une déviation de épine dorsale ? S'il en était ainsi, alors Mr. Clutter pourrait rendre des grâces sans mélange lorsqu'il prendrait la parole à table le jour de Thanksgiving.

Ordinairement, les journées de Mr. Clutter commençaient à 6 h 30 ; le tintement des seaux à lait et le bavardage à voix basse des garçons qui les portaient, les deux fils d'un de leurs ouvriers du nom de Vic Irsik, le faisaient habituellement se lever. Mais aujourd'hui il flâna au lit, laissant les fils de Vic Irsik venir et repartir, car la soirée précédente, un vendredi 13, avait été épuisante bien qu'en partie vivifiante. La Bonnie d'autrefois était ressuscitée ; comme si elle offrait un avant-goût de la vie normale, la vigueur retrouvée, sur le point de revenir pour de bon, elle s'était mis du rouge aux lèvres, s'était coiffée avec soin et, portant une robe neuve, elle l'avait accompagné à l'Ecole de Holcomb où ils avaient applaudi une pièce mise en scène par les étudiants — *Tom Sawyer* — dans laquelle Nancy jouait le rôle de Becky Thatcher. Il avait été heureux de voir Bonnie en public, nerveuse mais néanmoins souriante, parlant aux gens, et ils avaient tous deux été fiers de Nancy ; elle avait été parfaite, n'oubliant pas un mot et ayant l'air, comme il le lui dit en la félicitant dans les coulisses, « simplement merveilleuse, chérie, une véritable beauté du Sud ». Sur quoi Nancy avait commencé à se conduire comme telle ; faisant sa révérence dans sa crinoline elle avait demandé la permission de se rendre à Garden City. Le State Theatre donnait une représentation *spéciale* d'un « film d'épouvante » à l'occasion du vendredi 13, et tous ses amis y allaient. En d'autres circonstances Mr. Clutter aurait refusé. Ses lois étaient ses lois, et l'une d'elles était que Nancy — et Kenyon aussi — devait être de retour à la maison à 10 heures les soirs de semaine et à minuit le samedi. Mais, affaibli par les événements réconfortants de la soirée, il avait donné son consentement. Et Nancy n'était pas revenue à la maison avant 2 heures du matin. Il l'avait entendue rentrer et l'avait appelée, car, bien qu'il ne fût pas vraiment homme à élever la voix, il avait des choses à lui dire sans détour, des déclarations qui concernaient moins l'heure tardive que le garçon qui l'avait reconduite à la maison : un héros de basket-ball de l'Ecole, Bobby Rupp.

Mr. Clutter aimait bien Bobby et le considérait, pour un garçon de son âge — dix-sept ans —, comme très digne de confiance et très bien élevé ; cependant, depuis trois ans qu'on lui avait permis de sortir avec les garçons, Nancy, jolie et recherchée comme elle l'était, n'avait jamais été vue avec quelqu'un d'autre, et tout en comprenant que c'était actuellement une coutume à l'échelle nationale chez les adolescents de former des couples, de ne pas se quitter et de porter des « bagues de fiançailles », Mr. Clutter était contre, d'autant plus qu'il avait accidentellement surpris peu de temps auparavant sa fille et le fils Rupp en train de s'embrasser. Il avait alors suggéré que Nancy cesse de « voir tellement Bobby », la prévenant qu'un éloignement progressif dès maintenant ferait moins mal qu'une rupture brutale par la suite, car, comme il le lui rappelait, la séparation était la seule issue à envisager. La famille Rupp était catholique, les Clutter méthodistes, fait qui en soi devait suffire pour mettre un terme à toute idée qu'elle et ce garçon avaient pu avoir de se marier un jour. Nancy avait été raisonnable — de toute façon, elle n'avait pas discuté — et maintenant, avant de lui dire bonne nuit, Mr. Clutter lui avait arraché la promesse qu'elle entamerait une rupture progressive avec Bobby.

Tout de même, l'incident avait lamentablement retardé le moment de se mettre au lit, habituellement 11 heures. En conséquence de quoi il était largement passé 7 heures quand il s'éveilla le samedi 14 novembre 1959. Sa femme dormait toujours aussi tard que possible. Cependant, tandis que Mr. Clutter se rasait, prenait sa douche et enfilait un pantalon en whipcord, une veste de cuir comme en portent les éleveurs de bétail et des bottes d'étrier bien souples, il ne craignait pas de la déranger ; ils ne partageaient pas la même chambre à coucher. Depuis des années il dormait seul dans la chambre de maître au rez-de-chaussée de la maison, construction en bois et en brique d'un étage et de quatorze pièces. Bien que Mrs. Clutter rangeât ses vêtements dans les placards de cette chambre et qu'elle gardât ses rares produits de beauté et ses innombrables médicaments dans la salle de bains attenante, carrelée de faïence bleue et de blocs de verre, elle s'était définitivement installée dans l'ancienne chambre à coucher d'Eveanna, qui, comme celles de Nancy et de Kenyon, se trouvait au premier étage.

La maison — dessinée en grande partie par Mr. Clutter, qui se révéla de ce fait architecte judicieux et sobre sinon décorateur remarquable — avait été construite en 1948 pour quarante mille dollars. (La valeur marchande en était maintenant soixante mille dollars.) Située au bout d'une allée évoquant un passage bordé de haies et protégée par l'ombre de rangées d'ormes chinois, l'élégante maison blanche, érigée sur une vaste pelouse d'herbe des Bermudes, bien entretenue, impressionnait Holcomb ; c'était un endroit que les gens montraient du doigt. Quant à l'intérieur, il y avait de spongieux déploiements de tapis lie-de-vin abolissant par intermittence l'éclat des parquets sonores et vernis ; un immense canapé de salle de séjour dans le goût moderne couvert d'un tissu broché d'étincelants fils de métal argenté ; un coin pour le petit déjeuner avec une banquette recouverte de matière plastique bleu et blanc. Ce genre d'ameublement était ce que Mr. et Mrs. Clutter aimaient, comme la majorité de leurs connaissances dont les foyers étaient plus ou moins meublés de la même façon.

Les Clutter n'employaient pas d'aide domestique autre qu'une femme de ménage qui venait les jours de semaine ; donc, depuis la maladie de sa femme et le départ de ses filles aînées, Mr. Clutter avait appris à cuisiner par la force des choses ; c'était lui ou Nancy, mais la plupart du temps Nancy, qui préparaient les repas de la famille. Mr. Clutter prenait plaisir à cette tâche et il y excellait — dans tout l'Etat du Kansas pas une femme ne pouvait cuire un meilleur pain au levain, et ses fameux biscuits à la noix de coco étaient la première chose à partir dans les ventes de charité — mais ce n'était pas un gros mangeur, à l'encontre de ses amis fermiers, il préférait même des petits déjeuners de Spartiate. Ce matin-là, une pomme et un verre de lait lui suffirent ; comme il ne buvait jamais de café ni de thé, il était habitué à commencer la journée l'estomac froid. La vérité, c'est qu'il était opposé à tous les excitants, même légers. Il ne fumait pas, et bien sûr il ne buvait pas ; en fait, il ignorait le goût de l'alcool et il avait tendance à éviter les gens qui le connaissaient, circonstance qui ne réduisait pas le cercle de ses connaissances autant qu'on aurait pu le supposer, car le centre de ce cercle était constitué par les membres de la Première Eglise méthodiste de Garden City, congrégation qui s'élevait au total de mille sept cents personnes dont la plupart étaient aussi abstinentes que pouvait le désirer Mr. Clutter. Tout en prenant soin d'éviter d'importuner les autres avec ses points de vue, il les faisait respecter à l'intérieur de sa famille et parmi les employés de River Valley Farm. « Buvez-vous ? » était la première question qu'il demandait à celui qui sollicitait un travail, et même si le type avait donné une réponse négative, il lui fallait encore signer un contrat de travail contenant la clause qui déclarait l'accord instantanément rompu si l'employé était découvert « recelant de l'alcool ». Un ami — un vieux pionnier, Mr. Lynn Russel — lui avait déjà dit : « T'es sans pitié. J'mettrais ma main au feu, Herb, que si tu attrapais un employé en train de boire, tu le renverrais. Et tu t'inquiéterais même pas de savoir si sa famille crève de faim. » C'était peut-être le seul reproche qu'on ait jamais fait à Mr. Clutter en tant qu'employeur. Autrement, il était connu pour son humeur égale, sa bonté, et pour le fait qu'il payait de bons salaires et qu'il distribuait fréquemment des primes ; les hommes qui travaillaient pour lui — et il y en avait parfois jusqu'à dix-huit — avaient peu de raisons de se plaindre.

Après avoir bu son verre de lait et mis une casquette doublée de laine de mouton, Mr. Clutter prit sa pomme en sortant examiner le matin. C'était un temps idéal pour manger des pommes ; la lumière la plus blanche descendait du ciel le plus pur, et un vent d'est faisait bruire les dernières feuilles des ormes chinois sans les arracher. Les automnes récompensent le Kansas de l'ouest pour les maux que les autres saisons imposent : les grands vents d'hiver du Colorado et les neiges à hauteur de hanche où périssent les moutons ; la neige fondue et les étranges brouillards des prairies au printemps ; et l'été, où même les corbeaux recherchent l'ombre rare et où la multitude fauve des tiges de blé se hérisse, flamboie. Enfin, après septembre, un autre climat arrive, l'été de la Saint-Martin qui dure parfois jusqu'à Noël. Comme Mr. Clutter contemplait ce moment privilégié de la saison, il fut rejoint par un colley bâtard, et ils se dirigèrent ensemble d'un pas tranquille vers le corral adjacent à l'une des trois granges de la propriété.

Une de ces granges était une gigantesque baraque Quonset[1] ; elle regorgeait de grain — du sorgho Westland — et une autre abritait un sombre monticule de millet à l'odeur âcre et qui valait une somme considérable — cent mille dollars. A lui seul ce chiffre représentait un progrès de presque quatre mille pour cent sur le revenu total de Mr. Clutter en 1934, année où il avait épousé Bonnie Fox et quitté avec elle leur ville natale de Rozel, Kansas, pour Garden City où il avait trouvé du travail comme assistant de l'agent agricole du comté de Finney. Typiquement, il ne lui fallut que sept mois pour être promu ;

1. Baraques de l'armée américaine.

c'est-à-dire pour prendre la place du patron. Les années durant lesquelles il occupa le poste — 1935-1939 — furent les plus poussiéreuses et les plus ruineuses que la région ait connues depuis que l'homme blanc s'y était installé, et le jeune Herb Clutter, dont le cerveau ne se laissait pas prendre de vitesse par les plus récentes des techniques agricoles d'avant-garde, était tout à fait qualifié pour servir d'intermédiaire entre le gouvernement et les fermiers découragés ; ces hommes pouvaient certainement faire usage de l'optimisme et de l'enseignement d'un jeune homme sympathique qui semblait connaître son affaire. Tout de même, il ne faisait pas ce qu'il voulait faire ; fils de fermier, dès le début il avait eu l'intention d'exploiter une propriété à lui. Se décidant, il démissionna de son poste d'agent du comté après quatre ans, et il créa, sur une terre louée avec de l'argent emprunté, l'embryon de River Valley Farm (nom justifié par la présence sinueuse de la rivière Arkansas mais certes pas par la présence d'une vallée quelconque). C'était une tentative que plusieurs conservateurs du comté de Finney observaient avec un air de vouloir dire : « Montre-nous ce que tu sais faire » — des vieux de la vieille qui avaient volontiers tourmenté le jeune agent du comté au sujet de ses notions universitaires : « Bien sûr, Herb. Tu sais toujours ce qu'il y a de mieux à faire sur la terre des autres. Plantez ça. Terrassez ceci. Mais tu dirais peut-être des choses drôlement différentes si la terre t'appartenait. » Ils avaient tort : les expériences du nouveau fermier réussirent — au début, en partie parce qu'il travaillait dix-huit heures par jour. Ça n'alla pas tout seul : par deux fois la récolte de blé fut un échec, et un hiver il perdit plusieurs centaines de moutons dans une tempête de neige ; mais, après une décennie, le domaine de Mr. Clutter consistait en plus de huit cents arpents bien à lui et trois mille autres qu'il exploitait en fermage, et comme ses collègues l'admettaient, c'était là « une assez belle étendue ». Blé, grains de millet, graines fourragères homologuées, c'était de ces récoltes que dépendait la prospérité de la ferme. Le cheptel était important aussi : moutons et, tout particulièrement, les bovins. Un troupeau de plusieurs centaines de Hereford portait la marque Clutter, bien qu'on ne s'en fût pas douté à voir les rares têtes de bétail du corral qui était réservé aux bœufs malades, à quelques vaches laitières, aux chats de Nancy et à Babe, le favori de la famille, un gros vieux cheval de labour qui ne refusait jamais de trimbaler çà et là trois ou quatre enfants sur son large dos.

Mr. Clutter donna à manger le cœur de sa pomme à Babe, criant le bonjour à un homme qui ratissait les détritus dans le corral — Alfred Stoecklein, le seul ouvrier agricole qui résidait à River Valley Farm. Les Stoecklein et leurs trois enfants vivaient dans une maison à moins de cent mètres de la demeure principale ; à part ça, les Clutter n'avaient pas de voisins avant un demi-mile. Stoecklein, qui était un homme au long visage avec de longues dents brunes, demanda : « Avez-vous un boulot particulier en tête pour aujourd'hui ? Parce qu'on a un malade. Le bébé. Moi et ma femme on a été tenus éveillés par elle presque toute la nuit. Je pensais l'emmener au médecin. » Et, tout en manifestant sa sympathie, Mr. Clutter dit — mais comment donc ! — de prendre la matinée et de lui faire savoir si lui ou sa femme pouvaient être utiles. Puis, le chien courant devant lui, il prit la direction du sud vers les champs, d'un jaune fauve à présent, lumineusement dorés par le chaume d'après les récoltes.

La rivière était dans cette direction ; près de la berge se trouvait un verger : pêche, poire, cerise et pomme. Cinquante ans auparavant, selon les souvenirs des vieux du pays, dix minutes auraient suffi à un bûcheron pour abattre tous les arbres de l'ouest du Kansas. Même aujourd'hui, on ne plante généralement que le *cottonwood* et l'orme chinois, arbres au feuillage persistant et doués d'une indifférence de cactus à la soif. Cependant, comme Mr. Clutter en faisait souvent la remarque : « Un pouce de pluie de plus, et ce pays serait un vrai paradis sur terre. » La petite collection d'arbres fruitiers qui poussaient près de la rivière était sa tentative pour ménager, qu'il pleuve ou non, un coin du paradis, du vert Eden à l'odeur de pomme dont il rêvait. Sa femme disait un jour : « Mon mari tient plus à ces arbres qu'à ses enfants », et tout le monde à Holcomb se souvenait du jour où un petit avion désemparé était venu s'écraser dans les pêchers : « Herb était fou à lier ! Pensez donc, l'hélice n'avait pas cessé de tourner qu'il avait déjà intenté un procès au pilote »

Traversant le verger, Mr. Clutter continua le long de la rivière qui était peu profonde à cet endroit et parsemée d'îles — plages de sable doux au milieu du courant où l'on portait des paniers de pique-nique, les dimanches d'autrefois, ces sabbats brûlants à l'époque où Bonnie se « sentait encore à la hauteur », et où les après-midi se passaient en famille à attendre un petit coup sec au bout de la ligne. Mr. Clutter rencontrait rarement des intrus sur sa propriété : à un mile et demi de la grand-route, et sans autre accès que des chemins peu connus, ce n'était pas un endroit que les étrangers découvraient par hasard. Soudain un groupe d'hommes apparut et Teddy, le chien, s'élança avec un grognement de provocation. Mais il y avait une chose étrange en Teddy. Bien que ce fût un bon chien de garde, alerte, toujours prêt à faire un boucan de tous les diables, sa bravoure avait une faille : la vue d'un fusil, comme c'était présentement le cas — car les intrus étaient armés — lui faisait baisser la tête et rentrer la queue entre les jambes. Personne ne savait pourquoi car nul ne connaissait son histoire, sauf que c'était un chien errant que Kenyon avait adopté cinq ans auparavant. Il se trouva que les visiteurs étaient cinq chasseurs de faisans de l'Oklahoma. La saison du faisan dans le Kansas, célèbre événement sportif de novembre, attire des hordes de chasseurs des Etats voisins, et au cours de la semaine précédente des régiments aux casquettes écossaises s'étaient pavanés à travers les étendues automnales, faisant lever et abattant sous des rafales de cendrée de grands vols dorés d'oiseaux bien nourris de grain. Selon l'usage, les chasseurs, s'ils ne sont pas des invités, sont censés payer au propriétaire un droit pour qu'il leur permette de poursuivre le gibier sur ses terres, mais lorsque les chasseurs de l'Oklahoma lui offrirent de louer des droits de chasse, Mr. Clutter se contenta de sourire. « Je ne suis pas aussi pauvre que j'en ai l'air. Allez, attrapez-en autant que vous le pourrez », dit-il. Puis, portant la main à son chapeau, il se dirigea vers la maison et la journée de travail, sans savoir que ce serait la dernière.

*

Comme Mr. Clutter, le jeune homme qui prenait son petit déjeuner dans un bistrot appelé le

Petit Bijou ne buvait jamais de café. Il préférait la *root beer*[1]. Trois aspirines, de la root beer froide et plusieurs Pall Mall : c'était sa notion d'un bon « gueuleton ». Sirotant et fumant, il étudiait une carte étendue sur le comptoir devant lui — une carte Phillips 66 du Mexique —, mais il lui était difficile de se concentrer car il attendait un ami et l'ami était en retard. Il jeta par la fenêtre un coup d'œil sur cette rue silencieuse de petite ville, une rue qu'il avait vue hier pour la première fois. Toujours pas de signe de Dick. Mais il allait certainement se montrer ; après tout, le but de leur rencontre était l'idée de Dick, son « coup ». Et quand ce serait réglé, le Mexique. La carte était en lambeaux, tellement fatiguée qu'elle était devenue aussi souple qu'une peau de chamois. Au coin de la rue, dans la chambre d'hôtel où il demeurait, il y en avait des centaines comme ça — des cartes usées de chaque Etat de l'Union, de chaque province canadienne, de chaque pays d'Amérique du Sud — car le jeune homme ne cessait de projeter des voyages, et il en avait déjà fait un nombre considérable : Alaska, Hawaii et le Japon, Hongkong. Maintenant, grâce à une lettre, une invitation à un « coup », il se trouvait ici avec toutes ses possessions terrestres : une valise en carton, une guitare et deux grosses boîtes de livres et de cartes, de chansons, de poèmes et de vieilles lettres, pesant un quart de tonne. (La tête de Dick quand il avait vu ces *boîtes* ! « Bon Dieu, Perry. Tu traînes cette camelote *partout* ? » Et Perry avait dit : « *Quelle* camelote ? Y a un de ces livres qui m'a coûté trente dollars. ») Et voici qu'il était dans la petite ville d'Olathe, Kansas. Un peu drôle

1. *Root beer :* boisson non alcoolique extraite de diverses racines.

quand il y pensait ; imaginer qu'il était revenu dans le Kansas alors que, pas plus tard que quatre mois auparavant, il avait prêté serment, d'abord à la Commission de remise en liberté conditionnelle de l'Etat, puis à lui-même, de ne plus y remettre les pieds. Peu importe, ce n'était pas pour longtemps.

La carte était couverte de noms encerclés à la plume. COZUMEL, une île au large de la côte du Yucatan où, c'est ce qu'il avait lu dans un magazine pour hommes, on pouvait « se défaire de ses vêtements, arborer un sourire détendu, vivre comme un rajah et avoir toutes les femmes qu'on veut pour cinquante dollars par mois » ! Du même article, il avait retenu d'autres affirmations séduisantes : « Cozumel est un bastion contre la pression sociale, économique et politique. Aucune autorité ne malmène les individus sur *cette* île » et : « Chaque année des vols de perroquets viennent du continent pour y pondre leurs œufs. » ACAPULCO signifiait pêche en haute mer, casinos, riches dames refoulées ; et SIERRA MADRE voulait dire or, voulait dire *Trésor de la Sierra Madre*, un film qu'il avait vu huit fois. (C'était le meilleur film de Bogart, mais le vieux type qui jouait le rôle du prospecteur, celui qui faisait penser au père de Perry, était formidable lui aussi. Walter Huston. Oui, et ce qu'il avait raconté à Dick était vrai : il connaissait réellement toutes les ficelles de la prospection de l'or, les ayant apprises de son père qui était un chercheur d'or professionnel. Alors pourquoi n'achèteraient-ils pas tous les deux une paire de chevaux de somme et ne tenteraient-ils pas leur chance dans la Sierra Madre ? Mais Dick, Dick à l'esprit pratique, avait dit : « Doucement, coco, doucement. J'ai vu ce film-là. Tout le monde est cinglé à la fin. A cause de la fièvre et des sangsues, une vie misérable. Puis, quand ils ont eu l'or, souviens-toi, y s'est levé un grand vent qui a tout emporté. » Perry replia la carte. Il paya la root beer et se leva. Assis, il avait donné l'impression d'être plus grand que la moyenne, un costaud, avec les épaules, les bras, le torse épais et ramassé d'un haltérophile — en fait, lever des poids était son passe-temps favori. Mais il y avait en lui des parties qui n'étaient pas proportionnées aux autres. Ses petits pieds, chaussés de courtes bottes noires avec des boucles en acier, seraient entrés aisément dans les chaussons de danse d'une femme délicate ; lorsqu'il se leva, il n'était pas plus grand qu'un enfant de douze ans, et il fit penser soudainement, se pavanant sur des jambes atrophiées qui semblaient grotesquement insuffisantes pour la masse adulte qu'elles supportaient, non plus à un routier de forte carrure mais à un jockey à la retraite, trop gonflé et trop musclé.

A l'extérieur du café, Perry se posta au soleil. Il était 9 heures moins le quart, et Dick avait une demi-heure de retard ; cependant, si Dick ne l'avait pas convaincu de l'importance de chaque minute des vingt-quatre heures suivantes, il ne l'aurait pas remarqué. Le temps ne lui pesait jamais car il avait de nombreuses façons de le passer, entre autres se regarder dans une glace. Dick avait un jour remarqué : « Chaque fois que tu te regardes dans une glace t'as l'air d'entrer en transe. Comme si tu voyais une pépée splendide. Bon Dieu, tu te fatigues jamais ? » Loin de là ; son propre visage le captivait. Chaque angle faisait naître une impression différente. C'était un visage d'enfant de fées, et des expériences avec une glace lui avaient appris à passer par la gamme complète des changements de physionomie : comment avoir l'air menaçant, un instant plus tard espiègle, et ensuite sentimental ; une inclinaison de la tête, une contorsion des lèvres, et le bohémien corrompu se changeait en délicat personnage romantique. Sa mère était une Indienne Cherokee pur sang ; c'était d'elle qu'il tenait son teint, la peau couleur d'iode, les yeux sombres et humides, les cheveux noirs qu'il entretenait à la brillantine et qui étaient assez abondants pour lui permettre des rouflaquettes et une volute de mèches qui lui tombait sur le front. L'hérédité maternelle était frappante ; celle de son père, un Irlandais aux cheveux roux et couvert de taches de rousseur, l'était moins. On aurait dit que le sang indien avait chassé jusqu'à la dernière trace de la race celte. Tout de même, les lèvres roses et le nez retroussé en confirmaient la présence, ainsi qu'une qualité d'animation espiègle, d'arrogant égotisme irlandais, qui agitait souvent le masque cherokee et qui prenait complètement le dessus quand il jouait de la guitare et chantait. Chanter, et la pensée de le faire devant un auditoire, était une autre façon mesmérienne de tuer le temps. Il employait toujours le même décor mental, un cabaret de Las Vegas qui se trouvait être sa ville natale. C'était un endroit élégant rempli de célébrités dont les yeux étaient fixés avec excitation sur la sensationnelle nouvelle étoile qui donnait sa célèbre interprétation avec accompagnement de violons de *I'll be seeing you* et qui chantait en rappel la dernière ballade qu'il avait lui-même composée :

Chaque avril des vols de perroquets
Passent dans le ciel, rouges et verts,
Verts et mandarine.

Je les vois passer, je les entends chanter
Les perroquets du printemps d'avril.

(Lorsqu'il entendit cette chanson pour la première fois, Dick avait observé : « Les perroquets, ça chante pas. Ça parle peut-être. Ça hurle. Mais tu peux être foutument certain que ça chante pas. » Naturellement, Dick avait un esprit très terre à terre, *très*, il n'avait aucune compréhension de la musique, de la poésie, et pourtant, au fond, ce côté terre à terre de Dick, cet esprit pratique avec lequel il abordait tous les sujets, était la raison première de la fascination qu'il exerçait sur Perry, car ça le faisait paraître, comparé à Perry, si authentiquement dur, invulnérable, « totalement viril ».)

Néanmoins, tout agréable que fût cette rêverie de Las Vegas, elle pâlissait à côté d'une autre de ses visions. Depuis son enfance, depuis plus de la moitié de ses trente et un ans, il se faisait envoyer des brochures (« *Fortunes sous la mer !* Apprenez à plonger durant vos heures de loisir. Faites de l'argent rapidement grâce à la plongée sous-marine. *Renseignements gratuits...* »), répondait à des réclames (« *Trésor englouti !* Cinquante cartes authentiques ! Offre étonnante... ») qui entretenaient une aspiration à réaliser une aventure que son imagination lui permettait d'éprouver instantanément et inlassablement : le rêve de se laisser entraîner au fond, dans des eaux étranges, de plonger vers les ténèbres vertes de la mer, glissant à côté des gardiens squameux aux yeux féroces de la carcasse d'un navire qui se dessinait droit devant, un galion espagnol — une cargaison engloutie de diamants et de perles, de coffrets pleins d'or.

Un klaxon retentit. Enfin, Dick.

*

« Grands dieux, Kenyon ! Je ne suis pas sourde ! »

Comme toujours, Kenyon avait le diable au corps. Ses cris retentissaient dans l'escalier : « Nancy ! Téléphone ! »

Pieds nus, en pyjama, Nancy dévala les marches. Il y avait deux téléphones dans la maison : un dans la pièce dont son père se servait comme bureau, un autre dans la cuisine. Elle décrocha l'appareil de la cuisine : « Allô ? Ah ! oui, bonjour, Mrs. Katz. »

Et Mrs. Clarence Katz, l'épouse d'un fermier qui vivait en bordure de la grand-route, dit : « J'avais bien recommandé à ton père de ne pas te réveiller. J'ai dit "Nancy doit être *fatiguée* après sa merveilleuse interprétation d'hier soir." Tu as été adorable, chérie. Ces rubans blancs dans tes cheveux ! Et cette scène quand tu crois que Tom Sawyer est mort, tu avais de vraies larmes dans les yeux. Aussi bien que tout ce qu'ils donnent à la télé. Mais ton père a dit qu'il était temps que tu te lèves ; il va bientôt être 9 heures. Maintenant, voici ce que je désire, chérie : ma petite fille, ma petite Jolene, meurt d'envie de faire une tarte aux cerises, et comme tu es une championne pour la tarte aux cerises, toujours en train de gagner des prix, je me demandais si je ne pourrais pas te l'amener ce matin pour que tu lui montres ? »

En temps normal, Nancy aurait bien volontiers appris à Jolene comment préparer un repas complet avec dinde et tout ; elle considérait que c'était son devoir d'être disponible quand des filles plus jeunes qu'elle venaient lui demander de l'aide pour cuisiner, pour coudre ou pour leurs leçons de musique, ou, comme cela arrivait souvent, pour se confier à elle. Où trouvait-elle le temps, et comment faisait-elle pour « s'occuper de cette grande maison », avoir des notes parfaites à l'école, être présidente de sa classe, en tête du programme des 4-H et de la Jeune Ligue méthodiste, cavalière émérite, excellente musicienne (piano, clarinette), gagnante annuelle à la foire du comté (pâtisseries, fruits en conserve, travaux d'aiguille, art floral), comment une fille qui n'avait pas encore dix-sept ans pouvait faire tant de choses et les faire sans « se vanter », au contraire, avec à peine un peu de désinvolture radieuse, était une énigme que le village se posait et résolvait en disant : « Elle a du *caractère*. Elle tient ça de son père. » Il est certain que son trait de caractère le plus prononcé, le don qui soutenait tous les autres, lui venait de son père : un sens particulièrement aigu de l'organisation. Chaque moment était consacré à quelque chose ; elle savait avec précision, quelle que fût l'heure, ce qu'elle ferait et combien de temps ça prendrait. Et c'était le problème de la journée en cours. Elle l'avait surchargée. Elle s'était engagée à donner un coup de main à la fille d'un autre voisin, Roxie Lee Smith, pour apprendre un solo de trompette que Roxie Lee projetait de jouer à un concert de l'Ecole ; elle avait promis de faire trois courses compliquées pour sa mère ; et elle s'était arrangée pour assister à une rencontre des 4-H avec son père à Garden City. Et puis il y avait le déjeuner à préparer et, après déjeuner, la confection des robes des demoiselles d'honneur du mariage de Beverly, robes qu'elle avait dessinées et qu'elle cousait elle-même. Au point où en étaient les choses, il n'y avait plus de place pour la leçon de tarte aux cerises de Jolene. A moins que quelque chose pût être annulé.

« Mrs. Katz ? Un instant, je vous prie, ne quittez pas. »

Elle traversa toute la maison jusqu'au bureau de son père. Le bureau, qui avait une entrée extérieure pour les visiteurs ordinaires, était séparé du salon par une porte coulissante ; bien que Mr. Clutter partageât occasionnellement le bureau avec Gerald Van Vleet, un jeune homme qui l'aidait à assurer la marche de la ferme, c'était fondamentalement sa retraite, un sanctuaire ordonné, aux murs lambrissés de noyer, où, entouré de baromètres, de cartes pluviométriques, de jumelles, il s'asseyait comme un capitaine dans sa cabine, un navigateur qui pilotait le passage parfois hasardeux de River Valley à travers les saisons.

« T'en fais pas, dit-il, répondant au problème de Nancy. Laisse tomber le 4-H. J'emmènerai Kenyon à ta place. »

Donc, prenant l'appareil du bureau, Nancy dit à Mrs. Katz oui, très bien, d'amener Jolene tout de suite. Mais elle raccrocha en fronçant les sourcils. « C'est tellement bizarre », dit-elle en promenant un regard autour de la pièce ; elle y vit son père en train d'aider Kenyon à additionner une colonne de chiffres, et, à son bureau près de la fenêtre, Mr. Van Vleet, qui avait un genre de beauté sombre et rude qui la faisait l'appeler Heathcliff, quand il n'était pas là. « Mais je ne cesse de sentir de la fumée de cigarette.

— C'est ton haleine ? demanda Kenyon.

— Non, farceur. La tienne ! »

Ça le tranquillisa car Kenyon, comme il savait qu'elle le savait, prenait une bouffée en cachette de temps à autre, mais il est vrai que Nancy en faisait autant.

Mr. Clutter frappa des mains. « Ça suffit. C'est un bureau. »

Une fois là-haut, elle mit des blue-jeans passés et un chandail vert, et elle attacha à son poignet une montre en or, objet qui venait au troisième rang dans l'échelle de ses possessions ; son chat préféré, Evinrude, passait avant, et surpassant même Evinrude, la chevalière de Bobby, la preuve embarrassante de son état de « fréquentation sérieuse » et qu'elle portait (*quand* elle la portait ; la moindre prise de bec et elle l'enlevait) à un pouce, car même avec du chatterton l'anneau d'homme ne pouvait aller à un doigt plus approprié. Nancy était une jolie fille, mince et agile comme un garçon, et ce qu'elle avait de plus joli était ses cheveux châtains, brillants et coupés court (cent coups de brosse chaque matin, autant le soir) et son teint adouci par le savon, encore légèrement marqué de taches de rousseur et d'un rose bruni par le soleil de l'été précédent. Mais c'étaient ses yeux, bien séparés, sombrement translucides, comme de la bière qu'on porte au grand jour, qui la rendaient immédiatement sympathique, qui annonçaient tout de suite son manque de méfiance, sa bonté réfléchie et pourtant si aisément déclenchée.

« Nancy ! lança Kenyon. Susan au téléphone. »

Susan Kidwell, sa confidente. Elle répondit encore dans la cuisine.

« Dis-moi, fit Susan qui commençait invariablement une séance téléphonique par ce commandement. Et, pour commencer, dis-moi pourquoi tu flirtais avec Jerry Roth. » Comme Bobby, Jerry Roth était une étoile de basket-ball de l'Ecole.

« Hier soir ? Grands dieux, je ne flirtais pas. Tu veux dire parce qu'on se tenait les mains ? Il est venu dans les coulisses durant la représentation. Et j'étais si nerveuse. Alors il m'a tenu la main. Pour me donner du courage.

— Très gentil. Et ensuite ?

— Bobby m'a emmenée voir le film d'épouvante. Et *on* s'est tenu les mains.

— Ça t'a fait peur ? Pas Bobby. Le film.

— Lui pas. Il a ri tout le temps. Mais tu me connais. Hou ! et je tombe en bas de mon siège.

— Qu'est-ce que tu manges ?

— Rien.

— Je sais... tes ongles », dit Susan en devinant correctement. Malgré tous ses efforts Nancy ne pouvait perdre l'habitude de se grignoter les ongles, et quand elle était préoccupée elle les rongeait jusqu'au sang. « Dis. Quelque chose qui va pas ?

— Non.

— Nancy. *C'est moi*[1]... » Susan étudiait le français.

« Eh bien... Papa. Il a été d'une humeur affreuse ces trois dernières semaines. Affreuse. Du moins à mon égard. Et quand je suis rentrée hier soir il a recommencé *ça.* »

« *Ça* » n'avait pas besoin d'amplification ; c'était un sujet que les deux amies avaient discuté à fond, et sur lequel elles étaient d'accord. Susan, résumant le problème du point de vue de Nancy, avait dit un jour : « Tu aimes Bobby maintenant et tu as besoin de lui. Mais dans le fond, Bobby lui-même sait que c'est sans avenir. Plus tard, quand nous irons à Manhattan, tout semblera un monde nouveau. » L'Université du Kansas est à Manhattan, et les deux jeunes filles avaient l'intention de s'y inscrire à la Faculté des beaux-arts et

1. En français dans le texte.

de partager la même chambre. « Tout va changer, que tu le veuilles ou non. Mais tu ne peux pas changer ça maintenant, tant que tu vis à Holcomb, que tu vois Bobby tous les jours, que vous suivez les mêmes cours, et il n'y a pas de *raison* pour ça. Parce que toi et Bobby vous êtes quelque chose d'heureux. Et ce sera une chose heureuse à te rappeler, si tu es seule. Tu peux pas faire comprendre ça à ton père ? » Non, elle ne le pouvait pas. « Parce que, comme elle l'expliqua à Susan, quand je commence à *dire* quelque chose, il me regarde comme si je ne l'aimais pas. Ou comme si je l'aimais *moins*. Et soudainement, j'ai la langue paralysée ; je veux simplement être sa fille et faire ce qu'il désire. » Susan n'avait rien à répondre à cela ; ça impliquait des émotions, un rapport au-delà de son expérience. Elle vivait seule avec sa mère qui enseignait la musique à l'Ecole de Holcomb, et elle ne se souvenait pas très nettement de son père, car, des années auparavant, dans leur Californie natale, Mr. Kidwell avait un beau jour quitté la maison et n'était pas revenu.

« Et de toute façon, continua Nancy, à présent, je ne suis pas certaine que ce soit *moi* qui le rends grognon. Quelque chose d'autre... Il est vraiment préoccupé par quelque chose.

— Ta mère ? »

Nulle autre amie de Nancy n'aurait pris la liberté de faire une telle suggestion. Susan était privilégiée cependant. Lorsqu'elle était apparue à Holcomb pour la première fois, enfant mélancolique, imaginative, pâlotte et filiforme, âgée de huit ans à l'époque, un an de moins que Nancy, les Clutter l'avaient adoptée avec tant de chaleur que la petite fille de Californie qui n'avait pas de père devint bientôt un membre de la famille. Pendant sept ans les deux amies avaient été inséparables, chacune, en vertu de la rareté de sensibilités semblables et égales, irremplaçable pour l'autre. Mais alors, au mois de septembre dernier, Susan avait quitté l'école locale pour celle de Garden City qui était plus vaste et censément supérieure. C'était la procédure habituelle pour les étudiants de Holcomb qui avaient l'intention d'aller à l'Université, mais Mr. Clutter, défenseur intransigeant de son patelin, considérait de telles défaillances comme un outrage à l'esprit de communauté ; l'Ecole de Holcomb était assez bonne pour ses enfants et ils y demeureraient. Par conséquent, les deux jeunes filles n'étaient plus toujours ensemble et Nancy ressentait profondément l'absence de son amie le jour, l'unique personne avec laquelle elle n'avait pas à être brave ni réservée.

« Maman ? Nous sommes tous si heureux à propos de maman, tu as appris la merveilleuse nouvelle. » Puis Nancy dit : « Ecoute », et elle hésita, comme si elle rassemblait tout son courage pour faire une remarque révoltante. « Comment se fait-il que je sente constamment une odeur de fumée ? Honnêtement, je crois que je deviens folle. Je monte dans la voiture, j'entre dans une pièce, et c'est comme si quelqu'un venait juste d'en sortir après y avoir fumé une cigarette. Ce n'est pas maman, ça ne peut être Kenyon. Kenyon n'oserait pas... »

Pas plus, très vraisemblablement, que tout visiteur dans la demeure des Clutter qui était explicitement dépourvue de cendriers. Lentement, Susan saisit l'implication, mais c'était grotesque. Quelles que fussent ses angoisses personnelles, elle ne pouvait croire que Mr. Clutter trouvait une consolation secrète dans le tabac. Avant qu'elle puisse demander si c'était là ce que Nancy voulait vraiment dire, Nancy l'interrompit : « Pardonne-moi, Susan, il faut que je te quitte. Mrs. Katz est ici. »

*

Dick conduisait une Chevrolet noire 1949. Tout en s'installant, Perry vérifia la banquette arrière pour voir si sa guitare était bien là ; la nuit précédente, après en avoir joué pour un groupe d'amis de Dick, il l'avait oubliée et laissée dans la voiture. C'était une vieille guitare Gibson, polie au papier de verre et cirée d'un jaune de miel. Un autre genre d'instrument se trouvait à côté de la guitare, un fusil de chasse à éjection, de calibre douze, tout neuf, au canon bleu, et avec une scène de chasse représentant un vol de faisans gravée sur la crosse. Une lampe de poche, un couteau de pêcheur, une paire de gants de cuir et une veste de chasseur complètement garnie de cartouches contribuaient aussi à l'atmosphère de cette curieuse nature morte.

« Tu portes ça ? » demanda Perry en montrant la veste.

Dick frappa le pare-brise avec ses jointures. « Toc, toc. Pardon, monsieur. On était en train de chasser et on a perdu notre chemin. Si nous pouvions nous servir du téléphone...

— *Sí, señor. Yo comprendo.*

— C'est gagné d'avance, dit Dick. J'te promets coco qu'on va leur foutre des cheveux plein les murs.

— Leur mettre... », dit Perry. Dévoreur de dictionnaires, fanatique de mots obscurs, il s'était déterminé à perfectionner la grammaire de son ami et à accroître son vocabulaire depuis qu'ils avaient partagé la même cellule au pénitencier du Kansas. Loin de se froisser de ces leçons, l'élève pour plaire à son professeur, avait un jour composé une série de poèmes, et, bien que les vers fussent très obscènes, Perry, qui les trouvait néanmoins très drôles, avait fait relier le manuscrit dans un atelier de prison et en avait fait graver le titre en lettres d'or, *Histoires sales.*

Dick était vêtu de bleus de travail ; des lettres cousues dans le dos faisaient de la réclame pour la CARROSSERIE BOB SANDS. Lui et Perry remontèrent la rue principale d'Olathe jusqu'à la maison Bob Sands, l'atelier de réparation de voitures où Dick était employé depuis sa sortie de prison à la mi-août. Mécanicien qualifié, il gagnait soixante dollars par semaine. Il ne méritait pas de salaire pour le travail qu'il avait l'intention de faire ce matin, mais Mr. Sands, qui lui confiait le garage les samedis, ne saurait jamais qu'il avait payé son employé pour réviser sa propre voiture. Avec l'aide de Perry, il se mit au travail. Ils changèrent l'huile, ajustèrent l'embrayage, rechargèrent la batterie, remplacèrent un roulement défectueux et installèrent des pneus neufs aux roues arrière — autant d'entreprises nécessaires, car entre aujourd'hui et demain, on attendait de la vieille Chevrolet qu'elle accomplisse des exploits épuisants.

« Parce que mon vieux était à la maison, dit Dick en réponse à la question de Perry qui voulait savoir pourquoi il était en retard au rendez-vous du *Petit Bijou.* J'voulais pas qu'il me voie sortir le fusil de la maison. Bon Dieu, il aurait su que j'lui causais pas la vérité.

— Ne lui disais pas... Mais qu'est-ce que tu as dit en fin de compte ?

— Comme on a dit. J'lui ai dit qu'on serait absents jusqu'à demain ; raconté qu'on allait rendre visite à ta sœur à Fort Scott. Parce qu'elle détenait de l'argent pour toi. Quinze cents dollars. » Perry avait une sœur et il en avait eu deux autrefois, mais celle qui vivait encore ne demeurait pas à Fort Scott, une ville du Kansas à quatre-vingt-cinq miles d'Olathe ; en fait, il n'était pas très certain de son adresse actuelle.

« Il était fâché ?

— Pourquoi serait-il fâché ?

— Parce qu'il me déteste », dit Perry dont la voix était à la fois légère et affectée, une voix qui, bien qu'elle fût douce, énonçait chaque mot avec exactitude, l'éjectait comme un rond de fumée sortant de la bouche d'un pasteur. « Comme ta mère, d'ailleurs. J'ai bien vu la façon ineffable dont ils m'ont regardé. »

Dick haussa les épaules. « Ça n'a rien à voir avec toi. Pas vraiment. Simplement qu'ils aiment pas me voir avec quelqu'un de l'autre côté du mur. » Marié deux fois, divorcé deux fois, âgé de vingt-huit ans et père de trois garçons, Dick avait été libéré sur parole à condition d'habiter chez ses parents; la famille, qui comprenait un frère puîné, vivait sur une petite ferme près d'Olathe. « N'importe quel type avec l'insigne de la fraternité », ajouta-t-il, et il toucha un point bleu tatoué sous son œil gauche — un insigne, un mot de passe visible grâce auquel certains anciens prisonniers pouvaient le reconnaître.

« Je comprends, dit Perry. J'suis d'accord avec ça. Ce sont des gens sympathiques. Ta mère est vraiment une femme charmante. »

Dick opina ; c'était son avis, lui aussi.

A midi ils posèrent leurs outils, et Dick, poussant le moteur à fond et prêtant l'oreille au ronflement continu, s'assura qu'ils avaient fait un travail minutieux.

*

Nancy et sa protégée, Jolene Katz, étaient également satisfaites du travail de la matinée : en effet, cette dernière, une mince jeune fille de treize ans, était folle d'orgueil. Pendant un long moment elle ne quitta pas des yeux la gagnante du cordon bleu dont les cerises sorties toutes chaudes du four mijotaient sous leurs croisillons de pâte croustillante et, gagnée par l'émotion, Jolene embrassa Nancy et demanda : « Vraiment, c'est bien moi qui l'ai faite ? » Nancy l'embrassa à son tour en riant et l'assura que c'était bien elle — avec un peu d'aide.

Jolene insista pour qu'elles goûtent à la tarte tout de suite, pas question de la laisser refroidir. « Je t'en prie, prenons-en chacune un morceau. Et vous aussi », dit-elle à Mrs. Clutter qui venait d'entrer dans la cuisine. Mrs. Clutter sourit, essaya de sourire — elle avait mal à la tête — et la remercia mais elle n'avait pas assez d'appétit. Quant à Nancy, elle n'avait pas le temps ; Roxie Lee Smith et le solo de trompette de Roxie Lee l'attendaient, et ensuite ces courses pour sa mère dont l'une concernait une réception de cadeaux de mariage que des jeunes filles de Garden City organisaient pour Beverly, et une autre, le gala de Thanksgiving Day.

« Pars maintenant, chérie, je vais tenir compagnie à Jolene jusqu'à ce que sa maman vienne la prendre », dit Mrs. Clutter, puis, s'adressant à l'enfant avec une timidité insurmontable, elle ajouta : « Si Jolene veut bien me tenir compagnie. » Dans sa jeunesse, elle avait gagné un prix d'élocution ; il semblait que la maturité avait ramené sa voix à un ton unique, celui des excuses, et réduit sa personnalité à une série de gestes estompés par la crainte d'offenser, de déplaire d'une façon ou d'une autre. « J'espère que tu comprends, continua-t-elle après le départ de sa fille. J'espère que tu ne penseras pas que Nancy est mal élevée ?

— Grands dieux, non. Je l'adore. Tout le monde l'adore. Il n'y a simplement personne comme Nancy. Savez-vous ce que Mrs. Stringer a dit ? fit Jolene, citant son professeur d'économie domestique. Un jour elle a dit à la classe : "Nancy Clutter est toujours à la course, mais elle a toujours le temps. Et c'est là une définition de ce qu'est une dame."

— Oui, répondit Mrs. Clutter. Tous mes enfants sont très débrouillards. Ils n'ont pas besoin de moi. »

Jolene n'avait jamais été seule avec l' « étrange » maman de Nancy auparavant, mais, en dépit des discussions dont elle avait eu vent, elle se sentait très à l'aise car, bien que Mrs. Clutter elle-même ne fût pas détendue, elle possédait une qualité reposante, comme c'est généralement le cas des personnes sans défense qui ne menacent en rien ; le visage de missionnaire en forme de cœur de Mrs. Clutter, son air de pureté candide et désemparée faisaient naître un sentiment de compassion protectrice, même chez un être très enfantin comme Jolene. Mais penser que c'était la mère de Nancy ! Une tante, peut-être ; une tante célibataire en visite, légèrement dérangée, mais *gentille*.

« Non, ils n'ont pas besoin de moi », répéta-t-elle, en se versant une tasse de café. Tous les autres membres de la famille observaient l'interdit jeté sur ce breuvage par son mari, mais elle en buvait deux tasses tous les matins et la plupart du temps elle ne mangeait rien d'autre de la journée. Elle pesait quarante-cinq kilos ; des bagues — une alliance et une bague sertie d'un diamant modeste au point d'en être un signe d'humilité — s'entrechoquaient à l'une de ses mains osseuses.

Jolene coupa un morceau de tarte. « Chouette ! dit-elle en l'engloutissant. J'vais en faire une comme ça sept jours par semaine.

— Eh bien, tu as tous ces petits frères, et les garçons ça mange beaucoup de tarte. Mr. Clutter et Kenyon, je sais qu'ils s'en fatiguent jamais. Mais la cuisinière, si — Nancy peut à peine les sentir. Ça sera la même chose pour toi. Non, non — pourquoi ai-je dit ça ? » Mrs. Clutter, qui portait des verres sans monture, les enleva et se frotta les yeux. « Pardonne-moi, chérie. Je suis certaine que tu ne sauras jamais ce que c'est que d'être fatiguée. Je suis sûre que tu seras toujours heureuse... »

Jolene était silencieuse. La note de panique dans la voix de Mrs. Clutter avait provoqué en elle un changement de sentiment ; Jolene était confuse et souhaitait que sa mère, qui avait promis de venir la chercher à 11 heures, arrivât.

Puis, plus calmement, Mrs. Clutter demanda : « Aimes-tu les objets miniatures ? Les toutes petites choses ? » et elle invita Jolene à passer dans la salle à manger pour examiner les rayons d'une étagère où étaient disposés des bibelots lilliputiens assortis : ciseaux, dés, corbeilles à fleurs en cristal, figurines, fourchettes et couteaux. « Il y en a que j'ai depuis mon enfance. Papa et maman — nous tous — on passait une partie de la plupart des années en Californie. Près de l'Océan. Et il y avait une boutique qui vendait des petites choses précieuses comme ça. Ces tasses. » Un service de tasses à thé de poupée, fixées à un plateau minuscule, tremblait dans la paume de sa main. « C'est papa qui me les a données ; j'ai eu une enfance merveilleuse. »

Fille unique d'un prospère producteur de blé du nom de Fox, sœur adorée de trois frères aînés, elle n'avait pas été gâtée mais protégée, amenée à croire que la vie était une succession d'événements agréables : les automnes du Kansas, les étés de Californie, une suite ininterrompue de cadeaux miniatures. A l'âge de dix-huit ans, enthousiasmée par une biographie de Florence Nightingale, elle s'inscrivit comme étudiante infirmière à l'hôpital Sainte-Rose de Great Bend, Kansas. Elle n'était pas faite pour ça, et deux ans plus tard, elle en convint : les réalités quotidiennes de l'hôpital — scènes, odeurs — la rendaient malade. Pourtant, même aujourd'hui, elle regrettait de ne pas avoir suivi le cours jusqu'à la fin et de ne pas avoir reçu son diplôme, « simplement pour prouver, comme elle avait dit à une amie, que j'ai réussi quelque chose un jour ». Au lieu de ça, elle avait rencontré et épousé Herb, un camarade d'Université de son frère aîné, Glenn ; en fait, comme les deux familles vivaient à moins de vingt miles l'une de l'autre, elle le connaissait de vue depuis longtemps, mais les Clutter, de simples fermiers, n'entretenaient pas de relations avec les Fox qui étaient riches et cultivés. Cependant, Herb était un bel homme, il était pieux, il avait une grande force de volonté, il la désirait, et elle était amoureuse.

« Mr. Clutter voyage énormément, dit-elle à Jolene. Il est toujours en route. Washington et Chicago, Oklahoma et Kansas City ; des fois il me semble qu'il n'est jamais à la maison. Mais partout où il va, il se rappelle à quel point je raffole des petits objets. » Elle déploya un petit éventail en papier. « Il m'a apporté ça de San Francisco.

Ça ne coûte qu'un sou. Mais est-ce que c'est pas joli ? »

Eveanna naquit au cours de la deuxième année du mariage, et trois ans plus tard, Beverly ; après chaque accouchement la jeune maman avait ressenti un inexplicable découragement ; des accès de chagrin qui la faisaient errer d'une pièce à l'autre en se tordant les mains de stupéfaction. Entre la naissance de Beverly et de Nancy, trois autres années passèrent, et ce furent les années des pique-niques du dimanche et des excursions d'été au Colorado, les années où elle tenait vraiment son ménage et où elle était le centre heureux de son foyer. Mais avec Nancy, et puis avec Kenyon, le motif de dépression postnatale se répéta, et à la suite de la naissance de son fils, l'état de détresse qui s'abattit sur elle ne disparut jamais tout à fait ; il s'attarda comme un nuage qui pourrait amener la pluie ou non. Elle avait de « bons jours », et ils s'accumulaient occasionnellement en semaines, en mois, mais même dans les meilleurs de ces bons jours, ces jours où elle était la Bonnie « d'autrefois », l'affectueuse et charmante Bonnie que ses amis chérissaient, elle ne pouvait rassembler la vitalité sociale que demandaient les activités pyramidales de son époux. C'était un « homme sociable », un « meneur-né » ; mais pas elle, et elle cessa de s'efforcer de le devenir. C'est ainsi que sur des sentiers bordés de délicates attentions et tout en demeurant totalement fidèles, ils commencèrent à suivre des voies à demi séparées ; lui, une route publique, une marche de conquêtes satisfaisantes, et elle, un chemin privé qui passait éventuellement par des couloirs d'hôpitaux. Mais elle n'avait pas abandonné tout espoir. La confiance en Dieu l'avait soutenue, et de temps à autre des sources temporelles ajoutaient un supplément à sa foi dans Sa miséricorde prochaine ; elle apprenait en lisant l'existence d'un remède miraculeux, elle entendait parler d'une nouvelle thérapeutique, ou, comme tout récemment, elle décidait de croire qu'un « nerf pincé » était la cause de tout le mal.

« Les petites choses t'appartiennent vraiment, dit-elle en refermant l'éventail. On n'a pas besoin de les abandonner derrière soi. On peut les transporter dans une boîte à chaussures.

— Les transporter où ?

— Comment ! Là où on va. Tu pourrais être absente pour longtemps. »

Quelques années plus tôt, Mrs. Clutter était allée à Wichita pour deux semaines de traitement, et elle y était demeurée deux mois. Sur l'avis d'un médecin qui avait cru que cette expérience l'aiderait à regagner « un sentiment d'adaptation et d'utilité », elle avait loué un appartement, puis trouvé un travail — archiviste au Y.W.C.A.[1]. Son mari, qui était tout à fait d'accord, encouragea l'aventure, mais elle avait trop aimé ça, tellement que ça lui avait semblé peu chrétien, et le sentiment de culpabilité qu'elle acquit dès lors l'emporta en fin de compte sur la valeur thérapeutique de l'expérience.

« Tu pourrais ne jamais revenir chez toi. Et... c'est important de toujours avoir avec toi quelque chose qui t'appartienne. Qui soit vraiment à toi. »

La sonnette résonna. C'était la mère de Jolene.

Mrs. Clutter dit : « Au revoir, chérie », et elle

1. *Young Women's Christian Association :* Union Chrétienne des Jeunes Femmes.

mit dans la main de Jolene l'éventail de papier. « Ça ne coûte qu'un sou, mais c'est joli. »

Sur quoi Mrs. Clutter demeura seule dans la maison. Kenyon et Mr. Clutter étaient partis à Garden City ; Gerald Van Vleet était absent pour la journée ; et la femme de ménage, cette chère Mrs. Helm à qui elle pouvait confier n'importe quoi, ne venait pas travailler le samedi. Elle ferait aussi bien de se remettre au lit — le lit qu'elle quittait si rarement que cette pauvre Mrs. Helm devait se bagarrer pour avoir la possibilité d'en changer les draps deux fois par semaine.

Il y avait quatre chambres à coucher à l'étage, et la sienne était la dernière au bout d'un corridor spacieux qui était nu à l'exception d'un berceau acheté pour les visites de son petit-fils. Si on mettait des lits de camp dans le corridor et si on l'utilisait comme dortoir durant les fêtes de Thanksgiving, Mrs. Clutter estimait que la maison pourrait recevoir vingt invités ; les autres allaient devoir se loger à l'hôtel ou chez des voisins. Dans le clan des Clutter, la réunion de Thanksgiving était un événement annuel dont chacun se chargeait à son tour, et cette année, Herb était l'hôte désigné, de telle sorte qu'on ne pouvait faire autrement ; mais comme cela coïncidait avec les préparations pour le mariage de Beverly, Mrs. Clutter désespérait de survivre à l'un et l'autre projet. Tous deux impliquaient des décisions à prendre ; un processus qu'elle avait toujours détesté et qu'elle avait appris à redouter car, chaque fois que son mari était en voyage d'affaires, on s'attendait continuellement à ce qu'elle fournisse, en son absence, des jugements au pied levé concernant les travaux de la ferme, et c'était insupportable, une torture. Qu'arriverait-il si elle se trompait ? Et si Herb était mécontent ? Mieux valait verrouiller la porte de sa chambre et prétendre n'avoir rien entendu, ou dire, comme elle le faisait parfois : « Je ne peux pas. Je ne sais pas. Je vous en prie. »

La chambre qu'elle quittait si rarement était austère ; si le lit avait été fait, un visiteur aurait pu penser qu'elle n'était jamais occupée. Un lit en chêne, une commode en noyer, une table de chevet ; rien d'autre sauf des lampes, une fenêtre garnie de rideaux et une image du Christ marchant sur les flots. C'était comme si, en gardant cette chambre impersonnelle, en n'emportant pas ses affaires personnelles mais en les laissant mélangées à celles de son mari, elle atténuait l'offense de ne pas partager sa chambre. Le seul tiroir de la commode à être utilisé contenait un pot d'onguent Vicks Vaporub, des Kleenex, un coussin électrique, plusieurs chemises de nuit blanches et des chaussettes de coton blanches. Elle portait toujours une paire de ces chaussettes au lit, car elle avait toujours froid. Et, pour la même raison, elle gardait habituellement ses fenêtres fermées. L'avant-dernier été, par un dimanche d'août étouffant, alors qu'elle s'était retirée ici, un incident pénible avait eu lieu. Il y avait des invités ce jour-là, un groupe d'amis qui étaient venus à la ferme pour cueillir des mûres et, parmi eux, se trouvait Wilma Kidwell, la mère de Susan. Comme la plupart des gens qui étaient souvent reçus par les Clutter, Mrs. Kidwell acceptait l'absence de l'hôtesse sans commentaires et supposait, comme c'en était la coutume, qu'elle était soit « indisposée », soit « à Wichita ». De toute façon, quand vint l'heure de se rendre au verger, Mrs. Kidwell se récusa ; élevée à la ville, facilement épuisée, elle préférait demeurer à la maison. Plus tard, comme elle attendait le retour des cueilleurs de mûres, elle entendit des larmes déchirantes, à briser le cœur. « Bonnie ? » lança-t-elle, et elle monta l'escalier quatre à quatre et courut jusqu'à la chambre de Bonnie au bout du couloir. Quand elle l'ouvrit, la chaleur amassée à l'intérieur lui fit l'effet soudain d'une main terrifiante posée sur sa bouche ; elle se précipita vers une fenêtre pour l'ouvrir. « Non ! cria Bonnie. Je n'ai pas chaud. J'ai froid. Je gèle. Mon Dieu, mon Dieu, mon Dieu ! » Elle battit des bras. « Je vous en prie, mon Dieu, ne laissez personne me voir comme ça. » Mrs. Kidwell s'assit sur le lit ; elle voulait prendre Bonnie dans ses bras, et finalement Bonnie se laissa faire. « Wilma, dit-elle, je vous écoutais, Wilma. Vous tous. En train de rire, de vous amuser. Je passe à côté de tout. Les meilleures années, les enfants, tout. Encore un peu de temps, et même Kenyon aura grandi, sera devenu un homme. Et quelle image va-t-il garder de moi ? Une espèce de fantôme, Wilma. »

Maintenant, en ce dernier jour de sa vie, Mrs. Clutter accrocha dans le placard la robe d'intérieur en calicot qu'elle avait portée jusque-là, et elle revêtit une de ses chemises de nuit traînantes et une paire de chaussettes blanches toutes propres. Puis, avant de se mettre au lit, elle changea ses lunettes ordinaires pour des verres de lecture. Bien qu'elle fût abonnée à de nombreux périodiques (*Ladies' Home Journal*, *McCall's*, *Reader's Digest* et *Ensemble : Magazine bimensuel des familles méthodistes*), aucun de ceux-ci ne se trouvait sur sa table de chevet, seulement une bible. Un signet était placé entre les pages, un bout rigide de soie moirée sur lequel un avertissement avait été brodé : « Prends garde, veille et prie : car tu ne sais ni le jour ni l'heure. »

*

Les deux jeunes hommes avaient peu de choses en commun, mais ils ne s'en rendaient pas compte car ils partageaient plusieurs traits de caractère superficiels. Tous deux, par exemple, étaient excessivement soigneux de leur personne, très soucieux de questions d'hygiène et de l'état de leurs ongles. Après leur matinée sous le pont de graissage, ils passèrent presque une heure à se faire une beauté dans le cabinet de toilette du garage. Simplement vêtu d'un short, Dick n'était plus tout à fait le même que lorsqu'il était habillé. Dans ce dernier état, il semblait être un jeune homme chétif, d'un blond terne, de taille moyenne, décharné et peut-être fragile des poumons ; une fois nu, Dick apparaissait tout différent ; il se révélait plutôt comme un athlète bâti à l'échelle d'un mi-moyen. Le tatouage d'une tête de chat, bleue et grimaçante, couvrait sa main droite ; sur une épaule s'épanouissait une rose bleue. D'autres marques, qu'il avait dessinées et exécutées lui-même, ornaient ses bras et son torse : une tête de dragon avec un crâne humain entre ses mâchoires ouvertes ; des femmes nues à forte poitrine, un diable brandissant une fourche ; le mot PAIX accompagné d'une croix dont émanaient, sous la forme de traits grossiers, des rayons de lumière divine ; et deux compositions sentimentales : l'une, un bouquet de fleurs dédié à maman-papa, l'autre, un cœur qui célébrait le roman d'amour de DICK et CAROL, la jeune fille qu'il avait épousée à l'âge de dix-neuf ans et dont il avait divorcé six ans plus tard afin d' « agir en homme d'honneur » avec une autre jeune femme, la mère de son dernier-né. (« J'ai trois fils dont je m'occuperai décidément, avait-il écrit en faisant sa demande de remise en liberté sur parole. Ma femme est remariée. J'ai été marié deux fois, seulement je veux rien avoir à faire avec ma deuxième femme. »)

Mais ni le physique de Dick ni les tatouages qui le décoraient ne produisaient une impression aussi remarquable que son visage qui semblait composé de parties dépareillées. On aurait dit que sa tête avait été coupée en deux comme une pomme, puis recollée avec un léger décalage. C'était un peu ce qui était arrivé ; les traits imparfaitement alignés étaient la conséquence d'une collision de voiture en 1950, accident qui imprima une dissymétrie à son étroit visage à la mâchoire allongée, laissant le côté gauche un peu plus bas que le côté droit, et il en résulta que les lèvres étaient légèrement de biais, le nez de travers, et les yeux, non seulement situés à des niveaux différents mais de taille inégale, l'œil gauche étant vraiment serpentin, avec un regard louche et venimeux, maladivement bleu, qui, même s'il avait été acquis involontairement, semblait néanmoins annoncer une lie amère au fond de sa nature. Mais Perry lui avait dit : « L'œil n'a pas d'importance. Parce que tu as un merveilleux sourire. Un de ces sourires réellement efficaces. » Il était vrai que l'action raidissante d'un sourire redonnait à son visage, en le crispant, ses proportions exactes et permettait de discerner une personnalité moins effrayante : le type américain du « brave garçon » aux cheveux en brosse, trop longs, assez équilibré mais pas trop brillant. (En fait, il était très intelligent. Un test d'intelligence passé en prison lui donnait le chiffre 130 ; le sujet moyen, en prison ou ailleurs, se situe entre 90 et 110.)

Perry aussi avait été estropié, et ses blessures

reçues dans un accident de motocyclette étaient plus graves que celles de Dick ; il avait passé six mois dans un hôpital de l'Etat de Washington et six autres mois sur des béquilles, et bien que l'accident ait eu lieu en 1952, ses jambes de nain, tronçonnées, cassées en cinq endroits et pitoyablement couvertes de cicatrices le faisaient encore tellement souffrir qu'il avait pris l'habitude de se bourrer de cachets d'aspirine. Il avait moins de tatouages que son compagnon, mais les siens étaient plus raffinés — ce n'était pas l'œuvre que s'était infligée un amateur, mais les chefs-d'œuvre d'un art conçu par des maîtres d'Honolulu et de Yokohama. COOKIE, le nom de l'infirmière qui avait été gentille avec lui lors de son hospitalisation, était tatoué sur son biceps droit. Un tigre au pelage bleu, aux yeux orange et pourvu de dents rouges, feulait d'un air menaçant sur son biceps gauche ; un serpent qui crachait, enroulé autour d'une dague, descendait le long de son bras ; et ailleurs, des crânes luisaient, une pierre tombale se dessinait, un chrysanthème fleurissait.

« Ça va, beauté. Mets le peigne de côté », fit Dick, qui était habillé à présent et prêt à partir. Ayant quitté ses vêtements de travail, il portait un pantalon gris et une chemise assortie, et, comme Perry, des bottes noires à hauteur de cheville. Perry, qui ne pouvait jamais trouver de pantalons convenant à sa moitié inférieure tronquée, portait des blue-jeans roulés et un blouson de cuir. Nettoyés, peignés, soignés comme deux gommeux se rendant à un double rendez-vous, ils se dirigèrent vers la voiture.

*

La distance entre Olathe, dans la banlieue de Kansas City, et Holcomb, que l'on pourrait dire dans la banlieue de Garden City, est approximativement quatre cents miles.

Garden City, ville de onze mille habitants, commença à assembler ses fondateurs peu de temps après la guerre de Sécession. Un chasseur de buffles ambulant, Mr. C. J. (Buffalo) Jones, eut beaucoup à voir avec l'expansion ultérieure de la ville qui, d'un amas de huttes et de pieux pour attacher les chevaux, devint un opulent centre d'élevage avec des cabarets où l'on faisait la bringue, un opéra et l'hôtel le plus somptueux que l'on puisse trouver entre Kansas City et Denver ; bref, un spécimen de fantaisie de la frontière qui rivalisait avec une petite ville plus célèbre, cinquante miles à l'est, Dodge City. Tout comme Buffalo Jones qui perdit son argent et puis la raison (il passa les dernières années de sa vie à haranguer des groupes de gens dans la rue contre l'extermination gratuite des bêtes qu'il avait lui-même massacrées avec un tel profit), les charmes du passé sont aujourd'hui ensevelis. Il reste quelques souvenirs ; une rangée modérément pittoresque d'établissements commerciaux connue sous le nom de rue des Buffles ; l'Hôtel Windsor, qui fut autrefois splendide, avec son cabaret encore splendide, haut de plafond, et son atmosphère de crachoirs et de palmiers en pots, demeure parmi les boutiques et les supermarchés un point d'attraction de Main Street, un point relativement peu achalandé car les immenses chambres sombres et les couloirs sonores du *Windsor,* tout évocateurs qu'ils soient, ne peuvent soutenir la concurrence des agréments climatisés offerts au coquet petit hôtel Warren, ou des appareils de télévision individuels et de la « Piscine chauffée » du *Wheat Lands Motel.*

Quiconque a traversé les Etats-Unis d'un océan

à l'autre, que ce soit en train ou en voiture, est probablement passé par Garden City, mais il est raisonnable de supposer que peu de voyageurs se souviennent de l'événement. L'endroit ne semble être qu'une autre ville de bonne taille au milieu — presque au milieu exact — du continent. Les habitants ne toléreraient pas pour autant une opinion semblable, peut-être avec raison. Bien qu'ils puissent exagérer dans un sens (« Vous trouverez pas dans le monde entier des gens plus accueillants, un air plus frais ou une eau meilleure à boire », et : « J'pourrais gagner trois fois plus à Denver, mais j'ai cinq gosses et j'estime qu'il n'y a pas de meilleur endroit qu'ici pour élever des enfants. Des écoles épatantes avec toutes sortes de sports. On a même une petite université », et : « Je suis venu ici pour exercer le droit. Une chose temporaire, je n'avais jamais eu l'intention de rester. Mais quand l'occasion s'est présentée de partir, je me suis demandé : pourquoi m'en aller ? Bon Dieu, pourquoi ? Peut-être que c'est pas New York, mais qui veut de New York ? Des bons voisins, des gens qui s'aiment bien, y'a que ça qui compte. Et tout ce dont un honnête homme a besoin à côté de ça, on l'a aussi. De belles églises. Un golf », le nouveau venu à Garden City, une fois habitué au silence nocturne après 8 heures dans Main Street, découvre beaucoup de choses à l'appui des vantardises défensives des citoyens : une bibliothèque publique bien dirigée, un quotidien compétent, ici et là des squares ombragés et garnis de pelouses vertes, des rues résidentielles tranquilles où les animaux et les enfants peuvent courir en toute sécurité, un grand jardin public plein de coins et de recoins avec un petit zoo (« Voyez les Ours Polaires ! », « Voyez Penny l'Eléphant ! »), et une piscine qui occupe plusieurs arpents (« La Plus Grande Piscine GRATUITE du Monde ! »). De tels accessoires, et la poussière et les vents et les incessants sifflements des trains, font un « port d'attache » dont se souviennent probablement avec nostalgie ceux qui l'ont quitté et qui fournit à ceux qui sont restés une sensation d'enracinement et de contentement.

Les citoyens de Garden City nieraient tous sans exception que la population de la ville puisse être classée en couches sociales (« Non, monsieur. Rien de tel ici. Tous égaux quelles que soient la richesse, la couleur ou la religion. Tout ce qui devrait exister dans une démocratie : c'est nous »), mais, bien sûr, les distinctions de classes sont aussi nettement observées et aussi nettement observables que dans toute autre ruche humaine. Cent miles à l'ouest et l'on serait sorti de la « Ceinture biblique », cette bande de territoire américain hantée par l'Evangile et où un homme doit, ne serait-ce que pour des raisons d'affaires, prendre sa religion avec le plus grand sérieux ; mais dans le comté de Finney on est toujours à l'intérieur des frontières de la Ceinture biblique, et par conséquent l'appartenance d'une personne à une Eglise est le facteur le plus important qui influence son rang social. Une combinaison de baptistes, de méthodistes et de catholiques comprendrait quatre-vingts pour cent des fidèles du comté, et pourtant, parmi l'élite — hommes d'affaires, banquiers, avocats, médecins et fermiers en vue qui tiennent le haut du pavé — les presbytériens et les épiscopaliens sont en majorité. Un méthodiste y est occasionnellement accueilli, et de temps à autre un démocrate s'y infiltre, mais dans l'ensemble la Haute Société est composée de républicains de droite appartenant aux confessions presbytérienne et épiscopalienne.

En tant qu'homme instruit ayant réussi dans sa profession, en tant que républicain éminent et membre important d'une Eglise — bien que ce fût l'Eglise méthodiste — Mr. Clutter était habilité à faire partie du patriciat local, mais, de même qu'il ne s'était jamais inscrit au Country Club de Garden City, il n'avait jamais cherché à s'associer à la coterie régnante. Tout au contraire car leurs plaisirs n'étaient pas les siens ; il n'avait que faire des parties de cartes ou de golf, des cocktails ou des buffets servis à 10 heures ; ou, à vrai dire, de tout passe-temps qui, dans son opinion, « n'accomplissait rien ». C'est pourquoi en ce samedi ensoleillé, au lieu de faire une partie de golf à quatre, Mr. Clutter remplissait les fonctions de président d'une réunion du club des 4-H du comté de Finney. (La devise du club affirme : « Nous apprenons à faire en faisant. » C'est une organisation nationale, avec des filiales outre-mer, dont le but est d'aider les habitants des régions rurales — et particulièrement les enfants — à développer des talents pratiques et un caractère moral. Nancy et Kenyon étaient des membres consciencieux depuis l'âge de six ans.) Vers la fin de la réunion, Mr. Clutter dit : « Maintenant j'ai quelque chose à dire à propos d'un de nos membres adultes. » Ses yeux se portèrent sur une Japonaise potelée entourée de quatre petits Japonais potelés. « Vous connaissez tous Mrs. Hideo Ashida. Vous savez que les Ashida sont venus du Colorado pour s'installer ici ; qu'ils ont commencé à exploiter une ferme il y a deux ans à Holcomb. Une belle famille, le genre de personnes que Holcomb a de la veine d'avoir. C'est ce que tout le monde vous dira. Tous ceux qui ont été malades et qui ont vu Mrs. Ashida marcher je ne sais combien de miles pour leur apporter les merveilleuses soupes qu'elle fait. Ou les fleurs qu'elle fait pousser là où on ne s'attendrait pas à voir pousser une fleur. Et vous vous rappelez à quel point elle a contribué au succès des envois du Club des 4-H à la foire du comté l'an dernier. Alors je suggère que nous honorions Mrs. Ashida en lui donnant un prix à notre Banquet des Belles Réussites mardi prochain. »

Ses enfants la tiraillèrent, lui donnèrent des coups de poing dans les côtes ; l'aîné des garçons cria : « Eh ! Maman, c'est toi ! » Mais Mrs. Ashida était timide ; elle se frotta les yeux de ses mains grassouillettes de bébé et elle sourit. C'était la femme d'un métayer ; la ferme, particulièrement balayée par le vent et isolée, se trouvait à mi-distance entre Garden City et Holcomb. Après les réunions du club des 4-H, Mr. Clutter ramenait habituellement les Ashida chez eux, et c'est ce qu'il fit ce jour-là.

« Mince alors, quelle surprise, dit Mrs. Ashida comme la camionnette de Mr. Clutter filait sur la route 50. On dirait que j'suis toujours en train de vous remercier, Herb. Mais merci tout de même. » Elle l'avait rencontré le deuxième jour après son arrivée dans le comté de Finney ; c'était la veille de Halloween[1] et il était venu leur rendre visite avec Kenyon, apportant tout un chargement de citrouilles et de courges. Tout au long de ce premier hiver difficile étaient arrivés des dons de légumes que les Ashida n'avaient pas encore plantés : paniers d'asperges, laitues. Et Nancy amenait souvent Babe pour promener les enfants. « Vous

1. Veille de la Toussaint. *Halloween* est une fête populaire aux États-Unis. A cette occasion on décore la maison d'immenses citrouilles évidées dans lesquelles on fait brûler des bougies.

savez, sous pratiquement tous les rapports, c'est le meilleur endroit où on a jamais vécu. C'est aussi ce que dit Hideo. Pour sûr qu'on part pas de gaieté de cœur. Recommencer à zéro encore une fois.

— Partir ? protesta Mr. Clutter, et il ralentit.

— Eh bien, Herb. La ferme ici, les gens pour qui on travaille... Hideo pense qu'on pourrait faire mieux. Peut-être dans le Nebraska. Mais y a rien de décidé. C'est encore que des projets. » Sa voix joviale, toujours prête à rire, donnait à la triste nouvelle un accent de gaieté, mais, voyant que Mr. Clutter s'était rembruni, elle changea de sujet. « Herb, donnez-moi une opinion d'homme, dit-elle. Moi et les gosses on a fait des économies et on veut donner à Hideo quelque chose de magnifique pour Noël. Ce qu'il lui faut, c'est des dents. Alors écoutez, si votre femme vous donnait trois dents en or, ça vous semblerait un genre de cadeau approprié ? Je veux dire, demander à un homme de passer Noël chez le dentiste ?

— Ça bat quatre as. Surtout essayez pas de partir d'ici. On va vous lier les pieds et les mains, dit Mr. Clutter. Oui, bien sûr, y a pas à hésiter, des dents en or. Si c'était moi, ça m'amuserait follement. »

Sa réaction enchanta Mrs. Ashida, car elle savait qu'il n'approuverait pas son projet à moins de le penser vraiment ; c'était un gentleman. Elle ne l'avait jamais vu « jouer au propriétaire », abuser de quelqu'un ni manquer à sa parole. Elle se risqua à lui arracher une promesse maintenant. « Ecoutez, Herb. Au banquet... pas de discours, d'accord ? Pas moi. Vous, vous êtes différent. La façon que vous avez de vous lever et de parler à des centaines de personnes, des milliers. Tellement à l'aise, et avec ça, vous arrivez à convaincre n'importe qui de n'importe quoi. Y a vraiment rien qui vous fasse peur », dit-elle, commentant une qualité de Mr. Clutter qui était généralement reconnue : une intrépide confiance en soi qui le distinguait, et, tout en créant un certain respect, diminuait un peu l'affection des autres aussi. « J'peux pas vous imaginer effrayé par quelque chose. N'importe quoi pourrait arriver, vous vous en sortiriez rien qu'en parlant. »

*

Au milieu de l'après-midi, la Chevrolet noire avait atteint Emporia, Kansas, ville importante, presque un grand centre, et un endroit sûr, c'est ce qu'avaient décidé les occupants de la voiture, pour faire quelques courses. Ils se garèrent dans une rue latérale, puis ils se baladèrent en attendant qu'une boutique suffisamment achalandée se présente.

Le premier achat fut une paire de gants de caoutchouc ; c'était pour Perry qui, à l'encontre de Dick, avait oublié d'apporter de vieux gants.

Ils s'approchèrent d'un comptoir où étaient étalés des bas de femme. Après un moment d'argumentation indécise, Perry dit : « Moi je suis pour. »

Dick était contre. « Et mon œil ? Ces bas-là sont tous trop pâles pour cacher ça. »

« Mademoiselle, dit Perry, attirant l'attention d'une vendeuse. Avez-vous des bas noirs ? » Sur sa réponse négative, il suggéra d'essayer dans un autre magasin. « Le noir c'est sans aucun risque. »

Mais la décision de Dick était prise : peu importe la couleur des bas, ce n'était pas nécessaire, un embarras, une dépense inutile (« J'ai déjà investi assez d'argent dans cette opération »), et, après tout, toute personne qu'ils rencontreraient ne survivrait pas pour venir témoigner : « Pas de témoins », rappela-t-il à Perry pour ce qui sembla à ce dernier la millionième fois. Ça lui restait sur le cœur la façon que Dick avait de déclamer ces trois mots, comme s'ils étaient la solution de tous les problèmes ; il était stupide de refuser d'admettre qu'il pourrait y avoir un témoin qu'ils n'auraient pas vu. « L'imprévisible peut se produire, il arrive que les choses changent », dit-il. Mais Dick, souriant avec vanité, puérilement, n'était pas d'accord : « T'fais pas de mauvais sang. Y peut rien se passer. » Non. Parce que le plan était le sien et parfaitement combiné, du premier bruit de pas au silence final.

Ensuite ils s'occupèrent de la corde. Perry étudia l'assortiment, le vérifia. Comme il avait été dans la marine marchande autrefois, il connaissait la corde et il était adroit en matière de nœuds. Il choisit une corde blanche en nylon, aussi forte qu'un fil de fer et pas tellement plus grosse. Ils discutèrent du nombre de mètres dont ils avaient besoin. La question irritait Dick car elle faisait partie d'une difficulté plus grande, et il ne pouvait pas être certain de la réponse en dépit de la prétendue perfection de l'ensemble de son plan. En fin de compte il dit : « Nom de Dieu, comment veux-tu que je le sache ?

— Tu ferais sacrément mieux de le savoir. »

Dick fit un effort. « Y a lui. Elle. Le môme et la fille. Et peut-être les deux autres. Mais c'est samedi. Ils peuvent avoir des invités. Mettons que ça fait huit, ou même douze. Y a qu'une chose certaine, il faut qu'ils y passent tous.

— Il me semble que ça en fait beaucoup. Pour être certain.

— C'est-y pas ce que je t'ai promis, coco : leur

foutre... leur mettre tout plein de cheveux sur les murs ? »

Perry haussa les épaules : « Alors, vaut peut-être mieux acheter tout le rouleau. »

Il y en avait cent mètres, assez pour douze en effet.

*

Kenyon avait construit le coffre lui-même : un coffre de mariée en acajou, fini en cèdre à l'intérieur, qu'il avait l'intention de donner à Beverly comme cadeau de mariage. Y travaillant à présent, dans ce qu'on appelait la tanière, au sous-sol, il appliqua une dernière couche de vernis. Le mobilier de la tanière, une pièce au sol cimenté qui faisait la longueur de la maison, consistait presque entièrement en spécimens de sa menuiserie (rayons, tables, tabourets, une table de ping-pong) et en travaux d'aiguille de Nancy (des housses de Perse qui rajeunissaient un canapé décrépit, des rideaux, des coussins portant des inscriptions : HEUREUX ? et : PAS NÉCESSAIRE D'ÊTRE CINGLÉ POUR VIVRE ICI, MAIS ÇA AIDE). Ensemble, Kenyon et Nancy avaient fait une tentative de barbouillage pour enlever à la pièce du sous-sol son ineffaçable sévérité, et ils n'avaient pas conscience d'avoir échoué ni l'un ni l'autre. En fait, ils croyaient tous deux que leur tanière était un triomphe et une bénédiction ; Nancy parce que c'était un endroit où elle pouvait recevoir la « bande » sans déranger sa mère, et Kenyon parce qu'il pouvait y être seul, libre de donner des coups de marteau, scier et bricoler ses « inventions » dont la plus récente était une poêle à frire électrique. A côté de la tanière se trouvait le calorifère, dans une salle qui contenait également une table encombrée d'outils où s'empilaient quelques-uns de ses travaux en cours : un amplificateur, un ancien tourne-disque à manivelle qu'il remettait en état.

Kenyon ne ressemblait physiquement ni à l'un ni à l'autre de ses parents ; ses cheveux en brosse étaient couleur de chanvre, il mesurait un mètre quatre-vingt-cinq et il était dégingandé quoique assez costaud pour avoir un jour sauvé la vie de deux moutons adultes en les portant sur une distance de deux miles dans une tempête de neige, robuste, fort, mais affligé du manque de coordination musculaire commun aux garçons grands et secs. Ce défaut, aggravé par une incapacité de faire quoi que ce soit sans ses lunettes, l'empêchait de s'adonner complètement à ces sports d'équipe (basket-ball, base-ball) qui étaient l'occupation principale de la plupart des garçons qui auraient pu être ses amis. Il n'avait qu'un seul ami intime : Bob Jones, le fils de Taylor Jones dont le ranch se trouvait un mile à l'ouest de la maison des Clutter. Dans le Kansas, à la campagne, les garçons commencent à conduire une voiture très jeunes ; Kenyon avait onze ans lorsque son père lui permit d'acheter, avec l'argent qu'il avait gagné en élevant des moutons, un vieux camion avec un moteur de type A, le « Coyote Wagon » comme lui et Bob l'appelaient. Non loin de River Valley Farm se trouve une mystérieuse étendue connue sous le nom de Sand Hills ; c'est comme une plage sans océan, et, la nuit, les coyotes se glissent furtivement au milieu des dunes et s'assemblent en hordes pour hurler. Les soirs de clair de lune, les garçons s'abattaient sur eux, les faisaient détaler à la course et essayaient de les dépasser en camion ; ils réussissaient rarement car le coyote le plus décharné peut atteindre cinquante miles à l'heure tandis que la vitesse limite du camion était de trente-cinq, mais c'était une sorte de plaisir magnifique et sauvage, le camion dérapait sur le sable, les coyotes en fuite se détachaient sur la lune, et, comme disait Bob, ça vous faisait battre le cœur à toute vitesse.

Egalement enivrantes et plus profitables étaient les battues de lapins que faisaient les deux garçons : Kenyon était un bon fusil et son ami encore meilleur, et à eux deux ils apportaient parfois une cinquantaine de ces bêtes à « l'usine à lapins », une entreprise de transformation de Garden City qui payait dix cents par tête les animaux qui étaient ensuite surgelés et expédiés à des éleveurs de visons. Mais ce qui comptait le plus pour Kenyon — et pour Bob aussi — c'était leurs excursions de chasse en fin de semaine, le long de la rivière, au cours desquelles ils passaient une nuit dehors : allant au hasard, s'enveloppant dans des couvertures, tendant l'oreille au lever du soleil pour saisir un bruit d'ailes, se dirigeant vers le bruit sur la pointe des pieds, et ensuite, plus agréable que tout le reste, le retour triomphant à la maison avec une douzaine de canards se balançant à leurs ceintures. Mais ces derniers temps les choses avaient changé entre Kenyon et son ami. Ils ne s'étaient pas querellés, pas de brouille évidente, il ne s'était rien passé sauf que Bob, qui avait seize ans, s'était mis à « sortir avec une fille », ce qui signifiait que Kenyon, son cadet d'un an et encore célibataire adolescent endurci, ne pouvait plus compter sur sa camaraderie. Bob lui dit : « Quand t'auras mon âge tu changeras d'idée. J'pensais comme toi avant : les femmes, à quoi bon ? Mais on se laisse aller à parler à une femme, et c'est rudement agréable. Tu verras. » Kenyon en doutait ; il ne pouvait concevoir qu'il désirerait jamais gaspiller une heure avec une fille s'il pouvait la passer avec des fusils, des chevaux, des outils, des machines, même un livre. Si Bob n'était pas disponible, alors il aimait mieux être seul, car, de tempérament, il n'était pas du tout le fils de Mr. Clutter mais plutôt l'enfant de Bonnie, un garçon sensible et peu communicatif. Ses camarades le trouvaient « distant », et pourtant ils lui pardonnaient en disant : « Oh ! Kenyon. Il vit dans son monde à lui. »

Laissant sécher le vernis, il s'occupa d'autre chose — un travail qui l'amena dehors. Il voulait nettoyer le jardin de fleurs de sa mère, une précieuse parcelle de terre couverte de feuillage en désordre qui poussait sous la fenêtre de la chambre de sa mère. Quand il y arriva, il trouva un des ouvriers de la ferme en train de remuer la terre avec une bêche : Paul Helm, le mari de la femme de ménage.

« T'as vu cette voiture ? » demanda Mr. Helm.

Oui, Kenyon avait vu une voiture dans l'allée, une Buick grise garée à la porte du bureau de son père.

« Je pensais que tu saurais qui c'est !

— Non, à moins que ce soit Mr. Johnson. Papa a dit qu'il l'attendait. »

Mr. Helm (feu Mr. Helm ; il mourut d'une attaque au mois de mars suivant) était un homme sombre, approchant de la soixantaine, dont l'air renfermé dissimulait une nature attentive et une vive curiosité ; il aimait savoir ce qui se passait. « Quel Johnson ?

— Le type des assurances. »

Mr. Helm grommela : « Ton père doit être en train d'en prendre un tas. Il me semble bien que ça fait trois heures que cette voiture est ici. »

Le froid du crépuscule imminent frémissait dans

l'air, et bien que le ciel fût encore d'un bleu profond, des ombres de plus en plus longues émanaient des grandes tiges de chrysanthèmes du jardin ; le chat de Nancy s'y ébattait, se prenant les pattes dans la ficelle dont Kenyon et le vieillard se servaient maintenant pour attacher les plantes. Soudainement, Nancy elle-même arriva à travers champs, montant le gros Babe au petit trot ; Babe revenait de sa partie de plaisir du samedi, un bain dans la rivière. Teddy, le chien, les accompagnait, et ils étaient tous trois éclaboussés d'eau et luisants.

« Vous allez prendre froid », dit Mr. Helm.

Nancy rit ; elle n'avait jamais été malade, pas une seule fois. Se laissant glisser de Babe, elle s'étala sur l'herbe au bord du jardin et elle attrapa son chat, le balançant au-dessus d'elle, et elle lui embrassa le museau et les moustaches.

Kenyon était dégoûté. « Embrasser les animaux sur la bouche.

— T'avais l'habitude d'embrasser Skeeter, lui rappela-t-elle.

— Skeeter, c'est pas pareil, c'était un cheval. » Un merveilleux cheval, un étalon pommelé qu'il avait eu poulain. Comme ce Skeeter pouvait franchir une clôture ! « Tu fatigues trop ce cheval, l'avait averti son père. Un bon jour tu vas crever Skeeter. » Et c'était arrivé ; alors que Skeeter filait comme l'éclair sur une route, son maître sur le dos, le cœur lui manqua, il trébucha et il mourut. Aujourd'hui, un an plus tard, Kenyon le pleurait encore, bien que son père, le prenant en pitié, lui ait promis le plus beau des poulains du printemps suivant.

« Kenyon ? dit Nancy. Tu crois que Tracy pourra parler ? pour Thanksgiving ? » Tracy, qui n'avait pas encore un an, était son neveu, le fils d'Eveanna, la sœur dont elle se sentait particulièrement proche. (Beverly était la sœur préférée de Kenyon.) « Ça me secouerait drôlement de l'entendre dire "tante Nancy", ou "oncle Kenyon". T'aimerais pas l'entendre dire ça ? J'veux dire, est-ce que ça te fait pas plaisir d'être oncle ? Kenyon ? Grands dieux, pourquoi ne me réponds-tu jamais ?

— Parce que t'es idiote », dit-il, lui lançant la tête d'une fleur, un dahlia fané, qu'elle s'enfonça dans les cheveux.

Mr. Helm ramassa sa bêche. Des corbeaux croassèrent, le coucher de soleil était tout près, mais sa demeure ne l'était pas ; l'allée d'ormes chinois s'était changée en un tunnel d'un vert qui s'assombrissait, et il habitait à l'autre extrémité du tunnel, à un demi-mile de là. « Bonsoir », dit-il, et il se mit en route. Mais il se retourna une fois. « Et, témoigna-t-il le lendemain, c'est la dernière fois que je les ai vus. Nancy reconduisait le vieux Babe à l'écurie. Comme j'ai dit, rien d'extraordinaire. »

*

La Chevrolet noire était garée à nouveau, devant un hôpital catholique de la banlieue d'Emporia cette fois. A force d'être harcelé (« C'est ça ton problème. Tu penses qu'il n'y a qu'une seule bonne façon, la tienne »), Dick s'était rendu. Tandis que Perry attendait dans la voiture, il était entré à l'hôpital pour essayer d'acheter à une nonne une paire de bas noirs. Cette façon assez peu orthodoxe de les obtenir était l'idée de Perry ; les bonnes sœurs, soutenait-il, ne pouvaient manquer d'en avoir un approvisionnement. Bien sûr, l'idée présentait un inconvénient : les nonnes, et tout ce qui s'y rattachait, attiraient la poisse, et Perry respectait au plus haut point ses superstitions. (Certains autres étaient le chiffre 15, les cheveux roux, les fleurs blanches, un prêtre traversant la route, des serpents apparaissant dans les rêves.) Pourtant, il n'y pouvait rien. La victime de la superstition croit aussi très souvent au destin le plus fermement du monde ; c'était le cas de Perry. Il était ici, il participait à cette démarche, non pas qu'il le désirât mais parce que le destin en avait décidé ainsi ; il pouvait en faire la preuve, bien qu'il n'eût aucune intention de le faire, du moins à portée de l'oreille de Dick, car la preuve impliquait l'aveu de la véritable raison secrète de son retour dans le Kansas, une violation de sa parole, à laquelle il s'était décidé pour un motif qui n'avait rien à voir avec le « coup » de Dick ou avec sa lettre de convocation. La raison était que plusieurs semaines auparavant il avait appris que le jeudi 12 novembre un autre de ses anciens compagnons de cellule serait relâché du pénitencier du Kansas à Lansing, et il désirait « plus que tout au monde » retrouver cet homme, son « seul véritable ami », le « brillant » Willie-Jay.

Au cours de la première de ses trois années de prison, Perry avait observé Willie-Jay à distance, avec intérêt mais avec appréhension ; si l'on désirait passer pour un dur, il était préférable d'éviter toute intimité avec Willie-Jay. C'était le secrétaire de l'aumônier, un Irlandais élancé avec des cheveux prématurément gris et de mélancoliques yeux gris. Sa voix de ténor était la gloire du chœur de la prison. Perry lui-même, bien qu'il méprisât toute manifestation de piété, se sentit « troublé » quand il entendit Willie-Jay chanter le *Pater* ; les paroles graves de l'hymne chantées avec une telle ferveur le touchèrent, le firent douter un peu du bien-fondé de son mépris. Un bon jour, poussé par une curiosité religieuse légèrement éveillée, il entra en contact avec Willie-Jay, et le secrétaire de l'aumônier, sympathisant immédiatement, crut reconnaître dans le culturiste aux jambes mutilées, dont le regard était trouble et la voix affectée et voilée, « un poète, quelque chose de rare et de récupérable ». Le désir de « ramener ce garçon à Dieu » le submergea. Ses espoirs de réussite se précipitèrent lorsque Perry lui montra un jour un pastel qu'il avait fait : un grand portrait du Christ, nullement naïf sur le plan technique. L'aumônier protestant de Lansing, le Révérend James Post, l'apprécia tellement qu'il l'accrocha dans son bureau où il se trouve encore : un beau Sauveur élégant, avec les lèvres pleines et les yeux tristes de Willie-Jay. Le tableau fut le point culminant de la quête spirituelle, jamais très fervente, de Perry, et, ironiquement, sa fin ; il jugea son Christ « un chef-d'œuvre d'hypocrisie », une tentative pour « berner et trahir » Willie-Jay, car il demeurait aussi peu convaincu de l'existence de Dieu qu'auparavant. Tout de même, devrait-il avouer ceci et risquer de perdre le seul ami qui l'ait jamais « vraiment compris » ? (Hod, Joe, Jesse, voyageurs errant à travers un monde où l'on révélait rarement son nom de famille, avaient été des « potes », rien de comparable à Willie-Jay qui était, de l'avis de Perry, « très au-dessus de la moyenne intellectuellement, perspicace comme un psychologue qualifié ». Comment était-il possible qu'un homme si doué ait échoué à Lansing ? C'est ce qui étonnait Perry. La réponse, qu'il connaissait mais qu'il rejetait comme « une façon d'éviter un problème humain plus profond », était évidente pour des esprits plus simples : le secrétaire de l'aumônier, alors âgé de trente-huit ans, était un voleur, un petit malfaiteur qui avait été en prison dans cinq Etats différents au cours d'une période de vingt ans. Perry décida de parler franchement : il regrettait, mais tout ça n'était pas fait pour lui — le ciel, l'enfer, les saints, la miséricorde divine — et si l'affection de Willie-Jay reposait sur la perspective de voir un jour Perry le rejoindre au pied de la Croix, alors il s'était trompé et leur amitié était fausse, une contrefaçon, comme le portrait.

Comme toujours, Willie-Jay comprit ; découragé mais non désenchanté, il avait persisté à faire la cour à l'âme de Perry jusqu'au jour où son possesseur partit après sa remise en liberté sur parole ; la veille de son départ il écrivit à Perry une lettre d'adieu dont le dernier paragraphe disait : « Tu es un homme extrêmement passionné, un homme affamé qui ne sait trop ce dont il a faim, un homme profondément frustré s'efforçant de projeter son individualité sur un arrière-plan de strict conformisme. Tu existes dans un demi-monde suspendu entre deux superstructures : l'une, expression de toi-même, l'autre autodestruction. Tu es fort mais il y a un point faible dans ta force, et, à moins que tu n'apprennes à le maîtriser, le point faible deviendra plus fort que ta force et te détruira. Le point faible ? *Une réaction émotive explosive hors de toute proportion avec les circonstances.* Pourquoi ? Pourquoi cette colère déraisonnable à la vue de ceux qui sont heureux ou satisfaits, ce mépris croissant pour les gens et ce désir de les blesser ? Très bien, tu crois que ce sont des idiots, tu les détestes à cause de leur morale, leur bonheur est la source de ta frustration et de ton ressentiment. Mais ce sont là de terribles ennemis que tu portes en toi, à la longue aussi destructifs que des balles. La balle tue sa victime avec clémence. Cette autre bactérie que l'on laisse vieillir ne tue pas un homme mais laisse dans son sillage la carcasse d'une créature déchirée et pervertie ; il y a encore du feu dans son être mais on l'entretient en y jetant des fagots de mépris et de haine. Il amassera peut-être des richesses, mais il n'amassera pas de réussites, car il est son propre ennemi et il est incapable de jouir vraiment de ses œuvres. »

Flatté d'être le sujet de ce sermon, Perry avait laissé Dick le lire, et Dick, qui tenait Willie-Jay en piètre estime, avait traité la lettre de « fumisterie et de bondieuseries à la Billy Graham », ajoutant : « Fagots de mépris ! C'est lui qui sent le fagot. » Bien sûr, Perry s'était attendu à cette réaction et il l'accueillit secrètement avec plaisir, car son amitié pour Dick, qu'il avait à peine connu jusqu'à ses derniers mois à Lansing, découlait de son admiration pour le secrétaire de l'aumônier et en contrebalançait l'intensité. Peut-être Dick était-il vraiment « superficiel », ou même, comme le prétendait Willie-Jay, « un bravache dépravé ». Tout de même Dick était très drôle, et il avait le nez fin, c'était un réaliste, « il passait à travers les choses », il n'avait pas de nuages dans la tête ni de terre à ses souliers. En outre, à l'encontre de Willie-Jay, il ne se moquait pas des aspirations exotiques de Perry ; il était disposé à écouter, à s'enflammer, à partager avec lui ces visions de « trésors assurés » cachés dans les mers du Mexique, dans les jungles du Brésil.

Après que Perry eut été remis en liberté sur parole, quatre mois s'écoulèrent, mois de virée dans une Ford de cinquième main qu'il avait payée cent dollars, roulant de Reno à Las Vegas, de Bellingham, Washington, à Buhl, Idaho, et c'était à Buhl, où il avait trouvé un emploi temporaire comme camionneur, que la lettre de Dick lui parvint : « Ami P., Sorti en août, et après ton départ j'ai Rencontré Quelqu'un, tu ne le connais pas, mais il m'a mis sur la piste de Quelque Chose qu'on pourrait réussir Merveilleusement. Du gâteau, le coup Parfait... » Jusqu'à ce moment Perry n'avait pas imaginé qu'il reverrait un jour Dick. Ou même Willie-Jay. Mais il n'avait cessé de penser à eux, et particulièrement à ce dernier qui dans sa mémoire mesurait maintenant trois mètres, vieux sage aux cheveux gris hantant le dédale de son esprit. « Tu poursuis des choses négatives, l'avait un jour prévenu Willie-Jay dans un de ses sermons. Tu ne veux te soucier de rien, exister sans responsabilité, sans foi, sans amis et sans chaleur. »

Au cours de ses récentes pérégrinations solitaires et sans confort, Perry avait mainte et mainte fois ressassé cette accusation, et il avait décidé qu'elle était injuste. En fait, il se souciait — mais qui s'était jamais soucié de lui ? Son père ? Oui, jusqu'à un certain point. Une fille ou deux, mais c'était une « longue histoire ». Personne d'autre, à l'exception de Willie-Jay lui-même. Et Willie-Jay était le seul à jamais avoir reconnu sa valeur, son potentiel, admis qu'il n'était pas simplement un métis trop musclé, et plus petit que la moyenne, l'avait vu, en dépit de toute sa morale, comme Perry se voyait lui-même : « exceptionnel », « rare », « artistique ». Sa vanité avait trouvé en Willie-Jay un soutien, sa sensibilité un abri, et l'exil de quatre mois loin de cette appréciation surfine l'avait rendue plus alléchante que n'importe quel rêve d'or englouti. Ainsi, lorsqu'il reçut l'invitation de Dick et qu'il s'aperçut que la date que Dick proposait pour son voyage au Kansas coïncidait plus ou moins avec celle de la remise en liberté de Willie-Jay, il sut ce qui lui restait à faire. Il se rendit en voiture à Las Vegas, vendit son vieux tacot, emballa sa collection de cartes, de vieilles lettres, de manuscrits et de livres, et prit un billet d'autobus Greyhound. La suite du voyage appartenait au destin ; si les choses ne « s'arrangeaient pas avec Willie-Jay », alors il pourrait « réfléchir à la proposition de Dick ». En l'occurrence, le choix fut entre Dick et rien, car, lorsque l'autobus de Perry atteignit Kansas City, le soir du 12 novembre, Willie-Jay, qu'il n'avait pu avertir de son arrivée, avait déjà quitté la ville ; en fait il était parti seulement cinq heures plus tôt, du même terminus où Perry arriva. C'est ce qu'il avait appris en téléphonant au Révérend Mr. Post, qui le découragea encore plus en refusant de révéler la destination exacte de son ancien secrétaire. « Il est parti dans l'Est, dit l'aumônier. Une occasion magnifique. Un travail honnête, et un foyer avec des gens de cœur qui veulent bien l'aider. » Et, en raccrochant, Perry s'était senti « étourdi de colère et de déception ».

Mais qu'avait-il vraiment attendu d'une réunion avec Willie-Jay ? se demanda-t-il lorsque l'angoisse se calma. La liberté les avait séparés ; hommes libres, ils n'avaient rien de commun, ils étaient à l'opposé l'un de l'autre, ils n'auraient jamais pu former une « équipe », certainement pas une équipe capable de se lancer dans les aventures de plongée sous-marine au sud de la frontière que lui et Dick avaient projetées. Néanmoins, s'il n'avait pas raté Willie-Jay, s'ils avaient pu être ensemble ne fût-ce qu'une heure, Perry était tout à fait convaincu — « savait » simplement — qu'il ne serait pas là maintenant, à la porte d'un hôpital, à attendre que Dick en sorte avec une paire de bas noirs.

Dick revint les mains vides. « Pas de veine,

annonça-t-il avec une insouciance sournoise qui éveilla les soupçons de Perry.

— T'es sûr ? Sûr que t'as vraiment demandé ?

— Bien sûr que je l'ai fait.

— J'te crois pas. Je crois que t'es entré, que t'as attendu quelques minutes et que t'es sorti.

— Ça va, coco ; comme tu voudras. » Dick démarra. Après avoir roulé en silence un moment, il donna une tape sur le genou de son compagnon. « Fais pas cette tête, dit-il. C'était une idée qui ne tenait pas debout. Bon Dieu, qu'est-ce qu'elles auraient pensé ? Entrer là-dedans comme si c'était un foutu monoprix... »

Perry dit : « Peut-être que c'est mieux comme ça. Les bonnes sœurs ça attire la poisse. »

*

Le représentant de la compagnie d'assurances New York Life à Garden City sourit en regardant Mr. Clutter dévisser le capuchon d'un stylo Parker et ouvrir un carnet de chèques. Une plaisanterie qui courait la ville lui vint à l'esprit : « Vous savez ce qu'ils disent de vous, Herb ? Ils disent : “ Depuis que les coupes de cheveux sont montées à un dollar cinquante, Herb paie le coiffeur par chèque. ”

— C'est exact », répondit Mr. Clutter. Comme les rois, il était connu pour ne jamais porter d'argent liquide sur lui. « C'est comme ça que je fais des affaires. Quand ces types de l'impôt viennent fourrer leur nez dans vos livres, vous avez pas de meilleur ami que les chèques encaissés. »

Tenant à la main le chèque rempli mais pas encore signé, il se retourna en faisant pivoter le fauteuil de son bureau et il sembla réfléchir.

L'agent, homme trapu, un peu chauve, plutôt sans façons, du nom de Bob Johnson, espérait que son client n'aurait pas d'hésitation de dernière minute. Herb était pratique, c'était un homme qui prenait son temps avant de conclure une affaire ; Johnson travaillait à cette police depuis plus d'un an. Mais non, son client passait simplement par ce que Johnson appelait le « moment solennel » — un phénomène que connaissent bien les agents d'assurances. L'état d'esprit d'un homme qui prend une assurance sur la vie n'est pas tellement différent de celui d'un homme qui signe son testament ; les pensées de mort sont inévitables.

« Oui, oui, dit Mr. Clutter, comme s'il se parlait à lui-même. J'ai un tas de raisons d'être reconnaissant, il y a eu des choses merveilleuses dans ma vie. » Des documents encadrés commémorant les étapes de sa carrière brillaient sur les murs de noyer de son bureau : un diplôme d'Université, une carte de River Valley Farm, des prix de concours agricoles, un certificat plein de fioritures portant les signatures de Dwight D. Eisenhower et de John Foster Dulles, qui faisait état de ses services dans l'Office fédéral du Crédit agricole. « Les gosses. Là on a eu de la veine. J'devrais pas le dire, mais je suis vraiment fier d'eux. Prenez Kenyon. Pour le moment on dirait qu'il veut devenir ingénieur, ou homme de science, mais vous me direz pas que mon gars est pas un fermier-né. Si Dieu le veut, il va diriger cette ferme un jour. Avez-vous jamais rencontré le mari d'Eveanna ? Don Jarchow ? Vétérinaire. J'ose à peine dire tout le bien que je pense de ce garçon. Vere aussi. Vere English, le garçon sur qui ma fille Beverly a eu le bon sens de se fixer. Si jamais il m'arrivait quelque chose, je suis sûr que je peux me fier à ces gars-là pour prendre les choses en main ; Bonnie toute seule, Bonnie serait pas capable de diriger une exploitation comme ça... »

Johnson, qui était habitué à écouter des méditations de ce genre, savait qu'il était temps d'intervenir. « Allons, Herb, dit-il. Vous êtes un homme jeune. Quarante-huit ans. Et rien qu'à vous voir, et à lire le rapport médical, il est probable que vous allez rester avec nous quelques semaines encore. »

Mr. Clutter se redressa, tendit à nouveau la main vers le stylo. « A vrai dire, je me sens pas trop mal. Et assez optimiste. J'ai l'impression qu'un type pourrait faire pas mal d'argent par ici dans les années qui viennent. » Tout en exposant ses projets de future amélioration financière, il signa le chèque et le fit glisser sur son bureau.

Il était 6 h 10 et l'agent avait hâte de partir ; sa femme allait l'attendre pour dîner. « Ravi d'avoir passé un moment avec vous, Herb.

— Moi de même, mon vieux. »

Ils échangèrent une poignée de main. Puis, avec un sentiment de victoire bien mérité, Johnson ramassa le chèque de Mr. Clutter et le mit dans son porte-billets. C'était le premier versement sur une police d'assurance de quarante mille dollars qui, en cas de mort accidentelle, garantissait une double indemnité.

*

Il m'accompagne, et Il me parle,
Il me dit que je suis à Lui,
Et nul autre n'a jamais connu la joie
Que nous partageons en nous attardant en cet endroit...

Grâce à sa guitare, Perry s'était mis de meilleure humeur en chantant. Il connaissait les paroles de quelque deux cents hymnes et ballades — un répertoire qui s'étendait de *La Vieille Croix rugueuse* à Cole Porter — et, en plus de la guitare, il savait jouer de l'harmonica, de l'accordéon, du banjo et du xylophone. Dans l'une de ses visions théâtrales préférées, son nom de scène était Perry O'Parsons, une vedette qui s'annonçait comme « l'Homme Symphonie. »

« Qu'est-ce que tu dirais d'un cocktail ? » demanda Dick.

Personnellement, Perry se fichait de ce qu'il buvait car il n'était pas tellement porté sur la boisson. Cependant, Dick était difficile et dans les bars son choix habituel était un Orange Blossom. Perry sortit de la boîte à gants de la voiture une bouteille d'un litre contenant un mélange de vodka et de parfum d'orange. Ils se passèrent la bouteille. Bien que le crépuscule fût tombé, Dick, maintenant une allure régulière de soixante miles à l'heure, conduisait encore sans phares, mais il est vrai que la route était droite, la campagne aussi plate qu'un lac, et l'on apercevait rarement d'autres voitures. C'était « là-bas », ou tout près.

« Bon Dieu de bon Dieu ! » dit Perry en regardant d'un air furieux le paysage, plat et sans limites sous le vert froid qui s'attardait dans le ciel, vide et désolé, hormis les clignotements espacés des lumières de fermes. Il détestait ça, comme il détestait les plaines du Texas, le désert du Nevada ; les espaces horizontaux et peu peuplés faisaient naître en lui un état dépressif accompagné de sensations d'agoraphobie. Les ports remplissaient son cœur de joie, encombrés, bruyants, bloqués par les navires, des villes aux odeurs d'égouts comme Yokohama où il avait passé un été, en tant que deuxième classe de l'armée américaine durant la guerre de Corée. « Bon Dieu ! et ils m'ont dit de me tenir à distance du Kansas ! Ne jamais y remettre mon joli pied. Comme s'ils m'interdisaient l'accès du ciel. Et regarde-moi ça. Mets-t'en plein la vue. »

Dick lui tendit la bouteille, à moitié vide. « Mets le reste de côté, fit Dick. Il se peut qu'on en ait besoin.

— Tu te souviens, Dick ? Tout ce qu'on disait à propos de l'achat d'un bateau ? Je pensais : on pourrait acheter un bateau au Mexique. Quelque chose de bon marché mais de solide. Et on pourrait aller au Japon. Traverser tout le Pacifique. Ça a été fait, des milliers de gens l'ont fait. C'est pas des blagues, Dick, tu aimerais le Japon. Des gens merveilleux et délicats, avec des manières comme des fleurs. Vraiment pleins d'égards, pas seulement pour ton pognon. Et les femmes. T'as jamais rencontré une vraie femme...

— Si, ça m'est arrivé, dit Dick qui prétendait être toujours amoureux de sa première épouse aux cheveux d'un blond de miel, bien qu'elle se fût remariée.

— Il y a ces bains. Un endroit qui s'appelle la Fontaine de Rêve. Tu t'étends et de belles filles épatantes viennent te frotter de la tête aux pieds.

— Tu me l'as déjà dit. » Le ton de Dick était cassant.

« Et alors ? Je peux pas me répéter ?

— Plus tard. On en parlera plus tard. Eh ! mon vieux, j'ai un tas de choses à penser, nom de Dieu. »

Dick mit la radio en marche ; Perry l'éteignit. Ne tenant aucun compte des protestations de Dick, il se mit à gratter de la guitare :

Je suis venu seul au jardin, alors que la rosée était encore sur les roses,
Et la voix que j'entends, frappant mon oreille,
Révèle la présence du Fils de Dieu...

Une pleine lune se dessinait à l'orée du ciel.

*

Le lundi suivant, alors qu'il témoignait avant de se soumettre au détecteur de mensonges, le jeune Bobby Rupp décrivit sa dernière visite chez les Clutter : « La lune était pleine, et je pensais que, si Nancy était d'accord, on pourrait peut-être faire une promenade en voiture, jusqu'au lac McKinney. Ou aller voir un film à Garden City. Mais quand je l'ai appelée, il devait être environ 7 heures moins 10, et elle a dit qu'il lui faudrait demander à son père. Puis elle est revenue et elle a dit que la réponse était non, parce que nous étions rentrés si tard la veille. Mais elle m'a demandé pourquoi je ne viendrais pas regarder la télévision. J'ai passé beaucoup de temps à regarder la télévision chez les Clutter. Voyez-vous, Nancy est la seule fille avec laquelle je sois jamais sorti. Je la connaissais depuis toujours ; nous sommes allés à l'école ensemble depuis la maternelle. Aussi loin que je puisse me souvenir, elle a toujours été jolie et très entourée ; même enfant, c'était *quelqu'un*. Je veux dire, elle mettait simplement tout le monde à l'aise. La première fois que je suis sorti avec elle, on était en sixième. La plupart des garçons de notre classe voulaient l'inviter au bal de fin d'année, et j'ai été surpris — j'étais passablement fier — quand elle a dit qu'elle viendrait avec moi. Nous avions tous deux douze ans. Mon père m'a prêté la voiture, et j'ai conduit Nancy au bal. Plus je la voyais, plus je l'appréciais ; toute sa famille aussi, dans tout le pays, il n'y avait pas une autre famille comme eux, pas que je sache. Mr. Clutter était peut-être un peu strict sur certaines choses, la religion, etc., mais il n'essayait jamais de vous faire sentir qu'il avait raison et que vous aviez tort.

« Nous demeurons à trois miles à l'ouest de la ferme des Clutter. J'avais l'habitude d'y aller et de revenir à pied, mais j'ai toujours travaillé durant l'été et, l'an dernier, j'avais fait assez d'économies pour acheter ma propre voiture, une Ford 1955. Alors j'y suis allé en auto ; je suis arrivé un peu après 7 heures. Je n'ai vu personne sur la route ou dans l'allée qui conduit à la maison, ni à l'extérieur. Rien que le vieux Teddy. Il a aboyé après moi. Les lumières étaient allumées au rez-de-chaussée, dans la salle de séjour et dans le bureau de Mr. Clutter. L'étage était sombre, et j'ai pensé que Mrs. Clutter sommeillait, si elle était à la maison. On ne savait jamais si elle y était ou non, et je n'ai pas demandé. Mais je me suis aperçu que j'avais raison, parce que plus tard, au cours de la soirée, Kenyon voulait travailler son cor — il en jouait dans l'orchestre de l'Ecole —, et Nancy lui a dit de n'en rien faire parce qu'il allait réveiller Mrs. Clutter. De toute façon, quand je suis arrivé ils avaient fini de dîner et Nancy avait desservi, mis toutes les assiettes dans la machine à laver la vaisselle, et ils étaient tous trois dans la salle de séjour, les deux enfants et Mr. Clutter. Alors, on s'est assis en rond comme n'importe quel autre soir, Nancy et moi sur le canapé, et Mr. Clutter dans son fauteuil, ce rocking-chair capitonné. Il ne regardait la télévision que d'un œil distrait car il lisait un livre, un *Rover Boy*, un des livres de Kenyon. A un moment, il est allé à la cuisine et il est revenu avec deux pommes ; il m'en a offert une, mais je n'en voulais pas et il les a mangées toutes les deux. Il avait des dents très blanches ; il disait que c'était à cause des pommes. Nancy portait des socquettes et des pantoufles, un blue-jean et un chandail vert, je crois ; elle portait une montre-bracelet en or et une plaque d'identité que je lui avais donnée pour son seizième anniversaire en janvier dernier, avec son nom d'un côté et le mien de l'autre, et elle avait une bague, un petit truc en argent qu'elle avait acheté l'été précédent, quand elle était allée dans le Colorado avec les Kidwell. C'était pas ma bague, notre bague. Vous savez, elle s'était fâchée avec moi il y a quelques semaines et elle avait dit qu'elle allait enlever notre bague pour un bout de temps. Quand votre petite amie fait ça, ça veut dire que vous êtes à l'essai. Je veux dire, bien sûr, on se chamaillait un peu, comme tout le monde, tous les jeunes qui sortent tout le temps ensemble. En fait j'étais allé au mariage d'un ami, à la réception, et j'avais bu une bière, une bouteille de bière, et Nancy l'a appris. Une espèce de bavard lui a dit que j'étais soûl comme une bourrique. Eh bien, elle était suffoquée, elle n'a pas voulu me dire bonjour pendant une semaine. Mais récemment c'était comme aux plus beaux jours, et je crois bien qu'elle s'apprêtait à porter notre bague à nouveau.

« Bon. Le premier programme s'appelait *L'Homme et le Défi*. Chaîne II. Sur des types dans l'Arctique. Puis on a vu un western, et après ça un film d'espionnage, *L'Affaire Cicéro*. *Mike Hammer* était à 9 h 30. Puis les nouvelles. Mais il n'y avait rien qui plaisait à Kenyon, surtout parce qu'on voulait pas le laisser choisir les émissions. Il critiquait tout et Nancy lui disait continuellement de se taire. Ils se disputaient toujours, mais en réalité ils étaient très près l'un de l'autre, plus près que la plupart des frères et sœurs. J'imagine que c'était partiellement dû au fait qu'ils avaient été seuls ensemble si souvent, Mrs. Clutter étant absente et Mr. Clutter à Washington, ou quelque part. Je sais que Nancy avait un amour très particulier pour Kenyon, mais je pense que personne ne le comprenait vraiment, même pas Nancy. Il avait toujours l'air d'être dans les nuages. On savait jamais ce qu'il pensait, on savait même jamais s'il vous regardait, parce qu'il louchait un peu. Y a des gens qui disaient que c'était un génie, et c'était peut-être vrai. Il lisait certainement beaucoup. Mais, comme je dis, il était agité ; il voulait pas regarder la télé, il voulait travailler son cor, et comme Nancy voulait pas le laisser faire, je me souviens que Mr. Clutter lui a demandé pourquoi il n'irait pas dans la cave, dans la salle de jeu, où personne pourrait l'entendre. Mais il voulait pas faire ça non plus.

« Le téléphone a sonné une fois. Deux fois ? Mon Dieu, j'peux pas me souvenir. Sauf qu'une fois le téléphone a sonné et que Mr. Clutter a répondu dans son bureau. La porte était ouverte — cette porte coulissante entre la salle de séjour et le bureau — et je l'ai entendu dire "Van", de sorte que je savais qu'il parlait à son associé Mr. Van Vleet, et je l'ai entendu dire qu'il avait la migraine mais que ça allait mieux. Et il a dit qu'il verrait Mr. Van Vleet lundi. Quand il est revenu, oui, l'émission *Mike Hammer* venait juste de se terminer. Cinq minutes de nouvelles. Puis le bulletin météorologique. Mr. Clutter redressait toujours la tête au moment du bulletin météorologique. Il n'attendait vraiment jamais rien d'autre. De même que les sports étaient la seule chose qui m'intéressait — ça venait ensuite. Après la séquence sportive il était 10 h 30, et je me suis levé pour partir. Nancy m'a accompagné dehors. On a parlé un moment et on a pris rendez-vous pour aller au cinéma dimanche soir, un film que toutes les filles étaient impatientes de voir, *Blue Denim*. Puis elle est rentrée à la maison en courant et je suis parti. Il faisait aussi clair qu'en plein jour — la lune était si brillante —, l'air était froid, et il ventait pas mal ; il y avait un tas de graines d'herbes sauvages dans l'air. Mais c'est tout ce que j'ai vu. Seulement, quand j'y repense, je crois qu'il devait y avoir quelqu'un de caché là. Peut-être parmi les arbres. Quelqu'un qui attendait simplement que je parte. »

*

Les voyageurs s'arrêtèrent pour dîner dans un restaurant de Great Bend. Perry, qui n'avait plus que quinze dollars, était prêt à se contenter de root beer et d'un sandwich, mais Dick dit non, ils avaient besoin d'un bon gueuleton, et peu importe le prix, c'est lui qui réglait l'addition. Ils commandèrent deux biftecks saignants, des pommes de terre en robe des champs, des frites, des oignons frits, du *succotash* et des soucoupes de macaroni et de semoule de maïs, une salade avec assaisonnement des Mille Iles, des petits pains à la cannelle, de la tarte aux pommes et des glaces, et du café. Pour couronner le tout, ils se rendirent dans un drugstore et choisirent des cigares ; dans le même drugstore, ils achetèrent aussi deux gros rouleaux de sparadrap.

Tandis que la Chevrolet noire reprenait la grand-route et filait à toute allure à travers une région dont le climat se rapprochait imperceptiblement de celui des hautes plaines à blé, plus froid et sec comme un biscuit, Perry ferma les yeux et, alourdi par la nourriture, sombra dans un demi-sommeil dont il émergea pour entendre à la radio les nouvelles de 11 heures. Il baissa une vitre et se baigna le visage dans le flot d'air glacé. Dick lui dit qu'ils étaient dans le comté de Finney. « On a franchi la limite du comté depuis dix miles », dit-il. La voiture filait très rapidement. Des affiches dont les messages étaient allumés par les phares de la voiture s'enflammaient et passaient comme l'éclair : « Voyez les Ours Polaires », « Burtis Motors », « La Plus Grande Piscine GRATUITE du Monde », « Wheat Lands Motel », et, finalement, un peu avant qu'il ne commence à y avoir des réverbères : « Salut, Etranger ! Bienvenue à Garden City. Ville Accueillante. »

Ils longèrent la ceinture nord de la ville. Il n'y avait personne dehors à cette heure car il était près de minuit, et rien n'était ouvert à l'exception d'une succession de postes d'essence lugubrement éclairés. Dick s'arrêta à l'un d'eux, Hurd's Philipps 66. Un jeune homme apparut et demanda : « Le plein ? » Dick acquiesça d'un signe de tête, et Perry, sortant de la voiture, entra dans la station-service où il s'enferma dans les w.-c. des hommes. Ses jambes le faisaient souffrir, comme ça arrivait souvent ; elles lui faisaient mal comme si son vieil accident avait eu lieu cinq minutes auparavant. Il secoua trois aspirines d'une bouteille, il les mâcha lentement (car il en aimait le goût) et puis il but de l'eau du robinet. Il s'assit sur le siège des w.-c., étendit les jambes et les frotta, massant les genoux qu'il pouvait à peine plier. Dick avait dit qu'ils étaient presque arrivés : « Plus que sept miles. » Il ouvrit une poche de son blouson et il en sortit un sac en papier ; les gants de caoutchouc récemment achetés s'y trouvaient.

Ils étaient couverts de colle, gluants et minces, et comme il les enfilait lentement, l'un d'eux se déchira, pas une déchirure dangereuse, rien qu'une fente entre les doigts, mais cela lui fit l'effet d'un présage.

La poignée de la porte tourna, fit un bruit sec Dick dit : « Tu veux des bonbons ? Ils ont un distributeur ici.

— Non.

— Ça va ?

— Très bien.

— Passe pas la nuit là-dedans ! »

Dick mit une pièce dans un distributeur automatique, tira le bras et ramassa un sachet de *jelly beans*[1] ; tout en mâchonnant il revint lentement à la voiture et s'y affala en surveillant les efforts du jeune pompiste pour nettoyer le pare-brise de la poussière du Kansas et des traces d'insectes écrasés. Le pompiste, dont le nom était James Spor, se sentait mal à l'aise. Les yeux et l'expression lugubre de Dick et l'étrange séjour prolongé de Perry dans les w.-c. le troublaient. (Le lendemain il raconta à son employeur : « On a eu des durs comme clients ici hier soir », mais il ne pensa pas, sur-le-champ ou plus tard, à établir un lien entre les visiteurs et la tragédie de Holcomb.)

Dick dit : « C'est plutôt calme ici.

— Ça oui, dit James Spor. Vous êtes le seul type qui se soit arrêté ici depuis deux heures. D'où venez-vous ?

— Kansas City.

— Dans le pays pour chasser ?

— Simplement de passage. On va en Arizona. On a du travail qui nous attend là-bas. Dans le bâtiment. Vous avez pas une idée combien de

1. Pâtes de fruits enrobées de sucre.

miles il y a entre ici et Tucumcari, Nouveau-Mexique ?

— J'pourrais pas vous dire. Trois dollars six cents. » Il prit l'argent de Dick, fit la monnaie et dit : « Voulez-vous m'excuser, monsieur ? J'suis en train de faire un boulot. Installer un pare-chocs à un camion. »

Dick attendit, mangea quelques jelly beans, poussa le moteur à fond avec impatience, klaxonna. Se pouvait-il qu'il se soit trompé sur le compte de Perry ? Que Perry, lui-même ait subitement les « jetons » ? Un an auparavant, quand ils s'étaient rencontrés pour la première fois, il avait pensé que Perry était « un brave type », même s'il était un peu « imbu de lui-même », « sentimental », trop « rêveur ». Il lui avait plu mais il n'avait pas cru que ça valait la peine de cultiver son amitié jusqu'au jour où Perry décrivit un meurtre, racontant comment, simplement pour le plaisir, il avait tué un nègre à Las Vegas, comment il l'avait battu à mort avec une chaîne de bicyclette. L'anecdote rehaussa le Petit Perry dans l'opinion de Dick ; il commença à le voir plus souvent, et, comme Willie-Jay, quoique pour des raisons différentes, il décida peu à peu que Perry possédait des qualités précieuses et inhabituelles. Plusieurs meurtriers, ou des hommes qui se vantaient d'avoir assassiné ou d'être disposés à le faire, circulaient à Lansing ; mais Dick parvint à la certitude que Perry était cette perle rare, « un tueur naturel », absolument sain d'esprit, mais dénué de conscience et capable d'assener, avec ou sans motif, des coups mortels avec le plus grand sang-froid. C'était la théorie de Dick qu'un tel talent pourrait être exploité avec profit sous son contrôle. Etant arrivé à cette conclusion, il s'était mis à faire la cour à Perry, à le flatter, prétendant, par exemple, qu'il croyait toutes ses histoires de trésors cachés et qu'il partageait ses envies de se faire écumeur de grève et sa nostalgie des ports, alors que rien de tout ça ne le séduisait, lui qui désirait « une vie rangée », avec un commerce à lui, une maison, un cheval, une nouvelle voiture et « un tas de pépées blondes ». Cependant, il était important que Perry ne soupçonne pas ça, pas avant que Perry, avec son don, n'ait aidé à faciliter les ambitions de Dick. Mais peut-être était-ce Dick qui avait fait un mauvais calcul, qui avait été dupé ; s'il en était ainsi, s'il s'avérait que Perry n'était, après tout, qu'un « voyou ordinaire », alors « la fête » était terminée, les mois passés à faire des projets étaient perdus, il ne restait plus qu'à rebrousser chemin et partir. Il ne fallait pas que cela arrive ; Dick retourna à la station-service.

La porte des w.-c. des hommes était encore verrouillée. Il donna de grands coups dedans : « Pour l'amour de Dieu, Perry !

— Un instant.

— Qu'est-ce qui se passe ? T'es malade ? »

Perry s'agrippa au bord du lavabo et se mit debout. Ses jambes tremblaient ; la douleur dans ses genoux le faisait transpirer. Il s'essuya le visage avec une serviette de papier. Il tira le verrou de la porte et dit « Ça va. Partons. »

*

La chambre à coucher de Nancy était la plus petite pièce et la plus personnelle de la maison, très petite fille, et aussi aérienne qu'un tutu de ballerine. Les murs, le plafond et tout le reste, à l'exception d'un bureau et d'un secrétaire, étaient rose ou bleu ou blanc. Le lit blanc et rose où s'amoncelaient des oreillers bleus était dominé par un gros ours en peluche rose et blanc que Bobby avait gagné au stand de tir à la foire du comté. Un tableau d'affichage en liège peint en rose était suspendu au-dessus d'une coiffeuse à volants blancs ; des gardénias séchés, les restes d'un ancien bouquet de corsage, y étaient épinglés, ainsi que de vieilles cartes de la Saint-Valentin, des recettes de journaux, et des instantanés de son neveu et de Susan Kidwell et de Bobby Rupp, Bobby saisi dans une douzaine de poses, balançant une batte, dribblant un ballon de basket-ball, conduisant un tracteur, pataugeant, en maillot de bain, au bord du lac McKinney (le plus loin où il osât s'aventurer, car il n'avait jamais appris à nager). Et il y avait des photos des deux ensemble, Nancy et Bobby. Entre toutes, elle préférait celle où on les voyait assis dans une lumière tachetée de feuilles au milieu des restes d'un pique-nique, se regardant sans sourire, mais avec une expression heureuse et joyeuse. D'autres photos, de chevaux, de chats, décédés mais non oubliés, comme le « pauvre Boobs » qui était mort peu de temps auparavant de la façon la plus mystérieuse (elle soupçonnait un empoisonnement), encombraient son bureau.

Nancy était invariablement la dernière de la famille à se coucher : comme elle l'avait dit un jour à son amie et professeur d'économie domestique, Mrs. Polly Stringer, c'était autour de minuit qu'elle trouvait le temps d' « être égoïste et vaine ». C'était à cette heure qu'elle exécutait sa routine de soins de beauté, un rituel de nettoyage et d'applications de crèmes qui, le samedi soir, comprenait un lavage de cheveux. Ce soir-là, après avoir séché et brossé ses cheveux et les avoir entourés d'un foulard de mousseline, elle sortit les vêtements qu'elle avait l'intention de porter pour se rendre à l'église le lendemain matin : des bas de nylon, des escarpins noirs, une robe en veloutine rouge, sa plus jolie, qu'elle avait faite elle-même. C'était la robe dans laquelle elle allait être enterrée.

Avant de faire ses prières, elle inscrivait toujours dans son journal quelques événements (« Enfin l'été. Pour toujours j'espère. Sue est venue et nous sommes montées sur Babe, et sommes allées jusqu'à la rivière. Sue a joué de la flûte. Lucioles »), occasionnellement, un éclat (« Je l'aime, oui, je l'aime »). C'était un journal de cinq ans ; au cours de ses quatre années d'existence elle n'avait jamais oublié d'écrire quelque chose, bien que la splendeur de plusieurs événements (le mariage d'Eveanna, la naissance de son neveu) et le drame de certains autres (sa « première VRAIE querelle avec Bobby » — une page littéralement tachée de larmes) l'eussent fait empiéter sur l'espace destiné à l'avenir. Une encre de couleur différente identifiait chaque année : verte pour 1956, avec une raie rouge pour 1957, remplacée l'année suivante par un mauve vif ; et maintenant, en 1959, son choix s'était arrêté sur un bleu plein de dignité. Mais, comme dans tout ce qu'elle faisait, elle continuait à hésiter entre diverses écritures, inclinées à gauche ou à droite, leur donnant une forme ronde ou aiguë, décousue ou acérée, comme si elle se demandait : « Est-ce Nancy ? Ou ceci ? Ou ça ? Laquelle est moi ? » (Un jour, Mrs. Riggs, son professeur d'anglais lui avait remis une dissertation avec un commentaire gribouillé : « Bien. Mais pourquoi trois sortes d'écritures ? » Ce à quoi Nancy avait répondu : « Parce que je ne suis pas encore assez grande pour être une personne avec une seule sorte de signature. ») Tout de même, elle avait fait des progrès au cours des derniers mois, et ce fut avec une écriture d'une maturité naissante qu'elle écrivit : « Jolene K. est venue et je lui ai appris à faire une tarte aux cerises. Travaillé avec Roxie. Bobby ici et nous avons regardé la télé. Parti à 11 heures. »

*

« Ça y est, ça y est, ça ne peut être que ça, voilà l'école, voilà le garage, maintenant on se dirige vers le sud. » Perry avait l'impression que Dick marmonnait un charabia de jubilation. Ils quittèrent la grand-route, traversèrent à toute vitesse un Holcomb désert, et ils franchirent au passage à niveau la voie du Santa Fe. « La banque, ça doit être la banque, maintenant on tourne à l'ouest, tu vois les arbres ? Ça y est, ça ne peut être que ça. » Les phares révélèrent une allée d'ormes chinois ; des touffes de chardons poussées par le vent la traversaient en tourbillonnant. Dick éteignit les phares, ralentit et s'arrêta jusqu'à ce que ses yeux se fussent faits à la nuit de pleine lune. La voiture avança bientôt furtivement.

*

Holcomb est situé à douze miles à l'est de la limite du fuseau horaire de la région montagneuse, circonstance qui provoque un certain mécontentement car ça signifie qu'à 7 heures du matin et l'hiver à 8 heures ou plus tard, le ciel est encore noir et les étoiles, s'il y en a, brillent encore, comme c'était le cas quand les deux fils de Vic Irsik vinrent faire leur corvée du dimanche matin. Mais à 9 heures, quand les garçons eurent fini leur travail — au cours duquel ils ne remarquèrent rien d'étrange —, le soleil s'était levé, apportant une autre journée parfaite pour la chasse au faisan. Comme ils quittaient la propriété en courant le long de l'allée ils firent signe de la main à une voiture qui arrivait, et une jeune fille leur répondit du même geste. C'était une camarade de classe de Nancy Clutter, et elle s'appelait également Nancy, Nancy Ewalt. C'était la fille unique de l'homme qui conduisait la voiture, Mr. Clarence Ewalt, fermier entre deux âges qui cultivait la betterave à sucre. Personnellement, Mr. Ewalt n'allait pas à l'église et sa femme non plus, mais chaque dimanche il conduisait sa fille à River Valley Farm pour qu'elle puisse accompagner la famille Clutter au service méthodiste à Garden City. L'arrangement lui évitait « de faire deux voyages aller retour en ville ». Il avait l'habitude d'attendre jusqu'à ce qu'il ait vu sa fille bel et bien accueillie dans la maison. Nancy, jeune fille qui prenait grand soin de sa toilette et qui avait un corps de vedette de cinéma, portait des lunettes et avait une façon recherchée de marcher sur la pointe des pieds ; elle traversa la pelouse et sonna à la porte de devant. La maison avait quatre entrées et quand, après avoir frappé plusieurs fois à celle-ci, elle n'obtint pas de réponse, elle se dirigea vers la suivante, celle du bureau de Mr. Clutter. Ici la porte était entrouverte : elle l'ouvrit un peu plus, assez pour s'assurer que le bureau n'était peuplé que d'ombres, mais elle ne pensa pas que les Clutter apprécieraient son « irruption ». Elle frappa, sonna, et se rendit finalement à l'arrière de la maison. C'est là que se trouvait le garage, et elle remarqua que les deux voitures y étaient : deux Chevrolet à conduite intérieure. Ce qui voulait dire que les Clutter étaient certainement à la maison. Cependant, après s'être adressée en vain à une troisième porte qui conduisait à une « lingerie », et à une quatrième, la porte de la cuisine, elle rejoignit son père qui dit : « Peut-être qu'ils dorment.

— Mais c'est impossible. Peux-tu imaginer que Mr. Clutter manquerait l'église ? Rien que pour dormir ?

— Alors, monte. On va aller à la Maison des enseignants. Susan devrait savoir ce qui s'est passé. »

La Maison des enseignants qui se dresse en face de l'école moderne, est un édifice vétuste, terne et déprimant. Ses quelque vingt chambres sont séparées en appartements gracieusement mis à la disposition des membres du corps enseignant incapables de trouver ou de s'offrir un autre logis. Néanmoins, Susan Kidwell et sa mère avaient réussi à créer une atmosphère intime dans leur appartement et à embellir leurs trois pièces au rez-de-chaussée. La toute petite salle de séjour contenait, c'était à ne pas y croire — en plus des sièges — un orgue, un piano, une jardinière de fleurs en pot épanouies et, habituellement, un petit chien agité et un gros chat assoupi. Ce dimanche matin, Susan était debout à la fenêtre de cette pièce et surveillait la rue. C'est une grande jeune fille langoureuse, au visage blême et ovale et aux beaux yeux d'un gris-bleu pâle ; ses mains sont extraordinaires, de longs doigts, souples, nerveusement élégants. Elle était habillée pour aller à l'église et s'attendait à voir la Chevrolet des Clutter d'un moment à l'autre, car elle allait au service chaperonnée par la famille Clutter, elle aussi. Au lieu de ça, les Ewalt arrivèrent pour raconter leur singulière histoire.

Mais Susan ne trouva pas d'explication, pas plus que sa mère qui dit : « Allons, s'il y avait un changement de programme je suis certaine qu'ils auraient téléphoné. Susan, pourquoi n'appelles-tu pas chez eux ? Il se pourrait qu'ils dorment, j'imagine. »

« C'est ce que j'ai fait, dit Susan dans une déclaration ultérieure. J'ai appelé la maison et j'ai laissé le téléphone sonner, j'ai eu l'impression que ça avait sonné, oh ! une minute ou plus. Personne ne répondait ; alors Mr. Ewalt a suggéré que nous allions à la maison pour essayer de les "éveiller". Mais, une fois sur place, je ne voulais plus le faire. Entrer dans la maison. J'étais effrayée, et je ne sais pas pourquoi, parce que ça ne m'est jamais arrivé, je veux dire, une chose comme ça, ce n'est pas possible. Mais le soleil était si éclatant, tout avait l'air trop éclatant et trop calme. Et puis j'ai vu que toutes les voitures étaient là, même le vieux 'Coyote Wagon" de Kenyon. Mr. Ewalt était en tenue de travail ; ses bottes étaient pleines de boue ; il trouvait qu'il n'était pas assez bien habillé pour rendre visite aux Clutter. D'autant plus qu'il ne l'avait jamais fait. Entrer dans la maison, je veux dire. Finalement, Nancy a dit qu'elle m'accompagnerait. On a contourné la maison jusqu'à la porte de la cuisine, et, bien sûr, elle n'était pas fermée à clé ; la seule personne qui verrouillait les portes ici c'était Mrs. Helm ; les membres de la famille ne le faisaient jamais. Nous sommes entrées et j'ai vu tout de suite que les Clutter n'avaient pas pris leur petit déjeuner ; il n'y avait pas d'assiette, rien sur la cuisinière. Puis j'ai remarqué quelque chose de bizarre : la bourse de Nancy. Elle était sur le plancher, comme ouverte. On a traversé la salle à manger et nous nous sommes arrêtées au bas de l'escalier. La chambre de Nancy est juste en haut. Je l'ai appelée et j'ai commencé à monter, et Nancy Ewalt m'a suivie. Le bruit de nos pas m'effrayait plus que tout, ils étaient si bruyants et tout le reste était tellement silencieux. La porte de Nancy était ouverte. Les rideaux n'avaient pas été tirés, et la chambre était inondée de soleil. Je ne me souviens pas d'avoir crié. Nancy Ewalt dit que si, je criais, criais. Je ne me souviens que de l'ours en peluche de Nancy qui me fixait. Et Nancy. Et que nous sommes parties à la course... »

Entre-temps Mr. Ewalt avait décidé qu'il n'aurait peut-être pas dû laisser les jeunes filles entrer seules dans la maison. Il sortait de la voiture pour aller les rejoindre quand il entendit les cris, mais avant qu'il pût atteindre la maison, elles arrivaient vers lui à la course. Sa fille hurla : « Elle est morte ! » et se jeta dans ses bras. « C'est vrai, Papa ! Nancy est morte ! »

Susan se tourna vers elle. « Non, elle n'est pas morte. Et ne dis pas ça. Je te l'interdis. Ce n'est qu'un saignement de nez. Ça lui arrive tout le temps, de terribles saignements de nez, et ce n'est rien d'autre.

— Il y a trop de sang. Il y a du sang sur les murs. Tu n'as pas vraiment regardé. »

« Je n'y comprenais rien, raconta Mr. Ewalt par la suite. Je pensais que l'enfant était peut-être blessée. Il me semblait que la première chose à faire était d'appeler une ambulance. Miss Kidwell — Susan — m'a dit qu'il y avait un téléphone dans la cuisine. Je l'ai trouvé, juste là où elle m'avait dit. Mais le récepteur était décroché, et quand je l'ai ramassé, j'ai vu que le fil avait été coupé. »

*

Larry Hendricks, professeur d'anglais, âgé de vingt-sept ans, habitait au dernier étage de la Maison des enseignants. Il voulait écrire, mais son appartement n'était pas un repaire idéal pour un auteur en herbe. C'était plus petit que chez les Kidwell et, en plus, il le partageait avec une épouse, trois enfants remuants et un appareil de télévision qui fonctionnait perpétuellement. (« C'est la seule façon de faire tenir les gosses tranquilles. ») Bien qu'il ne soit pas encore publié, le jeune Hendricks, un viril ex-marin d'Oklahoma fumant la pipe et portant une moustache et une chevelure rebelle noire, a au moins l'air d'un écrivain ; en fait, il ressemble remarquablement aux photos de jeunesse de l'écrivain qu'il admire le plus, Ernest Hemingway. Pour arrondir son salaire de professeur, il conduisait également un autobus scolaire.

« Il m'arrive de faire soixante miles par jour, raconta-t-il à une connaissance. Ce qui ne me laisse pas grand temps pour écrire. Sauf les dimanches. Or, ce dimanche-là, le 15 novembre, j'étais installé ici dans l'appartement en train de parcourir les journaux. La plupart de mes idées pour écrire, je les prends dans les journaux, vous voyez ? Eh bien, la télé fonctionnait et les gosses étaient plutôt agités, mais j'entendais tout de même des voix. D'en bas. De chez Mrs. Kidwell. Je considérais que ça me regardait pas puisque j'étais nouveau ici, je suis arrivé à Holcomb seulement quand les classes ont commencé. Mais ensuite, Shirley, ma femme — elle était sortie pour étendre du linge sur la corde —, Shirley s'est précipitée dans la maison et a dit : "Chéri, tu ferais mieux de descendre. Elles sont toutes hystériques." Les deux filles, eh bien, elles étaient vraiment hystériques. Susan ne s'en est jamais remise. Et si vous voulez savoir ce que j'en pense, elle s'en remettra jamais. Et cette pauvre Mrs. Kidwell. Sa santé n'est pas trop bonne, pour commencer, elle est trop nerveuse. Elle ne cessait de répéter — mais ce n'est que plus tard que j'ai compris ce qu'elle voulait dire — elle disait continuellement : "Oh, Bonnie, Bonnie, qu'est-ce qui s'est passé ? Tu étais tellement heureuse, tu m'as dit que c'était fini, que tu ne serais plus jamais malade." Quelque chose dans ce genre. Même Mr. Ewalt, il était aussi excité qu'un homme comme lui peut l'être. Il avait le bureau du shérif au bout du fil — le shérif de Garden City — et il lui disait qu'il y avait quelque chose qui ne tournait vraiment pas rond chez les Clutter. Le shérif promit de venir tout de suite, et Mr. Ewalt dit : "Très bien", et qu'il le retrouverait sur la grand-route. Shirley est descendue pour venir s'asseoir auprès des femmes, essayer de les calmer, comme si c'était possible. Et je suis parti avec Mr. Ewalt, on s'est rendus en voiture sur la grand-route pour attendre le shérif Robinson. Chemin faisant, il m'a raconté ce qui s'était passé. Quand il en est arrivé au point où il disait avoir trouvé les fils coupés, j'ai tout de suite pensé, hum-hum ! et j'ai décidé que je ferais mieux de garder les yeux grands ouverts. Prendre note de chaque détail. Au cas où je serais appelé à témoigner.

« Le shérif est arrivé ; il était 9 h 35, j'ai regardé à ma montre. Mr. Ewalt lui a fait signe de suivre notre voiture, et on s'est rendus chez les Clutter. Je n'y étais jamais allé auparavant, je n'avais vu la maison qu'à distance. Bien sûr, je connaissais la famille. Kenyon suivait mes cours d'anglais de seconde, et j'avais dirigé Nancy dans la pièce *Tom Sawyer*. Mais c'étaient des enfants tellement exceptionnels et simples qu'on n'aurait jamais su qu'ils étaient riches ni qu'ils habitaient une si grande maison, et les arbres, la pelouse, le tout si bien entretenu et soigné. Une fois arrivés et après avoir entendu l'histoire de Mr. Ewalt, le shérif a prévenu son bureau par radio et leur a dit d'envoyer des renforts et une ambulance. Il a dit : "Y a eu un genre d'accident." Puis nous sommes entrés dans la maison, tous les trois. Nous avons traversé la cuisine et aperçu un sac de femme sur le plancher, et les fils du téléphone avaient été coupés. Le shérif portait un revolver sur la hanche, et quand nous avons commencé à gravir l'escalier, en allant à la chambre de Nancy, j'ai remarqué qu'il gardait la main dessus, prêt à dégainer.

« Eh bien, c'était vraiment moche. Cette merveilleuse jeune fille — mais on ne l'aurait jamais reconnue —, on lui avait tiré dans la nuque avec un fusil de chasse à une distance de peut-être cinq centimètres. Elle était couchée sur le côté, face au mur, et le mur était couvert de sang. Les couvertures étaient ramenées sur ses épaules. Le shérif Robinson les a enlevées et nous avons vu qu'elle portait une robe de chambre, un pyjama, des chaussettes et des pantoufles, comme si elle ne s'était pas encore couchée quand c'est arrivé. Elle avait les mains attachées dans le dos, et ses chevilles étaient liées ensemble avec le genre de corde qu'on trouve sur les stores vénitiens. Le shérif a demandé : "C'est bien Nancy Clutter ?", il n'avait jamais vu l'enfant auparavant. Et j'ai dit : "Oui. Oui, c'est Nancy."

« On est revenus dans le couloir, et on a jeté un coup d'œil aux alentours. Toutes les autres portes étaient fermées. Nous en avons ouvert une ; c'était une salle de bains. Il semblait y avoir quelque chose d'anormal. J'ai conclu que c'était à cause de la chaise, une sorte de chaise de salle à manger qui ne semblait pas à sa place dans une salle de bains. La porte suivante, on pensait tous que ce devait être la chambre de Kenyon. Un tas de trucs de garçon éparpillés. Et j'ai reconnu les lunettes de Kenyon, je les ai aperçues sur un rayon de bibliothèque à côté du lit. Mais le lit était vide, même si on semblait y avoir dormi. Alors on est allés jusqu'au bout du couloir, la dernière porte, et c'est là, sur son lit, que nous avons trouvé Mrs. Clutter. Elle avait été attachée elle aussi. Mais différemment, les mains devant, de telle sorte qu'on avait l'impression qu'elle priait, et dans une main elle tenait, étreignait, un mouchoir. Ou était-ce un Kleenex ? La corde autour des poignets descendait jusqu'aux chevilles qui étaient liées ensemble, et puis descendait au bas du lit où elle était attachée à une barre transversale, un travail très compliqué et très habile. Pensez au temps que ça avait dû prendre ! Et elle était couchée là, folle de terreur. Eh bien, elle portait des bijoux, deux bagues, ce qui est une des raisons pour lesquelles j'ai toujours rejeté le vol comme mobile, et une robe de chambre, et une chemise de nuit blanche, et des chaussettes blanches. Elle avait été bâillonnée avec du sparadrap, mais on lui avait tiré dessus à bout portant, dans le côté de la tête, et l'explosion — l'impact — avait fait sauter le sparadrap. Elle avait les yeux ouverts. Grands ouverts. Comme si elle regardait encore le tueur. Parce que forcément, elle a dû le surveiller en train de faire ça — pointer le fusil. Personne ne disait mot. Nous étions trop stupéfiés. Je me souviens que le shérif a fouillé la pièce pour voir s'il pourrait pas trouver la douille. Mais celui qui avait fait le coup était beaucoup trop malin et calme pour avoir laissé derrière lui des indices semblables.

« Naturellement, nous nous demandions où était Mr. Clutter. Et Kenyon. Le shérif a dit : "Essayons en bas." En premier, on a inspecté la grande chambre à coucher, la pièce où Mr. Clutter dormait. Les couvertures étaient tirées, et, au bout du lit, il y avait un porte-billets avec des papiers en désordre, comme si quelqu'un les avait examinés rapidement à la recherche de quelque chose de particulier, une note, une reconnaissance de dette, Dieu sait quoi. Le fait qu'il n'y avait pas d'argent dedans ne signifiait rien, dans un sens ou dans l'autre. C'était le porte-billets de Mr. Clutter et il ne portait jamais d'argent sur lui. Même moi, je savais ça, et je n'étais à Holcomb que depuis deux mois. Une autre chose que je savais, c'était que ni Mr. Clutter ni Kenyon ne voyaient goutte sans leurs lunettes. Et celles de Mr. Clutter étaient là, posées sur le bureau. De sorte que je me suis dit : où qu'ils soient, ils n'y sont pas allés de leur plein gré. Nous avons regardé partout, et tout était en ordre : pas de signe de lutte, rien de dérangé. Sauf le bureau où le téléphone était décroché et les fils coupés, même chose que dans la cuisine. Le shérif Robinson a trouvé des fusils de chasse dans une armoire, et il les a sentis pour voir si on s'en était servi récemment. Il a dit que non, et — je n'ai jamais vu un homme plus dérouté — il a demandé : "Bon Dieu, où Herb peut-il bien être ?" C'est à peu près à ce moment-là qu'on a entendu des bruits de pas. Montant l'escalier du sous-sol. "Qui est-ce ?" dit le shérif, comme s'il était prêt à tirer. Et une voix a dit : "C'est moi, Wendle." C'était bien Wendle Meier, le shérif adjoint. Apparemment, il était venu à la maison et ne nous avait pas vus, alors il était descendu inspecter le sous-sol. Le shérif lui a dit, et en un sens il faisait pitié : "Wendle, j'y comprends rien. Il y a deux corps en haut. — Eh bien, a dit Wendle, il y en a un autre en bas." Alors, nous l'avons suivi au sous-sol. J'imagine que vous appelleriez ça une salle de jeu. Il ne faisait pas noir, il y avait des fenêtres qui laissaient entrer beaucoup de lumière. Kenyon était dans un coin, étendu sur un canapé. Il avait été bâillonné avec du sparadrap et il avait eu les pieds et les mains liés, comme sa mère — le même procédé compliqué par lequel la corde allant des mains aux pieds était finalement attachée à un des bras du canapé. En un sens, c'est Kenyon qui m'obsède le plus. Je crois que c'est parce qu'il était le moins méconnaissable, celui qui se ressemblait le plus bien qu'on lui ait tiré dans le visage, directement, à bout portant. Il portait un maillot de corps et un blue-jean, et il était pieds nus, comme s'il s'était habillé à la hâte, comme s'il avait simplement enfilé la première chose qui lui était tombée sous la main. On lui avait calé la tête avec des oreillers, comme s'ils avaient été fourrés sous lui pour faire une cible plus facile.

« Puis le shérif a dit : "Où est-ce que ça mène ?" Il voulait dire une autre porte, là, dans le sous-sol. Le shérif a ouvert la marche, mais à l'intérieur on pouvait pas voir le bout de son nez jusqu'à ce que Mr. Ewalt trouve l'interrupteur. C'était la salle de la chaudière, et il y faisait très chaud. Dans le pays, les gens installent un chauffage central au gaz naturel qu'ils tirent tout droit du sol. Ça leur coûte pas un sou, c'est pourquoi toutes les maisons sont surchauffées. Eh bien, j'ai jeté un coup d'œil à Mr. Clutter, et c'était difficile de regarder une deuxième fois. Je savais qu'une telle quantité de sang n'avait pas été causée par une simple décharge de fusil. Et je ne me trompais pas. On lui avait tiré dessus, c'est vrai, comme Kenyon, avec le fusil maintenu droit devant le visage. Mais il était probablement mort avant d'avoir reçu le coup de fusil. Ou, de toute façon, mourant. Parce qu'il avait eu la gorge tranchée aussi. Il portait un pyjama rayé, rien d'autre. Il était bâillonné ; le sparadrap avait été enroulé tout autour de sa tête. Ses chevilles étaient liées ensemble, mais pas ses mains, ou, plutôt, il avait réussi, Dieu sait comment, peut-être à force de fureur ou de souffrance, à rompre la corde qui lui liait les mains. Il était étendu devant la chaudière. Sur une grande boîte de carton qui semblait avoir été placée là tout spécialement. Un emballage pour matelas. Le shérif a dit : "Regarde ici, Wendle." Ce qu'il montrait du doigt était une empreinte de pied tachée de sang. Sur la boîte à matelas. L'empreinte de la moitié d'une semelle avec des cercles, deux trous dans le centre, comme une paire d'yeux. Puis l'un de nous — Mr. Ewalt ? je ne me souviens plus — a attiré notre attention sur autre chose. Une chose que je ne peux oublier. Il y avait un tuyau au-dessus, et un bout de corde y était noué, pendait, le genre de corde que le tueur avait utilisée. Selon toute évidence, à un moment donné, Mr. Clutter y avait été attaché, pendu par les mains, puis on l'avait détaché. Mais pourquoi ? Pour le torturer ? J'imagine qu'on ne le saura jamais. On ne saura jamais qui a fait ça, ni pourquoi, ni ce qui s'est passé dans cette maison cette nuit-là.

« Au bout d'un moment, la maison a commencé à se remplir. Les ambulances sont arrivées, et le coroner, et le pasteur méthodiste, un photographe de la police, des gendarmes, des types de la radio et de la presse. Oh ! toute une bande. On était allé chercher la plupart d'entre eux à l'église et ils se conduisaient comme s'ils s'y trouvaient encore. Très calmes. Parlant à voix basse. On aurait dit que personne ne pouvait en croire ses yeux. Un gendarme m'a demandé si j'avais quelque chose à faire ici, et dit que sinon je ferais mieux de partir. Dehors, sur la pelouse, j'ai vu l'assistant du shérif qui parlait à un homme — Alfred Stoecklein, le valet de ferme. Apparemment Stoecklein demeurait à pas plus de cent mètres de la maison des Clutter, et ils n'étaient séparés que par une grange. Mais il racontait qu'il n'avait pas entendu le moindre bruit ; il a dit : "Y a seulement cinq minutes je ne savais rien, quand un de mes gosses s'est amené en courant et nous a dit que le shérif était ici. Moi et la patronne, on a pas dormi deux heures la nuit dernière, on a passé notre temps à nous lever et à nous coucher, parce qu'on a un bébé malade. Mais la seule chose qu'on a entendue aux environs de 10 h 30-11 heures moins le quart, c'est une voiture qui s'éloignait et j'ai fait la remarque à la patronne : "V'là Bob Rupp qui s'en va." Je me suis mis à marcher vers chez moi, et à mi-chemin sur l'allée, j'ai vu le vieux colley de Kenyon, et ce chien était effrayé. Il est resté là, la queue entre les jambes, il n'a pas aboyé ou bougé. Et à voir le chien, ça m'a ramené à moi en un certain sens. J'avais été trop ahuri, trop glacé, pour sentir toute la vilenie de la chose. Les souffrances. L'horreur. Ils étaient morts. Toute une famille. Des gens amicaux, gentils, des gens que je connaissais, assassinés. Il fallait le croire, parce que c'était bien vrai." »

*

Huit trains express traversent Holcomb comme l'éclair toutes les vingt-quatre heures. Deux d'entre eux ramassent et déposent le courrier, opération qui a ses côtés délicats, comme l'explique avec vivacité la personne qui en est responsable. « Oui m'sieur, il faut pas être manchot. Ces trains qui passent ici, des fois ils font du cent à l'heure. Rien que le vent, mais voyons donc, c'est assez pour vous renverser. Et quand ces sacs postaux arrivent en plein vol, grand Dieu ! c'est comme si vous étiez pilier de mêlée dans une équipe de rugby : Boum ! *Boum !* BOUM ! C'est pas que je me plaigne, remarquez. C'est du travail honnête, du travail de fonctionnaire, et ça me tient en forme. » La postière de Holcomb, Mrs. Sadie Truitt — ou la Mère Truitt, comme les gens de la ville l'appellent — a en effet l'air plus jeune que son âge qui est soixante-quinze ans. Une veuve robuste, au visage tanné, portant des bonnets de grand-mère et des bottes de cow-boy (« Les choses les plus confortables qu'on puisse avoir aux pieds, douces comme des plumes de plongeon »), la Mère Truitt est la doyenne des citoyens originaires de Holcomb. « Il y avait une époque où tout le monde ici était parent avec moi. Dans ce temps-là, on appelait cet endroit Sherlock. Puis cet étranger s'est amené. Un nommé Holcomb. Eleveur de cochons, qu'il était. Il faisait de l'argent, et il a décidé que la ville devrait porter son nom. Aussitôt que ça a été fait, le v'là-t-y pas qu'il vend et qu'il part en Californie. Pas nous. Je suis née ici, mes enfants sont nés ici. Et nous voici ! » Un de ses enfants est Mrs. Myrtle Clare, qui est justement receveuse des postes de l'endroit. « Seulement, allez pas vous imaginer que c'est comme ça que j'ai eu cette position du gouvernement. Myrt voulait même pas que je l'aie. Mais c'est un boulot qu'on obtient à l'enchère. C'est celui qui fait l'offre la plus basse qui l'emporte. Et c'est toujours moi — si basse qu'une chenille pourrait jeter un coup d'œil par-dessus. Ah, ah ! J'vous assure que ça fait râler les hommes. Y en a un tas qui voudraient bien être postiers, oui m'sieur. Mais j'me demande s'ils aimeraient toujours ça quand il neige aussi haut que ce bon Mr. Primo Carnera, ou quand le vent est assez fort pour vous renverser et que ces sacs arrivent en planant : Ahan ! Boum ! »

Dans le métier de la Mère Truitt, le dimanche est un jour ouvrable comme n'importe quel autre. Le 15 novembre, alors qu'elle attendait le train de 10 h 32 en direction de l'ouest, elle fut étonnée de voir deux ambulances traverser la voie et prendre la direction de la propriété des Clutter. L'incident la poussa à faire ce qu'elle n'avait jamais fait auparavant, abandonner son poste. Peu importe où le courrier allait tomber, c'étaient des nouvelles que Myrt devait entendre sur-le-champ.

Les gens de Holcomb appellent leur bureau de poste l' « Edifice du Gouvernement fédéral », ce qui semble être un titre un peu trop pompeux pour une baraque poussiéreuse et pleine de courants d'air. Il y a des fuites au plafond, les lames du parquet branlent, les boîtes aux lettres ne ferment pas, les ampoules sont cassées, l'horloge s'est arrêtée. « Oui, c'est une vraie honte, admet la dame sarcastique, plutôt originale et vraiment imposante, qui trône sur ce désordre. Mais les timbres sont bons, n'est-ce pas ? De toute façon, je m'en fous pas mal. De mon côté, derrière le comptoir, c'est vraiment confortable. J'ai mon rocking-chair, et un bon poêle à bois, et une cafetière et un tas de choses à lire. »

Mrs. Clare est un personnage bien connu dans le comté de Finney. Elle ne doit pas sa célébrité à son occupation actuelle mais à une autre, antérieure : tenancière de dancing, incarnation que ne laisse pas deviner son apparence. C'est une femme décharnée, portant des pantalons, des chemises à carreaux et des bottes de cow-boy, une rouquine au caractère irascible, qui cache son âge (« A moi de le savoir, à vous de le deviner »), mais pas ses opinions qu'elle révèle avec empressement la plupart du temps, d'une voix dont le registre et la pénétration évoquent le chant du coq. Jusqu'en 1955, elle avait dirigé avec feu son mari le Pavillon de Danse de Holcomb, établissement qui attirait, en raison de son unicité dans la région, à cent miles à la ronde, une clientèle qui aimait lever le coude et lever la jambe, et dont la conduite attirait à son tour, de temps à autre, l'attention du shérif. « On a eu de mauvaises passes, bien sûr, dit Mrs. Clare en racontant ses souvenirs. Certains de ces péquenots aux jambes arquées, vous leur donnez un peu de gnôle et ils deviennent comme des Peaux-Rouges, ils veulent scalper tout ce qu'ils perçoivent. Naturellement, on vendait que des imitations, jamais de vraie gnôle. On l'aurait pas fait, même si ça avait été légal. Mon mari, Homer Clare, il désapprouvait ça ; moi aussi. Un jour Homer Clare — il est mort voici sept mois et douze jours aujourd'hui, après une opération de cinq heures à Oregon — il m'a dit : "Myrt, on a passé notre vie en enfer, maintenant on va mourir au paradis." Le lendemain, on a fermé la salle de danse. Je ne l'ai jamais regrettée. Oh ! bien sûr, au début, ça me manquait de ne plus être un oiseau de nuit, les airs de danse, la gaieté. Mais maintenant que Homer n'est plus là, je suis bien contente de faire mon travail ici dans l'Edifice du Gouvernement. M'asseoir un moment. Boire une tasse de café. »

En fait, ce dimanche matin-là, Mrs. Clare venait juste de se verser une tasse de café tout frais quand la Mère Truitt arriva.

« Myrt ! » dit-elle, mais elle ne put continuer

avant d'avoir repris son souffle. « Myrt, y a deux ambulances qui sont allées chez les Clutter. »

Sa fille dit : « Où est le 10 h 32 ?

— Des ambulances. Chez les Clutter...

— Et alors, quoi ? C'est seulement Bonnie. Une de ses crises. Où est le 10 h 32 ? »

La Mère Truitt se tut ; comme toujours, Myrt connaissait la réponse, jouissait du dernier mot. Puis une pensée lui vint à l'esprit. « Mais, Myrt, si c'est seulement Bonnie, pourquoi deux ambulances ? »

Une question sensée, comme dut l'admettre Mrs. Clare qui admirait la logique bien qu'elle l'interprétât d'une façon curieuse. Elle dit qu'elle allait téléphoner à Mrs. Helm. « Mabel devrait savoir », dit-elle.

La conversation avec Mrs. Helm dura plusieurs minutes et troubla au plus haut point la Mère Truitt, qui ne put en saisir que les réponses monosyllabiques et réservées de sa fille. Pis encore, quand sa fille raccrocha, elle n'assouvit pas la curiosité de la vieille femme ; au lieu de cela, elle but tranquillement son café, prit place à son bureau et commença à oblitérer une pile de lettres.

« Myrt, dit la Mère Truitt. Pour l'amour de Dieu. Qu'est-ce que Mabel a dit ?

— Ça me surprend pas, dit Mrs. Clare. Quand on pense que Herb Clutter a passé toute sa vie en coup de vent, venant ici à la course pour prendre son courrier sans jamais une minute pour dire bonjour-et-merci, se précipitant dans tous les sens comme un poulet qui vient de se faire couper la tête, s'inscrivant dans des clubs, dirigeant tout, obtenant des emplois que d'autres personnes désiraient peut-être. Et regarde-moi ça maintenant, tout ça l'a rattrapé. Eh bien, il se pressera plus jamais.

— Pourquoi, Myrt ? Pourquoi qu'il se pressera plus ? »

Mrs. Clare éleva la voix. « PARCE QU'IL EST MORT. Et Bonnie aussi. Et Nancy. Et le fils. Quelqu'un les a tués.

— Myrt, dis pas des choses comme ça. Qui les a tués ? »

Sans cesser d'oblitérer des lettres, Mrs. Clare répondit : « Le type dans l'avion. Celui que Herb a poursuivi parce qu'il s'était écrasé dans ses arbres fruitiers. Si c'est pas lui, c'est peut-être toi. Ou quelqu'un de l'autre côté de la rue. Tous les voisins sont des serpents à sonnettes. Des vermines qui attendent l'occasion de vous claquer la porte au nez. Dans le monde entier, c'est la même chose. Tu le sais bien.

— Non, dit la Mère Truitt en se mettant les mains sur les oreilles. Je ne sais pas ces choses-là.

— Des vermines.

— J'ai peur, Myrt.

— Peur de quoi ? Quand ton heure arrive, elle arrive. Et les larmes te sauveront pas. » Elle avait remarqué que sa mère avait commencé à en verser quelques-unes. « Quand Homer est mort, j'ai épuisé toute la peur que j'avais en moi, et tout le chagrin aussi. S'il y a quelqu'un en liberté dans les parages et qui veut me couper la gorge, j'lui souhaite bien de la chance. Quelle différence ça peut bien faire ? Pour l'éternité, ça revient au même. N'oublie pas : si un oiseau transportait chaque grain de sable, grain à grain, de l'autre côté de l'océan, quand il aurait tout amené de l'autre côté, ce ne serait que le début de l'éternité. Alors, essuie-toi le nez. »

*

La sinistre nouvelle, annoncée du haut des chaires d'églises, répandue par les fils téléphoniques, rendue publique par KIUL, la station de radio de Garden City (« Une tragédie, incroyable et bouleversante au-delà de toute expression, a frappé quatre membres de la famille Herb Clutter, tard dans la nuit de samedi ou de bonne heure aujourd'hui. La mort, brutale et sans mobile apparent... »), produisit chez le destinataire moyen une réaction plus proche de celle de la Mère Truitt que de celle de Mrs. Clare : un étonnement qui se changea en consternation ; une superficielle sensation d'horreur qu'approfondirent rapidement les sources froides de la peur individuelle.

Le café *Chez Hartman,* qui comprend quatre tables grossièrement faites et un comptoir, ne pouvait recevoir qu'une partie des causeurs effrayés, des hommes pour la plupart, qui désiraient s'y rencontrer. La propriétaire, Mrs. Bess Hartman, femme décharnée et pas sotte, aux cheveux gris et or coupés court et aux yeux verts pleins d'autorité, est une cousine de Mrs. Clare, la receveuse des postes, dont elle peut égaler, sinon surpasser, la franchise. « Y a des gens qui disent que je suis une dure à cuire, mais pour sûr que l'histoire des Clutter m'a coupé le sifflet, dit-elle par la suite à une amie. Imagine quelqu'un qui fasse un truc comme ça ! La première fois que j'en ai entendu parler, quand tout le monde s'engouffrait ici en racontant toutes sortes d'histoires effarantes, j'ai d'abord pensé à Bonnie. Bien sûr, c'est idiot, mais on ne connaissait pas les faits, et bien des gens pensaient que peut-être, à cause de ses crises. Maintenant, on ne sait plus quoi penser. Ça a dû être un meurtre de vengeance. Fait par quelqu'un qui connaissait la maison comme sa poche. Mais qui haïssait les Clutter ? Je n'ai jamais entendu dire un mot contre eux ; c'était une famille aussi bien vue qu'il est possible de l'être, et si quelque chose comme ça pouvait leur arriver à eux, alors, qui est en sécurité, je te le demande. Il y avait un vieux qui était assis ici ce dimanche-là, et il a mis le doigt dessus, la raison que personne ne peut dormir ; il a dit : "Ici, tout ce qu'on a, c'est nos amis. Y a rien d'autre." En un sens, c'est la partie la plus terrible du crime. Il n'y a rien de pire que des voisins qui peuvent pas se regarder sans une sorte d'interrogation ! Oui, c'est difficile de vivre comme ça, mais si jamais on trouve celui qui a fait ça, je suis certaine que ça va être une surprise plus grande que les meurtres eux-mêmes. »

Mrs. Bob Johnson, la femme de l'agent de la compagnie d'assurances New York Life, est une excellente cuisinière, mais le repas du dimanche qu'elle avait préparé ne fut pas mangé — du moins, pas tant qu'il était chaud — car, juste comme son mari allait plonger le couteau dans le faisan rôti, il reçut un coup de fil d'un ami. « Et, rappelle-t-il plutôt lugubrement, c'est comme ça que j'ai appris ce qui s'était passé à Holcomb. Je ne pouvais pas y croire. Ça me coûtait trop cher. Grand Dieu, j'avais le chèque de Clutter, juste là dans ma poche. Un bout de papier qui valait quatre-vingt mille dollars. Si ce que j'avais entendu était vrai. Mais j'ai pensé : Ça ne peut pas être vrai, il doit y avoir une erreur, des choses comme ça n'arrivent pas, on vend pas une grosse police d'assurance à un type pour le retrouver mort la minute d'après. Assassiné. Ce qui signifiait une double indemnité. Je ne savais pas quoi faire. J'ai appelé le directeur de notre bureau à Wichita.

Je lui ai dit que j'avais le chèque mais que je ne l'avais pas encore expédié, et je lui ai demandé ce qu'il me conseillait de faire. Eh bien, c'était une situation délicate. Paraît que, légalement, nous n'étions pas obligés de payer. Mais moralement, c'était une autre question. Naturellement, on a décidé d'agir selon la morale. »

Les deux personnes qui bénéficièrent de cette attitude honorable — Eveanna Jarchow et sa sœur Beverly, seules héritières de la succession de leur père — étaient en route vers Garden City quelques heures à peine après l'horrible découverte. Beverly venant de Winfield, Kansas, où elle se trouvait en visite chez son fiancé ; Eveanna de chez elle, de Mount Carroll, Illinois. Au cours de la journée, graduellement, d'autres parents furent avertis ; parmi eux, le père de Mr. Clutter, ses deux frères, Arthur et Clarence, et sa sœur, Mrs. Harry Nelson, tous de Larned, Kansas, et une deuxième sœur, Mrs. Elaine Selsor, de Palatka, Floride. On prévint également les parents de Bonnie Clutter, Mr. et Mrs. Arthur B. Fox, qui habitent Pasadena, Californie, et ses trois frères : Harold, de Visalia, Californie ; Howard, d'Oregon, Illinois ; et Glenn, de Kansas City, Kansas. En fait, on téléphona ou télégraphia à la plupart de ceux qui étaient sur la liste d'invités des Clutter pour Thanksgiving, et la majorité se mit en route sur-le-champ pour ce qui allait être une réunion familiale non pas autour d'une table de festin mais à un enterrement collectif.

A la Maison des enseignants, Wilma Kidwell fut obligée de se maîtriser pour calmer sa fille, car Susan, les yeux bouffis, secouée de nausées, répétait avec insistance, inconsolable, qu'elle devait courir jusqu'à la ferme des Rupp, à trois miles de là. « Tu te rends compte, maman ? disait-elle. Si

Bobby apprend la nouvelle ? Il l'aimait. Nous l'aimions tous les deux. Il faut que ce soit moi qui le lui dise. »

Mais Bobby savait déjà. En rentrant chez lui, Mr. Ewalt s'était arrêté à la ferme des Rupp et avait consulté son ami Johnny Rupp, père de huit enfants dont Bobby est le troisième. Les deux hommes se rendirent ensemble au dortoir, une bâtisse séparée de la ferme même, qui est trop petite pour accueillir tous les enfants Rupp. Les garçons habitent le dortoir, les filles « la maison ». Ils trouvèrent Bobby en train de faire son lit. Il écouta Mr. Ewalt, ne posa pas de questions et le remercia d'être venu. Après quoi il demeura debout dehors au soleil. La propriété des Rupp se trouve sur une hauteur, un plateau exposé d'où il pouvait voir les terres embrasées, moissonnées, de River Valley Farm, spectacle qui retint son attention pendant une heure peut-être. Ceux qui essayèrent de le distraire ne le purent pas. La cloche du déjeuner sonna, et sa mère lui cria de rentrer, l'appela jusqu'à ce que son mari dise finalement : « Non. Vaut mieux le laisser seul. »

Larry, un de ses frères, refusa aussi d'obéir aux appels de la cloche. Il tournait autour de Bobby, désireux de l'aider mais ne sachant que faire, bien que son frère lui eût dit de « ficher le camp ». Plus tard, quand son frère sortit de son immobilité et se mit en marche, se dirigeant, par la route et à travers les champs, vers Holcomb, Larry le poursuivit. « Eh ! Bobby. Ecoute. Si on va quelque part, pourquoi pas prendre la voiture ? » Son frère ne voulait pas répondre. Il marchait d'un pas déterminé, il courait en fait, mais Larry n'avait aucune difficulté à le suivre. Quoiqu'il ne fût âgé que de quatorze ans, il était le plus grand des deux, celui qui avait la plus forte carrure, les plus longues jambes — Bobby était un peu plus petit que la moyenne, en dépit de toutes ses prouesses athlétiques —, râblé mais élancé, un garçon bien proportionné, avec un beau visage ouvert, aux traits assez ordinaires. « Eh! Bobby. Ecoute. On ne te laissera pas la voir. Ça te servira à rien. » Bobby se tourna vers lui et dit : « Va-t'en. Retourne à la maison. » Le jeune frère resta en arrière, puis il le suivit à distance. Malgré le froid sec, l'éclat aride du jour, les deux garçons étaient en nage quand ils s'approchèrent d'une barricade que les gendarmes avaient dressée à l'entrée de River Valley Farm. De nombreux amis de la famille Clutter ainsi que des étrangers venus des quatre coins du comté de Finney s'étaient attroupés sur les lieux, mais nul d'entre eux n'obtint la permission de franchir la barricade qui, peu après l'arrivée des frères Rupp, fut brièvement soulevée pour permettre la sortie de quatre ambulances, le nombre dont on avait finalement eu besoin pour emmener les victimes, et d'une voiture pleine d'hommes appartenant au bureau du shérif, des hommes qui, en ce moment même, mentionnaient le nom de Bobby Rupp. Car Bobby, comme il allait l'apprendre avant la tombée de la nuit, était leur suspect numéro un.

De la fenêtre de son salon, Susan Kidwell vit le cortège blanc passer doucement, et elle le suivit du regard jusqu'à ce qu'il eût tourné le coin et que la poussière facilement soulevée de la rue non pavée fût retombée. Elle contemplait encore la scène lorsque Bobby, suivi de son grand frère cadet, fit son apparition, personnage tremblant qui se dirigeait vers elle. Elle vint à sa rencontre sous la véranda. Elle dit : « Je voulais tellement te le dire. » Bobby se mit à pleurer. Larry demeura en bordure de la cour de la Maison des enseignants, appuyé contre un arbre. Il ne se souvenait pas d'avoir jamais vu Bobby pleurer, et il ne voulait pas voir ça, alors il baissa les yeux.

*

Loin de là, dans la ville d'Olathe, dans une chambre d'hôtel où les stores des fenêtres obscurcissaient le soleil de midi, Perry dormait, avec un poste de radio portatif gris qui murmurait à côté de lui. A part ses bottes qu'il avait enlevées, il ne s'était pas donné la peine de se déshabiller. Il s'était simplement laissé tomber à plat ventre en travers du lit, comme si le sommeil était une arme qui l'avait frappé par-derrière. Les bottes noires à boucles d'argent trempaient dans une cuvette remplie d'eau chaude et vaguement teintée de rose.

A quelques miles au nord, dans l'agréable cuisine d'une ferme modeste, Dick ingurgitait un repas dominical. Les autres convives — sa mère, son père, son jeune frère — ne remarquèrent rien d'inhabituel dans son comportement. Il était arrivé à la maison à midi, il avait embrassé sa mère, avait répondu sans se faire prier aux questions que lui posa son père à propos de son prétendu voyage d'une journée et une nuit à Fort Scott, et il s'était assis pour manger, semblant tout à fait normal. Quand le repas fut terminé, les trois hommes de la famille s'installèrent dans le salon pour regarder un match de basket-ball télévisé. Le programme venait à peine de commencer lorsque le père fut renversé d'entendre Dick ronfler ; comme il en fit la remarque au jeune frère, il n'aurait jamais pensé vivre assez vieux pour voir Dick dormir plutôt que de regarder une partie de basket-ball. Mais, bien sûr, il ne comprenait pas à quel point

Dick était fatigué, il ne savait pas que son fils assoupi avait, entre autres, conduit plus de huit cent miles au cours des dernières vingt-quatre heures

II

Personnes inconnues

Ce lundi 16 novembre 1959 était encore une autre journée idéale pour la chasse au faisan dans les hautes plaines à blé de l'ouest du Kansas, un jour où le ciel était magnifiquement clair, aussi éclatant que du mica. Au cours des années précédentes, il était souvent arrivé à Andy Erhart de passer de longs après-midi à chasser le faisan à River Valley Farm, la propriété de son bon ami Herb Clutter, et il avait été fréquemment accompagné, lors de ces parties de chasse, par trois autres des meilleurs amis de Herb : le Dr. J. E. Dale, vétérinaire ; Carl Myers, propriétaire de laiterie ; et Everett Ogburn, homme d'affaires. Comme Erhart, directeur du Centre agricole expérimental de l'Université du Kansas, ils étaient tous des citoyens connus de Garden City.

Ce jour-là, ce quatuor de vieux compagnons de chasse s'était rassemblé encore une fois pour faire le trajet habituel, mais dans un esprit inhabituel et armé d'un équipement bizarre, n'ayant rien à voir avec le sport : des balais et des seaux, des brosses à parquet et un panier plein de serpillières et de détersifs puissants. Ils portaient leurs plus vieux vêtements. Car, sentant que cela leur incombait, un devoir de chrétiens, ces hommes s'étaient portés volontaires pour nettoyer certaines des quatorze pièces de la demeure principale de River Valley Farm : pièces où quatre membres de la famille Clutter avaient été assassinés, comme le déclaraient leurs actes de décès, « par une personne ou des personnes inconnues ».

Erhart et ses compagnons roulaient en silence. L'un d'eux remarqua plus tard : « Ça vous coupait simplement le sifflet. L'étrangeté de la chose. Se rendre là où on avait toujours été si bien reçus. » En l'occurrence, ils furent reçus par un policier de la route. L'agent, gardien d'une barricade que les autorités avaient dressée à l'entrée de la ferme, leur fit signe de continuer, et ils firent un demi-mile de plus, sur l'allée à l'ombre des ormes qui menait à la maison des Clutter. Alfred Stoecklein, le seul ouvrier qui vivait dans la propriété à présent, les attendait pour les laisser entrer.

Ils descendirent en premier lieu dans la salle de la chaudière, au sous-sol, où Mr. Clutter avait été trouvé en pyjama, étendu sur l'emballage de carton du matelas. Après quoi, ils allèrent dans la salle de jeu où Kenyon avait été abattu. Le canapé, relique récupérée et réparée par Kenyon, et que Nancy avait couvert de housses et de coussins décorés de devises, était une ruine éclaboussée de sang ; comme la boîte du matelas, il allait falloir le brûler. Au fur et à mesure que les nettoyeurs progressaient du sous-sol aux chambres à coucher de l'étage où Nancy et sa mère avaient été assassinées dans leurs lits, augmentait le tas des objets destinés au feu : des couvertures et des draps souillés de sang, des matelas, une descente de lit, un ours en peluche.

Alfred Stoecklein, qui parlait habituellement assez peu, avait beaucoup de choses à dire tout en allant chercher de l'eau chaude et en aidant au nettoyage. Il aurait bien voulu « que les gens cessent de caqueter et essaient de comprendre » pourquoi lui et sa femme n'avaient entendu « rien de rien », bien que leur maison fût située à cent mètres à peine de celle des Clutter — pas le moindre écho d'un bruit de fusil —, des actes de violence qui avaient eu lieu. « Le shérif et tous ces types qui sont venus ici pour dénicher des preuves et prendre des empreintes, ils ont du bon sens, ils ont compris comment ça s'est passé. Pourquoi on n'a rien entendu. D'abord, le vent. Un vent d'ouest comme il soufflait ce soir-là, ça pousse les bruits dans l'autre sens. Et puis, y a cette grosse grange à millet entre leur maison et la nôtre. C'te grange amortirait n'importe quel vacarme avant d'arriver jusqu'à nous. Et avez-vous déjà pensé à ça ? Celui qui a fait ça, il devait certainement savoir qu'on n'entendrait rien. Autrement, il se serait pas risqué à faire ça, tirer quatre coups de fusil au beau milieu de la nuit ! Mais voyons donc, il serait cinglé. Ben sûr, probable qu'il est cinglé de toute façon. Pour aller faire ce qu'il a fait. M'est avis que celui qui a fait ça avait tout calculé de A jusqu'à Z. Il savait certainement. Et y a une chose que je sais moi aussi. Moi et la patronne, on a passé not' dernière nuit ici. On va s'installer dans une maison le long de la grand-route. »

Les hommes travaillèrent de midi à la tombée de la nuit. Quand le moment arriva de brûler les choses qu'ils avaient rassemblées, ils les entassèrent dans une camionnette et, avec Stoecklein au volant, ils se rendirent au fin fond d'un champ au nord de la ferme, un endroit plat et plein de couleur, bien que ce fût une couleur unique, le jaune fauve chatoyant du chaume de novembre. Rendus là, ils déchargèrent la camionnette et firent une pyramide des coussins de Nancy, de la literie, des matelas, du canapé de la salle de jeu ; Stoecklein arrosa le tout d'essence et y jeta une allumette.

Parmi ceux qui étaient là, nul n'avait été plus intime avec la famille Clutter qu'Andy Erhart. Plein de douceur, de bienveillance et de dignité, cet érudit aux mains calleuses et au cou brûlé par le soleil avait été le condisciple de Herb à l'Université du Kansas. « Nous étions amis depuis trente ans », raconta-t-il par la suite, et, au cours de ces décennies, Erhart avait vu son ami passer de la situation peu rémunérée d'agent agricole du comté à celle d'un des fermiers les mieux connus et les plus respectés de la région : « Tout ce que Herb avait, il l'avait gagné, avec l'aide de Dieu. C'était un homme modeste, mais fier, comme il avait le droit de l'être. Il a élevé une belle famille. Il a fait quelque chose de sa vie. » Mais cette vie, et ce qu'il en avait fait, comment cela avait-il pu arriver, se demandait Erhart en regardant prendre le feu. Comment était-il possible que tant d'efforts, une vertu si évidente fussent en une nuit réduits à cette fumée qui s'éclaircissait en s'élevant, aspirée par l'immense ciel anéantissant ?

*

Le Kansas Bureau of Investigation, organisme d'Etat dont le quartier général se trouve à Topeka, dispose d'un personnel de dix-neuf détectives expérimentés dispersés à travers l'Etat, et les services de ces hommes sont disponibles chaque fois qu'une affaire semble dépasser la compétence des autorités locales. Le représentant du bureau à Garden City — l'agent responsable d'une bonne partie de l'ouest du Kansas — est un bel homme élancé âgé de quarante-sept ans, Alvin Adams

Dewey, issu d'une famille établie au Kansas depuis quatre générations. Il était inévitable que le shérif du comté de Finney, Earl Robinson, demandât à Al Dewey de s'occuper de l'affaire Clutter. Inévitable et approprié. Car Dewey, lui-même ancien shérif du comté de Finney (de 1947 à 1955) et, avant ça, agent spécial du F.B.I. (il avait servi entre 1940 et 1945 à La Nouvelle-Orléans, à San Antonio, à Denver, à Miami et à San Francisco), était professionnellement qualifié pour venir à bout d'une affaire aussi compliquée que les meurtres Clutter, apparemment sans mobile et sans le moindre indice. En outre, son attitude à l'égard du crime en faisait, comme il le raconta par la suite, « une affaire personnelle ». Il poursuivit en disant que sa femme et lui « aimaient vraiment beaucoup Herb et Bonnie » et « les voyaient chaque dimanche à l'église, se rendaient fréquemment visite », ajoutant : « Mais même si je n'avais pas connu la famille et si je ne les avais pas tellement appréciés, ça reviendrait au même. Parce que j'ai vu des choses terribles, bon Dieu oui ! Mais rien d'aussi sadique que ça. Peu importe le temps que ça prendra, peut-être le restant de mes jours, je vais savoir ce qui s'est passé dans cette maison : le qui et le pourquoi. »

En fin de compte, dix-huit hommes en tout furent affectés à l'affaire à plein temps, parmi lesquels se trouvaient trois des enquêteurs les plus qualifiés du K.B.I. : les agents spéciaux Harold Nye, Roy Church et Clarence Duntz. A l'arrivée de ce trio à Garden City, Dewey eut la certitude qu'une « puissante équipe » avait été formée. « Y a quelqu'un qui ferait mieux d'ouvrir l'œil et le bon », dit-il.

Le bureau du shérif se trouve au deuxième étage du palais de justice du comté de Finney, un édifice quelconque en pierre et en ciment, situé au centre d'un square rempli d'arbres et non sans attrait par ailleurs. Garden City, qui était autrefois une ville frontière plutôt rude, est aujourd'hui tout à fait assagie. Dans l'ensemble, le shérif n'est pas trop occupé, et son bureau, trois pièces presque sans meubles, est ordinairement un endroit calme fréquenté par les habitués du tribunal ; Mrs. Edna Richardson, son accueillante secrétaire, a généralement une cafetière sur le feu et amplement de temps pour « papoter ». Ou du moins jusqu'à ce que « cette affaire Clutter arrive », comme elle se plaignit, amenant avec elle « tous ces étrangers, tout ce tapage dans les journaux ». L'affaire qui occupait alors cinq colonnes à la une, à l'est aussi loin que Chicago, à l'ouest aussi loin que Denver, avait en effet attiré à Garden City une nuée de journalistes.

Le lundi, à midi, Dewey tint une conférence de presse dans le bureau du shérif. « Je vais avancer des faits, pas des théories, annonça-t-il aux journalistes rassemblés. Maintenant, le fait principal dans cette affaire, la chose à ne pas perdre de vue, c'est qu'on n'est pas face à un meurtre mais à quatre. Et on ne sait pas lequel des quatre était la cible principale. La victime principale. Ça aurait pu être Nancy ou Kenyon, ou l'un des parents. Il y en a qui disent : "Eh bien, ça a dû être Mr. Clutter." Parce qu'il a eu la gorge tranchée ; il a été le plus maltraité. Mais ça, c'est de la théorie, pas des faits. Ça nous aiderait de connaître l'ordre dans lequel la famille est morte, mais le coroner ne peut pas nous dire ça ; il sait seulement que les meurtres se sont produits à un moment donné entre 23 heures samedi et 2 heures dimanche matin. » Puis, répondant aux questions, il dit que non, ni l'une ni l'autre des femmes n'avaient été

« sexuellement molestées », et que, pour autant qu'on le sache actuellement, rien n'avait été volé dans la maison, et oui, il trouvait en fait que c'était une « étrange coïncidence » que Mr. Clutter ait souscrit une assurance de quarante mille dollars, avec double indemnité, huit heures avant sa mort. Cependant, Dewey était à peu près « absolument certain » qu'il n'existait aucun lien entre ce contrat et le crime ; comment pourrait-il y en avoir un, alors que les seules personnes à obtenir un bénéfice financier étaient les deux enfants survivants de Mr. Clutter, les filles aînées, Mrs. Donald Jarchow et Miss Beverly Clutter ? Eh oui, dit-il aux reporters, il avait certainement une opinion sur la question de savoir si les meurtres étaient l'œuvre d'un homme ou de deux, mais il préférait ne pas la révéler.

En fait, à ce moment et sur ce sujet, Dewey hésitait. Il avait encore deux opinions — ou, pour employer son mot, « concepts » — et, en reconstituant le crime, il avait développé à la fois un « concept du tueur unique » et un « concept des deux tueurs ». Dans le premier cas, il estimait que le meurtrier était un ami de la famille, ou, du moins, un homme qui avait une connaissance plus que superficielle de la maison et de ses habitants — quelqu'un qui savait que les portes étaient rarement fermées à clé, que Mr. Clutter dormait seul dans la grande chambre à coucher du rez-de-chaussée, que Mrs. Clutter et les enfants occupaient des chambres séparées à l'étage. Cette personne c'est ainsi que Dewey voyait les choses, s'était approchée de la maison à pied, probablement aux alentours de minuit. Les fenêtres étaient sans lumière, les Clutter endormis, et quant à Teddy, le chien de garde de la ferme, eh bien ! Teddy était bien connu pour sa crainte des fusils.

Il se serait couché à la vue de l'arme de l'intrus, il aurait poussé des petits cris plaintifs et se serait éloigné en rampant. En pénétrant dans la maison, le tueur avait d'abord réglé le problème des téléphones — l'un dans le bureau de Mr. Clutter, l'autre dans la cuisine — et puis, après avoir coupé les fils, il s'était rendu à la chambre à coucher de Mr. Clutter et l'avait éveillé. A la merci du visiteur armé d'un fusil, Mr. Clutter avait été obligé d'obéir à ses ordres, forcé de l'accompagner à l'étage supérieur où ils avaient éveillé le reste de la famille. Puis, avec de la corde et du sparadrap fournis par le tueur, Mr. Clutter avait ligoté et bâillonné sa femme, ligoté sa fille (qui, inexplicablement, n'avait pas été bâillonnée), et les avait attachées à leurs lits. Ensuite, le père et le fils avaient été escortés au sous-sol, et là, Mr. Clutter avait dû bâillonner Kenyon et l'attacher au canapé de la salle de jeu. Puis Mr. Clutter avait été conduit dans la salle de la chaudière, frappé sur la tête, bâillonné et ficelé. Et puis, libre d'agir à son gré, le meurtrier les avait tués les uns après les autres, prenant soin de ramasser chaque fois la cartouche utilisée. Après avoir terminé, il avait éteint toutes les lumières, et il était parti.

Les choses auraient pu se passer de cette façon ; c'était très possible. Mais Dewey avait des doutes : « Si Herb avait pensé que sa famille était en danger, en danger mortel, il se serait battu comme un tigre. Et Herb n'était pas une poule mouillée, c'était un homme puissant et en grande forme. Kenyon aussi : grand comme son père, plus grand, un garçon large d'épaules. Il est difficile de voir comment un homme seul, armé ou non, aurait pu les maîtriser tous les deux. » En outre, il y avait une raison de supposer qu'ils avaient été attachés tous les quatre par la même personne : dans les quatre cas, on avait employé le même genre de nœud, une demi-clé.

Dewey, ainsi que la majorité de ses collègues, préférait la deuxième hypothèse, qui était identique à la première sur bien des points essentiels, la différence importante résidant dans le fait que le tueur n'était pas seul, qu'il avait un complice qui l'avait aidé à maîtriser tous les membres de la famille, à les bâillonner et les attacher. Pourtant, sur le plan théorique, ceci n'était pas sans failles non plus. Dewey trouvait difficile, par exemple, de comprendre « comment deux individus pouvaient atteindre le même degré de fureur, le genre de fureur de psychopathe qu'il fallait pour commettre un crime semblable. » Il continua à expliquer : « A supposer que le meurtrier soit quelqu'un que la famille connaissait, un concitoyen ; à supposer que ce soit un homme ordinaire, ordinaire si l'on ne tient pas compte d'un dérangement mental, une rancune démentielle à l'égard des Clutter, ou de l'un des Clutter, où a-t-il trouvé un complice, quelqu'un d'assez cinglé pour l'aider ? Ça ne colle pas. Ça n'a pas de sens. Mais il est vrai que si on va au fond des choses, y a rien qui colle. »

Après la conférence de presse, Dewey se retira dans son bureau, une pièce que le shérif lui avait prêtée temporairement. Elle contenait une table et deux chaises droites. La table était jonchée de ce que Dewey espérait voir devenir un jour ou l'autre des pièces à conviction devant un tribunal : le sparadrap et les mètres de corde trouvés sur les victimes et scellés à présent dans des sacs de matière plastique (en tant qu'indices, aucun de ces deux articles ne semblait très prometteur, car c'étaient des produits courants, que l'on pouvait obtenir n'importe où aux Etats-Unis), et les photographies prises sur les lieux du crime par un photographe de la police — vingt agrandissements sur papier glacé du crâne fracassé de Mr. Clutter, du visage démoli de son fils, des mains liées de Nancy, des yeux glacés par la mort et encore grands ouverts de sa mère, et ainsi de suite. Au cours des jours suivants, Dewey allait passer de nombreuses heures à examiner ces photos, espérant qu'il pourrait « soudainement voir quelque chose », qu'un détail significatif se révélerait : « Comme ces puzzles. Ceux où l'on doit trouver : "Combien d'animaux se cachent dans ce dessin ?" En un sens, c'est ce que j'essaie de faire. Trouver les animaux cachés. Je sens qu'ils doivent être là, si seulement je pouvais les voir. » En fait, une des photos, un gros plan de Mr. Clutter et de la boîte à matelas sur laquelle il était étendu, avait déjà fourni une surprise précieuse : des traces de pas, les marques poussiéreuses de chaussures dont les semelles étaient faites de motifs en losange. Les empreintes, qui n'étaient pas visibles à l'œil nu, apparurent sur la pellicule ; en effet, l'éclat pénétrant d'un flash avait révélé leur présence avec une précision magnifique. Les empreintes ainsi qu'une autre trace de pas trouvée sur la même boîte de carton — l'impression nette et sanglante de la moitié d'une semelle Cat's Paw — étaient les seuls « indices sérieux » dont les enquêteurs pouvaient se targuer. Mais ils se gardaient bien de le faire ; Dewey et son équipe avaient décidé de tenir secrète l'existence de ces preuves.

Parmi les autres pièces qui se trouvaient sur la table de Dewey, il y avait le journal de Nancy Clutter. Il l'avait parcouru rapidement, rien de plus et, maintenant, il se mit à lire consciencieusement les notes quotidiennes qui commençaient lors de son treizième anniversaire et qui se terminaient environ deux mois avant son dix-septième ; les confidences nullement fracassantes d'une enfant intelligente qui adorait les animaux, qui aimait lire, cuisiner, coudre, danser, monter à cheval ; une jeune fille pure, jolie, recherchée, qui trouvait « amusant de flirter », mais qui n'était cependant « vraiment et réellement amoureuse que de Bobby ». Dewey lut d'abord la dernière note qui consistait en trois lignes écrites une heure ou deux avant la mort de Nancy : « Jolene K. est venue et je lui ai appris à faire une tarte aux cerises. Travaillé avec Roxie. Bobby ici et nous avons regardé la télé. Parti à 11 heures. »

Le jeune Rupp, que l'on savait être la dernière personne à avoir vu la famille en vie, avait déjà répondu à un interrogatoire serré, et bien qu'il eût raconté une histoire sans détours, disant qu'il avait passé « une soirée tout à fait ordinaire » avec les Clutter, il devait subir un interrogatoire au cours duquel il serait soumis au détecteur de mensonges.

La vérité toute simple était que les policiers n'étaient pas encore tout à fait disposés à l'écarter comme suspect. Dewey lui-même ne croyait pas que le garçon eût « quelque chose à voir avec ça » ; tout de même, il était vrai qu'en ce début d'enquête Bobby était la seule personne à qui l'on pût attribuer un mobile, quelque faible qu'il fût. Ici et là dans le journal, Nancy se référait à la situation qui était censée avoir créé le mobile : l'insistance de son père pour qu'elle « rompe » avec Bobby, qu'ils cessent « de se voir tellement l'un l'autre » son objection étant que les Clutter étaient méthodistes et les Rupp catholiques, circonstance qui, selon lui, anéantissait complètement tout espoir que le jeune couple puisse avoir de se marier un jour. Mais la note du journal qui intriguait particulièrement Dewey n'avait aucun lien avec l'impasse méthodiste-catholique des Clutter et des Rupp. Elle concernait plutôt un chat, le mystérieux décès de l'animal favori de Nancy, Boobs, qu'elle avait trouvé, d'après ce qu'elle avait noté dans son journal deux semaines avant sa propre mort, « étendu dans la grange », victime d'un empoisonneur, ou du moins c'est ce qu'elle soupçonnait (sans dire pourquoi) : « Pauvre Boobs. Je l'ai enterré dans un endroit spécial. » A la lecture de ces lignes, Dewey sentit que ça pourrait être « très important ». Si le chat avait été empoisonné, ce geste ne pourrait-il pas avoir été un petit prélude venimeux aux meurtres ? Il décida de trouver « l'endroit spécial » où Nancy avait enterré son chat, même si cela voulait dire passer au peigne fin la vaste totalité de River Valley Farm.

Tandis que Dewey s'affairait avec le journal, ses principaux assistants, les agents Church, Duntz et Nye, parcouraient la région dans tous les sens, parlant, comme le dit Duntz, « à tous ceux qui pouvaient nous raconter quelque chose » : le corps enseignant de l'Ecole de Holcomb, où Nancy et Kenyon obtenaient les meilleures notes et où ils étaient inscrits au tableau d'honneur ; les ouvriers de River Valley Farm (au printemps et en été le personnel s'élevait parfois jusqu'à dix-huit hommes, mais, en cette saison de jachère, il était réduit à Gerald Van Vleet, trois ouvriers et Mrs. Helm ; les amis des victimes ; leurs voisins ; et, tout particulièrement leurs parents. De près ou de loin, il en était arrivé une vingtaine pour assister aux funérailles qui devaient avoir lieu mercredi matin.

Le plus jeune des agents du K.B.I., Harold Nye, un petit homme plein d'allant, âgé de trente-quatre ans, aux yeux inquiets et méfiants, dont le nez, le menton et l'esprit étaient également aigus, s'était vu attribuer ce qu'il appelait « la tâche fichtrement délicate » d'interroger les parents des Clutter : « C'est pénible pour vous, et c'est pénible pour eux. Quand il s'agit d'un meurtre, on ne peut pas respecter la douleur. Ni la vie privée. Ni les sentiments personnels. Il faut poser les questions. Et il y en a qui blessent profondément. » Mais aucune des personnes qu'il interrogea, et aucune des questions qu'il posa (« J'explorais l'arrière-plan émotif. Je croyais que la réponse pourrait être une autre femme, un triangle. Réfléchissez un peu : Mr. Clutter était un homme assez jeune, en parfaite santé, mais sa femme, elle, était à moitié invalide, elle faisait chambre à part... ») n'apporta un renseignement utile ; les deux filles survivantes elles-mêmes ne pouvaient trouver de mobile au crime. Bref, Nye n'apprit que ceci : « De tous les habitants de ce vaste monde, les Clutter étaient les moins susceptibles d'être assassinés. »

A la fin de la journée, quand les trois agents se réunirent dans le bureau de Dewey, il apparut que Duntz et Church avaient eu plus de chance que Nye — Frère Nye, comme ils l'appelaient. (Les membres du K.B.I. ont un faible pour les sobriquets ; Duntz est connu comme « Le Vieux », injustement, puisqu'il n'a pas tout à fait la cinquantaine ; c'est un homme de forte carrure et agile, avec un bon gros visage de matou ; Duntz qui a la soixantaine, les joues roses et l'air professoral, mais qui est « un dur », selon ses collègues, et « le tireur le plus rapide du Kansas », s'appelle « Frisé », parce qu'il est partiellement chauve.) Au cours de leur enquête, les deux hommes avaient relevé des « pistes pleines de promesses ».

L'histoire de Duntz concernait un père et son fils que nous nommerons ici John Senior et John

Junior. Quelques années auparavant, John Senior avait conclu avec Mr. Clutter une petite transaction d'affaires dont l'issue irrita John Senior, qui eut l'impression que Clutter l'avait « roulé ». Or John Senior et son fils « picolaient » tous les deux ; en effet, John Junior avait été fréquemment incarcéré pour alcoolisme. Un jour regrettable, le père et le fils, animés de ce courage que les ivrognes puisent dans la boisson, se présentèrent à la maison des Clutter avec l'intention de « vider leur sac avec Herb ». Ils n'en eurent pas l'occasion, car Mr. Clutter, buveur d'eau agressivement opposé à l'alcool et aux ivrognes, s'empara d'un fusil et les chassa de sa propriété. Les John n'avaient pas pardonné ce manque de courtoisie ; pas plus tard qu'un mois auparavant, John Senior avait dit à une connaissance : « Chaque fois que je pense à ce salaud, les mains me démangent. J'voudrais l'étouffer. »

La piste de Church était d'une nature identique. Lui aussi, il avait entendu parler d'une personne qui était ouvertement hostile à Mr. Clutter : un certain Mr. Smith (bien que ce ne soit pas son nom véritable) qui croyait que le maître de River Valley Farm avait tiré sur son chien de chasse et l'avait tué. Church avait inspecté la ferme de Smith et il y avait aperçu, pendu au chevron d'une grange, un bout de corde attaché avec le même genre de nœud que celui utilisé pour ligoter les quatre Clutter.

Dewey dit : « Un de ceux-là, peut-être que c'est notre affaire. Une chose personnelle, une rancune devenue incontrôlable.

— A moins que ça ait été le vol », dit Nye, bien que le vol en tant que mobile eût été longuement discuté et, à ce moment-là, plus ou moins écarté. Il y avait de bons arguements contre, le meilleur étant que la répugnance de Mr. Clutter pour l'argent liquide était la fable du comté ; il n'avait pas de coffre-fort et il ne portait jamais de sommes importantes sur lui. En outre, si le vol était l'explication, pourquoi le voleur n'avait-il pas pris les bijoux que portait Mrs. Clutter — une alliance en or et un diamant monté sur bague ? Tout de même, Nye n'était pas convaincu : « Toute cette histoire a une odeur de cambriolage. Et le portefeuille de Clutter ? Quelqu'un l'a laissé ouvert et vide sur le lit de Clutter, j'pense vraiment pas que ce soit le propriétaire. Et le sac de Nancy ? Le sac était sur le plancher de la cuisine. Comment est-il arrivé là ? Et pas un sou dans la maison. Ah ! oui, deux dollars. On a trouvé deux dollars dans une enveloppe sur le bureau de Nancy. Et on sait que Clutter a encaissé un chèque de soixante dollars juste la veille. On estime qu'il aurait dû en rester au moins cinquante. Alors il y en a qui disent : "Personne ne tuerait quatre êtres humains pour cinquante dollars." Et ils disent : "Bien sûr, peut-être que le tueur a pris l'argent, mais rien que pour essayer de nous mettre sur une fausse piste, nous faire croire que le vol était le mobile du crime." Je me le demande. »

Comme la nuit tombait, Dewey interrompit le débat pour téléphoner à sa femme, Marie, à la maison, et l'avertir qu'il ne rentrerait pas pour dîner. Elle dit : « Oui. D'accord Alvin », mais il remarqua dans le ton de sa voix une inquiétude inhabituelle. Les Dewey, qui avaient deux jeunes fils, étaient mariés depuis dix-sept ans, et Marie, originaire de la Louisiane et ancienne sténographe du F.B.I., qu'il avait rencontrée durant son stage à La Nouvelle-Orléans, comprenait les difficultés de sa profession — les heures anormales, les coups de fil l'appelant dans des régions lointaines de l'Etat.

Il dit : « Quelque chose qui ne va pas ?

— Non, ça va, le rassura-t-elle. Seulement, quand tu rentreras ce soir, il faudra que tu sonnes à la porte. J'ai fait changer toutes les serrures. »

Il comprenait à présent, et il dit : « T'en fais pas, chérie, Ferme les portes à clé et allume la lumière de la véranda. »

Quand il eut raccroché, un de ses collègues demanda : « Qu'est-ce qui ne va pas ? Marie a peur ?

— Bon Dieu, dit Dewey. Elle et tous les autres. »

*

Pas tout le monde. Certainement pas la veuve qui était receveuse des postes de Holcomb, l'intrépide Mrs. Myrtle Clare ; elle méprisait ses concitoyens, parce qu'ils « avaient les foies, qu'ils tremblaient dans leurs bottes et qu'ils avaient peur de fermer l'œil », et elle disait d'elle-même : « Cette vieille, elle dort aussi bien qu'avant. S'il y en a qui veulent me jouer un tour, qu'ils essaient. » (Onze mois plus tard un groupe de bandits masqués et armés la prit au mot en envahissant le bureau de poste et en la soulageant de neuf cent cinquante dollars.) Comme d'habitude, les opinions de Mrs. Clare n'étaient conformes qu'à celles de très peu de gens. « Ici, d'après le propriétaire d'une quincaillerie de Garden City, les serrures et les verrous sont les articles qui se vendent le mieux. Les gens se fichent pas mal de la marque ; tout ce qu'ils veulent, c'est que ça tienne. » L'imagination bien sûr, peut ouvrir n'importe quelle porte, tourner la clé et laisser entrer la terreur. Mardi, à l'aube, les occupants d'une voiture, des chasseurs de faisan venus du Colorado — des étrangers qui ignoraient tout du drame local — furent renversés par ce qu'ils virent en traversant la plaine et en passant par Holcomb : des fenêtres illuminées, presque chaque fenêtre de chaque maison, et, dans les pièces brillamment éclairées, des gens tout habillés, même des familles au grand complet, qui étaient demeurés assis toute la nuit, les yeux grands ouverts, attentifs, aux aguets. Que craignaient-ils ? « Ça pourrait arriver encore. » A quelques variantes près, ceci était la réponse habituelle. Cependant, une femme, une institutrice, remarqua : « L'émotion serait deux fois moins grande si c'était arrivé à n'importe qui, sauf aux Clutter. N'importe qui de moins admiré. Prospère. Assuré. Mais cette famille représentait tout ce que les gens du pays respectent et apprécient vraiment, et qu'une chose semblable puisse leur arriver, eh bien, c'est comme d'apprendre qu'il n'y a pas de bon Dieu. On a l'impression que la vie n'a plus de sens. Je crois que les gens sont beaucoup plus déprimés qu'effrayés. »

Une autre raison, la plus simple, la plus laide, était que cette communauté, jusqu'ici pacifique, de voisins et de vieux amis, devait soudainement passer par l'expérience unique de la méfiance réciproque ; on comprend facilement qu'ils étaient convaincus que le meurtrier se trouvait parmi eux, et, du premier au dernier, ils souscrivaient à une opinion formulée par Arthur Clutter, un frère du mort, qui avait dit, en parlant à un journaliste dans le hall d'un hôtel de Garden City le 17 novembre : « Quand on aura tiré cette affaire au clair, j'suis prêt à parier que celui qui a fait ça vivait à moins de dix miles de l'endroit où nous sommes actuellement. »

*

Environ quatre cents miles à l'est d'où se trouvait actuellement Arthur Clutter, deux jeunes gens partageaient une table à l'*Eagle Buffet,* un restaurant de Kansas City. L'un d'eux — dont le visage était étroit et qui avait un chat bleu tatoué sur la main droite — avait expédié plusieurs sandwiches à la salade de poulet et il dévorait des yeux maintenant le repas de son camarade : un hamburger intact et un verre de root beer où trois aspirines étaient en train de se dissoudre.

« Perry, coco, dit Dick, tu ne veux pas ce hamburger ? J'vais le prendre. »

Perry poussa l'assiette en travers de la table. « Bon Dieu ! Tu peux pas me laisser me concentrer ?

— Pas besoin de le lire cinquante fois. »

Il se référait à un article en première page du *Kansas City Star* du 17 novembre. L'article dont le titre disait : PEU D'INDICES DANS LE QUADRUPLE ASSASSINAT, faisait suite aux premières nouvelles des meurtres publiées la veille ; il se terminait par un paragraphe récapitulatif :

« Les enquêteurs sont à la recherche d'un tueur ou de tueurs dont l'habileté est évidente si son (ou leur) mobile ne l'est pas. Car ce tueur ou tueurs ont soigneusement coupé les fils téléphoniques des deux appareils de la maison. Lié et bâillonné leurs victimes expertement, sans trace de lutte avec l'une d'entre elles. N'ont rien dérangé dans la maison, n'ont laissé aucun indice qu'ils avaient cherché quelque chose, à l'exception peut-être du porte-billets (de Clutter). Ont tué quatre personnes dans différentes parties de la maison, ramassant calmement les douilles utilisées. Sont arrivés dans la maison et l'ont quittée probablement avec l'arme du crime ; sans être vus. Ont agi sans motif, si l'on rejette une tentative de cambriolage manquée, ce que les enquêteurs sont enclins à faire.

"Car ce tueur ou tueurs", dit Perry, lisant à voix haute. C'est incorrect. La grammaire est, ou devrait être : "Car ce tueur ou ces tueurs". » Sirotant sa root beer corsée d'aspirines, il continua : « De toute façon, je n'en crois rien. Toi non plus. Avoue, Dick. Sois honnête. Tu ne crois pas à cette histoire d'absence d'indices ? »

Hier, après avoir étudié les journaux, Perry avait posé la même question et Dick, qui pensait avoir réglé l'affaire (« Ecoute. Si ces cow-boys pouvaient établir le moindre rapport, on aurait déjà entendu des bruits de sabots à cent miles d'ici »), en avait marre de l'entendre à nouveau. Ça l'ennuyait trop pour qu'il pût élever la moindre protestation quand Perry poursuivit le sujet une fois de plus : « J'ai toujours écouté mes pressentiments. C'est pourquoi je suis vivant aujourd'hui. Tu connais Willie-Jay ? Il disait que j'étais un médium-né, et il s'y connaissait dans ce domaine-là, ça l'intéressait. Il disait que j'avais un haut degré de "perception extra-sensorielle". Un peu comme avoir un radar incorporé — tu sens les choses avant de les voir. Les grandes lignes des événements futurs. Prends, par exemple, mon frère et sa femme. Jimmy et sa femme. Ils étaient fous l'un de l'autre, mais il était foutument jaloux, et il la rendait si malheureuse, étant jaloux et pensant toujours qu'elle le trompait dans son dos, qu'elle s'est tuée, et le lendemain Jimmy s'est tiré une balle dans la tête. Quand c'est arrivé — c'était en 1949, et j'étais en Alaska avec papa dans les parages de Circle City — j'ai dit à papa : "Jimmy est mort." On a eu les nouvelles une semaine plus tard. Rien de plus vrai. Une autre fois, au Japon, j'aidais à charger un navire, et je me suis assis pour me reposer une minute. Soudainement, une voix intérieure m'a dit : "Saute !" J'ai fait un bond peut-être de trois mètres je suppose, et juste à ce moment-là une tonne de matériel est venue s'écraser exactement à l'endroit où j'étais assis. Je pourrais te donner une centaine d'exemples. Je m'en fous que tu me croies ou non. Par exemple, juste avant d'avoir mon accident de moto j'ai vu la chose tout entière se dérouler : je l'ai vue mentalement — la pluie, les traces de dérapage, moi étendu, saignant, et mes jambes brisées. C'est ce que j'ai maintenant. Une prémonition. Quelque chose me dit que c'est un piège. » Il frappa légèrement le journal : « Un tas de mensonges. »

Dick commanda un autre hamburger. Au cours de ces derniers jours, il avait connu une faim que rien — trois biftecks successifs, une douzaine de tablettes de chocolat Hershey, une livre de boules de gomme — ne semblait pouvoir rassasier. Perry, lui, n'avait pas d'appétit ; il vivait de root beer, d'aspirines et de cigarettes. « Pas étonnant que tu aies des palpitations, lui dit Dick. Oh ! je t'en prie, coco. Cesse de te faire du mauvais sang. On a mis dans le mille. C'est parfait.

— Tout compte fait, ça m'étonne d'entendre ça », dit Perry. Le calme de son ton soulignait la malice de sa réponse. Mais Dick encaissa, il sourit même, et son sourire était une proposition habile. Voici, disait ce sourire plein de candeur, un type très bien, direct, affable, un garçon par qui on n'hésiterait pas à se faire faire la barbe.

« D'accord, dit Dick. Peut-être que j'ai eu quelques renseignements erronés.

— Alléluia.

— Mais, dans l'ensemble, tout a été parfait. On a envoyé la balle de l'autre côté du mur. Elle est perdue. Et on la retrouvera pas. Il n'y a pas le moindre lien.

— Il y en a au moins un. »

Perry était allé trop loin. Il enchaîna : « Floyd, c'est bien le nom ? » Un coup bas, mais Dick le méritait vraiment, son assurance était comme un cerf-volant qui avait besoin d'être ramené. Néanmoins, Perry remarqua avec une certaine inquiétude les symptômes de fureur qui réordonnaient l'expression de Dick : la mâchoire, les lèvres, le visage tout entier se relâchaient ; des bulles de salive apparurent aux commissures des lèvres. Eh bien, s'il fallait se battre, Perry pouvait se défendre. Il était petit, il avait plusieurs centimètres de moins que Dick, et il ne pouvait pas compter sur ses jambes de nain qui étaient en mauvais état ; mais il était plus lourd que son ami, plus costaud, et il avait des bras capables d'étouffer un ours. En faire la preuve cependant — se battre, se brouiller pour de bon — était loin d'être désirable. Qu'il aime Dick ou non (et il ne détestait pas Dick, bien qu'il eût eu plus d'amitié pour lui autrefois, plus de respect), il était évident qu'ils ne pouvaient plus se séparer sans risques à présent. Ils étaient d'accord sur ce point, car Dick avait dit : « Si on se fait prendre, qu'on se fasse prendre ensemble. Comme ça, on pourra se soutenir l'un l'autre. Quand ils s'amèneront avec leur foutaise de confession, disant que t'as dit et que j'ai dit. » En outre, s'il se séparait de Dick, ça signifiait la fin de projets qui séduisaient encore Perry, et qu'ils estimaient tous deux encore réalisables, en dépit de récents échecs : une vie de plongées sous-marines et de chasse au trésor passée en commun sur des îles ou le long des côtes au sud de la frontière.

Dick dit : « Mr. Wells ! » Il ramassa une fourchette. « Ça vaudrait le coup. Si je me faisais pincer pour une histoire de chèque sans provision, ça vaudrait le coup. Seulement pour y retourner. » La fourchette s'abattit et se planta dans la table. « En plein cœur, mon coco.

— Je ne dis pas qu'il le ferait, dit Perry, disposé à faire une concession maintenant que la colère de Dick avait passé au-dessus de sa tête et frappé ailleurs. Il aurait bien trop peur.

— Bien sûr, dit Dick. Certainement, il aurait bien trop peur. » C'était merveilleux vraiment, la facilité avec laquelle Dick changeait d'humeur ; en un tournemain, toute trace de méchanceté, tout air bravache s'étaient évaporés. Il dit : « A propos de ton histoire de pressentiment. Dis-moi : puisque tu étais si foutument certain que tu allais te casser la gueule, pourquoi t'as pas laissé tomber ? Ça serait jamais arrivé si tu n'étais pas remonté en moto, pas vrai ? »

C'était une énigme à laquelle Perry avait réfléchi. Il croyait l'avoir résolue, mais la solution, bien que toute simple, était également un peu vague : « Non. Parce qu'une fois qu'une chose doit arriver, tout ce que tu peux faire, c'est espérer que ça n'arrivera pas. Ou que ça arrivera — ça dépend. Aussi longtemps que tu vis, il y a toujours quelque chose qui te guette, et même si c'est mauvais, et si tu sais que ça l'est, qu'est-ce que tu peux faire ? Tu peux pas t'arrêter de vivre. Comme mon rêve. Depuis mon enfance, j'ai toujours fait ce même rêve. Ça se passe en Afrique. Dans la jungle. Je me dirige à travers les arbres vers un arbre qui est isolé, tout seul. Bon Dieu, ce qu'il pue cet arbre : en un sens, il me rend malade avec son odeur. Seulement il est de toute beauté — il a des feuilles bleues et des diamants qui pendent de partout. Des diamants gros comme des oranges. C'est pourquoi je suis là — pour me ramasser un boisseau de diamants. Mais je sais que l'instant où j'essaie, dès que je tends la main. un serpent va me tomber dessus. Un serpent qui garde l'arbre. Ce gros enfant de putain vit dans les branches. Je sais ça à l'avance, tu vois ? Et bon Dieu, je ne sais pas comment me battre avec un serpent. Mais je me dis : Eh bien, j'vais courir le risque. En somme, j'ai plus envie des diamants que peur du serpent. Alors j'en cueille un, j'ai le diamant en main, je tire, et, à ce moment-là, le serpent me tombe dessus. On commence à se colleter, mais ce fils de putain est glissant comme tout et j'peux pas l'attraper, il m'écrase, on entend mes jambes craquer. C'est maintenant qu'arrive la partie qui me met en nage, rien que d'y penser. Il commence à m'avaler. Les pieds en premier. Comme si je m'enfonçais dans des sables mouvants. » Perry hésita. Il ne pouvait s'empêcher de remarquer que Dick, occupé à se nettoyer les ongles avec une dent de fourchette, ne s'intéressait pas à son rêve.

Dick dit : « Alors ? Le serpent t'avale ? Ou quoi ?

— Laisse tomber. C'est sans importance. » (mais ça en avait ! La fin était de la plus haute importance, une source de joie intime. Il l'avait un jour racontée à son ami Willie-Jay ; il lui avait décrit l'oiseau gigantesque, « l'espèce de perroquet » jaune. Naturellement, Willie-Jay était différent, un esprit sensible, « un saint ». Il avait compris. Mais Dick ? Dick pourrait sourire. Et Perry ne pouvait supporter ça : laisser qui que ce soit ridiculiser le perroquet qui était apparu dans ses rêves pour la première fois quand il avait sept ans, alors qu'il était un petit métis haï et plein de haine, vivant dans un orphelinat dirigé par des bonnes sœurs en Californie, des gardes-chiourme à cornettes qui le fouettaient parce qu'il mouillait son lit. C'était après une de ces raclées, il ne pourrait jamais l'oublier (« Elle m'a éveillé. Elle avait une lampe de poche, et elle m'a frappé avec. Frappé et frappé. Et quand la lampe s'est brisée, elle a continué à me frapper dans l'obscurité »), que le perroquet apparut, arriva dans son sommeil, un oiseau « plus grand que Jésus, jaune comme un tournesol », un ange-guerrier qui aveugla les nonnes à coups de bec, dévora leurs yeux, les massacra tandis qu'elles « imploraient sa pitié » — puis le souleva délicatement, l'enveloppa, l'emmena d'un coup d'aile au « paradis ».

Comme les années passaient, les tourments particuliers dont l'oiseau le délivrait changèrent ; d'autres — des enfants plus âgés, son père, une fille infidèle, un sergent qu'il avait connu dans l'armée — vinrent remplacer les bonnes sœurs, mais le perroquet demeura, un vengeur qui planait, menaçant. C'est ainsi que le serpent, ce gardien de l'arbre à diamants, n'achevait jamais de le dévorer mais était toujours dévoré lui-même. Et ensuite l'ascension pleine de félicité ! L'ascension vers un paradis qui, dans une version, n'était qu'une « sensation », un sentiment de puissance, d'inattaquable supériorité, sensation qui, dans une autre version, était transposée en « Un endroit réel. Comme tiré d'un film. Peut-être que c'est dans un film que je l'ai vu en fait — peut-être me suis-je souvenu d'un film. Parce que je me demande où j'aurais bien pu voir un jardin comme ça ailleurs. Avec des escaliers de marbre blanc, des fontaines. Et tout en bas, si on va au bord du jardin, on peut voir l'Océan. Fantastique ! Comme aux alentours de Carmel, Californie. La meilleure chose cependant, eh bien, c'est une grande, grande table. T'as jamais imaginé autant de nourriture. Des huîtres. Des dindes. Des hot dogs. Des fruits dont on pourrait faire un million de coupes de fruits. Et, écoute bien — ça ne coûte pas un sou. Je veux dire que j'ai pas à avoir peur d'y toucher. Je peux manger autant que ça me plaira, et ça me coûtera pas un sou. C'est comme ça que je sais où je suis. »)

Dick dit : « Je suis normal. Je ne rêve que de pépées blondes. A propos, tu connais l'histoire du cauchemar de la chèvre ? » C'était bien Dick, toujours une histoire sale à raconter sur n'importe quel sujet. Mais il raconta l'histoire avec tant de drôlerie que Perry, bien qu'il fût prude dans une certaine mesure, ne put s'empêcher de rire, comme d'habitude.

*

Parlant de son amitié avec Nancy Clutter, Susan Kidwell dit : « Nous étions comme des sœurs. Du moins, c'est le sentiment que j'avais à son égard, comme si elle était ma sœur. Je n'ai pas pu aller à l'école, pas ces tout premiers jours. Je ne suis retournée en classe qu'après les funérailles. Comme Bobby Rupp. Pendant un certain temps, nous étions toujours ensemble, Bobby Rupp et moi. C'est un garçon sympathique — il a bon cœur — mais il ne lui était jamais arrivé rien de bien terrible auparavant. Comme de perdre quelqu'un qu'il avait aimé. Et puis, par-dessus le marché, avoir à passer un test au détecteur de mensonges. Je ne veux pas dire que ça l'avait aigri ; il se rendait compte que les policiers faisaient leur devoir. Il m'était déjà arrivé quelques coups durs, deux ou trois, mais lui jamais : alors ça l'a bouleversé quand il a découvert que la vie n'est pas une longue partie de basket-ball. La plupart du temps, on se baladait simplement dans sa vieille Ford. Sur la grand-route. On allait jusqu'à l'aéroport et on revenait. Ou bien on allait au Cree-Mee — c'est un cinéma en plein air — et on restait dans la voiture, on buvait un coca-cola, on écoutait la radio. Le poste était toujours ouvert ; on n'avait rien à se dire. Sauf qu'une fois de temps à autre Bobby disait à quel point il avait aimé Nancy et qu'il ne pourrait jamais avoir de sentiments pour une autre fille. Eh bien, j'étais certaine que Nancy n'aurait pas voulu ça, et je le lui ai dit. Je me souviens — je crois que c'était lundi — que nous sommes allés jusqu'à la rivière. On a garé la voiture sur le pont. On peut voir la maison de cet endroit, la maison des Clutter. Et une partie de la propriété, le verger de Mr. Clutter et les champs de blé qui s'étendaient au loin. Très loin, dans un des champs, un feu flambait : ils brûlaient des choses de la maison. Partout où l'on regardait, il y avait quelque chose pour vous rappeler la tragédie. Des hommes avec des filets et des perches pêchaient le long des berges de la rivière, mais c'était pas le poisson qui les intéressait. Bobby a dit qu'ils cherchaient les armes. Le couteau. Le fusil.

« Nancy adorait la rivière. Les nuits d'été, on avait coutume de monter toutes les deux sur le dos du cheval de Nancy, Babe, ce gros cheval gris. Nous allions jusqu'à la rivière et nous entrions dans l'eau. Puis Babe marchait dans l'eau peu profonde tandis qu'on jouait de la flûte et qu'on chantait. Il se rafraîchissait. Je ne cesse de me demander, mon Dieu, qu'est-ce qui va lui arriver ? Babe. Une dame de Garden City a pris le chien de Kenyon. Elle a pris Teddy. Il s'est sauvé, il a trouvé son chemin jusqu'à Holcomb. Mais elle est venue et l'a repris. Et moi, j'ai le chat de Nancy, Evinrude. Mais Babe, j'imagine qu'ils vont le vendre. Ça aurait fait de la peine à Nancy. Elle serait furieuse. Une autre fois, la veille des funérailles, nous étions assis, Bobby et moi, près de la voie ferrée. On regardait passer les trains. Vraiment stupide. Comme des moutons dans une tempête de neige. Puis soudainement Bobby s'est éveillé et il a dit : "On devrait aller voir Nancy. On devrait être avec elle." Alors nous sommes allés à Garden City, chez Phillips, l'entrepreneur de pompes funèbres de Main Street. Je crois que le jeune frère de Bobby était avec nous. Oui, j'en suis certaine. Parce que je me souviens que nous l'avons pris à la sortie de l'école. Et je me souviens qu'il a dit qu'il n'y aurait pas classe le lendemain, comme ça tous les enfants de Holcomb pourraient aller à l'enterrement. Et puis il a continué en nous disant ce que les enfants pensaient. Il a dit que les enfants étaient convaincus que c'était l'œuvre d'un "tueur à gages". Je n'avais pas envie d'entendre parler de ça. Rien que des cancans, des ragots — tout ce que Nancy détestait. De toute façon, ça m'est égal de savoir qui a fait ça. En un sens, c'est à côté du problème. Mon amie est disparue. Savoir qui l'a tuée ne la ramènera pas. Le reste est sans importance. On ne voulait pas nous laisser entrer. Chez l'entrepreneur de pompes funèbres, je veux dire. Ils nous ont dit que personne ne pouvait "voir la famille". A l'exception des parents. Mais Bobby a insisté, et finalement l'entrepreneur — il connaissait Bobby et j'imagine qu'il avait pitié de lui — a dit d'accord, n'en parlez pas, mais entrez. Maintenant, je souhaiterais ne jamais y être allée. »

Les quatre cercueils qui remplissaient complètement le petit salon encombré de fleurs allaient être scellés pour le service funèbre — ce qui était facile à comprendre, car, en dépit des soins apportés à l'aspect des victimes, l'effet que l'on avait atteint était inquiétant. Nancy portait sa robe de velours rouge cerise, son frère une chemise à carreaux de couleur éclatante ; les parents étaient tous deux mis avec plus de sobriété ; Mr. Clutter était vêtu d'un complet de flanelle bleu marine, son épouse d'une robe de crêpe bleu marine ; et — et c'était tout spécialement ceci qui donnait à la scène une ambiance effroyable — la tête de chacune des victimes était complètement enveloppée de coton, un cocon gonflé, deux fois la taille d'un ballon ordinaire, et le coton qui avait été vaporisé d'une substance brillante scintillait comme de la neige d'arbre de Noël.

Susan fit immédiatement demi-tour. « Je suis sortie et j'ai attendu dans la voiture, rappela-t-elle. De l'autre côté de la rue, un homme ratissait les feuilles. Je ne le quittais pas des yeux. Parce que je ne voulais pas fermer les yeux. Je pensais : "Si je les ferme, je vais m'évanouir." Alors je l'ai regardé ratisser les feuilles et les brûler. Je le regardais sans vraiment le voir. Parce que tout ce que je pouvais voir, c'était la robe. Je la connaissais si bien. Je l'avais aidée à choisir le tissu. C'était son propre modèle, et elle l'a cousue elle-même. Je me souviens de son excitation la première fois qu'elle l'a portée. A une soirée. Tout ce que je pouvais voir, c'était le velours rouge de Nancy. Nancy dans sa robe. Elle dansait. »

*

Le *Kansas City Star* publia un long compte rendu des funérailles Clutter, mais l'édition dans laquelle se trouvait l'article datait déjà de deux jours avant que Perry, étendu sur le lit d'une chambre d'hôtel, ne finisse par le lire. Cependant, il se contenta de le parcourir, sautant d'un paragraphe à l'autre : « Mille personnes, la foule la plus considérable dans les cinq ans d'histoire de la Première Eglise méthodiste, ont assisté aujourd'hui aux funérailles des quatre victimes... De nombreuses élèves de l'Ecole de Holcomb, camarades de classe de Nancy, ont fondu en larmes lorsque le Révérend Leonard Cowan a dit : "Dieu nous offre le courage, l'amour et l'espoir bien que nous errions parmi les ombres de la vallée de la mort. Je suis certain qu'Il était avec eux lors de leurs dernières heures. Jésus ne nous a jamais promis que nous ne connaîtrions pas la souffrance ou le chagrin, mais Il a toujours dit qu'Il serait à nos côtés pour nous aider à supporter le chagrin et la souffrance."... Par un temps étonnamment chaud pour la saison, environ six cents personnes se sont rendues au cimetière de Valley View dans la banlieue nord de cette ville. Et là, au cours de la cérémonie de l'enterrement, elles ont récité le *Pater*. Leurs voix qui se fondaient en un murmure grave se répercutaient à travers le cimetière. »

Mille personnes ! Perry fut impressionné. Il se demanda ce qu'avaient coûté les funérailles. L'argent le préoccupait beaucoup, quoique d'une façon moins pressante qu'au début de la journée, une journée qu'il avait commencée « sans un radis ». Depuis lors, la situation s'était améliorée ; grâce à Dick, ils possédaient maintenant « un assez beau magot », suffisant pour se rendre au Mexique.

Dick ! Beau parleur. Débrouillard. Oui, il fallait le reconnaître. Bon Dieu, c'était incroyable la façon dont il pouvait « rouler un type ». Comme le commis du magasin de confection de Kansas City, Kansas, le premier endroit que Dick avait décidé de « frapper ». Quant à Perry, il n'avait jamais essayé de « passer un chèque ». Il était nerveux, mais Dick lui dit : « Tout ce que je te demande de faire, c'est de rester là. Ris pas, et sois pas étonné de ce que je vais raconter. Ces trucs-là, c'est une question d'oreille. » Pour ce genre de travail Dick semblait avoir une oreille impeccable. Il entra en coup de vent, présenta Perry au vendeur en coup de vent, comme « un de mes amis qui est sur le point de se marier », et poursuivit en disant : « J'suis son garçon d'honneur. Je l'aide, pour ainsi dire, à acheter les vêtements qu'il lui faudra. Ce que vous pourriez appeler son trousseau, ah ! ah ! » Le vendeur « avala l'hameçon », et bientôt Perry qui avait enlevé ses treillis était en train d'essayer un complet lugubre que le commis estimait être le vêtement « idéal pour une cérémonie de famille ». Après avoir fait des observations sur les proportions bizarres du client — le torse anormalement développé posé sur des jambes rabougries — il ajouta : « Je crains que nous n'ayons rien qui aille sans modifications. » Oh ! dit Dick, ça n'avait aucune importance, il y avait amplement le temps, le mariage n'aurait lieu que dans une semaine. Une fois la question du complet réglée, ils choisirent une série de vestes et de pantalons de mauvais goût qu'ils considéraient tout à fait indiqués pour ce qui allait être, selon Dick, une lune de miel en Floride. « Vous connaissez l'*Eden Roc* ? demanda Dick au vendeur. A Miami Beach ? Leurs réservations sont faites. Un cadeau des parents de sa fiancée, deux semaines à quarante dollars par jour. Qu'est-ce que vous en dites ? Un avorton moche comme lui, il se trouve une pépée qui est une vraie beauté et qui est bourrée de fric. Tandis que des types comme vous et moi, des types qui ont une belle gueule... » Le commis présenta la facture. Dick porta la main à la poche arrière de son pantalon, fronça les sourcils, fit claquer ses doigts et dit : « Nom de Dieu ! J'ai oublié mon portefeuille. » Ce qui sembla à son complice une astuce si grossière qu'un « négrillon d'un jour » ne se laisserait pas avoir. Apparemment, le commis n'était pas de cet avis car il sortit un chèque en blanc, et quand Dick l'eut établi pour un montant qui excédait de quatre-vingts dollars la facture, il lui remit sur-le-champ la différence en argent liquide.

Une fois encore, Dick dit : « Alors, tu te maries la semaine prochaine ? Eh bien, t'auras besoin d'une alliance. » Quelques instants plus tard, roulant dans la vieille Chevrolet de Dick, ils arrivèrent à un magasin qui s'appelait *Bijoux de Luxe*. Après y avoir acheté, en payant par chèque, une bague de fiançailles et une alliance serties de diamants, ils se rendirent à un mont-de-piété pour se débarrasser de ces articles. Perry était triste de les voir partir. Il commençait à croire à demi à l'épouse fictive, bien qu'elle ne fût ni riche ni belle dans la conception qu'il en avait, à l'opposé de Dick ; c'était plutôt une fille bien mise, qui s'exprimait avec grâce, probablement « diplômée d'une université », de toute façon « très intellectuelle », le genre de fille qu'il avait toujours voulu rencontrer mais qu'il n'avait en fait jamais connue.

A moins de compter Cookie, l'infirmière dont il avait fait la connaissance quand il avait été hospitalisé à la suite de son accident de motocyclette. Une chic fille, Cookie, et il lui avait plu ; elle avait eu pitié de lui, l'avait dorloté, l'avait poussé à lire de la « vraie littérature » — *Autant en emporte le vent, This is My Beloved.* Des épisodes sexuels d'une nature étrange et furtive s'étaient produits, et ils avaient parlé d'amour et de mariage aussi, mais finalement, une fois ses blessures guéries, il lui avait dit au revoir et lui avait offert, en guise d'explication, un poème qu'il prétendait avoir écrit :

Il y a une race d'hommes qui ne s'adapte pas,
Une race qui ne peut pas rester en place ;
Ils brisent le cœur de leurs amis et de leurs parents ;
Et ils parcourent le monde à volonté.
Ils vagabondent par terre et par mer,
Et ils gravissent les cimes des montagnes ;
Ils portent la malédiction du sang des gitans,
Et ils ne connaissent jamais de repos.
S'ils suivaient un droit chemin, ils iraient loin
Car ils sont forts et braves et fidèles ;
Mais ils se lassent vite des choses,
Ils ont soif de nouveau et d'insolite.

Il ne l'avait jamais revue et n'avait jamais eu de ses nouvelles ; cependant, de nombreuses années plus tard il avait fait tatouer son nom sur son bras, et un jour où Dick lui avait demandé qui était « Cookie », il avait répondu : « Personne. Une fille que j'ai failli épouser. » (Que Dick ait été marié — marié deux fois — et qu'il ait engendré trois fils était une chose qu'il enviait. Une femme, des enfants, c'étaient là des expériences « qu'un homme devait connaître », même si, comme dans le cas de Dick, elles ne « le rendaient pas heureux ou ne lui faisaient aucun bien. »

Ils mirent les bagues au clou pour cent cinquante dollars. Ils rendirent visite à une autre bijouterie, Goldman's, et ils en sortirent tout doucement avec une montre-bracelet en or pour homme. Arrêt suivant, un magasin de caméras Elko, où ils « achetèrent » une caméra perfectionnée. « Pas de meilleur placement qu'une caméra, fit Dick à Perry. C'est la chose la plus facile à mettre au clou ou à vendre. Les caméras et les appareils de télé. » Puisqu'il en était ainsi, ils décidèrent d'obtenir un grand nombre de ces derniers, et, une fois leur mission accomplie, ils continuèrent à attaquer quelques autres grands magasins de confection — Sheperd & Foster's, Rothschild's, Shopper's Paradise. Au coucher du soleil, au moment où les magasins fermaient, ils avaient les poches pleines d'argent et la voiture était pleine de marchandises qu'ils pouvaient vendre ou mettre au clou. Inspectant cette récolte de chemises et de briquets, d'appareils de grande valeur et de boutons de manchettes de pacotille, Perry se sentit démesurément grand — à présent le Mexique, une nouvelle chance, une « vraie vie ». Mais Dick semblait abattu. Il répondit aux compliments de Perry par un haussement d'épaules (« Je suis sincère, Dick. Tu as été étonnant. Moi-même, je te croyais la moitié du temps »). Et Perry était perplexe ; il ne pouvait comprendre que Dick, habituellement si imbu de lui-même, devienne subitement humble, qu'il ait l'air triste et qu'il se dégonfle alors qu'il avait de bonnes raisons de triompher. Perry dit : « Je te paie un verre. »

Ils s'arrêtèrent à un bar. Dick but trois Orange Blossom. Après le troisième, il demanda brusquement : « Et mon père ? Je me sens... Oh, bon Dieu ! c'est un si bon vieux. Et ma mère... Eh bien, tu l'as vue. Qu'est-ce qui va leur arriver ? Moi, je serai là-bas au Mexique. Ou ailleurs. Mais eux, ils seront ici quand ces chèques vont rebondir. Je connais papa. Il voudra rembourser. Comme il a déjà essayé de le faire. Et il ne peut pas, il est vieux et malade, il n'a rien.

— Je comprends ça », dit Perry avec sincérité. Sans être bon, il était sentimental, et l'affection que Dick portait à ses parents, le mauvais sang qu'il se faisait pour eux, touchaient vraiment Perry. « Mais bon Dieu, Dick, c'est très simple, dit-il. Nous, on peut payer les chèques. Une fois qu'on est au Mexique, une fois qu'on se met au boulot, on va faire de l'argent. Des tas.

— Comment ?

— Comment ? » Qu'est-ce que Dick pouvait bien vouloir dire ? La question stupéfia Perry. Après tout, ils avaient discuté d'une si grande variété d'aventures. La prospection de l'or, la plongée sous-marine à la recherche de trésors engloutis — ce n'étaient là que deux des projets que Perry avait proposés avec enthousiasme. Et il y en avait d'autres. Le bateau, par exemple. Ils avaient souvent parlé d'un bateau de pêche en haute mer qu'ils achèteraient et piloteraient eux-mêmes ; et ils le loueraient à des vacanciers — ceci en dépit du fait qu'ils n'avaient jamais manœuvré un canoë ou pêché de quoi faire une friture. Et puis, aussi, il y avait de l'argent facile à gagner en Amérique du Sud, en faisant passer des voitures volées d'un pays à l'autre. (« Tu touches cinq cents dollars par voyage », ou c'est du moins ce que Perry avait lu quelque part.) Mais, de toutes les réponses possibles, il choisit de rappeler à Dick la fortune qui les attendait sur l'île des

Cocotiers, un point minuscule au large du Costa Rica. « Sans blague, Dick, dit Perry. C'est authentique. J'ai une carte. J'ai toute l'histoire. Le trésor a été enterré là en 1821 — des lingots et des bijoux venant du Pérou. Il paraît que ça vaut soixante millions de dollars. Même si on ne trouvait pas tout, même si on n'en trouvait qu'une partie... Tu me suis, Dick ? » Jusqu'à présent, Dick l'avait toujours encouragé, il avait toujours écouté attentivement toutes ses histoires de cartes et de trésors, mais maintenant — et c'était la première fois que ça lui venait à l'esprit — il se demandait si Dick n'avait pas fait semblant, ne s'était pas moqué de lui tout ce temps.

Cette pensée qui lui était comme une douleur aiguë s'effaça car Dick lui dit avec un clin d'œil et un petit coup de poing pour jouer : « Bien sûr, coco. Je te suis. Jusqu'au bout. »

*

Il était 3 heures du matin et le téléphone sonna encore une fois. Non pas que l'heure eût quelque importance. Al Dewey était complètement éveillé de toute façon, de même que Marie et leurs fils, Paul, neuf ans, et Alvin Adams Dewey Junior, douze ans. Car qui pourrait dormir dans une maison — un modeste bungalow — où le téléphone avait sonné de deux minutes en deux minutes toute la nuit ? En sortant du lit, Dewey promit à sa femme : « Cette fois je débranche l'appareil. » Mais c'était une promesse qu'il n'osait pas tenir. Il est vrai que de nombreux appels émanaient de journalistes en quête de nouvelles, ou de gens qui essayaient d'être drôles, ou de bâtisseurs de théories (« Al ? Ecoutez mon vieux, j'ai trouvé la solution. C'est une histoire de meurtre et de suicide. Je sais que Herb était dans une impasse financière. Il pouvait à peine joindre les deux bouts. Alors, qu'est-ce qu'il fait ? Il prend cette grosse police d'assurance, il tue Bonnie et les enfants et il se tue avec une bombe. Une grenade remplie de chevrotines... »), ou des personnes anonymes à l'esprit empoisonné (« Vous connaissez ces L. ? Des étrangers. Ils ne travaillent pas. Ils donnent des réceptions. Servent des cocktails. D'où vient l'argent ? Ça me surprendrait pas le moins du monde qu'ils soient à l'origine de cette affaire Clutter... »), ou des femmes craintives, émues par les racontars qui circulaient, des racontars qui ne connaissaient pas de limites (« Ecoute, Alvin. Je te connais depuis que tu es un petit garçon. Et je veux que tu me dises tout de suite si c'est vrai. J'aimais et je respectais Mr. Clutter, et je refuse à croire que cet homme, ce chrétien, je refuse de croire que c'était un coureur de jupons... »).

Mais la plupart de ceux qui téléphonaient étaient des citoyens qui désiraient être utiles (« Je me demande si vous avez interrogé l'amie de Nancy, Sue Kidwell ? J'ai parlé avec cette enfant, et elle a dit quelque chose qui m'a frappé. Elle a dit que, la dernière fois qu'elle a parlé à Nancy, Nancy lui a raconté que Mr. Clutter était vraiment de méchante humeur. Ça durait depuis trois semaines. Elle pensait qu'il était tourmenté par quelque chose, tellement qu'il s'était mis à fumer des cigarettes... »). Il arrivait aussi que des personnes officiellement concernées appellent — des représentants de la loi ou des shérifs d'autres parties de l'Etat (« Ça peut-être quelque chose à voir, peut-être pas, mais il y a ici un barman qui a entendu deux types discuter de l'affaire d'une manière qui donnait l'impression qu'ils étaient dans le coup jusque-là... »). Et, bien que le seul effet de ces conversations eût été un surcroît de travail pour les enquêteurs, il n'était pas exclu que la prochaine soit, comme le disait Dewey, « le coup de pot qui fasse tomber le rideau ».

En répondant au coup de fil en question, Dewey entendit immédiatement : « Je désire avouer.

— Qui est à l'appareil, je vous prie ? » demanda-t-il.

L'interlocuteur, un homme, répéta sa première affirmation et ajouta : « C'est moi qui ai fait le coup. Je les ai tous tués.

— Oui, répondit Dewey. Maintenant, si vous me donniez votre nom et votre adresse...

— Ah, ça non ! dit l'homme, la voix vibrante d'une indignation d'ivrogne. Je ne vous dirai rien. Pas avant d'avoir la récompense. Vous envoyez la récompense et, à ce moment-là, je vous dirai qui je suis. Un point, c'est tout. »

Dewey revint au lit. « Non, mon chou, dit-il. Rien d'important. Seulement un autre ivrogne.

— Qu'est-ce qu'il voulait ?

— Il voulait avouer. A condition qu'on envoie la récompense d'abord. » (Un journal du Kansas, le *News* de Hutchinson, avait offert mille dollars pour tout renseignement conduisant à la solution du crime.)

« Alvin, es-tu en train d'allumer une autre cigarette ? Vraiment, Alvin, est-ce que tu ne peux pas au moins essayer de dormir ? »

Il était trop tendu pour dormir, même si le téléphone cessait de sonner, trop agité et trop déçu. Aucune de ses « pistes » n'avait abouti où que ce soit, sauf, peut-être, dans un cul-de-sac, face au plus nu de tous les murs. Bobby Rupp ? Le détecteur de mensonges l'avait éliminé. Et Mr. Smith, le fermier qui faisait des nœuds identiques à ceux utilisés par le meurtrier, lui aussi était un suspect éliminé, ayant prouvé qu'il était « dans l'Oklahoma » la nuit du crime. Ce qui laissait les John, père et fils, mais ils avaient également fourni des alibis vérifiables. « Par conséquent, pour citer Harold Nye, le résultat est un beau chiffre rond. Zéro. » Même la recherche de l'endroit où avait été enterré le chat de Nancy n'avait donné aucun résultat.

Néanmoins, il y avait eu un ou deux faits nouveaux significatifs. D'abord, en rangeant les vêtements de Nancy, Mrs. Elaine Selsor, sa tante, avait trouvé une montre-bracelet en or cachée dans le bout d'un soulier. Deuxièmement, accompagnée d'un agent du K.B.I., Mrs. Helm avait exploré chacune des pièces de River Valley Farm, inspecté la maison de fond en comble dans l'espoir de trouver quelque chose qui n'était pas à sa place ou quelque chose qui avait disparu, et elle avait réussi. Dans la chambre de Kenyon. Mrs. Helm avait regardé attentivement, arpenté la chambre, les lèvres pincées, touchant chaque objet : le vieux gant de base-ball de Kenyon, les bottes de travail maculées de boue de Kenyon, ses pathétiques lunettes abandonnées. Durant ce temps, elle ne cesait de murmurer : « Il y a quelque chose qui tourne pas rond ici, je le sens, je le sais, mais je ne sais pas ce que c'est. » Et puis, subitement, elle le sut : « C'est le poste de radio ! Où est le petit poste de Kenyon ? »

Ces découvertes réunies obligèrent Dewey à reconsidérer la possibilité d'un « simple cambriolage » comme mobile. Il est certain que cette montre n'avait pas roulé accidentellement dans la chaussure de Nancy. Couchée dans l'obscurité, elle avait dû entendre des bruits — des bruits de pas, peut-être des voix — qui lui avaient fait supposer que des voleurs s'étaient introduits dans la maison ; sur quoi elle avait dû cacher la montre en vitesse ; c'était un cadeau de son père auquel elle tenait beaucoup. Quant au poste, un Zenith gris, pas de doute, il manquait. Tout de même, Dewey ne pouvait accepter la théorie que la famille eût été massacrée pour un profit aussi mince, « quelques dollars et un poste de radio ». L'accepter effacerait l'image qu'il avait du tueur, ou, plutôt, des tueurs. Ses collègues et lui avaient définitivement décidé de mettre le terme au pluriel. L'exécution adroite des crimes était une preuve suffisante qu'un des deux tueurs au moins était particulièrement rusé et impassible et qu'il était — devait certainement être — trop habile pour avoir commis un tel forfait sans un motif bien pesé. Et, ensuite, Dewey avait pris conscience de nombreuses particularités qui renforçaient sa conviction qu'un des meurtriers, au moins, avait un lien émotif avec ses victimes et qu'il avait eu pour elles, même en les exterminant, une certaine tendresse dénaturée. De quelle autre façon pouvait-on expliquer la boîte à matelas ?

L'histoire de la boîte à matelas était une des choses qui intriguaient le plus Dewey. Pourquoi les meurtriers avaient-ils pris la peine d'aller chercher la boîte à l'autre extrémité du sous-sol et de l'étendre sur le plancher devant la chaudière si ce n'était dans l'intention d'installer Mr. Clutter plus confortablement, de lui fournir, tandis qu'il contemplait le couteau qui s'approchait, une couche moins rude que le ciment froid ? Et en étudiant les photos de la scène du crime, Dewey avait observé d'autres détails qui semblaient confirmer sa théorie qu'un des tueurs était mû par des élans de délicatesse de temps à autre. « Ou — il n'arrivait jamais tout à fait à trouver le mot qu'il cherchait — quelque chose de maniaque. De tendre. Ces couvertures. Voyons, quel genre de personne ferait cela ? ligoter deux femmes de la façon dont Bonnie et sa fille avaient été attachées. et puis remonter les couvertures, les border avec un air de dire : “Faites de doux rêves et bonne nuit.” Ou le coussin sous la tête de Kenyon. Au début je pensais que le coussin avait peut-être été mis là pour faire de sa tête une cible plus simple. Maintenant que j’y pense, non, c’était pour la même raison que la boîte à matelas sur le plancher, pour installer la victime plus confortablement. »

Pour absorbantes qu’elles fussent, les spéculations de cet ordre ne satisfaisaient pas Dewey et ne lui donnaient guère le sentiment « d’aboutir à quelque chose ». Une affaire était rarement résolue par des « théories fantaisistes » ; il ne croyait qu’aux faits, « obtenus à la sueur de son front et certifiés sous serment ». La multitude de faits à rechercher et à passer au crible — et l’agent se proposait de les obtenir — n’était pas une mince affaire puisqu’elle consistait à dénicher et à contrôler des centaines de personnes, parmi lesquelles tous les anciens ouvriers de River Valley Farm, les amis et la famille, tous ceux avec qui Mr. Clutter avait fait des affaires, importantes ou pas, à remonter le passé à un pas de tortue. Car, comme l’avait dit Dewey à son équipe : « Il ne faut pas s’arrêter avant de connaître les Clutter mieux qu’ils ne se connaissaient eux-mêmes. Jusqu’à ce qu’on trouve le lien entre ce qu’on a découvert dimanche dernier et quelque chose qui est arrivé il y a cinq ans peut-être. Le lien. Il faut bien qu’il y en ait un. Il le faut. »

Mrs. Dewey s’assoupit mais elle s’éveilla quand elle sentit son mari sortir du lit et l’entendit répondre au téléphone une fois de plus ; quand lui parvinrent, de la chambre voisine où ses fils dormaient, des sanglots, un petit garçon pleurait. « Paul ? » A l'ordinaire, Paul n'était ni agité ni turbulent, pas un pleurnicheur, jamais. Il était trop occupé à creuser des tunnels dans la cour ou à s'entraîner à devenir « le coureur le plus rapide du comté de Finney ». Mais il avait fondu en larmes au petit déjeuner ce matin-là. Sa mère n'avait pas eu besoin de lui demander pourquoi ; elle savait que, même s'il ne comprenait que vaguement les raisons du tumulte qui l'entourait, il se sentait menacé par lui, par le téléphone accablant, et les étrangers à la porte, et les yeux fatigués et inquiets de son père. Elle alla consoler Paul. Son frère, qui avait trois ans de plus, l'aidait : « Paul, dit-il, sois sage maintenant et demain je t'apprendrai à jouer au poker. »

Dewey était dans la cuisine ; Marie qui le cherchait l'y trouva attendant que le café passe, les photographies de la scène du crime étalées devant lui sur la table de la cuisine — des taches lugubres qui gâchaient le joli motif de fruits de la toile cirée de la table. (Une fois, il lui avait offert de regarder les photos. Elle avait refusé, disant : « Je veux me souvenir de Bonnie comme elle était, de même que tous les autres. ») Il dit : « Peut-être que les garçons devraient aller habiter chez maman. » Sa mère, qui était veuve, habitait non loin de là une maison qu'elle trouvait trop spacieuse et trop silencieuse ; les petits-fils étaient toujours les bienvenus. « Seulement pour quelques jours. Jusqu'à ce que... eh bien, jusqu'à...

— Alvin, crois-tu qu'on reviendra jamais à une vie normale ? » demanda Mrs. Dewey.

Leur vie normale était ainsi : ils travaillaient tous les deux, Mrs. Dewey était secrétaire dans un bureau, et ils se partageaient les tâches domestiques, prenant place à tour de rôle au fourneau et à l'évier. (« Quand Alvin était shérif, je sais qu'il y en a qui le taquinaient. Ils disaient : "Regardez là-bas qui s'amène ! Le shérif Dewey ! Un dur ! Il porte un revolver à six coups ! Mais, une fois rendu à la maison, le revolver est vite remplacé par le tablier !" ») A cette époque-là ils faisaient des économies pour construire une maison sur une terre que Dewey avait achetée en 1951, deux cent quarante arpents, plusieurs miles au nord de Garden City. Quand il faisait beau et tout particulièrement par les journées chaudes, quand le blé était haut et mûr, il aimait se rendre là-bas et s'exercer au tir, sur les corbeaux, les boîtes de conserve, ou se promener en imagination à travers la maison qu'il espérait avoir, et dans le jardin qu'il avait l'intention de cultiver, et sous des arbres qui avaient encore à être plantés. Il était assuré qu'un jour sa propre oasis de chênes et d'ormes se dresserait sur ces plaines sans ombre : « Un jour. Si Dieu le veut. »

La foi en Dieu et le rituel entourant cette foi — l'église tous les dimanches, le bénédicité, les prières avant de se mettre au lit — étaient une partie importante de la vie de Dewey. « Je ne vois pas comment on peut s'asseoir à une table sans avoir envie de la bénir, dit un jour Mrs. Dewey. Des fois, quand je reviens à la maison après le bureau, eh bien, je suis fatiguée. Mais il y a toujours du café sur le fourneau, et des fois un bifteck dans le réfrigérateur. Les garçons font du feu pour cuire le bifteck, et on parle, on se raconte notre journée, et quand arrive l'heure de dîner, je sais qu'on a bien des raisons d'être heureux et reconnaissants. Alors je dis : "Merci, Seigneur."

Pas seulement parce que je dois le faire, parce que je le veux. »

A présent Mrs. Dewey dit : « Alvin, réponds-moi. Crois-tu qu'on aura jamais une vie normale à nouveau ? »

Il s'apprêtait à répondre quand le téléphone l'arrêta.

*

La vieille Chevrolet quitta Kansas City le samedi 21 novembre au soir. Les bagages étaient attachés aux pare-chocs et ficelés au toit ; le coffre était tellement bourré qu'il fut impossible de le fermer ; à l'intérieur, deux postes de télévision se trouvaient sur la banquette arrière, l'un sur l'autre. C'est à peine s'il y avait de la place pour les passagers : Dick qui conduisait, et Perry qui était assis avec la vieille guitare Gibson dans les bras, la chose à laquelle il tenait le plus au monde. Quant aux autres possessions de Perry — une valise en carton, un poste portatif Zenith, une cruche d'un gallon de sirop de root beer (il craignait de ne pas trouver sa boisson préférée au Mexique) et deux grandes caisses contenant des livres, des manuscrits, des souvenirs auxquels il attachait un grand prix (et quelle scène Dick n'avait-il pas faite ! Il avait juré, donné des coups de pied dans les caisses, les avait traitées de « cinq cents livres d'ordures pour les cochons ! ») — elles faisaient aussi partie du capharnaüm à l'intérieur de la voiture.

Vers minuit, ils franchirent la frontière de l'Oklahoma. Heureux d'être hors du Kansas, Perry se détendit enfin. Maintenant, c'était vrai, ils étaient en route, en route pour ne plus jamais revenir, sans regrets, en ce qui le concernait, car il ne laissait rien derrière lui, ni personne qui se creuserait la tête pour se demander où il avait bien pu disparaître. On ne pouvait en dire autant de Dick. Il y avait ceux que Dick prétendait aimer : trois fils, une mère, un père, un frère ; des gens à qui il n'avait pas osé confier ses projets ni dire adieu, bien qu'il ne s'attendît pas à les revoir, pas dans cette vie.

*

MARIAGE CLUTTER-ENGLISH CÉLÉBRÉ SAMEDI : ce titre, publié dans le carnet mondain du *Telegram* de Garden City le 23 novembre, surprit de nombreux lecteurs. Il semblait que Beverly, la plus jeune des filles survivantes de Mr. Clutter, avait épousé Mr. Vere Edward English, le jeune étudiant en biologie à qui elle était fiancée depuis longtemps. Miss Clutter était vêtue de blanc, et le mariage, une grande cérémonie (« Mrs. Leonard Cowan était soliste et Mrs. Howard Blanchard organiste »), avait été « célébré à la Première Eglise méthodiste », l'église où la mariée avait assisté, trois jours plus tôt, aux funérailles de ses parents, de son frère et de sa sœur cadette. Cependant, selon le compte rendu du *Telegram*, « Vere et Beverly avaient projeté de se marier durant les fêtes de Noël. Les invitations étaient imprimées et le père de Beverly avait retenu l'église pour cette date. En raison de la tragédie inattendue et parce que de nombreux parents étaient venus d'endroits éloignés, le jeune couple avait décidé de se marier samedi. »

Le mariage terminé, le clan des Clutter se dispersa. Lundi, jour où les derniers parents quittèrent Garden City, le *Telegram* publia en première page une lettre écrite par Mr. Howard Fox, d'Oregon, Illinois, un des frères de Bonnie Clutter. Après avoir exprimé des sentiments de reconnaissance aux gens de la ville pour avoir ouvert « leurs demeures et leurs cœurs » à la famille frappée par le deuil, la lettre se changeait en plaidoyer : « Il y a beaucoup de ressentiment dans cette ville » (c'est-à-dire Garden City), écrivait Mr. Fox. « J'ai même entendu dire plus d'une fois qu'on devrait pendre l'assassin au premier arbre venu quand on lui mettrait la main dessus. Ne partageons pas ces sentiments. L'acte est consommé, et enlever une autre vie humaine n'y changera rien. Au contraire, pardonnons comme Dieu le désire. Il ne faut pas que nous gardions de rancune au fond de nos cœurs. Celui qui a fait cet acte va trouver très difficile, en effet, de vivre avec lui-même. Il ne connaîtra la paix de l'âme qu'en allant demander pardon à Dieu. Ne nous mettons pas en travers de sa route, mais prions plutôt pour qu'il puisse trouver la paix. »

*

La voiture était garée sur un promontoire où Perry et Dick s'étaient arrêtés pour pique-niquer. Il était midi. Dick scrutait le paysage avec une jumelle. Montagnes. Faucons tournoyant dans un ciel blanc. Une route poussiéreuse qui entrait en serpentant dans un village blanc et poussiéreux et qui en sortait de la même manière. C'était aujourd'hui sa deuxième journée au Mexique, et jusqu'à présent ça lui plaisait, même la nourriture. (En ce moment même il mangeait une tortilla huileuse et froide.) Ils avaient traversé la frontière à Laredo, Texas, le matin du 23 novembre, et ils avaient passé la première nuit dans un bordel de San Luis Potosi. Ils se trouvaient maintenant à deux cents miles au nord de leur prochaine destination, Mexico.

« Tu sais ce que je pense ? dit Perry. Je pense qu'on a quelque chose qui tourne pas rond. Pour faire ce qu'on a fait.

— Fait quoi ?

— Là-bas. »

Dick laissa tomber la jumelle dans un luxueux étui en cuir portant les initiales H.W.C. Il était contrarié. Foutument contrarié. Nom de Dieu, pourquoi Perry ne la bouclait-il pas ? Sacré nom de Dieu, quel foutu bien cela pouvait-il faire de toujours ramener le foutu truc sur le tapis ? C'était vraiment ennuyeux. D'autant plus qu'ils s'étaient mis d'accord, en un sens, pour ne pas parler de ce foutu truc. L'oublier simplement.

« Il faut avoir quelque chose qui ne tourne pas rond pour faire un truc comme ça, dit Perry.

— Pas moi, coco, fit Dick. Je suis un type normal. » Et Dick croyait vraiment ce qu'il disait. Il se trouvait aussi sain d'esprit et aussi équilibré que n'importe qui, peut-être un petit peu plus malin que la moyenne, c'est tout. Mais Perry ? Dans l'opinion de Dick, le Petit Perry avait « quelque chose qui ne tournait pas rond ». C'est le moins qu'on puisse dire. Le printemps dernier, quand ils avaient partagé la même cellule au pénitencier du Kansas, il avait découvert la plupart des petites singularités de Perry : il lui arrivait de se conduire comme un « vrai gosse », toujours en train de mouiller son lit et de pleurer dans son sommeil (« Papa, je t'ai cherché partout, où étais-tu, papa ? »), et Dick l'avait souvent vu « rester assis durant des heures à se sucer le pouce, penché sur ces foutus guides de trésors à la con ». Ce qui était un aspect des choses ; il y en avait d'autres. En un sens, ce vieux Perry était « foutument pas rassurant ». Prenez, par exemple, son caractère. Il pouvait se foutre en rogne « plus vite que dix

Indiens soûls ». Et pourtant, on ne s'en apercevait pas. « Il pourrait être sur le point de vous tuer, mais vous ne l'auriez jamais deviné, pas à le voir et à l'entendre », dit un jour Dick. Car, si extrême que fût sa rage intérieure, Perry gardait l'apparence extérieure d'une jeune brute pleine de sang-froid, aux yeux sereins et légèrement endormis. Il y avait eu une époque où Dick avait cru pouvoir contrôler, régler la température de ces fièvres froides et subites qui enflammaient et glaçaient son ami. Il s'était trompé, et à la suite de cette découverte, il était devenu très peu sûr de Perry, ne sachant pas du tout quoi penser, sauf qu'il sentait qu'il devrait avoir peur de lui, et il se demandait réellement pourquoi il n'en était rien.

« Dans le fond, continua Perry, au fin fond de moi-même, je ne pensais jamais que je pourrais le faire. Une chose comme ça.

— Et ce nègre ? » demanda Dick. Silence. Dick se rendit compte que Perry le dévisageait. Une semaine plus tôt, à Kansas City, Perry avait acheté des lunettes de soleil, des lunettes de fantaisie avec une monture argentée et des verres réfléchissants. Dick les détestait : il avait dit à Perry qu'il avait honte d'être vu avec « un type qui portait ce genre de truc de pédé ». En fait, c'étaient les verres réfléchissants qui l'ennuyaient ; c'était désagréable de savoir les yeux de Perry cachés derrière le secret de ces surfaces colorées et réfléchissantes.

« Mais un nègre, dit Perry, c'est différent. »

La remarque, le peu d'empressement qu'il mit à la prononcer, poussèrent Dick à demander : « Tu l'as vraiment fait ? Tu l'as tué, comme tu disais ? » C'était une question pertinente car, à l'origine, l'intérêt qu'il avait porté à Perry, son évaluation du caractère et du potentiel de Perry reposaient sur l'histoire que lui avait un jour racontée Perry, comment il avait battu un nègre à mort.

« Bien sûr, je l'ai fait. Seulement, un nègre, c'est pas la même chose. » Puis Perry dit : « Tu sais ce qui me tracasse réellement ? A propos de l'autre chose ? C'est simplement que j'y crois pas, qu'on puisse s'en tirer avec une chose semblable. Parce que je ne vois pas comment ça serait possible. Faire ce qu'on a fait. Et s'en tirer sans le moindre petit accroc. Je veux dire, c'est ça qui me tracasse, je ne peux pas me chasser de la tête l'idée qu'il faut qu'il arrive quelque chose. »

Bien qu'il eût fréquenté l'église durant son enfance, Dick n'avait jamais eu « un soupçon de foi » en Dieu ; et les superstitions ne le troublaient pas non plus. A l'encontre de Perry, il n'était pas convaincu qu'un miroir brisé signifiât sept ans d'infortune, ou qu'une nouvelle lune regardée par le fond d'un verre portât malheur. Mais Perry, avec ses intuitions aiguës et grincheuses, avait mis le doigt sur l'unique doute permanent de Dick. Dick lui aussi connaissait des moments où cette question lui trottait dans la tête : était-ce possible — « allaient-ils vraiment s'en tirer tous les deux avec une chose comme ça ? » Soudainement, il dit à Perry : « A présent, boucle-la ! » Puis il poussa le moteur à fond et descendit du promontoire en marche arrière. Devant lui, sur la route poussiéreuse, il aperçut un chien qui courait dans le soleil brûlant.

*

Montagnes. Faucons tournoyant dans un ciel blanc.

Lorsque Perry demanda à Dick : « Tu sais ce que je pense ? », il savait qu'il entamait une conversation qui déplairait à Dick et que lui-même aimerait tout autant éviter. Il était d'accord avec Dick : pourquoi continuer à en parler ? Mais il ne réussissait pas toujours à se retenir. Il avait des moments de faiblesse, des moments où des « choses lui revenaient à la mémoire » : une lumière bleue qui explosait dans une chambre noire, les yeux de verre d'un gros ours en peluche, et où des voix, quelques mots particulièrement, se mettaient à lui marteler le crâne : « Oh, non ! Je vous en prie! Non! Non! Non! Non! Ne faites pas ça, je vous en prie! » Et certains bruits revenaient : un dollar en argent qui roulait sur un parquet, des bruits de bottes sur un escalier de bois et les bruits de respirations, les râles, les inspirations hystériques d'un homme à la trachée sectionnée.

Lorsque Perry disait : « Je pense qu'on doit avoir quelque chose qui ne tourne pas rond », il faisait un aveu qui lui coûtait. Après tout, il était « pénible » d'imaginer qu'on puisse être « un peu dérangé », particulièrement si vous n'y étiez pour rien, si c'était « quelque chose que vous aviez en naissant ». Prenez sa famille ! Regardez ce qui s'était passé ! Sa mère, une alcoolique, était morte étouffée par ses propres vomissures. De ses enfants, deux fils et deux filles, seule la plus jeune, Barbara, avait mené une vie ordinaire, s'était mariée, avait commencé à élever une famille. Fern, l'autre fille, avait sauté de la fenêtre d'un hôtel de San Francisco. (Depuis ce jour-là, Perry avait « essayé de croire qu'elle avait glissé », car il avait adoré Fern. C'était un « être si doux », si « artistique », une danseuse « fantastique », et elle savait chanter aussi. « Si elle avait jamais eu la moindre chance, avec sa beauté et tout le reste, elle aurait pu réussir, devenir quelqu'un. » Il était triste de penser qu'elle avait enjambé le rebord d'une fenêtre et qu'elle était tombée de quinze étages. Et il y avait Jimmy, le fils aîné, Jimmy qui avait un jour acculé sa femme au suicide et qui s'était tué le lendemain.

Puis il entendit Dick qui disait : « Pas moi, coco, j'suis un type normal. » Tu parles d'une rigolade. Mais peu importe, passons. « Dans le fond, continua Perry, au fin fond, au fond de moi-même, je ne pensais jamais que je pourrais le faire. Une chose comme ça. » Et il reconnut instantanément son erreur ; Dick, bien sûr, répondrait en demandant : « Et le nègre ? » Quand il avait raconté cette histoire à Dick, c'était parce qu'il désirait l'amitié de Dick, il voulait que Dick le « respecte », croie qu'il était un « dur », un « type aussi viril » que l'était Dick pour lui. Et c'est ainsi qu'un jour, après avoir lu tous les deux un article du *Reader's Digest* intitulé : « Savez-vous reconnaître la personnalité des autres ? » (« Dans la salle d'attente d'un dentiste ou dans une gare, essayez d'étudier les signes révélateurs des gens qui vous entourent. Observez leur façon de marcher, par exemple. Une démarche rigide peut révéler une personnalité inflexible et intransigeante ; une démarche traînante, un manque de détermination »), ils s'étaient mis à en discuter et Perry avait dit : « J'ai toujours été exceptionnellement doué pour reconnaître la personnalité des autres, autrement je serais mort aujourd'hui. Comme si j'étais incapable de savoir quand je puis faire confiance à quelqu'un. On fait toujours trop confiance. Mais j'en suis arrivé à me fier à toi, Dick. Tu verras que je blague pas, parce que je vais me mettre entre tes mains. Je vais te raconter quelque chose que je n'ai jamais raconté à personne. Même pas à Willie-Jay. La fois que j'ai réglé son compte à un type. » Et, tout en parlant, Perry vit qu'il avait éveillé l'intérêt de Dick ; il écoutait attentivement. « Ça s'est passé il y a deux ou trois étés. A Las Vegas. Je vivais dans une vieille maison de pension, un ancien boxon de luxe. Mais tout le luxe avait disparu. C'était un endroit qui aurait déjà dû être démoli depuis dix ans ; de toute façon, ça tombait en ruine tout seul. Les chambres les moins chères étaient dans le grenier, et je demeurais là-haut. De même que ce nègre. Il s'appelait King ; il était de passage. Y avait que nous deux là-haut — nous et un million de *cucarachas*. King était pas trop jeune, mais il avait travaillé comme terrassier et il avait fait un tas de boulots en plein air, il était bien bâti. Il portait des lunettes et il lisait beaucoup. Il ne fermait jamais sa porte. Chaque fois que je passais devant, il était toujours couché là, nu comme un ver. Il était en chômage et il disait qu'il avait mis de côté quelques dollars depuis son dernier emploi, disait qu'il voulait rester au lit pendant un certain temps, lire et s'éventer et boire de la bière. Il ne lisait que des conneries, des bandes illustrées et des trucs de cow-boys. C'était pas un mauvais type. Des fois on prenait une bière ensemble, et un jour il m'a prêté dix dollars. J'avais pas de raisons de lui faire du mal. Mais, un soir qu'on était assis dans le grenier, il faisait si chaud qu'on pouvait pas dormir, je lui ai dit : "Viens, King, allons faire un tour." J'avais une vieille bagnole que j'avais rafistolée, gonflée et repeinte argent ; je l'appelais le "Fantôme d'Argent". On a fait une longue promenade. Très loin dans le désert. Là-bas il faisait frais. On a garé la voiture et on a pris encore quelques bières. King est descendu et je l'ai suivi. Il ne m'avait pas vu ramasser cette chaîne. Une chaîne de vélo que je gardais sous le siège. En fait, je n'avais vraiment pas l'idée de le faire jusqu'à ce que je le fasse. Je l'ai frappé au visage. Brisé ses lunettes. J'ai continué. Ensuite, je n'ai rien ressenti. Je l'ai laissé là, et je n'en ai jamais entendu parler. Peut-être que personne ne l'a jamais trouvé. Rien que les busards. »

Il y avait du vrai dans son histoire. Perry avait connu, dans les circonstances racontées, un nègre du nom de King. Mais si l'homme était mort aujourd'hui, Perry n'y était pour rien ; il n'avait jamais porté la main sur lui. Pour autant qu'il le sache, King pourrait fort bien être au lit, quelque part, en train de s'éventer et de siroter une bière.

« Tu l'as vraiment fait ? Tu l'as tué comme tu disais ? » demanda Dick.

Perry n'était pas un menteur doué ou prolifique ; cependant, une fois qu'il avait raconté un mensonge, il n'en démordait pas. « Bien sûr que je l'ai fait. Seulement, un nègre, c'est pas la même chose. » Puis il dit : « Tu sais ce qui me tracasse vraiment ? A propos de cette autre chose ? Simplement que je ne crois pas qu'on puisse s'en tirer avec une chose semblable. » Et il soupçonnait que Dick n'y croyait pas non plus. Car Dick était au moins partiellement pénétré des appréhensions mystico-morales de Perry. Donc : « A présent, boucle-la ! »

La voiture roulait. Trente mètres en avant, un chien courait le long de la route. Dick fit un crochet dans sa direction. C'était un vieux bâtard à moitié mort, fragile et galeux, et le choc que fit le chien en heurtant la voiture fut à peine plus violent que celui qu'aurait causé un oiseau. Mais Dick était satisfait. « Eh bien, mon vieux ! » fit-il, et c'était là ce qu'il disait immanquablement après avoir écrasé un chien, chose qu'il faisait chaque fois que l'occasion s'en présentait. « Eh bien, mon vieux ! Pour sûr qu'on l'a écrabouillé ! »

*

Après Thanksgiving, la saison du faisan s'acheva, mais il n'en fut pas de même du bel été de la Saint-Martin avec son cortège de jours clairs et purs. Convaincus que l'affaire ne serait jamais résolue, les derniers journalistes étrangers quittèrent Garden City. Mais l'affaire était loin d'être terminée pour les gens du comté de Finney, et moins encore pour ceux qui fréquentaient le lieu de réunion préféré de Holcomb, le café Hartman.

« Depuis le début de cette histoire, on est complètement débordés », dit Mrs. Hartman, contemplant son domaine confortable dont chaque parcelle servait de siège, de plate-forme ou d'accoudoir à des fermiers, valets de ferme et ouvriers agricoles qui sentaient le tabac et buvaient du café. « Rien qu'une bande de vieilles femmes, ajouta la cousine de Mrs. Hartman, la receveuse des postes Mrs. Clare, qui se trouvait là par hasard. Si c'était le printemps et s'il y avait du travail à faire, ils seraient pas ici. Mais le blé est rentré, l'hiver approche, ils ont rien d'autre à faire que de s'asseoir et se faire peur les uns les autres. Vous connaissez Bill Brown du *Telegram* ? Vous avez lu son éditorial ? Celui qu'il a intitulé "Un Autre Crime" ? Il disait : "Il est temps que chacun cesse de jacasser." Parce que c'est un crime, ça aussi, de raconter de purs mensonges. Mais à quoi faut-il s'attendre ? Regardez autour de vous. Des serpents à sonnettes. De la vermine. Des colporteurs de cancans. Vous voyez autre chose ? Ah ! mon œil. »

Une des rumeurs qui avait pris naissance au café Hartman mettait en cause Taylor Jones, un gros fermier dont la propriété touche à River Valley Farm. Dans l'opinion d'une bonne partie de la clientèle du café, Mr. Jones et sa famille, et non pas les Clutter, devaient être les victimes du meurtrier. « C'est plus logique comme ça, raisonnait un des partisans de cette thèse. Taylor Jones est plus riche que Herb Clutter ne l'a jamais été. A présent, supposons que le type qui a fait ça était pas du pays. Supposons qu'il ait peut-être été engagé pour tuer et qu'il n'avait rien d'autre que des indications pour se rendre à la maison. Eh bien, ça serait drôlement facile de se tromper, tourner au mauvais endroit, et aboutir chez Herb au lieu de chez Taylor. » La « théorie Jones » était fréquemment répétée, particulièrement aux Jones, famille pleine de dignité et de bon sens qui refusait de se laisser troubler.

Un bar, quelques tables, un petit coin abritant un gril, un réfrigérateur et un poste, c'est tout ce dont se compose le café Hartman. « Mais ça plaît à nos clients, dit la propriétaire. Faut bien. Ils ont pas d'autre endroit où aller. A moins de faire sept miles dans un sens ou quinze dans l'autre. De toute façon, c'est un endroit amical et le café est bon depuis que Mabel s'est mise à travailler ici — Mabel étant Mrs. Helm. Après la tragédie, j'ai dit : "Mabel, maintenant que t'as plus de boulot, pourquoi ne viens-tu pas me donner un coup de main au café ? Cuisiner un peu. Servir au bar." C'est ce qu'elle a fait ; y a qu'un seul mauvais côté, c'est que tout le monde vient ici lui casser les pieds avec leurs questions. A propos de la tragédie. Mais Mabel n'est pas comme ma cousine Myrt. Ou moi. Elle est timide. En plus, elle ne sait rien de particulier. Pas plus que personne d'autre. » Mais dans l'ensemble la clientèle de chez Hartman soupçonnait bien que Mabel Helm savait une ou deux choses qu'elle taisait. Et, naturellement, c'était vrai. Dewey avait eu plusieurs entretiens avec elle et lui avait demandé le secret sur tout ce qu'ils avaient dit. En particulier, elle ne devait pas mentionner le poste manquant ou la montre trouvée dans le soulier de Nancy. Ce qui explique pourquoi elle dit à Mrs. Archibald Williams Warren-Browne : « Ceux qui lisent les journaux en savent autant que moi. Plus. Parce que je ne les lis pas. »

Massive, courtaude, au début de la quarantaine, Mrs. Archibald William Warren-Browne, Anglaise douée d'un accent de la haute presque incompréhensible, ne ressemblait pas du tout aux autres habitués du café, et, dans ce cadre, elle faisait penser à un paon pris au piège dans une cage de dindons. Un jour, expliquant à une connaissance les raisons qui les avaient poussés, elle et son mari, à abandonner « des terres de famille dans le nord de l'Angleterre », à échanger la demeure ancestrale « le plus gentil, oh ! le plus joli vieux prieuré », pour une vieille ferme nullement gentille dans les plaines de l'ouest du Kansas, Mrs. Warren-Browne dit : « Les impôts, ma chère. Les droits de succession. Des droits de succession énormes, criminels. C'est ce qui nous a chassés d'Angleterre. Oui, nous sommes partis il y a un an. Sans regrets. Aucun. Ça nous plaît ici. Vraiment nous adorons ça. Quoique ce soit très différent de notre autre vie, bien sûr. La vie que nous avons toujours connue. Paris et Rome. Monte-Carlo. Londres. Naturellement, je pense à Londres de temps à autre. Oh ! ça ne me manque pas vraiment ; le rythme forcené, et jamais un taxi, et toujours à se préoccuper de son apparence. Vraiment pas. Nous adorons ça ici. J'imagine qu'il y a des gens — ceux qui connaissent notre passé, la vie que nous avons menée — qui se demandent si nous ne nous sentons pas un tantinet isolés, là-bas dans les champs de blé. Nous avions l'intention de nous établir dans l'Ouest. Dans le Wyoming ou le Nevada — la vraie chose. Nous espérions trouver un peu de pétrole en arrivant là-bas. Mais nous nous sommes arrêtés en chemin pour rendre visite à des amis à Garden City, des amis d'amis, en fait. Mais gentils au possible. Ils ont insisté pour que nous restions un peu. Et on s'est dit : Après tout, pourquoi pas ? Pourquoi ne pas louer un lopin de terre et commencer à faire de l'élevage ? Ou de la culture. Décision que nous n'avons pas encore prise — élevage ou culture. Le Dr. Austin nous a demandé si nous ne trouvions peut-être pas ça un peu trop calme. En fait, non. En fait, je n'ai jamais connu de tintamarre semblable. Ça fait plus de bruit qu'un bombardement. Les sifflets des trains. Les coyotes. Des monstres qui hurlent toute la sacrée nuit. Un vacarme affreux. Et il me semble que ça m'agace davantage depuis les meurtres. Tellement de choses à faire. Notre maison — tout grince là-dedans ! Pas que je me plaigne, remarquez. C'est vraiment une maison tout à fait en état — il y a toutes les commodités modernes, mais quel boucan ! Et à la tombée de la nuit, quand il se met à venter, cet odieux vent de la plaine, on entend les plus épouvantables gémissements. Je veux dire, si on est un peu nerveux, on ne peut s'empêcher d'imaginer des choses idiotes. Mon Dieu ! Cette pauvre famille ! Non, nous ne les avons jamais rencontrés. J'ai vu Mr. Clutter une fois. Dans le bâtiment fédéral. »

Au début de décembre, au cours d'un seul après-midi, deux des clients les plus fidèles du café annoncèrent leurs projets de plier bagage et de quitter non seulement le comté de Finney mais l'Etat. Le premier était un métayer qui travaillait pour Lester McCoy, homme d'affaires et propriétaire terrien bien connu de l'ouest du Kansas. Il dit : « J'ai causé avec Mr. McCoy. Essayé de lui faire comprendre ce qui se passe ici à Holcomb et dans le pays. Que personne peut dormir. Ma femme peut pas et elle m'empêche de le faire. Alors j'ai dit à Mr. McCoy que j'aime bien son endroit mais qu'il ferait mieux de se chercher un autre homme. Parce qu'on se remet en route. Pour l'est du Colorado. Peut-être que j'pourrai me reposer là-bas. »

La deuxième annonce fut faite par Mrs. Hideo Ashida qui s'arrêta au café avec trois de ses quatre enfants aux joues rouges. Elle les aligna au comptoir et dit à Mrs. Hartman : « Donnez une boîte de Cracker Jack à Bruce. Bobby veut un coca-cola. Bonnie Jean ? On sait ce que tu ressens, Bonnie Jean, mais allons, prends quelque chose. » Bonnie Jean hocha la tête et Mrs. Ashida dit : « Bonnie Jean a un peu le cafard. Elle ne veut pas partir d'ici. Quitter l'école. Et toutes ses amies !

— Mais allons donc, dit Mrs. Hartman, souriant à Bonnie Jean. Y a pas de quoi être triste. Passer de Holcomb à l'Ecole de Garden City. Beaucoup plus de garçons. »

Bonnie Jean dit : « Vous ne comprenez pas. Papa nous emmène dans le Nebraska. »

Bess Hartman regarda la mère comme si elle s'attendait à la voir réfuter l'allégation de la fille.

« C'est vrai, Bess, dit Mrs. Ashida.

— Je ne sais pas quoi dire », fit Mrs. Hartman, avec une note d'étonnement indigné mais aussi de désespoir dans la voix. Les Ashida étaient un élément unanimement apprécié de la communauté de Holcomb, une famille agréablement pleine d'entrain, laborieuse, de bon voisinage et généreuse, quoiqu'elle n'eût pas grand chose à partager.

Mrs. Ashida dit : « Y a longtemps qu'on en parle. Hideo croit qu'on peut réussir mieux ailleurs.

— Quand avez-vous l'intention de partir ?

— Aussitôt qu'on aura vendu. Mais de toute façon pas avant Noël. A cause d'un marché qu'on a fait avec le dentiste. Pour le cadeau de Noël de Hideo. Moi et les gosses, on lui donne trois dents en or. Pour Noël. »

Mrs. Hartman soupira. « Je ne sais pas quoi dire. Sauf que je souhaiterais que vous ne partiez pas. Que vous ne nous abandonniez pas. » Elle soupira une autre fois. « Il semble qu'on perd tout le monde. D'une façon ou de l'autre.

— Grand Dieu, croyez-vous que j'aie envie de partir ? dit Mrs. Ashida. En ce qui concerne les gens, on n'a jamais connu d'endroit plus agréable. Mais Hideo, c'est lui l'homme, et il dit qu'on peut avoir une meilleure propriété dans le Nebraska. Et j'vais vous dire quelque chose, Bess. » Mrs. Ashida essaya de froncer les sourcils, mais son visage rond, lisse et joufflu n'y parvint pas tout à fait. « On avait l'habitude d'en discuter. Puis un soir j'ai dit : "D'accord, c'est toi qui décides, partons." Après ce qui est arrivé à Herb et à sa famille, j'avais le sentiment que quelque chose venait de prendre fin ici. Je veux dire personnellement. Pour moi. Et alors, j'ai cessé de discuter. J'ai dit d'accord. » Elle plongea une main dans la boîte de Cracker Jack de Bruce. « Mon Dieu, j'en reviens pas. Je ne peux pas cesser d'y penser. J'aimais bien Herb. Savez-vous que j'ai été une des dernières personnes à le voir en vie ? Hum, hum ! Moi et les gosses. On était allés à la réunion du club des 4-H à Garden City et il nous a ramenés chez nous. La dernière chose que j'ai dite à Herb, je lui ai dit que je pouvais pas imaginer qu'il aurait jamais peur de quelque chose. Que peu importe la situation, il pourrait toujours s'en sortir rien qu'en parlant. » D'un air pensif, elle grignota un grain de Cracker Jack, but une gorgée de coca-cola de Bobby, puis elle dit : « C'est étrange, mais vous savez, Bess, j'parie qu'il n'avait pas peur. J'veux dire, peu importe comment ça s'est passé, j'parie qu'il n'y croyait pas jusqu'à la dernière minute. Parce que ça ne pouvait pas lui arriver. Pas à lui. »

*

Il faisait un soleil de plomb. Un petit bateau était ancré sur une mer calme : l'*Estrellita*, avec quatre personnes à bord : Dick, Perry, un jeune Mexicain, et Otto, un riche Allemand entre deux âges.

« Je vous en prie. Encore », dit Otto, et Perry, grattant sa guitare, chanta d'une voix douce et voilée une chanson des Smoky Mountains :

Dans ce monde aujourd'hui, pendant que nous sommes en vie,
Certains racontent pis que pendre sur notre compte,
Mais une fois morts et couchés dans nos cercueils,
Ils viennent toujours déposer quelques lis entre nos mains.
Donnez-moi quelques fleurs tandis que je suis en vie...

Après une semaine à Mexico, il avait filé avec Dick vers le sud : Cuernavaca, Taxco, Acapulco.

Et c'était à Acapulco, dans un « boui-boui à juke-box », qu'ils avaient rencontré le vigoureux Otto aux jambes velues. Dick l'avait « raccroché ». Mais le monsieur, un avocat de Hambourg en vacances, « avait déjà un ami », un indigène d'Acapulco qui s'appelait le Cow-boy. « C'était quelqu'un de loyal, dit un jour Perry en parlant du Cow-boy. En certaines choses, aussi faux jeton que Judas, mais, mon vieux, un drôle de type ; il avait pas son pareil pour rouler quelqu'un. Il plaisait à Dick aussi. On s'entendait à merveille. »

Le Cow-boy trouva pour les deux vagabonds tatoués une chambre dans la maison d'un oncle ; il entreprit d'améliorer l'espagnol de Perry et partagea les bénéfices de sa liaison avec le villégiateur de Hambourg, en compagnie duquel et aux frais duquel ils buvaient et mangeaient et se payaient des femmes. L'hôte semblait considérer que ses pesos étaient bien dépensés, n'était-ce que parce qu'il appréciait les histoires de Dick. Chaque jour, Otto louait l'*Estrellita*, un bateau de pêche de haute mer, et les quatre amis allaient pêcher le long de la côte. Le Cow-boy tenait la barre ; Otto faisait des croquis et pêchait ; Perry garnissait les hameçons, rêvassait, chantait et pêchait quelquefois ; Dick ne faisait rien, il se contentait de se lamenter, de se plaindre du mouvement, demeurait immobile, abruti de soleil et sans énergie, comme un lézard à l'heure de la sieste. Mais Perry disait : « Enfin, ça y est. Comme ça devrait être. » Néanmoins, il savait que ça ne pouvait pas durer, que c'était, en fait, destiné à s'arrêter ce jour même. Otto retournait en Allemagne le lendemain, et Perry et Dick se remettaient en route pour Mexico, sur l'insistance de Dick. « Bien sûr, coco, avait-il dit lorsqu'ils avaient discuté du problème.

C'est agréable et tout le reste. Le soleil qui vous tape sur le dos. Mais le pognon fout le camp. Et quand on aura vendu la voiture, qu'est-ce qui va nous rester ? »

La réponse était qu'il leur restait très peu, car à ce moment-là ils s'étaient presque entièrement débarrassés du matériel acquis le jour où ils avaient tiré tous ces chèques sans provision à Kansas City — la caméra, les boutons de manchettes, les postes de télévision. Ils avaient également vendu à un policier de Mexico, dont Dick avait fait la connaissance, des jumelles et un poste portatif de marque Zenith. « Voici ce qu'on va faire : on va retourner à Mexico, vendre la voiture, et peut-être que je pourrai trouver un emploi dans un garage. De toute façon ça ira beaucoup mieux là-bas. De meilleures occasions. Nom de Dieu, pour sûr que je pourrais m'envoyer cette Inez encore quelques fois. » Inez était une prostituée qui avait accosté Dick sur les marches du Palais des Beaux-Arts de Mexico (la visite faisait partie d'un circuit touristique suivi pour faire plaisir à Perry). Elle avait dix-huit ans, et Dick lui avait promis de l'épouser. Mais il avait également promis d'épouser Maria, une femme de cinquante ans, veuve d'un « banquier très en vue à Mexico ». Ils s'étaient rencontrés dans un bar, et le lendemain matin elle lui avait donné l'équivalent de sept dollars. « Alors, qu'est-ce que tu en dis ? fit Dick à Perry. On va vendre la tire. Trouver un boulot. Se mettre du pognon de côté. Et laisser venir. » Comme si Perry ne pouvait pas prévoir exactement ce qui allait arriver. A supposer qu'ils obtiennent deux ou trois cents dollars pour la vieille Chevrolet, Dick, tel que Perry le connaissait — et il le connaissait bien maintenant —, dépenserait immédiatement le tout en vodka et en femmes.

Pendant que Perry chantait, Otto le dessinait à grands traits dans un album de croquis. La ressemblance était passable, et l'artiste avait saisi un aspect plutôt caché de l'expression du modèle : son espièglerie, une malice puérile, amusée, qui évoquait un cupidon malveillant décochant des flèches empoisonnées. Il était nu jusqu'à la ceinture. (Perry « avait honte » d'enlever son pantalon, « honte » de porter un maillot de bain, car il craignait que la vue de ses jambes mutilées ne « dégoûte les gens », et ainsi, en dépit de ses rêveries sous marines, de toutes ces histoires de plongée, il ne s'était pas mis à l'eau une seule fois.) Otto reproduisit un certain nombre des tatouages qui ornaient les bras et la poitrine trop musclés et les petites mains calleuses mais efféminées du sujet. L'album de croquis qu'Otto offrit à Perry au moment de se séparer contenait plusieurs dessins de Dick — des « études de nus ».

Otto referma son album, Perry posa sa guitare, et le Cow-boy leva l'ancre, mit le moteur en marche. Il était temps de rentrer. Ils étaient à dix miles de la côte et l'eau commençait à s'assombrir.

Perry voulait absolument que Dick pêche. « On n'aura peut-être jamais une autre chance, dit-il.

— Quelle chance ?

— D'en attraper un gros.

— Nom de Dieu, j'ai une de ces "putains de migraines", dit Dick. Je suis malade. » Dick avait souvent des maux de tête de cette intensité — une putain de migraine. Il croyait qu'elles étaient dues à son accident d'automobile. « J't'en prie, coco. Soyons très très calmes. »

Quelques instants plus tard, Dick avait oublié

sa douleur. Il était debout, hurlant d'excitation. Otto et le Cow-boy criaient eux aussi. Perry en avait accroché « un gros ». Un pèlerin de trois mètres qui planait et plongeait ; il bondissait, courbé comme un arc-en-ciel, plongeait, descendait à de grandes profondeurs, tendait la ligne, s'élevait, volait, tombait, se relevait. Plus d'une heure s'écoula avant que le pêcheur trempé de sueur ne le remonte.

Il y a dans le port d'Acapulco un vieillard qui se promène avec un antique appareil photo en bois, et quand l'*Estrellita* accosta, Otto lui commanda six portraits de Perry avec sa prise. Techniquement, le travail du vieillard donna de mauvais résultats, les photos étaient sombres et rayées. Néanmoins, c'étaient des photos remarquables, à cause de l'expression de Perry, son air d'accomplissement parfait, de béatitude ; on aurait dit qu'un grand oiseau jaune l'avait finalement transporté au ciel, comme dans un de ses rêves.

*

Un après-midi de décembre, Paul Helm sarclait la plate-bande de variétés florales qui avait permis à Bonnie Clutter de devenir membre du Club des Jardins de Garden City. C'était une tâche mélancolique car il se souvenait d'un autre après-midi où il avait fait le même travail. Ce jour-là, Kenyon l'avait aidé, et c'était la dernière fois qu'il avait vu Kenyon vivant, ou Nancy, ou l'un d'entre eux. Depuis ce temps, les semaines avaient été dures pour Mr. Helm. Sa santé était « assez mauvaise » (plus mauvaise qu'il ne le croyait ; il lui restait moins de quatre mois à vivre), et il se faisait du mauvais sang à propos d'un tas de choses. Entre autres, son emploi. Il doutait de pouvoir le garder très longtemps. Personne ne semblait réellement le savoir, mais il avait compris que « les filles », Beverly et Eveanna, avaient l'intention de vendre la propriété, même s'il n'y avait personne, comme il avait entendu un des piliers du café en faire la remarque, « pour acheter cette terre, tant que le mystère sera pas tiré au clair ». Il ne pouvait « supporter » l'idée de voir des étrangers ici, cultiver « notre » terre. Ça ennuyait Mr. Helm, ça l'ennuyait à cause de Herb. C'était un endroit, disait-il, qui « devait rester dans la famille d'un homme ». Herb lui avait dit un jour : « J'espère qu'il y aura toujours un Clutter ici, et un Helm aussi. » Il y avait à peine un an que Herb avait prononcé ces paroles. Seigneur, qu'allait-il faire si la ferme était vendue ? Il se sentait « trop vieux pour s'adapter à un endroit différent ».

Néanmoins, il devait travailler et il le voulait. Il n'était pas le genre d'homme, disait-il, à enlever ses chaussures et à s'asseoir près du poêle. Et pourtant il était vrai que la ferme le mettait mal à l'aise ces temps-ci : la maison fermée à clé, le cheval de Nancy qui attendait d'un air pitoyable dans un champ, l'odeur des pommes arrachées par le vent et qui pourrissaient sous les pommiers, et l'absence de voix, Kenyon appelant Nancy au téléphone, Herb sifflant un joyeux « Bonjour Paul ». Lui et Herb « s'entendaient à merveille », jamais un mot de travers entre eux. Dans ce cas, pourquoi les hommes du bureau du shérif continuaient-ils à le questionner ? A moins qu'ils pensent qu'il avait « quelque chose à cacher » ? Il n'aurait peut-être pas dû mentionner les Mexicains. Il avait informé Al Dewey que le samedi 14 novembre, vers 4 heures, le jour des meurtres, deux Mexicains, l'un portant une moustache et l'autre des marques de petite vérole, s'étaient présentés à River Valley Farm. Mr. Helm les avait vus frapper à la porte du « bureau », vu Herb sortir et leur parler sur la pelouse, et, peut-être dix minutes plus tard, il avait regardé les étrangers s'éloigner, « semblant de mauvaise humeur ». Mr. Helm imagina qu'ils étaient venus demander du travail et qu'on leur avait répondu qu'il n'y en avait pas. Malheureusement, bien qu'on lui eût demandé plusieurs fois de raconter sa version des événements de la journée, il n'avait parlé de l'incident que deux semaines après le crime, parce que, comme il expliqua à Dewey : « Ça venait juste de me revenir à la mémoire. » Mais Dewey et quelques-uns des autres enquêteurs ne semblaient pas ajouter foi à son histoire et se conduisaient comme si c'était une fable qu'il avait inventée pour les mettre sur une fausse piste. Ils préféraient croire Bob Johnson, l'agent d'assurances, qui avait passé tout l'après-midi du samedi à conférer avec Mr. Clutter dans le bureau de ce dernier, et qui était « absolument certain » que de 2 à 6 heures il avait été le seul visiteur de Herb. Mr. Helm était également affirmatif : des Mexicains, une moustache, des marques de petite vérole, 4 heures. Herb leur aurait dit qu'il racontait la vérité, les aurait convaincus que lui, Paul Helm, était un homme qui « faisait ses prières et gagnait son pain ». Mais Herb était parti.

Parti. Et Bonnie aussi. La fenêtre de la chambre de Bonnie donnait sur le jardin, et de temps à autre, habituellement « quand elle avait une crise », Mr. Helm l'avait vue demeurer immobile pendant des heures à contempler le jardin, comme si ce qu'elle voyait l'ensorcelait. (« Quand j'étais petite, avait-elle dit à une amie un jour, j'étais terriblement certaine que les arbres et les fleurs étaient comme les oiseaux ou les gens. Qu'ils pensaient des choses, et qu'ils se parlaient entre eux. Et qu'on pouvait les entendre si on essayait vraiment. On n'avait qu'à se vider la tête de tous les autres bruits. Etre très calme et écouter très attentivement. Il m'arrive encore de croire ça. Mais on ne peut jamais atteindre le calme nécessaire... »)

Se rappelant Bonnie à la fenêtre, Mr. Helm leva les yeux, comme s'il s'attendait à la voir, un fantôme derrière la vitre. Si la chose s'était produite, il n'aurait pas été plus stupéfié que par ce qu'il discerna en fait : une main retenant un rideau, et des yeux. Mais, comme il l'expliqua par la suite, le soleil frappait de ce côté de la maison, faisait miroiter la vitre, déformant par son scintillement ce qui était suspendu derrière, et le temps de se protéger les yeux, puis de regarder à nouveau, les rideaux étaient retombés, la fenêtre était déserte. « Mes yeux ne sont pas trop bons, et je me suis demandé s'ils ne m'avaient pas joué un tour, rappela-t-il. Mais j'étais à peu près certain que non. Et j'étais à peu près certain que c'était pas un fantôme. Parce que je crois pas aux fantômes. Alors, qui ça pouvait bien être ? Se faufiler dans la maison. Là où personne n'a le droit d'aller, sauf la justice. Et comment était-il entré ? Tout était fermé comme si la radio avait annoncé une tornade. C'est ce que je me suis demandé. Mais je m'attendais pas à découvrir qui c'était, pas tout seul. J'ai laissé tomber ce que je faisais, et j'ai couru à travers champs jusqu'à Holcomb. Aussitôt que je suis arrivé, j'ai téléphoné au shérif Robinson. J'lui ai expliqué qu'il y avait quelqu'un qui rôdait dans la maison des Clutter. Alors ils sont arrivés en trombe. Les gendarmes. Le shérif et son équipe. Les types du K.B.I. Al Dewey. Comme ils s'espaçaient autour de l'endroit, se préparant à l'action si on peut dire, la porte de devant s'est ouverte ». Il en sortit une personne qu'aucun de ceux qui étaient présents n'avait jamais vue auparavant, un homme d'environ trente-cinq ans, au regard éteint, aux cheveux ébouriffés, et portant sur la hanche un étui avec un pistolet de calibre 38. « J'imagine qu'on a tous eu la même idée, c'était lui, celui qui était venu et qui les avait tués, continua Mr. Helm. Il a pas fait un geste. Gardé son calme. On aurait dit qu'il battait des paupières. Ils lui ont enlevé le pistolet, et ils ont commencé à poser des questions »

L'homme s'appelait Adrian — Jonathan Daniel Adrian. Il était en route pour le Nouveau-Mexique, et il n'avait pour l'instant aucune adresse permanente. Dans quel but s'était-il introduit dans la maison des Clutter, et, à propos, comment avait-il réussi à le faire ? Il leur montra comment. (Il avait enlevé le couvercle d'un puits et il avait rampé dans un tunnel qui conduisait au sous-sol.) Quant à la raison de sa visite, il avait lu des articles sur l'affaire et il était curieux, il voulait simplement savoir de quoi l'endroit avait l'air. « Et puis », d'après les souvenirs que Mr. Helm gardait de l'épisode, « quelqu'un lui a demandé s'il faisait de l'auto-stop. Faisait-il de l'auto-stop jusqu'au Nouveau-Mexique ? Non, dit-il, il conduisait sa propre voiture. Et elle était garée au bout de l'allée. Alors tout le monde est allé jeter un coup d'œil à la voiture. Quand ils ont trouvé ce qu'il y avait à l'intérieur, un des hommes — peut-être que c'était Al Dewey — lui a dit, à ce Jonathan Daniel Adrian : "Eh bien, mon gars, me semble qu'on a des choses à discuter." Parce que, dans la voiture, ce qu'ils avaient trouvé, c'était un fusil de calibre 12. Et un couteau de chasse. »

*

Une chambre d'hôtel à Mexico. Dans la chambre se trouvait une vilaine commode moderne avec un miroir aux reflets mauves et, glissé dans un coin du miroir, un avis imprimé de la direction :

SU DIA TERMINA A LAS 2 P.M.
VOTRE JOURNÉE SE TERMINE A
14 HEURES

En d'autres termes, les clients devaient évacuer la chambre à l'heure indiquée ou s'attendre à devoir payer une journée supplémentaire, luxe que les occupants actuels n'envisageaient pas. Ils se demandaient si seulement ils pourraient régler la somme qu'ils devaient déjà. Car tout s'était déroulé comme Perry l'avait prédit : Dick avait vendu la voiture, et trois jours plus tard l'argent, un peu moins de deux cents dollars, s'était en grande partie envolé. Le quatrième jour, Dick était sorti à la recherche d'un travail honnête, et ce soir-là il avait annoncé à Perry : « Merde alors ! Tu sais ce qu'ils paient ? Quels sont les salaires ? Pour un mécanicien de métier ? Deux dollars par jour. Mexico ! Coco, j'en ai marre. Il faut qu'on foute le camp d'ici. Qu'on retourne aux Etats-Unis. Non, maintenant je n'écouterai pas. Diamants. Trésors enterrés. Réveille-toi, petit garçon. Il n'y a pas de cassettes d'or. Pas de navire englouti. Et même s'il y en avait, nom de Dieu, tu sais même pas nager. » Et le lendemain, ayant emprunté de l'argent à la plus riche de ses deux fiancées, la veuve du banquier, Dick acheta des billets pour l'autocar qui les mènerait, via San

Diego, jusqu'à Barstow, Californie. « Après ça, dit-il, on marche. »

Bien sûr, Perry aurait pu voler de ses propres ailes, demeurer à Mexico, laisser Dick aller là où il le voulait. Pourquoi pas ? N'avait-il pas toujours été « solitaire », et sans un seul « véritable ami » (à l'exception du « brillant » Willie-Jay aux cheveux et aux yeux gris) ? Mais il avait peur d'abandonner Dick ; l'idée même de le faire le rendait « malade en un sens », comme s'il essayait de se décider à « sauter d'un train qui file à quatre-vingt-dix miles à l'heure ». La raison de sa crainte, ou ce qu'il semblait croire lui-même, était une toute nouvelle certitude superstitieuse que « ce qui devait arriver n'arriverait pas » aussi longtemps que lui et Dick « demeureraient ensemble ». Puis aussi la sévérité des semonces de Dick, l'agressivité avec laquelle il avait proclamé son opinion, jusqu'à présent dissimulée, sur les rêves et les espoirs de Perry — tout ceci, la perversité étant ce qu'elle est, séduisait Perry, le blessait et le bouleversait, mais l'enchantait — ressuscitaient pratiquement son ancienne confiance en ce Dick plein de fermeté, dur, « totalement viril » et arrogant à qui il avait autrefois permis de le mener par le bout du nez. Et c'est pourquoi, depuis le lever du jour, par un matin frais de Mexico, au début de décembre, Perry tournait en rond dans la chambre non chauffée de l'hôtel, rassemblant et emballant ses affaires, furtivement pour ne pas éveiller les deux formes endormies étendues sur l'un des lits jumeaux de la chambre : Dick et la plus jeune de ses promises, Inez.

Il y avait un objet dont il n'avait plus besoin de se préoccuper. Au cours de leur dernière nuit à Acapulco, un voleur avait fauché la guitare Gibson et avait déguerpi d'un café en bordure de l'eau où Perry, Otto, Dick et le Cow-boy s'étaient souhaité un au revoir hautement alcoolique. Et Perry en avait conçu de l'amertume. Il se sentait, dit-il plus tard, « drôlement abattu », expliquant : « Lorsque vous avez une guitare pendant un bon bout de temps, comme celle que j'avais, vous la cirez et la polissez, vous y adaptez votre voix, vous la traitez comme si c'était une pépée à laquelle vous tenez vraiment, eh bien ! elle devient sacrée en un sens. » Mais alors que la guitare volée ne présentait aucun problème, il n'en était pas ainsi du restant de ses affaires. Comme lui et Dick voyageraient dorénavant à pied ou en stop, il était évident qu'ils ne pourraient emporter avec eux que quelques chemises et des chaussettes. Le reste de leurs vêtements devrait être expédié par la poste ; et, en effet, Perry avait déjà rempli une boîte en carton (y mettant — avec un peu de linge sale — deux paires de bottes, une paire dont les semelles laissaient une empreinte de Cat's Paw, l'autre paire avec des semelles aux motifs en losanges) et se l'adressa, poste restante, Las Vegas, Nevada.

Mais le grand problème, la source du casse-tête, était que faire des objets auxquels il tenait tant : les deux immenses caisses pleines de livres et de cartes, de lettres jaunies, de paroles de chansons, de poèmes et de souvenirs inhabituels (des bretelles et une ceinture faites avec des peaux de serpents à sonnettes du Nevada qu'il avait tués lui-même ; un *netsuke* érotique acheté à Kyoto ; un arbre nain pétrifié, provenant aussi du Japon ; un pied d'ours de l'Alaska). Il est probable que la meilleure solution, du moins la meilleure que Perry pût imaginer, était de laisser tout ce bazar à « Jésus ». Le « Jésus » auquel il pensait était barman dans un café en face de l'hôtel ; il était selon Perry, *muy simpático*, et on pouvait certainement lui faire confiance pour expédier les caisses sur demande. (Il avait l'intention de les faire venir dès qu'il aurait une « adresse permanente ».)

Tout de même, il y avait des choses trop précieuses pour prendre le risque de les perdre : par conséquent, tandis que les amants somnolaient et qu'on s'approchait lentement de 14 heures, Perry passa en revue de vieilles lettres, des photos, des coupures de journaux, et choisit parmi elles les souvenirs qu'il avait l'intention d'emporter avec lui. Entre autres, une dissertation maladroitement tapée à la machine et intitulée « Histoire de la vie de mon garçon ». L'auteur de ce manuscrit était le père de Perry qui, dans un effort pour aider son fils à obtenir sa remise en liberté conditionnelle du pénitencier du Kansas, l'avait écrit au mois de décembre de l'année précédente et l'avait envoyé par la poste à la Commission de remise en liberté conditionnelle du Kansas. C'était un document que Perry avait lu au moins cent fois, et jamais avec indifférence :

« ENFANCE. — Heureux de vous dire, comme je le vois, le bon et le mauvais. Oui, la naissance de Perry a été normale. En bonne santé... oui. Oui, j'étais capable de prendre soin de lui comme il le faut jusqu'à ce que ma femme se révèle une ignoble ivrognesse quand mes enfants étaient d'âge scolaire. Bon naturel... oui et non, très sérieux si maltraité, il n'oublie jamais. Je suis aussi de parole et je le force à l'être. Ma femme était différente. On vivait à la campagne. On est tous vraiment des gens de plein air. J'ai appris à mes enfants la Règle d'Or. Vivre et laisser vivre, et dans bien des cas mes enfants se dénonçaient les uns les autres quand ils avaient fait le mal, et celui qui était coupable avouait toujours et sortait du rang, prêt à recevoir une fessée. Et il promettait de mieux se conduire ; et ils ont toujours fait leur travail rapidement et de bon gré pour être libres d'aller jouer. La première chose qu'ils faisaient le matin était de se laver, mettre des vêtements propres, j'étais très strict sur ce point-là et pour ce qui est de mal se conduire avec les autres, et si c'étaient les autres gosses qui se conduisaient mal, je les faisais cesser de jouer avec eux. Nos enfants ne nous ont pas causé de soucis tant que nous avons été ensemble. Tout a commencé quand ma femme a voulu partir pour la Ville et mener une vie de bâton de chaise... et qu'elle s'est enfuie pour le faire. Je l'ai laissée partir et j'ai dit au revoir quand elle a pris la voiture et m'a plaqué là (c'était durant la crise économique). Mes enfants pleuraient tous à chaudes larmes. Elle s'est contentée de les engueuler parce qu'ils disaient qu'ils s'échapperaient pour venir me retrouver plus tard. Elle s'est mise en colère et puis elle a dit qu'elle dresserait les enfants contre moi, ce qu'elle a fait, tous sauf Perry. Par amour pour mes enfants, après plusieurs mois je suis parti à leur recherche, les ai trouvés à San Francisco sans que ma femme le sache. J'ai essayé de les voir à l'école. Ma femme avait donné des ordres à l'instituteur pour ne pas me laisser les voir. Cependant je me suis arrangé pour les voir tandis qu'ils jouaient dans la cour de l'école et j'ai été surpris quand ils m'ont dit : “Maman nous a dit de pas te parler.” Tous sauf Perry. Lui, il était différent. Il a mis ses bras autour de mon cou et il voulait se sauver avec moi tout de suite. Je lui ai dit NON. Mais dès que la classe a été terminée il s'est enfui au bureau de mon avocat, Mr. *Rinso Turco*. J'ai ramené mon gars à sa mère et j'ai quitté la ville. Perry m'a raconté plus tard que sa mère lui avait dit de se trouver une nouvelle maison. Pendant que mes enfants vivaient avec elle ils étaient libres d'aller là où ils voulaient, j'ai appris que Perry s'était attiré des ennuis. Je voulais qu'elle demande le divorce, ce qu'elle a fait un an plus tard à peu près. Comme elle buvait, comme elle avait une mauvaise conduite et qu'elle vivait avec un jeune homme, j'ai fait réviser le divorce et j'ai obtenu la garde complète des enfants. J'ai pris Perry avec moi à la maison. Les autres ont été placés dans des hospices puisque je ne pouvais pas les garder tous à la maison et comme ils avaient du sang indien l'Assistance publique s'en est occupée comme je le demandais.

« C'était à l'époque de la crise. Je travaillais pour la W.P.A. [1], très petit salaire. Je possédais un peu de terrain et une petite maison à l'époque. Perry et moi, on vivait paisiblement ensemble. Mon cœur était blessé car j'aimais encore mes autres enfants aussi. Alors je me suis mis à rouler ma bosse pour tout oublier. Je gagnais assez d'argent pour nous deux. J'ai vendu ma propriété et on vivait dans une « maison roulante ». Perry allait à l'école aussi souvent que c'était possible. Il aimait pas trop l'école. Il apprend vite et il a jamais eu d'ennuis avec les autres gosses. Seulement quand le Grand Costaud lui a cherché querelle... Il était petit et trapu, nouveau en classe, et ils ont essayé de le maltraiter. Ils se sont aperçus qu'il était prêt à défendre ses droits. C'était la façon dont j'avais élevé mes enfants. Je leur ai toujours dit : “Ne commencez pas la bagarre, si

1. *Work Progress Administration :* loi créée par Roosevelt pour remédier au chômage.

vous le faites je vais vous donner une raclée quand je l'apprendrai. Mais si les autres gosses commencent une bagarre, faites de votre mieux." Un jour, à l'école, un gosse deux fois son âge arrive en courant et le frappe ; à sa surprise Perry l'a jeté par terre et lui a donné une bonne raclée. Je lui avais donné quelques conseils pour la lutte. Puisque j'avais l'habitude de boxer et de lutter autrefois. La directrice de l'école et tous les gosses ont regardé ce combat. La directrice aimait le grand gosse. Le voir se faire administrer une raclée par mon petit garçon Perry était plus qu'elle ne pouvait en supporter. Après ça Perry était le Roi des Gosses à l'école. Si un grand garçon essayait de brimer un petit, Perry réglait l'affaire tout de suite. A présent même le Grand Costaud avait peur de Perry et il fallait qu'il marche droit. Mais la directrice était blessée et elle est venue se plaindre à moi disant que Perry se battait à l'école. Je lui ai dit que j'étais au courant de tout et que je n'avais pas l'intention de laisser mon garçon se faire battre par des gosses deux fois sa taille. Je lui ai aussi demandé pourquoi elle laissait le Grand Costaud s'attaquer aux autres gosses. Je lui ai dit que Perry avait le droit de se défendre, que Perry n'avait jamais commencé la bagarre et que j'allais mettre la main à cette affaire moi-même. Je lui ai dit que mon fils était aimé de tous les voisins et de leurs enfants. Je lui ai dit aussi que j'allais retirer Perry de son école en vitesse, aller dans un autre Etat. Ce que j'ai fait. Perry n'est pas un ange, il s'est mal conduit plusieurs fois tout comme tant d'autres gosses. Le bien est le bien et le mal est le mal. Je ne prends pas sa défense pour le mal qu'il a fait. Il doit payer *chèrement* quand il fait le mal, c'est la loi qui décide, il sait ça à présent.

« JEUNESSE. — Perry est entré dans la Marine marchande durant la Seconde Guerre. Je suis allé en Alaska, il est venu plus tard me rejoindre là-bas. J'étais trappeur et Perry travaillait pour le Comité des routes de l'Alaska durant le premier hiver, puis il a trouvé un boulot dans les chemins de fer pendant une courte période. Il n'arrivait pas à trouver le travail qu'il aimait faire. Oui... Il me donnait de l'argent de temps à autre quand il en avait. Aussi il m'a envoyé trente dollars par mois durant la guerre de Corée pendant qu'il était là depuis le début jusqu'à la fin et il a été démobilisé à Seattle, Washington. Démobilisation honorable pour autant que je sache. Il a la passion de la mécanique. Bulldozers, herses, pelles mécaniques, poids lourds de tout genre, c'est ce qu'il désire. Car l'expérience qu'il a eue est vraiment bonne. Un peu casse-cou et amateur de vitesse avec les motos et les voitures. Mais depuis, il a eu une bonne leçon de ce que la vitesse peut faire, et ses deux jambes ont été cassées et il a été blessé à la hanche ; je suis certain qu'il s'est calmé maintenant quant à ça.

« LOISIRS-INTÉRÊTS. — Oui il a eu plusieurs petites amies ; aussitôt qu'il s'apercevait qu'une fille le brimait ou se moquait de lui, il la quittait. Il n'a jamais été marié autant que je le sache. Mes difficultés avec sa mère lui ont un peu fait peur du mariage. Je suis un *homme sobre* et pour autant que je sache Perry est aussi une personne qui n'aime pas les ivrognes. Perry me ressemble beaucoup. Il aime la compagnie des gens respectables... des gens qui vivent en plein air, lui comme moi, il aime être seul et il aime aussi pardessus tout travailler à son propre compte. Comme moi. Je suis un homme à trente-six métiers, pour ainsi dire, n'en connaissant que très peu à fond, et Perry de même. Je lui ai appris à gagner sa vie en travaillant à son propre compte en tant que trappeur, prospecteur, charpentier, bûcheron, expert en chevaux, etc. Je sais cuisiner et lui aussi, pas un cuisinier professionnel, juste pour lui-même. Cuire du pain, etc., chasser et pêcher, piéger, faire à peu près n'importe quoi d'autre. Comme je l'ai déjà dit, Perry aime être son propre patron et si on lui donne la chance de faire un boulot qu'il aime, lui disant comment on veut que ce soit fait, puis le laissant seul, il tirera une grande fierté de son travail. S'il voit que le patron apprécie son travail il se fendra en quatre pour lui. Mais il ne *faut pas le rudoyer*. Dites-lui gentiment comment vous voulez que les choses soient faites. Il est très susceptible, il se blesse très facilement, et moi de même. J'ai abandonné plusieurs boulots et Perry de même à cause de *patrons brutaux*. Perry n'a pas beaucoup d'instruction et moi non plus, je n'ai que le *primaire*. Mais n'allez pas croire qu'on est pas *futés*. J'ai tout appris par moi-même et Perry aussi. Les boulots de *rond-de-cuir* sont pas faits pour *Perry ni moi*. Mais les travaux d'extérieur c'est notre affaire et si on ne sait pas, montrez-lui ou montrez-moi comment ça se fait et dans à peine quelques jours on peut se familiariser avec un boulot ou une machine. Les livres sont hors de question. On apprend tout de suite par la pratique tous les deux, si on aime le travail en question. On doit aimer le boulot avant tout. Mais maintenant il est infirme et il est presque un homme d'âge mûr. Perry sait que les entrepreneurs veulent pas de lui à présent, les infirmes peuvent pas obtenir de travail dans l'équipement lourd, à moins de bien connaître l'entrepreneur. Il commence à se rendre compte de ça, il commence à penser à une façon plus facile de gagner sa vie, un peu comme je fais. Je suis certain de ne pas me *tromper*. Je pense aussi qu'il en a assez de la vitesse. Je remarque tout ça dans les lettres qu'il m'écrit maintenant. Il dit : "Sois prudent papa. Ne conduis pas si tu t'endors, il vaut mieux t'arrêter et dormir au bord de la route." Ce sont les mêmes paroles que j'avais coutume de lui dire. C'est lui qui me les dit maintenant. Il a pris une bonne leçon.

« A mon avis... Perry a pris une leçon qu'il n'oubliera jamais. Pour lui, la liberté veut tout dire et vous ne le verrez plus jamais derrière les barreaux. Je suis tout à fait certain d'avoir raison. Je remarque un grand changement dans sa façon de parler. Il regrette profondément sa faute, m'a-t-il dit. Je sais également qu'il a honte de rencontrer les gens qu'il connaît ; il ne leur racontera pas qu'il est allé en taule. Il m'a demandé de ne pas dire à ses amis où il est. Quand il m'a écrit et raconté qu'il était en taule, je lui ai dit que ça te serve de leçon... que j'étais heureux que ce soit arrivé de cette façon alors que ça aurait pu être pire. Il aurait pu se faire descendre. Je lui ai dit aussi de prendre son temps de prison avec le sourire. Tu es responsable. Ça te servira de leçon. Je t'ai pas appris à voler, alors viens pas te plaindre que la vie est dure en prison. Conduis-toi bien en prison. Et il m'a promis de le faire. J'espère qu'il est un prisonnier modèle. Je suis certain que personne ne l'entraînera plus jamais à voler. C'est la *loi qui décide,* il sait ça. Il aime sa liberté.

« Je sais fichtre bien que Perry a bon cœur si vous le traitez comme il faut. Faites-lui une crasse et il devient méchant comme la gale. Vous pouvez lui faire confiance avec n'importe quelle somme d'argent si vous êtes son ami. Il fera ce que vous dites et il n'a jamais volé un sou à un ami ni à personne d'autre, avant que cette chose arrive. Et j'espère sincèrement qu'il demeurera honnête jusqu'à la fin de sa vie. Il avait déjà volé quelque chose en compagnie d'autres gamins quand il était petit. Demandez à Perry si j'ai été un bon père pour lui et demandez-lui si sa mère a été bonne pour lui à Frisco. Perry sait ce qui est bon pour lui. Vous l'avez corrigé à tout jamais. Il sait quand il est battu. Ce n'est pas un âne. Il sait que la vie est trop courte et trop douce pour la passer derrière les barreaux.

« PARENTS. — Une sœur mariée, *Bobo*, et moi son père, c'est tout ce qui reste en vie des parents de Perry. Bobo et son mari subviennent à leurs besoins. Possèdent leur propre maison et je suis valide et capable de prendre soin de moi-même aussi. J'ai vendu mon pavillon en Alaska il y a deux ans. J'ai l'intention d'avoir un autre petit endroit à moi l'an prochain. J'ai repéré plusieurs concessions minières et j'espère en tirer quelque chose. A part ça, je n'ai pas abandonné la prospection. On me demande aussi d'écrire un livre sur la sculpture sur bois et sur le célèbre Pavillon des Trappeurs que j'ai construit en Alaska et qui était autrefois ma concession connue de tous les touristes qui voyagent par route jusqu'à Anchorage et je le ferai peut-être. Je partagerai tout ce que j'ai avec Perry. Il mangera chaque fois que je mangerai. Aussi longtemps que je suis en vie. Et quand je mourrai j'ai une police d'assurance qui lui sera payée pour qu'il puisse commencer une VIE *nouvelle* quand il sera remis en liberté. Au cas où je ne serais pas vivant à ce moment. »

Cette biographie lâchait toujours la bride à toute une écurie d'émotions : attendrissement sur son propre sort en tête, amour et haine nez à nez au départ, la haine gagnant du terrain à la fin. Et la plupart des souvenirs que cette biographie laissait échapper étaient indésirables, sauf quelques-uns. En fait, la première partie de sa vie dont Perry pouvait se souvenir était précieuse : un fragment composé d'applaudissements, de prestige. Il avait peut-être trois ans et il avait pris place avec ses sœurs et son frère aîné dans la tribune d'honneur d'un rodéo en plein air ; sur la piste, une jeune Cherokee élancée montait un cheval sauvage, une « bête qui essayait de la désarçonner », et ses cheveux relâchés cinglaient de part et d'autre, battaient au vent comme ceux d'une danseuse de flamenco. Elle s'appelait Flo Buckskin, et c'était une artiste professionnelle de rodéo, une championne d'équitation, une spécialiste des « chevaux sauvages ». De même que son époux, Tex John Smith ; c'était en faisant une tournée des rodéos de l'Ouest que la belle Indienne et le cowboy irlandais, qui était d'une beauté assez commune, s'étaient rencontrés, mariés, et qu'ils avaient eu les quatre enfants qui étaient maintenant assis à la tribune d'honneur. (Et Perry pouvait se souvenir de maint autre spectacle de rodéo, revoir son père sautant à l'intérieur d'un cercle de lassos tourbillonnants, ou sa mère, des bracelets d'argent et de turquoise s'entrechoquant à ses poignets, qui exécutait son numéro à une vitesse téméraire qui faisait frémir son plus jeune enfant et qui faisait « se dresser et battre des mains » les foules de nombreuses villes du Texas à l'Oregon.)

Au cours des cinq premières années de la vie de Perry, le tandem « Tex et Flo » continua à faire le tour des rodéos. Ce mode de vie n'était pas « un lit de roses », comme le rappela un jour Perry : « Tous les six dans un vieux camion, où l'on dormait parfois aussi, vivant de bouillie de farine de maïs, de crottes de chocolat Hershey et de lait concentré. Le lait concentré Hawks Brand que ça s'appelait, et c'est ça qui m'a affaibli les reins — la quantité de sucre — et c'est pourquoi je mouillais toujours mon lit. » Et pourtant, ce n'était pas une existence malheureuse, particulièrement pour un petit garçon fier de ses parents, admirant leur adresse et leur courage, une vie plus heureuse certainement que celle qui suivit. Car Tex et Flo, tous deux obligés par la maladie d'abandonner leur métier, s'installèrent près de Reno, Nevada. Ils se battaient, et Flo « s'adonna au whisky », et puis, quand Perry eut six ans, elle partit pour San Francisco, emmenant les enfants avec elle. C'était exactement comme le vieillard l'avait écrit : « Je l'ai laissée partir et j'ai dit au revoir quand elle a pris la voiture et m'a plaqué là (c'était durant la crise). Mes enfants pleuraient tous à chaudes larmes. Elle s'est contentée de les engueuler parce qu'ils disaient qu'ils s'échapperaient pour venir me retrouver plus tard. » Et, en effet, au cours des trois années suivantes Perry s'était échappé à plusieurs reprises : s'était mis à la recherche de son père perdu, car il avait également perdu sa mère, il avait appris à la « mépriser » ; l'alcool avait déformé le visage, épaissi la silhouette de la jeune Cherokee autrefois souple et nerveuse, avait « aigri son âme », complètement envenimé sa langue, et tellement dissipé en elle toute dignité qu'elle ne se donnait généralement pas la peine de demander les noms des dockers, des receveurs de tramway et autres qui acceptaient ce qu'elle offrait gratuitement (sauf qu'elle insistait pour qu'ils boivent avec elle d'abord, et qu'ils dansent aux airs d'un phono).

Donc, comme Perry le rappelait : « Je pensais

toujours à papa, espérant qu'il viendrait me chercher, et je me souviens la fois où je l'ai revu, comme si ça venait juste de se passer. Dans la cour de l'école. C'était comme lorsque la balle frappe la batte vraiment fort. Di Maggio. Seulement, papa ne voulait pas m'aider. Il m'a dit d'être sage, il m'a serré dans ses bras et il est parti. Peu de temps après, ma mère m'a placé dans un orphelinat catholique. Celui où les Veuves Noires étaient toujours sur mon dos. Elles me frappaient. Parce que je mouillais mon lit. Ce qui est une des raisons de mon aversion pour les bonnes sœurs. Et Dieu. Et la religion. Mais par la suite, j'ai découvert qu'il y a des gens encore plus méchants. Parce qu'après quelques mois, on m'a jeté à la porte de l'orphelinat et elle [sa mère] m'a placé dans un endroit encore pire. Un refuge d'enfants dirigé par l'Armée du Salut. Ils me haïssaient eux aussi. Parce que je mouillais mon lit. Et parce que j'étais à moitié indien. Il y avait cette nurse, celle qui m'appelait "le Nègre" et disait qu'il n'y a pas de différence entre les Nègres et les Indiens. Oh ! nom de Dieu, quelle garce ! Un diable incarné. Voici ce qu'elle avait l'habitude de faire : elle remplissait la baignoire d'eau glacée, elle me mettait dedans et me maintenait sous l'eau jusqu'à ce que je sois bleu. Presque noyé. Mais elle s'est fait prendre, la vache. Parce que j'ai attrapé une pneumonie. J'ai failli en crever. Je suis resté à l'hôpital deux mois. C'était pendant que j'étais si malade que papa est revenu. Quand j'ai été rétabli, il m'a emmené. »

Pendant presque un an le père et le fils vécurent ensemble dans la maison près de Reno, et Perry alla à l'école. « J'ai terminé la huitième, rappela Perry. Je ne suis pas allé plus loin. Je ne suis jamais retourné en classe. Parce que cet été-là, papa a construit une sorte de remorque de fortune, ce qu'il appelait une "maison roulante". Il y avait deux couchettes et une petite cuisine. Le fourneau fonctionnait bien. On pouvait faire cuire n'importe quoi dessus. On faisait notre pain. J'avais coutume de faire des conserves : pommes marinées, gelée de pommes sauvages. Enfin, on a roulé notre bosse d'un bout à l'autre du pays au cours des six années suivantes. On ne restait jamais trop longtemps au même endroit. Quand on restait trop longtemps quelque part les gens commençaient à regarder papa d'un drôle d'air, à faire comme s'il était un original, et je détestais ça, ça me faisait mal. Parce que j'aimais papa à cette époque-là. Même s'il lui arrivait d'être dur avec moi. Autoritaire en diable. Mais j'aimais mon père à ce moment-là. Alors, j'étais toujours content quand on se remettait en route. » Ils s'étaient mis en route pour le Wyoming, l'Idaho, l'Oregon et finalement pour l'Alaska. En Alaska, Tex apprit à son fils à rêver d'or, à le chercher dans les lits de sable des cours d'eau à la fonte des neiges, et c'est là aussi que Perry apprit à se servir d'un fusil, à dépouiller un ours, à dépister les loups et les cerfs.

« Bon Dieu ! qu'il faisait froid, se rappelait Perry. On dormait blottis l'un contre l'autre, papa et moi, enroulés dans des couvertures et des peaux d'ours. Le matin, avant le lever du jour, je préparais notre petit déjeuner en moins de deux, des petits pains et du sirop, de la viande frite, et on partait gratter de quoi vivre. Si seulement je n'avais pas grandi ça aurait été parfait ; plus je vieillissais, moins j'étais en mesure d'apprécier papa. D'un côté il savait tout, mais de l'autre il ne connaissait rien. Il y avait des côtés entiers en moi que mon père ignorait. Il y comprenait que dalle.

Par exemple, j'ai été capable de jouer de l'harmonica la première fois que j'en ai eu un entre les mains. Même chose pour la guitare. J'étais très doué pour la musique. Papa ne s'en est jamais aperçu. Ou soucié. J'aimais lire aussi. Améliorer mon vocabulaire. Ecrire des chansons. Et je savais dessiner. Mais je n'ai jamais eu d'encouragements ni de lui ni de personne d'autre. Je restais éveillé la nuit, en partie pour essayer de contrôler ma vessie, et en partie parce que je ne pouvais pas m'arrêter de penser. Quand il faisait presque trop froid pour respirer, je pensais toujours à Hawaii. A un film que j'avais vu. Avec Dorothy Lamour. Je voulais y aller. Là où il y avait le soleil. Et où on ne portait pour tout vêtement que de l'herbe et des fleurs. »

Considérablement plus habillé, par une délicieuse soirée de 1945, durant la guerre, Perry se retrouva à l'intérieur d'un salon de tatouage d'Honolulu en train de se faire appliquer sur l'avant-bras gauche un serpent enroulé autour d'une dague. Voici comment il en était arrivé là : une dispute avec son père, un périple en auto-stop d'Anchorage à Seattle, une visite au bureau de recrutement de la Marine marchande. « Mais je ne me serais jamais engagé si j'avais su ce qui m'attendait, dit un jour Perry. J'ai jamais rechigné devant le travail, et ça me plaisait d'être marin... les ports et tout le reste. Mais les tantes sur les bateaux voulaient pas me laisser tranquille. Un gosse de seize ans, et haut comme trois pommes. Bien sûr, j'étais capable de me défendre. Mais il y a un tas de pédés qui sont pas efféminés vous savez. Bon Dieu, j'ai connu des tantes qui pouvaient lancer une table de billard par la fenêtre. Et le piano ensuite. Ce genre de folles, ça peut vous en faire voir de toutes les couleurs, particulièrement quand elles sont à deux ; elle se mettent ensemble pour vous attaquer, et vous êtes qu'un gosse. Ça vous donne pratiquement l'envie de vous tuer. Des années plus tard, quand je suis entré dans l'Armée — quand j'étais en garnison en Corée — le même problème s'est présenté. Dans l'Armée, j'avais de bons états de service, aussi bons que ceux de tous les autres ; ils m'ont donné l'Etoile de bronze. Mais j'ai jamais eu de promotion. Au bout de quatre ans, et après avoir combattu pendant toute la sacrée guerre de Corée, j'aurais dû devenir au moins brigadier. Mais je ne le suis jamais devenu. Vous savez pourquoi ? Parce que notre sergent était un dur. Parce que j'voulais pas baisser le froc. Bon Dieu, j'ai horreur de ça. J'peux pas supporter ces choses-là. Quoique... je ne sais pas. Y a des pédés qui me plaisaient vraiment. Aussi longtemps qu'ils restaient tranquilles. L'ami le plus remarquable que j'aie jamais eu, vraiment sensible et intelligent, j'ai découvert qu'il était pédé. »

Durant l'intervalle qui s'écoula entre son départ de la Marine marchande et son engagement dans l'Armée, Perry avait fait la paix avec son père qui, lorsque son fils l'avait quitté, avait poussé une pointe jusqu'au Nevada puis était revenu en Alaska. En 1952, l'année où Perry achevait son service militaire, le vieillard était plongé dans des projets qui devaient mettre un point final à ses pérégrinations. « Papa était tout excité, rappela Perry. Il m'a écrit qu'il avait acheté du terrain en bordure de la grand-route dans les environs d'Anchorage. Il disait qu'il allait construire un pavillon de chasse, un endroit pour les touristes. Ça devait s'appeler le Pavillon des Trappeurs. Et il m'a demandé de me dépêcher et de venir l'aider. Il était certain qu'on allait faire une fortune.

Quand j'étais encore dans l'Armée, en garnison à Fort Lewis, Washington, je m'étais acheté une motocyclette (on devrait appeler ça des meurtrecyclettes), et aussitôt que j'ai été démobilisé, je me suis mis en route pour l'Alaska. Je me suis rendu jusqu'à Bellingham. Là-bas, à la frontière. Il pleuvait. Ma moto a fait une embardée. »

L'embardée retarda d'un an la réunion du père et du fils. La chirurgie et l'hospitalisation occupèrent six mois de cette année-là ; il passa le reste en convalescence dans la forêt près de Bellingham, dans la maison d'un jeune pêcheur et bûcheron indien. « Joe James. Lui et sa femme m'avaient pris en amitié. Notre différence d'âge n'était que de deux ou trois ans, mais ils m'ont installé chez eux et ils m'ont traité comme si j'avais été un de leurs gosses. Ce qui était parfait. Parce qu'ils se donnaient du mal pour leurs gosses, et les aimaient. A l'époque, ils en avaient quatre ; en fin de compte ils se sont rendus jusqu'à sept. Ils étaient très bons pour moi, Joe et sa famille. Je marchais avec des béquilles, j'étais passablement désemparé. J'pouvais rien faire d'autre que de m'asseoir. Alors, pour me donner quelque chose à faire, pour essayer de me rendre utile, j'ai commencé ce qui est devenu par la suite une sorte d'école. Les élèves étaient les enfants de Joe et quelques-uns de leurs amis ; la classe avait lieu dans le salon. J'enseignais l'harmonica et la guitare. Le dessin. Et l'art d'écrire. On remarque toujours la belle écriture que j'ai. C'est vrai et c'est parce que je me suis acheté un livre sur le sujet, un jour, et je me suis exercé jusqu'à ce que je puisse en faire autant que dans le livre. On lisait aussi des histoires... les gosses lisaient, à tour de rôle, et je les corrigeais au fur et à mesure qu'on avançait. C'était marrant. J'aime les gosses.

Les tout-petits. Et c'était une belle époque. Mais le printemps est arrivé. J'avais mal quand je marchais mais je pouvais tout de même le faire. Et papa m'attendait toujours. »

Il l'attendait, mais sans se tourner les pouces. Au moment où Perry arriva sur les lieux du pavillon de chasse projeté, son père, sans aucune aide, avait terminé les gros travaux : il avait nettoyé l'emplacement, abattu le bois nécessaire, cassé et transporté des chargements entiers de pierre du pays. « Mais il n'a pas commencé la construction avant que j'arrive. On l'a fait entièrement de nos propres mains. Avec un Indien pour donner un coup de main de temps à autre. Papa était comme un fou. Peu importe le temps qu'il faisait — tempêtes de neige, orages, des vents assez forts pour fendre un arbre en deux — on continuait à travailler d'arrache-pied. Le jour où on a eu terminé le toit, papa a dansé dessus, criant et riant, exécutant une vraie gigue. Bref, c'était un endroit tout à fait exceptionnel. On pouvait y loger vingt personnes. Il y avait une grande cheminée dans la salle à manger. Et un bar. Le *Totem Pole Cocktail Lounge*. Où je devais divertir les clients. Chanter et tout le bastringue. On a ouvert nos portes vers la fin de 1953. »

Mais les chasseurs attendus ne se montrèrent pas, et même si les rares touristes ordinaires qui passaient sur la grand-route s'arrêtaient de temps à autre pour photographier l'incroyable rusticité du Pavillon des Trappeurs, ils passaient rarement la nuit. « Pendant un certain temps, on a gardé nos illusions. On continuait à penser que ça allait prendre. Papa a essayé de décorer l'endroit. Il a fait un jardin-souvenir. Avec un puits magique. Il a mis des enseignes en bordure de la grand-route. Mais rien de tout ça n'a apporté un sou de plus.

Quand papa s'en est rendu compte, quand il a vu que c'était inutile, que tout ce qu'on avait fait était de perdre notre temps et notre argent, il s'est rabattu sur moi. A me régenter. A être vindicatif. A dire que je n'avais pas fait la part de travail qui me revenait. C'était pas sa faute, pas plus que la mienne. Dans une situation comme ça, sans argent et presque au bout de nos vivres, on pouvait pas faire autrement que de se taper sur le système. Le moment est arrivé où on a commencé à crever de faim. Et c'est à ce sujet qu'on s'est mis à s'engueuler. C'était un prétexte. Un petit pain. Papa m'a arraché un petit pain des mains, et il a dit que je mangeais trop, que j'étais un enfant de putain d'égoïste et de glouton, et pourquoi je foutais pas le camp, il voulait plus me voir là. Il a continué jusqu'au moment où j'en ai eu marre. Mes mains se sont emparées de sa gorge. Mes propres mains... mais je ne pouvais plus les contrôler. Elles voulaient l'étouffer à mort. Mais papa est souple, un lutteur rusé. Il s'est dégagé et il est parti en courant chercher son fusil. Il est revenu en me visant. Il a dit : "Regarde-moi Perry. Je suis la dernière chose vivante que tu verras jamais." J'ai pas reculé d'un pouce. Mais ensuite il s'est rendu compte que le fusil était même pas chargé, et il s'est mis à pleurer. Il s'est assis et il a chiâlé comme un gosse. Et puis j'imagine que je n'étais plus furieux contre lui. J'avais pitié de lui. De nous deux. Mais c'était pas d'un grand secours, il n'y avait rien que je puisse dire. Je suis sorti faire une promenade. C'était en avril mais les bois étaient encore couverts de neige. J'ai marché jusqu'à ce qu'il fasse presque nuit. A mon retour le pavillon était dans l'obscurité et toutes les portes étaient verrouillées. Et toutes mes affaires étaient éparpillées dans la neige. Là où papa les avait jetées. Des livres. Des vêtements. Tout. J'ai tout laissé là. Sauf ma guitare. Je l'ai ramassée et je me suis mis à marcher le long de la route. Pas un dollar en poche. Vers minuit un camion s'est arrêté pour me prendre. Le routier m'a demandé où j'allais. Je lui ai dit : "Là où vous allez, c'est là que je vais." »

Au bout de plusieurs semaines après avoir été recueilli encore une fois par la famille James, Perry se fixa une destination précise : Worcester, Massachusetts, le patelin d'un « pote de l'Armée » qui, il le croyait, l'accueillerait et l'aiderait à trouver « un boulot payant ». Divers détours prolongèrent le voyage vers l'est ; il fut plongeur dans un restaurant de l'Omaha, pompiste dans un garage de l'Oklahoma, il travailla durant un mois dans un ranch du Texas. Au mois de juillet 1955, en route vers Worcester, il avait atteint Phillipsburg, une petite ville du Kansas, et là « le destin » s'imposa sous la forme d'une « mauvaise rencontre ». « Il s'appelait Smith, dit Perry. Comme moi. Je ne me souviens même pas de son prénom. C'était simplement quelqu'un dont j'avais fait la connaissance quelque part, et il avait une voiture, et il a dit qu'il m'emmènerait jusqu'à Chicago. De toute façon, en traversant le Kansas on est arrivés dans cette petite ville qui s'appelait Phillipsburg et on s'est arrêtés pour jeter un coup d'œil à la carte. Il me semble que c'était un dimanche. Les magasins étaient fermés. Les rues vides. Mon copain, Dieu le bénisse, il a regardé aux alentours et il a fait une suggestion. » La suggestion était de cambrioler un édifice voisin, la Chandler Sales Company. Perry accepta et ils s'introduisirent par effraction dans les locaux déserts et ils enlevèrent un certain nombre d'appareils de bureau (machines à écrire, additionneuses). Les choses auraient pu s'arrêter là si seulement, quelques jours plus tard, les voleurs n'avaient pas brûlé un feu rouge dans la ville de Saint-Joseph, Missouri. « La ferraille était encore dans la voiture. Le flic qui nous avait arrêtés voulait savoir où on avait pris ça. Ils ont fait quelques vérifications, et, comme ils disent, on a été "ramenés" à Phillipsburg, Kansas. Où ils ont une prison vraiment gentille. Si vous aimez les prisons. » En moins de quarante-huit heures, Perry et son compagnon avaient découvert une fenêtre ouverte, l'avaient enjambée, volé une voiture et filé vers le nord-ouest jusqu'à McCook, Nebraska. « On n'a pas mis grand temps à se séparer Mr. Smith et moi. Je ne sais pas ce qu'il est devenu. On a été portés tous les deux sur la liste des personnes recherchées par le F.B.I. Mais, pour autant que je sache, ils l'ont jamais attrapé. »

Par un après-midi pluvieux du mois de novembre suivant, un autocar Greyhound déposa Perry à Worcester, ville industrielle du Massachusetts dont les rues en pente semblent mornes et hostiles même par le temps le plus clair. « J'ai trouvé la maison où mon ami était supposé demeurer. Mon ami de l'Armée en Corée. Mais les gens m'ont dit qu'il était parti depuis six mois et qu'ils n'avaient pas la moindre idée où il pouvait bien être. Pas de veine, grande déception, la fin du monde. Alors j'ai trouvé un débit de boissons et j'ai acheté un demi-gallon de rouge et je suis retourné au terminus et je me suis assis pour boire mon vin et j'ai commencé à me sentir mieux. Je me sentais vraiment bien jusqu'à ce qu'un type s'amène et m'arrête pour vagabondage. » La police l'inscrivit sous le nom de « Bob Turner », nom qu'il avait adopté parce qu'il était sur la liste du F.B.I. Il passa quatorze jours en prison, dut payer une amende de dix dollars, et il quitta Worcester par un autre après-midi pluvieux de novembre. « Je suis allé à New York et j'ai pris une chambre dans un hôtel de la Huitième Avenue, dit Perry. Près de la 42ᵉ Rue. Finalement j'ai trouvé un travail de nuit. Homme à tout faire dans un *penny arcade*[1]. Juste là, sur la 42ᵉ Rue, à côté d'un self-service *Automat*. C'est là que je mangeais... quand je mangeais. Durant plus de trois mois, je n'ai pratiquement pas quitté le quartier de Broadway. Une des raisons étant que je n'avais pas de vêtements convenables. Rien que des fringues de cow-boy : des blue-jeans et des bottes. Mais là, sur la 42ᵉ Rue, tout le monde s'en fout, tout peut aller, n'importe quoi. De toute ma vie, je n'ai jamais rencontré autant de phénomènes. »

Il vécut tout l'hiver dans ce vilain quartier éclairé au néon, où flotte constamment une odeur de maïs grillé, de hot dogs sur la braise et de jus d'orange. Mais un beau matin de mars, aux approches du printemps, comme il se le rappelait, « deux enfants de putain du F.B.I. m'ont réveillé. Arrêté à l'hôtel. V'lan... j'ai été extradé au Kansas. A Phillipsburg. La même gentille petite prison. Ils ont mis le paquet : cambriolage, évasion, vol de voiture. J'ai tiré de cinq à dix ans. A Lansing. Après avoir été là un moment, j'ai écrit à papa. Pour lui donner des nouvelles. Et j'ai écrit à Barbara, ma sœur. Maintenant, après toutes ces années, c'était tout ce qui me restait. Jimmy s'était

1. Sorte de galerie-bazar où l'on trouve des billards électriques, machines à sous, distributeurs automatiques et divers stands de camelote.

suicidé. Fern s'était jetée par la fenêtre. Ma mère était morte. Depuis huit ans. Tout le monde avait disparu à l'exception de papa et Barbara. »

Une lettre de Barbara se trouvait parmi la liasse de papiers choisis que Perry préférait ne pas abandonner dans la chambre d'hôtel de Mexico. La lettre, d'une écriture agréable à lire, portait la date du 28 avril 1958 ; à ce moment-là, le destinataire était emprisonné depuis deux ans environ :

Cher frère Perry,

Nous avons reçu ta deuxième lettre aujourd'hui et pardonne-moi de ne pas avoir écrit plus tôt. Le temps ici, comme chez toi, devient plus chaud et peut-être que j'ai la fièvre printanière mais je vais essayer et je ferai de mon mieux. Ta première lettre nous a beaucoup troublés, comme je suis certaine que tu l'as deviné, mais ce n'était pas la raison pour laquelle je n'ai pas écrit, il est vrai que les enfants me tiennent occupée et c'est difficile de trouver le temps de s'asseoir et de se concentrer sur une lettre comme celle que je veux t'écrire depuis un bon moment. Donnie a appris à ouvrir les portes et à monter sur les chaises et autres meubles, et j'ai toujours peur qu'il tombe.

Je puis laisser les enfants jouer dans la cour de temps à autre, mais il faut toujours que je sorte avec eux parce qu'ils peuvent se faire mal si je ne les surveille pas. Mais rien ne dure à tout jamais et je sais que je serai triste quand ils se mettront à courir dans le voisinage et que je ne saurai pas où ils sont. Voici quelques statistiques si ça t'intéresse :

	TAILLE	POIDS	POINTURE DE CHAUSSURES
Freddie	*82 cm*	*13,5 kg*	*24 étroit*
Baby	*85 cm*	*14,5 kg*	*26 étroit*
Donnie	*78 cm*	*13 kg*	*22 large*

Tu peux voir que Donnie est un bien grand garçon pour quinze mois et avec ses seize dents et sa personnalité pleine de vivacité ; les gens ne peuvent pas s'empêcher de l'aimer. Il porte des vêtements de la taille de Baby et Freddie mais les pantalons sont encore trop longs.

Je vais essayer d'écrire une longue lettre alors il y aura probablement un tas d'interruptions comme maintenant parce qu'il est l'heure de donner le bain de Donnie ; Baby et Freddie ont eu le leur ce matin. Comme il fait assez froid aujourd'hui, ils sont restés à la maison. Je reviens de suite...

Pour ce qui est de taper à la machine... D'abord... je ne sais pas mentir. Je ne suis pas une dactylo. J'utilise de un à cinq doigts et bien que je m'en tire et que j'aide efficacement papa Fred pour ses affaires, ce qui me prend une heure prendrait probablement quinze minutes à quelqu'un qui sait taper. Sérieusement, je n'ai ni le temps ni la volonté d'apprendre professionnellement. Mais je crois que c'est merveilleux de voir comment tu t'es acharné et devenu un excellent dactylographe. Je crois vraiment que nous étions tous très doués (Jimmy, Fern, toi et moi) et que nous avons reçu un flair de naissance pour les choses artistiques, entre autres. Même maman et papa étaient artistiques.

Je crois sincèrement que nul d'entre nous n'a personne à blâmer pour ce que nous avons fait de nos vies personnelles. Il a été prouvé qu'à l'âge de sept ans, la plupart d'entre nous ont atteint l'âge de raison, ce qui signifie que nous comprenons et connaissons, à cet âge, la différence entre le bien et le mal. Bien sûr, le milieu joue un rôle terriblement important dans nos vies tel que le couvent dans la mienne et dans mon cas je suis reconnaissante de cette influence. Dans le cas de Jimmy, il était le plus fort de nous tous. Je me rappelle qu'il a travaillé et qu'il est allé en classe alors qu'il n'y avait personne pour lui dire de le faire et c'était sa propre VOLONTÉ *de devenir quelqu'un. Nous ne connaîtrons jamais les raisons de ce qui s'est passé par la suite, pourquoi il a fait ce qu'il a fait, mais ça me fait encore mal d'y penser. Quel gâchis. Mais nous contrôlons très mal notre faiblesse humaine, et cela s'applique aussi à Fern et aux centaines de milliers d'autres personnes y compris nous-mêmes, car nous avons tous des faiblesses. Dans ton cas, je ne sais pas quelle est ta faiblesse mais je pense vraiment qu'il* N'Y A PAS DE HONTE À AVOIR LE VISAGE SALE, MAIS IL Y EN A SI ON LE LAISSE SALE.

En toute bonne foi et avec amour pour toi Perry, car tu es mon seul frère vivant et l'oncle de mes enfants, je ne puis dire ou croire que ton attitude envers notre père ou envers ton emprisonnement est JUSTE *ou saine. Si tu te mets en boule, mieux vaut te calmer puisque je me rends compte que personne n'accepte de critiques de gaieté de cœur et qu'il est naturel d'avoir une certaine quantité de ressentiment envers celui qui fait cette critique et alors je suis prête à une chose ou deux :* a) *Ne plus entendre parler de toi du tout ; ou* b) *Une lettre me disant exactement ce que tu penses de moi.*

J'espère que j'ai tort et j'espère sincèrement que tu vas beaucoup réfléchir à cette lettre et essayer de voir ce que ressent quelqu'un d'autre. Je te prie de comprendre que je sais que je ne suis pas une autorité et je ne me targue pas d'une grande intelligence ou instruction, mais je crois vraiment que je suis une femme normale avec une possibilité fondamentale de raisonnement et la volonté de vivre ma vie selon les lois de Dieu et de l'Homme. Il est vrai aussi que je suis « tombée » quelquefois comme il est normal, car comme je l'ai dit je suis humaine et donc j'ai moi aussi des faiblesses humaines, mais la question est, encore une fois, qu'il n'y a pas de honte à avoir le visage sale mais il y en a si on le laisse sale. Personne n'est mieux averti de ses points faibles et de ses fautes que moi-même alors je vais cesser de te rabattre les oreilles.

Maintenant, pour commencer, et en premier lieu, papa n'est pas responsable de tes mauvaises actions ou de tes bonnes actions. Ce que tu as fait, que ce soit en bien ou en mal, t'appartient en propre. D'après ce que je sais personnellement, tu as vécu ta vie exactement comme il te plaisait de le faire sans aucun égard pour les circonstances ou les personnes qui t'aimaient et que tu aurais pu blesser. Que tu t'en rendes compte ou non, ton emprisonnement actuel est embarrassant pour moi aussi bien que pour papa, pas à cause de ce que tu as fait mais parce que tu ne montres aucun signe de regret SINCÈRE *et sembles montrer aucun respect pour la loi, les gens ou n'importe quoi. Ta lettre sous-entend que le blâme de tous tes problèmes incombe à quelqu'un d'autre, mais jamais à toi. J'admets en effet que tu es intelligent et que ton vocabulaire est excellent, et je crois vraiment que tu peux faire tout ce que tu décideras de faire et le faire bien, mais que veux-tu faire exactement et es-tu disposé à travailler et à faire un effort honnête pour accomplir ce que tu choisiras de faire ? Tout vient en travaillant et je suis certaine que tu as déjà entendu ça de nombreuses fois mais une fois de plus ne fera pas de tort.*

Au cas où tu voudrais connaître la vérité à propos de papa, il a le cœur brisé à cause de toi. Il donnerait n'importe quoi pour te faire sortir afin d'avoir son fils, mais je crains que si tu sortais tu lui ferais plus mal encore. Il n'est pas en très bonne santé et il vieillit et comme on dit, il est moins « vert » qu'autrefois. Il lui est arrivé d'avoir tort et il s'en rend compte, mais peu importe ce qu'il avait et où il allait, il a partagé sa vie et tout ce qu'il possédait avec toi alors qu'il ne l'aurait fait pour personne d'autre. Or, je ne dis pas que tu lui doives une reconnaissance éternelle ou ta vie, mais tu lui dois le RESPECT *et* LA POLITESSE LA PLUS ÉLÉMENTAIRE. *Personnellement, je suis fière de papa. Je l'aime et je le respecte en tant que père et je ne regrette qu'une chose : qu'il ait choisi d'être le Loup Solitaire avec son fils, alors qu'il pourrait vivre avec nous et partager notre amour au lieu d'être seul dans sa petite roulotte et de se morfondre et d'attendre et de soupirer après toi, son fils. Je me fais du mauvais sang pour lui et quand je dis* je, *je veux dire mon mari aussi parce que mon mari respecte notre père. Parce que c'est un* HOMME. *Il est vrai que papa n'a pas reçu d'instruction très poussée car à l'école on ne fait qu'apprendre à reconnaître les mots et à épeler, mais l'application de ces mots à la vie réelle est une autre chose que seules la* VIE *et l'*EXPÉRIENCE *peuvent nous donner. Papa a* *vécu et tu montres ton ignorance en l'accusant d'être sans instruction et incapable de comprendre « la signification scientifique, etc. », des problèmes de la vie. Une mère est encore la seule qui puisse embrasser un bobo et faire disparaître la douleur — explique ça scientifiquement.*

Je regrette d'être aussi dure mais je sens que je ne dois pas mâcher mes mots. Je regrette que ceci doive être censuré (par les autorités de la prison), et j'espère sincèrement que cette lettre ne portera pas préjudice à ton éventuelle remise en liberté, mais je crois que tu devrais savoir et te rendre compte du mal terrible que tu as fait. Papa est celui qui compte puisque je me consacre à ma famille, mais tu es le seul que papa aime, bref, tu es sa « famille ». Il sait que je l'aime, bien sûr, mais l'intimité n'y est pas, comme tu le sais.

Ton emprisonnement n'est pas une chose dont tu puisses être fier et il te faudra vivre avec cette chose-là et tâcher de la faire oublier à la longue et tu peux y arriver, mais pas avec cette attitude que tu as de croire que tout le monde est stupide et sans instruction et que personne ne comprend. Tu es un être humain doué d'un libre arbitre. Ce qui te place au-dessus du niveau des animaux. Mais si tu traverses la vie sans pitié et sans compassion pour ton semblable, tu es comme un animal : « œil pour œil, dent pour dent » et ce n'est pas en vivant ainsi qu'on atteint le bonheur et la paix de l'âme.

Quant aux responsabilités, personne n'en veut vraiment ; mais nous sommes tous responsables envers la société dans laquelle nous vivons et envers ses lois. Quand arrive le moment d'assumer la responsabilité d'un foyer et d'enfants ou d'un commerce, c'est là que les hommes se séparent des garçons, car tu te rends certainement compte que le monde serait dans de beaux draps si chacun disait : « Je veux être un individu, sans responsabilités, en mesure de m'exprimer librement et de faire ce qui me plaît. » Nous sommes tous libres de nous exprimer et de faire ce qui nous plaît en tant qu'individus, pourvu que cette « liberté » de parole et d'action ne nuise pas à nos semblables.

Penses-y Perry. Tu es d'une intelligence au-dessus de la moyenne, mais en un sens ton raisonnement est détraqué. C'est peut-être dû à la tension de ton emprisonnement. Quoi qu'il en soit — souviens-toi — tu es le seul responsable et il t'appartient à toi seul de surmonter cette partie de ta vie. Espérant avoir de tes nouvelles bientôt.

Avec l'Amour et les Prières
de ta sœur et de ton beau-frère
Barbara, Frederic et la famille.

Ce n'était pas par affection que Perry conservait cette lettre et la mettait dans sa collection de trésors particuliers. Loin de là. Il « exécrait » Barbara, et pas plus tard que l'autre jour il avait dit à Dick : « La seule chose que je regrette vraiment... j'aurais bien voulu que ma sœur soit dans cette maison. » (Dick avait ri et admis un désir semblable : « Je peux pas m'empêcher de penser comme je me serais marré si ma deuxième femme avait été là. Elle, et toute sa nom de Dieu de famille. ») Non, il attachait un prix à la lettre simplement parce que son ami de prison, le « super-intelligent » Willie-Jay, en avait fait pour lui une analyse très sensible, occupant deux pages dactylographiées à simple interligne, portant en haut de page le titre « Impressions que j'ai recueillies de la lettre » :

IMPRESSIONS QUE J'AI RECUEILLIES DE LA LETTRE.

« 1. Quand elle a commencé cette lettre, elle voulait que ce soit une démonstration attendrie de principes chrétiens. C'est-à-dire qu'en retour de ta lettre qui l'a apparemment contrariée, elle avait l'intention de présenter l'autre joue, espérant t'inspirer de cette façon des regrets pour ta lettre antérieure et te mettre sur la défensive dans ta prochaine.

« Cependant peu de gens peuvent démontrer avec succès un principe de morale ordinaire quand leur délibération est corrompue par la sensiblerie. Ta sœur apporte la preuve de cette faiblesse car, à mesure que sa lettre avance, son discernement fait place à la colère ; ses pensées sont bonnes, ses déductions sont lucides, mais ce n'est plus une intelligence impersonnelle et impartiale. C'est un esprit mû par une réaction émotive aux souvenirs et par un sentiment de frustration ; par conséquent, quelle que soit la sagesse de ses remontrances elles ne réussissent à inspirer d'autre résolution que celle de la payer de retour en la blessant dans ta prochaine lettre, inaugurant ainsi un oycle qui ne peut aboutir qu'à une plus grande colère et à une détresse plus profonde.

« 2. C'est une lettre absurde, mais issue d'une faiblesse humaine.

« La lettre que tu lui as écrite et celle-ci, sa réponse, ont raté leurs objectifs. Ta lettre était une tentative pour expliquer ta conception de la vie, puisque cela te touche forcément. Tu ne pouvais manquer d'être incompris, ou d'être pris trop au pied de la lettre parce que tes idées sont opposées aux conventions. Que pourrait-on trouver de plus conventionnel qu'une ménagère avec trois enfants, et qui « se consacre » à sa famille ? Qu'y a-t-il de plus naturel que le ressentiment qu'elle éprouve envers une personne non conventionnelle ? Il y a une hypocrisie considérable dans le formalisme. Toute personne qui pense est consciente de ce paradoxe ; mais dans nos rapports avec les gens conventionnels il est avantageux de les traiter comme s'ils n'étaient pas des hypocrites. Ce n'est pas une question de fidélité à tes propres conceptions ; c'est une question de compromis afin de pouvoir demeurer un individu sans la menace constante de pressions conventionnelles. Sa lettre a raté son but parce qu'elle ne pouvait concevoir la profondeur de ton problème ; elle ne pouvait pas sonder les pressions qui s'exercent sur toi à cause du milieu, de la frustration intellectuelle et d'une tendance accrue à l'isolement.

« 3. Elle pense que :

« *a)* Tu as une tendance trop marquée à t'apitoyer sur ton sort.

« *b)* Tu es trop calculateur.

« *c)* Tu ne mérites vraiment pas une lettre de huit pages écrite entre ses devoirs maternels.

« 4. En page 3 elle écrit : "Je crois sincèrement que nul d'entre nous n'a personne à blâmer", etc. Prenant ainsi la défense de ceux qui ont exercé une influence sur elle dans ses années de formation. Mais, est-ce là toute la vérité ? C'est une épouse et une mère. Respectable et plus ou moins à l'abri du besoin. Il est facile de faire comme si la pluie n'existe pas quand on porte un imperméable. Mais comment se sentirait-elle si elle était obligée de gagner sa vie en faisant le trottoir ? Serait-elle toujours aussi indulgente pour les gens dans sa vie passée ? Absolument pas. Rien de plus habituel que de sentir que les autres ont une part de responsabilité dans nos échecs, tout comme c'est une réaction ordinaire d'oublier ceux qui ont pris part à nos réussites.

« 5. Ta sœur respecte ton père. Elle est froissée du fait que tu aies été son préféré. Sa jalousie prend une forme subtile dans cette lettre. Elle inscrit une question entre les lignes : "J'aime papa et j'ai essayé de vivre de telle façon qu'il puisse être fier de m'avoir comme fille. Mais je dois me contenter des miettes de son affection. Parce que c'est toi qu'il aime, et pourquoi devrait-il en être ainsi ?"

« Selon toute évidence, au cours des années, ton père, par ses lettres, a tiré parti de la nature émotive de ta sœur. Il a brossé un tableau qui justifie l'opinion qu'elle a de lui : un pauvre diable affligé d'un fils ingrat sur qui il a fait pleuvoir l'amour et la sollicitude et qui en retour a été traité d'une façon abominable par ce fils.

« Page 7, elle dit qu'elle regrette que sa lettre doive être censurée. Mais elle ne regrette rien du tout. Elle est heureuse que sa lettre passe entre les mains d'un censeur. Dans son subconscient, elle a écrit cette lettre en pensant au censeur, espérant faire croire que la famille Smith est vraiment une cellule bien ordonnée : "*Je vous en prie, ne nous jugez pas tous d'après Perry.*"

« Quant à la maman qui embrasse le bobo de son enfant et fait disparaître la douleur, c'est une forme de sarcasme féminin.

« 6. Tu lui écris parce que :

« *a)* Tu l'aimes à ta façon ;

« *b)* Tu ressens le besoin de ce contact avec le monde extérieur,

« *c*) Tu peux te servir d'elle.

« Pronostic : toute correspondance entre toi et ta sœur ne peut remplir d'autre fonction que sociale. Garde le thème de tes lettres dans les limites de sa compréhension. Ne confie pas tes conclusions personnelles. Ne la mets pas sur la défensive et ne la laisse pas te mettre sur la défensive. Respecte sa compréhension limitée de tes objectifs, et souviens-toi qu'elle supporte difficilement toute critique de ton père. Sois conséquent dans ton attitude à son égard et n'ajoute rien à l'impression qu'elle a de ta faiblesse, non pas parce que tu as besoin de sa bonne volonté mais parce que tu peux t'attendre à d'autres lettres comme celle-ci et elles ne peuvent qu'augmenter tes instincts antisociaux qui sont déjà dangereux. »

FIN

Comme Perry continuait à trier et à choisir, la pile de choses qui lui tenaient trop à cœur pour qu'il pût s'en séparer, ne fût-ce que pour un certain temps, s'élevait à une hauteur menaçante. Mais que pouvait-il faire ? Il ne pouvait risquer de perdre la Médaille de bronze gagnée en Corée, ni son certificat d'études secondaires (délivré par la Commission d'enseignement du comté de Leavenworth car il avait repris en prison ses études depuis longtemps abandonnées). Pas plus qu'il ne voulait courir le risque de perdre une grande enveloppe pleine de photographies, principalement de lui-même, allant du portrait du joli-petit-garçon fait alors qu'il était dans la Marine marchande (et au dos duquel il avait gribouillé : « Seize ans. Jeune, insouciant et innocent ») à celles, toutes récentes, d'Acapulco. Et il y avait une cinquantaine d'autres articles qu'il avait décidé de prendre avec lui, parmi lesquels ses précieuses cartes, l'album de croquis d'Otto et deux carnets épais ; le plus important des deux constituait son dictionnaire personnel, un recueil de mots inscrits dans un ordre non alphabétique et qu'il croyait « beaux » ou « utiles », ou du moins « dignes d'être retenus ». (Page type : « Thanatologie, théorie de la mort ; Linguiste, versé dans les langues ; Amende, punition, montant fixé par la cour ; Nescience, ignorance ; Sadique, atrocement pervers ; Hagiophobie, crainte morbide des lieux et des objets sacrés ; Lapidicole, qui vit sous les pierres, comme certains scarabées aveugles ; Antipathie, manque de sympathie, de camaraderie ; Psilophe, un type qui serait trop heureux de passer pour un philosophe ; Omophagie, action de manger de la chair crue, rite de quelques tribus sauvages ; Déprédateur, qui pille, vole et spolie ; Aphrodisiaque, drogue ou excitant qui stimule le désir sexuel ; Mégalodactyle, qui a les doigts anormalement longs ; Nyctaphobie, crainte de la nuit ou des ténèbres. »)

Sur la couverture du deuxième carnet, dont l'écriture le rendait si fier, des lettres qui foisonnaient d'enjolivures féminines et ondoyantes proclamaient que le contenu était : « Le Journal personnel de Perry Edward Smith », description inexacte, car ce n'était pas le moins du monde un journal mais plutôt une sorte d'anthologie consistant en faits obscurs (« Tous les quinze ans, Mars se rapproche. 1958 est une année ou la planète se rapproche »), poèmes et citations littéraires (« Nul homme n'est une île, un monde en soi ») et des passages de journaux et de livres paraphrasés ou cités. Par exemple :

« Mes relations sont nombreuses, mes amis sont rares ; et plus rares encore ceux qui me connaissent vraiment.

« Entendu parler d'un nouveau poison pour les rats mis sur le marché. Extrêmement puissant, inodore, insipide, s'assimile si complètement une fois avalé qu'on ne trouverait jamais la moindre trace dans le corps de la victime.

« Si on me presse de faire un discours : "Il m'est absolument impossible de me souvenir de ce que j'allais dire. Je crois qu'il ne m'est jamais arrivé auparavant de voir autant de gens directement responsables de ma très très grande joie. C'est un moment merveilleux et rare ; j'ai certainement contracté une dette envers vous. Merci !"

« Lu un article intéressant dans le numéro de février de *Man to Man* : "Je me suis frayé un chemin à coups de couteau jusqu'à une mine de diamants."

« "Il est presque impossible à un homme qui jouit de la liberté et de toutes ses prérogatives de se rendre compte de ce que signifie la privation de cette liberté." Erle Stanley Gardner.

« "Qu'est-ce que la vie ? C'est le scintillement d'une luciole dans la nuit. C'est le souffle d'un buffle en hiver. C'est comme la petite ombre qui traverse les champs et va se perdre dans le coucher de soleil." Chef Pied de Corbeau, tribu des Pieds-Noirs. »

Cette dernière citation était tracée à l'encre rouge et décorée d'une lisière d'étoiles à l'encre verte ; le propriétaire de l'anthologie désirait accentuer sa signification personnelle. « Le souffle d'un buffle en hiver. » Cela évoquait exactement sa conception de la vie. A quoi bon s'en faire ? Pourquoi « suer sang et eau » ? L'homme n'est rien, une buée, une ombre absorbée par les ombres.

Mais, nom de Dieu, tu t'en fais tout de même. tu échafaudes des projets, tu t'inquiètes et tu te ronges les ongles devant les avertissements de la direction de l'hôtel : « SU DIA TERMINA A LAS 2 P.M. »

« Dick ? Tu m'entends ? dit Perry. Il est presque une heure. »

Dick était éveillé. Même plus que ça ; lui et Inez faisaient l'amour. Comme s'il récitait un chapelet, Dick ne cessait de murmurer : « C'est bon, chérie ? C'est bon ? » Mais Inez, la cigarette aux lèvres, demeurait silencieuse. La nuit précédente, quand Dick l'avait fait monter dans la chambre et lorsqu'il avait dit à Perry qu'elle allait y dormir, Perry, bien qu'il ne fût pas d'accord, avait acquiescé ; mais, s'ils croyaient que leur conduite l'excitait, ou lui semblait autre chose qu'une « gêne », ils se trompaient. Néanmoins, Perry avait pitié d'Inez. C'était une « gosse si stupide » : elle croyait vraiment que Dick avait l'intention de l'épouser, et elle n'avait pas la moindre idée qu'il se préparait à quitter Mexico cet après-midi même.

« C'est bon, mon chou ? C'est bon ? »

Perry dit : « Pour l'amour de Dieu, Dick. Fais vite, veux-tu ? Notre journée se termine à 14 heures. »

*

C'était samedi, Noël approchait, et la circulation avançait lentement dans Main Street. Pris dans le flot des voitures, Dewey leva les yeux sur les guirlandes de houx suspendues au-dessus de la rue — bouillons de verdure de fête garnis de cloches de papier écarlate — et il se souvint qu'il n'avait pas encore acheté un seul cadeau pour son épouse ou ses fils. Son esprit rejetait automatiquement tout ce qui n'avait pas trait à l'affaire Clutter. Marie et plusieurs de leurs amis avaient commencé à s'inquiéter du caractère absolu de son obsession.

Un ami intime, le jeune avocat Clifford R. Hope, Jr., n'avait pas mâché ses mots : « Tu sais ce qui t'arrive, Al ? Te rends-tu compte que tu ne parles jamais d'autre chose ?

— Eh bien, avait répondu Dewey, je ne pense à rien d'autre. Et il se peut qu'en parlant de l'affaire, tout simplement, je découvre une chose à laquelle je n'avais pas encore pensé. Un nouvel angle. Ou peut-être que ce sera toi qui le trouveras. Bon Dieu, Cliff, peux-tu imaginer ce que sera ma vie si cette affaire demeure sans solution ? Dans plusieurs années, je serai encore en train d'examiner des tuyaux, et chaque fois qu'il y aura un meurtre, même une affaire qui n'aura qu'une vague ressemblance avec celle-ci, quelque part dans le pays, il faudra que j'y fourre mon nez, que je vérifie, pour voir s'il n'y aurait pas un lien possible. Mais c'est pas seulement ça. La vérité c'est que j'en suis arrivé à sentir que je connais Herb et sa famille mieux qu'ils ne se sont jamais connus eux-mêmes. Je suis obsédé par eux. J'imagine que je le serai toujours. Jusqu'au jour où je saurai ce qui est arrivé. »

L'acharnement que Dewey mettait à résoudre l'énigme avait eu pour résultat de provoquer chez lui une distraction tout à fait inhabituelle. Ce matin-là, justement, Marie lui avait demandé s'il pourrait, pour l'amour de Dieu, penser à... Mais il ne pouvait se rappeler, ou du moins ne le put jusqu'au moment où, libéré de la circulation particulièrement dense des jours de marché et filant à toute allure sur la Route 50 vers Holcomb, il passa devant l'établissement vétérinaire du Dr. I. E. Dale. Bien sûr. Sa femme lui avait demandé de ne pas oublier de prendre le chat de la famille, Courthouse Pete. Pete, un matou tigré pesant quinze livres, est un personnage bien connu à Garden City, célèbre pour son humeur querelleuse qui était la cause de son hospitalisation actuelle ; une bagarre avec un boxer l'avait laissé avec des blessures nécessitant des points de suture et des antibiotiques. Remis en liberté par le Dr. Dale, Pete s'installa sur le siège avant de l'automobile de son propriétaire et ronronna jusqu'à Holcomb.

Le détective se dirigeait vers River Valley Farm, mais désirant quelque chose de chaud — une tasse de café — il s'arrêta au café Hartman.

« Salut, beau gosse, dit Mrs. Hartman. Qu'est-ce que je vous sers ?

— Rien qu'un café, madame. »

Elle lui en versa une tasse. « Est-ce que je me trompe ? Il me semble que vous avez drôlement maigri !

— Un peu. » En fait, au cours des trois dernières semaines, Dewey avait perdu dix kilos. Il flottait dans ses vêtements et les traits de son visage, plus hermétique que jamais, n'auraient certainement pas laissé transparaître sa profession ; ça aurait pu être le visage d'un ascète se consacrant à des recherches occultes.

« Comment ça va ?

— Merveilleusement bien.

— Vous avez l'air crevé. »

Incontestablement. Mais pas plus que les autres membres de l'équipe du K.B.I., les agents Duntz, Church et Nye. Il était certainement en meilleure forme que Harold Nye, qui continuait à se présenter au travail en dépit d'une grippe carabinée. A eux quatre, ces hommes épuisés avaient vérifié quelque sept cents tuyaux et vagues rumeurs. Par exemple, Dewey avait passé en vain deux journées harassantes à essayer de retrouver la trace de ce couple fantomatique, les Mexicains qui avaient rendu visite à Mr. Clutter la veille des meurtres, selon la déposition que Paul Helm avait faite sous la foi du serment.

« Une autre tasse, Alvin ?

— Non, je ne crois pas. Merci, madame. »

Mais elle avait déjà apporté la cafetière. « C'est moi qui vous l'offre, shérif. Avec la mine que vous avez, ça peut pas vous faire de tort. »

Attablés dans un coin, deux ouvriers agricoles éméchés jouaient aux dames. L'un d'eux se leva et s'approcha du bar où Dewey était assis. Il dit : « C'est vrai ce qu'on a entendu dire ?

— Ça dépend.

— Ce type que vous avez attrapé. Celui qui rôdait dans la maison des Clutter. C'est lui qui a fait le coup. C'est ce qu'on a entendu dire.

— J'pense que vous avez mal entendu, mon vieux. »

Bien qu'il y ait eu dans la vie passée de Jonathan Daniel Adrian — détenu à ce moment-là dans la prison du comté sous l'accusation de port d'arme illégal — une période d'internement comme malade mental à l'hôpital de l'Etat de Topeka, les renseignements réunis par les enquêteurs indiquaient qu'en ce qui concernait l'affaire Clutter il n'était coupable que d'une curiosité malheureuse.

« Eh bien, si c'est pas lui, nom de Dieu, pourquoi vous mettez pas la main sur le coupable ? J'ai une maison pleine de femmes qui veulent pas aller aux w.-c. toutes seules. »

Dewey était habitué à ce genre d'insultes ; ça faisait partie de son existence quotidienne. Il avala la deuxième tasse de café, poussa un soupir et sourit.

« Nom de Dieu, je blague pas. J'suis sérieux. Pourquoi vous arrêtez pas quelqu'un ? Vous êtes payé pour ça.

— Taisez-vous donc, avec vos méchancetés, dit Mrs. Hartman. On est tous dans le même bain. Alvin fait de son mieux. »

Dewey lui lança un clin d'œil. « Bien parlé, madame. Et encore merci pour le café. »

L'ouvrier agricole attendit que sa proie eût atteint la porte, puis lui lança une bordée d'adieu : « Si vous vous présentez encore comme shérif, comptez pas sur mon vote. Parce que vous l'aurez pas.

— Taisez-vous, avec vos méchancetés », dit Mrs. Hartman.

Une distance d'un mile sépare River Valley Farm du café Hartman. Dewey décida de s'y rendre à pied. Il aimait marcher à travers les champs de blé. En temps normal, une ou deux fois par semaine, il allait faire de longues promenades sur sa propre terre, le bout de plaine qui lui tenait tant à cœur et où il avait toujours espéré construire une maison, planter des arbres et accueillir éventuellement ses arrière-petits-enfants. C'était son rêve, mais sa femme ne le partageait plus, comme elle l'en avait averti récemment ; elle lui avait dit qu'elle n'envisagerait plus jamais la possibilité de vivre toute seule « là-bas, à la campagne ». Dewey savait que, même s'il attrapait les meurtriers le lendemain, Marie ne changerait pas d'idée, car un jour des amis qui vivaient dans une maison de campagne solitaire avaient été victimes d'un destin horrible.

Bien sûr, les membres de la famille Clutter n'étaient pas les premières personnes à être assassinées dans le comté de Finney, ou même à Holcomb. Les vieux habitants de cette petite communauté se souviennent encore d'une « affaire effroyable » qui date de plus de quarante ans, le meurtre Hefner. Mrs. Sadie Truitt, la septuagénaire du village préposée au courrier, la mère de la receveuse des postes, Mrs. Clare, connaît à fond cette affaire légendaire : « C'était en août 1920. Il faisait une chaleur de tous les diables. Un type du nom de Tunif travaillait au ranch Finnup. Walter Tunif. Il avait une voiture, il se trouve que c'était une voiture volée. Il se trouve que c'était un soldat qui avait déserté de Fort Bliss, dans le Texas. C'était une canaille, pas de doute, et un tas de gens le soupçonnaient. Alors un soir, le shérif — dans le temps c'était Orlie Hefner, une si belle voix, vous ne saviez pas qu'il fait partie du Chœur Céleste ? —, un soir il est allé à cheval au ranch Finnup poser quelques questions sans détours à ce Tunif. Le 3 août. Une chaleur de tous les diables. Le résultat a été que Walter Tunif lui a tiré une balle en plein cœur. Ce pauvre Orlie était mort avant de toucher le sol. Le diable qui avait fait ça, il a déguerpi de là avec un des chevaux du ranch Finnup, vers l'est, le long de la rivière. La nouvelle s'est répandue et les gens sont venus des miles à la ronde former un *posse*. Vers le lendemain matin, ils l'ont attrapé ; ce vieux Walter Tunif, il a même pas eu le temps de dire bonjour, comment ça va ? Parce que les hommes étaient diablement furieux. Ils l'ont farci de plomb. »

Quant à Dewey, son premier contact avec un acte de violence dans le comté de Finney eut lieu en 1947. L'incident est noté dans ses archives de la façon suivante : « John Carlyle Polk, Indien Creek, âgé de trente-deux ans, résidant à Muskogee, Okla., a tué Mary Kay Finley, de race blanche, âgée de quarante ans, serveuse de restaurant résidant à Garden City. Polk l'a frappée avec le goulot tranchant d'une bouteille de bière dans une chambre de l'hôtel Copeland, Garden City, Kansas, 5-9-47. » Description sèche et précise d'une affaire sans difficulté. Deux des trois autres meurtres sur lesquels Dewey avait enquêté étaient également sans mystère (deux chemineaux qui avaient volé et tué un vieux fermier, 11-1-52 ; un mari ivre qui avait roué de coups et battu sa femme à mort, 6-7-56), mais la troisième affaire, comme Dewey le raconta un jour dans une conversation, n'était pas sans avoir plusieurs traits originaux : « Tout a commencé au Parc Stevens. Il y a un kiosque à musique, et, sous le kiosque, une pissotière. Il y avait un type du nom de Mooney qui se promenait dans le parc. Il venait de quelque part en Caroline du Nord, rien qu'un étranger qui passait en ville. De toute façon, il est allé aux w.-c. et quelqu'un l'a suivi, un garçon du pays, Wilmer Lee Stebbins, âgé de vingt ans. Par la suite, Wilmer Lee a toujours prétendu que Mr. Mooney lui avait fait une proposition contre nature. Et que c'est pourquoi il avait volé Mr. Mooney, l'avait étendu d'un coup de poing et lui avait frappé la tête contre le sol en ciment ; comme ça ne l'avait pas achevé, il avait enfoncé la tête de Mr. Mooney dans une cuvette des w.-c. et tiré la chasse jusqu'à ce qu'il le noie. Possible. Mais rien ne peut expliquer la conduite de Wilmer Lee par la suite. Tout d'abord, il a enterré le corps à un ou deux miles au nord-est de Garden City. Le lendemain, il l'a déterré et enseveli à quatorze miles dans la direction opposée. Eh bien, il a continué comme ça à le déterrer et à l'enterrer. Wilmer Lee était comme un chien avec un os, il voulait simplement ne pas

laisser Mr. Mooney reposer en paix. Finalement, il a creusé une fosse de trop ; quelqu'un l'a vu. »
Avant le mystère Clutter, les quatre affaires citées formaient la totalité de l'expérience de Dewey en matière de meurtre, et comparées à celle qu'il affrontait maintenant, c'étaient comme des rafales avant l'ouragan.

*

Dewey introduisit une clé dans la serrure de la porte d'entrée de la demeure des Clutter. A l'intérieur, la maison était chaude car le chauffage n'avait pas été arrêté, et les pièces dont les parquets luisants sentaient l'encaustique parfumée au citron ne semblaient inoccupées que momentanément ; comme si c'était un dimanche et que la famille allait revenir de l'église d'un moment à l'autre. Les héritières, Mrs. English et Mrs. Jarchow, avaient enlevé un plein fourgon de vêtements et de meubles, et malgré tout, l'atmosphère d'une maison encore habitée n'en avait pas été diminuée pour autant. Dans le salon, une partition de musique, *Comin' Thro' the Rye*, était ouverte sur le pupitre du piano. Dans le vestibule, un grand chapeau de feutre taché de sueur, celui de Herb, était accroché à un porte-chapeaux. En haut, dans la chambre de Kenyon, sur une étagère au-dessus du lit, les verres des lunettes du jeune mort luisaient en réfléchissant la lumière.

Le détective passa d'une pièce à l'autre. Il avait fait le tour de la maison plusieurs fois ; en effet, il s'y rendait presque chaque jour, et, dans un sens, on pourrait dire qu'il tirait un certain plaisir de ces visites car l'endroit, contrairement à sa propre demeure ou au bureau du shérif avec son remue-ménage, était paisible. Les téléphones dont les fils avaient été coupés étaient silencieux. Le grand calme de la plaine l'entourait. Il pouvait s'asseoir dans le rocking-chair de Herb dans le salon, se balancer et réfléchir. Quelques-unes de ses conclusions étaient inébranlables ; il croyait que l'assassinat de Herb Clutter avait été le but principal des criminels, le mobile étant une haine de psychopathe, ou peut-être un mélange de haine et de vol, et il croyait que les meurtres avaient été perpétrés posément, deux heures ou même plus s'étant écoulées entre l'arrivée des tueurs et leur départ. (Le coroner, le Dr. Robert Fenton, signalait une différence appréciable dans la température des corps des victimes, et en déduisait que l'ordre d'exécution avait été Mrs. Clutter, Nancy, Kenyon et Mr. Clutter.) Sa certitude que la famille connaissait très bien les personnes qui l'avaient anéantie reposait sur ces convictions.

Au cours de sa visite, Dewey s'arrêta près d'une fenêtre de l'étage supérieur, ses regards se fixant sur une chose qu'il avait aperçue pas trop loin, un épouvantail à moineaux dans le chaume. L'épouvantail portait une casquette de chasseur et une robe de calicot à fleurs passé (certainement une vieille robe de Bonnie Clutter ?). Le vent soulevait la jupe et faisait osciller l'épouvantail, donnant l'impression que c'était un personnage qui dansait tristement dans le champ froid de décembre. Sans trop savoir pourquoi, Dewey se souvint du rêve de Marie. Récemment, un matin, elle lui avait servi un petit déjeuner qui était un incroyable gâchis d'œufs sucrés et de café salé, puis elle en avait rendu responsable un « rêve idiot », mais un rêve que la puissance de la lumière du jour n'avait pas dissipé. « C'était tellement réel, Alvin, dit-elle. Aussi réel que cette cuisine. C'est là que j'étais. Ici dans la cuisine. Je préparais le dîner et soudainement Bonnie est entrée par la porte. Elle portait un tricot bleu en laine angora, et elle avait l'air si douce et si jolie. Et j'ai dit : "Oh, Bonnie... Bonnie chérie... je ne t'ai pas vue depuis que cette terrible chose est arrivée." Mais elle n'a pas répondu, elle s'est contentée de me regarder de son air timide, et je ne savais pas quoi dire. Dans la circonstance. Alors j'ai dit : "Chérie, viens voir ce que je prépare à Alvin pour dîner. Un plat de *gumbo*. Avec des crevettes et du crabe frais. C'est presque prêt. Allons, chérie, goûte." Mais elle ne voulait pas. Elle est restée près de la porte à me regarder. Et puis... je ne sais pas comment te raconter ça exactement... mais elle a fermé les yeux, elle a commencé à branler la tête, très lentement, et à se tordre les mains, très lentement, et à geindre, ou à murmurer. Impossible de comprendre ce qu'elle disait. Mais ça me brisait le cœur, je n'ai jamais ressenti autant de pitié pour quelqu'un, et je l'ai serrée dans mes bras. J'ai dit : "Je t'en prie, Bonnie ! Oh, ne dis rien, chérie, tais-toi ! Si jamais quelqu'un a été prêt à aller vers Dieu, c'était toi, Bonnie." Mais je ne pouvais pas la réconforter. Elle branlait la tête, et elle se tordait les mains, et puis j'ai entendu ce qu'elle disait. Elle disait : « Etre assassinée. Etre assassinée. Non. Non. Il n'y a rien de pire. Rien de pire que ça. Rien." »

*

Il était midi au cœur du désert de Mojave. Assis sur une valise de paille, Perry jouait de l'harmonica. Dick était debout au bord d'une grande route tout noire, la Route 66, les yeux fixés sur le vide immaculé comme si l'intensité de son regard pouvait forcer des automobilistes à se montrer. Il en passait très peu, et nul d'entre eux ne s'arrêtait pour les auto-stoppeurs. Un routier qui se dirigeait vers Needles, Californie, leur avait offert de monter, mais Dick avait refusé. Ce n'était pas le genre « de topo » que lui et Perry avaient en tête. Ils attendaient un voyageur solitaire dans une voiture convenable et avec de l'argent dans son porte-billets : un étranger à voler, étrangler et abandonner dans le désert.

Dans le désert, le son précède souvent la vue. Dick entendit les faibles vibrations d'une voiture qui s'approchait mais qui n'était pas encore visible. Perry les entendit lui aussi ; il mit l'harmonica dans sa poche, ramassa la valise de paille (cette dernière, leur unique bagage, était pleine à craquer et cédait sous le poids des souvenirs de Perry, auxquels s'ajoutaient trois chemises, cinq paires de chaussettes blanches, une boîte d'aspirine, une bouteille de tequila, des ciseaux, un rasoir de sûreté et une lime à ongles ; toutes leurs autres affaires avaient été mises au clou, confiées au barman mexicain ou expédiées à Las Vegas) et rejoignit Dick sur le bord de la route. Ils regardèrent attentivement. La voiture apparut et grandit jusqu'à devenir une Dodge bleue avec un seul passager, un homme chauve et maigre. Parfait. Dick leva la main et fit signe. La Dodge ralentit et Dick fit à l'homme un sourire somptueux. La voiture s'arrêta presque, mais pas tout à fait, et le conducteur se pencha par la portière et les examina des pieds à la tête. L'impression qu'ils firent fut évidemment alarmante. (Après un voyage de cinquante heures en autocar de Mexico à Barstow, Californie, et une demi-journée de route dans le Mojave, les deux auto-stoppeurs étaient des personnages hirsutes et couverts de poussière.) La voiture fit un bond en avant et s'éloigna à toute vitesse. Dick se mit les mains en porte-voix et lança : « T'es un foutu veinard ! » Puis il éclata de rire et mit la valise sur son épaule. Rien ne pouvait vraiment le mettre en colère, parce qu'il était, comme il le rappela par la suite, « trop heureux d'être de retour dans ces bons vieux Etats-Unis ». De toute façon il viendrait un autre homme dans une autre voiture.

Perry sortit son harmonica (le sien depuis hier, après qu'il l'eut volé dans un magasin d'articles divers de Barstow) et joua les premières mesures de ce qui était devenu leur « musique de marche » ; la chanson était une des préférées de Perry, et il en avait appris à Dick les cinq couplets. Ils avancèrent côte à côte et au pas sur la grand-route en chantant : « Mes yeux ont vu la gloire de la venue du Seigneur ; Il foule au pied la récolte où se trouvent les raisins de la colère. » Leurs voix jeunes et dures résonnaient dans le silence du désert : « *Glory ! Glory ! Hallelujah ! Glory ! Glory ! Hallelujah !* »

III

Réponse

Le jeune homme s'appelait Floyd Wells ; il était de petite taille et n'avait presque pas de menton. Il avait tâté de plusieurs métiers : soldat, ouvrier agricole, mécanicien, voleur ; ce dernier lui avait valu une peine de trois à cinq ans au pénitencier de l'Etat du Kansas. Mardi soir 17 novembre 1959, il était couché dans sa cellule, les oreilles collées à un casque radiophonique. Il écoutait un bulletin de nouvelles, mais la voix du speaker et la monotonie des événements de la journée (« Le chancelier Konrad Adenauer est arrivé à Londres aujourd'hui pour une série d'entretiens avec le Premier ministre Harold Macmillan... Le président Eisenhower a passé soixante-dix minutes avec le Dr. T. Keith Glennan à étudier les problèmes spatiaux et le budget pour l'exploration de l'espace ») étaient sur le point de l'endormir. Mais il sortit instantanément de sa torpeur lorsqu'il entendit : « Les enquêteurs qui se penchent sur le tragique assassinat de quatre des membres de la famille Herbert W. Clutter ont fait appel au public pour obtenir toute information qui pourrait aider à résoudre ce crime déconcertant. Clutter, son épouse et leurs deux enfants adolescents ont été trouvés assassinés dans leur ferme, près de Garden City, de bonne heure dimanche dernier. Chacune des victimes avait été attachée, bâillonnée et tuée d'un coup de fusil de chasse de calibre 12 dans la tête. Les enquêteurs admettent qu'ils ne peuvent découvrir aucun mobile à ce crime que Logan Sanford, directeur du Kansas Bureau of Investigation, a appelé le plus pervers de l'histoire du Kansas. Clutter, cultivateur bien connu et anciennement nommé par Eisenhower membre de la Commission fédérale du crédit agricole... »

Wells était renversé. Comme il devait décrire sa réaction par la suite, « c'est à peine si j'y croyais ». Il avait pourtant de bonnes raisons de le faire car non seulement il avait connu la famille assassinée, mais il savait très bien qui les avait assassinés.

Tout avait commencé très longtemps auparavant, onze ans plus tôt, à l'automne de 1948, quand Wells avait dix-neuf ans. Il errait « à travers le pays en quelque sorte, prenant les boulots qui se présentaient », comme il le rappela. « Toujours est-il que je me suis retrouvé là-bas dans l'ouest du Kansas. Près de la frontière du Colorado. Je cherchais du travail et je m'informais à droite et à gauche ; j'ai entendu dire qu'il se pourrait bien qu'ils aient besoin d'un garçon de ferme à River Valley Farm ; c'est comme ça que Mr. Clutter appelait son endroit. En effet, il m'a engagé. J'imagine que je suis resté là un an, tout l'hiver en tout cas, et quand je suis parti c'était simplement parce que j'avais envie de reprendre la route. Je voulais continuer mon chemin. Pas parce que je m'étais querellé avec Mr. Clutter. Il me traitait bien, comme tous ceux qui travaillaient pour lui ; par exemple, si vous étiez un peu fauché avant le jour de paie, il vous passait toujours un billet de cinq ou de dix dollars. Il payait de bons salaires et, si vous le méritiez, il mettait pas une éternité à vous donner une prime. En fait Mr. Clutter était une des personnes que j'ai connues qui me plaisaient le plus. Toute la famille. Mrs. Clutter et les quatre gosses. Quand je les ai connus, les deux plus jeunes, ceux qui ont été tués — Nancy et le petit garçon qui portait des lunettes — c'étaient que des bébés, peut-être cinq ou six ans. Les deux aînées — y en a une qui s'appelait Beverly, l'autre je me souviens pas de son nom — étaient déjà au lycée. Une belle famille, vraiment bien. J'les ai jamais oubliés. Je suis parti de là aux alentours de 1949. Je me suis marié, j'ai divorcé, j'ai fait mon service, d'autres trucs sont arrivés, le temps a passé comme on dirait, et en 1959 — juin 1959 — dix ans après avoir vu Mr. Clutter pour la dernière fois, j'ai été envoyé à Lansing. Pour avoir cambriolé ce magasin d'accessoires. Accessoires électriques. Mon idée, c'est que je voulais mettre la main sur quelques tondeuses électriques. Pas pour les vendre. J'allais démarrer un service de location de tondeuses à gazon. Comme ça, voyez-vous, j'aurais eu une petite affaire bien stable à moi tout seul. Bien sûr, ça n'a rien donné, sauf que j'ai tiré de trois à cinq ans. Sinon, je n'aurais jamais rencontré Dick et peut-être que Mr. Clutter serait pas dans sa tombe. Mais on n'y peut rien. C'est comme ça. Le hasard a voulu que je fasse la connaissance de Dick.

« C'était le premier type avec qui j'ai partagé ma cellule. On a été ensemble un mois j'imagine. Juin et une partie de juillet. Il achevait une peine de trois à cinq ans ; il devait être libéré sur parole en août. Il parlait beaucoup de ce qu'il avait l'intention de faire en sortant de prison. Il disait qu'il irait peut-être dans le Nevada, dans une de ces villes où il y a des bases de fusées, qu'il s'achèterait un uniforme et se ferait passer pour un officier d'aviation. Comme ça, il pourrait écouler toute une série de chèques sans provision. C'était une des idées qu'il m'a indiquées. (Personnellement j'ai jamais cru que ça collerait. J'admets que c'était un malin, mais il avait pas le physique de l'emploi. Il ressemblait pas du tout à un officier d'aviation.) D'autres fois, il mentionnait ce copain à lui, Perry, un métis indien avec qui il avait partagé sa cellule. Et les grands coups qu'ils allaient monter, lui et Perry, quand ils se retrouveraient. Je ne l'ai jamais rencontré, Perry. Jamais vu. Il avait déjà quitté Lansing, libéré sur parole. Mais Dick disait toujours qu'il pourrait compter sur Perry Smith comme associé si l'occasion d'une affaire vraiment importante se présentait.

« Je ne me souviens pas exactement comment on en est arrivé à parler de Mr. Clutter pour la première fois. Ça a dû être quand on parlait de boulots, les différentes sortes de travail qu'on avait fait. Dick était un spécialiste en mécanique automobile, et il n'avait presque jamais fait autre chose. Sauf une fois où il avait eu un boulot comme chauffeur d'ambulance. Il cessait pas de se vanter à ce propos. Les infirmières et tout ce qu'il avait fait avec elles à l'arrière de l'ambulance. De toute façon, je lui ai raconté que j'avais travaillé un an dans une exploitation considérable de terres à blé dans l'ouest du Kansas. Pour Mr. Clutter. Il voulait savoir si Mr. Clutter était un homme riche. J'ai dit que oui. Oui il était riche. En fait, j'ai dit que Mr. Clutter m'avait raconté un jour qu'il avait dépensé dix mille dollars dans une semaine. Je veux dire que ça lui coûtait parfois dix mille dollars par semaine pour faire marcher son affaire. Après ça, Dick ne cessait pas de me demander des renseignements sur la famille. Combien étaient-ils ? Quel âge auraient les gosses maintenant ? Comment se rendait-on à la maison exactement ? Quelle en était la disposition ? Mr. Clutter avait-il un coffre-fort ? Je ne cacherai pas que je lui ai dit qu'il en avait un. Parce qu'il me semblait me souvenir d'un genre d'armoire, ou de coffre-fort ou autre, juste derrière le secrétaire dans la pièce qui servait de bureau à Mr. Clutter. En moins de deux, v'là t'y pas que Dick s'est mis à parler de tuer Mr. Clutter. Il disait que lui et Perry allaient se rendre là-bas et cambrioler l'endroit et qu'ils allaient tuer tous les témoins, les Clutter et toute autre personne qui se trouverait sur place. Il m'a décrit une douzaine de fois comment il allait le faire, comment lui et Perry allaient attacher ces gens et les abattre. Je lui ai dit : "Dick, tu t'en tireras pas comme ça." Mais je peux pas dire honnêtement que j'ai essayé de le dissuader. Parce que j'ai pas cru une seconde qu'il avait vraiment l'intention de le faire. J'croyais que c'était juste des paroles en l'air. On entend un tas de trucs comme ça à Lansing. En fait, c'est à peu près tout ce qu'on entend : ce qu'un type va faire à sa libération, les hold-up et les cambriolages, etc. La plupart du temps, c'est que des fanfaronnades. Personne prend ça au sérieux. C'est pourquoi, quand j'ai entendu ce que j'ai entendu à la radio, eh bien, c'est à peine si j'y croyais. Malgré tout, c'est arrivé. Juste comme Dick l'avait dit. »

C'était la version de Floyd Wells, bien qu'il fût loin de la raconter pour le moment. Il avait peur, car si les autres prisonniers apprenaient qu'il allait cafarder auprès du directeur de la prison, alors sa vie, comme il le disait, « ne vaudrait pas un coyote mort ». Une semaine s'écoula. Il écoutait la radio, il suivait les comptes rendus dans les journaux, et dans l'un de ceux-ci il lut qu'un journal du Kansas, le *Hutchinson News,* offrait une récompense de mille dollars pour toute information conduisant à la capture à et la condamnation de la personne ou des personnes coupables des meurtres Clutter. Un élément intéressant ; ça incita presque Wells à parler. Mais il avait encore trop peur, et sa crainte n'était pas provoquée par les autres prisonniers essentiellement. Il y avait aussi la possibilité que les autorités l'accusent d'avoir trempé dans le crime. Après tout, c'était lui qui avait guidé Dick jusqu'à la porte des Clutter ; on pourrait certainement prétendre qu'il connaissait les intentions de Dick. De quelque façon qu'on envisageât les choses, sa situation était curieuse et ses excuses discutables. Alors il se tut, et dix autres jours s'écoulèrent. Décembre succéda à novembre, et ceux qui enquêtaient sur l'affaire demeuraient, selon les rapports de journaux qui se faisaient de plus en plus brefs (les journalistes de la radio avaient cessé de mentionner le sujet), pratiquement au même point que le matin de la tragique découverte.

Mais lui, il savait. Actuellement, torturé par le besoin de « parler à quelqu'un », il se confia à un autre prisonnier. « Un ami intime. Un catholique. Très porté sur la religion. Il m'a demandé : "Alors Floyd, qu'est-ce que tu vas faire ?" J'ai dit... eh bien, je ne sais vraiment pas... qu'est-ce qu'il pensait que je devrais faire ? Eh bien, il était tout à fait d'avis que j'aille voir les gens que ça regardait. Il a dit qu'il pensait pas que je devrais vivre avec une chose semblable sur la conscience. Et il a dit que je pourrais le faire sans que personne à l'intérieur des murs devine que c'était moi qui avais parlé. Il a dit qu'il arrangerait ça. Alors le lendemain il a passé le mot à l'assistant du directeur de la prison, il lui a dit que je voulais être "convoqué". Il a dit à l'assistant que s'il m'appelait à son bureau sous un prétexte ou un autre, peut-être que je pourrais lui dire qui avait tué les Clutter. En effet, il m'a fait venir. J'avais peur, mais je me suis souvenu de Mr. Clutter, qu'il ne m'avait jamais fait le moindre mal et qu'il m'avait donné une petite bourse avec cinquante dollars dedans pour Noël. J'ai parlé à l'assistant. Puis j'ai parlé au directeur lui-même. Et pendant que j'étais assis là, dans le bureau du directeur, Mr. Hand, il a pris le téléphone... »

*

La personne que le directeur Hand appela était Logan Sanford. Sanford écouta, raccrocha, donna plusieurs ordres, puis il téléphona à Alvin Dewey en personne. Ce soir-là, quand Dewey quitta son bureau du palais de justice de Garden City, il apporta à la maison une grosse enveloppe brune.

Quand Dewey arriva chez lui, Marie était dans la cuisine en train de préparer le dîner. Dès qu'il arriva, elle se lança dans un compte rendu des tracas domestiques. Le chat de la famille avait attaqué l'épagneul de l'autre côté de la rue et il semblait que l'un des yeux de l'épagneul fût gravement atteint. Et Paul, leur fils de neuf ans, était tombé d'un arbre. Un miracle qu'il soit encore vivant. Et puis leur fils de douze ans, l'homonyme de Dewey, était allé dans la cour pour brûler des déchets et il avait provoqué un incendie qui avait menacé le voisinage. Quelqu'un, elle ne savait pas qui, avait effectivement appelé les pompiers.

Pendant que sa femme décrivait ces mésaventures, Dewey versa deux tasses de café. Soudainement, Marie s'arrêta au milieu d'une phrase et le regarda fixement. Il avait le visage tout rouge et elle pouvait se rendre compte qu'il jubilait. Elle dit : « Alvin. Oh ! chéri. De bonnes nouvelles ? » Il lui tendit la grosse enveloppe brune sans commentaire. Elle avait les mains mouillées ; elle les essuya, s'assit à la table de la cuisine, sirota son café, ouvrit l'enveloppe et sortit les photographies d'un jeune homme blond et d'un jeune homme aux cheveux noirs et à la peau sombre, des « photos signalétiques » faites par la police. Deux dossiers à demi chiffrés accompagnaient les photos. Celui du jeune homme aux cheveux blonds disait :

Hickock, Richard Eugene (WM) 28. K.B.I. 97 093 ; F.B.I. 859 273 A. Adresse : Edgerton, Kansas. Date de naissance 6-6-31. Lieu de naissance : K.C., Kansas. Taille : 5-10. Poids : 175. Cheveux : blonds. Yeux : bleus. Carrure : puissante. Teint : rougeaud. Occup. : peintre automobile. Délit : escroquerie et fraude. Faux chèques. Libéré sur parole : 13-8-59. Par : So. K.C.K.

La seconde description disait :

Smith, Perry Edward (WM) 27-59. Lieu de naissance : Nevada. Taille : 5-4. Poids : 156. Cheveux : noirs. Délit : cambriolage et évasion. Arrêté : (en blanc). Par : (en blanc). Décision : envoyé au pénitencier du Kansas 13-3-56 du comté de Phillips. 5 à 10 ans. Arrivé le 14-3-56. Libéré sur parole : 7-6-59.

Marie examina les photographies de face et de profil de Smith : un visage arrogant, dur, pas tout à fait cependant car on y remarquait un raffinement singulier : les lèvres et le nez semblaient délicatement faits, et elle trouva que les yeux, avec leur expression humide et rêveuse, étaient plutôt jolis, plutôt sensibles, comme ceux d'un acteur. Sensibles avec quelque chose en plus : « faux ». Pas aussi faux, aussi sinistrement « criminels » que les yeux de Hickock, Richard Eugene. Pétrifiée par les yeux de Hickock, Marie se souvint d'un incident survenu lors de son enfance, d'un chat sauvage qu'elle avait un jour aperçu pris dans un piège ; bien qu'elle eût voulu le libérer, les yeux du chat, brillants de douleur et de haine, avaient anéanti sa pitié et l'avaient remplie de terreur. « Qui sont-ils ? » demanda Marie.

Dewey lui raconta l'histoire de Floyd Wells, et à la fin il dit : « Bizarre. Depuis trois semaines on concentrait notre attention de ce côté-là. Retrouver la trace de chaque homme ayant déjà travaillé chez Clutter. Maintenant, la façon dont les choses se présentent, on dirait que c'est simplement un coup de pot. Mais encore quelques jours et on aurait mis la main sur ce Wells. On aurait découvert qu'il était en prison. Et alors on aurait su la vérité. Bon Dieu, oui.

— Peut-être que c'est pas la vérité », dit Marie. Dewey et les dix-huit hommes qui l'aidaient avaient suivi des centaines de pistes débouchant dans le vide, et elle espérait le mettre en garde contre une autre déception car elle s'inquiétait de sa santé. Il avait le moral très bas ; il était émacié ; et il fumait soixante cigarettes par jour.

« Non. Peut-être pas, dit Dewey. Mais j'ai un pressentiment. »

Le ton de sa voix frappa Marie ; elle jeta un autre coup d'œil aux visages sur la table de la cuisine. « Regarde celui-ci », dit-elle en mettant un doigt sur le portrait de face du jeune homme blond. « Imagine ces yeux. Se dirigeant vers toi. »

Puis elle remit les photos dans leur enveloppe. « J'aimerais autant que tu ne me les aies pas montrées. »

*

Plus tard, ce même soir, une autre femme dans une autre cuisine laissa de côté une chaussette qu'elle était en train de repriser, enleva une paire de lunettes à monture en plastique et, les pointant vers un visiteur, dit : « J'espère que vous le retrouverez, Mr. Nye. Pour son bien. On a deux fils, et c'en est un, notre premier-né. On l'aime. Mais... Oh ! je me suis rendu compte. Je me suis rendu compte qu'il aurait pas fait ses bagages. Il se serait pas sauvé. Sans dire un mot à personne, son papa ou son frère. A moins qu'il ait encore des ennuis. Qu'est-ce qui le pousse à faire ça ? Pourquoi ? » Elle jeta un coup d'œil de l'autre côté de la petite pièce, chauffée par un poêle, sur un personnage décharné enfoncé dans un rocking-chair, Walter Hickock, son mari et le père de Richard Eugene. C'était un homme aux yeux éteints et abattus, et aux mains rudes ; quand il parlait sa voix résonnait comme s'il s'en servait rarement.

« Mon gars était tout à fait normal, Mr. Nye, dit Mr. Hickock. Un athlète hors pair, toujours dans la première équipe de l'école. Basket-ball ! Base-ball ! Football ! Dick était toujours le meilleur joueur. Assez bon élève aussi, avec les meilleures notes dans plusieurs branches. Histoire. Dessin industriel. Après avoir terminé ses études secondaires, en juin 1949, il voulait aller à l'Université. Faire des études d'ingénieur. Mais on ne pouvait pas. On n'avait simplement pas assez d'argent. On n'a jamais eu d'argent. Notre ferme ici, c'est seulement quarante-quatre arpents, à peine si on peut en tirer de quoi vivre. Je suppose que Dick a mal pris ça, de pas aller à l'Université. Son premier boulot a été pour le Santa Fe Railways à Kansas City. Il faisait soixante-quinze dollars par semaine. Il s'est imaginé que c'était assez pour se marier, alors lui et Carol se sont mariés. Elle avait à peine seize ans ; lui-même, il en avait à peine dix-neuf. J'ai jamais cru qu'il en sortirait quelque chose de bon. Ça n'a pas raté, non plus. »

Mrs. Hickock, une femme bien en chair avec un visage rond et doux, nullement marqué par une vie passée à travailler du lever au coucher du soleil, lui adressa un reproche : « Trois amours de petits garçons, nos petits-fils, voilà ce qui en est sorti. Et Carol est une fille adorable. Elle n'est pas à blâmer. »

Mr. Hickock continua : « Lui et Carol, ils ont loué une maison de bonnes dimensions, ils se sont acheté une voiture de luxe, ils avaient toujours des dettes. Malgré que Dick se soit bientôt mis à faire de meilleurs salaires en conduisant une ambulance. Par la suite, la compagnie Markl Buick, une grosse boîte de Kansas City, ils l'ont engagé. Comme mécanicien et peintre d'automobiles. Mais lui et Carol, ils vivaient au-dessus de leurs moyens, cessaient pas d'acheter des trucs qu'ils pouvaient pas se permettre de toute façon, et Dick s'est mis à faire des chèques. Je continue à penser que la raison qui l'a poussé à faire des tours comme ça avait quelque chose à voir avec l'accident. Il a eu une commotion cérébrale dans un accident de voiture. Après ça, c'était plus le même garçon. Il jouait, faisait des chèques sans provision. Des choses que je l'avais jamais vu faire auparavant. Et c'est à peu près à cette époque-là qu'il s'est mis à sortir avec cette autre fille. Celle pour qui il a divorcé d'avec Carol, et qui est devenue sa deuxième femme. »

Mrs. Hickock dit : « Dick n'y pouvait rien. Tu te souviens comment Margaret Edna lui courait après.

— C'est pas parce qu'une femme vous court après qu'il faut se laisser attraper, dit Mr. Hickock. Eh bien, Mr. Nye, je pense que vous savez aussi bien que nous pourquoi notre fils a été envoyé en prison. Enfermé pendant dix-sept mois, et tout ce qu'il avait fait était d'emprunter un fusil de chasse. Dans la maison d'un voisin. Il avait pas la moindre intention de le voler, j'me fous pas mal de ce qu'en disent les autres. Et c'est ça qui l'a perdu. Quand il est sorti de Lansing, c'était un étranger pour moi. On pouvait pas lui dire un mot. Il s'imaginait que le monde entier était contre Dick Hickock. Même sa deuxième femme, elle l'a plaqué, demandé le divorce pendant qu'il était en prison. Malgré tout, il avait l'air de s'assagir ces derniers temps. Il travaillait chez un tôlier, Bob Sands, à Olathe. Il vivait ici à la maison avec nous, se couchait de bonne heure, et il manquait à sa parole en aucune façon. J'vais vous dire, Mr. Nye, j'en ai pas pour longtemps à vivre, j'ai le cancer, et Dick le sait, du moins il sait que je suis malade, et pas plus tard que le mois dernier, juste avant de partir, il m'a dit : "Papa, t'as été un bon vieux père pour moi. J'ferai plus jamais rien pour te faire de la peine." Il était sincère aussi. Ce garçon a tout plein de bons côtés. Si vous l'aviez vu sur un terrain de football, si vous l'aviez vu jouer avec ses enfants, vous n'hésiteriez pas à me croire. Seigneur, j'aimerais bien qu'on me le dise, parce que je sais pas ce qui s'est passé. »

Sa femme dit : « Moi je le sais », se remit à

repriser, et les larmes l'obligèrent à s'arrêter. « Cet ami à lui. C'est ça qui est arrivé. »

Le visiteur, l'agent du K.B.I. Harold Nye, était occupé à gribouiller des notes dans un carnet de sténographie, carnet qui était déjà plein des résultats d'une longue journée passée à examiner les accusations de Floyd Wells. Jusqu'à présent, les faits vérifiés corroboraient l'histoire de Wells de la manière la plus concluante. Le 20 novembre, le suspect Richard Eugene Hickock avait fait une tournée d'achats à Kansas City au cours de laquelle il avait signé pas moins de sept chèques sans provision. Nye avait rendu visite à toutes les victimes qui s'étaient fait connaître : des marchands de caméras, d'appareils de radio et de télévision, le propriétaire d'une bijouterie, le commis d'un magasin de confections, et chaque fois que l'on montrait des photographies de Hickock et de Perry Edward Smith aux témoins, le premier était identifié comme l'auteur des faux chèques et le deuxième comme son complice « silencieux ». (Un des marchands qui s'étaient fait rouler dit : « C'est lui [Hickock] qui a fait le travail. Un beau parleur, très convaincant. L'autre... j'ai pensé que ça pouvait être un étranger, un Mexicain peut-être, il a pas ouvert la bouche une seule fois. »)

Nye s'était ensuite rendu en voiture à Olathe, un village de banlieue, où il interrogea le dernier employeur de Hickock, le propriétaire de l'atelier de réparation de carrosseries, Bob Sands. « Oui, il travaillait ici, dit Mr. Sands. Du mois d'août jusqu'à... Eh bien, je ne l'ai jamais revu après le 19 novembre, ou peut-être bien que c'était le 20. Il est parti sans même m'avertir. Il a simplement mis les voiles ; je ne sais pas où il est allé, pas plus que son père. Surpris ? Eh bien, oui. Oui, j'ai été surpris. On était plutôt en bons termes. Vous savez, Dick sait se faire aimer à sa manière. Il peut être très agréable. Il venait chez nous de temps à autre. En fait, une semaine avant son départ, on avait des gens à la maison, une petite soirée, et Dick a amené cet ami qui était venu lui rendre visite, un gars du Nevada... Perry Smith qu'il s'appelait. Il jouait vraiment bien de la guitare. Il en a joué et il a chanté quelques chansons, et lui et Dick ont amusé tout le monde en levant des poids. C'est pas un grand type, Perry Smith, pas beaucoup plus d'un mètre soixante, mais c'est tout juste s'il pouvait pas soulever un cheval. Non, ils n'avaient pas l'air nerveux, ni l'un ni l'autre. J'dirais plutôt qu'ils avaient l'air de s'amuser. La date exacte ? Bien sûr, je m'en souviens. C'était le 13. Le vendredi 13 novembre. »

Nye se dirigea ensuite vers le nord sur de mauvaises routes de campagne. Comme il approchait de la ferme des Hickock, il s'arrêta dans plusieurs exploitations voisines, soi-disant pour demander son chemin, mais en fait pour enquêter sur le suspect. La femme d'un fermier dit : « Dick Hickock ! Me parlez pas de Dick Hickock ! Le diable en personne ! Voler ? Il serait capable de voler la canne d'un aveugle ! Mais sa mère, Eunice, c'est une femme merveilleuse. Un cœur d'or. Son papa aussi. Tous les deux des gens simples et honnêtes. On peut pas compter les fois que Dick serait allé en prison si les gens du voisinage avaient voulu porter plainte. Ils l'ont pas fait par égard pour ses parents. »

La nuit était tombée quand Nye frappa à la porte de la maison de quatre pièces de Walter Hickock que le temps avait rendue toute grise. On aurait dit qu'ils s'attendaient à une visite semblable. Mr. Hickock invita le détective à passer dans la cuisine, et Mrs. Hickock lui offrit du café. S'ils avaient su la raison exacte de la présence du visiteur, la réception qu'on lui fit aurait peut-être été moins aimable, plus réservée. Mais ils ne le savaient pas, et durant les heures qu'ils passèrent à causer tous les trois, le nom de Clutter ne fut jamais mentionné, pas plus que le mot meurtre. Les parents acceptaient ce que Nye laissait entendre, que la violation de sa parole et ses escroqueries financières étaient les seules raisons qui motivaient la poursuite de leur fils.

« Dick l'a amené [Perry] à la maison un soir, et il nous a dit que c'était un ami qui venait juste de descendre de l'autocar de Las Vegas et il voulait savoir si son ami pourrait pas coucher ici, pendant quelque temps, dit Mrs. Hickock. Non, monsieur, j'voulais pas l'avoir dans la maison. Un seul coup d'œil et j'ai vu ce que c'était. Avec son parfum. Et ses cheveux huileux. Il n'y avait pas le moindre doute quant à l'endroit où Dick l'avait rencontré. D'après les termes de sa libération conditionnelle, il devait pas frayer avec quelqu'un qu'il avait rencontré là-bas [Lansing]. J'ai mis Dick en garde mais il voulait pas m'écouter. Il a trouvé une chambre pour son ami à l'hôtel Olathe à Olathe, et après ça Dick passait chaque minute de son temps libre avec lui. Une fois, ils sont partis en voyage pour un week-end. Mr. Nye, aussi vrai que je suis assise ici, c'est ce Perry Smith qui l'a poussé à faire ces chèques. »

Nye referma son calepin et mit sa plume dans sa poche, ainsi que ses deux mains car ses deux mains tremblaient d'émotion. « Parlons de ce week-end qu'ils ont passé en voyage. Où sont-ils allés ?

— Fort Scott, dit Mr. Hickock, nommant une ville du Kansas qui a un passé militaire. D'après ce que j'ai compris, Perry Smith a une sœur qui vit à Fort Scott. Elle était censée avoir de l'argent qui lui appartenait. La somme mentionnée était de quinze cents dollars. C'était surtout pour ça qu'il était venu au Kansas, toucher l'argent que sa sœur avait entre les mains. Alors Dick l'a conduit en voiture pour aller chercher son pognon. Le voyage n'a duré qu'un jour et une nuit. Il était de retour à la maison un peu avant midi dimanche. A temps pour le repas du dimanche.

— Je vois, dit Nye. Un voyage d'un jour et une nuit. Ce qui veut dire qu'ils sont partis d'ici dans la journée du samedi. C'était bien le samedi 14 novembre ? »

Le vieillard en convint.

« Et ils sont revenus le dimanche 15 novembre ?

— Dimanche midi. »

Nye fit mentalement les calculs que ces données impliquaient, et le résultat obtenu l'encouragea : dans un laps de temps de vingt à vingt-quatre heures, les suspects pouvaient avoir fait un voyage d'un peu plus de huit cents miles aller-retour, et, chemin faisant, avoir assassiné quatre personnes.

« Maintenant, Mr. Hickock, dit Nye. Dimanche, quand votre fils est revenu à la maison, était-il seul ? Ou bien Perry Smith était-il avec lui ?

— Non, il était seul. Il a dit qu'il avait déposé Perry à l'hôtel Olathe. »

Nye, dont la voix nasillarde est habituellement tranchante et naturellement intimidante, essayait d'adopter un timbre assourdi, un style désarmant, désinvolte. « Et, vous souvenez-vous, quelque chose vous a-t-il semblé inhabituel dans son comportement ? Différent ?

— Qui ?

— Votre fils.

— Quand ?

— Quand il est revenu de Fort Scott. »

Mr. Hickock réfléchit. Puis il dit : « Il semblait être comme d'habitude. Aussitôt qu'il est arrivé, on s'est mis à table. Il avait une faim de loup. Il a commencé à remplir son assiette avant que j'aie fini le bénédicité. Je lui en ai fait la remarque, j'ai dit : “Dick, tu remplis ton assiette à tour de bras. T'as pas l'intention d'en laisser aux autres ?” Bien sûr, il a toujours été une bonne fourchette. Les cornichons. Il peut en manger un plein baril.

— Et après le déjeuner, qu'est-ce qu'il a fait ?

— Il s'est endormi, dit Mr. Hickock qui parut légèrement surpris de sa propre réponse. Il s'est endormi profondément. Et j'imagine qu'on pourrait dire que c'est pas dans ses habitudes. On s'était installés pour regarder une partie de basket-ball. A la télé. Moi et Dick et notre autre garçon, David. En moins de deux, Dick ronflait comme une scie à ruban, et j'ai dit à son frère : “Grands dieux, j'croyais pas vivre assez vieux pour voir Dick s'endormir en regardant une partie de basket-ball.” C'est pourtant ce qu'il a fait. Il a dormi d'un bout à l'autre du match. Il s'est réveillé juste assez longtemps pour prendre un dîner froid, et tout de suite après il est allé se coucher. »

Mrs. Hickock renfila son aiguille à repriser ; son mari se balançait dans son rocking-chair et tirait sur une pipe éteinte. L'œil exercé du détective parcourut la pièce propre et modeste. Dans le coin, un fusil était appuyé contre le mur ; il l'avait déjà remarqué. Se levant et s'en approchant, il dit : « Vous allez souvent à la chasse, Mr. Hickock ?

— C'est son fusil. C'est à Dick. Lui et David,

ils vont chasser de temps à autre. La chasse au lapin, la plupart du temps. »

C'était un fusil Savage de calibre 12, modèle 300 ; une scène de faisans en vol délicatement gravée en ornait la crosse.

« Depuis combien de temps Dick l'a-t-il ? »

La question fit bondir Mrs. Hickock. « Ce fusil a coûté plus de cent dollars. Dick l'a acheté à crédit et maintenant le magasin veut pas le reprendre même s'il a à peine un mois et s'il a servi qu'une seule fois, au début de novembre, quand lui et David sont allés à la chasse au faisan à Grinnell. Il s'est servi de nos noms pour l'acheter, son papa le lui avait permis, alors nous voici responsables des paiements, et quand vous pensez à Walter, malade comme il l'est, et à toutes les choses qu'il nous faut et tout ce dont on se prive... » Elle retint son souffle, comme si elle essayait d'arrêter une crise de hoquet. « Vous ne voulez vraiment pas une tasse de café, Mr. Nye ? Ça me dérange pas du tout. »

Le détective appuya le fusil contre le mur, le laissant de côté bien qu'il eût la certitude que c'était l'arme qui avait tué la famille Clutter. « Merci, mais il est tard, et il faut que je me rende à Topeka », dit-il. Et puis, consultant son carnet : « Maintenant, je vais simplement récapituler les faits, pour voir si je ne me suis pas trompé. Perry Smith est arrivé dans le Kansas le jeudi 12 novembre. Votre fils prétendait que cette personne est venue ici pour récupérer une somme d'argent d'une sœur demeurant à Fort Scott. Ce samedi-là, ils sont allés en voiture à Fort Scott où ils ont passé la nuit... chez la sœur j'imagine ? »

Mr. Hickock dit : « Non. Ils n'ont jamais pu la trouver. Il semble bien qu'elle avait déménagé. »

Nye sourit. « Néanmoins ils ne sont pas rentrés

pour la nuit. Et durant la semaine qui a suivi... c'est-à-dire du 15 au 21, Dick a continué à voir son ami Perry Smith, mais à part ça, ou à votre connaissance, il a maintenu son train-train normal : il est demeuré à la maison et s'est présenté à son travail tous les jours. Le 21 il a disparu ainsi que Perry Smith. Et depuis ce moment, vous n'avez pas entendu parler de lui ? Il ne vous a pas écrit ?

— Il a peur de le faire, dit Mrs. Hickock. Il a honte et il a peur.

— Honte ?

— De ce qu'il a fait. De nous avoir fait du mal une fois de plus. Et il a peur parce qu'il croit qu'on lui pardonnera pas. Comme on a toujours fait. Et comme on continuera à le faire. Vous avez des enfants, Mr. Nye ? »

Il fit signe que oui.

« Alors vous savez ce que c'est.

— Une dernière chose. Vous avez pas idée, vraiment pas, où votre fils aurait bien pu aller ?

— Ouvrez une carte, dit Mr. Hickock. Mettez le doigt quelque part, peut-être que c'est là. »

*

L'après-midi tirait à sa fin, et le conducteur de l'automobile, un voyageur de commerce d'âge moyen que l'on désignera ici du nom de Mr. Bell, était fatigué. Il avait bien envie de s'arrêter pour faire un petit somme. Cependant, il n'était qu'à cent miles de sa destination : Omaha, Nebraska, siège social de l'importante maison de viande en conserve pour laquelle il travaillait. Un règlement de la maison interdisait à ses vendeurs de prendre des auto-stoppeurs, mais il arrivait fréquemment à Mr. Bell de ne pas en tenir compte, particulièrement s'il s'ennuyait ou s'endormait ; donc, quand il vit les deux jeunes gens debout au bord de la route, il freina immédiatement.

Ils lui firent l'impression de ne pas être de « mauvais garçons ». Le plus grand des deux, un type sec et nerveux aux cheveux en brosse d'un blond sale, avait un sourire engageant et de bonnes manières, et son compagnon, le « nabot », tenant à la main droite un harmonica et à la main gauche une valise de paille pleine à craquer, avait l'air « assez gentil », timide mais sympathique. De toute façon, totalement ignorant des intentions de ses invités, — soit de l'étrangler avec une ceinture et de l'abandonner sans voiture, sans argent et sans vie, enseveli quelque part dans la plaine —, Mr. Bell était heureux d'avoir de la compagnie, quelqu'un pour lui faire la conversation et le tenir éveillé jusqu'à son arrivée à Omaha.

Il se présenta, puis il leur demanda leurs noms. Le jeune homme affable avec qui il partageait la banquette lui dit s'appeler Dick. « Et c'est Perry, dit-il, lançant un clin d'œil à Perry, assis directement derrière le conducteur.

— Je peux vous conduire jusqu'à Omaha. »

Dick dit : « Merci, monsieur. C'est justement là qu'on se rendait. On espérait pouvoir y trouver du travail. »

Quel genre de travail cherchaient-ils ? Le vendeur pensait peut-être pouvoir les aider.

Dick dit : « Je suis un peintre d'automobiles de première classe. Mécanicien aussi. J'ai coutume de faire pas mal de pognon. Mon pote et moi on arrive du Mexique. Notre idée, c'était de vivre là-bas. Mais, nom de Dieu, ils donnent des salaires de misère. Pas assez pour permettre à un Blanc de vivre. »

Ah ! le Mexique. Mr. Bell expliqua qu'il était

allé à Cuernavaca en voyage de noces. « On a toujours voulu y retourner. Mais c'est pas facile de se déplacer quand on a cinq gosses. »

Comme il le rappela par la suite, Perry pensa : "Cinq gosses... eh bien, tant pis". Et en écoutant le bavardage prétentieux de Dick, en l'entendant commencer à décrire ses « conquêtes amoureuses » du Mexique, il pensa que c'était « bizarre », « égocentrique ». Imaginez ça, faire des frais pour impressionner un homme que vous êtes sur le point de tuer, un homme qui ne serait plus vivant dans dix minutes — pas si le plan que Dick et lui avaient combiné se déroulait sans accrocs. Et pourquoi en serait-il autrement ? Le guet-apens était idéal, exactement ce qu'ils avaient recherché au cours des trois journées qu'il leur avait fallu pour passer en auto-stop de la Californie au Nevada et traverser le Nevada et le Wyoming jusqu'au Nebraska. Cependant, la victime idéale leur avait fait défaut jusqu'à maintenant. Mr. Bell était le premier voyageur solitaire d'apparence prospère à les prendre dans sa voiture. Les autres conducteurs avaient été soit des routiers, soit des soldats, et, une fois, deux boxeurs noirs conduisant une Cadillac mauve. Mais Mr. Bell était la perfection même. Perry tâta l'intérieur d'une des poches de la veste en cuir qu'il portait. La poche était bourrée d'une bouteille d'aspirines Bayer et d'une pierre tranchante de la grosseur du poing enveloppée dans un mouchoir de cow-boy en coton jaune. Il défit sa ceinture, une ceinture Navajo, à boucles d'argent et garnie de perles bleu turquoise ; il l'enleva, la plia et la posa sur ses genoux. Il attendit. Il regarda la plaine du Nebraska se dérouler, il tripota son harmonica, il inventa un air et le joua en attendant que Dick prononce le signal sur lequel ils s'étaient mis d'accord : « Eh, Perry, passe-moi une allumette. » Sur quoi Dick devait s'emparer du volant tandis que Perry, maniant sa pierre enveloppée dans le mouchoir, devait frapper à coups redoublés la tête du vendeur, « lui ouvrir le crâne ». Plus tard, le long d'un chemin de traverse bien tranquille, il serait fait usage de la ceinture aux perles bleu ciel.

Pendant ce temps, Dick et le condamné échangeaient des histoires sales. Leur rire irritait Perry ; il détestait particulièrement les éclats de rire de Mr. Bell, de vigoureux aboiements qui résonnaient tout à fait comme le rire de Tex John Smith, le père de Perry. Le souvenir du rire de son père augmenta sa nervosité ; il avait mal à la tête et les genoux lui élançaient. Il mâcha trois aspirines et les avala sans une goutte d'eau. Bon Dieu ! Il pensa vomir ou s'évanouir ; il était certain que ça lui arriverait si Dick retardait « cette histoire » encore longtemps. La lumière baissait, la route était droite, pas une maison ni un être humain en vue, rien d'autre que la plaine nue de l'hiver, aussi sombre qu'une feuille de tôle. Il fallait y aller maintenant. Il regarda fixement Dick comme pour lui faire prendre conscience de ce fait, et quelques petits signes — le clignotement d'une paupière, une moustache de gouttes de sueur — lui indiquèrent que Dick était déjà arrivé à la même conclusion.

Et pourtant, quand Dick ouvrit la bouche de nouveau, ce fut pour se lancer dans une autre histoire. « Voici une devinette : quel rapport y a-t-il entre aller aux chiottes et aller au cimetière ? » Son visage s'épanouit en un large sourire. « Vous donnez votre langue au chat ?

— Je donne ma langue au chat.

— Quand il faut y aller, il faut y aller ! »

Mr. Bell éclata de rire.

« Eh, Perry, passe-moi une allumette. »

Mais, juste comme Perry levait la main et que la pierre était sur le point de s'abattre, une chose extraordinaire se passa, ce que Perry appela par la suite « un sacré miracle ». Le miracle fut l'apparition soudaine d'un troisième auto-stoppeur, un soldat noir, pour qui le vendeur charitable s'arrêta. « Dites donc, elle est pas mal, celle-là, dit-il comme son sauveur accourait vers la voiture. Quand il faut y aller, il faut y aller ! »

*

Le 16 décembre 1959, Las Vegas, Nevada. L'âge et les intempéries avaient enlevé la première et la dernière lettre — un R et un S — créant de la sorte un mot quelque peu inquiétant : OOM[1]. Le mot, timidement présent sur une enseigne jaunie par le soleil, semblait convenir à l'endroit qu'il annonçait et qui était, comme Harold Nye l'écrivit dans son rapport officiel du K.B.I., « délabré et misérable, la plus basse catégorie d'hôtel ou de pension ». Le rapport continuait : « Quelques années plus tôt encore (selon des renseignements fournis par la police de Las Vegas), c'était un des plus grands bordels de l'Ouest. Un incendie a détruit le corps de bâtiment principal, et la partie restante a été transformée en pension bon marché. » Le « vestibule » n'était pas meublé, à l'exception d'un cactus de deux mètres et d'un bureau de réception de fortune ; il était également inhabité. Le détective battit des mains. Au bout d'un moment, une voix de femme, mais pas très féminine, lança : « J'arrive », mais il se passa bien

1. ROOMS : chambres. OOM (pour DOOM) : destin.

cinq minutes avant que la femme n'apparaisse. Elle portait une robe d'intérieur sale et des sandales en cuir doré à talons hauts. Des bigoudis retenaient ses cheveux jaunâtres qui commençaient à s'éclaircir. Elle avait un grand visage musclé, poudré et les lèvres peintes. Elle tenait à la main une bouteille de bière Miller High Life ; elle sentait le tabac, la bière et le vernis à ongles fraîchement appliqué. Elle avait soixante-quatorze ans, mais elle fit à Nye l'impression « d'être plus jeune, de dix minutes peut-être ». Elle le regarda fixement ainsi que son complet brun soigné et son feutre brun. Lorsqu'il montra son insigne, elle fut amusée ; ses lèvres s'entrouvrirent et Nye aperçut deux rangées de fausses dents. « Hum, hum ! C'est ce que je pensais, dit-elle. D'accord, je vous écoute. »

Il lui tendit une photographie de Richard Hickock. « Vous le connaissez ? »

Un grognement négatif.

« Ou lui ? »

Elle dit : « Oui, il a logé ici deux ou trois fois. Mais il n'est pas ici maintenant. Il y a plus d'un mois qu'il est parti. Vous voulez voir le registre ? »

Nye s'appuya contre le bureau et regarda les ongles longs et vernis de la propriétaire parcourir une page de noms griffonnés au crayon. Las Vegas était le premier de trois endroits que ses supérieurs désiraient le voir inspecter. Tous trois avaient été choisis en fonction d'un rapport quelconque avec l'histoire de Perry Smith. Les deux autres étaient Reno, où l'on croyait que le père de Smith vivait, et San Francisco, où demeurait la sœur de Smith que l'on désignera ici du nom de Mrs. Frederic Johnson. Bien que Nye eût l'intention d'interroger ces parents ainsi que toute autre personne qui pourrait avoir connaissance de l'endroit où se trouvait le suspect, son but principal était d'obtenir l'aide de la police locale. En arrivant à Las Vegas, par exemple, il avait discuté de l'affaire Clutter avec le lieutenant B. J. Handlon, chef du Corps des détectives de la police de Las Vegas. Le lieutenant avait ensuite rédigé une circulaire ordonnant à tous les membres de la police d'ouvrir l'œil pour retrouver Hickock et Smith : « Recherchés au Kansas pour violation de parole ; conduisent une Chevrolet 1949 portant la plaque minéralogique du Kansas JO-58269. Ces hommes sont probablement armés et doivent être considérés comme dangereux. » Handlon avait également désigné un détective pour aider Nye à « faire le tour des monts-de-piété » ; comme il disait : il y en a « toujours un tas dans les villes de jeu ». Avec l'aide du détective de Las Vegas, Nye avait vérifié chaque reçu de mont-de-piété délivré au cours du mois précédent. Nye espérait trouver, entre autres, un poste portatif de marque Zénith que l'on croyait avoir été volé dans la maison Clutter la nuit du crime, mais cette démarche demeura sans succès. Un prêteur se souvint cependant de Smith (« Il y a une bonne dizaine d'années que je le vois venir ici ») et il fut à même de fournir un reçu pour un tapis en peau d'ours mis au clou durant la première semaine de novembre. C'est à partir de ce reçu que Nye avait obtenu l'adresse de la pension.

« Arrivé le 30 octobre, dit la propriétaire. Parti le 11 novembre. » Nye jeta un coup d'œil sur la signature de Smith. L'ornementation exagérée, les fioritures et les circonvolutions recherchées l'étonnèrent ; réaction que la propriétaire devina apparemment car elle dit : « Hum, hum ! Et vous devriez l'entendre parler. Des mots longs comme ça qu'il vous lance à la figure d'une sorte de voix feutrée et zézayante. Un drôle de personnage. Qu'est-ce que vous lui voulez, un gentil petit voyou comme ça ?

— Violation de parole.

— Hum, hum ! Vous êtes venu du fin fond du Kansas pour une affaire semblable. Eh bien, moi je suis qu'une blonde évaporée. J'vous crois. Mais allez pas raconter cette histoire-là à une brune. » Elle porta la bouteille de bière à sa bouche, la vida, puis roula pensivement la bouteille vide entre ses mains aux veines apparentes et couvertes de taches de rousseur. « Peu importe ce que c'est, ça peut pas être bien grave. C'est pas possible. Quand je vois un homme, j'peux vous dire ce qu'il est. Celui-là, c'est qu'un voyou. Un petit voyou qui a essayé de m'avoir avec ses belles paroles pour pas payer de loyer la dernière semaine qu'il a passée ici. » Elle ricana, probablement à cause de l'absurdité d'une telle ambition.

Le détective demanda ce qu'avait coûté la chambre de Smith.

« Tarif ordinaire. Neuf dollars par semaine. Plus un dépôt de cinquante cents pour la clé. Rigoureusement comptant. Rigoureusement à l'avance.

— Pendant qu'il était ici, qu'est-ce qu'il faisait de ses dix doigts ? Il a des amis ? demanda Nye.

— Croyez-vous que je surveille toute la vermine qui s'amène ici ? répliqua la propriétaire. Des fainéants. Des voyous. J'm'en fous. J'ai une fille qui a épousé quelqu'un de très important. » Puis elle ajouta : « Non, il a pas d'amis. Du moins je l'ai jamais remarqué avec quelqu'un en particulier. La dernière fois qu'il était ici, il a passé presque tous les jours à rafistoler sa voiture. Il l'avait garée devant la maison. Une vieille Ford. Elle avait l'air d'avoir été construite avant qu'il soit né. Il lui a donné une couche de peinture. Il a peint le haut noir et le reste argent. Puis il a écrit *A Vendre* sur le pare-brise. Un jour, j'ai entendu une poire s'arrêter et lui offrir quarante dollars, c'est quarante de plus qu'elle valait. Mais il s'est permis de dire qu'il pouvait pas en demander moins de quatre-vingt-dix. Il a dit qu'il avait besoin de l'argent pour un billet d'autocar. Juste avant qu'il parte j'ai appris qu'un nègre l'avait achetée.

— Il a dit qu'il avait besoin de l'argent pour un billet d'autocar. Mais vous savez pas où il avait l'intention d'aller ? »

Elle fit une moue, inséra une cigarette entre ses lèvres, mais elle ne quitta pas Nye des yeux. « Jouez franc jeu. Du fric à la clé ? Une récompense ? » Elle attendit une réponse ; quand elle vit qu'il n'en arrivait pas, elle sembla peser le pour et le contre et se décida à continuer à parler. « Parce que j'ai eu l'impression qu'il avait pas l'intention de s'absenter longtemps, peu importe où il allait. Qu'il avait l'intention de revenir ici. Je m'attends un peu à le voir se ramener d'un jour à l'autre. » Elle fit un signe de la tête vers l'intérieur de l'établissement. « Venez et je vais vous montrer pourquoi. »

Escaliers. Couloirs gris. Nye renifla les odeurs, les séparant les unes des autres : désinfectant de w.-c., alcool, mégots de cigares. Derrière une porte, un locataire ivre braillait et chantait sous l'empire de la joie ou du chagrin. « Du calme, Dutch ! La ferme ou je te fous dehors ! » cria la femme. « Ici », dit-elle à Nye, le conduisant dans une chambre de débarras enténébrée. Elle fit de la lumière. « Là-bas. Cette boîte. Il m'a demandé si je voulais bien la garder jusqu'à ce qu'il revienne. »

C'était une boîte en carton, sans emballage, mais attachée avec de la corde. Une déclaration, un avertissement un peu dans l'esprit d'une imprécation égyptienne, était crayonnée sur le dessus : « *Attention !* Propriété de Perry E. Smith ! *Attention !* » Nye défit la corde ; le nœud, il était mécontent de le constater, n'était pas le même que la demi-clé employée par les tueurs pour ligoter la famille Clutter. Il releva les volets de la boîte. Un cafard en émergea, et la propriétaire mit le pied dessus, l'écrabouillant sous le talon de sa sandale en cuir doré. « Eh ! » dit-elle comme il extrayait avec soin et examinait lentement les affaires de Smith. « Le chapardeur. C'est ma serviette à moi. » En plus de la serviette de bain, le méticuleux Nye inscrivit sur son calepin : « Un coussin sale, souvenir d'Honolulu ; une couverture rose pour lit de bébé ; un pantalon kaki ; une poêle en aluminium avec une palette à tourner les crêpes. » Parmi divers autres articles se trouvaient un album plein de photos découpées dans des magazines de culturistes (études trempées de sueur d'athlètes soulevant des haltères) et, à l'intérieur d'une boîte à chaussures, un assortiment de médicaments : gargarismes et poudres employées pour combattre la gingivite, ainsi qu'un nombre déroutant de boîtes d'aspirine, au moins une douzaine, dont plusieurs vides.

« De la camelote, dit la propriétaire. Rien que de la pacotille. »

Il est vrai que même pour un détective en quête d'indices ce n'étaient que des objets sans valeur. Néanmoins, Nye était content de les avoir vus ; chaque article — les lénitifs pour gencives douloureuses, le coussin graisseux d'Honolulu — lui donnait une impression plus nette du propriétaire et de sa vie misérable et solitaire.

Le lendemain, à Reno, en préparant son rapport officiel, Nye écrivit : « A 9 heures du matin l'agent rapporteur est entré en contact avec Mr. Bill Driscoll, premier enquêteur criminel, bureau du shérif, comté de Washoe, Reno, Nevada. Après avoir pris connaissance des détails de cette affaire, Mr. Driscoll s'est fait remettre les photographies, les empreintes digitales et les mandats d'arrêt de Hickock et Smith. Des repères ont été placés dans les fichiers pour ces deux individus ainsi que pour l'automobile. A 10 h 30 l'agent rapporteur est entré en contact avec le brigadier Abe Feroah, Corps des détectives, Service de la police, Reno, Nevada. Le brigadier Feroah et l'agent rapporteur ont vérifié les fichiers de la police. Les noms de Smith et de Hickock n'apparaissent pas au fichier d'inscription criminelle. La vérification du fichier des reçus de monts-de-piété n'a fourni aucun renseignement sur le poste de radio manquant. Un repère permanent a été placé dans ce fichier au cas où le poste serait mis au clou à Reno. Le détective responsable de la corvée des monts-de-piété est allé porter des photos de Smith et de Hickock dans chacun des monts-de-piété de la ville et a également fait une vérification personnelle de chaque boutique pour trouver le poste. Les employés des monts-de-piété ont identifié Smith comme étant un visage connu mais ont été incapables de fournir de plus amples renseignements. »

C'est ainsi que se passa la matinée. Cet après-midi-là Nye se mit à la recherche de Tex John Smith. Mais à son premier arrêt, le bureau de poste, le préposé au guichet de la poste restante lui dit qu'il n'avait pas besoin de chercher plus loin, pas dans le Nevada, car « l'individu » était parti au mois d'août précédent et vivait maintenant dans les parages de Circle City, Alaska. De toute façon c'était là qu'il faisait suivre son courrier.

« Grands dieux ! C'est pas une petite affaire », répondit le préposé à Nye qui lui demandait une description du vieux Smith. « Le type sort tout droit d'un livre. Il s'appelle le Loup Solitaire. Une bonne partie de son courrier est adressée comme ça : Le Loup Solitaire. Il ne reçoit pas beaucoup de lettres, non, mais des paquets de catalogues et de brochures de réclame. Vous seriez étonné de voir le nombre de gens qui font venir ces trucs-là, rien que pour recevoir du courrier, probablement. Quel âge ? Je dirais soixante ans. Il s'habille à la mode de l'Ouest, des bottes de cow-boy et un grand chapeau de feutre. Il m'a dit qu'il avait été dans les rodéos autrefois. Je lui ai parlé souvent. Il venait ici pratiquement chaque jour ces dernières années. Une fois de temps à autre il disparaissait et restait absent à peu près un mois ; il prétendait toujours qu'il était allé faire de la prospection. Un jour, en août dernier, un jeune homme est venu ici au guichet. Il a dit qu'il cherchait son père, Tex John Smith, et est-ce que je savais où il pourrait le trouver. Il ressemblait pas beaucoup à son père ; le Loup avait les lèvres si minces et l'air tellement irlandais, et ce garçon avait presque l'air d'un Indien pur sang : les cheveux noirs comme du cirage et les yeux assortis. Mais le lendemain matin voilà le Loup qui s'amène et qui confirme les dires du jeune homme ; il m'a dit que son fils venait juste de quitter l'Armée et qu'ils s'en allaient en Alaska. Il connaît bien l'Alaska. J'pense qu'il a déjà eu un hôtel là-bas, ou un genre de pavillon de chasse. Il a dit qu'il pensait rester là-bas deux ans. Non, je l'ai jamais revu depuis, ni lui ni son fils. »

*

La famille Johnson était fraîchement arrivée dans cette banlieue de San Francisco, un quartier résidentiel de classe moyenne et de revenu moyen au sommet des collines au nord de la ville. En cet après-midi du 18 décembre 1959, la jeune Mrs. Johnson attendait des invitées ; trois femmes du voisinage venaient prendre du café et des gâteaux et peut-être ferait-on une partie de cartes. L'hôtesse était nerveuse ; c'était la première fois qu'elle recevait dans sa nouvelle demeure. Maintenant, tout en tendant l'oreille pour entendre la sonnette, elle fit une dernière tournée d'inspection, s'arrêtant pour faire disparaître un petit bout de fil ou pour changer la disposition de ses poinsettias de Noël. La maison, comme les autres dans la rue à flanc de colline, était un bungalow conventionnel de banlieue, agréable mais sans grande originalité. Mrs. Johnson en était folle ; elle adorait les lambris en séquoia, la moquette qui courait d'un mur à l'autre, les grandes baies vitrées à chaque bout de la maison, la vue qu'offrait la fenêtre arrière : des collines, une vallée, puis le ciel et l'Océan. Et elle était fière de son petit jardin derrière la maison ; son mari — agent d'assurance de sa profession, mais bricoleur par goût — avait élevé autour du jardin une palissade blanche et, à l'intérieur, construit une niche pour le chien de la famille, aménagé un bac à sable et des escarpolettes pour les enfants. En ce moment même, c'est là qu'ils jouaient tous les quatre — un chien, deux petits garçons et une petite fille — sous un ciel clément ; elle espérait qu'ils seraient bien calmes dans le jardin jusqu'à ce que ses invitées soient parties. Quand la sonnette retentit Mrs. Johnson se rendit à la porte ; elle avait revêtu ce qu'elle considérait être la robe qui lui allait le mieux, un tricot jaune qui la moulait et rehaussait l'éclat de thé clair de son teint de Cherokee et le noir de ses cheveux courts et ondulés. Elle ouvrit la porte, s'apprêtant à accueillir trois voisines ; mais, au lieu de cela, elle découvrit deux étrangers, qui soulevèrent leurs chapeaux et qui ouvrirent d'un geste sec des porte-billets ornés d'insignes de police. « Mrs. Johnson ? dit l'un d'entre eux. Je m'appelle Nye. Voici l'inspecteur Guthrie. Nous appartenons à la police de San Francisco et nous venons juste de recevoir une demande du Kansas concernant votre frère, Perry Edward Smith. Apparemment il ne s'est pas présenté au bureau de surveillance des prisonniers libérés sur parole, et on se demandait si vous ne pourriez pas nous dire où il se trouve à présent. »

Mrs. Johnson ne fut pas troublée, et absolument pas étonnée, d'apprendre que la police s'intéressait une fois de plus aux activités de son frère. Ce qui la dérangeait, c'était l'idée que ses invitées pussent arriver et trouver la police en train de lui poser des questions. Elle dit : « Non. Rien. Je n'ai pas vu Perry une seule fois depuis quatre ans.

— C'est une affaire sérieuse, Mrs. Johnson, dit Nye. Nous aimerions en parler. »

Abandonnant la partie, Mrs. Johnson les invita à entrer et leur offrit du café (qu'ils acceptèrent). « Je n'ai pas vu Perry depuis quatre ans, dit-elle. Et je n'ai pas entendu parler de lui depuis sa remise en liberté conditionnelle. L'été dernier, quand il est sorti de prison, il a rendu visite à mon père à Reno. Dans une lettre, mon père m'a dit qu'il retournait en Alaska et qu'il emmenait Perry avec lui. Puis il a écrit à nouveau, je crois que c'était en septembre, et il était très en colère. Perry et lui s'étaient querellés et séparés avant d'atteindre la frontière. Perry a rebroussé chemin ; mon père est allé en Alaska tout seul.

— Et il ne vous a pas écrit depuis ?

— Non.

— Alors il est possible que votre frère l'ait rejoint récemment. Au cours du mois dernier.

— Je ne sais pas. Ça ne m'intéresse pas.

— En mauvais termes ?

— Avec Perry ? Oui. J'ai peur de lui.

— Mais, pendant qu'il était à Lansing, vous lui avez écrit souvent. C'est du moins ce que nous disent les autorités du Kansas », dit Nye. Le deuxième homme, l'inspecteur Guthrie, semblait heureux de demeurer à l'écart.

« Je voulais l'aider. J'espérais pouvoir changer quelques-unes de ses idées. Maintenant j'ai compris. Les droits des autres personnes ne veulent rien dire pour Perry. Il n'a aucun respect pour qui que ce soit.

— Est-ce qu'il a des amis ? Connaissez-vous quelqu'un avec qui il se pourrait qu'il habite ?

— Joe James », dit-elle, et elle expliqua que James était un jeune pêcheur et bûcheron indien qui vivait dans la forêt près de Bellingham, Washington. Non, elle ne le connaissait pas personnellement mais elle avait entendu dire que lui et sa famille étaient des gens généreux qui avaient souvent eu des égards pour Perry dans le passé. Le seul ami de Perry qu'elle ait jamais rencontré était une jeune femme qui était apparue chez les Johnson en juin 1955, apportant avec elle une lettre de Perry dans laquelle il la présentait comme son épouse. « Il a dit qu'il avait des difficultés et m'a demandé de prendre soin de son épouse jusqu'à ce qu'il puisse la faire venir. La fille semblait avoir vingt ans ; en fait, elle en avait quatorze. Et, bien sûr, elle n'était l'épouse de personne. Cette fois-là je me suis laissé avoir. J'avais pitié d'elle, et je lui ai demandé de rester avec nous. Elle est restée, mais pas longtemps. Pas tout à fait une semaine. Et quand elle est partie elle a emporté nos valises et tout ce qu'elles pouvaient contenir. La plupart de mes vêtements et ceux de mon mari, l'argenterie, même l'horloge de la cuisine.

— Quand c'est arrivé, où demeuriez-vous ?

— Denver.

— Avez-vous déjà habité Fort Scott, Kansas ?

— Jamais. Je ne suis jamais allée dans le Kansas.

— Avez-vous une sœur qui habite Fort Scott ?

— Ma sœur est morte. Une sœur unique. »

Nye sourit. Il dit : « Vous comprenez, Mrs. Johnson, on suppose que votre frère entrera en contact avec vous. Qu'il écrira ou qu'il appellera. Ou qu'il viendra vous voir.

— J'espère que non. En fait, il ne sait pas que nous avons déménagé. Il croit que je suis toujours à Denver. Je vous en prie, si vous le trouvez, ne lui donnez pas mon adresse. J'ai peur.

— Quand vous dites ça, c'est parce que vous croyez qu'il pourrait vous faire du mal ? Vous faire du mal physiquement ? »

Elle réfléchit et, incapable de trancher la question, elle dit qu'elle ne le savait pas. « Mais j'ai peur de lui. J'ai toujours eu peur de lui. Il peut avoir l'air tellement chaleureux et sympathique. Doux. Il pleure si facilement. Des fois, la musique le fait fondre en larmes, et quand il était petit il pleurait parce qu'il était ému par un coucher de soleil. Ou la lune. Oh ! il sait comment vous avoir. Il sait si bien se faire prendre en pitié... »

La sonnette retentit. Le peu d'empressement que mettait Mrs. Johnson à répondre trahissait son dilemme, et Nye (qui, par la suite, écrivit d'elle : « Tout au long de l'entretien elle demeura calme et très aimable. Une personne d'un caractère exceptionnel ») tendit la main vers son feutre brun. « Je regrette de vous avoir dérangée, Mrs. Johnson. Mais si vous entendez parler de Perry, on espère que vous aurez le bon sens de nous appeler. Demandez l'inspecteur Guthrie. »

Après le départ des détectives, le calme qui avait impressionné Nye se troubla ; une crise de désespoir bien connu s'empara de Mrs. Johnson. Elle la combattit, elle en retarda le choc jusqu'à ce que la réception fût terminée et les invitées parties, jusqu'à ce qu'elle eût fait manger les enfants, les eût baignés et leur eût fait réciter leurs prières. C'est alors que la tristesse, comme la brume du soir qui voilait maintenant les réverbères, l'enveloppa. Elle avait dit qu'elle avait peur de Perry, et c'était vrai, mais était-ce simplement Perry qui l'effrayait ou bien tout un contexte dont il faisait partie — le terrible destin qui semblait promis aux quatre enfants de Florence Buckskin et Tex John Smith ? L'aîné, le frère qu'elle aimait, s'était tué d'un coup de fusil ; Fern était tombée d'une fenêtre, ou avait sauté ; et Perry s'adonnait à la violence, un criminel. De telle sorte qu'en un sens elle était la seule survivante ; et ce qui la tourmentait était la pensée qu'à un moment donné elle aussi serait accablée : elle deviendrait folle, ou elle attraperait une maladie incurable, ou elle perdrait dans un incendie tout ce qui comptait pour elle : foyer, mari, enfants.

Son mari était absent, en voyage d'affaires, et

quand elle était seule, elle ne pensait jamais à prendre un verre. Mais ce soir-là elle s'en versa un bon, puis elle s'étendit sur le canapé de la salle de séjour, un album de photos sur les genoux.

Une photographie de son père trônait à la première page, un portrait de studio datant de 1922, l'année de son mariage avec la jeune écuyère indienne de rodéo, Miss Florence Buckskin. C'était une photo qui pétrifiait immanquablement Mrs. Johnson. C'est cette photo qui lui permettait de comprendre pourquoi son père avait épousé sa mère alors qu'au fond ils étaient si peu assortis. Le jeune homme sur la photo respirait la virilité. En lui, tout était extrêmement séduisant : l'inclination effrontée de sa tête de rouquin, le strabisme de son œil gauche (comme s'il visait une cible), le petit mouchoir de cow-boy noué autour du cou. Dans l'ensemble l'attitude de Mrs. Johnson à l'égard de son père était ambivalente, mais il y avait un côté en lui qu'elle avait toujours respecté, son courage. Elle savait bien qu'il semblait excentrique aux autres ; quant à ça, il lui faisait la même impression, elle aussi. Tout de même, c'était un « vrai homme ». Il faisait des choses, et il les faisait avec facilité. Il pouvait faire tomber un arbre à l'endroit exact où il le désirait. Il pouvait écorcher un ours, réparer une montre, construire une maison, cuire un gâteau, repriser une chaussette ou attraper une truite avec une épingle recourbée et un bout de corde. Il avait une fois survécu tout un hiver, seul dans l'étendue sauvage de l'Alaska.

Seul : dans l'esprit de Mrs. Johnson, c'était ainsi que de tels hommes devraient vivre. Une épouse, des enfants, une vie rangée, ces choses ne sont pas faites pour eux.

Elle feuilleta quelques pages d'instantanés

remontant à son enfance, des photos prises dans l'Utah, le Nevada, l'Idaho et l'Oregon. La carrière de rodéo de « Tex et Flo » était terminée, et la famille qui vivait dans un vieux camion parcourait le pays en quête de travail, chose qui n'était pas facile à trouver en 1933. « La Famille Tex John Smith cueillant des baies dans l'Oregon », telle était la légende sous un instantané montrant quatre enfants pieds nus, vêtus de salopettes et dont le visage était empreint d'une même expression maussade et abattue. Des baies ou du pain rassis trempé dans du lait concentré sucré, ils n'avaient souvent rien d'autre à manger. Barbara Johnson se souvenait que la famille avait une fois vécu durant plusieurs jours de bananes pourries et que par suite Perry avait eu des coliques ; il avait poussé des cris toute la nuit tandis que Bobo, comme on appelait Barbara, pleurait de crainte qu'il ne meure.

Bobo avait trois ans de plus que Perry et elle l'adorait ; il était son seul jouet, une poupée qu'elle lavait, coiffait, embrassait, et à qui elle donnait une fessée de temps à autre. Une photo les montrait se baignant nus dans un ruisseau du Colorado aux eaux de diamant ; le frère, cupidon bedonnant et noirci par le soleil, se cramponnait à la main de sa sœur et poussait des petits rires, comme si le ruisseau qui dévalait en torrent contenait des doigts fantomatiques qui le chatouillaient. Sur un autre instantané (Mrs. Johnson n'en était pas certaine mais elle croyait que cette photo avait probablement été prise dans un lointain ranch du Nevada où la famille demeurait quand une dernière bagarre entre les parents — un combat terrifiant, au cours duquel des fouets, de l'eau bouillante et des lampes à pétrole servirent d'armes — mit un terme au mariage), elle et Perry sont à califourchon sur un poney, leurs têtes sont rapprochées, leurs joues se touchent ; derrière eux des montagnes arides flamboient.

Plus tard, quand les enfants et la mère étaient allés vivre à San Francisco, l'amour de Bobo pour le petit garçon avait diminué jusqu'à disparaître tout à fait. Ce n'était plus son bébé mais un petit être sauvage, un fripon, un voleur. Sa première arrestation datait du 27 octobre 1936, son huitième anniversaire. En fin de compte, après avoir été enfermé à plusieurs reprises dans des institutions et des centres de redressement, il fut confié à la garde de son père, et il se passa bien des années avant que Bobo ne le revoie, sauf sur des photos que Tex John envoyait parfois à ses autres enfants, agrémentées de légendes à l'encre blanche, et classées également dans l'album. Il y avait « Perry, papa et leur chien esquimau », « Perry et papa lavant à la batée », « Perry à la chasse à l'ours en Alaska ». Cette dernière photo montrait un garçon de quinze ans coiffé d'un bonnet de fourrure et chaussé de raquettes au milieu d'arbres chargés de neige, une carabine en bandoulière ; le visage était tiré, les yeux tristes et très fatigués, et, en regardant la photo, Mrs. Johnson se souvint d'une « scène » que Perry avait faite un jour quand il lui avait rendu visite à Denver. De fait, c'était la dernière fois qu'elle l'avait vu, au printemps 1955. Ils parlaient de son enfance avec Tex John, et soudainement Perry, qui avait un verre de trop dans le nez, la poussa contre le mur et l'y maintint. « J'étais son nègre, dit Perry. Rien d'autre. Quelqu'un qu'il pouvait faire crever au boulot sans jamais lui donner un sou. Non, Bobo, c'est moi qui parle. Tais-toi où je te fous dans la rivière. Comme au Japon une fois que je traversais un pont, il y avait un gars qui se tenait là debout ; je ne l'avais jamais vu. Je l'ai simplement pris et je l'ai jeté à la rivière.

« Je t'en prie, Bobo. Je t'en prie, écoute. Tu crois que je m'aime ? Oh, l'homme que j'aurais pu devenir ! Mais ce dégueulasse ne m'a jamais donné la moindre chance. Il ne voulait pas me laisser aller à l'école. D'accord, d'accord. J'étais un enfant difficile. Mais le moment est venu où je l'ai supplié d'aller à l'école. Il se trouve que j'ai un brillant esprit. Au cas où tu ne le saurais pas. Un brillant esprit et du talent en plus. Mais pas d'instruction, parce qu'il voulait pas que j'apprenne quoi que ce soit, seulement à trimer pour lui. Stupide. Ignorant. C'est comme ça qu'il voulait me voir. Pour que je ne puisse jamais lui échapper. Mais toi, Bobo. Toi, tu es allée à l'école. Toi et Jimmy et Fern. Chacun de vous a reçu une éducation. Tout le monde sauf moi. Et je vous hais, vous tous... papa et tout le monde. »

Comme si la vie avait été un lit de roses pour son frère et ses sœurs ! Peut-être, si ça voulait dire nettoyer les vomissures d'ivrogne de maman, si ça voulait dire ne jamais avoir une jolie chose à se mettre sur le dos, ou assez à manger. Tout de même, c'est vrai, ils avaient tous trois achevé leurs études secondaires. En fait Jimmy avait terminé le premier de sa classe, distinction qu'il ne devait qu'à sa propre volonté. C'était là, pensait Barbara Johnson, ce qui rendait son suicide si inquiétant. Une grande force de caractère, un grand courage, un labeur acharné — il semblait qu'aucune de ces choses ne fût un facteur déterminant dans la destinée des enfants de Tex John. Ils partageaient un sort funeste contre lequel la vertu n'était d'aucun secours. Non pas que Perry fût vertueux, ou Fern. A quatorze ans, Fern avait changé de nom, et pour le restant de ses jours elle avait essayé de justifier le changement : Joy. C'était une fille insouciante, « la chérie de tout le monde », un peu trop celle de tout le monde car elle avait un faible pour les hommes, bien qu'en un sens elle n'ait pas eu de veine avec eux. Pour une raison ou une autre, le type d'hommes qui lui plaisaient la plaquaient toujours. Sa mère était morte en pleine crise de delirium tremens, et elle avait peur de boire, pourtant elle buvait. Fern-Joy n'avait pas vingt ans qu'elle commençait la journée avec une bouteille de bière. Puis, un soir d'été, elle tomba de la fenêtre d'une chambre d'hôtel. Dans sa chute elle vint frapper contre la marquise d'un théâtre, rebondit et roula sous les roues d'un taxi. Là-haut, dans la chambre vide, la police trouva ses chaussures, une bourse sans argent, une bouteille de whisky vide.

On pouvait comprendre Fern et lui pardonner, mais quant à Jimmy c'était une autre question. Mrs. Johnson regardait une photo de lui où il était habillé en matelot ; il avait fait la guerre dans la Marine. Mince, jeune marin pâlot au visage allongé d'ascète légèrement austère, il était debout, un bras autour de la taille de la fille qu'il avait épousée ; chose qu'il n'aurait pas dû faire, selon Mrs. Johnson, car il n'y avait aucun point commun entre le sérieux Jimmy et cette adolescente de San Diego qui courait après les marins et dont le collier de verroterie réfléchissait un soleil éteint depuis longtemps. Et pourtant ce que Jimmy avait ressenti pour elle était au-delà d'un amour normal ; de la passion, une passion qui était partiellement pathologique. Quant à la fille, elle devait l'avoir aimé et aimé totalement, sinon elle n'aurait pas fait ce qu'elle avait fait. Si seulement Jimmy l'avait crue. Ou été capable de le croire. Mais la jalousie l'emprisonnait. Ça le mortifiait de penser aux hommes avec qui elle avait fait l'amour avant leur mariage ; en outre, il était convaincu qu'elle était demeurée une fille facile, que chaque fois qu'il partait en mer, ou même qu'il la laissait seule pour la journée, elle le trompait avec une multitude d'amants dont il exigeait constamment qu'elle avoue l'existence. Alors elle se mit un fusil de chasse entre les yeux et pressa la détente avec l'orteil. Quand Jimmy la découvrit, il n'appela pas la police. Il la releva et la plaça sur le lit et s'étendit près d'elle. A peu près à l'aube, le lendemain matin, il rechargea le fusil et se tua.

Face à la photo de Jimmy et de sa femme, il y en avait une de Perry en uniforme. Elle avait été découpée dans un journal et elle était accompagnée d'un paragraphe de texte : « Quartier général, Armée des Etats-Unis, Alaska. Le soldat Perry E. Smith, vingt-trois ans, premier vétéran de l'Armée, ayant combattu en Corée, de retour dans la région d'Anchorage, Alaska, est accueilli par le capitaine Mason, officier chargé des relations publiques, à son arrivée à la base d'aviation d'Elmendorf. Smith a servi durant quinze mois dans la 24e Division, section du génie. Son voyage de Seattle à Anchorage a été offert par la Pacific Northern Airlines. Miss Lynn Marquis, hôtesse de l'air, approuve l'accueil par son sourire. (Photographie officielle de l'Armée des Etats-Unis). » Le capitaine Mason, la main tendue, regarde le soldat Smith, mais le soldat Smith regarde la caméra. Mrs. Johnson voyait, ou s'imaginait voir, dans son expression, non pas de la gratitude mais de l'arrogance, et, au lieu de la fierté, une immense suffisance. Il était facile de croire qu'il avait rencontré un homme sur un pont et l'avait jeté à l'eau. Bien sûr qu'il l'avait fait. Elle n'en avait jamais douté.

Elle referma l'album et alluma le téléviseur, mais ça ne l'apaisa pas. Et s'il arrivait ? Les détectives l'avaient trouvée ; pourquoi Perry n'en ferait-il pas autant ? Il ferait mieux de ne pas s'attendre à ce qu'elle l'aide ; elle ne le laisserait même pas entrer. La porte de devant était fermée à clé mais pas celle du jardin. Le jardin était tout blanc de brume ; ça aurait pu être une réunion d'esprits : maman et Jimmy et Fern. Quand Mrs. Johnson verrouilla la porte, elle pensait aux morts autant qu'aux vivants.

*

Une averse. Il pleuvait à seaux. Dick se mit à courir. Perry aussi, mais il ne pouvait pas courir aussi vite ; ses jambes étaient plus courtes et il trimbalait la valise. Dick atteignit l'abri, une grange près de la grand-route, bien avant lui. En quittant Omaha, après une nuit passée dans un dortoir de l'Armée du Salut, un routier les avait conduits de l'autre côté de la frontière du Nebraska, dans l'Iowa. Cependant, ils marchaient depuis de nombreuses heures. La pluie se mit à tomber alors qu'ils étaient à seize miles au nord d'un petit village de l'Iowa qui s'appelait Tenville Junction.

La grange était sombre.

« Dick ? dit Perry.

— Par ici », dit Dick. Il était étalé sur un lit de foin.

Trempé jusqu'aux os et grelottant, Perry se jeta à côté de lui. « J'ai si froid, dit-il en s'enfouissant dans le foin, j'ai si froid que ça me serait bien égal que le feu prenne et me brûle vivant. » Il avait faim aussi. Affamé. La nuit précédente ils avaient dîné d'un bol de soupe de l'Armée du Salut et, aujourd'hui, ils avaient eu pour toute nourriture quelques tablettes de chocolat et du chewing-gum que Dick avait volé au rayon de confiserie d'une pharmacie. « Encore du Hershey ? » demanda Perry.

Non, mais il restait un paquet de chewing-gum. Ils le partagèrent et se mirent à le mâcher, se régalant de deux morceaux et demi de *Doublemint* chacun, le parfum préféré de Dick (Perry préférait *Juicy Fruit*). L'argent était leur problème numéro un. Leur manque absolu de pognon avait amené Dick à décider que leur prochaine tentative serait ce que Perry considérait comme « une pirouette idiote » : retourner à Kansas City. La première fois que Dick avait proposé ce retour, Perry dit : « Tu devrais voir un médecin. » Maintenant, blottis l'un contre l'autre dans l'obscurité froide, écoutant tomber la pluie froide et sombre, ils reprirent leur discussion, Perry énumérant une fois de plus les dangers d'un tel geste, car Dick était certainement recherché pour violation de sa parole à l'heure actuelle, « si ce n'était pour autre chose en plus ». Mais il était impossible de dissuader Dick. Kansas City, insista-t-il une nouvelle fois, était le seul endroit où il était certain de réussir à « passer un tas de chèques sans provision. Nom de Dieu, je sais qu'il faut être prudent. Je sais qu'ils ont lancé un mandat d'arrêt. A cause des chèques qu'on a déjà faits. Mais on va agir en vitesse. Un jour, ça suffira. Si on en ramasse assez, peut-être qu'on devrait essayer la Floride. Passer Noël à Miami, y rester tout l'hiver si ça nous plaît ». Mais Perry mâchait son chewing-gum, frissonnait et se renfrognait. Dick dit : « Qu'est-ce que t'as, coco ? Cet autre truc ? Nom de Dieu, pourquoi t'oublies pas ça ? Ils ont jamais établi le moindre lien. Ils le feront jamais. »

Perry dit : « Il se pourrait que tu te trompes. Et si tu te trompais, ça veut dire le Coin. » Ni l'un ni l'autre n'avaient jamais mentionné le châtiment suprême de l'Etat du Kansas auparavant, la potence, ou la mort dans le « Coin », comme les prisonniers du pénitencier du Kansas ont nommé le hangar qui abrite le matériel nécessaire pour pendre un homme.

Dick dit : « Comédien. Tu me fais marrer. » Il frotta une allumette dans l'intention de fumer une cigarette, mais une chose aperçue à la lueur vacillante de l'allumette le fit bondir sur ses pieds et l'amena à l'autre bout de la grange dans une stalle de vache. Une voiture était garée dans la stalle, une Chevrolet blanc et noir deux portes 1956. La clé de contact était sur le tableau de bord.

*

Dewey était résolu à dissimuler à la « population civile » tout nouvel élément majeur dans l'affaire Clutter, tellement résolu qu'il décida de mettre dans le secret les deux crieurs publics de Garden City : Bill Brown, rédacteur en chef du *Telegram* de Garden City, et Robert Wells, gérant du poste radiophonique local, KIUL. En exposant la situation, Dewey donna ses raisons de considérer qu'il était de la dernière importance de garder le secret : « Souvenez-vous, il est possible que ces hommes soient innocents. »

C'était une possibilité trop valable pour être rejetée. Le mouchard, Floyd Wells, pouvait fort bien avoir inventé son histoire ; de semblables cafardages n'étaient pas rares de la part de prisonniers qui espéraient obtenir des faveurs ou attirer l'attention des autorités. Mais même si chacun des mots de cet homme était une parole de l'Evangile,

Dewey et ses collègues n'avaient pas encore déterré l'ombre d'une preuve à l'appui de l'accusation, « des preuves de tribunal ». Qu'avaient-ils découvert qui ne pourrait être interprété comme une coïncidence vraisemblable bien qu'exceptionnelle ? Ce n'était pas simplement parce que Smith était venu dans le Kansas pour rendre visite à son ami Hickock, ni simplement parce que Hickock possédait un fusil du même calibre que celui qui avait été employé pour commettre le crime, ni simplement parce que les suspects avaient inventé un faux alibi pour expliquer où ils se trouvaient la nuit du 14 novembre qu'ils étaient nécessairement les auteurs de ces meurtres. « Mais on est à peu près certains que c'est ça. On le croit tous. Sinon, on aurait pas déclenché l'alarme dans dix-sept Etats, de l'Arkansas à l'Oregon. Mais n'oubliez pas ceci : ça peut prendre des années avant qu'on les attrape. Ils se sont peut-être séparés. Ou ils ont peut-être quitté le pays. Il y a une chance qu'ils soient allés en Alaska, c'est pas difficile de disparaître sans laisser de traces en Alaska. Plus longtemps ils seront libres, moins notre position sera solide. A franchement parler, au point où en sont les choses, notre position n'est pas brillante de toute façon. On pourrait mettre la main sur ces enfants de putain demain et être incapables de prouver la moindre chose. »

Dewey n'exagérait pas. A l'exception de deux empreintes de bottes, l'une portant un motif en losanges et l'autre un dessin de Cat's Paw, les assassins n'avaient pas laissé le moindre indice. Puisqu'ils semblaient avoir pris tant de soin, ils s'étaient sans doute débarrassés des bottes depuis longtemps. Et du poste aussi, à supposer que ce soit eux qui l'aient volé, chose que Dewey hésitait encore à croire, car ça lui semblait « grotesquement incompatible » avec l'ampleur du crime et l'adresse manifeste des criminels, et « inconcevable » que ces hommes se soient introduits dans une maison avec l'espoir d'y trouver un coffre-fort plein d'argent et que, ne l'ayant pas découvert, ils aient cru à propos de massacrer la famille pour peut-être quelques dollars et un petit poste portatif. « Sans aveux on n'obtiendra jamais de condamnation, dit-il. Voilà mon opinion. Et c'est pourquoi on ne saurait être trop prudents. Ils croient qu'ils s'en sont tirés. Eh bien, on ne veut pas qu'ils pensent le contraire. Plus ils se sentiront en sécurité, plus tôt on les attrapera. »

Mais les secrets sont une denrée peu commune dans une ville comme Garden City. Tout visiteur qui entrait dans le bureau du shérif, trois pièces bondées et trop peu meublées, au troisième étage du palais de justice du comté, pouvait détecter une atmosphère étrange et presque sinistre. La bousculade et le grondement de colère des premières semaines avaient disparu ; un calme palpitant s'infiltrait maintenant dans les locaux. La secrétaire du bureau, Mrs. Richardson, personne très terre à terre, avait acquis en une nuit un bon nombre de manières affectées, telles que de chuchoter et de marcher sur la pointe des pieds, et les hommes pour qui elle travaillait, le shérif et son personnel, Dewey et son équipe de renfort d'agents du K.B.I., marchaient tout doucement en conversant à voix basse. On aurait dit qu'ils craignaient qu'un bruit ou un mouvement brusque ne donne l'éveil aux bêtes qui s'approchaient, comme des chasseurs cachés dans la forêt.

Les gens parlaient. Le *Trail Room* de l'hôtel Warren, un café que les hommes d'affaires de Garden City considèrent comme un club privé, était une caverne pleine de murmures, de conjectures et de rumeurs. Quelqu'un avait entendu dire qu'un citoyen en vue était sur le point d'être arrêté. Ou bien on savait maintenant que le crime était l'œuvre de tueurs engagés par des ennemis de l'Association des producteurs de blé du Kansas, un organisme progressiste dans lequel Mr. Clutter avait joué un rôle important. Parmi les nombreuses histoires qui circulaient, celle qui était le plus près de la vérité fut rapportée par un vendeur d'automobiles bien connu (qui refusait de révéler ses sources) : « Paraît qu'il y avait un homme qui travaillait pour Herb autrefois, dans les années 47 ou 48. Un simple ouvrier agricole. Paraît qu'il est allé en prison, la prison de l'Etat, et pendant qu'il était là il s'est mis à penser que Herb était un homme très riche. Alors aux alentours du mois dernier, quand on l'a remis en liberté, la première chose qu'il a faite a été de s'amener ici pour voler et tuer ces gens. »

Mais sept miles à l'ouest, dans le village de Holcomb, on ne faisait pas la moindre allusion aux événements sensationnels imminents, pour la simple raison que depuis quelque temps la tragédie Clutter était un sujet interdit dans les deux principales sources de cancans du village, le bureau de poste et le café Hartman. « En ce qui me concerne, j'veux plus en entendre parler, dit Mrs. Hartman. J'leur ai dit, on peut pas continuer comme ça. Se méfier de tout le monde, se faire mourir de peur les uns les autres. Tout ce que j'ai à dire c'est que si vous voulez en parler, mettez pas les pieds chez moi. » Myrt Clare prit une position tout aussi ferme. « Les gens viennent ici pour acheter cinq sous de timbres et ils pensent qu'ils peuvent y passer les trois heures trente minutes suivantes à déballer de A jusqu'à Z ce qu'ils savent sur les Clutter, à rogner les ailes des autres gens. Des serpents à sonnettes, c'est tout ce qu'ils sont. J'ai pas le temps d'écouter. J'suis dans les affaires, je suis une représentante du gouvernement des Etats-Unis. De toute façon, c'est malsain. Al Dewey et ces fins limiers de Topeka et Kansas City, ils sont censés être drôlement malins. Mais je ne connais personne qui pense encore qu'ils aient la moindre chance d'attraper celui qui a fait ça. Alors, je dis que la seule chose intelligente à faire c'est de se taire. On vit jusqu'à ce qu'on meure, et peu importe comment on part ; une fois mort on est bien mort. Alors à quoi bon continuer à se frapper la tête contre les murs simplement parce que Herb Clutter s'est fait trancher la gorge ? De toute façon, c'est malsain. Polly Stringer — vous savez bien, la maîtresse d'école — elle était ici ce matin. Elle a dit que c'est seulement à présent, au bout d'un mois, que les enfants commencent à se calmer. Ce qui m'a fait penser : et s'ils arrêtaient vraiment quelqu'un ? Ça ne pourrait manquer d'être quelqu'un que tout le monde connaît. Et bien sûr, ce serait comme jeter de l'huile sur le feu, ça ferait bouillir la marmite juste au moment où elle commençait à se refroidir. Si vous voulez savoir ce que j'en pense, on a eu assez d'excitation. »

*

Il était tôt, pas encore 9 heures, et Perry était le premier client de la *Washateria*, une laverie automatique. Il ouvrit sa valise de paille qui était pleine à craquer, en sortit un paquet de slips, de chaussettes et de chemises (son linge et celui de Dick), les jeta dans une machine à laver et mit un jeton de plomb dans la fente — il en avait acheté plusieurs au Mexique

Perry connaissait très bien le fonctionnement de

ce genre d'établissement ; c'était un habitué et il en tirait un certain contentement car il trouvait ça « tellement reposant » de demeurer assis calmement et de regarder le linge se nettoyer. Pas aujourd'hui. Il était inquiet. En dépit de ses avertissements, Dick en avait fait à sa tête. Ils étaient de retour à Kansas City, complètement fauchés par-dessus le marché, et conduisant une voiture volée ! Toute la nuit ils avaient roulé à fond de train dans la Chevrolet de l'Iowa sous une pluie diluvienne, s'arrêtant deux fois pour siphonner de l'essence d'un véhicule garé dans des rues désertes de petites villes endormies. (C'était le boulot de Perry, un travail pour lequel il se jugeait « de toute première classe. Rien qu'un petit bout de boyau de caoutchouc, voilà ma carte de crédit ».) En atteignant Kansas City au lever du jour, les voyageurs étaient d'abord allés à l'aéroport, où ils s'étaient lavés, brossé les dents et rasés dans le lavatory des hommes ; deux heures plus tard, après un somme dans la salle d'attente de l'aéroport, ils retournèrent en ville. C'était alors que Dick avait déposé son associé à la *Washateria*, promettant de revenir le prendre dans l'heure qui suivait.

Une fois le linge lavé et séché, Perry refit la valise. Il était plus de 10 heures. Dick, qui devait se trouver quelque part « à signer des chèques », était en retard. Il s'assit pour attendre, choisissant un banc où reposait tout près de lui un sac de dame — une occasion bien tentante d'y glisser la main. Mais l'aspect de la propriétaire, la plus corpulente de toutes les femmes qui utilisaient en ce moment les facilités de l'établissement, le découragea. Un jour, à l'époque où il était un enfant qui courait les rues, à San Francisco, lui et un « gosse de Chinetoque » (Tommy Chan ?

Tommy Lee ?) avaient formé ensemble une « équipe de vol à la tire ». Ça amusait Perry — ça lui remontait le moral — de se remémorer quelques-unes de leurs escapades. « Comme la fois où on est arrivé à pas de loup derrière une vieille dame, vraiment âgée, et Tommy s'est emparé de son sac mais elle ne voulait pas le lâcher, c'était une vraie tigresse. Plus il tirait d'un côté, plus elle tirait de l'autre. Alors elle m'a vu et elle a dit : "Aide-moi ! Aide-moi !" et j'ai répondu : "Bon Dieu, madame, c'est lui que j'aide !" — et je l'ai renversée pour de bon. Sur le trottoir. Ça nous a pas rapporté plus de quatre-vingt-dix cents, je m'en souviens exactement. On est allés dans un restaurant chinetoque et on s'en est mis jusque-là. »

Les choses n'avaient pas tellement changé. Perry avait quelque vingt ans de plus et pesait une cinquantaine de kilos de plus, et pourtant sa situation matérielle ne s'était pas améliorée du tout. C'était toujours un galopin (et n'était-ce pas incroyable, pour une personne si intelligente et si douée ?) qui, en un sens, devait compter sur quelques pièces de monnaie volées.

Son œil ne pouvait se détacher d'une horloge sur le mur. A 10 h 30, il commença à s'inquiéter ; à 11 heures il avait des élancements de douleur dans les jambes, ce qui était toujours chez lui un signe de panique imminente, « du mauvais sang ». Il croqua une aspirine et il essaya d'effacer — de brouiller au moins — le défilé éclatant qui glissait dans son esprit, une procession de visions néfastes : Dick entre les mains de la loi, peut-être arrêté en faisant un chèque bidon, ou pour avoir commis une légère infraction à la circulation (et on s'apercevait qu'il conduisait une voiture volée). Très vraisemblablement, en ce moment même, Dick était assis, pris au piège, entouré de détectives à la nuque cramoisie. Et ils ne parlaient pas de banalités, chèques sans provision ou voitures volées. Ils parlaient de meurtre, car le lien dont Dick était si certain qu'il ne serait jamais établi l'avait été en fin de compte. Et une voiture pleine de policiers de Kansas City se dirigeait à l'instant même vers la *Washateria.*

Mais non, il avait trop d'imagination. Dick ne ferait jamais ça, « se mettre à table ». Pensez donc au nombre de fois où il l'avait entendu dire : « Ils peuvent m'aveugler de coups, je ne leur dirai jamais rien. » Bien sûr, Dick était un « vantard » ; comme Perry avait fini par s'en apercevoir, c'était un dur essentiellement dans des situations où il avait indiscutablement le dessus. Soudain, avec soulagement, il inventa une raison moins désespérée à l'absence prolongée de Dick. Il était allé rendre visite à ses parents. C'était une chose dangereuse à faire, mais Dick leur était très « attaché » ou prétendait l'être, et la nuit dernière, au cours du long voyage sous la pluie, il avait dit à Perry : « Pour sûr que j'aimerais revoir mes vieux. Ils n'en diraient rien. J'veux dire qu'ils en parleraient pas à l'officier de libération conditionnelle ; ils feraient rien pour nous attirer des ennuis. Seulement, j'ai honte. J'ai peur de ce que ma mère dirait. A propos des chèques. Et la façon dont on est parti. Mais j'aimerais bien pouvoir les appeler, savoir ce qu'ils deviennent. » Cependant, c'était impossible car la maison des Hickock n'avait pas le téléphone ; autrement, Perry aurait donné un coup de fil pour voir si Dick y était.

Quelques minutes de plus et il était à nouveau convaincu que Dick avait été arrêté. Sa douleur aux jambes s'intensifia, traversa son corps comme un éclair, et les odeurs de la buanderie, la puanteur humide, le rendirent soudain malade, le firent se lever et le propulsèrent dehors. Il se tint au bord du trottoir en proie à des nausées comme « un ivrogne qui n'arrive pas à dégueuler ». Kansas City ! Ne savait-il pas que Kansas City attirait la poisse, et n'avait-il pas supplié Dick de s'en tenir à distance ? Maintenant, peut-être que maintenant Dick regrettait de ne pas l'avoir écouté. Et il se demanda : Et moi, avec un peu de monnaie et une poignée de jetons de plomb en poche ? Où pouvait-il aller ? Qui l'aiderait ? Bobo ? Pas l'ombre d'une chance ! Mais peut-être que son mari le ferait. Si Fred Johnson avait agi selon son cœur, il lui aurait assuré un emploi à sa sortie de prison, lui permettant ainsi d'obtenir sa libération conditionnelle. Mais Bobo ne voulait pas en entendre parler ; elle avait dit que ça n'attirerait que des ennuis, et peut-être des risques. Puis elle avait écrit à Perry pour lui dire ça précisément. Un beau jour il lui rendrait la monnaie de sa pièce, il s'amuserait, il lui parlerait, il afficherait ses possibilités, il lui raconterait dans les moindres détails les choses qu'il était capable de faire à des gens comme elle, des gens respectables, des bourgeois suffisants, exactement comme Bobo. Oui, il lui ferait savoir à quel point il pouvait être dangereux, et il surveillerait ses yeux. Pour sûr que ça valait un voyage à Denver. C'est ce qu'il allait faire, aller à Denver et rendre visite aux Johnson. Fred Johnson l'aiderait à prendre un nouveau départ dans la vie : il faudrait bien qu'il le fasse s'il voulait se débarrasser de Perry.

Puis Dick s'approcha de lui au bord du trottoir. « Eh, Perry, dit-il. Tu es malade ? »

Le son de la voix de Dick fut comme l'injection d'un puissant narcotique, une drogue qui produisit, en faisant irruption dans ses veines, un délire de sensations contradictoires : tension et soulagement, fureur et affection. Il avança vers Dick les poings serrés. « Enfant de putain », dit-il.

Dick eut un sourire forcé et dit : « Allons, mon vieux. On a de quoi bouffer. »

Mais un besoin d'explications se faisait sentir, de même que d'excuses, et Dick les présenta en mangeant un plat de *chili con carne* au restaurant de Kansas City qu'il préférait, l'*Eagle Buffet*. « Je regrette, coco. Je savais que tu allais te faire du mauvais sang, penser que je m'étais fait accrocher par un flic. Mais j'avais une telle veine qu'il m'a semblé qu'il fallait la laisser courir. » Il expliqua qu'après avoir quitté Perry il était allé à la Markl Buick Company, la société qui l'avait employé autrefois, espérant trouver des plaques pour remplacer le numéro minéralogique compromettant de l'Iowa que portait le Chevrolet volée. « Personne ne m'a vu arriver ou partir. Markl faisait un trafic considérable de voitures accidentées. Ça n'a pas manqué, dans la cour il y avait une De Soto en pièces avec des plaques du Kansas. » Et où étaient-elles maintenant ? « Sur notre bagnole, mon pote. »

Ayant effectué la substitution, Dick avait jeté les plaques de l'Iowa dans un réservoir municipal. Puis il s'était arrêté à un poste d'essence où travaillait un ami, un ancien camarade de lycée du nom de Steve, et il avait persuadé Steve d'encaisser un chèque de cinquante dollars, chose qu'il n'avait jamais faite auparavant, « voler un copain ». Tant pis, il ne reverrait jamais Steve. Il se « tirait » de Kansas City ce soir même, cette fois vraiment pour ne plus jamais y revenir. Alors pourquoi ne pas taper quelques vieux amis ? Cette idée en tête, il rendit visite à un autre ancien camarade d'école, préparateur en pharmacie. La somme grimpa de ce fait à soixante-quinze dollars. « Maintenant, cet après-midi, on va faire monter ça à quelques centaines. J'ai dressé une liste d'endroits où frapper. Six ou sept, à commencer par ici », dit-il, désignant l'*Eagle Buffet* où tout le monde, le barman et les garçons, le connaissait et l'aimait bien, l'appelant *Pickles* (en l'honneur de son mets préféré). « Ensuite, Floride, nous voilà ! Qu'est-ce que t'en penses, coco ? Est-ce que je ne t'avais pas promis qu'on allait passer Noël à Miami ? Comme tous les millionnaires ? »

*

Dewey et son collègue, l'agent du K.B.I. Clarence Duntz, attendaient qu'une table soit libre au *Trail Room*. Jetant un coup d'œil à la galerie de visages qu'on voyait toujours à l'heure du déjeuner, hommes d'affaires à la peau flasque et propriétaires de ranch au teint rude et marqué par le soleil, Dewey aperçut de vieilles connaissances : le coroner du comté, le Dr. Fenton ; le gérant de Warren, Tom Mahar ; Harrison Smith, qui s'était présenté aux élections d'attorney du comté l'an dernier et qui avait été battu par Duane West ; et aussi Herbert W. Clutter, propriétaire de River Valley Farm et affilié à la même Eglise que Dewey. *Minute !* Herb Clutter n'était-il pas mort ? Et Dewey n'avait-il pas assisté à ses funérailles ? Il était pourtant là, assis à la table circulaire dans l'angle du *Trail Room*, ses yeux bruns pétillants, sa mâchoire carrée, sa bonne mine pleine d'entrain inchangés par la mort. Mais Herb n'était pas seul. Deux jeunes gens partageaient sa table, et, les reconnaissant, Dewey donna un cou de coude à l'agent Duntz.

« Regarde.

— Où ?

— Le coin.

— Nom de Dieu. »

Hickock et Smith ! Mais ils les reconnurent au même instant, eux aussi. Ces garçons sentirent le danger. Ils enfoncèrent la fenêtre du *Trail Room* à coups de pied et filèrent à toute vitesse dans Main Street, Duntz et Dewey à leurs trousses ; ils passèrent devant la bijouterie Palmer, Norris Drugs, le Garden Café ; ensuite, au coin de la rue, ils coururent jusqu'à la gare où ils jouèrent à cache-cache au milieu d'un pâté de silos blancs. Dewey sortit son revolver et Duntz en fit autant, mais comme ils visaient, le surnaturel intervint. Brusquement, mystérieusement (c'était comme un rêve !), tout le monde nageait, poursuivants et poursuivis, traversant l'impressionnante étendue d'eau que la Chambre de Commerce de Garden City prétend être « La Plus Grande Piscine Gratuite du Monde ». Comme les détectives arrivaient à la hauteur des fugitifs, eh bien, une fois de plus (comment cela se faisait-il ? se pouvait-il qu'il rêvât ?), la scène disparut et se fondit en un autre paysage : le cimetière de Valley View, cette île verte et grise de tombes, d'arbres et de sentiers fleuris, oasis calme, feuillue et pleine de bruissements, posée comme une rafraîchissante parcelle d'ombre de nuage sur les lumineuses plaines à blé au nord de la ville. Mais à présent Duntz avait disparu et Dewey était seul avec les hommes qu'il avait pris en chasse. Bien qu'il ne pût les apercevoir, il était certain qu'ils se cachaient parmi les morts, tapis là derrière une pierre tombale, peut-être celle de son propre père : « Alvin Adams Dewey, 6 septembre 1879-26 janvier 1948. » Revolver au poing, il se glissa le long des allées solennelles jusqu'au moment où, ayant entendu des éclats de rire et les ayant localisés, il vit que Hickock et Smith ne se cachaient pas du tout mais étaient à califourchon sur la fosse commune, encore sans épitaphe, de Herb, Bonnie, Nancy et Kenyon, debout les jambes écartées, les mains sur les hanches, la tête renversée, riant. Dewey fit feu... encore une fois... et encore une fois... Aucun des deux hommes ne s'affaissa bien que Dewey leur eût tiré en plein cœur par trois fois ; mais ils devinrent lentement transparents, se faisant peu à peu invisibles, s'évaporant, bien que le rire sonore s'amplifiât jusqu'à ce que Dewey capitule devant lui, se sauve en courant, rempli d'un désespoir si lugubrement intense que ça le réveilla.

Quand il s'éveilla, il était comme un enfant de dix ans, fiévreux et effrayé ; il avait les cheveux mouillés et sa chemise glacée de sueur lui collait à la peau. La pièce, une pièce du bureau du shérif, où il s'était enfermé avant de tomber de sommeil à une table, était presque plongée dans l'obscurité. Tendant l'oreille, il put entendre le téléphone de Mrs. Richardson sonner dans le bureau voisin. Mais elle n'était pas là pour répondre ; le bureau était fermé. En souriant, il passa devant le téléphone avec une indifférence résolue, puis il hésita. Ça pourrait être Marie qui appelait pour demander s'il travaillait encore et si elle devait l'attendre pour dîner.

« On demande Mr. A. A. Dewey, de Kansas City.

— C'est Mr. Dewey à l'appareil.

— Parlez, Kansas City, votre correspondant est au bout du fil.

— Al ? Frère Nye.

— Oui, Frère.

— Prépare-toi à une grande nouvelle.

— J'suis prêt.

— Nos amis sont ici. Ici même à Kansas City.

— Comment le sais-tu ?

— Eh bien, on peut pas dire qu'ils se cachent. Hickok a fait des chèques d'un bout à l'autre de la ville. Signant de son vrai nom.

— Son propre nom. Ça voulait dire qu'il a pas l'intention de rester dans les parages bien longtemps, ou bien qu'il se sent drôlement sûr de lui. Alors, Smith est toujours avec lui ?

— Ah, pour ça ils sont ensemble. Mais au volant d'une voiture différente. Une Chevrolet 1956, deux portes, noir et blanc.

— Des plaques du Kansas ?

— Des plaques du Kansas. Ecoute Al, on a du pot ! Ils ont acheté un appareil de télévision, tu vois ? Hickock a donné un chèque au vendeur. Juste comme ils démarraient, le type a eu le bon sens de prendre le numéro de leur plaque. Il l'a inscrit au dos du chèque. Numéro 16212, comté de Johnson.

— T'as vérifié l'enregistrement ?

— Devine ?

— C'est une voiture volée.

— Pas le moindre doute. Mais les plaques ont été changées. Nos amis les ont prises sur une De Soto accidentée, dans un garage de Kansas City.

— Tu sais quand ?

— Hier matin. Le patron (Logan Sanford) a alerté tout le monde, en donnant le numéro de la nouvelle plaque et une description de la voiture.

— Et la ferme des Hickock ? S'ils sont encore dans la région, il me semble qu'ils vont aller là tôt ou tard.

— T'en fais pas. On la surveille, Al...

— Je t'écoute.

— C'est ça que je veux pour Noël. Tout ce que

je veux. Expédier cette histoire. L'expédier et dormir jusqu'au Nouvel An. Tu crois pas que ça serait un sacré cadeau ?

— Eh bien, j'espère que tu l'auras.

— J'espère qu'on l'aura tous les deux. »

Plus tard, comme il traversait le square du palais de justice qui s'assombrissait, soulevant en marchant d'un air pensif des tas de feuilles sèches qui n'avaient pas été ratissées, Dewey s'étonna de son manque d'exaltation. Comment se faisait-il, alors qu'il savait maintenant que les suspects n'avaient pas disparu à tout jamais en Alaska ou au Mexique ou à Tombouctou, alors qu'une arrestation pouvait avoir lieu dans l'instant qui venait, comment se faisait-il qu'il ne ressentait rien de l'excitation qu'il eût dû ressentir ? C'était la faute du rêve, car le climat obsédant de ce rêve s'était prolongé, amenant Dewey à mettre en doute les assertions de Nye, en un sens, à ne pas y croire. Il ne croyait pas que Hickock et Smith se feraient prendre à Kansas City. Ils étaient invulnérables.

*

A Miami Beach, l'hôtel Somerset se trouve au 335 Ocean Drive ; c'est un petit immeuble carré plus ou moins blanc avec de nombreuses touches mauves, dont une enseigne mauve qui dit : « CHAMBRES LIBRES — PRIX IMBATTABLES — PLAGE AMÉNAGÉE — TOUJOURS L'AIR DU LARGE. » Il fait partie d'une rangée de petits hôtels de stuc et de béton qui bordent la rue blanche et triste. En décembre 1959, la « plage aménagée » du *Somerset* consistait en deux parasols plantés dans une bande de sable en arrière de l'hôtel. L'un des parasols qui était rose portait la légende : « Nous servons les Glaces Valentine. »

A midi, le jour de Noël, un quator de femmes était étendu sous le parasol se laissant bercer par les accents d'un transistor. Le deuxième parasol était bleu et arborait un impératif « Bronzez avec Coppertone » ; il abritait Dick et Perry qui demeuraient au *Somerset* depuis cinq jours dans une chambre à deux lits s'élevant à dix-huit dollars par semaine.

Perry dit : « Tu ne m'as pas encore souhaité un joyeux Noël.

— Joyeux Noël, coco. Et bonne et heureuse année. »

Dick portait un maillot de bain, mais Perry, comme à Acapulco, refusait de montrer ses jambes estropiées — il craignait que les autres personnes sur la plage ne soient « blessées » par ce spectacle — et par conséquent il était assis tout habillé, portant même des chaussettes et des souliers. Cependant, il était relativement content, et quand Dick se leva et commença à faire des exercices — à se tenir sur la tête pour épater les dames sous le parasol rose — il se plongea dans le *Miami Herald.* Il tomba bientôt sur un article en dernière page qui attira toute son attention. Il s'agissait d'un meurtre, l'assassinat d'une famille de Floride, un certain Mr. Clifford Walker, sa femme, leur fils de quatre ans et leur fille de deux ans. Chacune des victimes avait été tuée d'une décharge de 22 dans la tête ; elles n'avaient cependant pas été bâillonnées ou liées. Le crime qui était sans indices et apparemment sans mobile avait eu lieu samedi soir, 19 décembre, au domicile des Walker, un ranch d'élevage de bétail non loin de Tallahassee.

Perry interrompit les exercices de culture physique de Dick pour lui lire l'histoire à haute voix, et il demanda : « Où étions-nous samedi soir dernier ?

— Tallahassee ?

— Je te le demande. »

Dick se concentra. Mardi soir, se relayant au volant, ils étaient sortis du Kansas ; ils avaient traversé le Missouri jusqu'en Arkansas et franchi les monts Ozark ; ils étaient remontés vers la Louisiane où une dynamo brûlée les avait arrêtés vendredi matin. (Une pièce de rechange usagée, achetée à Shreveport, leur coûta vingt-deux dollars cinquante.) Cette nuit-là ils avaient dormi dans la voiture garée au bord de la route quelque part près de la frontière de l'Alabama et de la Floride. Le trajet du lendemain, effectué à un rythme beaucoup plus lent, avait comporté plusieurs divertissements touristiques : visites à une ferme d'alligators et à un élevage de serpents à sonnettes, une promenade dans une barque à fond transparent sur un lac de marais clair comme le cristal, un tardif, interminable et coûteux déjeuner de homard grillé dans un restaurant de fruits de mer au bord de la route. Journée délicieuse ! Mais ils étaient tous deux épuisés quand ils arrivèrent à Tallahassee, et ils décidèrent d'y passer la nuit. « Oui, Tallahassee, dit Dick.

— Etonnant ! » Perry parcourut encore une fois l'article. « Tu sais que ça me surprendrait pas si ça avait été fait par un fou. Un cinglé qui aurait lu ce qui s'est passé dans le Kansas. »

Comme il n'avait pas envie d'entendre Perry « démarrer sur ce sujet », Dick haussa les épaules, eut un sourire forcé et courut jusqu'au bord de l'Océan où il marcha un moment d'un pas tranquille sur le sable arrosé par les brisants, s'arrêtant ici et là pour ramasser un coquillage. Petit garçon, il avait follement envié le fils d'un voisin qui était allé en vacances sur la côte du Golfe et qui était revenu avec une boîte pleine de coquillages ; il l'avait tellement détesté, qu'il avait volé les coquillages et les avait écrasés un à un avec un marteau. L'envie ne le lâchait pas d'une semelle ; l'Ennemi était toute personne qu'il désirait être ou qui avait quelque chose qu'il voulait avoir.

Par exemple, l'homme qu'il avait vu au bord de la piscine du *Fontainebleau.* A des miles de distance, enveloppées dans un voile de brume d'été et de brasillements de la mer, il pouvait voir les tours des pâles et luxueux hôtels : le *Fontainebleau,* l'*Eden Roc,* le *Roney Plaza.* Le lendemain de leur arrivée à Miami il avait proposé à Perry d'envahir ces lieux de plaisir. « Peut-être racoler deux femmes riches », avait-il dit. Perry avait été plus que réticent ; il pensait que les gens les dévisageraient à cause de leurs pantalons kaki et de leurs maillots de corps. En fait, leur visite des parages fastueux du *Fontainebleau* passa inaperçue, au milieu d'hommes qui se promenaient à grands pas vêtus de shorts pékinés en soie grège et de femmes portant à la fois des maillots de bain et des écharpes de vison. Les intrus avaient rôdé dans le hall, fait quelques pas dans le jardin, flâné autour de la piscine. C'était là que Dick avait vu l'homme qui était du même âge que lui — vingt-huit ou trente ans. Ça aurait pu être « un joueur ou un avocat ou peut-être un gangster de Chicago ». Peu importe qui il était, il avait l'air de connaître les splendeurs de l'argent et de la puissance. Une blonde qui ressemblait à Marilyn Monroe le massait avec une crème solaire, et sa main paresseuse et couverte de bagues s'avançait vers un jus d'orange glacé. Tout cela lui revenait de droit, à lui Dick, mais il ne l'aurait jamais. Pourquoi cet enfant de putain devait-il tout avoir, alors que lui n'avait rien ? Pourquoi cette foutue grosse légume aurait-elle toute la chance ? Un couteau en main, lui, Dick, il avait de la puissance. Les foutues grosses légumes comme ce tigre feraient mieux de prendre garde car il pourrait bien « leur crever le bide et laisser un peu de leur chance couler sur le plancher ». Mais la journée de Dick était gâchée. La belle blonde appliquant la crème solaire l'avait gâchée. Il avait dit à Perry : « Foutons le camp d'ici. »

Maintenant, une fillette de douze ans environ traçait des portraits dans le sable, gravant de grands visages informes avec un bout de bois. Sous le prétexte d'admirer son adresse, Dick lui offrit les coquillages qu'il avait ramassés. « Ça fait de bons yeux », dit-il. L'enfant accepta le cadeau, sur quoi Dick sourit et lui fit un clin d'œil. Il regrettait l'émoi que la fillette lui inspirait car l'intérêt sexuel qu'il portait aux enfants du sexe féminin était une faiblesse dont il avait « sincèrement honte », secret qu'il n'avait avoué à personne et dont il espérait que personne ne se doutait (bien qu'il fût conscient que Perry avait de bonnes raisons de le faire), car on pourrait penser que ce n'était pas « normal ». Et s'il y avait une chose dont il était certain, c'était bien d'être un type « normal ». Séduire des fillettes pubères comme il l'avait fait « huit ou neuf » fois, au cours des années passées, ne prouvait pas le contraire, car si on savait la vérité on s'apercevrait que la plupart des hommes vraiment virils ont toujours eu les mêmes désirs que lui. Il prit la main de l'enfant et dit : « Tu es ma petite fiancée. Mon petit amour. » Mais cela déplaisait à la fillette. Sa main, retenue par celle de Dick, se contractait nerveusement comme un poisson au bout de l'hameçon, et il reconnut dans ses yeux l'expression de stupeur qu'il avait déjà vue lors d'incidents antérieurs. Il lui relâcha la main, eut un petit rire et dit : « C'est qu'un jeu. Est-ce que tu n'aimes pas jouer ? »

Etendu sous le parasol bleu, Perry avait observé la scène et s'était rendu compte des intentions de Dick ; il le méprisait pour ça ; Perry n'avait « aucun respect pour les gens qui n'arrivent pas à se maîtriser sexuellement », particulièrement lorsque le manque de contrôle impliquait ce qu'il appelait des « actes de pervertis » — tourmenter les gosses, « des trucs de pédés », le viol. Et il croyait avoir été assez clair avec Dick ; en effet, n'avaient-ils pas failli en venir aux mains tout récemment lorsqu'il avait empêché Dick de violer une fillette terrifiée ? Cependant, il ne tenait pas à répéter cette épreuve de force particulière. Il fut soulagé quand il vit l'enfant s'éloigner de Dick.

Il y avait des chants de Noël dans l'air ; ils provenaient du transistor du quatuor féminin et se mêlaient d'une façon étrange au soleil de Miami et aux cris des mouettes plaintives qui ne se taisaient jamais complètement. « Venez, adorons-Le tous, Oh ! venez, adorons-Le tous » : un chœur de cathédrale, une musique élevée qui émut Perry jusqu'aux larmes, des larmes qui refusèrent de s'arrêter avec la musique. Et comme cela lui arrivait fréquemment dans ces moments d'affliction, il s'attarda à une possibilité qui exerçait sur lui une « immense fascination » : le suicide. Enfant, il avait souvent pensé à se tuer, mais ce n'étaient que des rêveries sentimentales nées d'un désir de punir son père, sa mère et d'autres ennemis. Cependant, depuis qu'il était adulte, la perspective de mettre un terme à sa vie avait de plus en plus perdu son côté de bizarrerie. Il ne devait pas oublier que c'était la « solution » de Jimmy et celle de Fern aussi. Et récemment il en était arrivé à penser que le suicide n'était pas simplement un libre choix mais le genre de mort qui l'attendait.

De toute façon, il n'avait plus « grand-chose à attendre de la vie ». Les îles tropicales et l'or enseveli, les plongées au fond des mers d'un bleu de flamme vers des trésors engloutis, de tels rêves avaient disparu. Disparu aussi « Perry O'Parsons », le nom inventé pour le phénomène chantant de la scène et de l'écran qu'il avait plus ou moins espéré devenir un jour ou l'autre. Perry O'Parsons était mort sans avoir jamais vécu. Qu'y avait-il à attendre ? Lui et Dick étaient « engagés dans une course sans fil d'arrivée » ; c'était l'impression qu'il avait. Et maintenant, après une semaine à Miami à peine, il fallait reprendre la route. Dick, qui avait travaillé une journée pour la compagnie d'entretien de voitures ABC à soixante-cinq cents l'heure, lui avait dit : « Miami est pire que Mexico. Soixante-cinq cents ! Pas moi. Je suis blanc. » Donc, le lendemain, n'ayant plus que vingt-sept dollars de la somme amassée à Kansas City, ils se dirigeaient encore vers l'ouest, le Texas, le Nevada, « sans destination précise ».

Dick, qui avait barboté dans les brisants, revint. Mouillé et à bout de souffle, il se jeta à plat ventre sur le sable collant.

« L'eau était bonne ?

— Merveilleuse. »

*

Le peu de temps qui séparait Noël de l'anniversaire de Nancy Clutter, qui tombait tout de suite après le Nouvel An, avait toujours créé bien des problèmes à son amoureux, Bobby Rupp. Il s'était toujours cassé la tête pour penser à deux cadeaux appropriés en des occasions si rapprochées. Mais chaque année, avec l'argent qu'il se faisait en travaillant l'été dans l'exploitation de betteraves à sucre de son père, il avait fait de son mieux, et le matin de Noël il s'était toujours précipité à la maison des Clutter avec un colis que ses sœurs l'avaient aidé à emballer, espérant causer une surprise à Nancy et lui faire plaisir. L'an dernier il lui avait donné un petit médaillon en or en forme de cœur. Cette année, aussi prévoyant que d'habitude, il avait hésité entre les parfums importés, en vente chez Norris Drugs, et une paire de bottes de cheval. Mais Nancy était morte.

Le matin de Noël, au lieu de courir jusqu'à River Valley Farm, il demeura à la maison et, plus tard, il partagea avec la famille le splendide déjeuner que sa mère avait mis une semaine à préparer. Tout le monde — ses parents et chacun de ses sept frères et sœurs — avait été gentil avec lui depuis la tragédie. Malgré tout, à l'heure des repas, on devait constamment lui répéter qu'il fallait manger. Personne ne comprenait qu'il était réellement malade, que le chagrin l'avait mis dans cet état, formant autour de lui un cercle dont il ne pouvait s'échapper et que les autres ne pouvaient franchir, à l'exception de Sue peut-être. Jusqu'à la mort de Nancy il n'avait pas apprécié Sue, il ne s'était jamais senti tout à fait à l'aise avec elle. Elle était trop différente, prenait au sérieux des choses que même les filles ne devraient pas prendre très au sérieux : la peinture, la poésie, la musique qu'elle jouait au piano. Et, bien sûr, il était jaloux d'elle : la place qu'elle avait occupée dans l'estime de Nancy, bien que d'un autre ordre, avait été au moins égale à la sienne. Mais c'est ce qui permettait à Sue de comprendre sa perte. Sans Sue, sans sa présence presque continuelle, comment aurait-il pu résister à une telle avalanche de chocs : le crime même, ses entretiens avec Mr. Dewey, l'ironie pathétique d'être un moment le suspect numéro un ?

Puis, après un mois environ, l'amitié s'affaiblit. Bobby vint moins fréquemment s'asseoir dans le petit salon confortable des Kidwell et, quand il venait, Sue semblait être moins accueillante. Le problème était qu'ils se forçaient l'un l'autre à pleurer Nancy et à se rappeler ce qu'ils voulaient oublier en fait. Bobby y arrivait parfois : quand il jouait au basket-ball ou conduisait sa voiture sur des routes de campagne à quatre-vingts miles à l'heure, ou lorsqu'il faisait de longues distances au petit trot à travers les champs jaunes et plats, dans le cadre d'un programme d'exercices de culture physique qu'il s'imposait (son ambition était de devenir professeur de culture physique dans un lycée). Et à présent, après avoir aidé à débarrasser la table de toutes ses assiettes du repas de Noël, c'est ce qu'il avait décidé de faire, mettre un tricot de corps et aller courir.

La température était remarquable. Même pour l'ouest du Kansas, réputé pour la longueur de ses étés de la Saint-Martin, cette journée semblait exceptionnelle : air sec, soleil éclatant, ciel d'azur. D'optimistes propriétaires de ranches prédisaient un « hiver ouvert », une saison si douce que le bétail pourrait paître sans arrêt. De tels hivers sont rares, mais Bobby en avait un en mémoire — l'année où il avait commencé à faire sa cour à Nancy. Ils avaient tous deux douze ans, et à la sortie des classes il portait son sac d'écolière sur la distance d'un mile qui séparait l'Ecole de Holcomb du ranch de son père. Par les journées chaudes et ensoleillées, ils s'arrêtaient souvent en route et s'asseyaient près de la rivière, un bras sinueux, boueux et lent, de l'Arkansas.

Un jour Nancy lui avait dit : « Un été, quand on était dans le Colorado, j'ai vu où l'Arkansas commence. L'endroit exact. Mais tu n'aurais pas cru que c'était notre rivière. C'est pas la même couleur. Pure comme de l'eau potable. Et rapide. Et pleine de roches, et de tourbillons. Papa a attrapé une truite. » Le souvenir que Nancy avait gardé de la source de la rivière était demeuré en Bobby, et depuis sa mort... Eh bien, il ne savait pas comment expliquer ça, mais chaque fois qu'il regardait l'Arkansas, la rivière se transformait pour un instant, et ce qu'il voyait n'était pas un cours d'eau boueux serpentant à travers les plaines du Kansas, mais ce que Nancy avait décrit : un torrent du Colorado, une cristalline et fraîche rivière à truites dévalant une vallée montagneuse. C'est ce que Nancy avait été : comme une eau à sa source, énergique, joyeuse.

D'habitude, cependant, les hivers de l'ouest du Kansas retiennent les fermiers à la maison et la gelée sur les champs et les vents coupants changent le climat avant Noël. Quelques années auparavant, la neige était tombée sans discontinuer le soir de Noël, et le lendemain matin, quand Bobby s'était mis en route pour aller chez les Clutter, soit trois miles à pied, il lui avait fallu se frayer un chemin à travers d'épaisses congères. Ça en valait le coup, car, bien qu'il fût transi et empourpré de froid, l'accueil qu'on lui fit le dégela complètement. Nancy était étonnée et fière, et Mrs. Clutter, souvent si timide et si distante, l'avait serré contre elle et embrassé, insistant pour qu'il s'enveloppe dans un couvre-pied et vienne s'asseoir près du feu dans le salon. Tandis que les femmes travaillaient à la cuisine, Kenyon,

Mr. Clutter et lui avaient pris place autour du feu et cassé des noix et des pacanes, et Mr. Clutter avait dit que ça lui rappelait un autre Noël, quand il était de l'âge de Kenyon. « On était sept. Maman, mon père, les deux filles et nous trois, les garçons. On habitait une ferme assez éloignée de la ville. C'est pourquoi on avait l'habitude de faire tous nos achats de Noël ensemble et de tout acheter en un seul voyage. L'année que j'ai en tête, le matin qu'on était censés y aller, il y avait autant de neige qu'aujourd'hui, plus même, et il continuait à neiger, des flocons gros comme le poing. Il semblait bien qu'on était partis pour passer un Noël bloqués par la neige et sans cadeaux sous l'arbre. Maman et les filles en avaient le cœur brisé. Puis j'ai eu une idée. » Il allait seller leur cheval de labour le plus robuste, se rendre en ville et faire les courses pour tout le monde. La famille se mit d'accord. Ils lui donnèrent tous leurs économies de Noël et une liste des choses qu'ils voulaient lui voir acheter : quatre mètres de calicot, un ballon de football, une pelote à épingles, des cartouches ; un si grand nombre d'achats qu'il ne put les faire tous avant la tombée de la nuit. Sur le chemin du retour, les cadeaux en sécurité dans un grand sac de toile cirée, il fut reconnaissant que son père l'eût forcé à prendre une lanterne, et heureux aussi que le harnais du cheval fût garni de clochettes, car leur tintement joyeux et la lueur oblique de la lanterne à pétrole le réconfortaient.

« Aller en ville, ça avait été du gâteau. Mais maintenant la route avait disparu, ainsi que tout point de repère. » Terre et ciel : rien que de la neige. Le cheval qui s'y enfonçait jusqu'au poitrail glissa de côté. « J'ai laissé tomber notre lampe. Nous étions perdus dans la nuit. Ce n'était plus qu'une question de temps avant qu'on tombe endormis et qu'on meure gelés. Oui, j'avais peur. Mais je priais. Et je sentais la présence de Dieu... » Des chiens aboyèrent. Il suivit le bruit jusqu'à ce qu'il aperçût les fenêtres d'une ferme voisine. « J'aurais dû m'arrêter là. Mais j'ai pensé à la famille... J'imaginais ma mère en larmes, papa et les garçons préparant une battue, et j'ai poursuivi ma route. Alors, bien sûr, j'étais pas trop content quand je suis finalement arrivé à la maison et que j'ai vu toutes les lumières éteintes, les portes verrouillées. Quand je me suis aperçu que tout le monde était allé se coucher et m'avait simplement oublié. Ils ne pouvaient comprendre pourquoi j'étais tellement hors de moi. Papa a dit : "On était certain que tu passerais la nuit en ville. Grands dieux, mon garçon ! Qui aurait pu penser que tu serais assez idiot pour revenir à la maison par une vraie tempête de neige ?" »

*

L'odeur de cidre fermenté des pommes qui se gâtaient. Pommiers et poiriers, pêchers et cerisiers : le verger de Mr. Clutter, les précieux arbres fruitiers qu'il avait plantés. Bobby, qui courait sans but, n'avait pas eu l'intention de venir ici ou dans un autre coin de River Valley Farm. C'était inexplicable et il fit demi-tour pour s'en aller, mais il se retourna et se rendit jusqu'à la maison blanche, solide et spacieuse. Elle l'avait toujours impressionné, et ça lui avait fait plaisir de penser que sa petite amie vivait là. Mais maintenant que la maison était privée des soins attentifs du propriétaire décédé, les premiers fils de la toile d'araignée du délabrement se tissaient. Un râteau à gravier rouillait dans l'allée ; la pelouse était desséchée et fatiguée. Ce dimanche fatal, quand le shérif avait fait venir des ambulances pour enlever la famille assassinée, elles avaient roulé sur l'herbe jusque devant la porte d'entrée, et les traces de pneus étaient encore visibles.

La maison du commis était vide aussi ; il avait trouvé un nouveau logement pour sa famille plus près de Holcomb ; personne n'avait été surpris, car aujourd'hui, bien que le temps fût resplendissant, la ferme des Clutter semblait sombre, silencieuse et sans vie. Mais comme Bobby passait devant une grange qui servait d'entrepôt et, plus loin, devant un parc à bestiaux, il entendit un cheval battre l'air de sa queue. C'était Babe, l'obéissante vieille jument pommelée de Nancy, à la crinière blonde et aux yeux d'un pourpre foncé comme de magnifiques pensées épanouies. Empoignant sa crinière, Bobby se frotta la joue contre le cou de Babe, chose que Nancy avait coutume de faire. Et Babe hennit. Le dimanche précédent, la dernière fois qu'il avait rendu visite aux Kidwell, la mère de Sue avait mentionné Babe. Mrs. Kidwell, femme pleine d'imagination, était debout à une fenêtre, observant le crépuscule teinter le paysage, la plaine qui s'étendait. Et elle avait dit à brûle-pourpoint : « Susan ! Sais-tu ce que je ne cesse de voir ? Nancy. Sur Babe. Venant dans cette direction. »

*

Perry fut le premier à les remarquer : deux auto-stoppeurs, un garçon et un vieillard, portant tous deux des havresacs confectionnés à la maison, et, en dépit du temps venteux, un vent piquant et sablonneux du Texas, vêtus de salopettes et d'une légère chemise de coton seulement.

« Faisons-les monter », dit Perry. Dick était réticent ; il n'avait aucune objection à aider des autostoppeurs, à condition qu'ils aient l'air de pouvoir payer leur passage, au moins « de mettre une dizaine de litres d'essence ». Mais Perry, ce bon vieux Perry au cœur d'or, tourmentait constamment Dick pour prendre les gens qui avaient l'air tout ce qu'il y a de plus misérable. Finalement, Dick accepta et arrêta la voiture.

Le garçon — un enfant aux cheveux filasse, costaud, aux yeux vifs, âgé de douze ans environ — était d'une reconnaissance exubérante ; mais le vieillard au visage ridé et jaune, se hissa péniblement sur la banquette arrière et s'y effondra en silence. Le garçon dit : « Pour sûr qu'on apprécie votre geste. Johnny était prêt à s'écrouler. On marche depuis Galveston. »

Perry et Dick avaient quitté ce port une heure plus tôt, après y avoir passé la matinée à se présenter dans les bureaux de diverses compagnies de navigation pour trouver un emploi comme simples matelots. Une compagnie leur avait offert un emploi immédiat à bord d'un pétrolier en partance pour le Brésil, et, en effet, ils auraient été en mer tous les deux à l'heure qu'il était si leur employeur éventuel n'avait découvert qu'ils ne possédaient ni l'un ni l'autre une carte syndicale ou un passeport. Etrangement, la déception de Dick dépassait celle de Perry : Le Brésil ! C'est là qu'on construit toute une nouvelle capitale. A partir de zéro. Imagine ce que ça serait de s'introduire dans un endroit semblable ! N'importe quel idiot pourrait faire une fortune.

— Où est-ce que vous allez ? demanda Perry au garçon.

— Sweetwater.

— Où est-ce, Sweetwater ?

— C'est quelque part dans cette direction. Quelque part dans le Texas. Johnny c'est mon grand-père. Et il a une sœur qui vit à Sweetwater. Bon Dieu, au moins, j'espère qu'elle est bien là. On pensait qu'elle vivait à Jasper, Texas. Mais quand on est arrivés à Jasper, les gens nous ont dit qu'elle et sa famille avaient déménagé à Galveston. Mais elle était pas à Galveston, il y a une dame là-bas qui nous a dit qu'elle était partie à Sweetwater. Bon Dieu, j'espère qu'on va la trouver, Johnny, dit-il en frottant les mains du vieillard comme pour les réchauffer. Tu m'entends, Johnny ? On roule dans une belle Chevrolet toute chaude, modèle 1956. »

Le vieillard toussa, tourna légèrement la tête, ouvrit et ferma les yeux, et toussa à nouveau.

Dick dit : « Eh, dis donc. Qu'est-ce qu'il a qui tourne pas rond ?

— C'est le changement, répondit le garçon. Et la marche. On marche depuis avant Noël. Il me semble bien qu'on a couvert presque tout le Texas. » De la voix la plus naturelle, et tout en continuant à masser les mains du vieillard, le garçon leur raconta que jusqu'au début de ce voyage il avait vécu seul avec son grand-père et une tante dans une ferme près de Shreveport, Louisiane. Peu de temps auparavant, la tante était morte. « Il y a un an que Johnny est souffrant, et il fallait que ma tante se tape tout le boulot. Avec personne d'autre que moi pour l'aider. On était en train de fendre du bois de chauffage. Un tronc d'arbre. Juste au beau milieu, ma tante a dit qu'elle était fatiguée. Avez-vous déjà vu un cheval se coucher et jamais se relever ? Ça m'est arrivé de voir ça. Et c'est ce qu'a fait ma tante. » Quelques jours avant Noël l'homme qui louait la ferme à son grand-père « nous a mis à la porte », continua le garçon. « C'est comme ça qu'on s'est mis en route pour le Texas. Cherchant partout Mrs. Jackson. Je l'ai jamais vue, mais c'est la sœur de Johnny, ils sont du même sang. Et il faut bien que quelqu'un s'occupe de nous. Au moins de lui. Il peut pas continuer bien longtemps. La nuit dernière on a attrapé la pluie. »

La voiture s'arrêta. Perry demanda à Dick pourquoi il s'était arrêté.

« Cet homme est très malade, dit Dick.

— Et alors ? Qu'est-ce que tu veux faire ? Le faire descendre ?

— Sers-toi de ta tête pour une fois.

— T'es vraiment un sale type mesquin.

— Suppose qu'il meure ? »

Le garçon dit : « Il mourra pas. On s'est rendus jusqu'ici, il va attendre maintenant. »

Dick insista. « Suppose qu'il meure ? Pense à ce qui pourrait arriver. Les questions.

— Franchement, je m'en fous. Tu veux les faire descendre ? Alors, vas-y. » Perry regarda l'invalide, encore somnolent, hébété, sourd, et il regarda le garçon qui lui rendit calmement son regard, sans le supplier, sans « demander quoi que ce soit », et Perry se souvint de lui-même à cet âge, de ses propres vagabondages avec un vieillard. « Vas-y. Fais-les descendre. Mais je descendrai moi aussi.

— D'accord, d'accord, d'accord. Seulement oublie pas, dit Dick. Ce sera de ta faute. »

Dick embraya. Soudain, comme la voiture se remettait à rouler, le garçon cria : « Attendez ! » Sautant en bas de la voiture, il courut au bord de la route, s'arrêta, se pencha, ramassa une, deux, trois, quatre bouteilles vides de coca-cola, revint en courant et sauta dans la voiture, heureux et souriant. « Y a un tas d'argent à faire avec les bouteilles vides, dit-il à Dick. Ma foi, m'sieur, si vous conduisiez un peu plus lentement, je vous garantis qu'on peut se ramasser une belle petite somme. C'est avec ça qu'on a mangé, Johnny et moi. L'argent des consignes. »

Dick était amusé, mais il était également intéressé, et quand le garçon lui commanda de s'arrêter la fois suivante, il obéit immédiatement. Les commandements venaient si fréquemment qu'il leur fallut une heure pour couvrir cinq miles, mais ça en valait la peine. Le gosse avait un « véritable génie » pour repérer, parmi les pierres et les moellons herbeux au bord de la route et la lueur brune des bouteilles de bière jetées, les taches émeraude qui avaient autrefois contenu du *7-Up* et du *Canada Dry*. Perry améliora bientôt son propre talent pour dénicher les bouteilles. Au début il se contentait d'indiquer au garçon l'endroit où il en avait repéré ; il trouvait que ça manquait trop de dignité de courir dans tous les sens pour les ramasser lui-même. Tout ça était « passablement stupide », rien qu'un « truc de gosse ». Néanmoins le jeu provoqua une fièvre de chasse au trésor, et bientôt lui aussi succomba au plaisir excitant de cette chasse aux bouteilles consignées. Dick aussi, mais Dick était tout à fait sérieux. Même si ça avait l'air cinglé, peut-être que c'était une façon de faire de l'argent, ou, au moins, quelques dollars. Dieu sait que lui et Perry en avaient grand besoin ; leurs finances combinées se chiffraient pour le moment à moins de cinq dollars.

Maintenant, Dick, le garçon et Perry descendaient tous les trois de la voiture et se faisaient concurrence sans vergogne en toute amitié. Dick découvrit une cache de bouteilles de vin et de whisky au creux d'un fossé, et il fut contrarié d'apprendre que sa découverte était sans valeur.

« Ils ne donnent rien pour les bouteilles d'alcool vides, lui fit savoir le garçon. Y a même quelques-unes des bières qui valent rien. Je m'en empêtre pas d'habitude. Je m'en tiens aux valeurs sûres : *Dr. Pepper, Pepsi-Cola, Coca-Cola, White Rock, Nehi.* »

Dick demanda : « Comment t'appelles-tu ?

— Bill, répondit le garçon.

— Eh bien, Bill, t'en as des choses à nous apprendre. »

La nuit tomba et les chasseurs durent abandonner, à cause de l'obscurité et du manque de place, car ils avaient amassé autant de bouteilles que la voiture pouvait en contenir. Le coffre était plein et la banquette arrière faisait penser à un tas de déchets étincelants ; inaperçu, passé sous silence même par son petit-fils, le vieillard malade était pratiquement caché sous le chargement instable qui carillonnait dangereusement.

Dick dit : « Ce serait marrant si on avait un accident. »

Une série de lumières faisait de la réclame pour le *New Motel* qui était, comme le découvrirent les voyageurs en s'approchant, un groupe imposant de bâtisses comprenant des bungalows, un garage, un restaurant et un bar. Prenant le commandement, le garçon dit à Dick : « Arrêtez-vous ici. Peut-être qu'on nous les reprendra. Seulement, laissez-moi parler. Je m'y connais. Des fois, ils essaient de vous rouler. » Perry ne pouvait imaginer « quelqu'un d'assez malin pour rouler ce gosse », comme il le dit par la suite. « Ça ne le gênait pas le moins du monde d'entrer là-dedans avec toutes ces bouteilles. Moi, j'aurais jamais pu, je me serais senti tellement honteux. Mais les gens du *New Motel* ont été très gentils ; ils se sont contentés de rire. Il s'est trouvé que les bouteilles valaient douze dollars soixante cents. »

Le garçon partagea l'argent en parts égales, en gardant la moitié pour lui-même et donnant le reste à ses associés, et il dit : « Vous savez quoi ? Moi et Johnny on va se taper un bon gueuleton. Et vous les gars, vous avez pas faim ? »

Comme toujours, Dick était affamé. Et après tant d'activité, même Perry se sentait le ventre creux. Comme il le raconta par la suite : « On a porté le vieux à l'intérieur du restaurant et on l'a installé à table. Il avait pas changé d'expression, toujours un air de moribond. Et il a pas dit un seul mot. Mais vous auriez dû le voir s'empiffrer. Le gosse a commandé des crêpes pour lui ; il a dit que c'était ce que Johnny préférait. Je vous jure qu'il a mangé quelque chose comme trente crêpes. Avec peut-être deux livres de beurre et un litre de sirop. Le gosse avait un drôle d'appétit lui aussi. Il voulait rien d'autre que des chips et des glaces, mais il en avalait un tas. Je me demande comment il a pas été malade. »

Au cours du dîner, Dick, qui avait consulté une carte, annonça que Sweetwater était à cent miles ou plus à l'ouest de la route qu'il prenait, la route qui leur ferait traverser le Nouveau-Mexique et l'Arizona jusqu'au Nevada, jusqu'à Las Vegas. Bien que ce fût la vérité, il était évident pour Perry que Dick voulait simplement se débarrasser du garçon et du vieillard. Les intentions de Dick étaient évidentes pour le garçon aussi, mais il fut poli et dit : « Oh, ne vous en faites pas pour nous. Il doit s'arrêter pas mal de voitures par ici. On trouvera bien quelqu'un. »

Le garçon les accompagna jusqu'à la voiture, laissant le vieillard dévorer une nouvelle pile de crêpes. Il échangea une poignée de main avec

Dick et Perry, leur souhaita une bonne et heureuse année, et leur fit des signes de la main jusqu'à ce qu'ils disparaissent dans la nuit.

*

Pour le ménage de l'agent A. A. Dewey, ce fut une soirée mémorable que celle du mercredi 30 décembre. L'évoquant par la suite, sa femme dit : « Alvin chantait dans la baignoire *La Rose jaune du Texas.* Les gosses regardaient la télé. Et j'étais en train de dresser la table de la salle à manger. Pour un buffet. Je suis de La Nouvelle-Orléans ; j'adore cuisiner et recevoir, et ma mère venait juste de nous envoyer un cageot d'avocats, de pois chiches, et... oh ! un tas de choses délicieuses. Alors j'avais décidé de préparer un buffet et d'inviter quelques amis : les Murray et Cliff et Dodie Hope. Alvin ne voulait pas, mais j'étais bien décidée. Grands dieux ! L'affaire pouvait fort bien ne jamais se terminer, et il avait à peine pris une minute de repos depuis le début. Donc, j'étais en train de dresser le couvert, et quand j'ai entendu le téléphone j'ai demandé à l'un des garçons de répondre... Paul. Paul a dit que c'était pour papa et j'ai répondu : "Dis-leur qu'il est dans la baignoire", mais Paul a dit qu'il se demandait s'il devait le faire parce que c'était Mr. Sanford qui appelait de Topeka. Le patron d'Alvin. Alvin a pris la communication avec rien d'autre qu'une serviette autour de la taille. Il m'a mise hors de moi, il a fait des flaques d'eau partout. Mais quand je suis allée prendre une serpillière j'ai vu quelque chose de pire : ce chat, cet idiot de Pete, sur la table de la cuisine en train de se gorger de salade de crabe. La farce de mes avocats.

« J'ai à peine eu le temps de me retourner qu'Alvin s'est subitement jeté sur moi, m'a serrée dans ses bras, et j'ai dit : "Alvin Dewey, es-tu devenu fou ?" J'aime bien les plaisanteries, mais cet homme était trempé comme un canard, il était en train de gâcher ma robe et j'étais déjà en tenue pour recevoir mes invités. Bien sûr, dès que j'ai compris pourquoi il s'était jeté à mon cou, j'ai fait la même chose. Vous imaginez ce que ça signifiait pour Alvin de savoir que ces hommes avaient été arrêtés. A Las Vegas. Il a dit qu'il fallait qu'il parte pour Las Vegas tout de suite et je lui ai demandé s'il ferait pas mieux de s'habiller auparavant, et Alvin, il était tellement excité, il a dit : "Grands dieux, chérie, j'crois bien que j'ai gâché ta soirée !" Je ne pouvais imaginer une façon plus heureuse de la gâcher, si ça voulait dire qu'on se remettrait bientôt à vivre normalement. Alvin riait, c'était merveilleux de l'entendre. Vous savez, les deux dernières semaines avaient été les plus dures. Parce que la semaine avant Noël ces hommes s'étaient présentés à Kansas City, ils étaient venus et ils étaient repartis sans se faire pincer, et je n'ai jamais vu Alvin aussi abattu, sauf une fois quand le petit Alvin était à l'hôpital, avec une encéphalite, on croyait qu'on allait le perdre. Mais j'aime autant ne pas parler de ça.

« De toute façon, je lui ai fait du café et je l'ai apporté dans la chambre à coucher où il était censé s'habiller. Mais il n'en faisait rien. Il était assis au bord de notre lit se tenant la tête entre les mains comme s'il avait la migraine. Il avait même pas enfilé une chaussette. Alors j'ai dit : "Qu'est-ce que t'attends ? Tu veux attraper une pneumonie ?" Et il m'a regardée et m'a dit : "Marie, écoute, il faut que ce soit ces gars-là, il le faut, c'est la seule solution logique." Alvin est étrange.

Comme la première fois qu'il s'est présenté comme shérif du comté de Finney. Le soir des élections, alors que presque tous les votes avaient été comptés et qu'il était clair comme le jour qu'il avait gagné, il disait — j'aurais pu l'étrangler —, il ne cessait de répéter : "Eh bien, on ne le saura pas avant d'avoir les derniers résultats."

« Je lui ai dit : "Ecoute-moi bien, Alvin, commence pas à faire d'histoires. Bien sûr que ce sont eux qui ont fait le coup." Il a dit : "Où sont nos preuves ? On peut pas prouver qu'ils aient jamais mis le pied dans la maison des Clutter ni l'un ni l'autre !" Mais il me semblait que c'était exactement ce qu'il pouvait prouver : des empreintes de pas, est-ce que ce n'était pas la seule chose que ces animaux avaient laissé derrière eux ? Alvin a répondu : "C'est vrai, et ça me fait une belle jambe — à moins que, par hasard, ces garçons portent encore les bottes qui les ont faites. Rien que des empreintes, ça vaut pas tripette." J'ai dit : "D'accord, chéri ; bois ton café et j'vais t'aider à faire ta valise." Des fois, ça ne sert à rien de discuter avec Alvin. A l'entendre parler, j'étais presque convaincue que Hickock et Smith étaient innocents, et que s'ils ne l'étaient pas ils n'avoueraient jamais, et s'ils n'avouaient pas ils ne pourraient jamais être condamnés, car il n'y avait contre eux que des présomptions. Cependant, ce qui l'ennuyait le plus c'était la crainte que l'affaire s'ébruite, que ces hommes apprennent la vérité avant que le K.B.I. puisse les interroger. Pour le moment, ils croyaient qu'ils avaient été arrêtés pour avoir violé leur parole. Pour avoir fait des chèques sans provision. Et Alvin estimait qu'il était très important qu'ils continuent à le penser. Il a dit : "Il faut que le nom des Clutter les frappe comme un marteau, un coup qu'ils aient pas le temps de voir venir."

« Paul — je l'avais envoyé chercher quelques paires de chaussettes d'Alvin sur la corde à linge —, Paul est revenu et il est resté là à me regarder faire la valise. Il voulait savoir où allait Alvin. Alvin l'a pris dans ses bras. Il a dit : "Peux-tu garder un secret, Paul ?" Il avait pas besoin de le demander. Les deux garçons savaient qu'ils ne devaient jamais parler du travail d'Alvin, des choses qu'ils entendaient à la maison. Alors il a dit : "Paul, tu te souviens de ces deux types qu'on recherchait ? Eh bien, maintenant on sait où ils sont, et papa s'en va les chercher et les ramener ici, à Garden City." Mais Paul le supplia : "Ne fais pas ça, ne les ramène pas ici." Il avait peur, n'importe quel gosse de neuf ans aurait eu peur. Alvin l'a embrassé. Il a dit : "T'en fais pas, Paul, on ne les laissera pas faire de mal à qui que ce soit. Ils ne feront plus jamais de mal à personne." »

*

Ce jour-là, à 5 heures de l'après-midi, environ vingt minutes après que la Chevrolet volée eut quitté le désert pour entrer dans Las Vegas, le grand voyage prit fin. Mais pas avant que Perry ne se soit rendu au bureau de poste de Las Vegas où il réclama un colis qu'il s'était adressé à la poste restante : la grande boîte de carton qu'il avait expédiée du Mexique et qu'il avait assurée pour cent dollars, somme qui n'avait aucun rapport avec la valeur du contenu : des pantalons kaki et des treillis, des chemises usées, des sous-vêtements et deux paires de bottes à boucles d'acier. Dick, qui attendait Perry devant le bureau de poste, était d'excellente humeur ; il avait pris une décision qui, il n'en doutait pas, aplanirait ses difficultés actuelles et lui permettrait de prendre un nouveau départ avec de nouvelles perspectives. La décision impliquait de se faire passer pour un officier d'aviation. C'était un projet qui le fascinait depuis longtemps, et Las Vegas était l'endroit idéal pour le mettre à l'épreuve. Il avait déjà choisi le grade et le nom de l'officier, empruntant ce dernier à une ancienne connaissance, le directeur du pénitencier de l'Etat du Kansas à l'époque où il s'y trouvait : Tracy Hand. Déguisé en capitaine Tracy Hand, élégamment vêtu d'un uniforme fait sur mesure, Dick projetait de « se farcir tout le *strip* », la rue des casinos ouverts nuit et jour à Las Vegas. Grands et petits, le *Sands*, le *Stardust* ; il avait l'intention de ne pas en rater un seul, distribuant en route « une poignée de confetti ». En faisant des faux chèques pendant vingt-quatre heures, il s'attendait à ramasser trois ou peut-être même quatre mille dollars dans la journée. Ce n'était que la moitié de son plan ; la deuxième moitié était : au revoir, Perry. Dick en avait assez de lui : son harmonica, ses maux et ses douleurs, ses superstitions, ses yeux féminins et larmoyants, sa voix chuchoteuse et hargneuse. Soupçonneux, fourbe, vindicatif, il était comme une femme dont il faut se débarrasser. Et il n'y avait qu'un seul moyen de le faire : ne rien dire, partir simplement.

Absorbé dans ses plans, Dick ne vit pas une voiture de police le dépasser, ralentir, patrouiller. Descendant les marches du bureau de poste, la boîte mexicaine en équilibre sur l'épaule, Perry lui non plus ne remarqua pas la voiture qui rôdait et les policiers qui l'occupaient.

Les agents Ocie Pigford et Francis Macauley avaient en tête des pages entières d'informations apprises par cœur, y compris la description d'une Chevrolet noir et blanc 1956 portant la plaque JO 16212 du Kansas. Ni Perry ni Dick n'aperçurent la voiture de police qui les suivit lorsqu'ils s'éloignèrent du bureau de poste ; Dick était au volant et obéissait aux indications de Perry ; ils remontèrent cinq rues vers le nord, tournèrent à gauche et puis à droite, roulèrent encore un quart de mile et s'arrêtèrent devant un palmier qui se desséchait et une enseigne effacée par les intempéries et d'où toute écriture avait disparu à l'exception du mot « OOM ».

« C'est ça ? » demanda Dick.

Comme la voiture de police s'arrêtait à côté d'eux, Perry fit un signe affirmatif de la tête.

*

La Section des détectives de la prison de la ville de Las Vegas comprend deux salles d'interrogatoire, des pièces de quatre mètres sur trois éclairées par des tubes fluorescents et dont les murs et le plafond sont en *celotex*. Dans chacune de ces pièces, il y a un ventilateur électrique, une table métallique et des chaises pliantes en métal ; on y trouve en outre des micros camouflés, des magnétophones cachés, et, placé sur la porte, un miroir truqué qui sert de fenêtre d'observation. Ce samedi-là, le deuxième jour de l'année 1960, les deux pièces étaient retenues pour 14 heures. C'était le moment qu'avaient choisi les quatre détectives du Kansas pour leur première confrontation avec Hickock et Smith.

Peu de temps avant l'heure fixée, le quatuor d'agents du K.B.I. — Harold Nye, Roy Church, Alvin Dewey et Clarence Duntz — se réunit dans un couloir attenant aux salles d'interrogatoire. Nye était fiévreux. « En partie la grippe. Mais surtout l'excitation pure et simple », comme il le confia par la suite à un journaliste : « A ce moment-là, ça faisait déjà deux jours que j'attendais à Las Vegas. J'avais pris le premier avion aussitôt que la nouvelle de l'arrestation était parvenue à notre quartier général de Topeka. Le reste de l'équipe, Al, Roy et Clarence, est venu en voiture ; un sale voyage. Sale temps. Ils ont passé le soir du Nouvel An bloqués par la neige dans un motel d'Albuquerque. Ma foi, quand ils sont finalement arrivés à Vegas, ils avaient besoin d'un bon whisky et de bonnes nouvelles. Je les attendais avec les deux. Nos jeunes gars avaient signé des papiers d'extradition. Mieux encore : on avait les bottes, les deux paires ; et les semelles — celles avec le motif en losanges et celles avec le motif Cat's Paw — étaient parfaitement identiques aux photographies grandeur nature des empreintes relevées dans la maison des Clutter. Les bottes se trouvaient dans un colis d'affaires personnelles que nos gars étaient allés chercher au bureau de poste juste avant que le rideau tombe. Comme je le disais à Al Dewey, suppose qu'ils se soient fait pincer cinq minutes plus tôt !

« Tout de même, notre position n'était pas inébranlable, rien qui ne pouvait être démonté. Mais je me souviens, tandis qu'on attendait dans le couloir, je me souviens que j'étais fiévreux et nerveux en diable, mais confiant. On l'était tous ; on avait le sentiment d'être au bord de la vérité. Mon boulot, le mien et celui de Church, était de l'arracher à Hickock. Smith appartenait à Al et au Vieux, Duntz. A ce moment-là, je n'avais pas vu les suspects, simplement examiné leurs affaires et préparé les papiers d'extradition. J'avais jamais posé les yeux sur Hickock jusqu'à ce qu'on l'amène à la salle d'interrogatoire. J'avais imaginé qu'il serait plus costaud. Plus musclé. Pas un gringalet. Il avait vingt-huit ans, mais il avait l'air d'un gosse. Affamé, il crevait littéralement de faim. Il portait une chemise bleue et des treillis et des chaussettes blanches et des souliers noirs. On a échangé une poignée de main ; la sienne était plus sèche que la mienne. Propre, poli, belle voix, bonne diction ; il avait l'air d'un assez brave garçon, avec un sourire très désarmant, et au début il souriait considérablement.

« J'ai dit : "Mr. Hickock, je m'appelle Harold Nye, et voici Mr. Roy Church. Nous sommes des agents spéciaux du Kansas Bureau of Investigation, et on est venus ici pour causer de la violation de votre parole. Naturellement, vous êtes pas obligé de répondre à nos questions, et tout ce que vous direz peut être utilisé contre vous en justice. Vous avez droit à un avocat à tout instant. On emploiera pas la force, on ne fera ni menaces ni promesses." Il était aussi calme qu'on peut l'être. »

*

« Je connais les formalités, dit Dick. C'est pas la première fois qu'on m'interroge.

— Bien, Mr. Hickock...

— Dick.

— Dick, on veut vous parler de vos activités depuis votre libération conditionnelle. A notre connaissance, vous avez fait au moins deux séries de chèques sans provision dans la région de Kansas City.

— Hum, hum ! J'en ai placé pas mal.

— Pourriez-vous nous donner une liste ? »

Evidemment fier de son seul don authentique, une mémoire remarquable, le prisonnier récita les noms et adresses de vingt magasins, cafés et garages de Kansas City, et il rappela fidèlement « l'achat » fait à chaque endroit et le montant du chèque qu'il avait refilé.

« Ça m'intrigue, Dick. Pourquoi ces gens acceptent-ils vos chèques ? J'aimerais connaître votre secret.

— Le secret c'est que les gens sont stupides. »

Roy Church dit : « Très bien, Dick. Très drôle. Mais oublions cette histoire de chèques pour l'instant. » Bien qu'on eût l'impression qu'il avait la gorge garnie de soies de porc quand il parlait, et bien qu'il eût les mains assez endurcies pour donner des coups de poing dans des murs de pierre (son numéro favori, en fait), plus d'une personne a déjà pris Church pour un petit homme bienveillant, le type même de l'oncle chauve aux joues roses. « Dick, dit-il, parlez-nous un peu de votre milieu familial. »

Le prisonnier raconta ses souvenirs. Un jour, alors qu'il avait neuf ou dix ans, son père était tombé malade. « Il avait attrapé la tularémie », et la maladie avait duré plusieurs mois au cours desquels la famille avait vécu grâce à l'aide de l'église et à la charité des voisins, « autrement on aurait crevé de faim ». A l'exception de cet épisode, son enfance avait été normale. « On a jamais eu beaucoup d'argent, mais on a jamais été vraiment sur la paille, dit Hickock. On a toujours eu des vêtements propres et de quoi manger. Mon père était strict, cependant. Il était heureux seulement quand il me faisait faire des corvées. Mais on s'entendait bien, pas de disputes sérieuses. Mes parents se disputaient pas non plus. J'peux pas me souvenir d'une seule querelle. Elle est merveilleuse, ma mère. Papa est un brave type lui aussi.

Je peux dire qu'ils ont fait tout leur possible pour moi. » L'école ? Eh bien, il pensait qu'il aurait pu être un étudiant au-dessus de la moyenne s'il avait consacré aux livres une partie du temps qu'il avait « perdu » à faire du sport. « Base-ball. Football. J'étais dans toutes les équipes. Après le lycée, j'aurais pu aller à l'Université avec une bourse de football[1]. Je voulais devenir ingénieur, mais, même avec une bourse, des études comme ça coûtent cher. J'sais pas, ça m'a semblé plus sûr de me trouver un boulot. »

Avant son vingt et unième anniversaire, Hickock avait été garde-voie, chauffeur d'ambulance, peintre d'automobiles et mécanicien dans un garage ; il avait aussi épousé une fille de seize ans. « Carol. Son père était pasteur. Il était tout à fait contre moi. Il disait que j'étais une nullité parfaite. Il a fait toutes les difficultés possibles. Mais j'étais fou de Carol. Je le suis toujours. C'est une vraie princesse. Seulement, voyez-vous, on a eu trois gosses. Des garçons. Et on était trop jeunes pour avoir trois gosses. Peut-être que si on s'était pas tellement enfoncés dans les dettes. Si j'avais pu faire des extras. J'ai essayé. »

Il essaya le jeu et il commença à falsifier des chèques et à expérimenter d'autres formes de vol. En 1958, il fut convaincu de cambriolage par une cour du comté de Johnson et condamné à cinq ans au pénitencier du Kansas. Mais, à ce moment-là, Carol était partie et il avait pris pour épouse une autre fille de seize ans. « Vraiment dégueulasse. Elle et toute sa famille. Elle a obtenu le divorce pendant que j'étais en prison. Pas que je me plaigne. En août dernier, quand j'ai quitté les

1. Bourse d'études accordée à un élève qui fait partie de l'équipe de l'Université.

murs, j'estimais avoir tous les chances de commencer une vie nouvelle. J'ai trouvé un boulot à Olathe, je vivais avec ma famille, et je restais à la maison le soir. Ça allait comme sur des roulettes...

— Jusqu'au 20 novembre », dit Nye, et Hickock ne sembla pas le comprendre. « Le jour où ça a cessé d'aller comme sur des roulettes et où vous avez commencé à faire des chèques sans provision. Pourquoi ? »

Hickock poussa un soupir et dit : « Y a de quoi écrire un livre. » Puis, fumant une cigarette empruntée à Nye et gracieusement allumée par Church, il dit : « Perry — mon pote Perry Smith — a été libéré sur parole au printemps. Plus tard, quand je suis sorti, il m'a envoyé une lettre. Postée dans l'Idaho. Il écrivait pour me rappeler cette affaire dont on discutait souvent. A propos du Mexique. L'idée était de se rendre à Acapulco, ou dans un de ces endroits, acheter un bateau de pêche, et le piloter nous-mêmes, prendre des touristes pour aller pêcher en haute mer. »

Nye dit : « Ce bateau. Comment aviez-vous l'intention de le payer ?

— J'y arrive, dit Hickock. Vous voyez, Perry m'a écrit qu'il avait une sœur qui vivait à Fort Scott. Et elle avait pas mal de pognon pour lui. Plusieurs milliers de dollars. De l'argent que son père lui devait sur la vente d'une propriété en Alaska. Il a dit qu'il venait au Kansas pour toucher le fric.

— Et vous alliez employer cet argent tous les deux pour acheter un bateau.

— C'est ça.

— Mais ça ne s'est pas passé comme ça.

— Voici ce qui est arrivé. Perry s'est amené

peut-être un mois plus tard. Je l'ai rencontré au terminus d'autocar de Kansas City...

— Quand ? demanda Church. Quel jour de la semaine ?

— Un jeudi.

— Et quand êtes-vous allés à Fort Scott ?

— Samedi.

— Le 14 novembre. »

Un éclair de surprise passa dans les yeux de Hickock. On pouvait voir qu'il se demandait pourquoi Church était si certain de la date ; et le détective se hâta d'ajouter, car il était trop tôt pour éveiller des soupçons : « A quelle heure êtes-vous partis pour Fort Scott ?

— Cet après-midi-là. On a fait quelques réparations à ma voiture, et on a mangé un plat de *chili con carne* au *West Side Café*. Il devait être aux alentours de 3 heures.

— Aux alentours de 3 heures. La sœur de Perry Smith vous attendait-elle ?

— Non. Parce que, voyez-vous, Perry avait perdu son adresse. Et elle n'avait pas le téléphone.

— Alors, comment vous attendiez-vous à la trouver ?

— En demandant au bureau de poste.

— L'avez-vous fait ?

— Perry s'est renseigné. Ils ont dit qu'elle avait déménagé. Ils pensaient qu'elle était partie dans l'Oregon. Mais elle n'avait pas laissé d'adresse où faire suivre son courrier.

— Ça a dû être un drôle de choc. Après avoir compté sur une somme importante comme ça. »

Hickock acquiesça. « Parce que... eh bien, on était fermement décidés à aller au Mexique. Autrement, j'aurais jamais encaissé ces chèques. Mais j'espérais... Maintenant écoutez-moi bien ; je dis la vérité. Je pensais qu'une fois au Mexique, quand on aurait commencé à faire de l'argent, alors je pourrais les rembourser. Les chèques. »

Nye prit la relève. « Un instant, Dick. » Nye est un petit homme qui s'emporte facilement et qui a de la difficulté à modérer sa vigueur agressive, sa tendance à parler sans mâcher ses mots. « J'aimerais en apprendre un peu plus sur le voyage à Fort Scott », dit-il en baissant la voix. « Quand vous avez découvert que la sœur de Smith n'y était plus, qu'est-ce que vous avez fait ensuite ?

— On s'est promenés. On a pris une bière. On s'est remis en route.

— Vous voulez dire que vous êtes revenus à la maison ?

— Non. A Kansas City. On s'est arrêtés au *Zesto Drive-In*. On a mangé des hamburgers. On est allés faire un tour à Cherry Row. »

Ni Nye ni Church ne connaissaient Cherry Row.

Hickock dit : « Sans blague ! Tous les flics du Kansas connaissent ça. » Lorsque les détectives affirmèrent encore une fois qu'ils ne connaissaient pas cet endroit, il expliqua que c'était un jardin public où l'on rencontrait des « prostituées surtout », ajoutant : « mais un tas d'amateurs aussi. Des infirmières. Des secrétaires. J'ai eu pas mal de chance dans cet endroit.

— Et ce soir-là. Vous avez eu de la chance ?

— Manque de pot. On s'est retrouvés avec deux putains.

— Leurs noms ?

— Mildred. L'autre, celle de Perry, j'pense qu'elle s'appelait Joan.

— Décrivez-les.

— C'étaient peut-être deux sœurs. Blondes toutes les deux. Grassouillettes. J'm'en souviens pas trop bien. Voyez-vous, on avait acheté une bouteille d'Orange Blossom prête à boire — c'est du soda à l'orange et de la vodka — et je commençais à être ivre. On a versé à boire aux filles et on les a emmenées au *Fun Haven*. Messieurs, j'imagine que vous avez jamais entendu parler du *Fun Haven* ? »

Ils n'en avaient jamais entendu parler.

Hickock sourit et haussa les épaules : « C'est sur la route du Blue Ridge. Huit miles au sud de Kansas City. Moitié boîte de nuit, moitié motel. Ça coûte dix dollars pour avoir la clé d'une cabine. »

Continuant son récit, il décrivit la cabine où il prétendait qu'ils avaient passé la nuit tous les quatre : lits jumeaux, un vieux calendrier publicitaire Coca-Cola, un poste qui ne fonctionnait pas à moins que le client n'y insère vingt-cinq cents. Son air pondéré, sa précision, l'assurance avec laquelle il présentait des détails vérifiables impressionnèrent Nye ; cela, bien sûr, en dépit du fait que le garçon mentait. Eh bien, ne mentait-il pas ? Nye avait des sueurs froides provoquées peut-être par la grippe et la fièvre ou parce qu'il se sentait soudain moins sûr de lui-même.

« Le lendemain matin on s'est éveillés pour s'apercevoir qu'elles nous avaient roulés et qu'elles avaient foutu le camp, dit Hickock. Elles m'ont pas pris grand-chose. Mais Perry avait perdu son portefeuille avec quarante ou cinquante dollars.

— Qu'avez-vous fait ?

— Y avait rien à faire.

— Vous auriez pu avertir la police.

— Bah ! Cessez de blaguer. Avertir la police. Pour votre information, un type qui est en liberté conditionnelle n'a pas le droit de se soûler. Ou de fréquenter un autre prisonnier libéré.

— D'accord, Dick. On en est à dimanche. Le 15 novembre. Racontez-nous ce que vous avez fait ce jour-là à partir du moment où vous avez quitté le *Fun Haven*.

— On a pris un petit déjeuner dans un restaurant de routiers près de Happy Hill. Puis on est retournés à Olathe et j'ai laissé Perry à l'hôtel où il demeurait. Il devait être à peu près 11 heures. Ensuite, je suis rentré à la maison et j'ai déjeuné en famille. Comme tous les dimanches. On a regardé la télé : une partie de basket-ball, ou peut-être bien que c'était du football. J'étais passablement fatigué.

— Quand avez-vous revu Perry Smith ?

— Lundi. Il est venu là où je travaillais. La carrosserie Bob Sands.

— Et de quoi avez-vous parlé ? Du Mexique ?

— L'idée nous plaisait toujours, même si on avait pas mis la main sur l'argent qu'il nous fallait pour réaliser nos projets : se monter une affaire là-bas. Mais on voulait y aller et il semblait que ça valait le coup.

— Ça valait un autre séjour à Lansing ?

— Ça n'entrait pas en ligne de compte. Voyez-vous, on avait l'intention de ne jamais remettre les pieds de ce côté-ci de la frontière. »

Nye, qui avait pris des notes dans un carnet, dit : « Le lendemain de la série de chèques — ça devrait être le 21 — vous avez disparu avec votre ami Smith. Maintenant, Dick, donnez-nous une idée générale de vos déplacements entre cette date et le moment de votre arrestation ici à Las Vegas. Seulement une idée générale. »

Hickock siffla et roula les yeux. « Fichtre ! » dit-il, et puis, faisant appel à sa mémoire pour donner une relation à peu près fidèle, il commença un récit du long voyage : les quelque dix mille miles que lui et Smith avaient parcourus au cours des six dernières semaines. Il parla durant une heure vingt-cinq minutes — de 14 h 50 à 16 h 15 — et, tandis que Nye essayait d'en dresser une liste, il mentionna des grands-routes et des hôtels, des motels, des fleuves, des petites villes et des grands centres, une litanie de noms qui s'entrelaçaient : Apache, El Paso, Corpus Christi, Santillo, San Luis Potosi, Acapulco, San Diego, Dallas, Omaha, Sweetwater, Stillwater, Tenville Junction, Tallahassee, Needles, Miami, Hotel Nuevo Waldorf, Somerset Hotel, Hotel Simone, Arrowhead Motel, Cherokee Motel, et beaucoup, beaucoup d'autres. Il leur donna le nom de l'homme à qui il avait vendu sa vieille Chevrolet 1949 au Mexique, et il avoua avoir volé un modèle plus récent dans l'Iowa. Il décrivit des personnes que lui et son compagnon avaient rencontrées : une veuve mexicaine, riche et pleine de sex-appeal ; Otto, un « millionnaire » allemand ; deux « élégants » boxeurs noirs au volant d'une « élégante » Cadillac mauve ; le propriétaire aveugle d'un élevage de serpents à sonnettes, en Floride ; un vieillard qui se mourait et son petit-fils ; et d'autres. Et lorsqu'il eut fini, il demeura assis les bras croisés, un sourire de contentement sur les lèvres, comme s'il s'attendait à être félicité pour l'humour, la clarté et la bonne foi du récit de ses voyages.

Mais Nye, qui tâchait de garder le fil du récit, écrivait à toute vitesse, et Church faisait claquer paresseusement une main fermée contre la paume ouverte de l'autre sans dire un mot, jusqu'à ce qu'il dise soudainement : « J'imagine que vous savez pourquoi on est ici ? »

Hickock cessa de sourire et se redressa.

« J'imagine que vous vous rendez compte qu'on

serait pas venus jusqu'au Nevada seulement pour causer avec deux faussaires à la petite semaine. »

Nye avait refermé son calepin. Lui aussi, il regarda fixement le prisonnier et il remarqua qu'un réseau de veines était apparu sur sa tempe gauche.

« Est-ce qu'on aurait fait ça, Dick ?

— Quoi ?

— Est-ce qu'on serait venus jusqu'ici pour parler de quelques chèques ?

— Je ne vois pas d'autre raison.

Nye dessina un poignard sur la couverture de son carnet. Ce faisant, il dit : « Dites-moi, Dick. Vous avez déjà entendu parler des meurtres Clutter ? » Sur quoi, écrivit-il par la suite dans un rapport officiel de l'interrogatoire : « Le suspect a visiblement eu une réaction intense. Il est devenu gris. Il a clignoté des yeux. »

Hickock dit : « Doucement. Attendez un instant. J'suis pas un sacré tueur.

— La question posée, lui rappela Church, était de savoir si vous aviez entendu parler des meurtres Clutter.

— Il se peut que j'aie lu quelque chose, répondit Dick.

— Un crime sadique. Sadique. Lâche.

— Et presque parfait, dit Nye. Mais vous avez commis deux erreurs, Dick. L'une était que vous avez laissé un témoin. Un témoin vivant qui viendra déposer en cour. Qui se présentera à la barre et qui racontera au jury comment Richard Hickock et Perry Smith ont ligoté, bâillonné et massacré quatre personnes sans défense. »

Le visage de Hickock rougit sous l'afflux du sang. « Un témoin vivant ! Il peut pas y en avoir !

— Parce que vous pensiez vous être débarrassés de tout le monde ?

— J'ai dit, doucement ! il y a personne qui peut me rattacher à un sacré meurtre. Des chèques. Un petit vol insignifiant. Mais je ne suis pas un sacré tueur.

— Alors, pourquoi ? lui demanda Nye avec acharnement, nous avez-vous menti ?

— Je vous ai raconté la sacrée vérité.

— De temps à autre. Pas toujours. Par exemple, samedi après-midi, le 14 novembre ? Vous dites que vous êtes allés à Fort Scott.

— Oui.

— Et quand vous êtes arrivés, vous êtes allés au bureau de poste ?

— Oui.

— Pour obtenir l'adresse de la sœur de Perry Smith.

— C'est ça. »

Nye se leva. Il vint se placer derrière la chaise de Hickock et, posant les mains sur le dossier, il se pencha comme pour chuchoter dans l'oreille du prisonnier. « Perry Smith n'a pas de sœur qui vit à Fort Scott, dit-il. Il n'en a jamais eu. Et il se trouve que le bureau de poste est fermé le samedi après-midi. » Puis il dit : « Réfléchissez, Dick. C'est tout pour maintenant. On vous parlera plus tard. »

Après avoir renvoyé Hickock, Nye et Church traversèrent le couloir et, regardant à travers le miroir truqué qui servait de fenêtre d'observation, ils suivirent *de visu* l'interrogatoire de Perry Smith, sans rien pouvoir entendre. Nye qui voyait Smith pour la première fois était fasciné par ses pieds, par le fait que ses jambes étaient si courtes que ses pieds, aussi petits que ceux d'un enfant, pouvaient à peine toucher le sol. La tête de Smith

— ses cheveux raides d'Indien, le mélange indo-irlandais de peau sombre et de traits moqueurs et espiègles — lui rappelait la jolie sœur du suspect, la gentille Mrs. Johnson. Mais cet homme-enfant, difforme et rabougri, n'était pas beau ; le bout rose de sa langue avançait comme un dard, tremblotant comme celle d'un lézard. Il fumait une cigarette, et, à en juger par la régularité de ses exhalations Nye en déduisit qu'il était toujours « vierge », c'est-à-dire pas encore informé du but réel de l'interrogatoire.

*

Nye avait raison. Car Dewey et Duntz, professionnels patients, avaient graduellement limité l'histoire de la vie du prisonnier aux événements des sept dernières semaines, et ils avaient ensuite ramené ces dernières à une récapitulation condensée de la fin de semaine cruciale : de samedi midi à dimanche midi, du 14 novembre au 15. A présent, après avoir passé trois heures à préparer le terrain, ils étaient sur le point d'en arriver à l'essentiel.

Dewey dit : « Perry, voyons où nous en sommes. Quand vous avez été libéré sur parole, c'était à condition de ne jamais revenir au Kansas.

— Le Kansas ! J'ai pleuré comme une Madeleine.

— Si vous nourrissiez de tels sentiments, pourquoi êtes-vous revenu ? Vous deviez avoir une raison majeure.

— Je vous l'ai dit. Pour voir ma sœur. Prendre l'argent qu'elle gardait pour moi.

— Oh ! oui. La sœur que vous et Hickock avez essayé de trouver à Fort Scott. Perry, à quelle distance de Kansas City se trouve Fort Scott ? »

Smith secoua la tête. Il ne savait pas.

« Alors, combien de temps avez-vous mis pour vous y rendre en voiture ? »

Pas de réponse.

« Une heure ? Deux ? Trois ? Quatre ? »

Le prisonnier dit qu'il ne pouvait pas s'en souvenir.

« Bien sûr que vous pouvez pas. Parce que vous êtes jamais allé à Fort Scott de votre vie. »

Jusqu'alors aucun des deux détectives n'avait mis en doute la moindre partie de la déclaration de Smith. Il changea de position sur sa chaise ; il s'humecta les lèvres du bout de la langue.

« En fait, rien de ce que vous nous avez raconté n'est vrai. Vous avez jamais mis les pieds à Fort Scott. Vous avez pas raccroché ces deux filles et vous les avez pas emmenées dans un motel.

— C'est pourtant vrai. C'est la pure vérité.

— Comment s'appelaient-elles ?

— J'ai pas demandé.

— Vous et Hickock, vous avez passé la nuit avec ces femmes et vous leur avez pas demandé leurs noms ?

— C'étaient que des prostituées.

— Dites-nous le nom du motel.

— Demandez à Dick. Il saura lui. Je me souviens jamais des trucs comme ça. »

Dewey s'adressa à son collègue : « Clarence, j'pense qu'il est temps qu'on parle à Perry sans détours. »

Duntz se pencha en avant. C'est un poids lourd doué de l'agilité naturelle d'un mi-moyen, mais qui a l'œil paresseux et le regard pesant. Il parle d'une voix traînante ; chaque mot est formé à contrecœur, articulé avec un accent de la plaine.

et dure un certain moment. « Oui, monsieur, dit-il. A peu près temps.

— Ecoutez bien, Perry. Parce que Mr. Duntz va vous dire où vous étiez vraiment ce samedi soir. Où vous étiez et ce que vous faisiez. »

Duntz dit : « Vous étiez en train de tuer la famille Clutter. »

Smith avala sa salive. Il commença à se frotter les genoux.

« Vous étiez à Holcomb, Kansas. Dans la demeure de Mr. Herbert W. Clutter. Et avant de quitter cette maison vous avez tué toutes les personnes qui s'y trouvaient.

— Jamais. Jamais je n'ai...

— Jamais je n'ai quoi ?

— Connu quelqu'un qui s'appelait comme ça. Clutter. »

Dewey le traita de menteur, et puis, sortant une carte que les quatre détectives s'étaient mis d'accord pour jeter sur la table lors d'une consultation préalable, il lui dit : « On a un témoin vivant, Perry. Une personne que vous avez négligée, les gars. »

Une minute entière s'écoula, et Dewey se réjouit du silence de Smith, car un innocent aurait demandé qui était ce témoin, et qui étaient ces Clutter, et pourquoi pensait-on qu'il les avait tués — aurait certainement dit quelque chose, de toute façon. Mais Smith demeura assis calmement, à se frotter les genoux.

« Alors, Perry ?

— Vous avez une aspirine ? Ils m'ont enlevé mes aspirines.

— Vous vous sentez mal ?

— Mes jambes me font mal. »

Il était 17 h 30. Brusquant intentionnellement les choses, Dewey mit un terme à l'entretien. « On reparlera de ça demain, dit-il. A propos, vous savez quel jour ce sera demain ? L'anniversaire de Nancy Clutter. Elle aurait eu dix-sept ans. »

*

« Elle aurait eu dix-sept ans. » Eveillé aux petites heures du matin, Perry se demanda (il le rappela par la suite) s'il était vrai que l'anniversaire de la jeune fille tombait aujourd'hui, et il décida qu'il n'en était rien, que ce n'était qu'une autre façon de lui détraquer les nerfs, comme cette histoire de témoin, inventée de toutes pièces : un « témoin vivant ». Il ne pouvait y en avoir. Ou bien, voulaient-ils dire... Si seulement il pouvait parler à Dick ! Mais lui et Dick étaient maintenus séparés ; Dick était enfermé dans une cellule à un autre étage. « Ecoutez bien, Perry. Parce que Mr. Duntz va vous dire où vous étiez vraiment... » Au milieu de l'interrogatoire, après qu'il eut commencé à remarquer le nombre d'allusions à une certaine fin de semaine de novembre, il s'était armé de sang-froid pour ce qu'il savait devoir arriver, et pourtant quand la chose était arrivée, lorsque le gros cow-boy à la voix endormie avait dit : « Vous étiez en train de tuer la famille Clutter », eh bien, nom de Dieu, il avait failli mourir, tout simplement. Il avait dû perdre cinq kilos en deux secondes. Dieu merci, il ne leur avait rien laissé voir. Ou il espérait qu'il en était ainsi. Et Dick ? Il est probable qu'ils avaient essayé le même truc avec lui. Dick était habile, c'était un comédien convaincant, mais il manquait de cran, il perdait trop facilement les pédales. Tout de même, peu importe à quel point on ferait pression sur lui, Perry était sûr que Dick tiendrait bon. A moins qu'il ait l'intention de se faire pendre. « Et avant de quitter cette maison vous avez tué toutes les personnes qui s'y trouvaient. » Ça ne le surprendrait pas que chaque ancien bagnard du Kansas ait entendu cette rengaine. Ils avaient dû questionner des centaines d'hommes, et ils en avaient sans doute accusé des douzaines ; lui et Dick n'étaient que deux de plus. Et, d'un autre côté, eh bien, le Kansas enverrait-il quatre agents spéciaux à mille miles de là pour prendre livraison de deux pauvres types qui avaient violé leur parole ? Peut-être qu'ils étaient tombés sur quelque chose par hasard, quelqu'un... « un témoin vivant ». Mais c'était impossible. Sauf... Il donnerait un bras, une jambe, pour parler à Dick pendant cinq minutes seulement.

Et Dick, éveillé dans une cellule à l'étage d'en dessous, brûlait (il le rappela par la suite) également de converser avec Perry, découvrir ce que ce pauvre mec leur avait dit. Nom de Dieu, on pouvait même pas se fier à lui pour se souvenir des grandes lignes de l'alibi du *Fun Haven*, bien qu'ils en eussent discuté plusieurs fois. Et quand ces salauds l'avaient menacé avec leur témoin ! Dix contre un que le petit monstre avait pensé qu'ils voulaient dire un témoin oculaire. Tandis que lui, Dick, il avait su tout de suite qui devait être le prétendu témoin : Floyd Wells, son vieil ami et ancien compagnon de cellule. Alors qu'il purgeait les dernières semaines de sa condamnation, Dick avait formé le projet de poignarder Floyd, de le frapper en plein cœur avec un « poinçon à glace » de sa fabrication, et quel idiot il avait été de ne pas le faire. En dehors de Perry, Floyd Wells était le seul être humain à pouvoir établir un lien entre les noms Hickock et Clutter. Floyd, avec ses épaules tombantes et son menton fuyant, Dick avait pensé qu'il aurait trop peur. L'enfant de putain s'attendait probablement à une importante récompense : sa libération sur parole ou de l'argent, ou bien les deux. Les poules auraient des dents avant qu'il l'obtienne. Parce que les commérages d'un forçat n'étaient pas des preuves. Les preuves ce sont des empreintes digitales, des empreintes de pas, des témoins, des aveux. Nom de Dieu, si ces cow-boys n'avaient rien d'autre en main qu'une vague histoire que leur avait racontée Floyd Wells, alors il n'y avait pas de quoi fouetter un chat. A bien y penser, Floyd n'était pas la moitié aussi dangereux que Perry. Si Perry perdait les pédales et se mettait à table, il pouvait les envoyer tous les deux dans le Coin. Et il aperçut tout à coup la vérité : c'était Perry qu'il aurait dû réduire au silence. Sur une route de montagne au Mexique. Ou en traversant à pied le désert de Mojave. Pourquoi n'y avait-il pas pensé avant ? Car maintenant, maintenant c'était beaucoup trop tard.

*

Finalement, à 15 h 5 cet après-midi-là, Smith admit la fausseté de l'histoire de Fort Scott. « C'était seulement un truc que Dick avait raconté à sa famille. Pour pouvoir passer la nuit dehors. Boire un coup. Voyez-vous, le père de Dick le surveillait d'assez près, il avait peur qu'il manque à sa parole. Alors on a inventé l'excuse de ma sœur. C'était simplement pour calmer Mr. Hickock. » Autrement, il répéta inlassablement la même histoire, et Duntz et Dewey, en dépit du nombre de fois où ils le reprirent et l'accusèrent de mentir, ne purent l'en faire démordre, sauf pour ajouter de nouveaux détails. Les noms des prostituées, il s'en souvenait aujourd'hui, étaient Mildred et Jane (ou Joan). « Elles nous ont roulés, se rappelait-il à présent. Elles ont décampé avec tout notre fric pendant qu'on dormait. » Et, bien que Duntz lui-même eût perdu son sang-froid, eût abandonné, en même temps que sa veste et sa cravate, son énigmatique dignité somnolente, le suspect semblait satisfait et serein ; il demeura inébranlable. Il n'avait jamais entendu parler des Clutter ou de Holcomb, ou même de Garden City.

De l'autre côté du couloir, dans la pièce enfumée où Hickock subissait son deuxième interrogatoire, Church et Nye appliquèrent méthodiquement une stratégie moins directe. Au cours de cet interrogatoire qui durait depuis presque trois heures maintenant, ils n'avaient pas parlé de meurtre une seule fois, omission qui entretenait la nervosité et l'attente chez le prisonnier. Ils parlèrent de tout le reste : la philosophie religieuse de Hickock (« Je sais que l'enfer existe. J'y suis allé. Peut-être que le ciel existe aussi. Y a des tas de gens riches qui le pensent ») ; sa vie sexuelle (« J'ai toujours eu la conduite d'un être normal à cent pour cent ») ; et, une fois de plus, l'histoire de sa récente virée à travers le pays (« Pourquoi on continuait comme ça ? La seule raison c'est qu'on se cherchait du boulot. Cependant, on ne pouvait rien trouver de convenable. J'ai travaillé pendant une journée comme terrassier »). Mais le centre d'intérêt résidait en ce qu'on passait sous silence, ce qui, les détectives en étaient convaincus, était la cause de la détresse croissante de Hickock. Il ferma bientôt les yeux et se toucha les paupières du bout tremblant de ses doigts. Et Church demanda : « Quelque chose qui ne va pas ?

— Un mal de tête. J'attrape de drôles de migraines. »

Puis Nye dit : « Regardez-moi, Dick. » Hickock obéit, avec une expression que le détective interpréta comme une façon de le supplier de parler, d'accuser, et de permettre au prisonnier de se réfugier ainsi dans le sanctuaire d'une inébranlable dénégation. « Quand nous avons discuté de la chose hier, vous vous souviendrez peut-être que j'ai dit que les meurtres Clutter étaient presque un crime parfait. Les tueurs n'ont commis que deux erreurs. La première est d'avoir laissé un témoin. La deuxième, eh bien, je vais vous montrer. » Se levant, il alla chercher dans un coin une boîte et un porte-documents qu'il avait apportés dans la pièce au début de l'interrogatoire. Il sortit une grande photographie du porte-documents. « Ceci, dit-il, la laissant sur la table, est une reproduction grandeur nature de certaines empreintes de pas découvertes près du corps de Mr. Clutter. Et voici », il ouvrit la boîte, « les bottes qui les ont faites. Vos bottes, Dick. » Hickock regarda et détourna la tête. Il posa les coudes sur ses genoux et enfouit sa tête entre ses mains. « Smith, dit Nye, a été encore plus imprudent. On a ses bottes aussi, et elles collent parfaitement avec une autre paire d'empreintes. Sanglantes, celles-là. »

Church donna le coup de grâce. « Voici ce qui va vous arriver, Hickock, dit-il. Vous allez être ramené au Kansas. Vous allez être inculpé sous quatre chefs d'accusation d'homicide volontaire. Premier chef : que, le 15 novembre 1959 ou aux alentours de cette date, le dénommé Richard Eugene Hickock a illégalement, criminellement, volontairement, délibérément, et avec préméditation, et au cours de la perprétration d'un crime, tué et privé de sa vie Herbert W. Clutter. Deuxième chef : le 15 novembre 1959 ou aux alentours de cette date, le même Richard Eugene Hickock a illégalement...

Hickock dit : « Perry Smith a tué les Clutter. » Il releva la tête et se redressa lentement sur sa chaise, comme un boxeur qui se remet sur pied en chancelant. « C'était Perry. Je ne pouvais pas l'arrêter. Il les a tués tous.

*

La receveuse des postes, Mrs. Clare, qui goûtait un moment de repos en prenant un café chez Hartman se plaignit que le volume de la radio du café fût trop faible. « Montez-le », demanda-t-elle.

Le récepteur était sur la longueur d'ondes de la station KIUL de Garden City. Elle entendit les mots : « ... après avoir fait son dramatique aveu en sanglotant, Hickock est sorti de la salle d'interrogatoire et s'est évanoui dans un couloir. Les agents du K.B.I. l'ont rattrapé comme il s'effondrait. Les agents ont rapporté les paroles de Hickock disant que lui et Smith se sont introduits dans la maison des Clutter dans l'espoir d'y trouver un coffre-fort contenant au moins dix mille dollars. Mais il n'y avait pas de coffre-fort ; ils ont donc ligoté la famille et les ont tués un par un. Smith n'a pas confirmé ou nié avoir participé au crime. Quand on lui a dit que Hickock avait signé ses aveux, Smith a dit : "J'aimerais voir la déclaration de mon pote." Mais sa demande a été rejetée. Les policiers ont refusé de révéler qui, de Hickock ou Smith, a effectivement tué les membres de la famille. Ils ont souligné que la déclaration n'était que la version de Hickock. Les agents du K.B.I. qui ramènent les deux hommes au Kansas ont déjà quitté Las Vegas en voiture.

On s'attend à ce que les voyageurs arrivent à Garden City dans la soirée de mercredi. Pendant ce temps, l'attorney du comté, Duane West... »

« Un par un, dit Mrs. Hartman. Pensez donc. C'est pas surprenant que la vermine se soit évanouie. »

Les autres personnes qui étaient dans le café — Mrs. Clare, Mabel Helm et un jeune fermier costaud qui s'était arrêté pour acheter une carotte de tabac à chiquer Brown's Mule — ronchonnèrent et marmonnèrent. Mrs. Helm s'essuyait les yeux avec une serviette en papier. « Je n'écouterai pas, dit-elle. Je ne dois pas. Je ne le ferai pas. »

« ... la nouvelle de l'élucidation de l'affaire a provoqué peu de réactions dans le village de Holcomb, à un demi-mile de la demeure des Clutter. En général, les quelque deux cent soixante-dix habitants de l'agglomération ont exprimé leur soulagement... »

Le jeune fermier accueillit cette déclaration par des cris de protestation « Soulagement ! Hier soir, après qu'on l'ait appris à la télé, vous savez ce que ma femme a fait ? Elle a chiâlé comme un bébé.

— Chut, dit Mrs. Clare. C'est moi. »

« ... et la receveuse des postes de Holcomb, Mrs. Myrtle Clare, a dit que les habitants du village sont contents que l'affaire soit élucidée, mais qu'il y en avait encore qui croyaient que d'autres personnes pourraient être impliquées. Elle a déclaré que beaucoup de gens gardent encore leurs portes fermées à clé et leurs fusils à portée de la main... »

Mrs. Hartman éclata de rire. « Oh, Myrt ! dit-elle. A qui as-tu raconté ça ?

— Au reporter du *Telegram*. »

Dans l'entourage de Mrs. Clare, nombreux sont les hommes qui la traitent comme si elle était un autre homme. Le fermier lui donna une tape sur l'épaule et dit : « Mince alors. Myrt. Allez, mon vieux, vous pensez pas encore qu'un de nous, quelqu'un du pays, a quelque chose à voir avec ça ? »

Mais, naturellement, c'était exactement ce que pensait Mrs. Clare, et bien qu'elle fût habituellement seule à partager ses propres opinions, cette fois elle ne manquait pas de compagnie, car la majorité de la population de Holcomb, après avoir vécu durant sept semaines au sein de rumeurs malsaines, d'une méfiance générale et de soupçons, semblait avoir été déçue d'apprendre que le meurtrier n'était pas l'un d'entre eux. En réalité, une assez importante fraction refusait d'accepter le fait que deux inconnus, deux cambrioleurs étrangers, étaient les seuls responsables. Comme elle le faisait remarquer à présent : « Peut-être que ce sont ces types qui ont fait le coup. Mais ça ne s'arrête pas là. Attendez. Un jour on ira au fin fond de l'histoire, et à ce moment-là on découvrira celui qui était derrière tout ça. Celui qui voulait se débarrasser de Clutter. Le cerveau. »

Mrs. Hartman poussa un soupir. Elle espérait que Myrt se trompait. Et Mrs. Helm dit : « Tout ce que j'espère, c'est qu'on les enfermera comme il faut. Je me sentirai pas tranquille en sachant qu'ils sont dans le voisinage.

— Oh, j'crois pas que vous ayez à vous en faire, madame, dit le jeune fermier. Pour l'instant, ces garçons ont beaucoup plus peur de nous qu'on peut avoir peur d'eux. »

*

Sur une grand-route de l'Arizona, une caravane de deux voitures traverse la brousse comme l'éclair : le pays des plateaux, des faucons et des serpents à sonnettes et des très grands rochers rouges. Dewey est au volant de la voiture de tête ; Perry Smith est assis près de lui, et Duntz a pris place sur la banquette arrière. Smith a des menottes aux mains, et les menottes sont attachées par un petit bout de chaîne à une ceinture de sécurité, ce qui restreint ses mouvements à un tel point qu'il ne peut pas fumer sans aide. Quand il veut une cigarette, Dewey doit la lui allumer et la placer entre ses lèvres, tâche que le détective trouve « repoussante », car ça lui semble un geste trop intime, le genre de chose qu'il faisait à l'époque où il courtisait sa femme.

Dans l'ensemble, le prisonnier ne fait aucun cas de ses gardiens et de leurs tentatives sporadiques pour le traquer en répétant des bribes de la confession d'une heure de Hickock enregistrée sur bande : « Il dit qu'il a essayé de vous arrêter, Perry. Mais il dit qu'il n'a pas pu. Il dit qu'il avait peur que vous le descendiez lui aussi », et : « Oui, pas de doute, Perry. Tout ça est de votre faute. Hickock lui-même, il dit qu'il ferait pas de mal aux puces d'un chien. » Extérieurement du moins, rien de tout ça n'émeut Smith. Il continue à contempler le paysage, à lire un magazine d'aventures et à compter les carcasses de coyotes abattus disposées sur les clôtures des ranches.

Sans s'attendre à une réaction particulière, Dewey dit : « Hickock prétend que vous êtes un tueur-né. Il dit que ça vous gêne pas du tout. Il dit qu'une fois, à Las Vegas, vous avez couru après un nègre avec une chaîne de vélo. Que vous l'avez battu à mort. Seulement pour vous amuser. »

A la surprise de Dewey, le prisonnier sursaute. Il se tourne sur le siège jusqu'à ce qu'il puisse voir, par la vitre arrière, la deuxième voiture de la caravane, voir à l'intérieur de la voiture : « Le dur ! » Se retournant, il regarde fixement la bande sombre de la grand-route dans le désert. « J'pensais que c'était une attrape. Je vous croyais pas. Que Dick s'était mis à table. Le dur ! Oh ! un vrai dur. Il ferait pas de mal aux puces d'un chien. Il se contente d'écraser le chien. » Il crache. « J'ai jamais tué de nègre. » Duntz l'approuve ; ayant étudié les dossiers des meurtres non élucidés de Las Vegas, il sait que Smith est innocent de ce crime-là. « J'ai jamais tué de nègre. Mais lui, il le pensait. J'ai toujours su que si jamais on se faisait prendre, si jamais Dick avouait, s'il se mettait à table, j'savais qu'il parlerait du nègre. » Il crache encore une fois. « Alors, Dick avait peur de moi ? Marrant... Ça m'amuse follement. Ce qu'il sait pas, c'est que j'étais tout près de le descendre. »

Dewey allume deux cigarettes, une pour lui et une pour le prisonnier. « Racontez-nous ça, Perry. »

Smith fume les yeux fermés et il explique : « Je réfléchis. Je veux me rappeler de ça juste comme c'était. » Il hésite un long moment. « Tout a commencé par une lettre que j'ai reçue pendant que j'étais à Buhl, Idaho. C'était en septembre ou octobre. La lettre était de Dick, et il disait qu'il était sur une affaire. Le coup parfait. Je lui ai pas répondu, mais il a écrit encore une fois, me pressant de revenir au Kansas et d'être son complice. Il n'a jamais dit quel genre de coup c'était. Seulement que c'était un truc qui pouvait pas rater. Maintenant, il se trouve que j'avais une autre raison de vouloir être au Kansas vers cette époque-là. Une chose personnelle que j'aimerais autant garder pour moi, ça n'a rien à voir avec cette affaire. Seulement, sans ça j'aurais jamais remis les pieds là-bas. Mais je suis revenu. Et

Dick m'attendait au terminus d'autocar de Kansas City. On s'est rendus à la ferme, la demeure de ses parents. Mais ils ne voulaient pas de moi. J'suis très sensible ; d'habitude, je sais ce que les gens ressentent.

« Comme vous. » Il veut dire Dewey, mais il ne le regarde pas. « Vous avez horreur de me donner une cigarette. Ça vous regarde. Je vous blâme pas. Pas plus que je blâmais la mère de Dick. En fait, c'est une personne adorable. Mais elle savait qui j'étais — un ami de derrière les murs — et elle voulait pas de moi chez elle. Bon Dieu, j'étais content de sortir de là, d'aller à l'hôtel. Dick m'a conduit à un hôtel à Olathe. On a acheté de la bière et on l'a montée à la chambre, et c'est à ce moment que Dick a indiqué ce qu'il avait en tête. Il a dit qu'après mon départ de Lansing il avait partagé la cellule d'un type qui avait déjà travaillé pour un riche cultivateur de l'ouest du Kansas, Mr. Clutter. Dick m'a tracé un plan de la maison des Clutter. Il savait où se trouvait chaque chose : les portes, les couloirs, les chambres à coucher. Il a dit que l'une des pièces du rez-de-chaussée servait de bureau, et qu'il y avait un coffre-fort dans le bureau, un coffre-fort mural. Il a dit que Mr. Clutter en avait besoin parce qu'il gardait toujours des sommes importantes à portée de la main. Jamais moins de dix mille dollars. Le plan était de cambrioler le coffre-fort, et si quelqu'un nous voyait, eh bien, il faudrait descendre toute personne qui nous verrait. Dick a dû le répéter un million de fois : "Pas de témoins." »

Dewey dit : « Combien de ces témoins pensait-il qu'il pourrait y avoir ? Je veux dire, combien de gens s'attendait-il à trouver dans la maison des Clutter ?

— C'est ce que je voulais savoir. Mais il n'en

était pas certain. Au moins quatre. Probablement six. Et il se pouvait que la famille ait des invités. Il pensait qu'on devait être prêts à tuer jusqu'à douze personnes. »

Dewey pousse un gémissement, Duntz siffle, et Smith, souriant faiblement, ajoute : « Moi aussi. Il me semblait que c'était énorme. Douze personnes. Mais Dick a dit que c'était du gâteau. Il a dit : "On va y aller et leur foutre plein de cheveux sur les murs." Vu l'état d'esprit dans lequel j'étais, je me suis laissé convaincre. Mais aussi... j'vais être franc, j'avais confiance en Dick ; il me donnait l'impression d'avoir un esprit très pratique, d'être un type viril, et je voulais l'argent tout autant que lui. Je voulais avoir l'argent et filer au Mexique. Mais j'espérais qu'on pourrait faire ça sans violence. Il me semblait que c'était possible si on portait des masques. On en a discuté. En route vers Holcomb, je voulais m'arrêter et acheter des bas de soie noirs pour nous cacher le visage. Mais Dick croyait qu'on pourrait l'identifier même avec un bas. A cause de son mauvais œil. Malgré tout, quand on est arrivé à Emporia... »

Duntz dit : « Doucement, Perry. Vous mettez la charrue avant les bœufs. Revenons à Olathe. A quelle heure en êtes-vous partis ?

— Une heure, 1 h 30. On est partis juste après le déjeuner et on s'est rendus à Emporia, où on a acheté des gants de caoutchouc et un rouleau de corde. Le couteau et le fusil, les cartouches, Dick avait apporté tout ça de chez lui. Mais il ne voulait pas essayer de trouver des bas. C'est devenu une vraie dispute. Quelque part, dans la banlieue d'Emporia, on est passés devant un hôpital catholique, et je l'ai persuadé de s'arrêter et d'entrer dans l'hôpital et d'essayer d'acheter des bas noirs aux nonnes. Je savais que les sœurs en portent. Mais il a seulement fait semblant. Il est revenu en disant qu'elles ne voulaient pas lui en vendre. J'étais certain qu'il avait même pas demandé, et il l'a avoué ; il a dit que c'était une idée dégueulasse : les sœurs auraient cru qu'il était cinglé. Alors, on ne s'est plus arrêtés avant Great Bend. C'est là qu'on a acheté le sparadrap. On a mangé là, un dîner copieux. Ça m'a endormi. Quand je me suis réveillé, on venait juste d'arriver à Garden City. Ça avait vraiment l'air d'une ville abandonnée. On s'est arrêtés pour faire le plein à un poste d'essence... »

Dewey demande s'il se souvient duquel.

« Je crois que c'était un Phillips 66.

— Quelle heure était-il ?

— Vers minuit. Dick a dit qu'il nous restait sept miles à faire pour arriver à Holcomb. Le restant du chemin, il n'a pas cessé de parler tout seul, disant que telle chose devrait être ici et telle autre là, selon les indications qu'il avait apprises par cœur. Quand on est passés par Holcomb, c'est à peine si je m'en suis rendu compte tellement c'était un petit patelin. On a traversé une voie ferrée. Soudain Dick a dit : "Ça y est, ça ne peut être que ça." C'était l'entrée d'un chemin privé bordé d'arbres. On a ralenti et on a éteint les phares. On n'en avait pas besoin. A cause de la lune. Il n'y avait rien d'autre dans le ciel, pas un nuage, rien. Juste cette pleine lune. C'était comme en plein jour, et quand on s'est engagés sur l'allée, Dick a dit : "Regarde-moi cette propriété ! Les granges ! Cette maison. Ne me dis pas que ce type n'est pas bourré de fric." Mais je n'aimais pas la façon dont ça se présentait, l'atmosphère ; en un sens, c'était trop impressionnant. On s'est garés dans l'ombre d'un arbre. Tandis qu'on était assis là, une lumière s'est allumée, pas dans la maison principale mais dans une maison qui était peut-être à cent mètres à gauche. Dick a dit que c'était la maison du commis ; il le savait à cause du plan. Mais il a dit qu'elle était foutument plus près de la maison des Clutter qu'elle était censée l'être. Puis la lumière s'est éteinte. Mr. Dewey, le témoin que vous avez mentionné. Est-ce que c'est de lui que vous parliez... le commis ?

— Non. Il n'a pas entendu le moindre bruit. Mais sa femme s'occupait de leur bébé qui était malade. Il a dit qu'ils ont passé la nuit à se lever et à se coucher.

— Un bébé malade. Eh bien, je me demandais. Tandis qu'on était encore assis là, c'est arrivé une autre fois, une lumière s'est allumée et s'est éteinte. Et j'ai vraiment commencé à me faire du mauvais sang. J'ai dit à Dick de ne pas compter sur moi. S'il était décidé à mettre son plan à exécution, il faudrait qu'il le fasse seul. Il a mis la voiture en marche, on partait et j'ai pensé : Dieu soit loué. Je me suis toujours fié à mes intuitions ; elles m'ont sauvé la vie plus d'une fois. Mais à mi-chemin dans l'allée, Dick s'est arrêté. Il était d'une humeur de chien. Je voyais bien qu'il se disait : "V'là-t-y pas que je monte un grand coup, on s'amène jusqu'ici, et à présent ce morveux a les jetons." Il a dit : "Peut-être que tu penses que j'ai pas le cran de le faire tout seul. Mais, nom de Dieu, j'vais te montrer qui a du cran." Il y avait de l'alcool dans la voiture. On a pris un coup tous le deux, et je lui ai dit : "D'accord, Dick. Je te suis." Alors on a fait demi-tour. On s'est garé au même endroit qu'auparavant. Dans l'ombre d'un arbre. Dick a mis des gants ; j'avais déjà mis les miens. Il portait le couteau et la lampe de poche. J'avais le fusil. La maison avait l'air immense sous le clair de lune. Elle avait l'air vide. Je me souviens que j'espérais qu'il n'y aurait personne à la maison... »

Dewey dit : « Mais vous avez vu un chien ?

— Non.

— La famille possédait un vieux chien qui avait peur des fusils. On pouvait pas comprendre pourquoi il n'a pas aboyé. A moins qu'il ait vu un fusil et qu'il ait déguerpi.

— Eh bien, je n'ai rien vu ni personne. C'est pourquoi j'ai jamais cru votre histoire de témoin oculaire.

— Pas un témoin oculaire. Un témoin. Une personne dont le témoignage vous associe à cette affaire ainsi que Hickock.

— Oh ! Hum, hum ! Hum, hum ! Lui. Et Dick disait toujours qu'il aurait trop peur. Ah ! »

Ne voulant pas détourner la conversation, Duntz lui rappelle : « Hickock avait le couteau. Vous aviez le fusil. Comment êtes-vous entrés dans la maison ?

— La porte n'était pas fermée à clé. Une porte de côté. Elle donnait dans le bureau de Mr. Clutter. Ensuite, on a attendu dans l'obscurité. On tendait l'oreille. Mais il n'y avait pas d'autre bruit que le vent. Il ventait pas mal dehors. Ça faisait remuer les arbres et on pouvait entendre les feuilles. L'unique fenêtre était garnie d'une jalousie, mais le clair de lune passait à travers. J'ai rabattu la jalousie, et Dick a allumé sa lampe de poche. On a vu le bureau. Le coffre-fort était censé être dans le mur juste derrière le bureau, mais on n'a pas réussi à le trouver. C'était un mur lambrissé, et il y avait des livres et des cartes encadrées, et j'ai remarqué, sur un rayon, une fantastique paire de jumelles. J'ai décidé que je les prendrais en partant.

— Les avez-vous prises ? » demanda Dewey,

car la disparition des jumelles n'avait pas été remarquée.

Smith fait un signe affirmatif de la tête. « On les a vendues au Mexique.

— Pardon. Continuez.

— Eh bien, comme on pouvait pas trouver le coffre-fort, Dick a éteint la lampe de poche et on est sortis du bureau dans l'obscurité et on a traversé un salon, une salle de séjour. Dick m'a demandé à voix basse si je ne pouvais pas faire moins de bruit en marchant. Mais il en faisait autant. A chaque pas, c'était un boucan de tous les diables. On est arrivés à un couloir et à une porte, et Dick, se souvenant du plan, a dit que c'était une chambre à coucher. Il a allumé la lampe de poche et il a ouvert la porte. Un homme a dit : “Chérie ?” Il venait de s'éveiller ; il a cligné des yeux et il a dit : “C'est toi, chérie ?” Dick lui a demandé : “Etes-vous Mr. Clutter ?” Il était parfaitement éveillé maintenant ; il s'est dressé dans son lit et il m'a dit : “Qui est là ? Que voulez-vous ?” Dick lui a dit, très poliment, comme si on avait été deux vendeurs qui faisaient du porte à porte : “On veut vous parler, monsieur. Dans votre bureau, s'il vous plaît.” Et Mr. Clutter est venu dans le bureau avec nous, pieds nus, avec rien d'autre qu'un pyjama, et on a fait de la lumière.

« Jusque-là il n'avait pas pu nous voir très nettement. Je pense que ce qu'il a vu l'a drôlement secoué. Dick a dit : “Ecoutez, monsieur, tout ce qu'on vous demande c'est de nous montrer où vous cachez ce coffre-fort.” Mais Mr. Clutter a dit : “Quel coffre-fort ?” Il a dit qu'il n'avait pas de coffre-fort. J'ai su tout de suite que c'était vrai. Il avait ce genre de visage. On se rendait simplement compte que tout ce qu'il vous disait était la vérité. Mais Dick lui a crié : “Ne me racontez pas d’histoires, enfant de putain ! Je sais foutument bien que vous avez un coffre-fort !” J’ai eu l’impression qu’on n’avait jamais parlé à Mr. Clutter de cette façon. Mais il a regardé Dick dans le blanc des yeux et lui a dit, sans l’emporter, qu’il regrettait mais qu’il n’avait pas de coffre-fort. Dick lui a touché la poitrine de la pointe du couteau et il a dit : “Montrez-nous où se trouve ce coffre-fort, sinon vous allez drôlement le regretter.” Mais Mr. Clutter — oh ! on pouvait voir qu’il avait peur mais sa voix est demeurée douce et ferme — il a continué à nier qu’il avait un coffre-fort.

« A un moment donné, je me suis occupé du téléphone. Celui du bureau. J’ai arraché les fils. Et j’ai demandé à Mr. Clutter s’il y avait d’autres téléphones dans la maison. Il a dit oui, qu’il y en avait un dans la cuisine. Alors j’ai pris la lampe de poche et je suis allé à la cuisine, c’était à une assez bonne distance du bureau. Quand j’ai eu trouvé le téléphone, j’ai décroché l’écouteur et j’ai coupé le fil avec une paire de tenailles. Puis, en revenant, j’ai entendu un bruit. Un craquement au-dessus de ma tête. Je me suis arrêté au pied de l’escalier qui conduisait à l’étage. Il faisait noir, et je n’ai pas osé me servir de la lampe de poche. Mais je sentais qu’il y avait quelqu’un là. En haut de l’escalier, se profilant contre une fenêtre. Une silhouette. Puis elle s’est éloignée. »

Dewey imagine que ce devait être Nancy. Se basant sur la montre-bracelet en or que l’on avait trouvée, enfouie dans le bout d’un soulier dans son armoire, il avait souvent échafaudé la théorie que Nancy s’était éveillée, avait entendu des personnes dans la maison, pensé que ça pouvait être des voleurs et prudemment caché la montre, son bien le plus précieux.

« Pour tout ce que je savais, c'était peut-être quelqu'un avec un fusil. Mais Dick ne voulait même pas m'écouter. Il était trop occupé à jouer le dur. A houspiller Mr. Clutter. Il l'avait ramené à la chambre à coucher, à présent. Il comptait l'argent dans le porte-billets de Mr. Clutter. Il y avait environ trente dollars. Il a jeté le porte-billets sur le lit et lui a dit : "Vous avez plus d'argent que ça dans cette maison. Un homme riche comme vous, habitant une propriété comme ça." Mr. Clutter a dit que c'était tout l'argent liquide qu'il avait, et il a expliqué qu'il faisait toutes ses affaires par chèques. Il a offert de nous signer un chèque. Dick a éclaté : "Pour quelle sorte de cinglés nous prenez-vous ?", et j'ai pensé que Dick était sur le point de le massacrer, alors j'ai dit : "Dick. Ecoute-moi. Il y a quelqu'un de réveillé là-haut." Mr. Clutter nous a dit que les seules personnes se trouvant à l'étage étaient sa femme, son fils et sa fille. Dick voulait savoir si sa femme avait de l'argent, et Mr. Clutter a dit que si elle en avait, ce serait très peu, quelques dollars, et il nous a demandé — il avait vraiment l'air effondré — de ne pas la déranger, parce que c'était une invalide, elle était très malade depuis longtemps. Mais Dick a insisté pour monter là-haut. Il a forcé Mr. Clutter à aller devant.

« Au pied de l'escalier, Mr. Clutter a allumé les lampes du couloir d'en haut, et comme on montait, il a dit : "Les gars, j'sais pas pourquoi vous voulez faire ça. J'vous ai jamais fait le moindre mal. Je ne vous ai jamais vus." C'est alors que Dick lui a dit : "Bouclez-la ! Quand on voudra que vous parliez, on vous le dira." Il n'y avait personne dans le couloir d'en haut, et toutes les portes étaient fermées. Mr. Clutter a montré du doigt les chambres où le garçon et la fille étaient censés dormir, puis il a ouvert la porte de sa femme. Il a allumé une lampe de chevet et lui a dit : "T'en fais pas, mon chou. N'aie pas peur. Ces hommes veulent seulement de l'argent." C'était une femme maigre et un peu frêle, vêtue d'une longue chemise de nuit blanche. L'instant qu'elle a ouvert les yeux, elle a commencé à pleurer. Parlant à son mari, elle a dit : "Chéri, je n'ai pas d'argent." Il lui tenait la main en la caressant. Il a dit : "Ecoute, ne pleure pas, mon chou. Il n'y a aucune raison d'avoir peur. C'est simplement que j'ai donné à ces hommes tout l'argent que j'avais, mais ils en veulent encore. Ils croient qu'on a un coffre-fort quelque part dans la maison. Je leur ai dit que non." Dick a levé la main, comme s'il allait le frapper sur la bouche. Il a dit : "Est-ce que je vous ai pas dit de la boucler ?" Mrs. Clutter a dit : "Mais mon mari vous raconte la pure vérité. Il n'y a pas de coffre-fort." Et Dick a répliqué : "Je sais foutument bien que vous avez un coffre-fort. Et je vais le trouver avant de partir d'ici. Ne vous en faites pas, je le trouverai bien." Puis il lui a demandé où elle rangeait sa bourse. La bourse était dans un tiroir de la commode. Dick l'a retournée comme un gant. Il a trouvé rien qu'un peu de monnaie et un dollar ou deux. Je lui ai fait signe de venir dans le couloir. Je voulais parler de la situation. Alors, on est sortis et j'ai dit... »

Duntz l'interrompt pour lui demander si Mr. et Mrs. Clutter pouvaient surprendre la conversation.

« Non. On était juste de l'autre côté de la porte, d'où on pouvait les surveiller. Mais on parlait à voix basse. J'ai dit à Dick : "Ces gens disent la vérité. Celui qui a menti, c'est ton ami Floyd Wells. Il n'y a pas de coffre-fort, alors foutons le camp d'ici." Mais Dick avait trop honte pour se rendre à l'évidence. Il a dit qu'il ne le croirait pas avant qu'on ait fouillé toute la maison. Il a dit que la chose à faire était de les ligoter et puis de prendre notre temps pour chercher. Il était tellement excité qu'il n'y avait pas moyen de discuter avec lui. Ce qui l'excitait, c'était la gloire d'avoir tout le monde à sa merci. Il y avait une salle de bains juste à côté de la chambre de Mrs. Clutter. L'idée était d'enfermer les parents dans la salle de bains, d'éveiller les gosses et de les mettre là, puis de les sortir un par un et de les attacher dans différentes parties de la maison. Et Dick a dit : "Quand on aura trouvé le coffre-fort, on leur tranchera la gorge. On peut pas les descendre, ça ferait trop de bruit." »

Perry fronce les sourcils, se frotte les genoux de ses mains entravées par les menottes. « Laissez-moi réfléchir un instant. Parce qu'à ce point-là, les choses se compliquent un peu. Je me souviens. Oui. Oui, j'ai pris une chaise dans le couloir et je l'ai plantée dans la salle de bains. Pour que Mrs. Clutter puisse s'asseoir. Puisqu'elle était censée être malade. Quand on les a enfermés, Mrs. Clutter pleurait et nous a dit : "Je vous en supplie, ne faites de mal à personne. Je vous en prie, ne touchez pas à mes enfants." Et son mari lui avait passé les bras autour des épaules, et il a dit : "Chérie, ces gars n'ont pas l'intention de faire du mal à personne. Tout ce qu'ils veulent, c'est un peu d'argent."

« On est allés dans la chambre du garçon. Il était parfaitement éveillé. Etendu là comme s'il avait eu trop peur pour bouger. Dick lui a dit de se lever, mais il n'a pas bougé, ou pas bougé assez vite, alors Dick lui a donné un coup de poing et l'a tiré hors du lit, et j'ai dit : "T'as pas besoin de le frapper, Dick." Et j'ai dit au garçon — il avait qu'un maillot de corps — de mettre son pantalon. Il a mis une paire de blue-jeans, et on venait juste de l'enfermer dans la salle de bains quand la fille est apparue, sortant de sa chambre. Elle était tout habillée, comme si elle était éveillée depuis un bon moment. Je veux dire qu'elle portait des chaussettes et des pantoufles, et un kimono, et elle avait enveloppé ses cheveux dans un madras. Elle essayait de sourire. Elle a dit : "Grands dieux, qu'est-ce que c'est ? Une blague ?" J'crois pas qu'elle ait pensé que c'était une blague, cependant. Pas après que Dick ait ouvert la porte de la salle de bains et qu'il l'y ait poussée... »

Dewey les imagine : la famille captive, résignée et effrayée, mais sans pressentiment de son destin. Si Herb avait pu se douter de la moindre chose, il se serait battu. C'était un homme doux mais fort, et ce n'était pas un lâche. Son ami Alvin Dewey avait la certitude que Herb se serait battu jusqu'à la mort pour défendre la vie de Bonnie et de ses enfants.

« Dick a monté la garde à l'extérieur de la porte de la salle de bains tandis que je suis allé faire un tour d'inspection. J'ai fouillé la chambre de la fille, et j'ai trouvé une petite bourse, une bourse de poupée. Il y avait un dollar en argent dedans. Je l'ai laissé tomber par mégarde et il a roulé sur le plancher. Il a roulé sous un fauteuil. Il a fallu que je me mette à genoux. Et c'est à ce moment-là que je me suis retrouvé comme en dehors de moi. M'observant comme dans un film idiot. Ça m'a rendu malade. J'étais simplement dégoûté. Dick et tout son bla-bla sur le coffre-fort d'un type riche, et voilà que je rampais sur le ventre pour voler un dollar en argent à un enfant. Un dollar. Et j'étais en train de ramper sur le ventre pour l'avoir. »

Perry se frotte les genoux, demande de l'aspirine aux détectives, remercie Duntz de lui en avoir donné, la mâche et se remet à parler. « Mais il n'y a rien d'autre à faire. On prend ce qu'on peut. J'ai fouillé la chambre du garçon aussi. Pas un radis. Mais il y avait un petit poste portatif et j'ai décidé de le prendre. Puis je me suis rappelé les jumelles que j'avais vues dans le bureau de Mr. Clutter. Je suis descendu pour les prendre. J'ai porté les jumelles et le poste dans la voiture. Il faisait froid ; le vent et le froid m'ont fait du bien. La lune était tellement lumineuse qu'on pouvait voir à plusieurs miles de là. Et j'ai pensé : Pourquoi ne pas déguerpir ? Marcher le long de la grand-route, faire de l'auto-stop. Nom de Dieu, pour sûr que je ne voulais pas retourner dans cette maison. Et pourtant... Comment expliquer ça ? C'était comme si je n'étais plus dans le coup. On aurait dit que je lisais une histoire. Et il fallait que je sache ce qui allait se passer. La fin. Alors je suis retourné là-haut. Et à présent, voyons, hum ! hum ! c'est à ce moment-là qu'on les a attachés. Mr. Clutter d'abord. On l'a fait sortir de la salle de bains, et je lui ai attaché les mains. Puis je l'ai conduit jusqu'au sous-sol... »

Dewey dit : « Seul et sans arme ?

— J'avais le couteau. »

Dewey dit : « Mais Hickock est resté de garde en haut ?

— Pour les faire tenir tranquilles. De toute façon, j'avais pas besoin d'aide. J'ai passé ma vie à faire des nœuds »

Dewey demande : « Avez-vous employé la

lampe de poche, ou bien l'éclairage du sous-sol ?

— L'éclairage. Le sous-sol était divisé en deux parties. La première semblait être une salle de jeu. Je l'ai conduit dans l'autre partie, dans la salle de la chaudière. J'ai vu une grande boîte en carton appuyée contre le mur. Une d'emballage de matelas. Je me suis dit que j'allais pas lui demander de s'étendre sur le plancher glacé, alors j'ai traîné la boîte à matelas, je l'ai aplatie et je lui ai dit de s'étendre dessus. »

Le conducteur jette un coup d'œil à son collègue dans le rétroviseur, attire son regard, et Duntz fait un petit signe de la tête, comme pour lui rendre hommage. Dewey avait toujours maintenu que la boîte à matelas avait été placée sur le plancher pour le confort de Mr. Clutter, et tenant compte d'indices semblables, d'autres signes fragmentaires d'une compassion ironique et bizarre, le détective avait présumé que l'un des tueurs au moins ne manquait pas tout à fait de pitié.

« Je lui ai attaché les pieds, puis les mains aux pieds. Je lui ai demandé si c'était trop serré, et il a dit non, mais il m'a demandé de ne pas toucher à sa femme. Il n'était pas nécessaire de l'attacher, elle n'allait pas se mettre à hurler ou essayer de s'échapper de la maison. Il a dit qu'elle était malade depuis des années et qu'elle commençait à peine à aller un peu mieux, mais qu'un incident comme ça pourrait lui causer une rechute. J'sais qu'y a pas de quoi rire, seulement j'pouvais pas m'en empêcher, quand je l'ai entendu parler d'une rechute.

« Ensuite, j'ai emmené le garçon au sous-sol. Je l'ai d'abord mis dans la même pièce que son père. Je lui ai attaché les mains à un tuyau de chauffage au-dessus de sa tête. Puis je me suis dit que ce n'était pas très prudent. D'une manière ou d'une autre, il pourrait se libérer et détacher le vieux ou vice versa. Alors j'ai coupé ses liens et je l'ai conduit dans la salle de jeu où il y avait un canapé qui semblait confortable. Je lui ai lié les pieds à un bout du canapé, et puis les mains, et ensuite j'ai fait remonter la corde que je lui ai enroulée autour du cou pour qu'il s'étouffe s'il se mettait à se débattre. A un moment, pendant que je travaillais, j'ai posé le couteau sur ce truc — c'était un coffre de cèdre fraîchement verni ; toute la cave sentait le vernis et il m'a demandé de ne pas mettre mon couteau là-dessus. Le coffre était un cadeau de mariage qu'il avait construit pour quelqu'un. J'pense qu'il a dit que c'était pour une de ses sœurs. Juste comme je partais, il a eu une quinte de toux, alors je lui ai fourré un coussin sous la tête. Ensuite j'ai éteint... »

Dewey dit : « Mais vous ne les aviez pas bâillonnés avec du sparadrap ?

— Non. On les a bâillonnés plus tard, après que j'ai eu attaché les deux femmes dans leurs chambres à coucher. Mrs. Clutter pleurait encore, tout en me demandant des renseignements sur Dick. Elle se méfiait de lui, mais elle a dit qu'elle sentait que j'étais un jeune homme bien. "J'en suis certaine", a-t-elle dit, et elle m'a fait promettre que je ne laisserais pas Dick faire de mal à qui que ce soit. J'crois qu'elle pensait surtout à sa fille. Moi-même, cette histoire-là m'inquiétait. Je soupçonnais Dick de machiner quelque chose, un truc que j'allais pas tolérer. Quand j'ai eu fini d'attacher Mrs. Clutter, ça n'a pas manqué, j'ai découvert qu'il avait conduit la jeune fille à sa chambre. Elle était couchée ; il était assis au bord du lit et il lui parlait. J'ai mis un terme à ça ; je lui ai dit de se mettre à la recherche du coffre-fort pendant que j'attachais la fille. Après qu'il est parti, je lui ai attaché les pieds, et je lui ai lié les mains derrière le dos. Puis j'ai remonté les couvertures, je l'ai bordée en ne laissant sortir que la tête. Il y avait un petit fauteuil près du lit, et je me suis dit que j'allais me reposer une minute ; j'avais les jambes en feu à force de monter des escaliers et de me mettre à genoux. J'ai demandé à Nancy si elle avait un amoureux. Elle a dit oui, qu'elle en avait un. Elle faisait de son mieux pour être naturelle et amicale. Elle me plaisait vraiment. Elle était vraiment gentille. Une très jolie fille toute simple. Elle m'a raconté pas mal de choses sur elle. Elle m'a parlé de l'Ecole, et comment elle allait entrer à l'Université pour étudier la musique et la peinture. Des chevaux. Elle a dit qu'après la danse, la chose qu'elle aimait le mieux était de galoper à cheval, alors j'ai mentionné que ma mère avait été une championne d'équitation dans les rodéos.

« Et on a parlé de Dick ; voyez-vous, j'étais curieux de savoir ce qu'il lui avait dit. Il paraît qu'elle lui avait demandé pourquoi il faisait des choses comme ça. Voler les gens. Et, oh là là ! l'histoire à fendre l'âme qu'il lui a racontée, disant qu'il était orphelin et qu'il avait été élevé dans un orphelinat, et que personne ne l'avait jamais aimé, et que pour toute parenté il avait une sœur qui vivait avec des hommes sans les épouser. Tout le temps qu'on causait, on pouvait l'entendre rôder comme un fou au rez-de-chaussée, à la recherche du coffre-fort. Regardant derrière les tableaux. Sondant les murs. Toc, toc, toc. Comme un pivert cinglé. Quand il est revenu, juste pour me moquer de lui, je lui ai demandé s'il l'avait trouvé. Bien sûr que non, mais il a dit qu'il avait trouvé une autre bourse dans la cuisine. Avec sept dollars. »

Duntz dit : « Depuis combien de temps étiez-vous dans la maison ?

— Une heure peut-être. »

Duntz dit : « Et quand les avez-vous bâillonnés ?

— Juste à ce moment-là. On a commencé par Mrs. Clutter. Je me suis fait aider par Dick, parce que je ne voulais pas le laisser seul avec la fille. J'ai coupé le sparadrap en longues bandes, et Dick les a enroulées autour de la tête de Mrs. Clutter, comme on emballerait une momie. Il lui a demandé : "Pourquoi continuez-vous à pleurer ? Personne ne vous fait de mal", et il a éteint la lampe de chevet et il a dit : "Bonne nuit, Mrs. Clutter. Dormez bien." Puis, comme on marchait dans le couloir en direction de la chambre de Nancy, il m'a dit : "Je vais me taper cette petite fille." Et j'ai répondu : "Hum, hum ! Mais il va falloir que tu me tues d'abord." Il avait l'air de pas être sûr d'avoir bien entendu. Il a dit : "Qu'est-ce que ça peut te faire ? Nom de Dieu, tu peux te la taper toi aussi." Voilà une chose que je méprise. Les gens qui peuvent pas se contrôler sexuellement. Bon Dieu, j'ai horreur de ce genre de chose. Je lui ai dit sans mâcher mes mots : "Laisse-la tranquille. Autrement t'auras affaire à moi." Ça l'a vraiment mis en rogne, mais il s'est rendu compte que c'était pas le moment de vider notre sac. Alors il a dit : "D'accord, coco. Si c'est ça que tu veux." Pour finir, on l'a même pas bâillonnée. On a éteint dans le couloir et on s'est rendus au sous-sol. »

Perry hésite. Il a une question à poser, mais il la formule comme une affirmation : « Je parie qu'il n'a pas dit qu'il avait l'intention de violer la fille. »

Dewey l'admet, mais il ajoute qu'à l'exception d'une version quelque peu expurgée de sa propre conduite, l'histoire de Hickock corrobore celle de Smith. Les détails varient, le dialogue n'est pas identique, mais dans l'essentiel les deux récits — jusqu'à maintenant du moins — se confirment l'un l'autre.

« Peut-être. Mais je savais qu'il n'avait rien dit à propos de la fille. J'en aurais mis ma main au feu. »

Duntz dit : « Perry, je n'ai pas perdu de vue le problème des lumières. D'après mes calculs, quand vous avez éteint là-haut, la maison s'est trouvée dans l'obscurité complète.

— Oui. Et on ne s'est plus servi des lumières. A l'exception de la lampe de poche. Dick portait la lampe quand on est allés bâillonner Mr. Clutter et le garçon. Juste avant que je le bâillonne, Mr. Clutter m'a demandé — et ça a été ses dernières paroles — il voulait savoir comment allait sa femme, si elle se portait bien, et j'ai dit qu'elle allait bien, qu'elle était prête à s'endormir, et je lui ai dit qu'il restait pas grand temps avant le lever du jour et qu'au matin quelqu'un les trouverait et qu'à ce moment-là, moi et Dick et le reste on ne serait plus qu'un mauvais rêve. J'lui contais pas d'histoires. Je ne voulais pas faire de mal à cet homme. Je pensais que c'était un type très bien. Il avait une voix douce. C'est ce que j'ai pensé jusqu'au moment où je lui ai tranché la gorge.

« Attendez. Je ne raconte pas ça comme c'était. » Perry fronce les sourcils. Il se frotte les jambes ; les menottes cliquettent. « Après, voyez-vous, après qu'on les a eu bâillonnés avec du sparadrap, Dick et moi on est allés dans un coin. Pour discuter de la situation. Maintenant, souvenez-vous qu'il y avait de la rancœur entre nous.

Juste à ce moment-là, j'avais envie de dégueuler en pensant que j'avais eu de l'admiration pour lui, que j'avais avalé comme du petit-lait toutes ses vantardises. J'ai dit : "Alors, Dick. Tu hésites ?" Il ne m'a pas répondu. J'ai dit : "Laisse-les en vie, et ça sera pas une petite affaire. Dix ans au grand minimum." Il est demeuré silencieux. Il avait le couteau en main. Je le lui ai demandé et il me l'a donné, et j'ai dit : "D'accord, Dick. Allons-y." Mais je n'en avais pas l'intention. J'voulais lui faire mettre ses cartes sur table, le forcer à me dissuader, lui faire admettre qu'il était un faux jeton et un dégonflé. Voyez-vous, c'était une chose entre Dick et moi. Je me suis agenouillé à côté de Mr. Clutter, et la douleur de m'être mis à genoux... je pensais à ce foutu dollar en argent. Un dollar en argent. La honte. Le dégoût. Et en plus, on m'avait dit de ne jamais remettre les pieds au Kansas. Mais je ne me suis pas rendu compte de ce que j'avais fait jusqu'à ce que j'entende le bruit. Comme quelqu'un qui se noie. Qui hurle sous l'eau. J'ai passé le couteau à Dick. J'ai dit : "Achève-le. Ça te fera du bien." Dick a essayé, ou a fait semblant. Mais Mr. Clutter avait la force de dix hommes : il était à moitié détaché, il avait les mains libres. Dick s'est affolé. Dick voulait foutre le camp de là. Mais j'ai pas voulu le laisser partir. L'homme serait mort de toute façon, je le sais, mais je ne pouvais pas le laisser comme ça. J'ai dit à Dick de tenir la lampe de poche, de la braquer sur Mr. Clutter. Puis j'ai visé. Une véritable explosion. Tout est devenu bleu. La pièce a tout simplement éclaté. Nom de Dieu, j'comprendrai jamais comment ça se fait qu'on a pas entendu le bruit vingt miles à la ronde. »

Le bruit résonne dans les oreilles de Dewey, un vacarme qui le rend pratiquement sourd au chuchotement rapide de la voix douce de Smith. Mais la voix se précipite, éjectant une fusillade de sons et d'images : Hickock cherchant la douille de la cartouche utilisée ; se précipitant, à toute vitesse, et la tête de Kenyon dans un cercle de lumière, le murmure de supplications étouffées, puis, une fois encore, Hickock cherchant à quatre pattes une cartouche utilisée ; la chambre de Nancy, Nancy qui entend les bottes dans l'escalier de bois, le craquement des marches comme les deux tueurs montent vers elle, les yeux de Nancy, Nancy suivant du regard la lumière de la lampe de poche qui cherche la cible (« Elle a dit : "Oh, non ! Oh ! je vous en prie. Non ! Non ! Non ! Non ! Ne faites pas ça ! Oh, je vous en supplie ne faites pas ça ! Je vous en supplie !" J'ai donné le fusil à Dick. Je lui ai dit que je n'en pouvais plus. Il a visé, et elle a tourné son visage contre le mur ») ; le couloir sombre, les assassins se précipitant vers la dernière porte. Après tout ce qu'elle avait entendu, peut-être Bonnie accueillit-elle avec joie leur approche rapide.

« Cette dernière douille a été vachement difficile à trouver. Dick s'est faufilé sous le lit pour l'avoir. Puis on a fermé la porte de Mrs. Clutter et on est descendus dans le bureau. On a attendu là, comme on avait fait à notre arrivée. On a regardé à travers la jalousie pour voir si le commis allait se montrer, ou une autre personne qui aurait pu entendre les coups de feu. Mais rien n'avait changé... pas un bruit. Seulement le vent... et Dick à bout de souffle, comme s'il avait été poursuivi par des loups. Juste là, durant ces quelques secondes avant qu'on coure jusqu'à la voiture et qu'on déguerpisse, c'est à ce moment que j'ai décidé que je ferais mieux de descendre Dick. Il l'avait répété maintes et maintes fois, il me l'avait enfoncé dans le crâne : pas de témoins. Et j'ai pensé : Lui aussi, c'est un témoin. J'sais pas ce qui m'a arrêté. Dieu sait que j'aurais dû le faire. L'abattre. Monter dans la voiture et filer sans arrêt jusqu'à ce que je me perde au Mexique. »

Plus un mot. Pendant plus de dix miles, les trois hommes roulent sans parler.

Au cœur du silence de Dewey, il y a de la tristesse et une fatigue profonde. Son ambition avait été d'apprendre « exactement ce qui s'était passé dans cette maison cette nuit-là ». Par deux fois maintenant, on le lui avait dit, et les deux versions étaient très proches l'une de l'autre, la seule contradiction sérieuse étant que Hickock attribuait les quatre morts à Smith, tandis que Smith soutenait que Hickock avait tué les deux femmes. Mais, bien que les confessions eussent répondu au comment et au pourquoi, elles ne satisfaisaient pas son sens de la logique. Le crime était un accident psychologique, un acte impersonnel en fait ; les victimes auraient tout aussi bien pu être tuées par la foudre. A une chose près : elles avaient connu une terreur prolongée, elles avaient souffert. Et Dewey ne pouvait oublier leurs souffrances. Néanmoins, il lui était possible de regarder sans colère l'homme qui était à côté de lui — avec une certaine sympathie, même — car la vie de Perry Smith n'avait pas été un lit de roses mais un cheminement pitoyable, sinistre et solitaire vers une série de mirages. La sympathie de Dewey n'était pas assez profonde cependant pour faire place à l'oubli ou au pardon. Il espérait voir Perry et son complice pendus — pendus dos à dos.

Duntz demande à Smith : « Tout compris, combien d'argent avez-vous trouvé chez les Clutter ?

— Entre quarante et cinquante dollars. »

*

Parmi les animaux de Garden City, il y a deux matous gris qui sont toujours ensemble, vagabonds maigres et sales au comportement adroit et étrange. La cérémonie principale de leur journée a lieu au crépuscule. Tout d'abord, ils remontent au trot tout Main Street, s'arrêtant pour examiner les calandres des voitures en stationnement, particulièrement celles qui sont garées devant les deux hôtels, le *Windsor* et le *Warren*, car ces voitures, qui appartiennent généralement à des voyageurs venant de loin, offrent souvent ce que ces créatures osseuses et méthodiques recherchent, des oiseaux morts : corneilles, mésanges et moineaux assez imprudents pour être venus se jeter dans la trajectoire des voitures. Utilisant leurs pattes comme des instruments chirurgicaux, les chats extraient des calandres chaque particule emplumée. Après avoir maraudé le long de Main Street, ils changent invariablement de direction à l'intersection de Main et Grant Street, ils avancent à petits bonds vers Courthouse Square, un autre de leurs terrains de chasse, hautement prometteur en cet après-midi du mercredi 6 janvier, car l'endroit fourmillait de véhicules du comté de Finney qui avaient emmené en ville une partie de la foule qui peuplait le square.

La foule avait commencé à se former vers 16 heures, moment que l'attorney du comté avait donné comme heure probable de l'arrivée de Hickock et Smith. Depuis l'annonce des aveux de Hickock dimanche soir, des journalistes de toutes sortes s'étaient rassemblés à Garden City : représentants des principales agences d'information, photographes, opérateurs de la télévision et des actualités filmées, reporters du Missouri, du Nebraska, de l'Oklahoma, du Texas, et, bien sûr, de tous les principaux journaux du Kansas, vingt ou vingt-cinq hommes en tout. Plusieurs d'entre eux avaient passé trois jours à attendre sans avoir grand-chose à faire, à l'exception d'interviewer James Spor, le pompiste de la station-service qui, après la publication des photos des assassins présumés, les avait identifiés comme étant les clients à qui il avait vendu pour trois dollars et six cents d'essence la nuit de la tragédie de Holcomb.

C'était pour le reportage du retour de Hickock et Smith que ces spectateurs professionnels se trouvaient là, et le capitaine, Gerald Murray de la police de la route, leur avait réservé un grand espace sur le trottoir devant les marches du palais de justice, marches que les prisonniers devaient gravir pour arriver à la prison du comté, établissement qui occupe le dernier des quatre étages de l'édifice de pierre calcaire. Richard Parr, reporter du *Kansas City Star*, avait obtenu un numéro du *Las Vegas Sun* de lundi. La manchette du journal provoqua des éclats de rire : ON CRAINT QUE LA FOULE LYNCHE LES TUEURS À LEUR ARRIVÉE. Le capitaine Murray fit la remarque : « Ça m'a pas tellement l'air d'un attroupement pour un lynchage. »

En effet, les gens qui s'étaient rassemblés sur le square auraient aussi bien pu attendre un défilé ou assister à une réunion politique. Des étudiants du lycée, parmi lesquels se trouvaient d'anciens camarades de classe de Nancy et de Kenyon Clutter, entonnaient des chansons à refrains, faisaient des bulles avec du chewing-gum, engloutissaient des hot dogs et des sodas. Des mères calmaient des bébés qui pleuraient. Des hommes se promenaient à grandes enjambées, de jeunes enfants perchés sur leurs épaules. Les scouts étaient présents, toute une troupe. Et des dames entre deux âges, membres d'un club de bridge, arrivèrent en masse. Mr. J. P. (Jap) Adams, directeur du bureau local de la Commission des Vétérans, apparut, habillé d'un vêtement de tweed d'une coupe si bizarre qu'un de ses amis lança : Eh, Jap ! Qu'est-ce que tu fous avec des vêtements de femme ? » — car Mr. Adams, dans sa hâte d'arriver sur les lieux, avait passé sans s'en rendre compte le manteau de sa secrétaire. Un reporter itinérant de la radio interviewa divers habitants de la ville, leur demandant quel serait, selon eux, le châtiment approprié pour « les auteurs d'un forfait aussi ignoble », et, alors que la plupart de ses interlocuteurs disaient « mince alors » ou « fichtre », un étudiant répondit : « Je pense qu'ils devraient être enfermés dans la même cellule pour le restant de leurs jours. Sans jamais recevoir aucune visite. Seulement rester là, assis, à se dévisager l'un l'autre jusqu'à ce qu'ils meurent. » Et un petit homme costaud, fier comme Artaban, dit : « Je crois à la peine capitale. C'est comme dans la Bible : œil pour œil. Et même comme ça, il nous en manque deux paires ! »

Aussi longtemps qu'il avait fait soleil, la journée avait été sèche et chaude, un temps d'octobre en janvier. Mais quand le soleil se mit à décliner, quand les ombres des arbres géants du square se touchèrent et se fondirent, le froid aussi bien que l'obscurité engourdirent la foule. L'engourdirent et la réduisirent ; à 18 heures il restait moins de trois cents personnes. Maudissant le retard excessif, les journalistes battaient la semelle et frappaient de leurs mains nues et glacées leurs oreilles gelées. Soudain un murmure s'éleva à un bout du square. Les voitures arrivaient.

Bien qu'aucun des journalistes ne s'attendît à des actes de violence, plusieurs avaient predit des bordées d'injures. Mais lorsque la foule aperçut les meurtriers avec leur escorte de policiers de la route vêtus de manteaux bleus, un silence se fit comme si elle était étonnée de voir qu'ils avaient une forme humaine. Menottes aux poignets, le visage pâle, aveuglés et clignant des yeux, les deux hommes étincelèrent sous l'éclat des flashes et des projecteurs. Poursuivant les prisonniers et la police à l'intérieur du palais de justice et jusqu'au dernier étage, les opérateurs photographièrent la porte de la prison du comté qui se referma en claquant.

Personne ne s'attarda, ni la troupe des journalistes ni les habitants de la ville. Des chambres chaudes et des dîners chauds les appelaient, et comme ils partaient à la hâte, abandonnant le square glacial aux deux chats gris, l'automne miraculeux s'en alla lui aussi ; la première neige de l'année se mit à tomber.

IV

Le Coin

L'austérité pénitentiaire et la gaieté domestique coexistent au quatrième étage du palais de justice du comté de Finney. La présence de la prison du comté explique le premier trait tandis que ce qu'on appelle la Résidence du shérif, un appartement agréable séparé de la prison proprement dite par des portes d'acier et un petit couloir, justifie le deuxième.

En fait, en janvier 1960, la Résidence du shérif n'était pas occupée par le shérif Earl Robinson, mais par le shérif adjoint et son épouse, Wendle et Josephine (« Josie ») Meier. Les Meier, qui étaient mariés depuis plus de vingt ans, se ressemblaient beaucoup : tous deux de grande taille, dotés d'un surcroît de poids et de force, avec des mains comme des battoirs, et des visages carrés, calmes et bienveillants — cette dernière caractéristique s'appliquant plus particulièrement à Mrs. Meier, femme à l'esprit pratique et sans détour mais qui semble néanmoins illuminée d'une sérénité mystique. En tant que collaboratrice du shérif adjoint, ses heures sont longues ; entre 5 heures du matin, lorsqu'elle commence sa journée en lisant un chapitre de la bible, et 10 heures du soir, quand elle se met au lit, elle cuisine et coud pour les prisonniers, reprise leurs chaussettes et lave leur linge, prend merveilleusement soin de son époux et s'occupe de leur accueillant appartement de cinq pièces garni de coussins moelleux, de fauteuils où l'on s'enfonce et de rideaux de dentelle crème. Les Meier ont une fille unique, mariée et demeurant à Kansas City : le couple vit donc seul, ou, plus exactement, comme le dit Mrs. Meier : « Seuls, à l'exception de la personne qui se trouve par hasard dans la cellule des dames. »

La prison comprend six cellules ; la sixième, celle qui est réservée aux prisonniers du sexe féminin, est en réalité une cellule isolée qui se trouve à l'intérieur de la Résidence du shérif ; en effet, elle est contiguë à la cuisine des Meier. « Mais, dit Josie Meier, ça me gêne pas. Ça me fait plaisir d'avoir de la compagnie. Avoir quelqu'un pour causer pendant que je cuisine. La plupart de ces femmes, il faut les prendre en pitié. Simplement qu'elles ont eu un pépin. Bien sûr, Hickock et Smith c'était autre chose. A ma connaissance, Perry Smith était le premier homme qui soit jamais resté dans la cellule des dames. La raison était que le shérif voulait le tenir séparé de Hickock jusqu'à la fin de leur procès. L'après-midi qu'on les a amenés, j'avais fait six tartes aux pommes et j'avais cuit du pain, sans perdre de vue ce qui se passait en bas sur le square. La fenêtre de ma cuisine donne sur le square ; on pourrait pas avoir de meilleur point de vue. J'suis peut-être mauvais juge en ce qui concerne les foules, mais je dirais qu'il y avait bien plusieurs centaines de personnes qui attendaient pour voir les garçons qui avaient tué la famille Clutter. Personnellement, je n'ai jamais rencontré un seul des Clutter, mais d'après tout ce que j'en ai entendu dire, ça devait être des gens très bien. Ce qui leur est arrivé est difficile à pardonner, et je sais que Wendle était inquiet et se demandait comment les gens allaient réagir quand ils apercevraient Hickock et Smith. Il avait peur que quelqu'un essaie de leur faire un mauvais sort. Alors, j'avais un peu le cœur serré quand j'ai vu les voitures arriver, quand j'ai aperçu les reporters, tous ces journalistes se mettre à courir et à se bousculer ; mais à ce moment-là la nuit était tombée, il était 6 heures passées, et il faisait un froid glacial ; plus de la moitié de la foule avait abandonné la partie et était rentrée à la maison. Ceux qui sont restés, ils ont pas pipé. Ils se sont contentés de regarder.

« Plus tard, quand ils ont fait monter les garçons, le premier que j'ai vu était Hickock. Il portait un petit pantalon d'été et rien qu'une vieille chemise de toile. J'étais étonnée qu'il ait pas attrapé une pneumonie par le froid qu'il faisait. Mais il avait vraiment l'air malade. Il était blanc comme un linge. Ça doit être une expérience terrible d'être dévisagé par une horde d'étrangers, d'être obligé de marcher au beau milieu d'eux alors qu'ils savent qui vous êtes et ce que vous avez fait. Ensuite ils ont fait monter Smith. J'avais préparé un petit dîner pour leur servir dans leurs cellules, du potage chaud, du café, des sandwiches et de la tarte. D'habitude on donne que deux repas par jour. Petit déjeuner à 7 h 30, et à 16 h 30 on sert le repas principal. Mais je ne voulais pas que ces gars aillent se coucher l'estomac vide ; il me semblait qu'ils devaient déjà se sentir assez mal sans ça. Mais quand j'ai porté son dîner à Smith, sur un plateau, il a dit qu'il avait pas faim. Il regardait par la fenêtre de la cellule des dames. Il me tournait le dos. Cette fenêtre a la même vue que celle de ma cuisine : les arbres, le square et les toits des maisons. Je lui ai dit : "Goutez au potage, il est aux légumes, et c'est pas du potage en boîte. J'l'ai fait moi-même." Je suis revenue chercher le plateau à peu près une heure plus tard, et il n'avait pas touché à une miette. Il était toujours debout à la fenêtre. Comme s'il n'avait pas bougé. Il neigeait et je me souviens avoir dit que c'était la première neige de l'année et qu'on avait eu un si bel automne jusqu'à maintenant. Et voilà qu'il se mettait à neiger. Et puis je lui ai demandé s'il avait un plat préféré ; s'il en avait un, j'allais essayer de le lui préparer le lendemain. Il s'est retourné et il m'a regardée. D'un air méfiant, comme s'il avait peur que je me moque de lui. Puis il a dit quelque chose à propos d'un film... il parlait d'une façon si douce, presque un chuchotement. Il voulait savoir si j'avais vu un film. J'oublie le titre, de toute façon je ne l'avais pas vu : le cinéma ça m'a jamais emballée. Il a dit que ce film se passait dans les temps bibliques, et il y avait une scène où un homme était précipité du haut d'un balcon, jeté à une meute d'hommes et de femmes qui l'écharpaient. Et il a dit que c'était à ça qu'il avait pensé en voyant la foule sur le square. L'homme qui se faisait mettre en charpie. Et l'idée que c'était peut-être ce qui pourrait lui arriver. Il a dit qu'il avait eu tellement peur qu'il en avait encore mal à l'estomac. C'est pourquoi il ne pouvait pas manger. Bien sûr, il avait tort, et je le lui ai dit, personne n'allait lui faire de mal en dépit de ce qu'il avait fait ; ici, les gens sont pas comme ça.

« On a causé un peu ; il était très timide mais, au bout d'un moment, il a dit : "Une chose que j'aime vraiment, c'est le riz espagnol." Alors je lui ai promis de lui en faire et il a souri ; eh bien, je me suis dit que c'était pas le pire jeune homme que j'aie jamais vu. Ce soir-là, après m'être mise au lit, c'est ce que j'ai dit à mon mari. Mais Wendle a fait entendre un grognement. Wendle a été un des premiers à arriver sur les lieux après la découverte du crime. Il a dit qu'il aurait bien aimé que je sois chez les Clutter quand ils ont trouvé les corps. Alors j'aurais pu juger par moi-même à quel point Mr. Smith était gentil. Lui et son ami Hickock. Il a dit qu'ils pourraient vous arracher le cœur sans sourciller. On pouvait pas le nier... pas avec quatre cadavres. Et je suis restée étendue, éveillée, à me demander si ça les troublait, l'un ou l'autre, la pensée de ces quatre tombes. »

*

Un mois s'écoula, puis un autre, et il neigea presque chaque jour. La neige blanchit la campagne aux blés fauves, s'amoncela dans les rues de la ville, les rendit silencieuses.

Les plus hautes branches d'un orme chargé de neige frôlaient la fenêtre de la cellule des dames. Des écureuils avaient élu domicile dans l'arbre, et après les avoir tentés durant des semaines avec les restants de son petit déjeuner, Perry en fit descendre un d'une branche sur le rebord de la fenêtre et à travers les barreaux. C'était un mâle à la fourrure châtaine. Il le baptisa Red, et Red s'installa bientôt, apparemment satisfait de partager la captivité de son ami. Perry lui apprit de nombreux tours : à jouer avec une boule de papier, à tendre la patte, à se percher sur l'épaule de Perry. Tout cela aidait à passer le temps, mais le prisonnier avait encore de longues heures à perdre. On ne lui permettait pas de lire les journaux, et les magazines que Mrs. Meier lui passait l'ennuyaient : de vieux numéros de *Good Housekeeping* et de *McCall's*. Mais il trouvait des choses à faire : se limer les ongles avec une lime émeri, les polir jusqu'à ce qu'ils acquièrent un reflet rose et soyeux ; peigner et repeigner ses cheveux imprégnés de lotion et parfumés ; se brosser les dents trois ou quatre fois par jour ; se raser et se doucher presque aussi souvent. Et il tenait la cellule, qui contenait un w.-c., un coin douche, un lit, une table et une chaise, aussi propre que sa personne. Il était fier d'un compliment que lui avait fait Mrs. Meier. « Regardez-moi ça ! avait-elle dit en montrant du doigt la couchette de Perry. Regardez-moi cette couverture ! On pourrait y faire rebondir des pièces de monnaie. » Mais c'était devant sa table qu'il passait la plus grande partie de sa vie éveillée ; c'était là qu'il prenait ses repas, qu'il s'asseyait pour esquisser des portraits de Red, dessiner des fleurs, le visage de Jésus, des têtes et des torses de femmes imaginaires ; et c'était là qu'il tenait un genre de journal quotidien sur des feuilles de papier écolier bon marché.

Jeudi 7 janvier. Dewey ici. Apporté une cartouche de cigarettes. Ainsi que des copies de la Déclaration, pour ma signature. J'ai refusé.

La « déclaration », un document de soixante-dix-huit pages qu'il avait dicté au sténographe de la cour du comté de Finney, reprenait les faits qu'il avait déjà racontés à Alvin Dewey et à Clarence Duntz. Parlant de sa rencontre avec Perry Smith ce jour-là, Dewey se souvint avoir été très surpris quand Perry avait refusé de signer la déclaration. « C'était sans importance : je pouvais toujours témoigner en cour de la confession verbale qu'il avait faite devant Duntz et moi-même. Et naturellement, Hickock nous avait signé sa confession pendant que nous étions encore à Las Vegas : celle où il accusait Smith d'avoir commis les quatre meurtres. Mais j'étais curieux. J'ai demandé à Perry pourquoi il avait changé d'idée. Et il a dit : “A l'exception de deux détails, tout est exact dans ma déclaration. Si vous me laissez corriger ces deux choses, alors je vais la signer.” Je pouvais deviner les détails qu'il avait en tête. Parce que la seule différence sérieuse entre son histoire et celle de Hickock était qu'il niait avoir exécuté les Clutter tout seul. Jusqu'à maintenant il avait juré que Hickock avait tué Nancy et sa mère.

« Et j'avais raison ! — c'est exactement ce qu'il voulait faire ! admettre que Hickock avait dit la vérité, et que c'était lui, Perry Smith, qui avait tiré et tué toute la famille. Il a dit qu'il avait menti sur ce point parce que, selon ses propres mots : “Je voulais lui régler son compte, pour avoir été si lâche. Parce qu'il n'a rien dans le ventre.” Et la raison qui le poussait à rectifier sa déclaration n'était pas un élan subit de bonté envers Hickock. D'après lui, il le faisait par égard pour les parents de Hickock — il a dit qu'il avait pitié de la mère de Dick. Il a dit : “C'est une personne vraiment gentille. Ça pourrait la réconforter un peu de savoir que Dick n'a pas appuyé sur la détente. Rien de tout ça ne serait arrivé sans lui, en un sens c'était surtout de sa faute, mais il reste que c'est moi qui les ai tués.” Mais je n'étais pas certain de le croire. Pas au point de le laisser modifier sa déclaration. Comme je disais, on n'avait pas besoin d'une confession en règle de Smith pour prouver la moindre partie de l'accusation. Avec ou sans, on avait de quoi les pendre dix fois. »

L'assurance de Dewey était justifiée, entre autres, par la récupération du poste et des jumelles que les meurtriers avaient volés chez les

Clutter et qu'ils avaient vendus par la suite à Mexico (où s'y étant rendu par avion dans ce but, l'agent du K.B.I. Harold Nye les avait retrouvés dans un mont-de-piété). Par ailleurs, tout en dictant sa déclaration, Smith avait révélé l'endroit où se trouvaient d'autres preuves irrécusables. « On est arrivés à la grand-route et on a roulé vers l'est », avait-il dit en décrivant ce que lui et Hickock avaient fait après avoir fui la scène du meurtre. « On a roulé comme des fous ; Dick était au volant. Je pense qu'on était tous les deux très excités. Moi, en tout cas. Très excité et très soulagé à la fois. On pouvait pas s'arrêter de rire, ni l'un ni l'autre ; soudain, tout ça semblait follement drôle, je ne sais pas pourquoi, c'était simplement comme ça. Mais le sang dégoulinait du fusil, et mes vêtements étaient tachés ; j'avais même du sang dans les cheveux. Alors on a pris une route de campagne, et on a roulé pendant huit miles peut-être, jusqu'à ce qu'on soit très loin dans la plaine. On pouvait entendre les coyotes. On a fumé une cigarette et Dick a continué à plaisanter sur ce qui s'était passé là-bas. Je suis descendu de la voiture et j'ai siphoné de l'eau du radiateur et puis j'ai nettoyé le sang sur le canon du fusil. Ensuite j'ai creusé un trou dans la terre avec le couteau de chasse de Dick, celui que j'avais utilisé sur Mr. Clutter, et j'y ai enterré les cartouches vides et tout ce qui restait de la corde en nylon et du sparadrap. Après ça, on a roulé jusqu'à ce qu'on arrive sur la Nationale 83, et on a pris la direction de Kansas City et Olathe. Au petit matin, Dick s'est arrêté à un de ces endroits pour pique-niquer : ce qu'on appelle des haltes routières, où il y a des foyers en plein air. On a fait du feu et on a brûlé des trucs. Les gants qu'on avait portés et ma chemise. Dick a dit qu'il aurait bien voulu avoir un bœuf à mettre à la broche ; il a dit qu'il n'avait jamais eu aussi faim. Il était près de midi quand on est arrivés à Olathe. Dick m'a déposé à mon hôtel, et il s'est rendu chez lui pour prendre le repas du dimanche en famille. Oui, il a emporté le couteau. Le fusil aussi. »

Des agents du K.B.I. qui furent envoyés chez les Hickock trouvèrent le couteau dans une boîte d'attirail de pêche et le fusil toujours négligemment appuyé contre un mur de la cuisine. (Le père de Hickock, qui refusait de croire que son « gars » ait pu participer à un « crime aussi horrible », soutint que le fusil n'était pas sorti de la maison depuis la première semaine de novembre, et que ça ne pouvait donc pas être l'arme du crime.) Quant aux cartouches vides, à la corde et au sparadrap, on les retrouva avec l'aide de Virgil Pietz, un employé de la voirie du comté, qui, travaillant avec un niveleur dans le périmètre indiqué par Perry Smith, racla le sol pouce par pouce jusqu'à ce que les articles enterrés fussent découverts. Ainsi, les derniers éléments de l'enquête étaient réunis ; le K.B.I. avait maintenant rassemblé un dossier inébranlable car des analyses avaient établi que les cartouches avaient été tirées par le fusil de Hickock, et que les restes de corde et de sparadrap étaient identiques à ce qui avait été employé pour lier les victimes et les réduire au silence.

Lundi 11 janvier. J'ai un avocat. Mr. Fleming. Vieillard à cravate rouge.

Informée par les accusés qu'ils ne disposaient pas des fonds pour louer les services d'un homme de loi, la cour, en la personne du juge Roland H. Tate, leur assigna d'office comme défenseurs deux avocats de la ville, Mr. Arthur Fleming et

Mr. Harrison Smith. Agé de soixante et onze ans, ancien maire de Garden City, Fleming, petit homme qui relève une apparence assez ordinaire par des cravates plutôt voyantes, rejeta cette nomination. « Je n'ai aucun désir de remplir cette fonction, dit-il au juge. Mais si la cour estime qu'il convient de me désigner, alors bien sûr je n'ai pas le choix. » L'avocat de Hickock, Harrison Smith, âgé de quarante-cinq ans, mesurant un mètre quatre-vingts, grand joueur de golf et membre des Elk d'un rang élevé, accepta la tâche avec une bonne volonté résignée : « Il faut bien que quelqu'un le fasse. Et je ferai de mon mieux. Quoique je doute que ça me rende très populaire dans le pays. »

Vendredi 15 janvier. Mrs Meier avait branché son poste dans la cuisine et j'ai entendu un homme dire que l'attorney du comté va demander la peine capitale. « Les riches ne sont jamais pendus. Seulement ceux qui sont pauvres et sans amis. »

En annonçant la chose, l'attorney du comté, Duane West, un ambitieux et corpulent jeune homme de vingt-huit ans, à qui on en donnerait quarante et quelquefois cinquante, dit aux journalistes : « Si l'affaire vient devant un jury, je vais demander au jury de les condamner à la peine capitale après les avoir déclarés coupables. Si les accusés renoncent à leur droit à un procès avec jury et plaident coupables devant le juge, je vais demander au juge d'appliquer la peine de mort. Je savais que j'allais être amené à décider de cette question, et je n'ai pas pris ma décision à la légère. Je crois qu'en raison de la violence du crime et du manque absolu de pitié apparemment manifesté pour les victimes, la seule façon d'assurer une protection absolue de la population est de faire appliquer la peine de mort aux accusés. Cela d'autant plus qu'au Kansas il n'existe pas d'emprisonnement à vie sans possibilité de libération sur parole. Les gens condamnés à la prison à perpétuité font effectivement, en moyenne, moins de quinze ans. »

Mercredi 20 janvier. On m'a demandé de me soumettre au détecteur de mensonges en ce qui concerne cette affaire Walker.

Une affaire comme les meurtres Clutter, un crime de cette ampleur, éveille l'intérêt de la police à travers tout le pays, particulièrement de ces enquêteurs qui ont sur les bras des crimes semblables mais non élucidés, car il est toujours possible que l'élucidation d'un mystère entraîne celle d'un autre. Parmi les nombreux officiers de police intrigués par les événements de Garden City se trouvait le shérif du comté de Sarasota, Floride, dont dépend Osprey, port de pêche situé non loin de Tampa, qui fut la scène, guère plus d'un mois après la tragédie Clutter, d'un quadruple assassinat perpétré dans un ranch isolé et dont Smith avait pris connaissance en lisant un journal de Miami le jour de Noël. Encore une fois, les victimes étaient les quatre membres d'une famille : un jeune couple, Mr. et Mrs. Clifford Walker, et leurs deux enfants, un garçon et une fille ; ils avaient tous été abattus d'un coup de fusil dans la tête. Comme les auteurs des meurtres Clutter avaient passé la nuit du 19 décembre, date du crime, dans un hôtel de Tallahassee, on comprend que le shérif d'Osprey, qui n'avait aucune autre piste, était anxieux de voir interroger les deux hommes et de leur faire subir un examen au détecteur de mensonges. Hickock consentit à se soumetre à l'examen et Smith fit de même ; il déclara aux autorités du Kansas : « A l'époque j'ai fait la remarque, j'ai dit à Dick que je parierais que celui qui a fait ça devait être un type qui avait lu ce qui était arrivé ici, au Kansas. Un cinglé. » Les résultats de l'examen, à la consternation du shérif d'Osprey aussi bien que d'Alvin Dewey qui ne croit pas aux coïncidences extraordinaires, furent nettement négatifs. Le meurtrier de la famille Walker demeure inconnu.

Dimanche 31 janvier. Le père de Dick lui a rendu visite. J'ai dit bonjour quand je l'ai vu passer devant (la porte de la cellule) *mais il a continué son chemin. Peut-être qu'il ne m'a pas entendu. J'ai appris de Mrs M.* (Meier) *que Mrs. H.* (Hickock) *n'est pas venue parce qu'elle se sentait trop mal pour le faire. Putain! ce qu'il neige. La nuit dernière j'ai rêvé que j'étais en Alaska avec papa — me suis éveillé dans une mare d'urine froide !*

Mr. Hickock passa trois heures avec son fils. Ensuite, il marcha dans la neige jusqu'à la gare de Garden City, vieillard usé par le travail, voûté et amaigri par le cancer qui allait le tuer dans quelques mois. A la gare, tout en attendant le train qui le ramènerait chez lui, il parla à un reporter : « J'ai vu Dick, hum, hum ; on a causé longuement. Et je puis vous certifier que c'est pas comme le disent les gens. Ou les journaux. Ces garçons sont pas entrés dans cette maison avec l'intention de commettre des actes de violence. Pas mon gars en tout cas. Il a peut-être ses mauvais côtés, mais il aurait jamais été capable de faire une chose comme ça. C'est Smitty qui a fait le coup. Dick m'a raconté qu'il le savait même pas quand Smitty a attaqué cet homme [Mr. Clutter], quand il lui a tranché la gorge. Dick était même pas dans la même pièce. Il est arrivé en courant seulement quand il les a entendus lutter. Dick avait son fusil, et il m'a décrit comment ça s'est passé : "Smitty a pris mon fusil et il a fait sauter la tête de cet homme." Et il a dit : "Papa, j'aurais dû lui arracher mon fusil et le tuer. Le tuer avant qu'il tue le reste de cette famille. Si je l'avais fait, j'en serais pas où je suis maintenant." Je pense qu'il a raison moi aussi. A voir les choses comme elles sont, la façon dont les gens sont montés contre eux, il a pas la moindre chance. Ils vont les pendre tous les deux. Et, ajouta-t-il, la fatigue et la défaite rendant son regard vitreux, il peut rien arriver de pire à un homme que de savoir que son fils va être pendu. »

Ni le père de Perry Smith ni sa sœur ne lui écrivirent ni ne vinrent le voir. On supposait que Tex John Smith était quelque part en Alaska en train de chercher de l'or, bien que la police eût été incapable de le trouver en dépit de nombreux efforts. La sœur avait dit aux enquêteurs qu'elle avait peur de son frère et leur demanda de ne pas lui révéler son adresse actuelle. (Lorsqu'il apprit cela, Smith sourit faiblement et dit : « J'aurais bien aimé qu'elle soit dans cette maison cette nuit-là. Quelle scène charmante ! »)

A l'exception de l'écureuil, à l'exception des Meier et d'une consultation occasionnelle avec son avocat, Mr. Fleming, Perry était très seul. Dick lui manquait. *Beaucoup pensé à Dick,* écrivit-il un jour dans son journal de fortune. On ne leur avait pas permis de communiquer entre eux depuis leur arrestation, et c'était là, à part la liberté, la chose qu'il désirait le plus — parler à Dick, être avec lui à nouveau. Dick n'était pas le « dur » que Perry avait cru : « Le type qui avait les pieds sur la terre », « viril », « vraiment capable de toutes les audaces » ; il avait prouvé qu'il était « passablement faible et superficiel », « un lâche ». Néanmoins, de tous les êtres au monde, c'était la personne dont il était le plus près en ce moment, car ils étaient de la même espèce au moins ; des frères de la race de Caïn ; séparé de lui, Perry se sentait « complètement seul. Comme quelqu'un qui a la gale. Un type à qui seul un timbré voudrait avoir affaire ».

Mais alors, un matin de la mi-février, Perry reçut une lettre. Elle avait été postée à Reading, Mass., et elle était ainsi rédigée :

Cher Perry, j'ai été désolé d'apprendre tes ennuis actuels et j'ai décidé d'écrire pour te faire savoir que je me souviens de toi et que j'aimerais t'être utile dans la mesure du possible. Au cas où tu ne te souviendrais pas de mon nom, Don Cullivan, j'ai inclus une photo prise à peu près à l'époque où on s'est rencontrés. La première fois que j'ai entendu parler de toi dans les journaux, j'ai été étonné et puis je me suis mis à penser au temps où on se connaissait. Même si on n'a jamais été des amis très intimes, je puis me souvenir de toi beaucoup plus nettement que de la plupart des autres types que j'ai rencontrés dans l'Armée. Ça devait être vers l'automne 1951 quand tu as été affecté à la 761e compagnie du génie d'équipement léger à Fort Lewis, Washington. Tu étais petit (je ne suis pas beaucoup plus grand), costaud, tu avais le teint foncé, une tignasse noire et presque toujours le sourire aux lèvres. Comme tu avais vécu en Alaska, plusieurs types t'appelaient « l'Esquimau ». Un des premiers souvenirs que j'ai gardés de toi remonte à une inspection de la compagnie au cours de laquelle tous les coffres devaient être ouverts. D'après mes souvenirs tous les coffres étaient en ordre, même le tien, sauf que l'intérieur du couvercle de ton coffre était tapissé de photos de pin-up. On était tous certains que tu allais avoir des ennuis. Mais l'officier a fait son inspection à toute allure ; quand tout a été fini et qu'il n'a rien dit, je pense qu'on t'a tous pris pour un type culotté. Je me souviens que tu étais assez bon joueur de billard et je te revois très nettement à la table de billard de la salle de jeu de la compagnie. Tu étais un des meilleurs chauffeurs de camions de notre unité. Tu te souviens des manœuvres qu'on a faites dans l'Armée ? Au cours d'un voyage qui avait eu lieu en hiver, je me souviens que chacun de nous était affecté à un camion pour la durée des manœuvres. Dans notre unité, les camions de l'Armée n'étaient pas chauffés et il faisait assez froid dans ces cabines. Je me souviens que tu avais découpé un trou dans le plancher de ton camion pour laisser la chaleur du moteur entrer dans la cabine. Si je me souviens si bien de ça c'est à cause de l'impression que ça m'avait fait, parce que la « détérioration » du matériel de l'Armée était un crime pour lequel on pouvait être très sévèrement punis. Bien sûr j'étais passablement nouveau dans l'Armée et probablement que j'avais peur de faire une petite entorse au règlement, mais je me souviens que tu t'en moquais (en te tenant au chaud) tandis que je m'en faisais (tout en crevant de froid). Je me rappelle que tu avais acheté une motocyclette, et je me souviens vaguement que t'as eu des pépins avec — poursuivi par les flics ? — accident ? Peu importe, c'était la première fois que je me rendais compte de ton côté violent. Il est possible que quelques-uns de mes souvenirs soient erronés ; il y a huit ans de ça, et je ne t'ai connu que durant une période d'environ huit mois. Si j'ai bonne mémoire, cependant, je m'entendais bien avec toi et tu me plaisais vraiment. Tu semblais toujours de bonne humeur et t'avais un drôle de toupet ; tu faisais bien ton boulot à l'Armée, et je me souviens pas que tu te sois tellement bagarré. Bien sûr, tu étais apparemment assez violent, mais ça ne m'a jamais particulièrement frappé. Mais à présent, t'as de sérieux ennuis. J'essaie de t'imaginer tel que tu es maintenant. Les choses auxquelles tu penses. La première fois que j'ai entendu parler de toi dans les journaux, j'étais stupéfait. Vraiment. Mais ensuite j'ai mis le journal de côté et je me suis tourné vers autre chose. Puis je me suis remis à penser à toi. Ça ne me satisfaisait pas d'oublier tout simplement. Je suis assez religieux ou j'essaie du moins de l'être (catholique). Je ne l'ai pas toujours été. Je me laissais aller sans trop penser à la seule chose importante qu'il y ait. Je n'avais jamais pensé à la mort ou à la possibilité d'une vie future. J'étais trop agité : voitures, Universités, filles, etc. Mais mon jeune frère est mort de leucémie à dix-sept ans. Il savait qu'il allait mourir et, par la suite, je me suis demandé à quoi il pensait. Et maintenant je pense à toi, et je me demande à quoi tu penses. Je ne savais pas quoi dire à mon frère dans les dernières semaines avant sa mort. Mais je sais ce que je lui dirais maintenant. Et c'est pourquoi je t'écris : parce que Dieu t'a créé tout comme moi et Il t'aime tout autant qu'Il m'aime, et pour ce qu'on sait de la volonté de Dieu, ce qui t'est arrivé aurait pu m'arriver. Ton ami, Don Cullivan.

Le nom ne lui revenait pas, mais Perry reconnut tout de suite le visage sur la photo : un jeune soldat aux cheveux coupés en brosse et aux yeux ronds et très graves. Il lut la lettre plusieurs fois ; bien qu'il trouvât les allusions religieuses peu convaincantes (« J'ai essayé de croire, mais je ne crois pas, j'en suis incapable, et il est inutile de faire semblant »), elle l'enthousiasma. Voici quelqu'un qui offrait son aide, un homme raisonnable et respectable qui l'avait connu autrefois et à qui il avait été sympathique, un homme qui se disait son ami. Avec reconnaissance et en toute hâte, il commença à répondre : « Cher Don, nom de Dieu, bien sûr que je me souviens de Don Cullivan... »

*

La cellule de Hickock n'avait pas de fenêtre ; il faisait face à un large corridor et à d'autres cellules. Mais il n'était pas isolé, il y avait des gens à qui parler, un perpétuel roulement d'ivrognes, de faussaires, de types qui battaient leurs femmes et de vagabonds mexicains ; avec son argot enjoué de « bagnard », ses anecdotes sexuelles et ses histoires osées, Dick avait du succès auprès des autres prisonniers (bien qu'il y en eût un qui ne voulait absolument pas entendre parler de lui — un vieillard qui lui lançait d'une voix sifflante : « Assassin ! Assassin ! » et qui l'arrosa un jour avec un seau plein d'eaux sales).

Extérieurement, Hickock donnait à tout le monde l'impression d'être un jeune homme extrêmement paisible. En dehors de ses heures de vie sociale ou de sommeil, il restait étendu sur son lit à fumer ou à mâcher du chewing-gum et à lire des magazines sportifs ou des romans policiers bon marché. Il lui arrivait souvent de demeurer étendu et de siffler de vieux succès (*You Must Have Been a Beautiful Baby, Shuffle off to Buffalo*), tout en regardant fixement une ampoule nue qui demeurait allumée nuit et jour au plafond de la cellule. Il détestait la surveillance monotone de l'ampoule ; elle gênait son sommeil et, plus précisément, mettait en danger la réussite d'un projet personnel : s'échapper de prison. Car le prisonnier n'était pas aussi insouciant qu'il en avait l'air, ou aussi résigné ; il avait l'intention d'utiliser tous les moyens possibles pour éviter de « se balancer au bout d'une corde ». Convaincu qu'une telle cérémonie serait l'issue de tout procès — certainement de tout procès qui aurait lieu dans l'Etat du Kansas — il avait décidé de « faire la belle. M'emparer d'une voiture et soulever un nuage de poussière ». Mais il lui fallait avant tout une arme ; et au cours des semaines il s'en était fabriqué une : un « surin », instrument qui ressemblait beaucoup à un poinçon à glace, quelque chose qui se glisserait avec une précision mortelle entre les omoplates du shérif adjoint Meier. Les éléments qui composaient l'arme, un morceau de bois et un bout de fil de fer, provenaient d'une brosse qu'il avait subtilisée, démontée et cachée sous son matelas. Tard la nuit, quand on n'entendait rien d'autre que des ronflements, des quintes de toux et le sifflement lugubre des trains du Santa Fe qui traversaient en trombe la ville plongée dans les ténèbres, il aiguisait le fil contre le plancher de ciment de la cellule. Et tout en travaillant, il échafaudait des plans.

Un jour, le premier hiver après avoir terminé ses études secondaires, Hickock avait traversé le Kansas et le Colorado en auto-stop : « C'était à l'époque où je cherchais un boulot. Eh bien, je roulais en camion, et le chauffeur et moi on s'est disputés, sans raison précise, mais il m'a foutu une raclée. Il m'a poussé en bas du camion. Il m'a simplement plaqué là. Tout en haut des Rocheuses. Il tombait de la neige fondue, et j'ai marché pendant des miles, avec le nez qui me saignait comme un porc qu'on égorge. Puis je suis arrivé près d'une série de cabanes sur une pente boisée. Des pavillons d'été, tous verrouillés et abandonnés à ce moment de l'année. Et je me suis introduit dans l'un d'eux. Il y avait du bois de chauffage et des conserves, même un peu de whisky. J'suis resté là plus d'une semaine, et ça a été un des meilleurs moments de ma vie. Malgré que le nez me faisait si mal et que j'avais les yeux vert et jaune. Et quand la neige s'est arrêtée, le soleil est apparu. Jamais vu un ciel semblable. Comme le Mexique. Si le Mexique était pas un pays tempéré. J'ai fouillé les autres pavillons et j'ai trouvé des jambons fumés, un poste de radio et une carabine. C'était merveilleux. Je passais mes journées dehors avec le fusil. Le soleil dans le visage. Nom de Dieu, ce que je me sentais bien. Comme Tarzan. Et tous les soirs je mangeais des haricots en sauce et du jambon frit ; je m'enroulais dans une couverture près du feu, et je m'endormais en écoutant la musique du poste de radio. Personne n'est venu près de cet endroit. Je parie que j'aurais pu rester jusqu'au printemps. » Si l'évasion réussissait, c'était le parti qu'il s'était décidé à prendre, se diriger vers les montagnes du Colorado et y trouver une cabane où il pourrait se cacher jusqu'au printemps (seul, bien sûr ; l'avenir de Perry ne le regardait pas). La perspective d'un intermède aussi idyllique accentuait la façon furtive et inspirée dont il aiguisait son fil de fer, lui donnant, à force de le limer, la finesse et la souplesse d'un stylet.

*

Jeudi 10 mars. Le shérif a fait une fouille. Inspecté toutes les cellules à fond et trouvé un poinçon à glace sous le matelas de D. Je me demande ce qu'il avait derrière la tête (sourire).

A vrai dire Perry ne considérait pas que la chose prêtât à sourire, car Dick, brandissant une arme dangereuse, aurait pu jouer un rôle décisif dans des projets qu'il formait lui-même. Au fil des semaines, il s'était familiarisé avec la vie de Courthouse Square, ses habitués et leurs habitudes. Les chats par exemple : les deux matous gris et maigres qui apparaissaient toujours au crépuscule et qui rôdaient autour du square, s'arrêtant pour examiner les voitures garées tout autour, conduite qui l'intrigua jusqu'à ce que Mrs. Meier lui eût expliqué que les chats cherchaient des oiseaux morts pris dans les calandres des véhicules. Par la suite, il lui fut pénible de surveiller leurs manœuvres : « Parce que j'ai fait ce qu'ils font presque toute ma vie. L'équivalent. »

Et il y avait une personne qui retenait particulièrement l'attention de Perry : un homme solide, de belle prestance, et dont les cheveux formaient une calotte d'un gris argent ; son visage plein, à la mâchoire volontaire, avait un peu l'air bourru au repos ; les coins de sa bouche retombaient et il gardait les yeux baissés comme dans une rêverie pleine de tristesse — image d'une impitoyable sévérité. Et pourtant, c'était une impression au moins partiellement inexacte, car de temps à autre le prisonnier l'apercevait qui s'arrêtait pour parler à d'autres hommes, blaguer avec eux et rire ; et alors il semblait insouciant, jovial, généreux : « Le genre de personne qui pourrait voir l'aspect humain » — attribut important car l'homme était Roland H. Tate, juge de la 32e circonscription judiciaire, le magistrat qui allait présider au procès de l'Etat du Kansas contre Smith et Hickock. Tate, comme Perry l'apprit bientôt, était un vieux nom qui inspirait le respect dans l'ouest du Kansas. Le juge était riche, il élevait des chevaux, il possédait beaucoup de terres et l'on disait que sa femme était très belle. Il était père de deux fils, mais le plus jeune était mort ; cette tragédie avait grandement affecté les parents et les avait poussés à adopter un petit garçon, un enfant abandonné et sans foyer qui avait échoué devant le tribunal. « Il m'a l'air d'avoir bon cœur, dit un jour Perry à Mrs. Meier. Peut-être qu'il va nous donner une chance. »

Mais ce n'était pas ce que Perry croyait réellement ; il croyait ce qu'il avait écrit à Don Cullivan avec qui il correspondait régulièrement maintenant : son crime était « impardonnable », et il s'attendait pleinement à « gravir ces treize marches ». Cependant, il n'était pas complètement sans espoir, car il avait fait des projets d'évasion, lui aussi. Tout dépendait de deux jeunes gens qu'il avait souvent observés en train de l'observer. L'un était roux, l'autre brun. Parfois, debout dans le square, sous l'arbre qui touchait à la fenêtre de sa cellule, ils lui souriaient et lui faisaient des signes de la main — c'est du moins ce qu'il imaginait. Ils n'échangeaient jamais un mot, et après une minute peut-être, ils s'éloignaient toujours en flânant. Mais le prisonnier s'était convaincu que les jeunes gens, peut-être poussés par un désir d'aventure, avaient l'intention de l'aider à s'évader. En conséquence, il dessina une carte du square, indiquant les points où une « voiture » pouvait être garée de la manière la plus avantageuse. Sous la carte, il écrivit : *J'ai besoin d'une lame de scie à métaux de 5. Rien d'autre. Mais vous rendez-vous compte des conséquences si vous vous faites prendre (dans l'affirmative, faites un signe de la tête) ? Ça pourrait vouloir dire de longues années de prison. Ou vous pourriez vous faire tuer. Tout ça pour quelqu'un que vous ne connaissez pas.* VOUS FERIEZ MIEUX D'Y PENSER DEUX FOIS! *Sérieusement ! En plus, comment savoir si je puis vous faire confiance ? Qu'est-ce qui me dit que c'est pas une ruse pour me faire sortir d'ici et m'abattre ? Et Hickock ? Il doit être inclus dans tous les préparatifs.*

Perry garda ce document sur son bureau, enroulé et prêt à être jeté par la fenêtre la prochaine fois que les jeunes gens se montreraient. Mais ils ne revinrent jamais ; il ne les revit jamais. En fin de compte, il se demanda s'il ne les avait pas inventés par hasard (l'idée qu'il « puisse être anormal, peut-être fou », l'avait toujours inquiété, « même quand j'étais petit, et que mes sœurs riaient parce que j'aimais le clair de lune. Me cacher dans les ténèbres et observer la lune »). Fantômes ou non, il avait cessé de penser aux jeunes gens. Un autre moyen d'évasion, le suicide, les avait remplacés dans ses rêveries ; et en dépit des précautions du geôlier (absence de miroir, de ceinture, de cravate ou de lacets de chaussures), il avait trouvé la façon de réaliser son projet. Le plafond de sa cellule était également équipé d'une ampoule qui brûlait éternellement ; mais, à l'encontre de Hickock, il avait un balai dans sa cellule et en appuyant sur l'ampoule avec le balai il pouvait la dévisser. Une nuit il rêva qu'il avait dévissé l'ampoule, qu'il l'avait brisée, et qu'il s'était entaillé les poignets et les chevilles avec les éclats de verre. « J'ai senti que le souffle et la lumière m'abandonnaient complètement, dit-il dans une description ultérieure de ses sensations. Les murs de la prison se sont écartés, le ciel s'est écroulé, j'ai vu le gros oiseau jaune. »

Tout au long de sa vie — enfant pauvre et

maltraité, adolescent sans attaches, homme emprisonné — l'immense oiseau jaune à tête de perroquet avait plané dans les rêves de Perry, ange vengeur qui attaquait à grands coups de bec et de griffe ses ennemis ou, comme maintenant, le secourait dans des moments de danger mortel : « Il m'a soulevé, j'étais aussi léger qu'une souris, on a pris de l'altitude, je pouvais voir le square en bas, des hommes qui couraient et criaient, le shérif qui nous tirait dessus, tout le monde qui était en rogne parce que j'étais libre, je volais, j'étais mieux que n'importe qui d'entre eux. »

*

Le procès devait commencer le 22 mars 1960. Au cours des semaines qui précédèrent cette date, les avocats de la défense consultèrent fréquemment les accusés. On discuta de l'opportunité de demander un renvoi de l'affaire devant une autre cour, mais comme le fit remarquer Mr. Fleming à son client : « Peu importe dans quel coin du Kansas le procès a lieu. L'opinion est la même dans tout l'Etat. On aura probablement plus de chances à Garden City. Les gens ont de la religion. Vingt-deux églises pour une population de onze mille habitants. Et la plupart des pasteurs sont contre la peine capitale ; ils disent que c'est immoral, indigne d'un chrétien ; le Révérend Cowan lui-même, pasteur des Clutter et ami intime de la famille, a prêché contre la peine de mort dans ce cas précis. Souvenez-vous, tout ce qu'on peut espérer c'est de sauver vos vies. Je pense que nos chances sont aussi bonnes ici qu'ailleurs. »

Peu après la mise en accusation de Smith et Hickock, leurs avocats vinrent trouver le juge Tate pour présenter une requête visant à obtenir un examen psychiatrique complet des accusés. Plus précisément, on demanda au tribunal de permettre que l'on confie les prisonniers à l'hôpital de l'Etat, à Larned, Kansas, maison de santé offrant les meilleures conditions de sécurité, afin de s'assurer qu'ils n'étaient ni l'un ni l'autre « fous, imbéciles ou idiots, incapables de comprendre leur situation et d'aider leurs défenseurs ».

Larned se trouve à cent miles à l'est de Garden City ; Harrison Smith, l'avocat de Hickock, informa le tribunal qu'il s'y était rendu la veille et qu'il avait consulté plusieurs membres du personnel de l'hôpital : « Nous n'avons pas de psychiatre compétent dans notre ville. En fait, Larned est le seul endroit dans un rayon de deux cent vingt-cinq miles où l'on puisse trouver de tels hommes : des médecins entraînés à faire des expertises psychiatriques approfondies. Ça prend du temps. De quatre à huit semaines. Mais les membres du personnel avec qui j'ai discuté du problème ont dit qu'ils consentaient à se mettre au travail tout de suite ; et naturellement, comme c'est un établissement de l'Etat, ça ne coûtera pas un sou au comté.

Ce projet fut combattu par le procureur spécial adjoint, Logan Green, qui, assuré que « la folie momentanée » serait la ligne de défense que ses antagonistes adopteraient lors du procès à venir, craignait que l'issue finale de la proposition ne soit, comme il le prédisait en conversation privée, la comparution « d'un tas de psychiatres » sympathisant avec les accusés : « Ces types-là ont toujours une larme pour les tueurs. Jamais une pensée pour les victimes. » Petit, combatif, originaire du Kentucky, Green commença par attirer l'attention du tribunal sur le fait que les lois du Kansas, en matière de santé mentale, s'en tiennent à la règle M'Nagthten, vieil article importé d'Angleterre soutenant que si l'accusé connaissait la nature de son acte et s'il savait qu'il commettait le mal, il est alors mentalement compétent et responsable de ses actes. En outre, ajouta Green, il n'y avait dans les lois du Kansas rien qui dise que les médecins choisis pour déterminer l'état mental d'un accusé dussent avoir un diplôme particulier : « Simplement des médecins ordinaires. Des praticiens de médecine générale. C'est tout ce qu'exige la loi. Dans ce comté, on fait procéder chaque année à des expertises mentales dans le but d'envoyer des gens à l'asile. On ne fait jamais venir quelqu'un de Larned ou d'établissements psychiatriques d'aucune sorte. Les médecins de notre propre ville s'occupent de la chose. C'est pas une si grande affaire que de déterminer si un homme est fou, idiot ou imbécile... C'est tout à fait inutile, c'est une perte de temps d'envoyer les accusés à Larned. »

Réfutant ces arguments, le conseiller juridique Smith suggéra que la situation présente était « beaucoup plus grave qu'une simple expertise de santé mentale dans une affaire en première instance. Deux vies sont en jeu. Peu importe leur crime, ces hommes ont droit à être examinés par des personnes compétentes et expérimentées. La psychiatrie, ajouta-t-il, intercédant auprès du juge d'une manière assez directe, a fait des bonds de géant au cours des vingt dernières années. Les tribunaux fédéraux commencent à emboîter le pas à cette science en ce qui concerne les personnes accusées de meurtre. Il me semble qu'on a une excellente occasion de faire face aux idées nouvelles dans ce domaine. »

C'était une occasion que le juge préféra rejeter, car, comme le fit un jour remarquer un de ses collègues : « Tate est ce qu'on pourrait appeler un juriste qui s'en tient au code, il ne fait jamais d'expériences, il s'en tient au texte » ; mais le même critique dit également de lui : « Si j'étais innocent, c'est le premier homme que je voudrais voir présider ; si j'étais coupable, le dernier. » Le juge Tate ne rejeta pas entièrement la requête ; il fit plutôt tout ce que demandait la loi en nommant une commission de trois médecins de Garden City et leur ordonnant de prononcer un verdict sur les facultés mentales des prisonniers. (En temps et lieu le trio médical rencontra les accusés et, après environ une heure de conversation, annonça qu'aucun des deux hommes ne souffrait de troubles mentaux. Lorsqu'il apprit leur diagnostic, Perry Smith dit : « Comment le sauraient-ils ? Ils voulaient simplement se distraire. Entendre tous les détails morbides des terribles lèvres du tueur lui-même. Oh ! leurs yeux étaient brillants. » L'avocat de Hickock était également furieux ; il se rendit une fois de plus à l'hôpital de l'Etat à Larned, où il fit appel aux services gratuits d'un psychiatre qui consentait à se rendre à Garden City et à interroger les accusés. L'homme qui se porta volontaire, le Dr. W. Mitchell Jones, était d'une compétence exceptionnelle ; n'ayant pas encore atteint la trentaine, c'était un spécialiste très versé en psychologie et en aliénation criminelle ; il avait travaillé et étudié en Europe et aux Etats-Unis ; il consentit à examiner Smith et Hickock et, si ses conclusions le justifiaient, à témoigner en leur faveur.)

Le matin du 14 mars, les avocats de la défense se présentèrent à nouveau devant le juge Tate, cette fois pour demander un renvoi du procès qui devait maintenant avoir lieu dans huit jours. Deux raisons furent données, la première étant qu'un

« témoin des plus essentiels », le père de Hickock, était actuellement trop malade pour témoigner. La deuxième était plus subtile. Au cours de la semaine précédente, une affiche en grandes lettres avait commencé à apparaître dans les vitrines des boutiques de la ville, dans les banques, dans les restaurants et à la gare ; elle était ainsi conçue : VENTE AUX ENCHÈRES DE LA SUCCESSION H. W. CLUTTER — 21 mars 1960 — À LA FERME CLUTTER. « Maintenant, dit Harrisson Smith en s'adressant au magistrat, je me rends compte qu'il est presque impossible de prouver que ceci porte préjudice. Mais cette vente, une mise aux enchères de la succession de la victime, aura lieu dans une semaine à partir d'aujourd'hui, en d'autres termes, la veille même du procès. Je suis incapable d'affirmer si cela porte préjudice ou non aux accusés. Mais ces affiches associées à la publicité des journaux et de la radio seront un rappel constant pour chaque citoyen de cette ville, parmi lesquels cent cinquante ont été convoqués comme jurés éventuels. »

Cela laissa le juge Tate froid. Il rejeta la requête sans faire de commentaires.

*

Au début de l'année, le voisin japonais de Mr. Clutter, Hideo Ashida, avait vendu aux enchères ses instruments aratoires et était parti s'installer dans le Nebraska. La vente Ashida, qui était considérée comme un succès, n'avait pas attiré tout à fait une centaine de clients. Un peu plus de cinq mille personnes se rendirent à la vente Clutter. Les citoyens de Holcomb s'attendaient à une foule exceptionnelle : le cercle des Dames patronnesses de Holcomb avait transformé une des granges Clutter en un libre-service approvisionné de deux cents tartes faites à la maison, deux cent cinquante livres de viande hachée, et soixante livres de jambon en tranches ; mais personne n'était prêt pour la plus grande vente aux enchères dans l'histoire de l'ouest du Kansas. Des voitures venant de la moitié des comtés de l'Etat, de l'Oklahoma, du Colorado, du Texas et du Nebraska se dirigèrent vers Holcomb. Elles arrivèrent pare-chocs contre pare-chocs sur l'allée qui conduisait à River Valley Farm.

C'était la première fois que le public avait accès à la ferme Clutter depuis la découverte des meurtres, circonstance qui expliquait la présence d'un tiers peut-être de l'immense assemblée, ceux qui étaient venus par curiosité. Et bien sûr, la température facilita les choses pour l'assistance, car à la mi-mars la neige abondante de l'hiver avait fondu, et le sol entièrement dégelé était une mer de boue où l'on s'enfonçait jusqu'aux chevilles ; il n'y a pas grand-chose qu'un fermier puisse faire avant que la terre ne durcisse. « Le sol est tellement humide et dégoûtant, dit Mrs. Bill Ramsey, l'épouse d'un fermier. On peut pas travailler de toute façon. On s'est dit qu'on ferait aussi bien de venir à la vente. » C'était effectivement une belle journée de printemps, bien qu'on eût plein de boue sous les pieds ; le soleil qui avait été si longuement enveloppé par la neige et les nuages semblait un objet tout nouveau, et les arbres — le verger de poiriers et de pommiers de Mr. Clutter, les ormes qui ombrageaient l'allée — étaient légèrement voilés par une brume d'un vert virginal. La belle pelouse qui entourait la maison des Clutter était également d'un vert tout récent et celles qui empiétaient dessus, des femmes anxieuses de voir de plus près la maison inhabitée, se glissaient sur l'herbe et risquaient un coup d'œil à travers les fenêtres comme si elles espéraient et craignaient à la fois d'apercevoir, dans l'obscurité qui régnait derrière les agréables rideaux à fleurs, de sinistres apparitions.

Criant à tue-tête, le commissaire-priseur faisait valoir sa marchandise : tracteurs, camions, brouettes, barils de clous, marteaux, bois de charpente n'ayant jamais servi, seaux à lait, fers à marquer les chevaux, fers à cheval, tout ce qui était nécessaire sur un ranch, de la corde et des harnais au bain antiparasites pour les moutons et aux baquets en fer-blanc. C'était la perspective d'acheter ces effets à des prix exceptionnels qui avait attiré la plus grande partie de la foule. Mais les mains des enchérisseurs ne se levaient que timidement, mains rendues rugueuses par le travail et qui craignaient de se défaire d'un argent durement gagné ; néanmoins, tout fut vendu, il y avait même quelqu'un qui désirait acquérir un trousseau de clés rouillées, et un jeune cow-boy chaussé de bottes jaune pâle acheta le *Coyote Wagon* de Kenyon Clutter, le véhicule décrépit que le garçon assassiné employait pour harceler les coyotes, pour leur donner la chasse au clair de lune.

Les assistants du commissaire-priseur, les hommes qui plaçaient les articles de moindre dimension sur le podium et qui les enlevaient, étaient Paul Helm, Vic Irsik et Alfred Stoecklein, tous de vieux et toujours fidèles employés de feu Herbert W. Clutter. Prêter main-forte à la dispersion de ses possessions était leur ultime corvée, car c'était aujourd'hui le dernier jour qu'ils passaient à River Valley Farm ; la propriété avait été affermée à un cultivateur de l'Oklahoma, et dorénavant des étrangers allaient y vivre et y travailler.

A mesure que la vente progressait et que le domaine terrestre de Mr. Clutter diminuait, disparaissait graduellement, Paul Helm, rappelant les funérailles de la famille assassinée, dit : « C'est comme un deuxième enterrement. »

La dernière chose à partir fut le contenu du parc à bestiaux, surtout des chevaux, y compris le cheval de Nancy, la grosse jument Babe qui n'était plus très jeune. C'était en fin d'après-midi, l'école était terminée, et de nombreux camarades de classe de Nancy se trouvaient parmi les spectateurs lorsque le cheval fut mis aux enchères ; Susan Kidwell était là. Sue, qui avait adopté un autre des animaux orphelins de Nancy, un chat, aurait bien voulu donner un foyer à Babe car elle aimait le vieux cheval et savait à quel point Nancy l'avait aimé. Les deux jeunes filles s'étaient souvent promenées ensemble sur le large dos de Babe ; elles traversaient au petit trot les champs de blé par les chaudes soirées d'été, descendaient jusqu'à la rivière et entraient dans l'eau ; la jument remontait le courant en pataugeant jusqu'à ce que, comme le raconta un jour Sue, « nous soyons toutes les trois fraîches comme des poissons ». Mais Sue n'avait pas d'endroit où garder un cheval.

« J'entends cinquante... soixante-cinq... soixante-dix... » ; les enchères traînaient, personne ne semblait réellement vouloir de Babe, et l'homme qui l'obtint, un fermier mennonite qui dit qu'il l'emploierait peut-être pour les labours, la paya soixante-quinze dollars. Comme il l'entraînait hors du parc à bestiaux, Sue Kidwell courut à sa rencontre ; elle leva la main comme pour faire un signe d'adieu, mais elle se contenta de la presser contre sa bouche.

*

La veille du début du procès, le *Garden City Telegram* publia l'éditorial suivant : « Certains peuvent croire que les yeux de la nation tout entière sont fixés sur Garden City au cours de ce sensationnel procès en Cour d'assises. Mais il n'en est rien. A cent miles à l'ouest d'ici, dans le Colorado, peu de personnes sont même au courant de l'affaire, si ce n'est pour se souvenir simplement que des membres d'une famille en vue ont été assassinés. C'est un triste commentaire sur l'état du crime dans notre nation. Depuis que les quatre membres de la famille Clutter ont été tués l'automne dernier, de nombreux autres meurtres multiples semblables ont eu lieu dans diverses parties du pays. Rien qu'au cours des derniers jours précédant ce procès, au moins trois cas de meurtres multiples ont été révélés par la presse. Il en résulte que ce crime et ce procès ne sont qu'un cas parmi tant d'autres dont les gens ont entendu parler et qu'ils ont oubliés... »

Même si les yeux de la nation n'étaient pas fixés sur eux, les principaux participants de l'événement, du greffier au juge lui-même, se comportaient bel et bien comme s'il en était ainsi le matin de la première séance du tribunal. Les quatre avocats portaient des costumes neufs ; les chaussures neuves de l'attorney du comté aux grands pieds craquaient et grinçaient à chaque pas. Hickock aussi était habillé proprement ; il portait des vêtements fournis par ses parents : un pantalon soigné de serge bleue, une chemise blanche, une fine cravate bleu sombre. Seul Perry Smith, qui ne possédait ni veste ni cravate, ne semblait pas être à sa place. Vêtu d'une chemise à col ouvert (empruntée à Mr. Meier) et de blue-jeans roulés, il avait l'air aussi solitaire et déplacé qu'une mouette dans un champ de blé.

La salle d'audience, pièce sans prétentions située au troisième étage du palais de justice du comté de Finney, a des murs d'un blanc mat et un ameublement de bois vernis foncé. Environ cent soixante personnes peuvent prendre place sur les bancs du public. Le mardi matin 22 mars, les bancs étaient occupés exclusivement par les résidents de sexe masculin du comté de Finney parmi lesquels on allait choisir les membres du jury. Rares étaient les citoyens convoqués qui semblaient anxieux d'en faire partie (un juré éventuel dit, en conversant avec un autre : « Ils peuvent pas me prendre. J'entends pas assez bien. » Ce à quoi son ami, après un instant de réflexion rusée, répondit : « A bien y penser, j'entends pas trop bien moi non plus »), et on pensait généralement que la sélection des jurés prendrait plusieurs jours. En fait, on en termina en quatre heures ; d'ailleurs, le jury, comprenant deux membres suppléants, fut extrait des quarante-quatre premiers candidats. La défense en récusa sept par droit péremptoire, et trois furent récusés à la requête de l'accusation ; vingt autres obtinrent d'être renvoyés parce qu'ils étaient opposés à la peine capitale ou parce qu'ils admirent avoir une opinion bien arrêtée quant à la culpabilité des accusés.

Les quatorze hommes qui furent choisis en fin de compte comprenaient une demi-douzaine de fermiers, un pharmacien, le gérant d'une pépinière, un employé de l'aéroport, un foreur de puits, deux vendeurs, un mécanicien et le gérant de Ray's Bowling Alley. C'étaient tous des hommes mariés (plusieurs avaient cinq enfants et plus) et ils étaient sérieusement affiliés à l'une ou l'autre des

Eglises locales. Au cours de l'examen des jurés, quatre d'entre eux dirent à la Cour qu'ils avaient connu Mr. Clutter personnellement quoique superficiellement ; mais, après un interrogatoire plus approfondi, chacun d'eux reconnut qu'il ne pensait pas que cette circonstance l'empêcherait d'arriver à un verdict impartial. Lorsqu'on lui demanda ce qu'il pensait de la peine capitale, l'employé de l'aéroport, un homme entre deux âges du nom de N. L. Dunnan, dit : « Ordinairement je suis contre. Mais dans le cas présent, non », déclaration qui sembla nettement empreinte de parti pris à certains qui l'entendirent. Dunnan fut néanmoins accepté comme juré.

Les accusés suivirent d'une manière distraite la sélection des jurés. La veille, le Dr. Jones, le psychiatre qui s'était porté volontaire pour les examiner, les avait interrogés séparément pendant deux heures environ ; à la fin des interrogatoires, il avait suggéré aux deux accusés de rédiger à son intention une déclaration autobiographique, et ce fut ce dont ils s'occupèrent durant les heures passées à réunir un jury. Assis à chaque bout de la table de leurs avocats, Hickock travailla avec une plume et Smith avec un crayon.

Smith écrivit :

« Je suis né Perry Edward Smith le 27 octobre 1928 à Huntington, comté d'Elko, Nevada, qui se trouve en pleine brousse pour ainsi dire. Je me souviens qu'en 1929, notre famille s'était aventurée jusqu'à Juneau, Alaska. Ma famille comprenait mon frère Tex Jr. (il a pris par la suite le nom de James à cause du ridicule du nom "Tex" et aussi je crois parce qu'il détestait mon père dans ses premières années — œuvre de ma mère). Ma sœur Fern (elle a également abandonné son nom...

pour Joy). Ma sœur Barbara. Et moi-même... A Juneau mon père fabriquait de la gnôle de contrebande. Je crois que c'est durant cette période que ma mère a fait connaissance avec l'alcool. Maman et papa ont commencé à se disputer. Je me souviens que ma mère avait « reçu » quelques matelots pendant l'absence de mon père. Quand il est revenu à la maison une bagarre s'est engagée et mon père, après une lutte violente, a jeté les matelots à la porte et s'est mis à battre ma mère. J'avais affreusement peur, en fait nous les enfants on était tous terrifiés. On pleurait. J'avais peur parce que je croyais que mon père allait me faire mal, aussi parce qu'il battait ma mère. Je ne comprenais pas vraiment pourquoi il la battait, mais je sentais bien qu'elle devait avoir fait quelque chose de terriblement mal... Ensuite la première chose dont je puis me souvenir vaguement c'est quand on vivait à Fort Bragg, Californie. Mon frère avait reçu en présent un fusil à plombs. Il avait abattu un oiseau-mouche et après l'avoir abattu il l'a regretté. Je lui ai demandé de me laisser essayer le fusil à plombs. Il m'a écarté en disant que j'étais trop petit. Ça m'a rendu tellement furieux que je me suis mis à pleurer. Quand j'ai eu fini de pleurer, ma colère est devenue encore plus grande et au cours de la soirée, alors que le fusil à plombs était derrière la chaise où mon frère était assis, je l'ai attrapé et puis je l'ai placé contre son oreille et j'ai crié BOUM ! Mon père (ou ma mère) m'a battu et m'a forcé à m'excuser. Mon frère avait coutume de tirer sur un gros cheval blanc que montait un de nos voisins qui passait près de chez nous pour se rendre en ville. Le voisin nous a attrapés, mon frère et moi, cachés dans un taillis, et nous a conduits devant papa et on s'est fait donner une raclée et mon frère s'est fait enlever son fusil à plombs et j'étais content qu'il se soit fait enlever son fusil !... C'est à peu près tout ce que je me rappelle de l'époque où on vivait à Fort Bragg (oh ! nous, les enfants, on sautait d'un fenil sur une meule de foin au sol, en s'accrochant à un parapluie)... La chose suivante dont je me souviens se passait plusieurs années plus tard quand on vivait en Californie ? au Nevada ? Je me souviens d'un épisode très odieux entre ma mère et un nègre. Nous les enfants on dormait sous une véranda l'été. Un de nos lits était directement sous la chambre de mon père et de ma mère. Chacun de nous avait jeté un bon coup d'œil par le rideau entrouvert et vu ce qui se passait. Papa avait employé un nègre (Sam) pour faire divers travaux sur la ferme, ou sur le ranch, tandis qu'il travaillait quelque part sur la route. Il revenait à la maison tard le soir avec son camion. Je ne me souviens pas du déroulement des événements, mais j'imagine que papa savait ce qui se passait, ou s'en doutait. Ça s'est terminé par une séparation entre maman et papa et maman nous a emmenés à San Francisco. Elle a déguerpi avec le camion de papa et tous les nombreux souvenirs qu'il avait rapportés d'Alaska. Je crois que c'était en 1935 (?)... A San Francisco, j'avais continuellement des ennuis. J'avais commencé à sortir avec une bande de types qui étaient tous plus âgés que moi. Ma mère était toujours ivre, jamais dans un état convenable pour subvenir à nos besoins et prendre soin de nous comme il faut. J'étais aussi libre et aussi sauvage qu'un coyote. Il n'y avait ni règlement, ni discipline, ni personne pour m'enseigner ce qui était bien et ce qui était mal. J'allais et je venais à mon gré... jusqu'à mes premiers ennuis. J'ai été envoyé dans des maisons de correction de nombreuses fois pour vol et pour m'être enfui de chez moi. Je me souviens d'un endroit où j'ai été envoyé. J'avais les reins faibles et je mouillais mon lit toutes les nuits. C'était très humiliant pour moi, mais je ne pouvais pas me contrôler. J'étais très sévèrement battu par la surveillante qui m'injuriait et se moquait de moi devant tous les garçons. Elle s'amenait à toutes les heures de la nuit pour voir si j'avais mouillé mon lit. Elle rejetait les couvertures et me battait furieusement avec une grosse ceinture en cuir noir ; elle me tirait du lit par les cheveux et me traînait jusqu'à la salle de bains et me jetait dans la baignoire et faisait couler l'eau froide et me disait de me laver ainsi que mes draps. Chaque nuit était un cauchemar. Par la suite elle a trouvé que c'était très drôle de me mettre une sorte d'onguent sur la verge. C'était presque intolérable. Ça me brûlait terriblement. Ensuite elle a été renvoyée. Mais ça n'a jamais changé mon opinion sur elle ni sur ce que j'aurais aimé lui faire subir ainsi qu'à tous les gens qui se moquaient de moi. »

Puis, comme le Dr. Jones lui avait dit qu'il lui fallait avoir la déclaration ce même après-midi, Smith sauta jusqu'au début de son adolescence et aux années que lui et son père avaient passées ensemble, errant tous les deux aux quatre coins de l'Ouest et du Far West, prospectant, chassant, faisant divers travaux :

« J'aimais mon père mais il y avait des fois où cet amour et cette affection que je lui portais s'écoulaient de mon cœur comme une eau trouble. Chaque fois qu'il faisait pas un effort pour comprendre mes problèmes. Me donner un peu de considération, de responsabilités, et me laisser dire mon mot. Il a fallu que je me sépare de lui. A l'âge de seize ans je me suis engagé dans la Marine marchande. En 1948, je me suis engagé dans l'Armée : l'officier recruteur m'a donné une chance et il a gonflé mon test. A partir de ce moment-là, j'ai commencé à me rendre compte de l'importance de l'instruction. Ça n'a fait qu'augmenter la haine et la rancœur que j'avais pour les autres. Je suis devenu bagarreur. J'ai jeté un policier japonais en bas d'un pont. Je suis passé devant le tribunal militaire pour avoir démoli un café japonais. Tribunal militaire à nouveau à Kyoto, Japon, pour avoir volé un taxi japonais. J'ai passé presque quatre années dans l'Armée. J'ai eu beaucoup de violentes crises de colère pendant que j'étais stationné en Corée et au Japon. J'ai passé quinze mois en Corée ; j'y ai fait mon temps et j'ai été rapatrié aux Etats-Unis, et j'ai obtenu des titres de reconnaissance particuliers comme premier vétéran de la guerre de Corée à remettre les pieds sur le territoire de l'Alaska. Beaucoup de publicité, ma photo dans les journaux, voyage payé par avion en Alaska, tout le tralala... J'ai terminé mon service militaire à Fort Lewis, Washington. »

L'écriture de Smith devenait presque indéchiffrable à mesure que sa plume se précipitait vers des événements plus récents : l'accident de motocyclette qui l'avait estropié, le cambriolage de Phillipsburg, Kansas, qui lui avait valu sa première sentence d'emprisonnement :

« ... J'ai été condamné à une peine de cinq à dix ans pour vol qualifié, cambriolage et évasion. J'ai eu le sentiment qu'on avait été très injuste avec moi. Je me suis aigri pendant que j'étais en prison. A ma libération, j'étais supposé aller en Alaska avec mon père, je n'y suis pas allé : j'ai travaillé un certain temps dans le Nevada et dans l'Idaho, je suis allé à Las Vegas et j'ai continué jusqu'au Kansas où je suis tombé dans le pétrin où je suis maintenant. Pas le temps de continuer. »

Il signa son nom, et il ajouta un post-scriptum :

« J'aimerais vous parler à nouveau. Il y a beaucoup de choses que je n'ai pas dites et qui peuvent vous intéresser. J'ai toujours ressenti une joie profonde à être avec des gens qui ont un but et qui s'y consacrent. C'est ce que j'ai ressenti en votre présence. »

Hickock n'écrivit pas avec autant de concentration que son compagnon. Il s'arrêta souvent pour écouter l'interrogatoire d'un juré éventuel, ou pour dévisager les gens autour de lui, particulièrement, et avec un déplaisir évident, le visage musclé de l'attorney du comté, Duane West, qui était de son âge, vingt-huit ans. Mais sa déclaration, d'une écriture stylisée qui faisait penser à une pluie oblique, fut terminée avant que le tribunal ne lève la séance jusqu'au lendemain :

« Je vais essayer de vous raconter sur moimême tout ce que je peux, quoique la plus grande partie de mon enfance demeure vague dans mon esprit, jusqu'à mon dixième anniversaire environ. Mes années d'école se sont passées comme pour la plupart des garçons de mon âge. J'ai eu ma part de bagarres, de filles et des autres choses qui accompagnent la croissance d'un garçon. Ma vie familiale était normale elle aussi, mais comme je vous l'ai déjà dit, on ne m'a jamais permis de quitter ma cour et d'aller jouer avec d'autres camarades. Mon père a toujours été strict pour nous, les garçons [lui et son frère] sur ce plan-là. Aussi il fallait que je donne un sérieux coup de main à mon père à la maison... Je ne puis me souvenir que d'une dispute sérieuse entre mon père et ma mère. A propos de quoi, je ne sais pas... Mon père m'a acheté un vélo une fois, et je crois que j'étais le garçon le plus fier en ville. C'était un vélo de fille et il l'a changé pour un vélo de garçon. Il l'a repeint entièrement et on aurait dit qu'il était flambant neuf. Mais j'ai eu un tas de jouets quand j'étais petit, un tas par rapport à la situation financière de mes parents. On a toujours été ce qu'on pourrait appeler à moitié fauchés. Jamais complètement à sec, mais plusieurs fois vraiment au bord. Mon père a toujours travaillé dur et fait de son mieux pour subvenir à nos besoins. Ma mère a toujours travaillé dur elle aussi. Sa maison était toujours impeccable et on avait largement assez de vêtements propres. Je me souviens que mon père portait ces vieilles casquettes démodées à fond plat, et il me forçait à en porter moi aussi, et je ne les aimais pas... Au lycée je réussissais vraiment bien, j'étais au-dessus de la moyenne au cours des deux premières années. Mais ensuite j'ai commencé à me laisser aller un peu. J'avais une petite amie. C'était une chic fille, et je n'ai jamais essayé une seule fois de la toucher sauf pour l'embrasser. C'était une amourette vraiment pure... A l'école je participais à tous les sports, et j'ai été classé neuf fois premier. Basket-ball, football, course à pied et base-ball. Ma dernière année a été la meilleure. Je n'ai jamais eu de petite amie en titre, je me contentais de draguer. C'est à ce moment-là que j'ai fait l'amour pour la première fois. Bien sûr, je racontais aux autres que j'avais eu un tas de filles... J'ai eu des offres de deux collèges pour jouer au base-ball mais je ne suis jamais allé ni à l'un ni à l'autre. Après avoir reçu mon diplôme d'études secondaires, je suis allé travailler pour le Santa Fe Railroad, et j'y suis resté jusqu'à l'hiver suivant quand j'ai été licencié. Au printemps suivant j'ai trouvé un boulot avec la Roark Motor Company. Je travaillais là depuis quatre mois environ quand j'ai eu un accident d'automobile avec une voiture de la Compagnie. J'ai passé plusieurs jours à l'hôpital avec de sérieuses blessures à la tête. Pendant que j'étais dans cet état je ne pouvais pas me trouver un autre boulot ; alors, j'ai chômé la plus grande partie de l'hiver. Entre-temps j'avais rencontré une fille et j'en étais tombé amoureux. Son père était pasteur baptiste et ça lui déplaisait que je sorte avec elle. On s'est mariés en juillet. Son père s'est déchaîné jusqu'à ce qu'il apprenne qu'elle était enceinte. Mais malgré tout il ne m'a jamais souhaité de bonheur, et il a toujours été contre nous. Après notre mariage, je travaillais dans une station-service près de Kansas City. Je travaillais de 8 heures du soir à 8 heures du matin. Des fois ma femme restait avec moi toute la nuit : elle avait peur que je ne puisse pas demeurer éveillé, alors elle venait m'aider. Puis j'ai eu une offre de travail chez Perry Pontiac que j'ai acceptée avec joie. C'était très satisfaisant, même si je ne faisais pas un tas d'argent — 75 dollars par semaine. Je m'entendais bien avec les autres hommes, et j'étais bien vu de mon patron. J'y ai travaillé cinq ans... Pendant que je travaillais là, j'ai commencé à faire quelques-unes des choses les plus basses que j'aie jamais faites. »

Hickock révéla ici son penchant pour les petites filles, et après avoir décrit plusieurs exemples de ces expériences, il écrivit :

« Je sais que c'est mal. Mais à l'époque je ne cherchais pas à savoir si c'était bien ou mal. Même chose pour le vol. Ça semble être une impulsion. Voici une chose que je ne vous ai jamais dite à propos de l'affaire Clutter. Avant d'entrer dans cette maison je savais qu'il y aurait une fille. Je pense que la raison principale pour laquelle j'y suis allé n'était pas pour les voler mais pour violer la fille. Parce que j'y pensais beaucoup. C'est une raison pour laquelle je n'ai pas voulu faire marche arrière une fois qu'on avait commencé. Même quand j'ai su qu'il n'y avait pas de coffre-fort. J'ai fait quelques avances à la fille Clutter quand j'étais là. Mais Perry m'a pas donné la moindre chance. J'espère que ça demeurera entre vous et moi puisque je ne l'ai même pas dit à mon avocat. Il y avait d'autres choses que j'aurais dû vous dire, mais j'ai peur que mes parents les apprennent. Parce que j'en ai plus honte (ces choses que j'ai faites) que d'être pendu... J'ai eu des nausées. Je crois qu'elles étaient dues à l'accident de voiture que j'avais eu. Des évanouissements, et des fois je saignais du nez et de l'oreille gauche. Ça m'est arrivé chez des gens du nom de Crist — ils demeurent au sud de la ferme de mes parents. Il y a pas tellement longtemps, un morceau de verre m'est sorti de la tête peu à peu. Il est sorti par le coin de l'œil. Mon père m'a aidé à l'enlever... J'imagine que je devrais vous raconter les choses qui ont abouti à mon divorce, et ce qui m'a conduit en prison. Ça a commencé au début de 1957. Je vivais avec ma femme en appartement, à Kansas City. J'avais cessé de travailler pour la Compagnie d'automobiles, et je me suis ouvert un garage à mon propre compte. Je louais le garage à une femme qui avait une belle-fille qui s'appelait Margaret. J'ai rencontré cette fille un jour pendant que j'étais au travail, et on est allés prendre une tasse de café. Son mari faisait son service militaire dans les *marines*. Bref, j'ai commencé à sortir avec elle. Ma femme a demandé le divorce. J'ai commencé à penser que je n'avais jamais aimé ma femme. Parce que si je l'avais aimée, je n'aurais jamais fait toutes les choses que j'avais faites. Alors, je n'ai pas fait opposition au divorce. Je me suis mis à boire, et je suis demeuré ivre durant presque un mois. J'ai négligé mes affaires, je dépensais plus d'argent que je n'en gagnais, j'ai fait des chèques sans provisions et, à la fin, je suis devenu un voleur. Pour cette dernière chose j'ai été envoyé au pénitencier... Mon avocat a dit que je dois être franc avec vous car vous pouvez m aider. Et j'ai besoin d'aide, comme vous le savez. »

*

Le lendemain, mercredi, était le vrai début du procès ; c'était aussi la première fois que le public était admis au tribunal, dont la salle, trop exiguë, ne put accueillir qu'une faible partie de ceux qui se présentèrent à la porte. Les meilleures places avaient été réservées pour vingt membres de la presse, et pour des personnages aussi particuliers que les parents de Hickock et Donald Cullivan (qui, à la requête de l'avocat de Perry Smith, était venu du Massachusetts pour servir de témoin à décharge à son ancien ami de régiment). Le bruit avait couru que les deux survivantes de la famille Clutter seraient présentes ; elles ne vinrent pas et n'assistèrent à aucune séance ultérieure. La famille était représentée par le frère cadet de Mr. Clutter, Arthur, qui avait fait cent miles en voiture pour être là. Il dit aux journalistes : « Je veux simplement les voir de près [Smith et Hickock]. Je veux simplement voir quel genre d'animaux ça peut bien être. Si je m'écoutais, je les mettrais en pièces. » Il prit place directement derrière les accusés et les fixa d'un regard d'une rare intensité, comme s'il avait l'intention de peindre leurs portraits de mémoire. Comme s'il obéissait à une suggestion hypnotique d'Arthur Clutter, Perry se retourna bientôt et le regarda ; il reconnut un visage très semblable au visage de l'homme qu'il avait tué : les mêmes yeux empreints de douceur, les lèvres minces, le menton volontaire. Perry, qui mâchait du chewing-gum, s'arrêta de mâcher ; il baissa les yeux, une minute s'écoula, puis ses mâchoires se remirent en mouvement. A l'exception de ce moment, Smith et Hickock affectèrent devant le tribunal une attitude qui était à la fois indifférente et désintéressée ; ils mâchaient du chewing-gum et frappèrent du pied avec une impatience languissante lorsque l'Etat fit comparaître son premier témoin.

Nancy Ewalt. Et après Nancy, Susan Kidwell. Les jeunes filles décrivirent ce qu'elles avaient vu en entrant chez les Clutter le dimanche 15 novembre : les pièces silencieuses, une bourse vide sur le plancher de la cuisine, des rayons de soleil dans une chambre à coucher, et leur camarade de classe, Nancy Clutter, baignant dans son propre sang. La défense renonça à l'interrogatoire contradictoire, politique qu'elle adopta avec les trois témoins suivants (le père de Nancy Ewalt, Clarence, le shérif Earl Robinson et le coroner du comté, le Dr. Robert Fenton), qui fournirent à tour de rôle des détails supplémentaires au récit des événements de cette matinée ensoleillée de novembre : la découverte, finalement, de chacune des quatre victimes, les comptes rendus de l'état dans lequel elles se trouvaient, et un diagnostic clinique de ses causes établi par le Dr. Fenton : « De graves blessures au cerveau et à des structures crâniennes vitales infligées par un fusil de chasse. »

Puis Richard G. Rohleder vint à la barre.

Rohleder est enquêteur principal du Service de la police de Garden City. La photographie est son violon d'Ingres, et il y excelle. Rohleder était l'auteur des photos qui, une fois développées, révélèrent les empreintes poussiéreuses de Hickock dans la cave des Clutter, empreintes que la caméra pouvait discerner, mais pas l'œil humain. Et c'était lui qui avait photographié les cadavres, ces images de la scène du crime sur lesquelles Alvin Dewey s'était continuellement penché tant que le crime n'avait pas été élucidé. Le but du témoignage de Rohleder était d'établir qu'il était bien l'auteur de ces photographies que l'accusation proposa de présenter comme témoignage. Mais l'avocat de Hickock s'y opposa : « L'unique raison pour laquelle on veut mettre ces photos sur le tapis est de prévenir les jurés contre les accusés et de leur monter la tête. » Le juge Tate repoussa l'objection et accepta qu'on présente les photos comme témoignage, ce qui signifiait qu'elles devaient être montrées au jury.

Pendant que celui-ci les examinait, s'adressant à un journaliste assis à ses côtés, le père de Hickock dit : « J'ai jamais vu un homme aussi partial que ce juge. Ça ne sert à rien d'avoir un procès. Pas tant qu'il présidera. Voyons donc, cet homme tenait un des cordons du poêle aux funérailles ! »

(En fait, Tate ne connaissait que très vaguement les victimes et n'avait été présent à leurs funérailles à aucun titre.) Mais la voix de Mr. Hickock fut la seule à s'élever dans une salle d'audience extrêmement silencieuse. Il y avait dix-sept épreuves en tout, et comme elles passaient d'une main à l'autre, le choc qu'ils ressentaient se reflétait sur le visage des jurés : les joues d'un des jurés s'enflammèrent comme si on l'avait giflé, et, après un premier coup d'œil pénible, certains n'eurent manifestement pas le cœur de continuer ; on aurait dit que les photos leur avaient ouvert les yeux, les avaient finalement forcés à voir réellement la chose véritable et pitoyable qui était arrivée à un voisin, à son épouse et à leurs enfants. Ils étaient stupéfaits, la colère montait en eux, et plusieurs des jurés — le pharmacien, le gérant du bowling — dévisageaient les accusés avec un mépris total.

Mr. Hickock père, secouant la tête avec lassitude, murmura à plusieurs reprises : « Ça sert à rien. Ça sert simplement à rien d'avoir un procès. »

Comme ultime témoin de la journée, l'accusation avait promis de présenter un « homme mystère ». C'était l'homme qui avait fourni les renseignements qui avaient conduit à l'arrestation des accusés : Floyd Wells, l'ancien compagnon de cellule de Hickock. Comme il purgeait encore une peine au pénitencier du Kansas, et qu'il courait par conséquent un risque de représailles de la part des autres prisonniers, Wells n'avait jamais été publiquement identifié comme étant l'informateur. Maintenant, afin qu'il puisse témoigner en toute sécurité lors du procès, il avait été retiré du pénitencier et enfermé dans une petite prison d'un comté voisin. Néanmoins, Wells traversa la salle d'audience en direction de la barre d'un pas bizarrement feutré, comme s'il s'attendait à rencontrer un assassin en cours de route, et, quand il passa devant Hickock, les lèvres de ce dernier se crispèrent tandis qu'il prononçait à voix basse quelques mots atroces. Wells fit semblant de n'avoir rien remarqué ; mais, comme un cheval qui a entendu le sifflement d'un serpent à sonnettes, il s'écarta d'un bond du voisinage venimeux de l'homme trahi. S'installant à la barre, il regarda droit devant lui ; petit homme au menton fuyant, il avait un peu l'air d'un garçon de ferme ; il portait un costume bleu foncé très convenable que l'Etat du Kansas avait acheté pour la circonstance — l'Etat ayant intérêt à ce que son témoin le plus important ait l'air respectable, et par conséquent digne de foi.

Mis au point par des répétitions antérieures au procès, le témoignage de Wells fut aussi soigné que son apparence. Encouragé par les suggestions bienveillantes de Logan Green, le témoin reconnut qu'il avait autrefois, pendant un an environ, travaillé comme garçon de ferme à River Valley Farm ; il poursuivit, racontant qu'à peu près dix ans plus tard, à la suite de sa condamnation pour cambriolage, il s'était pris d'amitié pour un autre cambrioleur emprisonné, Richard Hickock, et qu'il lui avait décrit la ferme Clutter et la famille.

« Maintenant, demanda Green, au cours de vos conversations avec Mr. Hickock, que disiez-vous à propos de Mr. Clutter l'un et l'autre ?

— Eh bien, on parlait passablement de Mr. Clutter. Hickock disait qu'il allait être libéré sur parole et qu'il partirait dans l'Ouest pour se trouver du boulot ; il allait peut-être s'arrêter chez

Mr. Clutter pour avoir du travail. Je lui racontais comme Mr. Clutter était riche.

— Ça semblait intéresser Mr. Hickock ?

— Eh bien, il voulait savoir si Mr. Clutter avait un coffre-fort chez lui.

— Mr. Wells, pensiez-vous à l'époque qu'il y avait un coffre-fort chez les Clutter ?

— Eh bien, ça faisait longtemps que j'avais travaillé là. Je pensais qu'il y avait un coffre-fort. Je savais qu'il y avait un genre de cabinet... J'ai à peine eu le temps de me retourner qu'il [Hickock] parlait de voler Mr. Clutter.

— Vous a-t-il dit comment il allait commettre le vol ?

— Il m'a dit que, s'il faisait une chose comme ça, il ne laisserait pas de témoins.

— En fait, a-t-il dit ce qu'il ferait des témoins ?

— Oui, il m'a dit qu'il les ligoterait probablement, qu'il les volerait et qu'il les tuerait ensuite. »

Ayant démontré qu'il y avait préméditation au plus haut degré, Green abandonna le témoin aux soins de la défense. Le vieux Mr. Fleming, l'avocat de province type, plus à l'aise avec des actes de propriété qu'avec de mauvais actes, commença l'interrogatoire contradictoire. Le but de ses questions, comme il le révéla bientôt, était d'introduire un sujet que l'accusation avait positivement évité : le problème du rôle de Wells dans l'élaboration du crime et sa propre responsabilité morale.

Se hâtant d'entrer dans le vif du sujet, Fleming demanda : « Vous n'avez absolument rien dit à Mr. Hickock pour le dissuader de venir ici pour voler et tuer la famille Clutter ?

— Non. Tout le monde raconte des choses semblables là-bas [pénitencier du Kansas] ; on n'y fait pas attention parce qu'on est convaincu que c'est que des paroles en l'air, de toute façon.

— Vous voulez dire que vous avez parlé comme vous l'avez fait et que ça ne voulait rien dire ? Est-ce que vous ne vouliez pas lui [Hickock] faire comprendre que Mr. Clutter avait un coffre-fort ? C'est bien ce que vous vouliez faire croire à Mr. Hickock n'est-ce pas ? »

Avec son petit air tranquille, Fleming faisait passer un mauvais quart d'heure au témoin ; Wells tira sur sa cravate, comme si le nœud était subitement trop serré.

« Et vous vouliez faire croire à Mr. Hickock que Mr. Clutter avait beaucoup d'argent, n'est-ce pas ?

— Je lui ai dit que Mr. Clutter avait beaucoup d'argent, oui. »

Une fois de plus, Fleming insista sur le fait que Hickock avait complètement informé Wells de ses projets de violence concernant la famille Clutter. Puis, comme voilé par une douceur personnelle, l'avocat dit d'un air songeur et triste : « Et même après tout ça, vous n'avez rien fait pour le dissuader ?

— J'croyais pas qu'il le ferait.

— Vous ne l'avez pas cru. Alors pourquoi, lorsque vous avez entendu parler de la chose qui s'était passée là-bas, pourquoi avez-vous pensé que c'était lui le coupable ? »

Wells répondit d'un air suffisant : « Parce que ça a été fait juste comme il a dit qu'il allait le faire ! »

Harrison Smith, le plus jeune des deux avocats de la défense, prit la relève. Adoptant un air agressif et sarcastique qui semblait forcé, car c'est en réalité un homme doux et plein d'indulgence, Smith demanda au témoin s'il avait un surnom.

« Non. On m'appelle simplement "Floyd". »

L'avocat enchaîna brusquement. « Est-ce qu'on vous appelle pas "Cafard" maintenant ? Ou bien est-ce qu'on vous appelle "Mouchard" ?

— On m'appelle simplement "Floyd", répéta Wells, la mine plutôt basse.

— Combien de fois êtes-vous allé en prison ?

— Environ trois fois.

— Quelques-unes de ces fois pour avoir menti, n'est-ce pas ? »

Niant la chose, le témoin dit qu'il était allé en prison une fois pour avoir conduit sans permis, qu'un cambriolage était la raison de sa deuxième incarcération, et que la troisième, un « contretemps » de quatre-vingt-dix jours dans une prison militaire, avait eu pour motif un incident arrivé alors qu'il était dans l'Armée : « On était de garde dans un train. On s'est un peu soûlés dans le train et on a tiré quelques coups de feu dans les vitres et sur les lumières. »

Tout le monde rit ; tout le monde à l'exception des accusés (Hickock cracha sur le plancher) et de Harrison Smith, qui demanda maintenant à Wells pourquoi, après avoir appris la tragédie de Holcomb, il avait attendu plusieurs semaines avant de dire aux autorités ce qu'il savait : « Est-ce que vous n'attendiez pas quelque chose ? demanda-t-il. Comme une récompense peut-être ?

— Non.

— Vous n'avez pas entendu parler d'une récompense ? » L'avocat faisait allusion à la récompense de mille dollars qui avait été offerte par le *Hutchinson News* pour tout renseignement conduisant à l'arrestation et à la condamnation des meurtriers des Clutter.

« J'ai vu ça dans les journaux.

— C'était avant d'aller aux autorités, n'est-ce

pas ? » Et lorsque le témoin admit que c'était vrai, Smith continua sur un ton de triomphe en demandant : « Quel genre d'immunité l'attorney du comté vous a-t-il offert pour venir témoigner ici aujourd'hui ? »

Mais Logan Green protesta : « Nous nous opposons à la forme de la question, monsieur le Président. Il n'y a pas eu de preuve d'une immunité accordée à qui que ce soit. » L'objection fut maintenue et le témoin fut renvoyé ; comme il quittait la barre, Hickock annonça à tous ceux qui étaient assez près pour l'entendre : « Enfant de putain. S'il y en a un qui mérite d'être pendu, c'est bien lui. Regardez-le. Il va sortir d'ici, empocher le pognon et s'en tirer peinard. »

Cette prophétie se réalisa, car peu de temps après Wells reçut et la récompense et sa libération sur parole. Mais son bonheur fut de courte durée. Il se retrouva bientôt entre les mains de la police et, au cours des années, il a connu de nombreuses vicissitudes. Il est actuellement pensionnaire de la prison de l'Etat du Mississippi, à Parchman, Mississippi, où il purge une peine de trente ans pour vol à main armée.

*

Ce vendredi-là, quand le tribunal suspendit la séance pour la fin de semaine, l'Etat en avait terminé avec le dossier de l'accusation qui avait inclus la comparution de quatre agents spéciaux du Federal Bureau of Investigation de Washington, D. C. Ces hommes, techniciens de laboratoire spécialisés en diverses catégories de détection scientifique du crime, avaient étudié les preuves matérielles du rapport existant entre les accusés et les meurtres (échantillons sanguins, empreintes de pas, douilles de cartouches, corde et sparadrap), et chacun d'eux certifia l'authenticité des pièces à conviction. Finalement, les quatre agents du K.B.I. fournirent un compte rendu des interrogatoires des prisonniers et des aveux qu'ils avaient faits par la suite. Lors de l'interrogatoire contradictoire des membres du K.B.I., les avocats de la défense, s'unissant pour donner l'assaut, prétendirent que les aveux de culpabilité avaient été obtenus par des moyens malhonnêtes : interrogatoires brutaux dans des locaux étouffants, sans fenêtres, et dont l'éclairage était trop vif. L'assertion, qui était fausse, irrita tellement les détectives qu'ils présentèrent des démentis très convaincants. (Par la suite, en réponse à un reporter qui lui demandait pourquoi il s'était raccroché si longtemps à un argument aussi faible, l'avocat de Hickock dit sèchement : « Qu'est-ce que je dois faire ? Nom de Dieu ! j'ai pas la moindre carte dans mon jeu. Je ne peux pas rester là comme si j'étais empaillé. Faut bien que j'ouvre la bouche de temps à autre. »)

Le témoin du Ministère public qui causa le plus grand tort aux accusés fut Alvin Dewey ; son témoignage, la première version publique des événements détaillés dans la confession de Perry Smith, eut droit aux grands titres des journaux (MEURTRE DÉVOILÉ DANS TOUTE SON HORREUR — Détails effrayants racontés) et bouleversa ses auditeurs ; mais nul plus que Richard Hickock, qui fut scandalisé et contrarié lorsque l'agent dit au cours de son commentaire : « Il y a un incident que Smith m'a raconté et que je n'ai pas encore mentionné. Et c'est qu'une fois la famille Clutter ligotée, Hickock lui a dit qu'il trouvait que Nancy Clutter était bien faite et qu'il allait la violer. Smith raconte qu'il a dit à Hickock qu'il ne se passerait rien de semblable. Smith m'a dit qu'il n'avait aucun respect pour les gens qui sont incapables de maîtriser leurs désirs sexuels et qu'il se serait battu avec Hickock avant de le laisser violer la jeune Clutter. » Jusqu'ici, Hickock ne savait pas que son complice avait informé la police du viol qu'il s'était proposé de commettre ; il n'était pas au courant non plus que, dans un esprit plus amical, Perry avait modifié sa première version pour affirmer qu'il avait tué les quatre victimes tout seul, fait révélé par Dewey comme son témoignage tirait à sa fin : « Perry Smith m'a dit qu'il désirait changer deux choses à la déclaration qu'il nous avait donnée. Il a dit que tout le reste de cette déclaration était vrai et exact. Sauf ces deux choses. Et c'était qu'il voulait dire qu'il avait tué Mrs. Clutter et Nancy Clutter — pas Hickock. Il m'a dit que Hickock... ne voulait pas mourir en sachant que sa mère pensait qu'il avait tué un seul membre de la famille Clutter. Et il a dit que les Hickock étaient de braves gens. Alors pourquoi pas mettre les choses comme ça ? »

En entendant ces paroles, Mrs. Hickock pleura. Depuis le début du procès, elle était demeurée calmement assise à côté de son mari, chiffonnant son mouchoir. Aussi souvent que possible, elle attirait l'attention de son fils, lui faisait un petit signe et esquissait un sourire qui, bien que peu convaincant, affirmait sa loyauté. Mais il était évident que la pauvre femme ne pouvait plus se maîtriser ; elle se mit à pleurer. Quelques spectateurs lui jetèrent un coup d'œil et, gênés, détournèrent leurs regards ; les autres ne semblèrent pas prêter attention aux lamentations déchirantes qui faisaient contrepoint au récit que Dewey continuait à faire ; son mari lui-même garda ses distances, croyant peut-être qu'il eût été indigne d'un homme de prêter attention à ces pleurs. Finalement, une journaliste, la seule qui fût présente, fit sortir Mrs. Hickock de la salle d'audience et la conduisit dans l'intimité du salon des dames.

Une fois sa douleur apaisée, Mrs. Hickock exprima le besoin de se confier. « Il n'y a personne à qui je puisse vraiment parler, dit-elle à sa compagne. J'veux pas dire que les gens aient manqué de bonté, les voisins et les autres. Et les étrangers aussi, des étrangers qui ont écrit des lettres pour dire qu'ils savent comme ça doit être dur, et qu'ils sympathisent. Personne nous a dit un seul mot de travers, à Walter ou à moi. Pas même ici, où on pourrait s'y attendre. Ici tout le monde fait de son mieux pour être gentil. La serveuse de l'endroit où on mange, elle met une glace sur la tarte et elle la marque pas sur l'addition. Je lui ai dit de pas le faire, je peux pas la manger. Y avait un temps où je pouvais manger n'importe quoi. Mais elle continue à mettre la glace. Pour être gentille. Sheila qu'elle s'appelle ; elle dit que ce qui est arrivé est pas de not' faute. Mais il me semble que les gens me regardent et se disent : Eh bien, elle doit y être pour quelque chose en un sens. La façon dont j'ai élevé Dick. Peut-être que j'ai commis une erreur. Seulement, j'sais pas laquelle ; j'en attrape la migraine à essayer de me souvenir. On est des gens simples, rien que des gens de la campagne qui font comme tout le monde. On a eu de bons moments à la maison. J'ai appris le fox-trot à Dick. Danser, j'ai toujours été folle de ça ; quand j'étais jeune fille, c'était toute ma vie ; et il y avait un garçon, grands dieux, il savait danser comme pas un : on a gagné une coupe en argent en valsant ensemble. Longtemps, on a pensé à s'enfuir et faire du music-hall. Les variétés. C'était qu'un rêve. Un rêve d'enfant.

Il a quitté la ville, et un jour j'ai épousé Walter, et Walter Hickock dansait comme un ours. Il a dit que si je voulais un sauteur, j'aurais dû épouser un cheval. Personne n'a plus jamais dansé avec moi jusqu'à ce que j'apprenne à Dick, et il n'y a jamais pris goût à vrai dire, mais il était gentil, Dick était le meilleur enfant du monde. »

Mrs. Hickock enleva les lunettes qu'elle portait, elle nettoya les verres maculés et les replaça sur son visage joufflu et agréable. « Dick vaut beaucoup mieux que ce qu'on entend ici au tribunal. Ces avocats qui jacassent et qui vous racontent qu'il est épouvantable, bon à rien du tout. J'peux pas l'excuser pour ce qu'il a fait, sa part dans cette affaire. J'oublie pas cette famille ; je prie pour eux tous les soirs. Mais je prie pour Dick aussi. Et pour ce garçon, Perry. C'était mal de ma part de le détester ; je n'ai plus que de la pitié pour lui à présent. Et vous savez, je crois que Mrs. Clutter aurait pitié elle aussi. Etant donné le genre de femme qu'on raconte qu'elle était. »

La séance avait été levée ; les bruits de l'auditoire qui s'en allait résonnèrent dans le couloir audelà de la porte du cabinet de toilette. Mrs. Hickock dit qu'elle devait aller à la rencontre de son mari. « Il est mourant. J'crois plus qu'il s'en fasse à présent. »

*

Plusieurs de ceux qui assistaient au procès furent déconcertés par le visiteur de Boston, Donald Cullivan. Ils n'arrivaient pas tout à fait à comprendre pourquoi ce jeune catholique sérieux, ingénieur diplômé de Harvard, marié et père de trois enfants, avait choisi de venir en aide à un métis sans instruction et homicide qu'il ne connaissait que vaguement et qu'il n'avait pas vu depuis neuf ans. Cullivan lui-même dit : « Ma femme ne comprend pas elle non plus. Venir ici était une chose que je ne pouvais pas me permettre de faire ; ça voulait dire une semaine de vacances en moins, et employer de l'argent dont on a réellement besoin pour d'autres choses. D'un autre côté c'était une chose que je ne pouvais pas me permettre de ne pas faire. L'avocat de Perry m'a écrit pour me demander si je voulais servir de témoin à décharge ; dès que j'ai lu la lettre, j'ai compris qu'il fallait que je le fasse. Parce que j'avais offert mon amitié à cet homme. Et parce que, eh bien, je crois en la vie éternelle. Toutes les âmes peuvent être sauvées pour Dieu. »

Le salut d'une âme, c'est-à-dire celle de Perry Smith, était une entreprise à laquelle le shérif adjoint et son épouse, tous deux catholiques convaincus, brûlaient de contribuer, bien que Mrs. Meier eût essuyé un refus de la part de Perry lorsqu'elle avait suggéré un entretien avec le Père Goubeaux, un prêtre de la ville. (Perry dit : « Les prêtres et les bonnes sœurs ont eu leur chance avec moi. J'ai encore des cicatrices pour le prouver. ») En conséquence, au cours de la suspension d'audience de fin de semaine, les Meier invitèrent Cullivan à partager le repas dominical du prisonnier dans sa cellule.

L'occasion de recevoir un ami, de jouer à l'hôte pour ainsi dire, enchanta Perry, et la préparation du menu — dinde sauvage, farcie et rôtie, avec de la sauce et une purée de pommes de terre et des haricots verts, de l'*aspic salad*, des petits pains chauds, du lait froid, des tartes aux cerises qui sortaient du four, du fromage et du café — semblait toucher beaucoup plus que l'issue du procès (qu'il ne considérait certes pas comme une question chargée de suspense : « Ces péquenots, ils vont voter la corde aussi vite qu'un cochon vide son auge. Regardez leurs yeux. J'veux bien être pendu si je suis le seul tueur dans la salle d'audience. » Il passa la matinée du dimanche à se préparer à recevoir son invité. La journée était chaude, il ventait un peu, et l'ombre des feuilles, souples émanations des branches qui frôlaient la fenêtre garnie de barreaux de la cellule, mettait au supplice l'écureuil apprivoisé de Perry. Big Red pourchassait les motifs qui se balançaient tandis que son maître balayait et enlevait la poussière, frottait le plancher, nettoyait les w.-c. et débarrassait le bureau de sa surabondante production littéraire. Le bureau devait servir de table, et une fois que Perry eut fini de la dresser, elle eut un air accueillant car Mrs. Meier avait fait don d'une nappe de toile, de serviettes de table empesées, de sa meilleure porcelaine et de son argenterie.

Cullivan fut impressionné ; il siffla quand le festin, servi sur des plateaux, fut placé sur la table, et, avant de s'asseoir, il demanda à son hôte s'il pouvait dire le bénédicité. L'hôte, la tête droite, fit craquer ses jointures tandis que Cullivan, tête baissée et mains jointes, récitait : « Bénissez-nous, Seigneur, ainsi que ces dons que nous sommes sur le point de recevoir de votre bonté, par la miséricorde du Christ, notre Seigneur. *Amen.* » Perry fit remarquer en murmurant qu'à son avis tout le mérite revenait à Mrs. Meier : « Elle a fait tout le boulot. Eh bien, dit-il, remplissant l'assiette de son invité, ça fait du bien de te revoir. Toujours le même. T'as pas changé du tout. »

Cullivan, qui avait l'air d'un employé de banque avec ses cheveux clairsemés et son visage plutôt quelconque, convint qu'il avait peu changé extérieurement. Mais quant à sa vie intérieure, le moi profond, c'était une autre paire de manches : « Je me la coulais douce, sans savoir que Dieu est la seule réalité. Une fois qu'on se rend compte de ça, tout reprend sa place. La vie a un sens, et la mort aussi. Eh ben, mon vieux, tu manges comme ça tous les jours ? »

Perry éclata de rire : « Mrs. Meier est vraiment une cuisinière fantastique. Tu devrais goûter à son riz espagnol. J'ai pris huit kilos depuis que je suis ici. Bien sûr, j'étais plutôt maigre. J'avais perdu pas mal de poids sur la route avec Dick, errant par monts et par vaux, prenant presque jamais un vrai repas, vachement affamés la plupart du temps. On vivait plus ou moins comme des bêtes. Dick volait des conserves dans les épiceries. Des haricots en sauce et des spaghettis en boîte. On ouvrait ça dans la voiture et on le mangeait froid. Des bêtes ! Dick adore voler. Chez lui, c'est un truc émotif, une maladie. Je suis voleur moi aussi, mais seulement quand j'ai pas d'argent pour payer. Même s'il avait cent dollars en poche, Dick volerait du chewing-gum ! »

Plus tard, au moment du café et des cigarettes, Perry revint sur le sujet du vol. « Mon ami Willie-Jay en parlait souvent. Il disait que tous les crimes ne sont que des "variétés de vol". Le meurtre aussi. Quand on tue un homme, on lui vole sa vie. J'imagine que je suis un drôle de voleur. Tu vois, Don, je les ai vraiment tués. En bas, dans la salle d'audience, ce vieux Dewey a donné l'impression que je mentais, à cause de la mère de Dick. Eh bien non. Dick m'a aidé, il a tenu la lampe de poche et il a ramassé les douilles. Et c'était son idée aussi. Mais Dick les a pas tués, il en aurait jamais été capable, bien qu'il soit vachement rapide quand il s'agit d'écraser un vieux chien. Je me demande pourquoi je l'ai fait. » Il fronça les sourcils comme si le problème était tout nouveau pour lui, une pierre qu'on vient juste de déterrer, d'une couleur étonnante et non encore cataloguée. « J'sais pas pourquoi, dit-il, comme s'il tenait la pierre à contre-jour, l'étudiant sous tous ses angles. J'étais furieux contre Dick. Le dur, gonflé à bloc. Mais c'était pas Dick. Ou la peur d'être reconnu. J'étais prêt à courir ce risque. Et les Clutter n'y étaient pour rien. Ils ne m'ont jamais fait de mal. Comme les autres. Comme les autres m'en ont fait toute ma vie. Peut-être simplement que les Clutter étaient ceux qui devaient payer pour les autres. »

Cullivan examina le problème, essayant d'évaluer la profondeur de ce qu'il supposait être le repentir de Perry. Il devait sûrement connaître un remords suffisamment profond pour faire naître un désir de miséricorde et de pardon divins ? Perry dit : « Est-ce que j'ai des regrets ? Si c'est ce que tu veux dire, non. Je ne ressens rien. Je voudrais bien. Mais ça me laisse complètement froid. Une demi-heure après que ce soit arrivé, Dick blaguait, et moi, je riais. Peut-être qu'on est pas humains. J'suis assez humain pour m'apitoyer sur moi-même. Je regrette de ne pas pouvoir sortir d'ici quand tu t'en iras. Mais c'est tout. » Cullivan pouvait à peine croire à une attitude aussi détachée ; Perry embrouillait tout, il se trompait, il était impossible qu'un homme soit aussi dénué de conscience ou de compassion. Perry dit : « Pourquoi ? Ça empêche pas les soldats de dormir. Ils assassinent et ils reçoivent des médailles pour le faire. Les bonnes gens du Kansas veulent m'assassiner, et il y a certainement un bourreau qui sera content d'obtenir le boulot. C'est facile de tuer, beaucoup plus facile que de passer un mauvais chèque. Souviens-toi : je n'ai connu les Clutter que durant une heure peut-être. Si je les avais réellement connus, j'imagine que je ressentirais autre chose. J'pense pas que je pourrais vivre avec moi-même. Mais la façon dont ça s'est passé, c'était comme casser des pipes dans un stand de tir. »

Cullivan demeura silencieux, et son silence troubla Perry, qui sembla l'interpréter comme une désapprobation. « Nom de Dieu, Don, m'oblige pas à jouer les hypocrites avec toi. Raconter un tas d'histoires, que je regrette, que je ne veux plus rien d'autre que ramper sur les genoux et prier. Ces trucs-là ça colle pas avec moi. Je ne peux pas accepter d'un jour à l'autre ce que j'ai toujours nié. La vérité c'est que tu as fait pour moi plus que ce que tu appelles Dieu en a jamais fait. Ou en fera jamais. En m'écrivant, en signant "ton ami". Quand j'avais pas d'amis. A l'exception de Joe James. » Il expliqua à Cullivan que Joe James était un jeune bûcheron indien chez qui il avait vécu autrefois dans une forêt près de Bellingham, Washington. « C'est très loin de Garden City. Ça fait bien deux mille miles. J'ai fait savoir à Joe que je suis dans un drôle de pétrin. Joe est pauvre, il a sept gosses à nourrir, mais il a promis de venir ici, même s'il devait le faire à pied. Il est pas encore arrivé, et peut-être qu'il viendra pas, seulement je pense qu'il le fera. Joe a toujours eu de la sympathie pour moi. Et toi, Don ?

— Oui. Je t'aime bien. »

La réponse doucement emphatique de Cullivan plut à Perry et le bouleversa un peu. Il sourit et dit : « Alors tu dois être un genre de cinglé. » Se levant tout à coup, il traversa la cellule et prit un balai. « J'vois pas pourquoi je devrais mourir parmi des étrangers. Laisser un tas de péquenots s'attrouper autour de moi et me regarder mourir étranglé. Merde. Je devrais me tuer d'abord. » Il leva le balai et pressa les poils contre l'ampoule allumée au plafond. « Simplement dévisser l'ampoule, la casser et me trancher les poignets. C'est ce que je devrais faire. Tandis que tu es encore ici. Quelqu'un qui m'aime un peu. »

*

Le procès recommença le lundi matin à 10 heures. Quatre-vingt-dix minutes plus tard la séance fut suspendue, le dossier de la défense ayant été complété durant cette courte période. Les accusés renoncèrent à témoigner en leur propre faveur, et par conséquent la question de savoir qui de Hickock ou de Smith avait réellement exécuté la famille Clutter ne fut pas soulevée.

Des cinq témoins qui vinrent à la barre, le premier fut Mr. Hickock, dont les yeux s'étaient creusés. Bien qu'il prît la parole avec une clarté lugubre et pleine de dignité, sa contribution à la défense consistait uniquement à invoquer la folie momentanée. Son fils, dit-il, avait subi des blessures à la tête dans un accident de voiture en juillet 1950. Avant l'accident Dick avait toujours été un « garçon insouciant » ; il réussissait très bien en classe et ses camarades recherchaient sa compagnie ; il était plein d'égards pour ses parents : « Causait aucun ennui à personne. »

Guidant le témoin avec douceur, Harrison Smith dit : « Je vais vous demander si, après juillet 1950, vous avez observé un changement dans la personnalité, les habitudes et les actes de votre fils, Richard ?

— C'était simplement plus le même garçon qu'avant.

— Quels étaient les changements que vous avez observés ? »

Au milieu d'hésitations pensives, Mr. Hickock en releva plusieurs : Dick était maussade et agité, il sortait avec des hommes plus âgés que lui, buvait et jouait. « C'était simplement plus le même garçon. »

La dernière affirmation fut rapidement contestée par Logan Green, qui entreprit l'interrogatoire contradictoire. « Mr. Hickock, vous dites que vous n'avez jamais eu de difficulté avec votre fils avant 1950 ?

— ... Je pense qu'il a été arrêté en 1949. »

Un sourire acide courba les lèvres minces de Green. « Vous souvenez-vous pourquoi il a été arrêté ?

— Il a été accusé d'avoir cambriolé une pharmacie.

— Accusé ? N'a-t-il pas admis qu'il s'était introduit par effraction dans le magasin ?

— C'est vrai, il l'a admis.

— Et c'était en 1949. Pourtant, vous nous dites maintenant que votre fils a changé de comportement et de conduite après 1950 ?

— C'est bien ce que j'ai dit.

— Vous voulez dire qu'après 1950 il est devenu un bon garçon ? »

Une forte toux agita le vieillard ; il cracha dans un mouchoir. « Non, dit-il en examinant son crachat. J'dirais pas ça.

— Alors quel était le changement qui a eu lieu ?

— Bien, ça serait assez difficile à expliquer. Il se conduisait simplement plus comme avant.

— Vous voulez dire qu'il a perdu ses tendances criminelles ? »

Le trait d'esprit de l'avocat provoqua quelques gros rires, éclat de salle d'audience que le regard sévère du juge Tate apaisa rapidement. Invité à se retirer quelques instants plus tard, Mr. Hickock fut remplacé à la barre des témoins par le Dr. W. Mitchell Jones.

Le Dr. Jones se présenta à la cour comme « médecin spécialisé dans le domaine de la psychiatrie », et il ajouta, à l'appui de ses titres, qu'il avait soigné environ quinze cents patients depuis 1956, date de son entrée en fonctions comme psychiatre à l'hôpital de l'Etat de Topeka, Kansas. Depuis deux ans, il faisait partie du personnel de l'hôpital de l'Etat de Larned où il était responsable du pavillon Dillon, section réservée aux fous criminels.

Harrison Smith demanda au témoin : « Combien de meurtriers avez-vous eu à traiter environ ?

— A peu près vingt-cinq.

— Docteur, j'aimerais vous demander si vous connaissez mon client, Richard Eugene Hickock ?

— Je le connais.

— Avez-vous eu l'occasion de l'examiner professionnellement ?

— Oui, monsieur... j'ai procédé à une expertise psychiatrique de Mr. Hickock.

— D'après votre examen, pensez-vous que Richard Eugene Hickock connaissait la différence entre le bien et le mal au moment de commettre le crime ? »

Le témoin, homme vigoureux de vingt-huit ans, au visage luniforme, intelligent et subtilement délicat, respira profondément comme pour s'armer en vue d'une réponse prolongée — réponse que le juge le prévint de ne pas donner « Vous pouvez répondre à la question par oui ou non, docteur. Limitez votre réponse à oui ou non.

— Oui.

— Et alors, quelle est votre opinion ?

— Je crois que, selon les définitions habituelles, Mr. Hickock connaissait la différence entre le bien et le mal. »

Limité comme il l'était par la règle M'Naghten (« les définitions habituelles »), formule peu sensible aux gradations entre le noir et le blanc, le Dr. Jones ne pouvait répondre autrement. Mais, bien sûr, la réponse fut une déception pour l'avocat de Hickock, qui demanda sans trop d'espoir : « Pouvez-vous préciser cette réponse ? »

C'était sans espoir, car, bien que le Dr. Jones eût accepté de développer sa réponse, l'accusation avait le droit de faire opposition ; ce qu'elle fit, alléguant le fait que la loi du Kansas ne permet rien de plus qu'une réponse par oui ou non à la question posée. L'objection fut maintenue et le témoin renvoyé. Cependant, si on avait permis au Dr. Jones de continuer, voici ce qu'aurait été son témoignage : « Richard Hickock est d'une intelligence supérieure à la moyenne, saisit facilement les idées neuves et possède un fonds de connaissances étendu. Il a l'esprit éveillé à ce qui se passe autour de lui, et il ne montre aucun signe de confusion mentale ou de désorientation. Sa pensée est bien ordonnée et logique, et il semble avoir une bonne prise sur le réel. Bien que je n'aie pas trouvé les signes habituels de lésion cérébrale organique — perte de mémoire, déficience dans la structuration perceptive, affaiblissement intellectuel — ceci ne saurait être complètement écarté. Il a subi de graves blessures à la tête accompagnées d'une commotion cérébrale et d'un évanouissement de plusieurs heures en 1950 — j'ai vérifié la chose en examinant les registres de l'hôpital. Il dit qu'il a eu des syncopes, des périodes d'amnésie et des migraines depuis cette époque, et une importante partie de son comportement antisocial s'est produite depuis lors. Il n'a jamais subi les examens médicaux qui prouveraient définitivement l'existence ou l'inexistence d'un résidu de lésion cérébrale. Des examens médicaux définitifs sont donc indiqués avant que l'on puisse parler d'une expertise complète... Hickock donne effectivement des signes d'anomalie émotive. La démonstration la plus nette de ce fait est peut-être qu'il savait ce qu'il faisait et qu'il a néanmoins continué à le faire. C'est une personne qui agit impulsivement, susceptible de faire des choses sans penser aux conséquences ou à l'inconfort éventuel qui en résulterait pour lui-même ou pour d'autres. Il ne semble pas être capable de tirer parti de son expérience, et il offre un exemple inhabituel de périodes intermittentes d'activité féconde suivies d'actes manifestement irresponsables. Il ne peut tolérer le moindre sentiment de frustration comme peut le faire une personne plus normale, et il ne lui est pas facile de se débarrasser de ces sentiments sauf par une activité antisociale... Il se tient en très piètre estime, et il se sent secrètement inférieur aux autres et sexuellement insuffisant. Ces sentiments semblent être grandement compensés par des rêves de richesse et de puissance, une tendance à se vanter de ses exploits, des excès de prodigalité quand il a de l'argent, et une insatisfaction du seul avancement normal et lent qu'il peut attendre de son emploi... Il est mal à l'aise dans ses rapports avec les autres et il souffre d'une impuissance pathologique à former et à garder des attaches personnelles durables. Bien qu'il déclare obéir aux normes morales habituelles, il semble manifestement peu influencé par elles dans ses actes. Pour récapituler, il présente des signes assez caractéristiques de ce qu'on pourrait appeler en psychiatrie un sérieux désordre caractériel. Il est important que des mesures soient prises pour éliminer la possibilité d'une lésion cérébrale organique puisque, si cette dernière existait, elle aurait pu influencer de manière non négligeable son comportement au cours de plusieurs années passées et au moment du crime. »

Mis à part le plaidoyer officiel devant le tribunal qui n'aurait lieu que le lendemain, le témoignage du psychiatre mit fin aux plans de défense de Hickock. Vint ensuite le tour d'Arthur Fleming, le vieil avocat de Smith. Il présenta quatre témoins : le Révérend James E. Post, aumônier protestant du pénitencier du Kansas ; l'ami indien de Perry, Joe James, qui était finalement arrivé en autocar ce matin-là, après un périple d'un jour et deux nuits de sa demeure dans les forêts de l'extrême nord-ouest du pays , Donald Cullivan ; et, une fois de plus, le Dr. Jones. A l'exception de ce dernier, ces hommes étaient présentés comme « témoins à décharge », dont on attendait qu'ils prêtent quelques vertus humaines aux accusés. Ils ne s'en tirèrent pas très bien, quoique chacun d'eux eût réussi à faire une remarque vaguement favorable avant d'être réduit au silence et chassé par les protestations de l'accusation qui affirmait que des commentaires personnels de cette nature étaient « insuffisants, hors de propos, sans importance ».

Par exemple, Joe James — souple silhouette aux cheveux noirs et à la peau encore plus foncée que Perry et qui semblait mystérieusement émerger à l'instant même des ombres de la forêt, avec sa chemise de chasseur aux couleurs passées et ses pied chaussés de mocassins — raconta au tribunal que l'accusé avait vécu chez lui de façon intermittente pendant plus de deux ans. « Perry était un gosse sympathique, aimé dans le voisinage ; il a jamais rien fait de travers à ma connaissance. » Le Ministère public l'arrêta tout net ; et il arrêta également Cullivan lorsqu'il dit : « A l'époque où j'ai connu Perry dans l'Armée, c'était un type très sympathique. »

Le Révérend Post résista un peu plus longtemps car il ne fit aucune tentative directe pour louanger le prisonnier, mais il décrivit avec sympathie une rencontre avec Perry à Lansing. « J'ai rencontre Perry Smith pour la première fois quand il est venu dans mon bureau, à la chapelle de la prison, avec un tableau qu'il avait peint : un buste de Jésus-Christ au pastel. Il voulait me le donner pour le mettre dans la chapelle. Il est resté accroché aux murs de mon bureau depuis ce temps-là. »

Fleming demanda : « Avez-vous une photographie de ce tableau ? » Le pasteur en avait une pleine enveloppe ; mais quand il sortit les épreuves, visiblement pour les distribuer aux jurés, Logan Green se leva, brusquement exaspéré : « Je vous en prie, monsieur le Président, cette chose va trop loin... » M. le Président fit en sorte que la chose n'aille pas plus loin.

Le Dr. Jones fut rappelé à ce point, et à la suite des préliminaires qui avaient accompagné sa première déposition, Fleming lui posa la question cruciale : « D'après vos conversations avec Perry Edward Smith et d'après votre examen, avez-vous une opinion quant à la conscience qu'il avait du bien et du mal au moment du crime qui fait l'objet de ce procès ? » Et une fois de plus la cour prévint le témoin : « Répondez oui ou non, avez-vous une opinion ?

— Non. »

Au milieu des murmures d'étonnement, Fleming, surpris lui-même, dit : « Vous pouvez exposer au jury pourquoi vous n'avez pas d'opinion. »

Green fit objection : « Cet homme n'a pas d'opinion, et ça s'arrête là. »

Et, légalement parlant, il avait raison.

Mais si on avait permis au Dr. Jones de disserter sur la cause de son indécision, il aurait apporté le témoignage suivant : « Perry Smith présente des signes définitifs de grave maladie mentale. D'après son récit, que confirment des extraits des archives de la prison, son enfance a été marquée par la brutalité et le manque d'intérêt dont ont fait preuve son père et sa mère. Il semble avoir grandi sans direction, sans amour et sans avoir jamais acquis le sens réel des valeurs morales... Il est bien orienté, extrêmement éveillé à tout ce qui se passe autour de lui et ne montre pas de signes de confusion. Il est d'une intelligence supérieure à la moyenne et possède des connaissances assez étendues, compte tenu du peu d'instruction qu'il a reçu... Deux traits constitutifs de sa personnalité apparaissent particulièrement pathologiques. Le premier est son attitude paranoïaque envers le monde. Il soupçonne les autres et se méfie d'eux ; il a tendance à croire que les autres agissent contre lui, qu'ils sont injustes à son égard et ne le comprennent pas. Il est hypersensible aux critiques que les autres lui adressent et ne peut supporter d'être ridiculisé. Il voit facilement un affront ou une insulte dans ce que disent les autres, et peut fréquemment mal interpréter des paroles bien intentionnées. Il ressent un grand besoin d'amitié et de compréhension, mais il hésite à se confier aux autres, et, quand il le fait, il s'attend à être incompris ou même trahi. En estimant les intentions et les sentiments des autres, il arrive très difficilement à séparer la situation réelle de ses propres projections mentales. Il lui arrive souvent de mettre tous les gens dans le même sac, croyant qu'ils sont hypocrites, hostiles et qu'ils méritent tout ce qu'il peut leur faire. Le deuxième trait est apparenté au premier : une rage constante et difficilement maîtrisée, facilement déclenchée par tout sentiment d'être dupé, humilié ou considéré inférieur par les autres. La plupart du temps, dans le passé, ses emportements ont été dirigés contre les représentants de l'autorité : père, frère, adjudant, officier de remise en liberté conditionnelle, et ont abouti à un comportement violemment agressif à plusieurs reprises. Ses proches ainsi que lui-même se sont rendu compte de ces rages, dont il dit qu'elles "montent en lui", et du peu de contrôle qu'il exerce sur elles. Lorsque sa colère se retourne contre lui-même, elle amène des idées de suicide. La violence démesurée de sa colère et son impuissance à la maîtriser ou à la canaliser reflètent une faiblesse essentielle dans la structure de sa personnalité... En plus de ces traits, le sujet présente des signes modérés mais précoces de désordre dans le cheminement de sa pensée. Il a beaucoup de difficultés à organiser sa pensée ; il semble incapable d'en faire le tour ou de la résumer, se laissant entraîner dans les détails et s'y perdant parfois ; une partie de sa pensée reflète une qualité "magique", un mépris du réel... Il a eu peu de liens affectifs étroits avec d'autres personnes, et ils se sont avérés incapables de résister à des crises mineures. Il a peu d'égards pour les autres, à l'exception d'un cercle d'amis très restreint, et il attache peu d'importance réelle à la vie humaine. Ce détachement émotif et cette douceur dans certains domaines sont une autre preuve de son anomalie mentale. Un examen plus approfondi serait nécessaire pour arriver à un diagnostic psychiatrique exact, mais la structure actuelle de sa personnalité est très voisine d'une réaction paranoïaque et schizophrénique. »

Il est significatif qu'un vétéran très connu dans le domaine de la psychiatrie légale, le Dr. Joseph Satten de la Clinique Menninger de Topeka, Kansas, ait conféré avec le Dr. Jones et appuyé ses expertises de Hickock et Smith. Le Dr. Satten, qui suivit l'affaire de près par la suite, pense que — en dépit du fait que le crime n'eût pas eu lieu si une certaine friction ne s'était produite entre les tueurs —, ce fut essentiellement l'acte de Perry Smith, lequel, toujours selon le Dr. Satten, représente un type de meurtrier qu'il a déjà décrit dans un article intitulé : « Meurtre sans mobile apparent — Etude de la Désorganisation de la Personnalité. »

L'article, publié dans *The American Journal of Psychiatry* (juillet 1960), et écrit en collaboration avec trois collègues, Karl Menninger, Irwin Rosen et Martin Mayman, précise son but dès le commencement : « En essayant d'évaluer la responsabilité criminelle des meurtriers, la loi tente de les séparer (comme elle le fait pour tout malfaiteur) en deux groupes, les "sains d'esprit" et les "fous". On considère que le meurtrier "sain d'esprit" est poussé par des motifs rationnels qui peuvent être compris, quoique condamnés, et que le "fou" est poussé par des motifs irrationnels et insensés. Lorsque des motifs rationnels sont évidents (par exemple, quand un homme tue pour un gain personnel) ou lorsque des motifs irrationnels sont accompagnés d'illusions ou d'hallucinations (par exemple, un paranoïaque qui tue celui qu'il imagine être son persécuteur), la situation présente peu de problèmes au psychiatre. Mais les meurtriers qui semblent raisonnables, cohérents et maîtres d'eux-mêmes, et dont les actes homicides ont pourtant une qualité bizarre et apparemment insensée, posent un problème difficile si l'on s'en tient aux opinions divergentes émises en salle d'audience et aux rapports contradictoires concernant un même criminel. Nous soutenons la thèse que la psychopathologie de tels meurtriers forme au moins un syndrome spécifique que nous allons décrire. En général, ces individus sont prédisposés à de graves défaillances de la maîtrise du moi, chose qui rend possible l'expression ouverte d'une violence primitive née d'expériences traumatiques antérieures et devenues inconscientes. »

Dans le cadre d'une procédure d'appel, les auteurs avaient examiné quatre hommes reconnus coupables de meurtres apparemment sans mobiles. Ils avaient été examinés tous les quatre avant leurs procès et déclaré « sans psychose » et « sains d'esprit ». Trois d'entre eux avaient été condamnés à mort, et le quatrième purgeait une longue peine d'emprisonnement. Dans chacun de ces cas, on avait demandé une expertise psychiatrique plus poussée parce qu'une personne — l'avocat, un parent ou un ami — n'était pas satisfaite des explications psychiatriques déjà données et avait effectivement demandé : « Comment un homme aussi sain d'esprit que cette personne semble l'être peut-il commettre un acte aussi fou que celui dont il a été reconnu coupable ? » Après avoir décrit les quatre criminels et leurs crimes (un soldat noir qui avait mutilé et démembré une prostituée, un manœuvre qui avait étranglé un garçon de quatorze ans qui avait repoussé ses avances sexuelles, un caporal de l'Armée ayant défoncé le crâne d'un jeune garçon parce qu'il s'imaginait que la victime se moquait de lui, et un employé d'hôpital qui avait noyé une fillette de neuf ans en lui maintenant la tête sous l'eau), les auteurs examinèrent attentivement les zones de ressemblance.

« Ces hommes eux-mêmes, écrivaient-ils, se demandaient pourquoi ils avaient tué leurs victimes qui leur étaient relativement inconnues, et, dans chaque cas, le meurtrier semblait être tombé dans une transe de dédoublement de la personnalité, comme dans un rêve, dont il était sorti pour "découvrir soudainement" qu'il assaillait sa victime. La constatation la plus uniforme et peut-être la plus significative de toute leur histoire était un manque de contrôle de leurs impulsions agressives remontant très loin, dans leur passé, datant parfois de toujours. Par exemple, tout le long de leur vie, trois de ces hommes avaient été fréquemment mêlés à des bagarres qui n'étaient pas de simples altercations et qui seraient devenues des attentats homicides si d'autres personnes n'y avaient mis fin. »

Voici, à titre de citations, un certain nombre d'autres observations contenues dans l'étude : « En dépit de leur vie vouée à la violence, tous ces hommes se sentaient physiquement inférieurs, faibles et insuffisants. Dans chaque cas, leur histoire révélait un grand degré d'inhibition sexuelle. Pour chacun d'entre eux, les femmes adultes étaient des créatures menaçantes, et, dans deux des cas, il y avait perversion sexuelle évidente. Tous avaient également eu peur, au cours de leurs jeunes années, d'être considérés comme des "poules mouillées", plus petits que la moyenne, ou maladifs... Dans les quatre cas, il y avait dans l'histoire de leur vie des preuves de modifications d'états de conscience, fréquemment liées à des explosions de violence. Deux de ces hommes signalaient de graves états de dédoublement de la personnalité, comme une transe au cours de laquelle ils étaient témoins d'un comportement violent et bizarre ; les deux autres relataient des périodes d'amnésie moins graves et peut-être moins bien organisées. Pendant des moments de violence réelle, ils se sentaient souvent séparés ou isolés d'eux-mêmes, comme s'ils observaient quelqu'un d'autre... On remarque aussi dans l'histoire de la vie de chacun de ces hommes une extrême violence de la part des parents au cours de l'enfance... Un de ces hommes disait qu'il "recevait le fouet à tout bout de champ"... Un autre avait reçu plusieurs violentes raclées pour faire cesser son bégaiement ainsi que pour le corriger de sa soi-disant "mauvaise" conduite... Ce qui se rapporte à l'extrême violence, soit imaginaire, soit observée dans la réalité ou véritablement subie par l'enfant, s'accorde avec l'hypothèse psychanalytique selon laquelle l'exposition de l'enfant à des stimuli accablants avant qu'il ne puisse les maîtriser est intimement liée à des défauts précoces dans la formation de l'*ego* et, par la suite, à de graves perturbations dans le contrôle de ses impulsions. Dans chacun de ces cas, il y avait des preuves de grave privation émotive dans les premières années. Cette privation peut avoir pour cause l'absence périodique ou prolongée de l'un des deux parents, ou des deux à la fois, une vie familiale chaotique dans laquelle les parents étaient inconnus, ou un rejet pur et simple de l'enfant par l'un des deux parents, ou par les deux à la fois, l'enfant étant élevé par d'autres personnes... Des troubles dans la structure affective étaient évidents. Ces hommes montraient de la manière la plus caractéristique une tendance à ne pas éprouver de colère ou de rage en accomplissant des actes violemment agressifs. Nul ne signalait de sentiments de rage liés aux meurtres et nul d'entre eux n'avait éprouvé de colère d'une manière poussée ou prononcée bien qu'ils fussent tous capables d'agression brutale et démesurée... Leurs rapports avec les autres étaient d'une nature froide et superficielle, ce qui les rejetait dans la solitude et l'isolement. Les gens leur apparaissaient rarement réels, dans le sens où l'on éveille des sentiments chaleureux ou positifs (ou même de colère)... Les trois hommes qui avaient été condamnés à mort n'avaient pas d'émotions profondes à l'égard de leur propre sort et de celui de leurs victimes. Culpabilité, dépression et remords étaient remarquablement absents... De semblables individus peuvent être considérés comme prédisposés au meurtre, dans le sens où il sont dotés d'un excès d'énergie agressive ou d'un système instable de défense du moi qui permet périodiquement l'expression nue et archaïque d'une telle énergie. Le potentiel meurtrier peut être déclenché, particulièrement si un certain déséquilibre existe déjà, quand la victime éventuelle est inconsciemment perçue comme un personnage clé dans quelque contexte traumatique antérieur. Le comportement ou même la simple présence de ce personnage dérange l'équilibre instable des forces, provoquant une décharge de violence subite et extrême, semblable à l'explosion qui se produit lorsqu'un percuteur allume une charge de dynamite... L'hypothèse d'une motivation inconsciente explique pourquoi ces meurtriers se sont sentis provoqués par des victimes inoffensives et relativement inconnues qui devenaient par conséquent des cibles se prêtant à une attaque. Mais pourquoi le meurtre ? Fort heureusement la plupart des gens ne répondent pas par une explosion meurtrière même après une provocation extrême. D'autre part les cas décrits étaient prédisposés à des failles énormes dans leur contact avec le réel, et à une faiblesse extrême dans la maîtrise de leurs impulsions, au cours de période de tension accrue et de désorganisation. A de tels moments, une personne rencontrée par hasard ou même un étranger pouvait facilement perdre son sens "réel" et revêtir une identité dans le contexte traumatique inconscient. Le "vieux" conflit se déclenchait et l'agression prenait rapidement des proportions meurtrières... Lorsque de tels meurtres insensés se produisent, on les considère comme étant le résultat final d'une période de tension croissante et de désorganisation qui commence chez le meurtrier avant le contact avec la victime, qui sert sans le savoir à mettre en mouvement le potentiel homicide du meurtrier, en s'inscrivant dans ses conflits inconscients. »

En raison des nombreux parallèles entre le passé et la personnalité de Perry Smith et les sujets de son étude, le Dr. Satten est certain de ne pas se tromper en lui donnant place parmi eux. D'ailleurs, les circonstances du crime lui semblent s'accorder exactement avec le concept de « meurtre sans motif apparent ». Evidemment, trois des meurtres que Smith avait commis étaient logiquement motivés : Nancy, Kenyon et leur mère devaient être tués parce que Mr. Clutter avait été tué. Mais le Dr. Satten prétend que seul le premier meurtre importe psychologiquement, et que, lorsque Smith attaqua Mr. Clutter, il était en pleine éclipse mentale, au fin fond de ténèbres schizophréniques ; ce n'était pas tout à fait un homme en chair et en os que Smith « se découvrit soudainement » en train d'attaquer, mais « le personnage clé de quelque contexte traumatique antérieur » : son père ? les sœurs de l'orphelinat qui s'étaient moquées de lui et l'avaient battu ? le sergent détesté ? l'officier de mise en liberté conditionnelle qui lui avait interdit de « remettre les pieds au Kansas » ? Un d'entre eux ou eux tous.

Dans sa confession Smith disait : « Je ne voulais faire aucun mal à cet homme. Je trouvais que c'était un type très bien. Agréable. J'ai continué à le penser jusqu'au moment où je lui ai tranché la gorge. » En parlant à Donald Cullivan, Smith disait : « Ils [les Clutter] ne m'ont jamais fait de mal. Comme les autres. Comme les autres m'en ont fait toute ma vie. Peut-être simplement que les Clutter étaient ceux qui devaient payer pour les autres. »

Il semblerait donc que le psychanalyste professionnel et l'amateur soient tous deux arrivés à des conclusions identiques par des chemins indépendants.

*

L'aristocratie du comté de Finney avait dédaigné d'assister au procès. « Ça se fait pas d'avoir l'air curieux de ce genre d'affaire », annonça l'épouse d'un riche fermier. Néanmoins la dernière audience trouva une bonne partie de la haute société de l'endroit assise à côté des citoyens plus ordinaires. Leur présence était un geste de courtoisie à l'égard du juge Tate et de Logan Green, membres estimés de leur propre classe. Un important contingent d'avocats étrangers, dont un grand nombre étaient venus de très loin, occupaient également plusieurs bancs ; ils se trouvaient là tout spécialement pour entendre la plaidoirie de Green. Petit septuagénaire aux manières suaves mais peu commode, Green jouit d'une grande réputation parmi ses pairs, qui admirent son art de la mise en scène, ses qualités d'acteur possédant un sens du minutage aussi aigu que celui d'un comédien de boîte de nuit. Avocat spécialisé dans les affaires criminelles, son rôle habituel est du côté de la défense, mais, dans le cas présent, l'Etat avait retenu ses services comme assistant spécial de Duane West, car on pensait que le jeune attorney du comté n'était pas assez aguerri pour se charger de l'accusation sans un appui expérimenté.

Comme la plupart des numéros de vedettes, Green apparut à la fin du programme. Les conseils pondérés du juge Tate au jury le précédèrent, ainsi que la mise en demeure de l'attorney du comté : « Peut-il y avoir un seul doute dans vos esprits quant à la culpabilité des accusés ? Non ! Peu importe qui a pressé la détente du fusil de Richard Eugene Hickock, les deux hommes sont également coupables. Il n'y a qu'une seule façon de s'assurer que ces hommes ne rôderont plus par les villages et les villes de ce pays. Nous demandons la peine maximale : la mort. Cette demande n'est pas faite dans un esprit de vengeance mais en toute humilité... »

Puis il fallut écouter les plaidoiries des avocats de la défense. Le discours de Fleming, qu'un journaliste décrivit comme un « boniment sans conviction », n'était qu'un prêche modéré : « L'homme n'est pas un animal. Il a un corps et il a une âme éternelle. Je ne crois pas que l'homme ait le droit de détruire cette demeure, ce temple où séjourne l'âme... » Bien qu'il fît également appel aux sentiments chrétiens présumés des jurés, Harrison Smith prit comme thème principal les méfaits de la peine capitale : « C'est un reliquat de la barbarie humaine. La loi nous dit qu'il est mal de tuer et elle vient donner l'exemple contraire. Ce qui est presque aussi atroce que le crime qu'elle punit.

L'Etat n'a aucun droit de l'infliger. C'est sans aucune efficacité. Ça n'arrête pas le crime mais diminue le prix de la vie humaine et engendre d'autres meurtres. Nous ne demandons rien d'autre que de la pitié. Et l'emprisonnement à vie est sûrement demander bien peu de pitié... » L'auditoire n'était guère attentif ; comme s'il avait été empoisonné par les nombreux bâillements de fièvre printanière qui alourdissaient l'air, un juré était assis, les yeux hébétés et la bouche si grande ouverte que des abeilles auraient pu y entrer et en sortir en bourdonnant.

Green les réveilla : « Messieurs, dit-il, parlant sans notes, vous venez juste d'entendre deux plaidoyers énergiques demandant grâce pour les accusés. Il me semble heureux que ces admirables défenseurs, Mr. Fleming et Mr. Smith, n'aient pas été dans la maison des Clutter en cette nuit fatidique ; très heureux pour eux qu'ils n'aient pas été présents pour demander grâce pour la famille condamnée. Parce que s'ils avaient été là, eh bien, le lendemain matin, on aurait eu plus de quatre cadavres à compter. »

Au cours de son enfance, dans son Kentucky natal, on appelait Green *Pinky*, surnom qu'il devait à son visage couvert de taches de rousseur ; à présent, comme il se pavanait devant le jury, le poids de sa responsabilité lui réchauffa le visage et le couvrit de plaques roses. « Je n'ai pas l'intention d'entamer un débat théologique. Mais je m'attendais à ce que les avocats des accusés emploient la sainte Bible comme argument contre la peine de mort. Vous avez entendu la défense citer la Bible. Mais je sais lire moi aussi. » Il ouvrit bruyamment un exemplaire de l'Ancien Testament. « Et voici une ou deux choses que la Bible a à dire sur le sujet. Dans le chapitre XX de l'Exode, treizième verset, nous trouvons l'un des Dix Commandements : "Tu ne tueras point." Ceci se rapporte au meurtre qui n'est pas légal. Ça ne fait pas de doute puisque dans le chapitre suivant, verset douzième, le châtiment pour la transgression de ce commandement dit : "Celui qui frappera un homme mortellement sera puni de mort." Or, Mr. Fleming voudrait vous faire croire que tout ceci a été changé par la venue du Christ. Il n'en est rien. Car le Christ dit : "Ne croyez pas que je sois venu pour détruire la loi ou contredire les prophètes : je ne suis pas venu pour détruire mais pour accomplir ce qu'ont dit les prophètes." Et finalement... » Green tâtonna, sembla refermer accidentellement la Bible, sur quoi les hommes de la loi assistant au procès sourirent et se poussèrent du coude, car c'était là une vénérable astuce de salle d'audience, l'avocat qui prétend perdre sa page en lisant les Ecritures et qui déclare, comme Green le fit maintenant : « Peu importe. Je crois que je puis le citer de mémoire. Chapitre IX de la Genèse, sixième verset : "Si quelqu'un verse le sang de l'homme, par l'homme son sang sera versé."

« Mais, continua Green, je ne vois pas ce qu'il y a à gagner à citer la Bible. L'Etat du Kansas prévoit que le châtiment pour homicide volontaire sera l'emprisonnement à perpétuité ou la mort par pendaison. C'est la loi. Vous, messieurs, vous êtes ici pour la faire respecter. Et s'il y a un cas où la peine maximum est justifiée, c'est bien celui-ci. Il s'agit de meurtres étranges et féroces. Quatre de vos concitoyens ont été massacrés comme des bêtes à l'abattoir. Et pour quelle raison ? Pas par vengeance ou par haine. Mais pour de l'argent. De l'argent. Un froid calcul de tant d'onces d'argent contre tant d'onces de sang. Et à quel vil prix ces viés ont été achetées ? Pour quarante dollars de butin ! Dix dollars la vie ! » Il se retourna brusquement et pointa un doigt qui oscilla entre Hickock et Smith. « Ils sont venus armés d'un fusil et d'un poignard. Ils sont venus pour voler et pour tuer... » Sa voix trembla, vacilla, disparut comme s'il était étranglé par l'intensité de son propre dégoût pour les accusés débonnaires qui mâchaient du chewing-gum. Se retournant vers le jury, il demanda d'une voix rauque : « Qu'allez-vous faire ? Qu'allez-vous faire de ces hommes qui ligotent un homme, lui tranchent la gorge et lui font sauter la cervelle ? Leur donner la peine minimum ? Et ce n'est là qu'un des quatre chefs d'accusation. Il y a Kenyon Clutter, un jeune garçon avec toute la vie devant lui, attaché, assistant impuissant à la lutte de son père contre la mort. Et la jeune Nancy Clutter qui entend les coups de fusil et sait que son tour vient ensuite. Nancy qui implore qu'on la laisse en vie : “Non. Oh ! je vous en supplie, ne faites pas ça. Je vous en supplie. Je vous en supplie.” Quelle agonie ! Quelle indicible torture ! Et il reste la mère, ligotée et bâillonnée, et qui a dû écouter son mari et ses enfants chéris mourir l'un après l'autre. Ecouter jusqu'à ce que les tueurs, ces accusés qui comparaissent devant vous, entrent enfin dans sa chambre, lui braquent le rayon d'une lampe de poche dans les yeux et mettent d'un coup de feu un terme à l'existence d'une maisonnée tout entière. »

S'arrêtant un instant, Green tâta légèrement un furoncle sur sa nuque, un abcès mûr qui semblait, comme lui-même dans son courroux, sur le point d'éclater. « Alors, messieurs, qu'allez-vous faire ? Leur donner la peine minimum ? Les renvoyer au pénitencier et courir le risque de les voir s'évader ou être remis en liberté conditionnelle ? La prochaine fois qu'ils feront un massacre, ce sera peut-être votre famille. Je vous le dis, fit-il solennellement, enveloppant tous les membres du jury d'un regard qui les mettait au défi, quelques-uns de nos crimes énormes ne se produisent que parce qu'un jour une bande de poltrons de jurés ont refusé de faire leur devoir. Maintenant, messieurs, je m'en remets à vous et à votre conscience. »

Il se rassit. West lui dit à voix basse : « C'était magistral, monsieur. »

Mais quelques-uns des auditeurs de Green étaient moins enthousiastes ; et après que le jury se fut retiré pour délibérer, un d'entre eux, un jeune reporter de l'Oklahoma, échangea quelques propos assez vifs avec un autre journaliste, Richard Parr du *Star* de Kansas City. Le discours de Green avait semblé « brutal et populacier » au journaliste de l'Oklahoma.

« Il a simplement dit la vérité, dit Parr. La vérité peut être brutale à proprement parler.

— Mais il n'avait pas besoin de frapper si fort. C'est injuste.

— Qu'est-ce qui est injuste ?

— Tout le procès. Ces types ont pas la moindre chance.

— Une drôle de chance qu'ils ont donnée à Nancy Clutter.

— Perry Smith. Mon Dieu, il a eu une vie si misérable... »

Parr dit : « Y a plus d'un type qui peut raconter des histoires aussi larmoyantes que ce petit enfant de garce. Moi aussi. Peut-être que je bois trop, mais nom de Dieu j'ai jamais tué quatre personnes de sang-froid.

— Ouais, et pendre l'enfant de garce ? Ça manque pas de sang-froid ça non plus. »

Surprenant la conversation, le Révérend Post se joignit à eux.

« Eh bien, fit-il en faisant circuler une reproduction photographique du portrait de Jésus fait par Perry Smith, un homme qui peut peindre une chose comme ça ne peut pas être entièrement mauvais. Tout de même, c'est pas facile de savoir que faire. Le châtiment capital est pas une solution : ça ne laisse pas au pécheur le temps de venir à Dieu. Parfois ça me désespère. » Personnage jovial avec des dents en or et une pointe de cheveux argentés, il répéta jovialement : « Parfois ça me désespère. Parfois je pense que le vieux Doc Savage avait raison. » Le Doc Savage en question était un héros fictif en vogue chez les jeunes lecteurs de romans populaires de la génération passée. « Si vous vous souvenez bien, les gars, Doc Savage était un genre de surhomme. Il était devenu un expert dans tous les domaines : médecine, science, philosophie, art. Y avait pas grand-chose que ce vieux Doc connaissait pas ou pouvait pas faire. Un de ses projets était de débarrasser le monde des criminels. Il a d'abord acheté une grande île au milieu de l'Océan. Puis avec l'aide de ses assistants — il avait une armée d'assistants spécialisés — il a enlevé tous les criminels du monde et les a conduits sur cette île. Et Doc Savage leur faisait une opération au cerveau. Il enlevait la partie qui contient les pensées mauvaises. Et quand ils se réveillaient, ils étaient tous de bons citoyens. Ils ne pouvaient plus commettre de crimes parce que cette partie de leur cerveau avait été enlevée. Maintenant, il me vient à l'esprit qu'une opération de ce genre pourrait vraiment être la solution à... »

Annonçant le retour du jury, une cloche l'interrompit. Les délibérations du jury avaient duré quarante minutes. De nombreux spectateurs qui s'attendaient à une décision rapide n'avaient même pas quitté leurs sièges. Cependant, on dut aller chercher le juge Tate dans sa propriété où il était allé nourrir ses chevaux. La robe noire qu'il avait revêtue en vitesse ondoyait autour de lui lorsqu'il arriva enfin, mais ce fut avec une dignité et un calme impressionnants qu'il demanda : « Messieurs les jurés, avez-vous établi vos verdicts ? » Leur porte-parole répondit : « Oui, monsieur le Président. » L'huissier vint porter les verdicts cachetés au juge.

Les sifflements stridents d'un train, fanfare d'un express du Santa Fe qui s'approchait, pénétrèrent dans la salle d'audience. La voix de basse de Tate s'entremêla aux hurlements de la locomotive quand il se mit à lire : « Premier chef. Nous, membres du jury, déclarons l'accusé Richard Eugene Hickock coupable d'homicide volontaire et le châtiment est la mort. » Puis, comme s'il s'intéressait à leur réaction, il baissa les yeux sur les prisonniers qui étaient devant lui, attachés à leurs gardiens par des menottes ; ils le dévisagèrent impassiblement jusqu'à ce qu'il se remette à lire les sept chefs d'accusation suivants : trois autres condamnations pour Hickock, et quatre pour Smith.

« ... et le châtiment est la mort » ; chaque fois qu'il arriva à cette phrase, Tate la prononça d'une voix sombre et caverneuse qui semblait faire écho au cri lugubre du train qui s'éloignait à présent. Puis il renvoya le jury (« Vous avez fait votre devoir courageusement »), et les condamnés furent emmenés. A la porte, Smith dit à Hickock : « C'est pas des poltrons ces jurés, eh ! » Ils éclatèrent tous deux de rire, et un photographe prit un cliché qui parut dans un journal du Kansas avec la légende : « Leur dernier rire ? »

*

Une semaine plus tard, assise dans son salon, Mrs. Meier parlait à une amie. « Oui, c'est devenu tranquille ici, dit-elle. J'imagine qu'on devrait être reconnaissants que les choses se soient tassées. Mais ça me fait encore de la peine. J'ai jamais eu tellement de rapports avec Dick, mais Perry et moi on en était arrivés à se connaître à fond. Cet après-midi-là, après qu'il ait entendu le verdict et qu'on l'ait ramené ici, je me suis enfermée dans la cuisine pour pas être obligée de le voir. Je me suis assise à la fenêtre de la cuisine et j'ai regardé la foule quitter le palais de justice. Mr. Cullivan, il a levé les yeux et m'a vue et il a fait un signe de la main. Les Hickock. Tout le monde s'en allait. Justement ce matin j'ai reçu une charmante lettre de Mrs. Hickock ; elle est venue me voir plusieurs fois au cours du procès, et j'aurais bien voulu l'aider, seulement, qu'est-ce qu'on peut bien dire à quelqu'un dans une situation semblable ? Mais quand tout le monde a été parti, je me suis mise à laver quelques assiettes et je l'ai entendu pleurer. J'ai branché le poste. Pour pas l'entendre. Mais je l'entendais tout de même. Il pleurait comme un enfant. Il avait jamais flanché avant, jamais donné le moindre signe. Je suis allée le voir. A la porte de sa cellule. Il a tendu la main. Il voulait que je lui prenne la main, et je l'ai fait, je lui ai pris la main et il n'a rien dit d'autre que : "J'étouffe de honte." Je voulais envoyer chercher le Père Goubeaux ; j'ai dit que j'allais lui faire un riz espagnol dès le lendemain matin, mais il m'a simplement serré la main encore plus fort.

« Et cette nuit-là, entre toutes, il a fallu le laisser seul. Wendle et moi, c'est rare qu'on sorte, mais on avait reçu une invitation depuis un bon moment et Wendle était d'avis qu'il fallait y aller. Mais je regretterai toujours de l'avoir laissé seul. Le lendemain je lui ai préparé son riz. Il ne voulait pas y toucher. C'est à peine s'il voulait me parler. Il détestait le monde entier. Mais le matin où les hommes sont venus pour le conduire au pénitencier, il m'a remerciée et donné une photo de lui. Un petit instantané de lui quand il avait seize ans. Il a dit que c'était comme ça qu'il voulait que je me souvienne de lui, comme le garçon sur la photo.

« Le pire, ça a été les adieux. Sachant où il allait et ce qui allait lui arriver. Son écureuil, pour sûr qu'il s'ennuie de Perry. Il vient continuellement à la cellule à sa recherche. J'ai essayé de lui donner à manger, mais il ne veut pas avoir affaire à moi. Y a que Perry qu'il aimait. »

*

Les prisons sont importantes pour l'économie du comté de Leavenworth, Kansas. C'est là que se trouvent les deux pénitenciers de l'Etat, un pour les hommes et un pour les femmes ; c'est aussi à Leavenworth que se trouve la plus grande prison fédérale, et à Fort Leavenworth la principale prison militaire du pays, le sinistre Etablissement disciplinaire de l'Armée et de l'Aviation des Etats-Unis. Si tous les pensionnaires de ces institutions étaient remis en liberté, ils pourraient peupler une petite ville.

La plus ancienne des prisons est le pénitencier du Kansas pour hommes, palace noir et blanc à tourelles qui confère un aspect particulier à une ville de province par ailleurs assez ordinaire, Lansing. Construite durant la guerre de Sécession, elle reçut son premier pensionnaire en 1864. De nos jours le nombre de prisonniers se situe en moyenne aux alentours de deux mille ; le directeur actuel, Sherman H. Crouse, tient un registre où est inscrit le total quotidien selon la race (par exemple, Blancs 1 405, Noirs 360, Mexicains 12, Indiens 6). Quelle que soit sa race, chaque prisonnier est citoyen d'un village de pierre qui existe à l'intérieur des murs escarpés et garnis de mitrailleuses de la prison : douze arpents gris de rues cimentées, de bâtisses cellulaires et d'ateliers.

A l'extrémité sud de l'enceinte de la prison se trouve un étrange petit immeuble : un sombre édifice à un étage ayant la forme d'un cercueil. Officiellement appelé la « Maison de relégation et d'isolement », cet établissement constitue une prison à l'intérieur d'une prison. Les prisonniers ont baptisé le rez-de-chaussée le « Trou » ; l'endroit où les plus difficiles d'entre eux, les « fortes têtes » qui font toujours des ennuis, sont relégués de temps à autre. On accède à l'étage supérieur par un escalier circulaire en fer ; c'est là que se trouve l'Allée de la Mort.

Ce fut en fin d'après-midi, un jour pluvieux d'avril, que les assassins des Clutter gravirent l'escalier pour la première fois. Arrivés de Garden City à Lansing après un voyage de quatre cents miles en voiture qui dura huit heures, les nouveaux venus furent déshabillés et douchés ; on leur coupa les cheveux très court et ils reçurent des uniformes en grosse toile et des pantoufles de feutre (dans la plupart des prisons américaines, ces pantoufles sont les chaussures habituelles du condamné) ; puis une escorte armée les conduisit à travers un crépuscule humide jusqu'à l'édifice en forme de cercueil, leur fit gravir l'escalier en spirale et les jeta dans deux des douze cellules en rangée qui forment l'Allée de la Mort de Lansing.

Les cellules sont identiques. Elles mesurent deux mètres sur trois et ne sont pas meublées, à l'exception d'une couchette, un w.-c., une cuvette et une ampoule qui reste toujours allumée au plafond, jour et nuit. Les fenêtres des cellules sont très étroites et non seulement obstruées mais couvertes d'un grillage métallique noir comme un voile de veuve ; ainsi, les visages de ceux qui ont été condamnés à la pendaison ne peuvent être que vaguement discernés par les passants. Les condamnés eux-mêmes peuvent voir à l'extérieur assez facilement ; ce qu'ils voient est un terrain désert en terre battue qui sert de stade de base-ball l'été, au bout du terrain une partie du mur de la prison et, plus haut, un morceau de ciel.

Le mur est en pierre brute ; des pigeons nichent dans les crevasses. Située dans la partie du mur visible aux occupants de l'Allée de la Mort, une porte de fer rouillée aux gonds grinçant lugubrement fait s'envoler les pigeons chaque fois qu'on l'ouvre. La porte donne sur un entrepôt caverneux où, même par les plus chaudes journées, l'air est humide et frais. On y garde un certain nombre de choses : des réserves de métal employé par les prisonniers pour fabriquer des plaques minéralogiques de voiture, du bois de charpente, de vieilles machines, des accessoires de base-ball, et aussi un gibet en bois naturel qui sent vaguement le pin. Car c'est la salle d'exécution de l'Etat ; quand on amène un homme ici pour le pendre, les prisonniers disent soit qu'il est « allé au Coin », soit qu'il a « rendu visite à l'entrepôt ».

Conformément à la sentence du tribunal, Smith

et Hickock devaient « visiter l'entrepôt » six semaines plus tard : une minute après minuit le vendredi 13 mai 1960

*

Le Kansas a aboli la peine capitale en 1907 ; en 1935, à cause d'une épidémie soudaine de criminels professionnels qui se déchaînèrent dans le Midwest (Alvin « Old Creepy » Karpis, Charles « Pretty Boy » Floyd, Clyde Barrow et sa maîtresse homicide, Bonnie Parker), les législateurs de l'Etat en votèrent le rétablissement. Cependant, le bourreau n'eut pas l'occasion d'exercer ses talents avant 1944 ; au cours des dix années suivantes il eut neuf occasions supplémentaires. Mais au cours des six dernières années, ou depuis 1954, il n'y avait pas eu d'indemnité versée à un bourreau dans le Kansas (sauf à l'Etablissement disciplinaire de l'Armée et de l'Aviation, qui possède aussi un gibet). Feu George Docking, gouverneur du Kansas de 1957 à 1960, fut responsable de cette lacune, car il était absolument opposé à la peine de mort (« Simplement que ça me plaît pas de tuer les gens »).

Or, à cette époque, avril 1960, il y avait dans les prisons des Etats-Unis cent quatre-vingt-dix personnes qui attendaient l'exécution civile ; cinq, y compris les assassins des Clutter, se trouvaient parmi les pensionnaires de Lansing. A l'occasion, les gens importants qui visitent la prison sont invités à jeter ce qu'un haut fonctionnaire appelle « un petit coup d'œil à l'Allée de la Mort ». On confie ceux qui acceptent à un gardien, et, tout en précédant le touriste sur la passerelle de fer qui fait face aux cellules, on peut s'attendre à ce que ce dernier identifie les condamnés avec ce qu'il doit considérer comme d'amusantes civilités. « Et voici, dit-il en 1960 à un visiteur, Mr. Perry Edward Smith. Maintenant, la porte suivante, c'est le copain de Mr. Smith, Mr. Richard Eugene Hickock. Et ici, nous avons Mr. Earl Wilson. Et, après Mr. Wilson, faites la connaissance de Mr. Bobby Joe Spencer. Et quant à ce dernier gentleman, je suis certain que vous reconnaissez le célèbre Mr. Lowell Lee Andrews. »

Earl Wilson, solide noir chanteur d'hymnes, avait été condamné à mort pour avoir kidnappé, violé et torturé une jeune femme blanche ; bien qu'elle eût survécu, la victime était demeurée gravement mutilée. Bobby Joe Spencer, jeune efféminé de race blanche, avait avoué le meurtre d'une femme d'un certain âge de Kansas City, propriétaire de la pension où il habitait. Avant de quitter ses fonctions en janvier 1961, le gouverneur Docking, qui n'avait pas été réélu (en grande partie à cause de son attitude à l'égard de la peine capitale), commua la peine de ces deux hommes en emprisonnement à vie, ce qui signifiait généralement qu'ils pourraient solliciter leur remise en liberté conditionnelle dans sept ans. Cependant, Bobby Joe Spencer ne tarda pas à tuer encore une fois : il poignarda un autre jeune prisonnier, son rival dans l'affection d'un bagnard plus âgé (comme le dit un gardien de la prison : « Deux petites gouapes qui se battaient pour un mac »). Ce geste valut à Spencer une deuxième condamnation à vie. Mais le public ne savait pas grand-chose de Wilson ou de Spencer ; en comparaison de Smith et Hickock ou du cinquième homme de l'Allée, Lowell Lee Andrews, la presse les avait plutôt négligés.

Deux ans plus tôt, Lowell Lee Andrews, énorme garçon de dix-huit ans à la vue faible, portant des verres à monture en corne et pesant dans les cent cinquante kilos, était en seconde à l'Université du Kansas ; c'était un élève brillant qui se spécialisait en biologie. Bien qu'il fût de nature solitaire, renfermée et peu communicative, ses proches, tant à l'Université que dans la ville de Wolcott, Kansas, où il habitait, le considéraient comme exceptionnellement doux et d'un « excellent naturel » (par la suite, un journal du Kansas publia un article à son sujet sous le titre : « Le plus gentil garçon de Wolcott »). Mais le jeune érudit tranquille recelait une seconde personnalité insoupçonnée, issue d'un blocage affectif et d'un esprit tourmenté à travers lequel passaient de froides et cruelles pensées. Sa famille — ses parents et une sœur un peu plus âgée, Jennie Marie — aurait été stupéfaite si elle avait connu les rêves diurnes que faisait Lowell Lee au cours de l'été et l'automne 1958 ; le fils brillant. le frère adoré, projetait de les empoisonner tous.

Andrews père était un fermier prospère ; il n'avait pas beaucoup d'argent en banque mais possédait des terres évaluées à environ deux cent mille dollars. Le désir d'hériter de cette propriété était évidemment le mobile du projet qu'avait formé Lowell Lee de détruire sa famille. Car le mystérieux Lowell Lee, celui que masquait le pieux étudiant en biologie, se prenait pour un cerveau du crime au cœur de glace : il voulait porter des chemises de soie comme celles des gangsters et conduire des voitures sport écarlates ; il voulait être reconnu pour autre chose qu'un écolier à lunettes, chaste, studieux et obèse ; et tout en ne détestant aucun membre de sa famille, du moins consciemment, les assassiner semblait la façon la plus rapide et la plus logique de satisfaire les désirs dont il était la proie. Il avait décidé d'employer l'arsenic ; après avoir empoisonné les victimes, il se proposait de les border dans leurs lits et de mettre le feu à la maison dans l'espoir que les enquêteurs crussent à une mort accidentelle. Cependant, un détail le troublait : à supposer que l'autopsie révèle la présence de l'arsenic ? Et à supposer qu'on puisse prouver qu'il avait acheté le poison ? Vers la fin de l'été, il échaufauda un autre plan. Il passa trois mois à le polir. Finalement, une nuit de novembre où il faisait près de zéro, il fut prêt à passer à l'action.

C'était durant la semaine de Thanksgiving, et Lowell Lee était à la maison pour les vacances, tout comme Jennie Marie, une fille intelligente mais plutôt quelconque, qui allait au collège en Oklahoma. Le soir du 29 novembre, aux alentours de 7 heures, Jennie Marie était assise dans le salon avec ses parents à regarder la télévision ; Lowell Lee s'était enfermé dans sa chambre et lisait le dernier chapitre des *Frères Karamazov*. Après avoir terminé, il se rasa, revêtit son meilleur complet et se mit à charger une carabine semi-automatique de calibre 22 et un revolver Ruger du même calibre. Il glissa le revolver dans un étui qui pendait à sa ceinture, mit la carabine sur son épaule et se rendit d'un pas tranquille, par un couloir, jusqu'au salon qui n'était éclairé que par l'écran tremblotant de la télévision. Il fit de la lumière, ajusta sa carabine, pressa la détente et frappa sa sœur entre les deux yeux, la tuant sur le coup. Il fit feu trois fois sur sa mère et deux fois sur son père. Les yeux exorbités, les bras tendus, la mère se dirigea vers lui en chancelant ; elle essaya de parler, sa bouche s'ouvrit, se referma, mais Lowell Lee dit : « La ferme ! » Pour s'assurer qu'elle obéirait, il tira sur elle encore trois fois. Cependant, Mr. Andrews était toujours vivant ; sanglotant, gémissant, il rampa sur le plancher en direction de la cuisine, mais à la porte de la cuisine le fils sortit le revolver de son étui et vida complètement le chargeur ; puis il rechargea l'arme et la vida une nouvelle fois ; son père reçut dix-sept balles en tout.

Selon les déclarations qu'on lui attribua, Andrews ne ressentit « rien du tout. Le moment était arrivé et je faisais ce que j'avais à faire. Un point c'est tout ». Après les meurtres, il releva une fenêtre de sa chambre et enleva le grillage ; puis il se promena à travers la maison, vidant les tiroirs des commodes, en éparpillant le contenu : son intention était de faire croire que le crime avait été commis par des voleurs. Ensuite, au volant de la voiture de son père, il couvrit une distance de quarante miles sur des routes que la neige avait rendues glissantes ; il se rendit jusqu'à Lawrence, ville où se trouve l'Université du Kansas ; en chemin il se gara sur un pont, démonta les armes du crime et s'en débarrassa en jetant les pièces dans la rivière Kansas. Mais, naturellement, le but véritable du voyage était de se procurer un alibi. Il s'arrêta d'abord à la pension universitaire où il logeait ; il parla à la propriétaire, lui racontant qu'il était venu chercher sa machine à écrire et qu'en raison du mauvais temps le voyage de Wolcott à Lawrence avait pris deux heures. Prenant congé, il se rendit dans un cinéma où, contrairement à son habitude, il bavarda avec une ouvreuse et une vendeuse de friandises. A 11 heures, à la fin du film, il revint à Wolcott. Le chien bâtard de la famille l'attendait sous la véranda ; il geignait de faim ; alors, Lowell Lee entra dans la maison, enjamba le corps de son père et prépara un bol de lait chaud et de bouillie ; puis, tandis que le chien le lapait, il téléphona au bureau du shérif et dit :

« Je m'appelle Lowell Lee Andrews. J'habite au 6040 Wolcott Drive, et je désire signaler un vol... »

Quatre policiers appartenant au bureau du shérif du comté de Wyandotte se rendirent sur les lieux. Un d'entre eux, l'agent Meyers, décrivit la scène comme suit : « Il était 1 heure du matin quand on est arrivés sur place. Toutes les lumières de la maison étaient allumées. Et ce gros garçon aux cheveux noirs, Lowell Lee, était assis sous la véranda et caressait son chien. Il lui flattait la tête. Le lieutenant Athey a demandé au garçon ce qui s'était passé ; celui-ci a montré la porte du doigt, d'un air vraiment décontracté, et a dit : "Jetez un coup d'œil là-dedans !" » Après avoir regardé, les policiers étonnés firent venir le coroner du comté, et cet homme aussi fut frappé par l'indifférence et l'insensibilité du jeune Andrews, car, lorsque le coroner lui demanda quelles dispositions il désirait voir prendre pour les funérailles, Andrews répondit en haussant les épaules : « Je me fous pas mal de ce que vous en faites. »

Deux enquêteurs supérieurs apparurent bientôt et commencèrent à interroger l'unique survivant de la famille. Bien qu'ils fussent convaincus qu'il mentait, les détectives écoutèrent avec respect l'histoire qu'il raconta : il était allé à Lawrence pour prendre une machine à écrire ; il était allé au cinéma et à son retour chez lui, après minuit, il avait découvert que les chambres à coucher avaient été saccagées et que sa famille avait été assassinée. Il ne démordit pas de son histoire et n'en aurait peut-être rien changé, à la suite de son arrestation et de son transfert à la prison du comté, si les autorités n'avaient obtenu l'aide du Révérend Mr. Virto C. Dameron.

Personnage à la Dickens, orateur onctueux et

jovial, ne parlant jamais que des feux de l'enfer, le Révérend Dameron était pasteur de l'Eglise Baptiste Grandview de Kansas City, Kansas, église que fréquentait régulièrement la famille Andrews. Eveillé par un appel urgent du coroner du comté, Dameron se présenta à la prison vers 3 heures du matin, sur quoi les détectives qui avaient interrogé le suspect avec acharnement mais sans succès se retirèrent dans une autre pièce, laissant le pasteur seul en tête à tête avec son paroissien. L'entrevue s'avéra fatale pour ce dernier qui en fit le récit suivant à un ami plusieurs mois après : « Mr. Dameron a dit : "Allons, Lee, je te connais depuis toujours. Depuis que t'étais haut comme trois pommes. Et je connaissais ton père depuis toujours, on a grandi ensemble, on était des amis d'enfance. Et c'est pour ça que je suis ici, pas seulement parce que je suis ton pasteur, mais parce que tu es comme un membre de ma propre famille. Et parce que t'as besoin d'un ami en qui tu peux avoir confiance et à qui tu peux parler. Cet événement terrible m'a mis dans un état atroce et je suis tout aussi anxieux que toi de voir les coupables attrapés et punis".

« Il voulait savoir si j'avais soif, ce qui était le cas, et il est allé me chercher un coca ; après ça, il s'est mis à parler des vacances de Thanksgiving, il a demandé si je me plaisais à l'école, et tout à coup, il a dit : "Voyons, Lee, il semble que ces gens aient certains doutes quant à ton innocence. Je suis certain que tu serais d'accord pour subir un test au détecteur de mensonges afin de convaincre ces hommes de ton innocence et qu'ils se mettent au boulot pour attraper les coupables." Puis il a dit : "Lee, t'as pas fait cette chose atroce, n'est-ce pas ? Si tu l'as faite, c'est le moment de purifier ton âme." L'instant suivant, j'ai pensé quelle différence ça peut bien faire et je lui ai raconté la vérité, presque tous les détails. Il ne cessait de hocher la tête, de rouler les yeux et de se frotter les mains, et il a dit que c'était une chose terrible et que j'aurais à en répondre devant le Tout-Puissant, qu'il faudrait que je purifie mon âme en disant aux policiers ce que je lui avais raconté ; il m'a demandé si j'étais prêt à le faire. » Recevant un signe affirmatif, le conseiller spirituel du prisonnier passa dans une pièce voisine où attendaient quantité de policiers, et il les invita d'un air exultant : « Entrez. Le garçon est prêt à faire une déclaration. »

L'affaire Andrews devint le départ d'une croisade légale et médicale. Avant le procès au cours duquel Andrews plaida non coupable pour cause de folie, le personnel psychiatrique de la Clinique Menninger entreprit un examen approfondi de l'accusé, d'où résulta un diagnostic de « schizophrénie, type simple ». Par « simple » les médecins qui avaient établi le diagnostic voulaient dire qu'Andrews ne souffrait pas d'illusions, de fausses perceptions, d'hallucinations, mais de la maladie primaire de dissociation entre la pensée et les sensations. Il comprenait la nature de ses actes, qu'ils étaient interdits et qu'il était passible de châtiment. « Mais — nous citons ici le Dr. Joseph Satten, un des experts — Lowell Lee Andrews ne ressentait pas la moindre émotion. Il se considérait comme la seule personne importante et la seule personne qui ait un sens au monde. Et dans son propre monde solitaire, il lui semblait tout aussi normal de tuer sa mère que de tuer un animal ou une mouche. »

L'opinion du Dr. Satten et de ses collègues était que le crime d'Andrews était un exemple si indiscutable de responsabilité amoindrie que le cas offrait une occasion idéale de contester la règle M'Naghten devant les tribunaux du Kansas. La règle M'Naghten, comme nous l'avons précisé plus haut, ne reconnaît aucune forme de folie tant que l'accusé est capable de reconnaître la différence entre le bien et le mal, légalement, non pas moralement. Au grand désespoir des psychiatres et des hommes de loi libéraux, la règle est acceptée dans les tribunaux du Commonwealth britannique, et, aux Etats-Unis, dans les tribunaux de tous les Etats à l'exception d'une demi-douzaine environ et du District of Columbia qui se conforment à la règle Durham, plus indulgente bien que moins pratique selon certains esprits. La règle Durham dit simplement qu'un accusé n'est pas criminellement responsable si son acte illégal est le produit d'une maladie ou d'une déficience mentales.

Bref, ce que les défenseurs d'Andrews, une équipe composée de psychiatres de la Clinique Menninger et de deux avocats de premier ordre, espéraient obtenir, c'était une victoire qui eût la dimension d'un événement légal. La condition essentielle était de persuader le tribunal de substituer la règle Durham à la règle M'Naghten. En cas de succès, alors Andrews, en raison des preuves abondantes de sa schizophrénie, ne serait certainement pas condamné à la pendaison, ni même à l'emprisonnement, mais interné à l'hôpital d'Etat pour fous criminels.

Cependant, la défense n'avait pas tenu compte du conseiller religieux de l'accusé, l'infatigable Révérend Mr. Dameron, qui apparut au procès comme témoin à charge principal et qui raconta au tribunal, dans le style rococo et exalté d'un prédicateur ambulant qu'il avait fréquemment mis son ancien élève de l'Ecole du dimanche en garde contre la colère menaçante de Dieu : « Je dis que rien au monde ne vaut plus cher que ton âme, et tu as reconnu de nombreuses fois dans nos conversations que ta foi est faible, que tu ne crois pas en Dieu. Tu sais maintenant que tout péché se dresse contre Dieu et que Dieu est ton juge final et que tu dois Lui répondre. C'est ce que j'ai dit pour lui faire sentir l'atrocité de la chose qu'il avait faite et qu'il lui fallait répondre de ce crime au Tout-Puissant. »

Apparemment le Révérend Dameron était déterminé à ce que le jeune Andrews réponde non seulement au Tout-Puissant mais également à des puissances plus temporelles, car ce fut son témoignage, ajouté aux aveux de l'accusé, qui régla l'affaire. Le président du tribunal maintint la règle M'Naghten et le jury accorda à l'Etat la peine de mort qu'il demandait.

*

Le vendredi 13 mai, première date fixée pour l'exécution de Smith et de Hickock, passa sans qu'il leur arrive le moindre mal, la Cour suprême du Kansas leur ayant accordé un sursis en attendant le résultat des démarches qu'avaient entreprises leurs avocats pour obtenir un nouveau procès. A ce moment-là, le verdict d'Andrews était réexaminé par le même tribunal.

La cellule de Perry était contiguë à celle de Dick ; bien qu'ils ne pussent se voir, ils pouvaient facilement converser ; pourtant, Perry parlait rarement à Dick, et ce n'était pas en raison d'une animosité ouverte entre eux (après avoir échangé quelques reproches sans conviction, leurs rapports s'étaient changés en une tolérance mutuelle : l'acceptation de frères siamois qui ne se plaisent guère mais qui n'y peuvent rien) ; c'était parce que

Perry, circonspect comme à l'habitude, secret, soupçonneux, détestait que les gardiens et les autres prisonniers surprennent ses « affaires personnelles », tout spécialement Andrews, ou Andy comme on l'appelait dans l'Allée de la Mort. L'accent cultivé d'Andrews et le côté précis de son intelligence universitaire exaspéraient Perry qui, bien qu'il n'eût pas dépassé la sixième, se croyait plus instruit que la plupart des gens et prenait plaisir à les corriger, tout particulièrement pour la grammaire et la prononciation. Mais voilà que soudain quelqu'un, « juste un gosse », le reprenait constamment. Etait-il tellement surprenant qu'il n'ouvre jamais la bouche ? Il valait mieux la boucler que de s'exposer à une des remarques insolentes du potache, comme : « Ne dis pas que tu es désintéressé quand tu veux dire qu'une chose t'est indifférente. » Andrews était bien intentionné, sans méchanceté, mais Perry aurait aimé le faire frire dans de l'huile bouillante ; pourtant, il ne l'admit jamais, il ne laissa jamais ses compagnons deviner pourquoi, après un de ces incidents humiliants, il s'assit dans son coin et ne toucha pas aux repas qu'on lui apportait trois fois par jour. Au début juin, il s'arrêta complètement de manger ; il dit à Dick : « Tu peux attendre la corde. Mais moi pas » et à partir de cet instant il refusa de boire et de manger, ou d'adresser la parole à qui que ce fût.

Le jeûne dura cinq jours avant que le directeur de la prison ne le prenne au sérieux. Le sixième jour, il ordonna qu'on transporte Smith à l'hôpital de la prison, mais cette mesure n'affaiblit pas la résolution de Perry ; lorsqu'on essaya de le nourrir de force, il se débattit, secoua la tête et serra les mâchoires jusqu'à ce qu'elles soient aussi raides que des fers à cheval. En fin de compte, il fallut le ligoter et le nourrir par perfusions intraveineuses ou par un tube introduit dans une de ses narines. Malgré tout, au cours des neuf semaines suivantes, son poids passa de soixante-quinze à cinquante-deux kilos, et l'on avertit le directeur qu'il serait impossible de maintenir le patient en vie indéfiniment rien qu'en le nourrissant de force.

Bien qu'impressionné par la volonté de Perry, Dick ne voulut pas admettre que son intention fût de se tuer ; même quand on annonça que Perry était dans le coma, il dit à Andrews, avec qui il s'était lié d'amitié, que son ancien complice faisait semblant d'être malade. « Il veut simplement leur faire croire qu'il est cinglé. »

Andrews, qui était un boulimique (il avait rempli un album de photos de victuailles allant du gâteau aux fraises au porc rôti), dit : « Peut-être qu'il est cinglé. Se laisser crever de faim comme ça.

— Il veut seulement sortir d'ici. Il fait semblant. Pour qu'ils disent qu'il est fou et qu'ils le mettent chez les dingues. »

Par la suite, Dick prit goût à citer la réponse d'Andrews, car elle lui semblait un exemple frappant de « l'étrange façon de penser » du garçon, de sa suffisance rêveuse. « Eh bien, aurait dit Andrews, pour sûr que ça m'a pas l'air d'un moyen facile. Se laisser crever de faim. Parce que tot ou tard, on va tous sortir d'ici. Soit en marchant ou les pieds devant. Personnellement j'm'en fous que ce soit en marchant ou les pieds devant. En fin de compte ça revient au même. »

Dick dit : « Ce qui va pas chez toi, Andy, c'est que t'as aucun respect de la vie humaine. Y compris la tienne. »

Andrews approuva. « Et, fit-il, j'vais te dire encore autre chose. Si jamais je sors d'ici en vie je veux dire en faisant la belle, eh bien, peut-être que personne saura jamais où Andy est allé, mais pour sûr qu'ils sauront par où Andy est passé. »

Tout l'été, Perry oscilla entre un état de stupeur à demi éveillé et un sommeil léger trempé de sueur. Des voix vociféraient dans sa tête ; une voix lui demandait continuellement : « Où est Jésus ? Où ? » Et il s'éveilla un jour en criant : « L'oiseau est Jésus ! L'oiseau est Jésus ! » Sa vieille chimère théâtrale préférée, celle où il se voyait comme « Perry O'Parsons, l'Homme Orchestre », revint sous la forme d'un rêve périodique. Le centre géographique du rêve était une boîte de nuit de Las Vegas où, portant un haut-de-forme et un smoking blancs, il se pavanait sous les feux de la rampe, jouant tour à tour de l'harmonica, de la guitare, du banjo et du tambour ; il chantait *You Are My Sunshine* et faisait un numéro de danse à claquettes sur un petit escalier doré ; en haut, debout sur une plate-forme, il s'inclinait. Il n'y avait pas le moindre applaudissement, pas un seul, et pourtant des milliers de clients étaient entassés dans la vaste pièce aux couleurs criardes, un auditoire étrange, surtout des hommes et surtout des nègres. Les dévisageant, le comédien en nage comprenait finalement leur silence, car il s'apercevait soudain que c'étaient des fantômes, les esprits de ceux qui avaient été légalement annihilés, pendus, envoyés à la chambre à gaz, électrocutés, et il se rendait compte au même moment qu'il était là pour les rejoindre, que les marches peintes en or conduisaient à un échafaud, que la plate-forme où il se trouvait s'ouvrait sous ses pieds. Son haut-de-forme culbutait ; urinant et déféquant, Perry O'Parsons entrait dans l'éternité.

Un après-midi, s'échappant d'un rêve, il s'éveilla et trouva le directeur de la prison debout à côté de son lit. Le directeur dit : « J'ai l'impression que vous avez fait un petit cauchemar ? » Mais Perry refusa de répondre, et le directeur, qui était venu à l'hôpital à plusieurs reprises pour essayer de persuader le prisonnier de cesser son jeûne, dit : « J'ai quelque chose ici. De la part de votre père. J'ai pensé que vous voudriez peut-être y jeter un coup d'œil. » Les yeux dilatés et brillants dans un visage qui était maintenant d'une pâleur presque phosphorescente, Perry regarda attentivement le plafond ; ayant placé une carte postale sur la table de chevet du patient, le visiteur repoussé s'en alla.

Cette nuit-là, Perry regarda la carte. Elle était adressée au directeur de la prison et elle avait été mise à la poste à Blue Lake, Californie ; tracé d'une écriture familière et serrée, le message disait : « Cher Monsieur, il paraît que mon fils Perry se trouve encore sous votre garde. Je vous prie de m'écrire ce qu'il a fait de mal et de me dire si je pourrais le voir si je venais. Ici tout va bien et j'espère qu'il en est de même pour vous. Tex J. Smith. » Perry déchira la carte, mais elle resta gravée dans son esprit car ces quelques mots frustes avaient ressuscité sa capacité émotive, avaient réveillé l'amour et la haine et lui avaient rappelé qu'il était toujours ce qu'il avait essayé de ne plus être — vivant. « Et j'ai simplement décidé, annonça-t-il par la suite à un ami, qu'il valait mieux rester comme ça. Si quelqu'un voulait prendre ma vie, j'allais pas l'aider. Il faudrait qu'il se batte pour l'avoir. »

Le lendemain matin il demanda un verre de lait, le premier aliment qu'il prenait de son plein gré depuis quatorze semaines. Grâce à un régime de lait de poule et de jus d'orange, il reprit graduellement du poids ; en octobre, le médecin de la prison, le Dr. Robert Moore, le jugea suffisamment rétabli pour retourner dans l'Allée de la Mort. Lorsqu'il y arriva, Dick lui dit en riant : « Bienvenue à la maison, coco. »

*

Deux années s'écoulèrent.

Le départ de Wilson et de Spencer laissa Smith, Hickock et Andrews seuls sous l'éclairage brûlant et derrière les fenêtres voilées de l'Allée de la Mort. Les privilèges accordés aux prisonniers ordinaires leur étaient refusés ; pas de poste de radio ou de jeux de cartes, pas même de séance d'exercice physique ; en fait, on ne les laissait jamais sortir de leurs cellules, sauf le samedi pour les conduire aux douches et leur remettre ensuite des vêtements propres pour la semaine ; les seules autres occasions d'élargissement momentané étaient les visites très espacées de leurs avocats et de leurs parents. Mrs. Hickock venait une fois par mois ; son mari était mort, elle avait perdu sa ferme, et, comme elle le raconta à Dick, elle vivait tantôt chez un parent, tantôt chez un autre.

Perry avait le sentiment d'exister « à de grandes profondeurs », peut-être parce que l'Allée de la Mort était habituellement grise et calme comme le fond de l'Océan ; le silence n'était interrompu que par les ronflements, les quintes de toux, le bruissement des pantoufles, le battement d'ailes des pigeons qui nichaient dans les murs de la prison. Mais pas toujours. « Des fois, écrivit Dick dans une lettre à sa mère, on ne peut pas s'entendre penser. Ils jettent des types dans les cellules d'en bas, ce qu'on appelle le Trou, et il y en a un tas qui se débattent comme des forcenés. Ils crient et jurent tout le temps. Comme c'est intolérable, tout le monde commence à hurler qu'ils se taisent. Je voudrais bien que tu m'envoies des boules Quiès. Seulement, on me permettrait pas de les garder. Pas de repos pour les méchants, j'imagine. »

Le petit immeuble avait plus d'un siècle et le changement de saisons accélérait sa décrépitude : le froid de l'hiver imprégnait la pierre et le fer, et l'été, quand la température montait souvent au-dessus de quarante-cinq, les vieilles cellules étaient des chaudrons malodorants. « Tellement chaud que la peau me cuit, écrivit Dick dans une lettre datée du 5 juillet 1961. J'essaie de ne pas trop bouger. Je reste assis sur le plancher. Mon lit est trop trempé de sueur pour m'étendre dessus, et l'odeur me rend malade parce qu'on prend un seul bain par semaine et qu'on porte toujours les mêmes vêtements. Pas la moindre aération et les ampoules ne font qu'augmenter la chaleur. Les insectes viennent sans cesse s'écraser contre les murs. »

Contrairement aux prisonniers ordinaires, les condamnés à mort ne sont pas assujettis à un travail quotidien ; ils peuvent faire de leur temps ce qui leur plaît : dormir toute la journée, comme le faisait fréquemment Perry (« Je fais semblant d'être un tout petit bébé qui peut pas garder les yeux ouverts ») ; ou, comme c'était l'habitude d'Andrews, lire toute la nuit. Andrews lisait en moyenne de quinze à vingt volumes par semaine ; son goût englobait à la fois les belles-lettres et la littérature de bas étage, et il aimait la poésie, particulièrement celle de Robert Frost, mais il admirait également Whitman, Emily Dickinson, et les poèmes comiques d'Ogden Nash. Bien que la nature inextinguible de sa soif littéraire eût bientôt épuisé les rayons de la bibliothèque de la prison, l'aumônier ainsi que d'autres personnes qui éprouvaient de la sympathie pour Andrews l'approvisionnaient en colis de la bibliothèque de Kansas City.

Dick bouquinait passablement lui aussi, mais son intérêt se limitait à deux thèmes : le sexe, tel qu'on le trouve dans les romans de Harold Robbins et d'Irving Wallace (après que Dick lui eut passé un de ces romans, Perry le renvoya avec une note indignée : « Saleté dégénérée pour sales esprits dégénérés ! »), et les livres de loi. Chaque jour il passait des heures à feuilleter des textes légaux, recueillant des matériaux dont il attendait qu'ils aident à annuler sa condamnation. Toujours à la poursuite de la même cause, il bombarda de lettres des organismes tels que l'Union américaine des Libertés civiques et l'Association du Barreau du Kansas : lettres attaquant son procès comme une « parodie de justice » et exhortant les destinataires à l'aider à obtenir un nouveau procès. Perry accepta de rédiger des plaidoyers du même genre, mais lorsque Dick suggéra qu'Andy suive leur exemple en écrivant des protestations pour son propre compte, Andrews répondit : « J'vais m'occuper de mon cou, occupez-vous du vôtre. » (En fait, le cou de Dick n'était pas la partie de son anatomie qui l'inquiétait le plus dans l'immédiat. « Je perds des poignées de cheveux, confia-t-il dans une autre lettre à sa mère. Je suis désespéré. Autant que je puisse me souvenir, personne n'a jamais été chauve dans notre famille, et l'idée d'être un vilain vieux déplumé me met hors de moi. »)

Arrivant au travail par une soirée d'automne en 1961, les deux gardiens de nuit de l'Allée de la Mort avaient des nouvelles. « Eh bien, annonça l'un d'eux, vous pouvez vous attendre à avoir de la compagnie, les gars. » Le sens de la remarque était évident pour son auditoire : ça signifiait que deux jeunes soldats qui étaient passés en jugement pour le meurtre d'un employé de chemin de fer du Kansas avaient été condamnés à mort. « Oui m'sieur, dit le gardien, confirmant cette nouvelle, ils ont eu la peine de mort. » Dick dit : « Bien sûr. C'est drôlement à la mode dans le Kansas. Les jurys la donnent comme s'ils donnaient des bonbons à des gosses. »

L'un des soldats, George Ronald York, était âgé de dix-huit ans ; son compagnon, James Douglas Latham, avait un an de plus. Ils étaient tous deux exceptionnellement bien de leur personne, ce qui explique peut-être pourquoi des hordes d'adolescentes avaient suivi leur procès. Bien que reconnus coupables d'un seul assassinat, les deux jeunes soldats avaient fait sept victimes au cours d'une randonnée meurtrière à travers le pays.

Blond aux yeux bleus, Ronnie York était né et avait été élevé en Floride où son père était un scaphandrier bien connu et bien payé. Les York avaient une vie familiale agréablement confortable, et Ronnie, trop aimé et trop adulé par ses parents et par une jeune sœur pour qui il était un dieu, en était le centre adoré. Le milieu de Latham était à l'extrême opposé, tout aussi triste que celui de Perry Smith. Né dans le Texas, c'était le dernier enfant de parents prolifiques et sans le sou qui se battirent jusqu'au moment où ils se séparèrent finalement, laissant leur progéniture voler de ses propres ailes, dispersée çà et là, errante et rejetée comme une poignée d'herbes folles du Texas. A l'âge de dix-sept ans, ayant besoin d'un refuge, Latham s'engagea dans l'Armée ; deux ans plus tard, reconnu coupable de s'être absenté sans permission, il fut incarcéré à la prison de Fort Hood, Texas. Ce fut là qu'il rencontra Ronnie York, qui purgeait aussi une peine de prison pour s'être absenté sans permission. Bien que très différents, même physiquement — York était grand et impassible, tandis que le Texan était un jeune homme de petite taille aux yeux d'un brun chaud animant un petit visage déluré et bien dessiné — ils découvrirent qu'ils partageaient au moins une opinion inébranlable : le monde était détestable, et tous ceux qui en faisaient partie seraient mieux morts. « C'est un monde pourri, dit Latham. Rien d'autre à faire que d'être dégueulasse. C'est tout ce que l'homme comprend. Brûle sa grange, il comprendra. Empoisonne son chien. Tue-le. » Ronnie déclara que Latham avait « mille fois raison », et il ajouta : « De toute façon, c'est leur faire une faveur que de les tuer. »

Ce fut à deux femmes de Georgie qu'ils choisirent de faire cette faveur la première fois, de respectables ménagères qui eurent le malheur de rencontrer York et Latham peu de temps après que les deux meurtriers se furent évadés de la prison de Fort Hood, qu'ils eurent volé une camionnette et pris la direction de Jacksonville, Floride, la ville où habitait York. Le lieu de rencontre fut un poste d'essence dans la banlieue obscure de Jacksonville ; la date, la nuit du 29 mai 1961. Au départ, les deux soldats en fuite s'étaient rendus dans la ville de Floride avec l'intention de rendre visite à la famille de York ; une fois sur place, cependant, York décida qu'il ne serait peut-être pas sage de contacter ses parents ; son père avait parfois un tempérament assez violent. Il en discuta avec Latham, et ils se dirigeaient vers La Nouvelle-Orléans lorsqu'ils s'arrêtèrent au poste d'essence Esso pour faire le plein. A côté d'eux, une autre voiture absorbait de l'essence ; les deux braves femmes qui allaient devenir leurs victimes y avaient pris place ; après une journée de courses et de détente à Jacksonville, elles retournaient chez elles dans une petite ville près de la frontière qui sépare la Georgie de la Floride. Hélas, elles s'étaient égarées. York, à qui elles demandèrent leur chemin, fut très obligeant : « Contentez-vous de nous suivre. On va vous mettre sur la bonne route. » Mais la route où ils les conduisirent était loin d'être la bonne en fait : un étroit chemin de campagne qui se terminait dans un marais. Néanmoins, les dames suivirent en toute confiance jusqu'à ce que le véhicule de tête s'arrête et qu'elles voient, dans la lumière de leurs phares, les deux jeunes hommes serviables qui s'approchaient à pied, et voient, mais trop tard, qu'ils étaient tous deux armés d'un fouet noir. Les fouets appartenaient au propriétaire du camion volé, un éleveur de bétail ; l'idée de Latham était de s'en servir comme garrots, ce qu'ils firent après avoir dévalisé les femmes. A La Nouvelle-Orléans, les deux garçons achetèrent un pistolet et gravèrent deux encoches sur la crosse.

Au cours des dix jours qui suivirent, des encoches furent ajoutées à Tullahoma, Tennessee, où ils entrèrent en possession d'une élégante Dodge rouge décapotable en abattant son propriétaire, un voyageur de commerce ; et dans la banlieue de Saint Louis, Illinois, où deux autres hommes furent assassinés. La victime du Kansas qui fit suite aux précédentes était un grand-père ; il s'appelait Otto Ziegler et avait soixante-deux ans ; c'était un type robuste et amical, le genre de personne peu susceptible de dépasser des automobilistes en panne sans leur offrir son aide. Filant à toute vitesse sur une grand-route du Kansas par un beau matin de juin, Mr. Ziegler aperçut une voiture sport rouge garée au bord de la route, le capot relevé, et deux jeunes hommes bien tournés qui tripotaient le moteur. Comment ce bon Mr. Ziegler pouvait-il savoir que la voiture n'était pas en panne, que c'était une ruse inventée pour voler et tuer les bons samaritains éventuels ? Ses derniers mots furent : « Puis-je vous aider ? » A une distance de six mètres, York fit feu et la balle traversa le crâne du vieillard, puis il se tourna vers Latham et dit : « Un beau coup de feu, pas vrai ? »

Leur dernière victime fut le cas plus pathétique. C'était une jeune fille âgée de dix-huit ans seulement ; elle était employée comme servante dans un motel du Colorado où les deux énergumènes passèrent une nuit au cours de laquelle elle s'abandonna à eux. Ils lui dirent alors qu'ils étaient en route pour la Californie et ils l'invitèrent à les suivre. « Viens donc, lui conseilla Latham, peut-être qu'on deviendra tous des vedettes de cinéma. » La jeune fille et sa valise de carton faite à la hâte finirent en épaves sanglantes au fond d'un ravin près de Craig, Colorado ; mais quelques heures à peine après qu'elle eut été abattue et jetée là, ses assassins se produisaient effectivement devant des caméras de cinéma.

Des descriptions des occupants de la voiture rouge, fournies par des témoins qui les avaient remarqués rôdant dans la région où le corps d'Otto Ziegler avait été découvert, furent diffusées à travers les Etats de l'Ouest et du Midwest. Des barrages routiers furent dressés et des hélicoptères surveillèrent les grand-routes ; ce fut grâce à un barrage dans l'Utah que l'on attrapa York et

Latham. Plus tard, au quartier général de la police de Salt Lake City, on permit à une compagnie de télévision locale de filmer une interview des tueurs. Si l'on voit le résultat sans la bande sonore, on a l'impression qu'il s'agit de deux joyeux athlètes éclatants de santé parlant de hockey ou de base-ball, mais pas de meurtres et du rôle, avoué avec vantardise, qu'ils avaient tenu dans la mort de sept personnes. « Pourquoi, demande l'intervie-wer, pourquoi avez-vous fait ça ? » Et York répond avec un sourire complaisant : « On déteste le monde entier. »

Chacun des cinq Etats qui se disputèrent le droit de poursuivre York et Latham applique la peine de mort : la Floride (chaise électrique), le Tennessee (chaise électrique), l'Illinois (chaise électrique), le Kansas (pendaison) et le Colorado (chambre à gaz). Mais, comme il avait les preuves les plus solides, le Kansas l'emporta.

Les hommes de l'Allée de la Mort rencontrèrent leurs nouveaux compagnons pour la première fois le 2 novembre 1961. Escortant les arrivants jusqu'à leurs cellules, un gardien les présenta : « Mr. York, Mr. Latham, j'aimerais que vous rencontriez Mr. Smith, ici. Et Mr. Hickock. Et Mr. Lowell Lee Andrews, "le plus gentil garçon de Wolcott !" »

Après le passage du cortège, Hickock entendit Andrews pouffer de rire et dit : « Qu'est-ce que cet enfant de putain trouve si drôle ?

— Rien, dit Andrews. Mais je pensais : si on compte mes trois, vos quatre et leur sept, ça en fait quatorze à nous cinq. Et quatorze divisé par cinq donne une moyenne de...

— Quatorze divisé par quatre, rectifia sèchement Hickock. Il y a quatre tueurs ici et un pigeon. J'suis pas un sale tueur. J'ai jamais touché à un cheveu sur la tête d'un homme. »

Hickock continua à écrire des lettres protestant contre sa condamnation, et l'une d'entre elles donna finalement un résultat. Le destinataire, Everett Steerman, président du Comité d'aide juridique de l'Association du Barreau du Kansas, fut troublé par les assertions de l'expéditeur qui insistait sur le fait que lui et son coaccusé n'avaient pas eu un procès équitable. Selon Hickock, « l'ambiance hostile » de Garden City avait empêché de constituer un jury impartial, et par conséquent on aurait dû renvoyer l'affaire devant une autre cour. Quant aux jurés qui avaient été choisis, deux au moins avaient nettement montré qu'ils présumaient les accusés coupables au cours de l'examen de sélection des jurés. (« Lorsqu'on lui demanda de dire ce qu'il pensait de la peine capitale, un de ces hommes dit qu'il était habituellement contre, mais pas dans ce cas ») ; malheureusement, l'examen des jurés n'avait pas été consigné par écrit parce que la loi du Kansas ne l'exige pas, à moins qu'une demande spéciale ne soit faite. D'autre part, plusieurs jurés « étaient de bonnes connaissances des victimes. Même chose pour le juge. Le juge Tate était un ami intime de Mr. Clutter ».

Mais personne ne fut traîné dans la boue par Hickock autant que les deux avocats de la défense, Arthur Fleming et Harrison Smith, dont « l'incompétence et l'insuffisance » étaient la raison principale de la situation actuelle du correspondant, car ils n'avaient préparé ni offert aucune défense réelle, et il était sous-entendu que ce manque d'effort avait été voulu, que c'était un geste de connivence entre la défense et le ministère public.

C'étaient là de graves accusations portant atteinte à la probité de deux avocats respectés et d'un magistrat distingué, et, même si elles n'étaient que partiellement vraies, les droits constitutionnels des accusés eussent alors été violés. Poussée par Mr. Steerman, l'Association du Barreau prit un parti sans précédent dans l'histoire juridique du Kansas : on désigna un jeune avocat de Wichita, Russel Shultz, pour étudier les accusations et, si les preuves le justifiaient, remettre en cause la validité de la condamnation en introduisant une demande d'*habeas corpus* auprès de la Cour suprême du Kansas qui venait de maintenir le verdict.

Il semblerait que l'enquête de Shultz ait été plutôt unilatérale puisqu'elle ne consista guère qu'en une entrevue avec Smith et Hickock d'où l'avocat ressortit avec des phrases percutantes pour la presse : « La question est de savoir si de pauvres accusés, tout simplement coupables, ont droit à une défense complète. Je ne crois pas que l'Etat du Kansas souffre longuement ni grandement de la mort de ces requérants. Mais je ne crois pas qu'il puisse jamais se remettre de la mort d'une justice équitable. »

Shultz présenta sa demande d'*habeas corpus* et la Cour suprême du Kansas désigna un de ses propres magistrats à la retraite, l'Honorable Walter G. Thiele, pour entreprendre une audience complète. Presque deux ans après le procès, tous les acteurs s'assemblèrent donc à nouveau dans la salle du tribunal de Garden City. Les seuls participants importants à manquer à l'appel furent les accusés ; à leur place, pour ainsi dire, se trouvaient le juge Tate, le vieux Mr. Fleming et Harrison Smith dont les carrières étaient compromises, non pas à cause des assertions des requérants à proprement parler, mais à cause du crédit que leur accordait ouvertement l'Association du Barreau.

Il fallut six jours pour mener l'audience à son terme ; elle fut transférée à un certain moment à Lansing, où le juge Thiele reçut la déposition de Hickock et de Smith ; en fin de compte chaque point fut couvert. Huit jurés déclarèrent sous la foi du serment qu'ils n'avaient jamais connu aucun membre de la famille assassinée ; quatre admirent avoir vaguement connu Mr. Clutter, mais chacun d'eux, y compris N. L. Dunnan, l'employé de l'aéroport ayant fait la réponse controversée au cours de l'examen de sélection du jury, déclara qu'il avait pris place au banc des jurés avec un esprit impartial. Shultz contesta les dires de Dunnan : « Monsieur, croyez-vous que vous auriez accepté d'affronter un jury dont un des membres aurait été dans un état d'esprit comme le vôtre ? » Dunnan répondit affirmativement ; Shultz lui demanda alors : « Vous souvenez-vous qu'on vous ait demandé si vous étiez pour ou contre la peine de mort ? » Faisant un signe d'assentiment, le témoin répondit : « Je leur ai dit que, dans des conditions normales, je serais probablement contre. Mais que pour un crime de cette ampleur, je voterais probablement pour. »

Shultz eut affaire à plus forte partie avec Tate : il se rendit bientôt compte qu'il tenait un tigre par la queue. Répondant aux questions concernant ses prétendus liens intimes avec Mr. Clutter, le juge dit : « Il [Clutter] a plaidé une fois, devant ce tribunal, une affaire à laquelle j'ai présidé, une poursuite en dommages-intérêts contre un avion qui s'était abattu sur sa propriété ; il portait plainte pour des dégâts causés à des arbres fruitiers, je crois. A part ça, je n'ai pas eu d'autre occasion de le fréquenter. Absolument aucune. Je le voyais peut-être une ou deux fois au cours de l'année... » S'empêtrant, Shultz changea de sujet. « Savez-vous, demanda-t-il, quelle était l'attitude des gens de cette ville après l'arrestation de ces deux hommes ? — Je crois que si, dit le juge avec une assurance mordante. Je crois que l'attitude envers eux était la même qu'envers toute autre personne accusée d'un crime, qu'ils devaient être jugés comme le veut la loi ; qu'ils devaient être condamnés s'ils étaient coupables ; qu'ils devaient recevoir le même traitement équitable que toute autre personne. Nul n'était prévenu contre eux parce qu'ils étaient accusés d'un crime. — Vous voulez dire, fit sournoisement Shultz, que vous ne voyiez aucune raison pour que la Cour accorde de son propre chef le renvoi devant un autre tribunal ? » Les lèvres de Tate s'affaissèrent, ses yeux lancèrent des éclairs. « Mr. Shultz, dit-il, comme si le nom était un sifflement prolongé, la Cour ne peut pas renvoyer une affaire de son propre chef. Ce serait contraire à la loi du Kansas. Il m'était impossible d'accorder un renvoi à moins qu'une requête ne soit introduite dans les règles. »

Mais pourquoi une telle requête n'avait-elle pas été faite par les avocats de la défense ? Shultz posa maintenant cette question aux avocats eux-mêmes, car le but principal de l'audience était, selon le point de vue de l'avocat de Wichita, de jeter le discrédit sur eux et de prouver qu'ils n'avaient pas fourni à leurs clients une protection minimum. Fleming et Smith résistèrent à l'assaut avec élégance, particulièrement Fleming qui, arborant une audacieuse cravate rouge et un sourire immuable, endura Shultz avec une résignation de gentleman. Expliquant pourquoi il n'avait pas sollicité un renvoi devant un autre tribunal, il dit : « Je pensais que puisque le Révérend Cowan, le pasteur de l'église méthodiste, homme influent dans cette ville, homme estimé, s'était déclaré, comme plusieurs autres pasteurs de la ville, contre la peine capitale, qu'au moins le levain avait été semé dans la région et qu'il y aurait probablement plus de gens ici portés à la clémence en matière de châtiment que dans d'autres parties de l'Etat. Puis je crois que c'est un des frères de Mrs. Clutter qui a fait une déclaration publiée dans la presse indiquant qu'il ne pensait pas que les accusés devraient être exécutés. »

Shultz avait un tas d'accusations, mais derrière chacune d'elles se trouvait l'implication que Fleming et Smith avaient délibérément négligé leurs devoirs sous l'influence des habitants de la ville. Shultz maintenait que les deux hommes avaient trahi leurs clients en ne les consultant pas suffisamment (Mr. Fleming répondit : « J'ai travaillé sur cette affaire au mieux de mes compétences, y consacrant plus de temps qu'à la plupart des cas ») ; en renonçant à une audience préliminaire (Smith répondit : « Mais, monsieur, ni Mr. Fleming ni moi n'avions été désignés comme avocats au moment du désistement ») ; en faisant à la presse des remarques préjudiciables aux accusés (Shultz à Smith : « Vous rendez-vous compte qu'un reporter, Ron Kull, du *Daily Capital* de Topeka, a rapporté vos paroles, le deuxième jour du procès, disant que la culpabilité de Mr. Hickock ne faisait aucun doute, mais que vous ne vous intéressiez qu'à obtenir l'emprisonnement à vie plutôt que la peine de mort ? » Smith à Shultz : « Non, monsieur. Si on m'a attribué ces paroles, c'est à tort ») ; et en ne préparant pas une défense appropriée.

Ce fut sur ce dernier point que Shultz insista le plus ; par conséquent, il convient de reproduire l'opinion écrite de trois magistrats fédéraux sur le sujet à la suite d'une démarche ultérieure auprès de la Cour d'appel de la 10e juridiction des Etats-Unis : « Nous pensons, cependant, que ceux qui ont observé la situation rétrospectivement ont perdu de vue les problèmes qu'eurent à affronter les avocats Smith et Fleming quand ils entreprirent la défense de ces requérants. Lorsqu'ils acceptèrent la nomination de ces défenseurs, chaque requérant avait fait des aveux complets ; ils ne prétendirent pas alors, et ne le firent jamais sérieusement par la suite devant les tribunaux de l'Etat, que ces aveux n'avaient pas été spontanés. Un poste de radio volé au domicile des Clutter et vendu par les requérants à Mexico avait été retrouvé, et les avocats savaient que d'autres preuves de leur culpabilité étaient alors entre les mains du Ministère public. Lorsqu'ils furent mis en demeure de répondre aux accusations lancées contre eux, ils demeurèrent muets et le tribunal dut plaider non coupables à leur place. Il n'y avait alors aucune preuve formelle autorisant les avocats à plaider la folie, et aucune n'a été avancée depuis le procès. La tentative de plaider la folie en raison de blessures graves subies dans un accident qui remontait à plusieurs années — les migraines et les évanouissements occasionnels de Hickock — n'était rien de moins que s'accrocher au brin d'herbe proverbial. Les avocats faisaient face à une situation où des crimes atroces, commis sur des personnes innocentes, avaient été avoués. Dans ces circonstances, ils auraient été excusables de conseiller aux requérants de plaider coupables et de s'en remettre à la pitié du tribunal. Leur seul espoir était que, par quelque caprice du destin, la vie de ces individus égarés puisse être épargnée. »

Dans son rapport à la Cour suprême du Kansas, le juge Thiele trouva que les requérants avaient eu un procès constitutionnellement équitable ; sur quoi le tribunal rejeta la demande de cassation du verdict et fixa une nouvelle date pour l'exécution : le 25 octobre 1962. Il se trouvait justement que Lowell Lee Andrews, dont le dossier s'était rendu par deux fois jusqu'à la Cour suprême des Etats-Unis, devait être pendu un mois plus tard.

Les assassins des Clutter, à qui un juge fédéral avait accordé un sursis, échappèrent à leur rendez-vous. Celui d'Andrews fut maintenu.

*

Dans les cas de condamnation à mort aux Etats-Unis, il se passe en moyenne dix-sept mois entre la sentence et l'exécution. Récemment, au Texas, l'auteur d'un vol à main armée fut électrocuté un mois après avoir été reconnu coupable ; mais en Louisiane, en ce moment même, deux hommes condamnés pour viol attendent depuis une durée record de douze ans. L'écart dépend un peu du hasard et beaucoup de l'importance des contestations de procédure. La plupart des avocats qui s'occupent de ces affaires sont désignés par le tribunal et travaillent sans rémunération ; mais, afin d'éviter de futurs procès en appel, fondés sur des plaintes de représentation insuffisante, les tribunaux désignent presque toujours des hommes de première qualité qui défendent les accusés avec une vigueur digne d'éloges. Cependant, même un avocat de peu de talent arrive à ajourner la date du châtiment pendant des années, car le système d'appels qui pénètre la jurisprudence américaine équivaut à une roue de fortune judiciaire, un jeu de hasard plus ou moins établi en faveur du criminel, que les participants jouent interminablement, en premier lieu devant les tribunaux de l'Etat, puis devant les Cours fédérales jusqu'à ce qu'ils arrivent au tribunal final, la Cour suprême des Etats-Unis. Mais une défaite en ce haut lieu ne signifie pas que le conseiller du requérant ne puisse découvrir ou imaginer de nouvelles raisons de faire appel ; il le peut habituellement, et la roue tourne ainsi une fois de plus, tourne jusqu'à ce que, peut-être quelques années plus tard, le prisonnier revienne devant la plus haute Cour de la nation, probablement pour recommencer encore la lutte lente et cruelle. Mais par intervalles la roue s'arrête un instant pour déclarer un vainqueur, ou, quoique de plus en plus rarement, un perdant : les avocats d'Andrews se battirent jusqu'au dernier moment, mais leur client monta sur l'échafaud le vendredi 30 novembre 1962.

*

« Il faisait froid cette nuit-là », dit Hickock s'adressant à un journaliste avec qui il correspondait et à qui on permettait périodiquement de lui rendre visite. « Froid et humide. Il avait plu en diable et le terrain de base-ball était tellement détrempé qu'on avait de la boue jusqu'aux *cojones*. Alors quand ils ont conduit Andy au hangar, il a fallu le faire marcher le long du sentier. On était tous à nos fenêtres à regarder : Perry et moi, Ronnie York, Jimmy Latham. C'était juste après minuit et le hangar était illuminé comme une citrouille d'Halloween. Les portes grandes ouvertes. On pouvait voir les témoins, un tas de gardiens, le médecin et le directeur de la prison, chaque foutu truc, mais pas l'échafaud. Il était dans le fond, de biais, mais on pouvait voir son ombre. Une ombre sur le mur comme l'ombre d'un ring.

« Ils avaient confié Andy à l'aumônier et à quatre gardiens ; quand ils sont arrivés à la porte, ils se sont arrêtés un instant. Andy regardait l'échafaud, ça se sentait. Il avait les mains attachées par-devant. Tout d'un coup, l'aumônier a tendu les mains et lui a enlevé ses lunettes. Ça faisait pitié en un sens de voir Andy sans lunettes. Ils l'ont conduit à l'intérieur, et je me demandais s'il y voyait suffisamment pour monter l'escalier. C'était vraiment calme, rien qu'un chien qui aboyait au loin. Un chien, quelque part, en ville. Puis on a entendu le bruit et Jimmy Latham a demandé : "Qu'est-ce que c'est ?" ; et je lui ai dit ce que c'était : la trappe.

« Puis tout est redevenu vraiment calme. A part ce chien. Ce pauvre Andy, il a balancé longtemps au bout de la corde. Ils ont dû avoir un drôle de nettoyage à faire. Toutes les deux minutes, le médecin venait à la porte et faisait deux pas dehors ; il restait là, le stéthoscope à la main. On peut pas dire que son boulot l'amusait, il haletait, on aurait dit qu'il suffoquait, et il pleurait aussi. Jimmy a dit : "Regardez-moi cette tapette." J'imagine qu'il sortait pour que les autres voient pas qu'il pleurait. Puis il revenait écouter si le cœur d'Andy battait encore. On aurait dit qu'il s'arrêterait jamais. En fait, le cœur lui a battu pendant dix-neuf minutes.

« Andy était un drôle de gosse, dit Hickock, souriant de travers en plaçant une cigarette entre ses lèvres. C'était comme je lui ai déjà dit : il avait pas de respect pour la vie humaine, même pas pour la sienne. Juste avant qu'on le pende, il s'est attablé et il a mangé deux poulets rôtis. Et le dernier après-midi, il a fumé des cigares, il a bu du coca-cola et il a écrit de la poésie. Quand ils sont venus le chercher, on a fait nos adieux et je lui ai dit : "A bientôt, Andy. Parce que je suis certain qu'on va au même endroit. Alors, jette un coup d'œil aux alentours pour voir si tu pourrais pas nous trouver un petit coin au frais en enfer." Il a ri et il a dit qu'il ne croyait ni au ciel ni à l'enfer, rien qu'à la poussière. Et il a raconté qu'une tante et un oncle à lui étaient venus le voir et lui avaient dit qu'un cercueil l'attendait pour le conduire dans un petit cimetière dans le nord du Missouri. L'endroit même où étaient enterrés ceux qu'il avait tués. Ils avaient l'intention de mettre Andy juste à côté d'eux. Il a dit qu'il pouvait à peine se retenir de rire quand ils lui ont dit ça. J'ai dit : "Eh bien, t'as du pot d'avoir une tombe. Probable que Perry et moi ils vont nous envoyer à la dissection." On a blagué comme ça jusqu'à ce qu'il soit l'heure de partir et, juste à ce moment-là, il m'a donné un bout de papier avec un poème écrit dessus. J'sais pas si c'est de lui. Ou s'il l'a copié dans un livre. J'ai l'impression que c'est de lui. Si ça vous intéresse, je vais vous l'envoyer. »

C'est ce qu'il fit plus tard, et il se trouva que le message d'adieu d'Andrews était la neuvième strophe de l'*Elégie écrite dans un cimetière de campagne*, de Gray :

L'éclat héraldique et les pompes de la puissance,
Et tout ce que la beauté et la richesse ont jamais donné
Attendent pareillement l'heure inévitable :
Les sentiers de la gloire mènent tous au tombeau.

« Andy me plaisait vraiment. Il était cinglé, pas vraiment cinglé comme on l'a crié sur tous les toits ; mais, vous savez, simplement loufoque. Il parlait toujours de s'évader et de gagner sa vie comme tueur à gages. Il aimait s'imaginer parcourant Chicago ou Los Angeles avec une mitraillette dans une boîte à volon. Zigouillant des types. Il disait qu'il demanderait mille dollars par macchabée. »

Hickock rit, probablement de l'absurdité des ambitions de son ami, soupira et secoua la tête. « Mais pour un type de son âge, c'était la personne la plus intelligente que j'aie jamais rencontrée. Une bibliothèque humaine. Quand ce garçon lisait un livre, il l'oubliait pas. Bien sûr il connaissait rien de la vie. Moi je suis un ignorant, sauf en ce qui concerne la vie. J'en ai vu des vertes et des pas mûres. J'ai vu un Blanc recevoir le fouet. J'ai vu des bébés venir au monde. J'ai vu une fille qui avait pas plus de quatorze ans prendre trois types à la fois et leur en donner pour leur argent. Une fois je suis tombé d'un bateau à cinq miles de la côte. J'ai nagé cinq miles et ma vie me défilait devant les yeux à chaque brassée. Un jour j'ai serré la main du président Truman dans le hall de l'hôtel Muehlebach. Harry S. Truman. Quand je conduisais une ambulance pour l'hôpital, j'ai vu tous les côtés imaginables de la vie, des choses qui feraient vomir un chien. Mais Andy, il connaissait pas la moindre chose, à part ce qu'il avait lu dans les livres.

« Il était aussi innocent qu'un petit enfant, un gosse avec une boîte de bonbons. Il avait jamais fait l'amour avec une femme, un homme ou un mulet. Il le disait lui-même. C'est peut-être ce qui me plaisait le plus en lui, il mentait jamais. Nous autres, dans l'Allée, on est tous des baratineurs.

Moi le premier. On raconte des boniments. Il faut bien parler de quelque chose. On se vante. Autrement on n'existe pas, on est rien qu'un pauvre type qui végète dans sa cellule de deux mètres sur trois. Mais Andy restait dans son coin. Il disait que ça servait à rien de raconter des choses qui sont jamais arrivées.

« Mais ce vieux Perry, il était pas mécontent de voir partir Andy. Andy avait la chose que Perry veut le plus au monde : de l'instruction. Et Perry pouvait pas lui pardonner ça. Vous savez comment Perry emploie toujours des mots rares dont le sens lui échappe à moitié. On dirait un de ces nègres qui vont à l'Université. Ce qu'il pouvait se mettre en boule quand Andy l'attrapait et lui tapait sur les doigts. Bien sûr, Andy essayait simplement de lui donner ce qu'il voulait, de l'instruction. La vérité, c'est que personne peut s'entendre avec Perry. Il a pas un seul ami ici. Nom de Dieu, pour qui se prend-il ? Il se moque de tout le monde. Il traite les gens de pervers et de dégénérés. Il arrête pas de déblatérer sur la pauvreté de leur niveau intellectuel. Malheureux qu'on puisse pas tous avoir une âme sensible comme le petit Perry. Des saints. Mais moi je connais des durs qui iraient volontiers au Coin s'ils pouvaient être seuls avec Perry dans les douches rien que pour une bonne petite minute. La façon dont il prend York et Latham de haut ! Ronnie dit qu'il voudrait bien savoir où il pourrait mettre la main sur un fouet. Il dit qu'il aimerait bien coincer Perry. Je le blâme pas. Après tout, on est tous dans le même bain, et c'est de gentils garçons. »

Hickock eut un rire lugubre ; il haussa les épaules et dit : « Vous me comprenez. Gentils, c'est une façon de parler. La mère de Ronnie

York est venue le voir plusieurs fois. Un jour, dans la salle d'attente, elle a rencontré ma mère, et maintenant elles sont devenues de grandes copines. Mrs. York veut que ma mère aille lui rendre visite chez elle en Floride, peut-être même vivre là. Nom de Dieu, j'aimerais bien qu'elle le fasse. Comme ça, elle aurait pas à subir ce supplice. Prendre l'autocar une fois par mois pour venir me voir ici. Sourire, essayer de trouver quelque chose à dire, me réconforter. Pauvre femme. Je ne sais pas comment elle fait pour supporter ça. Je me demande comment elle est pas devenue folle. »

Les yeux inégaux de Hickock se tournèrent vers une fenêtre du parloir ; bouffi, pâle comme un lis funèbre, son visage luisait dans la faible lueur du soleil d'hiver qui filtrait à travers la vitre striée par les barreaux.

« La pauvre femme. Elle a écrit au directeur demandant si elle pouvait parler à Perry la prochaine fois qu'elle vient ici. Elle voulait entendre Perry lui-même lui dire qu'il a tué ces gens, que je n'ai jamais pressé la détente. Mon seul espoir, c'est qu'on ait un nouveau procès un jour et que Perry témoigne et dise la vérité. Seulement, j'en doute. Il est bien déterminé à ce qu'on parte ensemble. Dos à dos. C'est pas juste. Y a plus d'un type qui a tué et qui a jamais vu l'intérieur d'une cellule de condamné à mort. Et moi, je n'ai jamais tué personne. Si vous avez cinquante mille dollars à dépenser, vous pouvez descendre la moitié de Kansas City en vous marrant. » Un large sourire oblitéra subitement son indignation éplorée. « Oh, oh ! Voilà que je recommence. Vieux pleurnicheur. On s'attendrait à ce que j'apprenne. Sincèrement, j'ai fait tout mon possible pour m'entendre avec Perry. Seulement, il est tellement porté à critiquer les autres. Faux jeton. Tellement jaloux de la moindre petite chose. Chaque lettre que je reçois, chaque visite. A part vous, personne vient jamais le voir, dit-il, faisant un signe de la tête en direction du journaliste qui connaissait aussi bien Smith que Hickock. A part vous et son avocat. Vous souvenez-vous quand il était à l'hôpital ? Avec sa grève de la faim bidon ? Et que son père lui a envoyé une carte postale ? Eh bien, le directeur a écrit au père de Perry lui disant qu'il était le bienvenu ici n'importe quand. Mais il s'est jamais montré. J'sais pas, des fois il faut avoir pitié de Perry. Il doit être une des personnes les plus seules qu'il y ait jamais eues. Bah ! Qu'il aille au diable. C'est vraiment de sa propre faute. »

Hickock fit glisser une autre cigarette d'un paquet de Pall Mall ; son nez se plissa et il dit : « J'ai essayé de cesser de fumer. Puis je me suis dit quelle différence ça peut bien faire dans les circonstances actuelles. Avec un peu de chance, peut-être que j'attraperai le cancer et que je battrai l'Etat à son propre jeu. Pendant un moment, je fumais des cigares. Ceux d'Andy. Le matin après qu'ils l'aient pendu, je me suis éveillé et je l'ai appelé : “Andy ?”, comme je le fais habituellement. Puis je me suis souvenu qu'il était en route pour le Missouri. Avec son oncle et sa tante. J'ai jeté un coup d'œil dans le couloir. Sa cellule avait été nettoyée et toutes ses affaires étaient empilées là. Le matelas qui avait été enlevé de son lit, ses pantoufles, et l'album avec les photos de victuailles — il appelait ça son frigo. Et cette boîte de cigares Macbeth. J'ai dit au gardien qu'Andy voulait que je les prenne, qu'il me les avait laissés dans son testament. En fait, je les ai jamais tous fumés. Peut-être que c'était la pensée d'Andy, mais ils m'ont donné une indigestion.

« Eh bien, qu'est-ce qu'on peut dire sur la peine capitale ? Je suis pas contre. Ce n'est qu'une vengeance, mais j'ai rien contre la vengeance. C'est très important. Si j'étais apparenté aux Clutter ou à ceux que York et Latham ont tués, je ne pourrais pas dormir en paix tant que les coupables balanceraient pas au bout d'une corde. Ces gens qui écrivent des lettres aux journaux ; il y en avait deux dans un journal de Topeka l'autre jour : une venant d'un pasteur, disant, en fait, qu'est-ce que c'est que cette farce légale, pourquoi ces enfants de garce de Smith et Hickock ont pas la corde au cou, comment se fait-il que ces enfants de garce de tueurs mangent encore l'argent des contribuables ? Eh bien je les comprends. Ils sont furieux parce qu'ils n'obtiennent pas cc qu'ils veulent, la vengeance. Et ils ne l'obtiendront pas si je peux les en empêcher. Je crois à la pendaison. En autant que c'est pas moi qui suis pendu. »

*

Mais il finit par l'être.

Trois autres années s'écoulèrent, et au cours de ces années, deux avocats exceptionnellement habiles de Kansas City, Joseph P. Jenkins et Robert Bingham, remplacèrent Shultz, ce dernier ayant abandonné l'affaire. Désignés par un juge fédéral et travaillant bénévolement (mais poussés par la conviction très ferme que les accusés avaient été victimes d'un « inéquitable procès de cauchemar »), Jenkins et Bingham introduisirent de nombreuses procédures d'appel dans le cadre du système des Cours fédérales, évitant de la sorte trois dates d'exécution : le 25 octobre 1962, le 8 août 1963 et le 18 février 1965. Les avocats soutenaient que leurs clients avaient été condamnés injustement parce qu'on ne leur avait désigné un défenseur qu'après qu'ils eurent avoué et renoncé à une audience préliminaire ; parce qu'ils n'avaient pas été convenablement représentés à leur procès et qu'ils avaient été condamnés sur le vu de pièces à conviction saisies sans mandat de perquisition (le fusil et le couteau pris chez les Hickock) ; parce qu'on n'avait pas renvoyé l'affaire devant un autre tribunal bien que le climat du procès ait été « saturé » de publicité préjudiciable aux accusés.

Avec ces arguments, Jenkins et Bingham réussirent à porter l'affaire trois fois devant la Cour suprême des Etats-Unis : « Big Boy » comme l'appellent de nombreux prisonniers qui font appel ; mais, à chaque occasion, la Cour, qui n'accompagne ses décisions d'aucun commentaire dans de tels cas, rejeta les appels en refusant de délivrer les ordonnances nécessaires qui auraient donné droit aux requérants à une audience complète devant la Cour. En mars 1965, après que Smith et Hickock eurent été enfermés dans leurs cellules de l'Allée de la Mort pendant près de deux mille jours, la Cour suprême du Kansas décréta que leurs vies devaient se terminer entre minuit et 2 heures le mercredi 14 avril 1965. Par la suite, un recours en grâce fut adressé au gouverneur du Kansas récemment élu, William Avery ; mais Avery, riche fermier sensible à l'opinion publique, refusa d'intervenir ; décision qu'il croyait être dans « le meilleur intérêt des habitants du Kansas ». (Deux mois plus tard, Avery rejeta également les recours en grâce de York et de Latham, qui furent pendus le 22 juin 1965.)

Aux premières lueurs de ce mercredi matin, prenant son petit déjeuner dans le restaurant d'un hôtel de Topeka, Alvin Dewey lut en première page du *Star* de Kansas City, une manchette qu'il attendait depuis longtemps : PENDUS POUR LEUR CRIME SANGLANT. Ecrit par un reporter de l'Associated Press, l'article commençait ainsi : « Richard Eugene Hickock et Perry Edward Smith, associés dans le crime, sont morts sur l'échafaud de la prison de l'Etat, tôt ce matin, pour l'un des meurtres les plus sanglants des annales criminelles du Kansas. Hickock, trente-trois ans, est mort le premier à 0 h 41 ; Smith, trente-six ans, est mort à 1 h 19... »

*

Dewey les avait regardés mourir, car il avait été parmi les quelque vingt témoins invités à la cérémonie. Il n'avait jamais assisté à une exécution et, lorsqu'il pénétra dans l'entrepôt glacial, après minuit, le décor le surprit : il s'était attendu à un cadre d'une dignité appropriée, pas à cette caverne tristement illuminée et encombrée de bois de charpente et d'autres débris. Mais l'échafaud en soi, avec ses deux cordes pâles attachées à une traverse, était assez imposant ; et, de façon inattendue, il en était de même du bourreau qui projetait une ombre immense de son perchoir sur la plateforme en haut des treize marches de bois. L'exécuteur des hautes œuvres, gentleman anonyme à la peau tannée comme du cuir et que l'on avait fait venir du Missouri pour l'événement qui lui rapportait six cents dollars, était attifé d'un vieux complet à rayures et à veste croisée, trop ample pour l'étroite silhouette qu'il renfermait : le veston lui tombait presque sur les genoux ; et il avait sur la tête un chapeau de cow-boy qui avait peut-être été d'un vert éclatant à l'époque de son achat, mais qui était maintenant une excentricité tachée de sueur et usée.

Dewey fut également déconcerté par la conversation factice et désinvolte des autres témoins qui attendaient le début de ce que l'un d'entre eux appela les « festivités ».

« J'ai entendu dire qu'ils voulaient les laisser tirer à la courte paille pour savoir qui allait y passer le premier. Ou jouer à pile ou face. Mais Smith a dit pourquoi pas par ordre alphabétique. J'imagine que c'est parce que S vient après H. Ah ! »

« T'as lu dans le journal de cet après-midi ce qu'ils ont commandé pour leur dernier repas ? Ils ont commandé le même menu. Crevettes. Frites. Pain à l'ail. Glaces, fraises et crème fouettée. Paraît que Smith a à peine touché au sien. »

« Ce Hickock a un sens de l'humour. On me racontait qu'il y a une heure, un des gardiens lui a dit : "Ça doit être la nuit la plus longue de votre vie." Et Hickock a ri ; il a répondu : "Non. La plus courte." »

« T'as entendu parler des yeux de Hickock ? Il les a laissés à un oculiste. Aussitôt qu'ils vont le détacher, ce médecin va lui arracher les yeux et les planter dans la tête d'un autre type. J'peux pas dire que j'voudrais être ce type-là Je me sentirais tout drôle avec ces yeux-là dans la tête. »

« Nom de Dieu. Dis-moi pas qu'il pleut. Toutes les glaces grandes ouvertes ! Ma nouvelle Chevrolet. Nom de Dieu ! »

La pluie subite vint frapper le toit élevé de l'entrepôt. Le bruit qui évoquait assez bien le rataplan des tambours d'un défilé annonça l'arrivée de Hickock. Accompagné de six gardiens et d'un aumônier qui murmurait des prières, il pénétra sur les lieux de sa mort, menottes aux mains et portant un hideux harnais de courroies de cuir qui lui fixaient les bras au torse. Au pied de l'échafaud, le directeur lui donna lecture de l'ordre officiel d'exécution, un document de deux pages ; et tandis que le directeur lisait, les yeux de Hickock, affaiblis par cinq ans de ténèbres cellulaires, parcoururent la petite assemblée jusqu'au moment où, ne voyant pas ce qu'il cherchait, il demanda au gardien le plus proche, à voix basse, si un des membres de la famille Clutter était présent. Recevant une réponse négative, le prisonnier sembla déçu, comme s'il pensait que le protocole entourant ce rituel de vengeance n'était pas observé comme il faut.

Comme à l'accoutumée, après avoir fini sa lecture, le directeur demanda au condamné s'il avait une dernière déclaration à faire. Hickock fit un signe de la tête. « Je veux simplement dire que je ne tiens rancune à personne. Vous m'envoyez dans un monde meilleur que celui-ci ne l'a jamais été » ; puis, comme pour accentuer ce qu'il venait de dire, il échangea une poignée de main avec les quatre hommes principalement responsables de sa capture et de sa condamnation et qui avaient tous demandé la permission d'assister aux exécutions : les agents du K.B.I. Roy Church, Clarence Duntz, Harold Nye et Dewey en personne. « Heureux de vous voir », dit Hickock avec son sourire le plus séduisant ; c'était comme s'il accueillait des invités à ses propres funérailles.

Le bourreau toussa — il souleva son chapeau de cow-boy d'un air impatient et le remit en place, geste évoquant un urubu qui se gonfle et qui lisse ensuite les plumes de son cou — et Hickock, poussé par un gardien, gravit les marches de l'échafaud. « Le Seigneur a donné, le Seigneur reprend. Loué soit le nom du Seigneur », entonna l'aumônier, tandis que la pluie se mettait à tomber de plus belle, que la corde était ajustée et qu'un léger bandeau noir était placé devant les yeux du prisonnier. « Puisse le Seigneur avoir pitié de ton âme. » La trappe s'ouvrit et Hickock balança au bout de la corde devant tout le monde pendant une bonne vingtaine de minutes avant que le médecin de la prison ne dise enfin : « Je déclare cet homme mort. » Un corbillard dont les phares étincelants étaient perlés de gouttes de pluie s'avança dans l'entrepôt ; placé sur une civière et caché sous une couverture, le corps fut porté jusqu'au corbillard et emporté dans la nuit.

Le suivant du regard, Roy Church secoua la tête : « J'aurais jamais cru qu'il avait tant de cran. Prendre ça comme il l'a fait. Je le prenais pour un lâche. »

L'homme à qui il s'adressait, un autre détective, dit : « Voyons, Roy. Ce type était un voyou. Un vrai salaud. Il le méritait bien. »

Church continua à secouer la tête d'un air pensif.

En attendant la deuxième exécution, un journaliste et un gardien échangèrent quelques propos. Le reporter dit : « C'est votre première pendaison ?

— J'ai vu Lee Andrews.

— Moi, c'est la première fois.

— Ouais. Ça vous plaît ? »

Le journaliste fit la moue. « Dans notre bureau, personne ne voulait faire ce reportage. Moi non plus. Mais c'est moins pire que je l'aurais cru. C'est simplement comme plonger d'un tremplin. Seulement, avec une corde au cou.

— Ils sentent rien. La trappe s'ouvre, ils ont le cou cassé, et ça y est. Ils ressentent rien.

— Vous êtes certain ? Moi j'étais vraiment près. J'pouvais l'entendre râler.

— Hum, hum ! mais il sentait rien. Autrement, ça serait pas humain.

— Eh bien, j'imagine qu'on leur donne un tas de pilules. Des calmants.

— Fichtre, non. C'est contre les règlements. Voilà Smith.

— Bon Dieu, j'savais pas que c'était un tel avorton.

— Ouais, il est petit. Mais la tarentule aussi. »

Comme on le faisait entrer dans l'entrepôt, Smith reconnut son vieil ennemi, Dewey ; il cessa de mâcher un bout de chewing-gum Doublemint qu'il avait dans la bouche, il fit un sourire et un clin d'œil à l'intention de Dewey, désinvolte et malicieux. Mais, après que le directeur de la prison lui eut demandé s'il avait quelque chose à dire, son expression devint sérieuse. Ses yeux sensibles contemplèrent gravement les visages qui l'entouraient, dévièrent dans la direction du bourreau baigné d'ombre, puis retombèrent sur ses propres mains entravées de menottes. Il regarda ses doigts qui étaient tachés d'encre et de peinture car il avait passé ses trois dernières années dans l'Allée de la Mort à peindre des autoportraits et des visages d'enfants, généralement les enfants des prisonniers qui lui apportaient des photographies d'une progéniture rarement entrevue. « Je pense, dit-il, que c'est une chose épouvantable de mettre quelqu'un à mort de cette façon. Je ne crois pas à la peine capitale, ni moralement, ni légalement. J'avais peut-être quelque chose à apporter, quelque chose... » Il perdit son assurance ; la timidité troubla sa voix qui devint presque inaudible. « Ca n'aurait pas de sens de m'excuser pour ce que j'ai fait. Ce serait même déplacé. Mais je le fais. Je m'excuse. »

Manches, corde, bandeau ; mais, avant que le bandeau ne soit ajusté, le prisonnier cracha son chewing-gum dans la paume de la main tendue de l'aumônier. Dewey ferma les yeux ; il les tint fermés jusqu'à ce qu'il entende le bruit sourd qui annonce un cou brisé par une corde. Comme la plupart des officiers de police américains, Dewey est certain que la peine capitale exerce un effet préventif sur les crimes violents, et il avait le sentiment que si jamais ce châtiment avait été mérité, c'était bien dans le cas présent. L'exécution précédente ne l'avait pas troublé ; il n'avait jamais pensé grand bien de Hickock qui lui semblait « un petit escroc sans envergure qui était allé trop loin, un type vide et sans valeur ». Mais, bien qu'il fût le vrai meurtrier, Smith provoquait une autre réaction, car il possédait une qualité que le détective ne pouvait négliger : l'aura d'un animal exilé, une créature qui se traînait avec ses blessures. Dewey se souvint de la première fois qu'il avait rencontré Perry dans la salle d'interrogatoire du quartier général de la police de Las Vegas : l'homme-enfant, le nabot assis sur la chaise métallique, ses petits pieds chaussés de bottes n'arrivant pas jusqu'au plancher. Et lorsque Dewey rouvrit les yeux à présent, c'est ce qu'il vit : les mêmes pieds d'enfant, qui pendaient et se balançaient.

Dewey s'était imaginé qu'avec la mort de Smith et de Hickock il aurait le sentiment d'avoir atteint un point culminant, qu'il éprouverait une sensation de délivrance après avoir mené à bien son juste dessein. Mais, au lieu de cela, il se surprit à évoquer une rencontre fortuite dans le cimetière de Valley View, un incident qui datait d'un an et qui, rétrospectivement, avait d'une certaine façon plus ou moins clos l'affaire Clutter, en ce qui le concernait.

Les pionniers qui fondèrent Garden City étaient forcément des Spartiates, mais quand vint le temps d'installer un vrai cimetière, ils étaient bien déterminés à créer, en dépit du sol aride et des difficultés que présentait le transport de l'eau, un magnifique contraste avec les rues poussiéreuses, les plaines sévères. Le résultat, qu'ils appelèrent Valley View, est situé au-dessus de la ville sur un plateau d'une altitude modérée. Tel qu'on le voit aujourd'hui, c'est une île sombre léchée par le ressac onduleux des champs de blé avoisinants, un bon refuge contre la chaleur du jour, car il y a de nombreux sentiers pleins de fraîcheur, ombragés d'un bout à l'autre par des arbres plantés voici des générations.

Un après-midi du mois de mai précédent, époque où les champs sont incendiés par l'or vert du blé au milieu de sa croissance, Dewey avait passé plusieurs heures à Valley View, enlevant les mauvaises herbes sur la tombe de son père, devoir qu'il avait trop longtemps négligé. Dewey avait cinquante et un ans, quatre de plus que lorsqu'il avait dirigé l'enquête Clutter ; mais il était encore mince et agile et toujours agent principal du K.B.I. pour l'ouest du Kansas ; pas plus tard qu'une semaine auparavant, il avait attrapé deux voleurs de bétail. Son rêve de s'installer sur sa ferme ne s'était pas réalisé, car la peur de sa femme à l'idée de vivre dans ce genre de solitude n'avait jamais diminué. Au lieu de cela, les Dewey avaient fait construire une nouvelle maison en ville ; ils en étaient fiers, ainsi que de leurs deux fils qui avaient la voix grave à présent et qui étaient aussi grands que leur père. L'aîné allait entrer à l'Université à l'automne.

Quand il eut achevé d'arracher les mauvaises herbes, Dewey se promena le long des sentiers calmes. Il s'arrêta près d'une pierre tombale où un nom avait été récemment gravé : Tate. Le juge Tate était mort d'une pneumonie au mois de novembre dernier ; des couronnes de fleurs, des roses séchées et des rubans délavés par la pluie jonchaient encore le sol humide. Tout près, des pétales plus frais se répandaient sur un tertre funéraire plus récent : la tombe de Bonnie Jean Ashida, la fille aînée des Ashida qui, en visite à Garden City, avait été tuée dans une collision automobile. Morts, naissances, mariages — tiens, justement l'autre jour il avait entendu dire que l'amoureux de Nancy Clutter, le jeune Bobby Rupp, s'était marié.

Les tombes de la famille Clutter, quatre tombes réunies sous une seule pierre grise, se trouvent dans un coin éloigné du cimetière, au-delà des arbres, en plein soleil, presque à l'orée éclatante du champ de blé. Comme il s'approchait, Dewey vit qu'il y avait déjà un autre visiteur : une jeune fille élancée aux mains gantées de blanc, aux cheveux lisses couleur de miel foncé et aux longues jambes élégantes. Elle lui sourit et il se demanda qui elle était.

« M'avez-vous oubliée, Mr. Dewey ? Susan Kidwell. »

Il éclata de rire ; elle fit de même. « Sue Kidwell. Grands dieux ! » Il ne l'avait pas vue depuis le procès ; c'était une enfant à l'époque. « Comment allez-vous ? Et votre mère ?

— Bien, merci. Elle enseigne toujours la musique à l'Ecole de Holcomb.

— J'suis pas allé par là ces derniers temps. Du changement ?

— Oh ! il est question de paver les rues. Mais vous connaissez Holcomb. En fait, je n'y suis pas souvent. C'est mon avant-dernière année à K.U., dit-elle, parlant de l'Université du Kansas. Je ne suis à la maison que pour quelques jours.

— C'est merveilleux, Sue. Qu'est-ce que vous étudiez ?

— Tout. Les beaux-arts surtout. J'adore ça. Je suis vraiment heureuse. » Elle promena son regard sur la plaine. « Nancy et moi, on avait l'intention d'aller à l'Université ensemble. On allait partager la même chambre. Ça m'arrive d'y penser. Soudain quand je suis très heureuse, je pense à tous les projets qu'on faisait. »

Dewey regarda la pierre grise où étaient inscrits quatre noms et la date de leur mort : 15 novembre 1959. « Venez-vous ici souvent ?

— De temps à autre. Grands dieux, que le soleil tape dur. » Elle se protégea les yeux avec des verres fumés. « Vous souvenez-vous de Bobby Rupp ? Il a épousé une belle fille.

— C'est ce qu'on m'a dit.

— Colleen Whitehurst. Elle est vraiment belle. Et très gentille aussi.

— Tant mieux pour Bobby. » Et, pour la taquiner, Dewey ajouta : « Mais vous ? Vous devez avoir un tas de soupirants.

— Rien de sérieux. Mais ça me rappelle. Avez-vous l'heure ? Oh ! s'écria-t-elle quand il lui dit qu'il était 4 heures passées, il faut que je me dépêche ! Mais j'ai été très heureuse de vous voir, Mr. Dewey.

— Et moi de même, Sue. Bonne chance », lui lança-t-il comme elle disparaissait le long du sentier, jolie fille qui se hâtait, ses cheveux lisses ondoyant et luisant dans le soleil — une jeune femme comme Nancy Clutter aurait pu l'être. Puis, retournant chez lui, il se dirigea vers les arbres, s'engagea sous leur voûte, laissant derrière lui le ciel immense, le murmure des voix du vent dans les blés qui ployaient sous le vent.

REMERCIEMENTS

DU MÊME AUTEUR

Aux Éditions Gallimard

LES DOMAINES HANTÉS (L'Imaginaire n° 157).

LA HARPE D'HERBES (L'Imaginaire n° 25).

UN ARBRE DE NUIT (L'Étrangère).

LES MUSES PARLENT.

PETIT DÉJEUNER CHEZ TIFFANY (Folio n° 364).

MORCEAUX CHOISIS.

DE SANG-FROID (Folio n° 59).

L'INVITÉ DU JOUR.

LES CHIENS ABOIENT.

MUSIQUE POUR CAMÉLÉONS (Folio n° 2134).

UN NOËL.

PORTRAITS ET IMPRESSIONS DE VOYAGE.

LES CHIENS ABOIENT (L'Étrangère).

CERCUEILS SUR MESURE.

Dans la collection Folio Bilingue

UN NOËL/*ONE CHRISTMAS* — L'INVITÉ D'UN JOUR/*THE THANKSGIVING VISITOR*. n° 17.

Impression Liberdúplex
à Barcelone, le 20 septembre 2006
Dépôt légal : septembre 2006
Premier dépôt légal dans la collection : mars 1972

ISBN 2-07-036059-8./Imprimé en Espagne.

147930